中国近代口述史学会丛书

为了人与书的相遇

唐德刚作品集

战争与爱情(下)

广西师范大学出版社
·桂林·

图书在版编目(CIP)数据

战争与爱情 / 唐德刚著.
—桂林：广西师范大学出版社，2015.2（2020.1重印）
ISBN 978-7-5633-9774-7

Ⅰ.①战… Ⅱ.①唐… Ⅲ.①长篇小说-中国-现代
Ⅳ.①I247.5

中国版本图书馆CIP数据核字 (2010) 第 150375 号

广西师范大学出版社出版发行

广西桂林市五里店路9号 邮政编码：541004
网址：www.bbtpress.com

出 版 人：黄轩庄
责任编辑：曹凌志　王家胜
装帧设计：马志方　涂星村
内文制作：陈基胜　马志方
全国新华书店经销
发行热线：010-64284815
山东临沂新华印刷物流集团有限责任公司

开本：965mm×635mm　1/16
印张：52.5　字数：680千字　图片：1幅
2015年2月第1版　2020年1月第2次印刷
定价：148.00元（上下册）

如发现印装质量问题，影响阅读，请与出版社发行部门联系调换。

目 录

下　篇　昨夜梦魂中

第十五章　记得初相遇 / 379

第十六章　"省长"和"省长小姐" / 420

第十七章　"洞"房的里里外外 / 439

第十八章　空袭之后 / 465

第十九章　痴男情女 / 486

第二十章　梦中有梦 / 505

第二十一章　地下干爹 / 529

第二十二章　七哥之恋 / 543

第二十三章　也算"两头大" / 561

第二十四章　小鬼难缠 / 577

第二十五章　好事多磨 / 596

第二十六章　"病妇"的噩梦 / 608

第二十七章　夜奔 / 626

第二十八章　今生与昨死 / 642

第二十九章　落叶归林 / 657

第 三 十 章　燕燕于飞 / 679

第三十一章　订婚比结婚重要 / 698

第三十二章　消失前的"家" / 720

第三十三章　难民的天堂和地狱 / 741

第三十四章　三姐妹 / 753

第三十五章　土洋之别・人畜之间 / 762

第三十六章　没有观众的表演 / 782

第三十七章　性之美 / 798

第三十八章　不堪回首 / 812

第三十九章　梦醒的时候 / 821

下 篇

昨夜梦魂中

第十五章

记得初相遇

姥姥的学生

是七十年代的梦境？

还是三十年代的真情？

这座"留侯旧庐"是当年县城中有名的"张家花园"。那推着一辆脚踏车，在门前拍环叫门的青年林文孙则是"省立临时中学"高中三年级理科的学生。他新从杭州回来，转学入"临中"。这次是他姥姥（指姑姑）托人到学校叫他来的——姥姥就住在这花园之内。

这两扇黑漆大门讶然开了。开门的是一位六十开外的老人。他满是皱纹的脸，像一块干了的番薯；两瞳疲惫的眼睛，看来已黑白难分；他的鼻孔和几根白胡须之下的嘴巴，也显得黑黑的——那黄得发黑的牙齿，已不剩几颗了；灰白而蓬松的头发上戴了顶蓝毡帽；身上的灰棉袍，补了些不规则的黑补丁，看来脏兮兮的。他手里拿了支旱烟杆，看到这青年访客，倒笑脸相迎。

"十三太，"青年问他说，"姥姥在家吗？"

"啊，三哥儿，三哥儿，"老人说，"四老爷在后面整行李；叶省长小姐在帮她忙呢。"

说着老人便把那笨重的门闸取下来，让文孙把自行车推进去。文孙推着车绕过那有个大"福"字的短墙，墙后便是一面长方大院落。院子左边有棵合抱的大柳树，围绕着树根则是一圈板凳供人憩息；右边是一些矮树和花草布置的小花园，园内还有个小凉亭。

这院落中间是条砖铺的通道，直达正厅。这正厅三间共有十八扇门，前有走廊。走廊之前，则是个与檐相齐的紫藤花架。厅堂两端也各有住房一间。

文孙把车子推到走廊上架起，忽然发现"十三太"站在身后，伸着手嬉皮笑脸地说："三少，我讨个'泡子'。"

"鬼子来了，就不能吞泡子了。"文孙也警告他一下，然后从呢大衣口袋内取了两毛小洋给他。老人就像孩子一般高兴地跑了。

文孙支好车子，走入厅堂，绕过云母屏风，乃走入后进。

这后进是个带四面走廊的四合院。正面是一间堂屋，两边是各有睡房加套房。两厢则各有厢房两间；而靠正厅那一边则只是一条走廊，一面墙，有个石库门，没有房间。这天井院中有两棵树和一些盆景。靠左是一棵桂花树，冬日只见枯枝；靠右则是棵黄梅，这时正繁花满树，清香四溢。

文孙循着有红栏杆的走廊，走向右厢房，只见走廊上的窗子开着。姥姥和另一个青年女子正在一面说话，一面捡行李。

"姥姥！"文孙隔着窗子叫姥姥一声。

"文孙，你来啦！"姥姥转过身来，含笑欢迎着侄儿，走入室内。

姥姥看来三十上下，鹅蛋脸儿，眉目秀丽、唇红齿白，她笑起来腮上还有个酒窝。头发梳向后面歪着打个结，插了支小金梳，耳上戴两颗小珍珠。她穿着件蓝绸狐皮袍，外加阴丹士林布罩袍，平底绒鞋。淡淡梳妆、柔和声调，每使文孙觉得姥姥这位音乐老师，比上海一些浓妆艳抹的电影明星还要美得多。

奇怪的是,这样美的姥姥,却偏要抱"独身主义",三十上下了,还不结婚。所以家中佣人叫她"小姐"也不好,叫她"姑奶"、"姑太"都不好——只好叫她"四老爷"。

"文孙啊,"姥姥柔和地说,"你爸派人来接我到山里去,明天就走,所以我托人叫你来谈谈——现在警报太多嘛,鬼子太可怕。"

"我爸派人来了吗?"

"你爸派徐班长带轿子来接,现在住在'仓房'里,我叫他们明天来——到猫儿尖要走两天呢。这年头,真过够了……"姥姥有点感叹。

"姥姥,"文孙问道,"你这些书籍和提琴,都带去吗?"

"哪能带那许多,"姥姥说,"提琴带着;书,捡捡嘛——所以我叫小莹来帮帮忙……"说着姥姥便回过头去叫那女孩说:"莹莹啦,过来——这是'临中'学生,我三侄林文孙。"姥姥又向三侄说:"这是小莹,叶维莹,我艺术班上的学生。她现在在'政宣队'。"

"林先生,久仰了。"小莹说毕低头嫣然一笑,脸也显得红了一点。

"叶小姐,您好!"文孙也说一句,但是却看不到对方的眼睛了。文孙被她这低头不语的神情,弄得有点心跳加速、神志恍惚——他觉得这少女真妩媚。他的"临中女生部"也有女同学两百余人,竟然没有一个人能使他有这样感觉的。

小莹这时穿的是一袭草绿棉军服,腰扎皮带,脚上则穿一双白布鞋,头上戴顶军帽。她长发披肩——因为她是演员,头发是在特许下留长的。这一撮青丝之细软光滑,也是文孙这位"哥儿",一生所很少见到的。文孙在小莹清秀甜蜜的眉目五官之间也看不出丝毫他所认为的缺陷——姥姥所保存的古希腊女神的石膏塑像,对他来说似乎也没有小莹那样完美。我国古文学上对美女的形容词,什么明眸皓齿、闭月羞花等等,似乎也无法形容他这刹那之所见。他尤其觉得小莹手腕和颈项之白嫩润滑，简直有冲棉欲出之势；加上个修短适中的身材，就真的增一分则长、减一分则短了。她那甜蜜的声音，和脉脉无言的妩媚之情，真是使文孙彻底解除武装——生为一个大家庭出身的小花花公子，文孙所见的美女，也可说是盈车满屋了，但他总觉得这些美女——包括电影屏幕中和画报封面上的美女——总都有或多或少的"缺陷"，而在他看来，缺陷全无的，竟然只有姥姥这个学生"莹莹"了——这是个惊人的发现。

"姥姥，"文孙不好意思多看美女，乃转身又向姥姥发问道，"你那小兔子怎么办呢？也带去吗？"文孙笑着，在地下四处张望，找那只小兔子。

它最后给小莹找到了。小莹把它抱起来，玩它的耳朵，摸它的毛。

"小兔子，我不能带你去了，"姥姥把小兔子自小莹的手里抱过来，说，"山里狼太多，连鸡都不能养，哪能带它去呢？"

"那小兔子，你怎么办呢？"文孙也可怜小兔子，乃从姥姥怀中把小兔子抱过去。

"我叫莹莹每天来一次，喂喂它嘛。"姥姥说。

"哎呀，文孙，"姥姥忽然又摸摸文孙的手，惊讶地说，"你手这么冷！"她又转身问小莹说："水壶内还有开水吗？冲杯热茶给文孙喝。"

"开水没有了呢。"小莹推一推热水壶。

"真要命，"姥姥说，"汽油炉又神秘失踪。……莹啦，叫文孙陪你到南门老虎灶去买壶开水，泡壶茶大家喝喝，暖和暖和。"

"我一个人去就够了嘛。"小莹说着便取出大铜水壶，并自抽屉内取了几个铜元，预备就去。

"莹啦，你提不动，"姥姥说，"叫文孙陪你，替你提。"

"姥姥，我去嘛，"文孙说，"叶小姐，你甭去了。"

"你单独去不行，"姥姥认真地说，"老虎灶那王秃子鬼得很——水八成开，他就卖了。只有小莹去，才能买到他井罐里的全开水。"

第十五章　记得初相遇

"为什么他只卖全开水给小莹呢？"文孙有点不解。

"王秃子看街头戏，认识了'香姑娘'嘛！"姥姥说着不免好笑起来。

"莹莹啦，"姥姥又告诉小莹说，"还是你和文孙一起去！"

二人遵命，乃由文孙接过铜壶，一道去买水了。

抱着她跑警报

二人提着水壶走出前厅，小莹一眼便看到走廊上那辆闪闪发光的英国制"三枪牌"全新脚踏车，不免一愣。她知道这车子是文孙的，心想，从西门大街去南门还有一段路呢，如果文孙骑着车子载她去，多方便。她想到这儿，脸一热，连车子也不敢看了。

奇怪的是，文孙见到车子，也灵机一动，作出同样的构想，心里痒痒的，但是嘴里却不敢说出，也就算了。

那原坐在门房抽旱烟的"十三太"，早就看到二人出来，乃立刻把门打开，门闸也取下，自己站在一旁等着。当二人走入闸门时，老人口中念念有词："三哥，三少；叶小姐，叶姑娘，省长小姐……"像念佛一样地叽咕着。

"公公，谢谢您开门。"小莹感激地道谢一句。

"哪里敢？哪里敢？"老人鞠躬如也地叫着，"省长小姐，省长小姐，省长小姐……"一直送到门外。

文孙和小莹并肩而行，从西大街转"之"字巷向南门大街走去。二人默默无言很久，文孙才想出几句话来。

"叶小姐，你是我姥姥的学生吗？"

"叫我小莹嘛，"小莹羞涩地说，"省女师音乐班、绘画班上林老师的学生。"

"你上过我姥姥几年课呢？"

"高、初师都上过。"

"那你认识我姥姥四五年了？"文孙说。

"不止呢，"小莹说，"我生下地，林老师就认识我。我小时候叫她'干爹'呢。"

"怎么会呢？"文孙有点奇怪。

"我还未出世，我爸爸妈妈就认识林老师——同乡关系嘛。"

小莹的爸爸妈妈认识姥姥？文孙心里暗想。她爸爸是"叶省长"，怎么未听人说过我们家乡也曾出过一位叶省长呢？文孙对民国政治掌故不熟悉，也就未便多问了。

"我姥姥认识你家那么早！"文孙又补充一句。

"那时林老师在读省女初，我爸在省府，"小莹说，"妈那时请林老师到我家吃饭。我出世后就做林老师干女儿。"

"啊！姥姥倒未向我提过呢。"文孙说着，心中也在暗想叶省长可能是爸爸或爷爷的朋友，所以又补一句说："真可惜，我们以前都未见过。"

"但是我们都知道你呢！"小莹说。

"怎么会呢？"文孙有点奇怪。

"林老师把你给她的信给我们看，"小莹说，"还有照片和英文作文——英文作文看不懂——老师好喜欢你呢。"

"噢，"文孙笑着说，"我有四个姑妈，四个姑妈都喜欢我——四姥姥尤其喜欢我。"接着文孙又问小莹，这次为什么不进"临中"，而要进"政宣队"呢？

"临中十六块钱学费太贵嘛。"小莹说。省长小姐嫌十六块钱太贵，文孙倒有点惊讶。

二人断断续续地交谈着，不觉已到南门，左转到"南门凹"，凹内有个老虎灶，灶外围了些买水人。王秃子穿着件破棉袄，手里拿个大木

第十五章　记得初相遇

勺正在为客人盛水,嘴里还为什么"半开""全开"与买水人嚷个不停。当他一眼看到"香姑娘"站在人圈之外时,他乃向空大嚷"等一会儿"。

他二人刚站了片刻,南门城楼上的汽笛,忽然"呜——呜——"地叫起来。只听街上人群在叫:"警报!警报!""空袭警报!"行人开始乱起来。王秃子乃把水锅一盖,把木勺、火叉等物向一个木桶一丢,把木桶拖入灶后木屋,一把锁起,慌张地拨开众人,一溜烟便不见了。

文孙和小莹也随着慌乱的街民,跑上南门大街,想逃回西门;可是在街上却被一些广东兵堵住了。

"丢那玛,出城!出城!——不许进城!"那些怒气冲冲的大兵哥,把枪托乱摆。街上行人乃向南门争夺出城,势如潮涌。文孙牵着小莹随人潮挤出南门。刚出门,群众一轰,小莹便被挤倒在石桥上,翻了两滚,鞋也掉了,帽子也脱了,人群则从身上践踏而过。幸好文孙年轻力大,终于把小莹从地上抱起,放在桥边石栏上坐下,又挤入人群把帽子和鞋子捡回。这时小莹足踝被扭,疼痛难忍。文孙乃单腿跪下,把她足踝揉了又揉。他看小莹似乎痛苦稍减,乃替她把鞋子穿好,架着她挤回人潮,转入南门桥外"荷叶巷",向另一端拥挤前进,想跑上护城河堤,逃向田野。孰知文孙架着伤妇,刚挤出巷口,人一松动,一群野男人拼命前冲,一下又把小莹挤倒地下,摔个半死。小莹臀部胯部均疼痛难忍。这时已微闻飞机声,逃命客更乱窜,慌成一团。文孙情急智生,乃把铜壶向小莹手中一塞,弯下身躯,一下把伤妇横抱起来,没命地向堤埂上跑去。他气喘吁吁,前跑未及百米,忽然天崩地塌,一声巨响,文孙失去重心,抱着小莹一下便摔入堤下枯草之中;二人一上一下,跌成两块肉饼。这时机声辄辄,炸弹声、枪炮声,天昏地暗,震耳欲聋。这一下小莹被摔在草里,文孙伏在她身上加以掩护,小莹则抖成一团。

所幸不到两分钟,飞机声便消逝了,枪炮声也没有了——宇宙由飞沙走石,转变成死一般的沉寂。许久始闻远处有人声,说:"侦察机!

侦察机！"又听几个广东兵在骂"丢那玛"。文孙才从小莹身上翻下坐起。小莹颤抖虽减轻，但是余悸犹存。文孙告诉她说，敌机已离去，而小莹还是不敢仰视，仍伏在泥土里颤抖地问道："我们死了没有？"

文孙为之失笑，乃把她从草里拉起来，并为她衣服上拍去泥土。

在这场惊天动地的空袭之后，他二人都以为，城区、城郊一定被炸得血肉模糊，惨不忍睹。谁知大谬不然，敌机只有一架来低飞侦察，并未投弹。震耳欲聋的声音，则是城头上我军防空部队的高射炮和高射机关枪，乱打了一阵而已——敌我皆无损失。

警报解除之后，郊外避难人群又涌向城内，城内商户也纷纷开门复业，市面又恢复正常。小莹受伤不重，痛苦减少，已可行动。文孙仍拟搀着她回城，而小莹坚决不要。文孙乃为她用枯树枝做根拐杖，小莹扶杖而行，二人又一颠一跛地走回张家花园。

文孙拍开园门，十三太说，周嫂来接着姥姥一道跑到苗圃去了，天不黑"四老爷是不敢回来的"。

"十三太，你逃警报没有呢？"小莹好奇地问他。

"我没有跑，"老人说，"我是穷人，鬼子是不炸我的。"

时间已不早了，小莹要回队"销假"。文孙要送她回营，小莹坚决不让他去，乃独自转入"文昌巷"，回"文庙"去了。文孙站在巷口，看着她背影在巷子的另一端消失，才回到张家，把水壶交给十三太，自己便推着自行车，径自回"临中"去。

两条心路历程

文孙把车子推上西门大街，心不在焉地在人丛中撞来撞去。幸好他穿的是呢军服、大边军帽、力士鞋。他车子碰了人家的担子，挑担老

第十五章　记得初相遇

几，只好赶快让开。

"她为什么就头也不回地，独自回去呢？"文孙心里想着，扶着车子，对那"文昌巷"望着出神。

言语不慎，得罪了她？没有嘛！——他心中在想。

她可能有个男朋友，在"政宣队"里等她。有此可能，大有可能——和她一起演爱情戏的"小生"嘛。文孙愈想愈有可能，心脏愈是跳得厉害。想想也可能不是……心里又和平一点。

她一定听人传说，我在临中有位爱人！我哪里有呢？这谣言要剖白剖白。

要不那就是她不好意思和老师的侄儿在一起。大有可能，大有可能。

总之……这个结解不开；拿不了主意。

文孙下意识地把车子推入文昌巷。这条巷子平时好长，今天好短，一下又自另个巷口出来了。出来之后就是那有个"道贯古今"的石牌坊的广场。牌坊之后的"文庙"，就是小莹所属的"国民政府军事委员会政治部直辖政治宣传第二大队"的大队部和营房。

文孙一看这蓝底白字的牌子和卫兵，恍如大梦初醒——一个人推着辆脚踏车，在此忘魂失脑，究为何事？

他忙脱下大衣，卷起夹入车后衣包架。此广场甚平坦，他乃骑上车子，装作赶路的样子，驰入南门后街。不知怎的又掉转车头回到广场，再"道贯古今"一下，终于回入文昌巷。西门大街石路车辙累累，行人又多。文孙下了车，忘魂失脑地把车子不知怎样地又推出南门；过石桥转荷叶巷，走上护城河堤回到学校去。他向堤边一看，只见他和小莹摔下的草窝，还在那儿。他想想警报期间所发生的事情，不免望着那草窝出神。蓦然间，他看草窝之侧有一个金属品，在夕阳照射下，闪闪发光。他停好车子，下坡捡起一看，原来是姥姥的铜水壶上的盖子。他和小莹被警报弄慌了，还不知道壶盖丢了呢！文孙把这壶盖在手中玩弄，想想刚才和小莹一起跑警报的事，余味犹存，好不乐意——也就不知不觉地躺入原先的草窝，来重温旧梦一番。

这时天气转晴，晚霞反照，白云冉冉，归鸟阵阵……好一个安闲时刻。这位心无杂虑、浑浑噩噩的林三少，躲在草窝之内，乃大做其半真半假的绮年玉貌的白日之梦，好不开心得意！

张家幺妹、七姐比起小莹，差得远呢！他口中念念有词；心里想着那在苏州读书，到杭州度假，文孙请她们遨游西湖的两位表妹来。幺妹对文孙很崇拜；七姐简直就把文孙看成男友了。她们打着花伞，在花港观鱼时，碰到一位老师和几位同学，她们竟说文孙一行是"许仙"和"青白蛇"呢！今天文孙对青白蛇已完全失去了兴趣。

他心想口念，"压寨夫人"和"生姜"，这两位和他过从也很密切的"歌咏队"里的"同学"，只能替小莹"提鞋"……"提鞋"……

小莹可能也并不那么美、那么甜；可能是情人眼里出西施——两人有缘！

她有位男朋友、爱人嘛，文孙口中念念有词。那算什么？我要夺美、抢过来……请姥姥封锁她……我带她回"庄"去，锁起来！金屋——藏娇……

文孙单恋得大为得意，躲在草窝内，不知手之舞之、足之蹈之也。

"把她锁起来！"文孙想得得意了，把两手一挥，两腿一踢，身子一扭，他忽然发现颈子边有一双白鞋——不免大吃一惊，翻身坐起，竟然发现小莹站在身后。

这一惊，非同小可。文孙尴尬地站了起来，笑着问她："你怎么也来了！？"

"我回到营房里，想写点日记，"小莹说，"可是一摸口袋，我的自来水笔不见了……"小莹说着再次摸摸口袋，又说："我想来想去，可能是跑警报时，摔跤摔掉了，所以一路找过来。"

第十五章　记得初相遇

"你到这儿多久了？"

"好一会了，"小莹说，"只是看你在地下躺着，自言自语，高兴得很，没敢打扰你。"接着小莹想到文孙刚才的样儿，颇为滑稽，所以也笑起来。

"我在胡思乱想、胡言乱语。"文孙说着也尴尬地笑了。

其实"胡思乱想、胡言乱语"，并不只文孙一人。小莹决定寻找钢笔，也是经过一番"思想斗争"才来的——两人都有其隐忍难言的心路历程，殊途同归才又碰到一起的。

原来小莹在谢绝文孙送她回营房之后，她才走出巷口，就懊悔起来——由懊悔而自恨，由自恨而自己处罚自己，咬自己嘴唇、掐自己膀子、扭自己肌肉。扭得红一块、白一块……

恨自己之后，乃伏在床上哭了一阵。哭过之后，又想到临中"歌咏团"里的王生强（"生姜"）和易植芙（"压寨夫人"），她们一定也认识林文孙——她们多美、多灵，人情世故多有经验，一定不会做这样笨事。

"为什么不要他送我回营房呢!? 他那样诚心诚意的……"想了又哭，哭了又扭自己、掐自己……

她又恨那根树枝做的拐杖。"我为什么不要他搀我，而要这根可恶的树枝呢？"她恨那树枝，乃把树枝自床边捡起，丢到窗外去，狠狠地骂了它一通……可是在床上趴着想了半天，又觉那树枝可爱——那是他送她的，乃匆忙地跑出门外，又把树枝捡回，抱在怀里半天，才小心地放入床下藏起来……

她翻来覆去，想不出个主意来。想想这类笨事不能再做——头脑逐渐清醒了，乃想写点日记，或做一首新诗，这样才发现钢笔遗失，而真的着慌起来。

这支名贵的"大号金星自来水笔"是小莹初师毕业时，爸爸花两元五角重价——约合小莹在"政宣"两个半月的"饷"——购来给她的。这支"大号"笔头虽嫌"粗"一点，但写起来十分润滑顺手——小莹平时写日记、作新诗、记笔记、上讲堂抄剧本、抄"台词",全靠它。这一下丢了,就一切"停摆"了。

小莹慌张地跑出营房,在南门石桥、荷叶巷口,都找了半天,踪迹全无。最后才跑到护城河堤,她和文孙一起摔跤的地方来。

小莹一上河堤,第一个看到的便是那辆脚踏车,她不免一怔。接着便看到文孙躺在地下,指手画脚、自言自语。她脸一红,不觉倒退几步。文孙没有看见她,她才又悄悄走向前去,靠在大柳树干上,望着他出神——当她听到文孙在夸奖她时,她觉得文孙很可爱,也很可笑。自己感觉不再紧张了,才走下堤边,站在文孙背后,这才把文孙吓了一跳。

文孙帮她一起拨草找"金星",找了半天,未见踪迹,小莹懊恼之至,闷闷不乐。

"一支钢笔,怎么这样重要呢?"文孙问她。

"天天要上讲堂,抄剧本、抄台词,没有它,一切都'停摆'呢!"小莹悲哀地说。

"你暂时把我这'帕克'拿去用,"文孙说着自衣袋内取出他的"帕克"来,交给小莹。小莹见那美制金笔,闪闪发光,惊喜之至,但她拒不接受。

"这笔比'金星'好用呢。"文孙说着自衣袋内取出一个小本子,要小莹写写看。这样小莹才接受了本子和笔,写了写自己和文孙的名字。一写之下,才知道自己名贵的"金星",毫无名贵之可言。她对这"帕克"真是爱不释手,但是她还是把"帕克"还给文孙了。

"这笔送给你嘛。"文孙把笔交给小莹,而小莹半推半就,还是不受。文孙乃抓住小莹的衣襟硬把钢笔插入小莹的衣袋里去。可是这位没经验的莽青年,却屡插不入,直插得使小莹叫痛了,他才住手——原来女孩子穿军服与男孩子不同!

看官知道吗?男孩胸部是平的,所以钢笔在衣袋内,一插到底;

而女孩胸部是突起的，钢笔不可直插，插笔时要因势利导，缓缓地斜着插进去才是。林文孙这位野孩子，不懂姑娘胸中曲折，只是一味直插下去；恋爱还未开始谈，便已把女友插得喳喳叫痛。

最后女友叫饶，才把钢笔接下，歪着笔缓缓地插入自己的衣袋内——算是"暂时借用"。

既用过"帕克"，小莹对她的"金星"虽不再像以前的宝贝，但丢掉毕竟可惜。她央求文孙再陪她寻找一遍，谁知苍天不负苦心人，竟然被文孙在水边找着。小莹想向他要回，好把"帕克"物归原主，但是文孙却用手帕擦一擦他捡到的墨水笔，便放入自己衣袋中去了，理由是他不喜欢"帕克"，因其笔尖太细，他倒喜欢"大号金星"，颇合"男用"——难得他能和小莹"各取所喜"。小莹自从和文孙打闹一番，二人已熟络多了，加以她又听到文孙自言自语的一些话——如今文孙要换掉两人的钢笔，小莹也就不再坚拒了。

"小苍蝇"和"小八姐"

当文孙和小莹把"钢笔问题"解决之后，文孙又把衣袋内的小本子取出来，看了又看，然后说："叶小姐，你的钢笔字，好秀丽啊！"

"叫我小莹嘛，"叶小姐羞涩地说，"指导员和同学们都叫我'小莹'。"

"小莹，你为什么叫'小莹'呢？"文孙这个糊涂青年，问了句糊涂话。

"我姓'叶'，我是'维'字辈，"小莹微笑说，"小名叫'蝇蝇'，林老师那时还是个初中学生，认为这小名不雅，所以把我小名改叫'莹莹'——后来上学爸爸就叫我'叶维莹'了。"

"你爸爸妈妈为什么叫你'蝇蝇'呢？"文孙觉得好笑。

"我小时候，老是'钉'着妈妈，寸步不离，不高兴时就跟妈妈赖皮，好讨厌,妈就叫我'小苍蝇',爸就叫我'小蝇蝇'。"

"好有趣呢!"文孙说,"我在读小学时,被老师指定当墙报编辑,编个墙报叫'柳浪闻莺',你猜我写的第一篇文章叫什么题目?"

"……"小莹只微笑未答。

"好有趣呢!"文孙边说边自自行车衣包架上,取下大衣,铺在地上,又说,"好有趣呢!我们坐下来谈谈……"

文孙要小莹坐在他的呢大衣上。小莹不好意思,文孙勉强她几次,她才坐下来。文孙则坐在一个柳树根上,斜对着她。

"你猜我那篇文章叫什么?"

"……"小莹当然不知道。

"我那篇文章题目叫'忆儿时',"文孙笑着说,"我要有你'小苍蝇'那样有趣的儿时故事可'忆'就好了。"

"林先生,你不是有个很好玩的'小名'嘛?"小莹现在和文孙已经熟了一大半,说话也轻松多了。

"小莹,我现在叫你小莹,"文孙说,"你也不应该再叫我'林先生',叫我文孙或林文孙——否则我就叫你'小苍蝇'……"

"……"小莹未搭腔先忍不住笑了笑,才说,"那我就叫你'小八姐'……"说着小莹更忍不住地笑起来。

"你这个淘气的丫头,"文孙笑着用手向小莹膝盖一拍,说,"你怎么知道我的小名叫'小八姐'?……"

"……"小莹又低着头,用手盖着脸,笑出她忍不住的笑声,说,"林老师告诉我们的嘛。"

据小莹说,林老师最爱文孙。她有个"贴像簿",贴的全是文孙的照片,文孙幼年时写给姥姥的幼稚无知的信,和一些小学、中学的课程作业。

有一次莹莹又和"干爹"在一起翻看这本贴像簿,小莹觉得"小八姐"

第十五章　记得初相遇

那张穿童子军制服的照片最"可爱"。她爱不忍释之后,林老师便把这张照片取下,送给她了。

"这照片我一直保存好多年呢!"小莹感叹地说。

"我那童子军照片,现在还在你那儿?"文孙忍不住地问。

"丢了嘛。"小莹低着头,切切自己的指甲,懊悔地说了一声。

其实这照片,她没有"丢了",那是保存在她的肝胆深处、灵魂之内——说来话长啊。谁知苍天撮合,她竟然碰到了这位糊糊涂涂的无肠公子——她孩提时代就时时遐想的梦里情人。

但是谈情说爱,女孩子要比男孩子早熟多了。小莹用尽百二十分的定力控制了自己,可是对方那位糊涂公子,哪里知道姑娘的心事,他还在为着他那"小八姐"的乳名感到尴尬呢!

"你知道我父母为什么把我取个女孩名字做小名?"文孙问小莹。

"……"小莹何尝不知,只是姑娘此时心潮起伏,说不出话来。

文孙解释说,他上面有七个姐姐,活了五个都很健康。他生母第一胎便生个男孩,而这男孩竟流产而死。家人认为女孩子"命贱",阴曹里阎王不要,所以家人才把"三哥儿"改名"小八姐",以蒙混来拘人魂魄绑票勒索的牛头马面也。

这一项欺骗阎王、躲过牛头马面的阳谋,想不到果然有效——林三哥儿已经十九岁了,牛头马面居然还未来找过他的麻烦!

"我才八九岁时,你就知道我,那我们真算有缘呢。"文孙高兴地说。

"……"小莹脸红得发烧,没有搭腔。

当文孙谈得正起劲时,小莹起身要告别了。她非回营不可。非格于规定也,实是民生问题在作祟——原来受训期间,小莹原是个有上士资格的"学兵",月饷七元。而这个"政治大队"在主持人扩张计划之下,薪饷公吃公用。大家吃"大锅饭",每兵每月只发"零用"金一元,余钱则为招募新兵之用。如今天时已晚,正是营中晚餐时间,粥少僧多、过时不候，小莹薪饷有限，每月还得六毛八毛地寄钱回梅溪接济母亲，所以晚餐时间，势非回营用膳不可也。

小莹坚持要回营，男友不知姑娘艰难，不敢违命——文孙只好站起身来，预备送女友回营。

辛苦的车夫

当文孙把大衣卷起放入衣包架时，小莹用手指拨一拨自行车架起的后轮。她见那寒光逼人、运转如飞的车轮，不禁赞叹一句："这部车子真好呀！"

"小莹，你会骑车吗？"文孙问。

"正在学，会跑，不会上下。"

"你们队里也教骑车吗？"

小莹点点头说"教"。只是全队两百多人，只有四部旧的日制车。两部"单飞"、两部"双飞"——坏个不停，不坏也擦轮。小莹说队中两百多学员都想学，大家轮流登记排班，每人每次半小时。她一共只轮到六次，骑了三小时，可以"勉强地跑"，没有人扶着，便"上不去、下不来"。

"我这是'三飞'呢，最容易骑。"文孙说。

"这样好的车子是哪一国货？"小莹问。

"这是'三枪牌'，英国货，"文孙说，"'三枪牌'、'老人牌'，都是世界上最好的牌子——你想试试吗？"

"……"小莹未置可否，但是刚学骑车的学徒都知道，看到这种好车，人人都想试一下。小莹早就心里痒痒的了。

"试一下嘛。"文孙再鼓励一次。

第十五章　记得初相遇

"我不会上呢。"小莹忸怩了一下。

"扶着你、保护你，保险没问题。"

小莹又尴尬了一会，乃由文孙扶着骑上架好的单车，试了踏脚，那种轻快之情，顿使她觉得心旷神怡——比"政宣队"里那几部老爷车，真判若天壤。

文孙把车子缓缓推向前，车架翻起，车子就急速前驰了。我们的叶姑娘是学骑日制、单飞、老爷车起家的——踩一下，轮子转一下。叶姑娘把这老技术用到这"三飞""三枪"上来。她两脚一踩，立刻车行如飞。姑娘未骑过这样快的车，她慌了，乃大叫："文孙！文孙！你扶着我没有？扶着我没有？……"

"别慌！别慌！……"文孙也大叫，同时以跑百米姿态，飞奔着追了上去。跑了百来米总算追上去了，谁知这坦荡的河堤只有两百多米长，过此则下坡通向田野间大路。下坡时，车行加速，叶姑娘不谙"煞车"之道，她两脚乱踩，车子急驰如飞。

"文孙呀，文孙呀……不好了……快拉住我……"小莹在车上大叫。

文孙见大势不好，乃用尽平生之力，冲上去，一把抓住衣包架。小莹车头一转，来个一百八十度大转弯，连人带车，一下压倒在文孙身上——骑士压车夫，单车压骑士，三位一体，冲入路边菜园里去。小莹的额头，对准文孙的额角，叮咚就是一下，碰得金星直冒。

幸好这还是初春，菜园的泥土，潮而不湿，人造肥料虽有而不多。两人一车在地下躺了约半分钟，车夫才缓缓挣脱骑士，爬了起来，架好车，再把骑士扶起。骑士揉揉自己的前额，又摸摸车夫的额角，道歉不已。

"小莹呀！"车夫奇怪地问骑士说，"你下坡时，愈跑愈快，为什么不煞车呢？"

"我'煞'不了呢！"小莹说着一面替文孙衣上拍去尘土，"你车前轮上有块板，我踩不到前轮；我把脚踏向后踩，也不管用呢。"

原来小莹以"煞"老爷车的办法来煞新的"三枪牌",她还不知道什么叫"手煞车"呢。

"你看好危险!"文孙指指前面不出二十码远的水沟和狭窄的小石桥。文孙如不实时把车子抓住,小莹准会翻鞍落马,冲入水沟中去,那就不堪设想了。

车夫觉得有向骑士解释单车性能之必要——如何换挡、如何煞车(先煞后轮、后煞前轮)等。解释完毕,二人因头垢面地又把单车推上河堤,那儿比较平坦、宽敞。

经过文孙解释之后,小莹又想试一下。文孙扶她上车,这次果然熟练多了。但是文孙还得在一旁跑步相随。跑到顶端,再帮助姑娘掉头。这河堤有两百码,来回一次四百码,可怜的林三少,为着护美,已跑了十几个来回了。初春晚寒,但还是跑得汗流浃背。有好几次,姑娘有些不好意思,要求停止驰骋了,但是男友知道她言不由衷,还是鼓励她骑下去。所幸这时,天已傍晚,行人无多,但是还是碰到若干惊险镜头,都亏年轻车夫眼捷手快,临事化险为夷,没有撞伤行人。

小莹在堤上往返了个把钟头,有时只停下片刻听车夫讲解按辔徐行之道。能按辔徐行、顾盼自如,渐入化境,那就可自试上下了。

文孙扶着她,自试上车几次,小莹果然能勉强上车了,但是文孙还得追上去,扶着她,否则便下不来。

一次小莹把车推快,跨步上车,车头正左右摇摆不定之时,车前一位挑担老几却迎面而来。骑车的想让挑担的,挑担的也要让骑车的。二人向东则同时向东,向西则同时向西——说时迟,那时快,小莹一车正冲入两箩之间,直入挑担大哥两胯之下,把他冲个四脚朝天。叶小姐翻鞍落马,小腹正压在这老几头上,几乎把那老几压得活活闷死。文孙赶紧跑上去把小莹抱起,把车子拉起架好,那老几约四十上下,虽十分健壮,但是也被这女兵压得气喘吁吁,坐在地上,呆若木鸡——他那两个箩筐,则滚在一边。他原是个柿饼贩子,两箩筐柿饼也滚得一地,把地面撒得一片雪白。

小莹站在一旁不知如何是好。文孙忙向那老几道歉,并帮他把柿饼捡回箩筐,并答应赔偿损失。

文孙看那老几神情,"赔偿损失"问题不大。问题大的是"新春上月"、"元宵节"才过,头就被压在一个女人的"裤裆"之内,是太不吉利了、太倒霉了。晦气当头,这老几真恨不欲生——文孙了解这情况。当他二人把柿饼收回箩筐之后,文孙乃取出两元法币给他,一再道歉,并劝他先去"大利园澡堂"洗个澡,再到城隍庙"韦陀菩萨"前烧一炉香就好了——必要时也不妨"买一串爆仗炸炸",自然大吉大利。

那柿饼贩原是"收市回家",所余柿饼尚不值一块钱。现在自然凭空赚了两块,也是意外之财了,何况撞他的又是一个"兵"!他取了钱,乃向"官长"道谢而去。

文孙结束了这场交涉,自信很成功,甚为得意地向小莹笑一笑,而小莹则几乎哭出来。幸好男友态度轻松,说她"上车"大有进步,劝她"小心点"再试试看。

小莹心慌意乱,不敢再试了。文孙劝她:"一定要再试试,否则以后就更不敢试车了……千万不可泄气!"说着文孙乃自己骑上车,运转几下,显得轻松之至。他又表演两套"定车"和"反骑"的技术,最后"金蝉蜕壳",一跃而下,使小莹称羡无比,心态轻松得多,也确想"再试一次"。

他二人看准堤上无人,小莹居然也就跨腿上车,扭了几下,也就旋转自如,文孙在一旁直是鼓掌称赞。

小莹自动上了几次之后,已渐纯熟,文孙又示范,"缓缓下车"之后,乃傍车跑步,要小莹也缓缓举腿下车。渐渐地,小莹也就能举腿下车了,但是还缺点"缓缓"之功——她下得车来还得扶着车子,猛跑一段。虽然如此，文孙已经认为她"进步神速"了。

"轻松！轻松！"文孙指示着说，"让车子速度慢下来，然后缓缓举腿下车！"

"讲起来好容易唉，"小莹抹抹额上的汗，说，"车子慢下，就倒了唉。"

"再试试，再试试……"文孙继续鼓励她。

小莹又"试"了几下，果有心得，但有时要倒，有时要跨步向前，还是难免的。

一次小莹正预备举腿下车时，却见一位老大娘手里提着个草篮，站在路边。小莹心中有点发慌，怕撞着她，所以未待车速缓下，她就跨步下车，随车猛跑。那老大娘见势不妙，乃想躲开车子，谁知小莹也正想躲她，二人反碰个正着——那老大娘被车冲得头下脚上，一个"倒栽葱"，翻入堤下；小莹则连人带车，一个筋斗，自老大娘身上，也翻了过去。

这一跌，非同小可。文孙飞奔向前，也冲入堤下，只见小莹被压在车下，遍身黄浆；那老大娘则头下脚上，躺在堤边哀嚎不已。

文孙先把老大娘扶起，坐在堤边，只见她颤抖不停。文孙再下得堤去，把车子拖向一边，才把小莹扶起。一看小莹身上黄浆原是一摊鸡蛋黄——原来这老大娘是在乡间收了一筐鸡蛋，正走向城关，向"春江大酒楼"送蛋，谁知半途发生车祸，弄得蛋破人伤。

文孙取出手帕，把小莹清洗了一次，再把她扶到堤边柳树根上坐下，慢慢喘气。再走向啼哭的老大娘，问她受伤了没有。老大娘倒不担心受伤，只是挂念她的满筐鸡蛋——原来这鸡蛋是她自乡间两个大铜元一只收来的。如今她要卖五个铜元两只给"大酒楼"。文孙问她一筐有多少鸡蛋，她说大的十八只、中的二十四只、小的十九只，共六十一只。

文孙答应她全部赔钱，老大娘乃起身把草筐捡起，里面鸡蛋竟有半数是完整的，但是文孙答应六十一只全数照赔。未破的仍由老大娘继

第十五章　记得初相遇

续去卖。老大娘这一喜非同小可。

这老大娘筐子里还有个油瓶，也滚在草丛里——原来老大娘是个跑"单帮"的。她卖了鸡蛋，就买灯油。买了灯油下乡去，则按户一勺子一勺子地去卖油。

这老大娘颇有生意眼光，如今她看到遍地破蛋，她决定油也不买了，乃把破鸡蛋一颗颗用手捧起，装入油瓶中去。文孙和小莹也帮她一起装。老大娘很仔细，她把草上、树上黏的蛋黄蛋白，一滴不留地都装入油瓶里去。

一切弄妥，文孙给了她两块钱"赔偿费"。大娘一算，六十一只蛋不值两块钱，文孙勉强她才收下——老大娘真欢天喜地，恨不得将来再让这"女兵"撞一下。她一看那车轮钢丝上，还黏黏涟涟的，老大娘乃脱下围裙把车子擦得雪亮，又帮小莹身上擦了又擦。

三人将分手时，大娘忽然指着小莹问文孙说："官长，这位是不是你的娘子？"

"不是，不是，"文孙说，"现在还不是。"

"……"小莹红着脸，无可奈何地向文孙瞥了一眼。

"官长，"大娘又称赞说，"你的娘子好'匀'呢！"

"大娘，谢谢你！谢谢你！"文孙说。

"……"小莹脸又红了一下。

"姑娘，"大娘又向小莹说，"你要打扮成新娘，真心疼死人呢。"

"……"小莹脸更红了，未搭腔。

"官长，谢谢你啊！多子多孙！"

"大娘，"文孙答道，"今天真对不起你，真谢谢你。"

"官长好说，好说……"

大娘挂起草筐，又向城关卖蛋去了。

跟"小莹"走后门

　　大娘去后，文孙问小莹有没有勇气再试试上下车。但是经过三次车祸，小莹已成惊弓之鸟，不敢再试了。加以她心中不安——文孙为她"赔"了那许多钱，足抵她四个月的"饷银"，她正不知这辈子如何偿还。而文孙则极力劝她"不要想这些事"。她虽然不能不"想"，但她觉得文孙十分"体贴"，自己"想"起来也没那么难过了。

　　这时天色已晚，新月如钩。二人运动了数小时，也已饥肠辘辘、疲惫不堪，尤其是小莹，早被摔得全身酸痛。文孙要送小莹回营，小莹坚持不要，但是文孙认为姥姥明早动身入山，总得再见一下，所以二人还是决定同行入城。既然入城，文孙乃劝小莹再试骑一下，以免以后胆怯。小莹因天黑视线不清更不敢试。文孙乃扭开车头灯，照得前路通明，使小莹惊讶不已。在文孙的鼓励之下，小莹鼓起余勇，又跨上车去。新月在天、柳影摇曳，姑娘夜骑单车和日骑单车，情调又自不同。二人一骑一跑，又来回数百米。小莹虽意犹未足，但毕竟体力有限，香汗淋漓，她已骑不动了；文孙也跑不动了。最后由文孙建议，小莹坐在车子衣包架上，由文孙带她回城。

　　他二人既在一起已厮混了半天，三遭车祸，男女授受不亲之大防也早经突破。小莹稍为忸怩了一下，也就坐上衣包架，抱住文孙的腰，在星月微光之下，按辔徐行；从河堤之上驶向荷叶巷去。

　　这时虽是初更时候，路上行人稀少，但此路却是城关通向卧龙潭"临时中学"的必经之道，这时回校学生也三五成群从路边走过。大家对这样的载美专车，虽已不觉稀奇，但认识他二人的还是不免尖叫两声，以表艳羡。好在路长有限，他们叫不了一两声，二人已抵巷口。夜黑巷狭，让人不易，二人也就下车步行，一左一右，把车子推上南门大街。

　　文孙和小莹闲聊着，不觉把车子已推入南门。不意文孙却又转过

第十五章　记得初相遇

王秃子的老虎灶，绕向南门后街走去。小莹有点奇怪，问文孙不是要去西门看姥姥吗？

"咱俩吃了晚饭再去。"文孙轻声地说。

"不要了，"小莹说，"我买两个烧饼带回去就够了。"

他们"政宣队"本不是个"穷"机关，只是编制名额少，大队长要无限制扩充队员——这和一般部队"吃空额"正相反——所以就嫌经费不够了。"吃大锅饭"每次总是不够吃。队员脱了一顿饭，不自己出街购食，那就只有枵腹以待下一顿了。

小莹为贪骑脚踏车，脱了晚餐，就只好买烧饼充饥。

可是她新交的男友，今晚却要请她到本城最豪华的南门后街"春江大酒楼"吃晚饭。小莹忸怩不安，然身不由己，只好和文孙把车子推到"春江大酒楼"门前。只见这三层大酒楼，上下灯火通明，人声嘈杂、座无虚席。门前还停了一部小轿车、一部卡车和好多部黄包车。有些军人，因久候无坐席，正在和酒楼账房吵闹……里外乱糟糟。

文孙把车子推到对街，和小莹向酒楼张望一忽儿；他叫小莹守住车子，自己则挤入酒楼中去。这时一个烧饼贩，正挑着担子向一些黄包车夫兜售烧饼。小莹见酒楼太挤也太贵，绝不可能挤进去；乃摸出几个铜板，也买了几块烧饼，预备带回营房当晚餐。这时文孙刚好自酒楼出来，和他一齐出来的还有一个酒楼伙计，二十来岁，和尚头，穿件带胸围裙，肩上披着条脏抹布。他一见到小莹不免一怔，口中竟不由自主地叫声"香姑娘"。小莹也为之一愣。她这时正在付烧饼钱。文孙自小莹手中取过烧饼，交还那烧饼贩；烧饼贩面有难色。文孙乃顺手把几个烧饼交给一个黄包车夫。那车夫还未来得及道谢，文孙便牵着小莹，那光头伙计则拉着自行车穿过街道，绕向酒楼侧面去了。

这个楼侧面空地建有一长条用"美孚煤油"废桶皮盖的矮木屋。木门上挂着一把开着的洋锁，那伙计扭开锁、推开门、扭开那黯淡的小煤油灯，只见里面木架上挂了许多条腊肉、香肠和咸鱼、风鸡……这伙计把文孙的脚踏车推入屋内，扭小了灯光，反身关了门，把洋锁锁好；乃带文、莹二人绕过小屋，走入酒楼后门，进入厨房。这厨房内梁上挂着个汽油灯，照得全屋通明，厨司杂役二十余人，正忙得不亦乐乎。

他三人穿过厨房，从一运货小楼梯走上二楼。二楼有大小方圆餐桌二十多张，食客满座。大家猜拳行令，热闹非凡。三人又自二楼循一较宽楼梯走上三楼。楼梯口挂一白布门帘，上书"雅座"二字。这雅座也有餐桌七八张，也是满座，只是客人看来衣着较整齐；有一位"上座"军官，挂的似乎是少将领章，吃的似乎也是"鱼翅酒席"。

文孙和小莹在伙计领导之下，自墙边转到有一列碗橱的屋角。橱与墙之间形成一巷道。巷口有个火炉，正烧着开水；巷内有张小木桌，桌上堆了些盆碗酒壶等杂物。这伙计把这些杂物移到橱里去，又用他那脏抹布抹了抹桌子，反身出去搬来两张木椅，一张大"栗壳纸"铺在桌上，又放一个小洋蜡台，两个"盖碗"龙井茶，然后用袖子抹抹额角上的汗，笑着请两位客人坐下吃茶。

"三哥今晚要吃什么呢？"伙计问文孙。

"小聋啊，"文孙说，"这是叶小姐。"他为小莹介绍一下。

"认识！认识！"小聋说，"这儿谁不认识'香姑娘'叶小姐？"说着小聋又转向小莹说："叶小姐喝口热茶。等忽儿我暖一壶花雕给你暖和暖和——三少是我们小东家。"

"今晚有什么好吃的呢？"三少问小聋。

"鸡鱼肉圆，海参、鱼翅都是新发的——还有新豆苗、韭菜、鳝段……"

"你问问叶小姐嘛！"文孙告诉小聋，接着自己也问小莹："小莹你喜欢吃什么？"

二人都看着女客，女客却答不出来。

第十五章　记得初相遇

"叶小姐，鸡鱼肉圆，随便讲个范围，我替你配——三哥菜都是我配的。"

"小莹，讲个范围嘛，吃鸡？吃鱼？"文孙也加一句。

"你喜欢不喜欢吃鱼？"小莹也反问文孙一句。

文孙乃告诉小聋："配两样鱼吃吧。"小聋闻言，身子一翻就走了。

文孙叫小莹先喝点热茶，"暖和暖和"。其实这席次在火炉之侧已够"暖和"了。这个三层大酒楼，人声鼎沸，而他二人躲在碗橱之后、火炉之前，一烛荧荧，二人对坐，却是世外之桃源，雅座之雅座。小莹环顾四周，在这个小天地内，不待酒菜，她已感到十分陶醉了。

"文孙呀，"小莹说，"你和小聋怎么这么熟呢？"

"他原来在我家当打杂，张管家介绍他来的。"

"……从你家里来的？"小莹有点奇怪。

文孙解释说，小聋姓邢，原来是个逃荒的小难童，后来在"粥棚"抢稀饭吃，被人用铁勺把耳朵打聋了，没处生存，就在文孙家中待下了。然后渐次长大，听觉又恢复了一些，张管家就介绍他到"春江"来"打杂"——现在在春江混得很不错，因为小聋人很忠厚，又肯干活。小聋是"小东家"三哥儿的好朋友，所以不论何时何刻，不论春江是如何忙、如何挤，三哥儿都可随时有座位、有好菜——因为他总是有小聋领着"走后门"！

何况这次三哥儿还领着小聋哥最心爱的"香姑娘"来了呢！

最先的晚餐

二人正谈着曹操，曹操就到了。

小聋这次捧了个大木盘，盘内有四碟"双拼"，一壶"暖"好的绍兴花雕。

他二人这时已饥不能待，小聋刚放好，二人就吃了起来。双拼中的卤肫肝、咸鱼板鸭，不用说鲜美无比；就是那泡葱头、盐菜，也可口之至。小莹最初举箸还有点矜持，后来看到文孙那样轻松自然，两人真如兄妹一般，自己也就轻松多了。

二人把双拼几乎吃了一半，才又开始喝点酒。半杯下肚，小莹已觉得全脸发热，神智飘忽、轻快无比。

衣食足，礼义兴，两人乃谈起生活经验的种种问题来了。这时小聋收起冷盘，摆上热菜，有"沙锅鲤鱼头"、"大葱烧冬鳝"、"蒜苗肉丝"和"清炒三冬"、"粳米饭"、"洋面馒头"等，这满桌菜肴，真把我们叶小姐惊坏了——两人已半饱，哪吃得了那许多呢？

"你得留点给小聋和打杂工友吃嘛。"文孙轻声地告诉小莹，小莹这才点头会意。

这时小聋又送来两盅"鱼翅汤"，和一碟"清炒豆苗"，十分鲜美。

"小聋哥儿，"小莹夹着一筷子豆苗问小聋道，"冬季哪儿来这些新鲜菜呢？"

"我们县长、专员请锺师长吃饭，特地向'苗圃'谭技师要的——温室养的嘛。"小聋轻声地说。他又解释说是他告诉厨房涂师傅，特地为三少"扣"一份。

"小聋和我一起穿开裆裤长大的，"文孙告诉小莹说，"我们是弟兄伙，有好吃的他总会替我扣一份。"

"我以后就扣两份了。"小聋哥特地向"香姑娘"也献个殷勤。

"小聋啊，"文孙又问道，"你怎么认识叶小姐的呢？我昨天还不认识呢。"

"叶小姐他们那时在演'街头戏'嘛，"小聋笑笑说，"我们以为是真的——那老混账欺侮他女儿，我们看不顺眼啦。王秃子和我们几个伙计，几乎上去把那老混账揍死！"

第十五章　记得初相遇

"什么街头戏?"文孙问小莹。

"《放下你的鞭子》嘛,"小莹说着笑出声来,"我们在演戏,他们以为是真的,大家就骂老混账——我看势头不好,连说:'是假的!是假的!……'王师傅未听见,已上去揍了老混账几棒子,打得他痛了一个多礼拜。"

文孙闻言大笑,问被打的是谁。

"张叔伦张指导员嘛,"小莹笑不可仰地说,"他后来把胡子撕下来,王秃子才住手,不再打他……"小莹想起又笑着说:"谁叫他演得那么认真,那么像!"

"虽然我们后来知道是假的,打错了人,"小聋也笑着说,"我们伙计们好喜欢'香姑娘'呢——街坊邻里,哪个不喜欢香姑娘?后来才知道你是我们省长的小姐呢,哪是穷人!?"小聋哥笑着向香姑娘解释误会。

小莹正要向小聋哥说明她也是"穷人"时,那边有客人要开水,小聋便提着水壶赶去了。

"你们现在还在排什么戏呢?"文孙问小莹。

"我们正在排《雷雨》,张指导员反对排《日出》,他还在改编《渔光曲》为舞台剧。"小莹说。

"那这些剧本你都看得很熟了。"

"岂止看得很熟,"小莹说,"我还得背台词呢。"

"戏要演得逼真,要把演员的真感情,贯注入所演的角色里去,是吧?"

"必然如此嘛,否则就不能引起观众感情的共鸣。"小莹说。

"不能演得太真了,"文孙笑笑说,"演得太真了,小心被王秃子揍了。"

"哈……哈……"小莹大笑。

"你在《雷雨》里演四凤吗?"

"是呀!"

"四凤后来向她妈说：'我已经有了。'那种心境很难表达呢。"文孙说。

"设法体会嘛。"小莹说。

"怎么体会呢？"

"心里就想嘛，"小莹说，"假如我有位男朋友……做出……"小莹体会体会，终于讲不下去了，嘴内吞吞吐吐——幸好她喝了点酒，心跳脸红还不太明显。

文孙也"体会"出小莹难于讲下去的道理，乃换了个话题。

"你前不久告诉我，你在写日记，天天写吗？"文孙问。

"天天写呀。"小莹说。

"那你今天可有得写了，"文孙笑着说，"翻了三次车。"

"今天的故事，那真写不尽了，"小莹也笑着说，"跑警报、翻车、撞倒两个人，还在春江大酒楼吃晚饭，认识了错打张指导员的小声哥……啊，写不尽呢……"

"那你把'文孙哥'也写进去了。"文孙开玩笑地说。

"就拿你的笔，写你的故事嘛，"小莹唧唧地笑着——她忽然又想起来要把那支帕克笔换还给"文孙哥"。那当然没有这可能了。

"我们的国文老师告诉我们，"文孙说，"写日记是一些文学作家们的最早练习写作的方法——你写久了，将来会变成个'作家'呢。"

"哪敢指望做作家！"小莹谦虚地说，"只是欢喜读文学书籍，乱写写好玩就是了。"

"我虽然是学理科的，"文孙说，"可是我也喜欢文学、艺术呢。"

文孙说他自读小学起，一直便是"文学研究会"、"艺术研究会"的会员。现在也是"临中歌咏团"的团员——他并且会吹口琴、拉二胡。

他这一说，倒使小莹高兴得简直要跳起来——原来他们有同好。小莹喜欢"文学"，也喜欢作"新诗"；欢喜"演戏"，也欢喜"唱歌"，

第十五章　记得初相遇

只是嗓子不够响,所以她在演舞台戏《渔光曲》,张指导员导演时,总特别使嗓音大的曹文梅在台后一起"佐唱"——文梅嗓音很好,但在舞台上不够自然,所以导演要她在台后"佐唱"。

文孙又问小莹欢喜哪些文学书籍。

"大部头的看过《红楼梦》、《茶花女》、《儿女英雄传》等等。"小莹说她喜欢爱情小说,但也看过《西游记》和"一些《聊斋》"。但是她还是喜欢看"现代一点的"爱情小说;也看过一些"良友丛书"。她说她喜欢"巴金"、"苏曼殊",不喜欢"老舍"和"鲁迅"。

"你看苏曼殊些什么书呢?"文孙问。

"《断鸿零雁记》呀,《碎簪记》呀,"小莹说,"我们看到那诗,什么'踏遍北邙三百冢,不知何处葬卿卿',我和文梅都哭呢。"

"你们女孩子,想象力丰富,"文孙说,"你想想那些都是假的,你就不会哭了。"

"你设身处地想想嘛,"小莹说,"他爱人死了,葬在荒丘义冢;他久别归来,听说她死了,他要到她墓上去祭吊一下,但是却找不到她的坟,你想……设身处地想想,惨不惨?——我和文梅,还有个王阿英看了都哭了呢!"

"苏曼殊是个多情和尚,"文孙说,"专会惹少女的眼泪。"

"那故事真的很惨呢,文孙。"小莹说。

小莹说她还看过一本叫《燕知草》的散文集,她也"爱死了"。

"你爱那首春宴诗,是不是?"文孙问。

"你也看过《燕知草》?"小莹感觉奇怪。

"记得那诗吗?"文孙问后,又念到:

"春日宴,绿酒一杯歌一遍。"小莹接着念下去:

"再拜成三愿——"文孙接着念:

"一愿郎君千岁!"

小莹接下去念道：

"二愿……"她念着脸一红，就断了，不再向下念了。文孙乃接下去，又念道：

"二愿妾身长健！"

小莹不觉难为情地忸怩一下。但是当文孙念出三四句时，小莹也跟着一道念出了：

"三愿如同梁上燕，岁岁长相见！"

小莹念完，高兴得几乎鼓起掌来。

文孙乃举起酒杯说："莹莹：三愿如同梁上燕，岁岁长相见！"

小莹有点难为情，但也勉强举起酒杯来。文孙干杯了；小莹分两口喝，也把酒喝完了。

春江边的情人巷

这个碗橱之后一烛荧荧之小甬道，真是初恋情人理想的小天地——美国男女情人初恋时往往私自开着汽车，溜到幽静的"情人巷"（Lovers lane），车外只见一对对闪烁的星星，车内则是两只"交颈"（Necking）的鸳鸯，四体擦来擦去。倦了二人则搂着看看天上的星星，看看邻车内蠕动的人影。有时火热过了，彼此打趣一番，把自己和"小伴"叫成"狗男女"，把在邻车蠕动的影子，也叫做"男女狗"——朋友，你（妳）知道，做"狗男女"时，你（妳）是多么幸福、多么陶醉？

在三十年代的中国，"春江大酒楼"，"雅座"碗橱之后那条微烛摇摇的小甬道，也是初恋情人最理想的"情人巷"了。小聋哥是个忙人，送茶斟酒之外，来去匆匆，不是个电灯泡。他不会扰乱情人间的悠闲感。他来来去去，插两句不关紧要的话，且可增长情调，有助谈兴。

第十五章 记得初相遇

小莹和文孙闲聊，从苏曼殊的单恋到徐志摩和陆小曼的火热，从李后主的情诗，到朱淑贞的"断肠词"——再到老庄哲学、列宁主义，二人中学教育背景相同、年龄相若。小莹不懂英文、数理，文孙也觉英文、数理没啥好谈的。小莹教过小学，喜欢孩子，曾教过孩子"唱游课"。文孙不但喜欢孩子，连小兔子、小猫、小狗、小鸡、小鸭都喜欢。二人兴趣相同、人生观相同，真是愈谈愈投机，精神距离愈短、心智愈自然、态度愈轻松。——总之相见恨晚！

在一个小甬道内，万人如海两身藏，二人真希望春蚕不死、蜡炬长燃，手表也停止转动——文孙腕上本带了一只瑞士"西玛表"，但他将有作无，用全部功力，防制眼睛看表。可怜的小女兵，腕上根本无表，完全没有时间观念。二人谈得投机，在微弱烛光之下，互看对方酒意三分的脸，也愈看愈可爱——彼此都希望这可爱的地球，从此便停止转动吧。这时小聋又沏上新茶，并送来两碟刚出炉的"马蹄酥"和"菊花饼"，都是两人最喜欢吃的——不待文孙劝请，小莹也已熟络到自动和文孙分饼而尝的自然程度了。

二人喁喁之谈正浓时，小莹忽然脸泛红晕，有点难为情地站了起来。文孙因背对巷口，尚不知何事，乃反身一看，原来有几位男女客人站在炉边。一位圆脸女青年，正向小莹作"鬼脸"，使小莹红晕加重。

"指导员，"小莹向一位穿军便服、挂少校领章的中年军官，为文孙介绍，说，"这是我……表……表……"这"表"字之下语尚未讲出，文孙便走向前去自我介绍并和指导员亲切握手，连说"久仰"。

"老姚，你们怎么知道我们在此地？"文孙又转身问老姚。原来老姚是文孙老同学，现任"临中歌咏队队长"，文孙是他的队员呢。

老姚又替那圆脸女兵介绍叫"曹文梅"。文梅身后还有三两位同学都是临中来的。

"曹小姐，我们多少年前就在我姥姥那儿见过嘛。"文孙笑着说。

"我是小莹最好的朋友呢！"文梅说着，便把小莹拉过去，亲昵地搀住。小莹就不再感到初被发现时的尴尬了。

文孙再次问老姚，为何发现他二人在此地。姚说，他们今天一起在和张指导员开会，商讨"政宣话剧队"和"临中歌咏队"联合演出的事务，大家会开晚了，张指导员乃请他们负责同学到春江来吃面条。人太挤，大家在门口"长板凳"上坐等，却看到小聋领你二人上楼走入"雅座间"。他们一行久等无座，又回到"政宣大队部"，吃了些烧饼继续开会——直到春江快"打烊"了，他们又饿了，才又回到春江吃面。吃完面，老姚说，恐怕你们已走了，但是曹文梅主张还是来"找找看"。"果然把你们找到了，"老姚说，"你们在吃什么东西，吃了这么久？"

"他们在吃一条'大鱼'嘛！"文梅说着并指指那火锅，说得她背后一些同学大笑。

原来"歌咏队姚队长"学名姚大余，同学们都戏呼他为"大鱼"。大鱼身胖体高，做事灵活，虽不大会唱歌，但善于办事。"歌咏团"少了他就"唱"不起来了。他那肥肥胖胖的样儿，也活像一条大鱼，所以大鱼亦名副其实也。

访客多了，文、莹二人的第一顿晚餐就结束了。小聋从楼下拿出一本林放鹤堂专用的蓝封皮"流水账"，和一支蘸好的毛笔，小聋把账簿翻开，文孙却取出自己的"金星墨水笔"，在那条账目下写个"三"字。另自衣袋内，取了几个银角子暗递给小聋，小聋就下楼去了。

他们一行乃在张指导员率领之下，缓缓走下楼去。这时餐馆已正式打烊，张指导员看看手表已是半夜十时五十二分了。众人走出门口，只见小聋已扶着车子在街头等候。单车也被擦得光辉夺目，原先车祸时所沾的尘土，一点都没有了。

这时也有两三个黄包车夫来兜生意，见大家无意乘车，也就失望地退走了。

第十五章　记得初相遇

张指导员一行是夜深回营了。临中几位同学也就走出南门回校；而文孙则还想到姑妈处看看，因为姑妈明早一早动身也。大队七八人乃兵分东西，大家分手了。

张指导员所率领向西行进的两男两女，一行四人，循南门后街缓缓走去。这时店铺都已关门，街上行人极少，除点新月微光之外，这白昼熙攘的大街，此时简直是条黑巷子。

这时文孙拖着车子，与张指导员并肩缓缓前行；文梅和小莹则随行在后。四人两组，各聊各的。

张指导员名叔伦，原来是文孙姥姥的老相识。文孙这时才知道上个月姥姥还应聘在"政宣队"，义务地教过一阵"乐理"，并表演过"提琴"。张指导员原来也是一位中学教员，南京金陵大学农经系毕业后，曾在宁波教过一年多中学；后来又到上海当过一阵子文学编辑。抗战开始才舍文从武，经人介绍到"政宣大队"来当"少校指导员"的。

张叔伦在宁波读中学时代，就欢喜演戏、唱昆曲、吹笛子、拉二胡，并在上海文艺刊物上投稿，原来也是一位"小鲁迅"。后来金大毕业，又跟一些美国教授——包括大名鼎鼎的赛珍珠的丈夫——当过研究助理，深入大江南北的落后农村，做过深入的"农村调查"。他深知大江南北连富庶的农户，每家每年的收入还不到一百银元，和他在上海、南京、杭州、宁波等大城市，所见所闻判若天壤，使他心怀不平。

"富人一席酒，穷汉半年粮！"叔伦说，"我以前以为是夸大其词，但是自从在农村参加调查之后，才知全系实情……"

叔伦的家庭也是富商、地主，这样的"一席酒"，他不知吃过多少顿。

"文孙啦，"叔伦诚恳地告诉他的新交小友林三哥儿说，"我们的四万万人口，百分之八十都是在饥饿边缘、死亡边缘挣扎——这一社会结构，不改变如何得了？"

文孙听叔伦一番话，真可说是打中心坎，茅塞顿开——十来分钟的谈话，真使他对张指导员的诚恳的语调、和蔼可亲的长者之风，发出由衷的敬佩——尤其使他惭愧的，则是他刚才请新交女友的"一席酒"，不正是穷汉"一月之粮"吗？

二人谈着谈着，已走到"道贯古今"大石坊，二人便在石坊边等那二位落后女士。等了许久，才见她俩人相偎相拥而来，原来她二人虽是朝夕不离，但是为着今晚之会，却又有说不完的话了。

初恋的迷惘

她二人刚离春江不久，文梅便偷偷地向小莹耳边私语说："莹啊，你怎在人不知鬼不觉中，钓到这条大鱼。"

"梅姐，"小莹急促地解释说，"他是林老师的侄子，我原先不认识他呢。"

"你不认识林文孙林三少?!"文梅简直不信。

"我知都不知道他呢，"小莹说，"今天林老师要我去替她整行李，才碰到的呢。"

"你俩人今天才初次见面？"文梅绝不相信。

"真是今天才见面呢！"小莹说。

"第一次见面他就请你吃酒席——鱼翅汤、马蹄酥？"说着文梅狠狠地在小莹的脖子上扭了一下。

"梅姐，我们真是第一次见面呢。"小莹诚恳地说。

"莹呀，鬼丫头，"文梅说，"这种事，你不能瞒着'梅姐'唉！"

"梅姐，亲爱的梅姐，"小莹抱住梅姐哭诉着说，"今天我们真是第一次见面呢。"

"你还要继续瞒我！"文梅又认真地责怪她，说，"第一次见面你

第十五章 记得初相遇

二人就交换'信物'!?"

"什么'信物'呢?"

"你还要说!"文梅说,"你身上为什么挂着他的'帕克',他为什么拿去你的'大号金星'?"

"实在不是唉!"小莹几乎要哭出来,又说,"文孙说他不喜欢'帕克',因为笔头太细;他喜欢我的'大号金星',说那是'男用的',他喜欢用。"

"死丫头!人赃现获,还要硬嘴?"文梅又狠狠地扭了一下小莹的屁股,扭得小莹好痛;又认真地说:"莹啊,这种事不能瞒着梅姐呢!你已把'文孙……文孙'叫得好甜,还要抵赖!"

小莹闻言不禁反过身来,抱住文梅,两泪潸潸而下,哀诉地说:"梅姐,你想我会骗你吗?"说着她认真地哭起来,哭得呜咽吞声,十分哀伤——弄得文梅也一掬同情之泪,以哭相陪。

"告诉我,怎么回事?"文梅说。

此处刚有个小石桥,文梅便把她拉到桥栏坐下,一问根由。小莹乃把"买开水"、"跑警报"、"找钢笔"、"练单车"、"出车祸"、"小声走后门"、"吃晚餐"诸事约略地讲出来,不由文梅不信。

"莹啊,"文梅沉思之后说,"我看有两点。"

"哪两点?"

"第一,林老师有意替你介绍;第二,林文孙对你'一见钟情'!"

"梅姐,"小莹又反扭了文梅一下,说,"都不是唉。第一,林老师本人就是个守'独身主义'的,她怎会替侄儿介绍朋友呢?"

"她自己守独身主义,"文梅说,"她不一定要她侄儿也守独身主义——她好喜欢她三侄啊,提到就笑。"

"梅姐,这倒是真的。"小莹说。

"林文孙对你一见钟情,也是真的!"

"今天我们碰在一起,都是很偶然的嘛。"小莹说。

"你二人有缘,天作之合。"

"偶然碰在一起嘛。"小莹说。

"偶然一见,便一见钟情!"文梅又解释说,你真认为你的"金星"是"男用的"?真是他"需要的"?"傻丫头!心就是这么'整'!"文梅又说,"他请你吃一顿,比我们五个人吃的还要贵五倍十倍——他不一见钟情,就这样舍得花钱?——傻丫头!"

"……"小莹未搭腔,但是内心想想也是真的,因为她亲耳听见文孙躲在地上自言自语的。

"问题是,你喜欢不喜欢他!"文梅说。

"……"小莹在沉思,未搭腔。

"你不喜欢他,"文梅说,"别人喜欢他呢!"

"还有谁喜欢他?"小莹认真地问一句。

"生姜就缠住他。"

"王生强怎么缠他?"小莹问。

"生姜有好几次,搭他车子进城呢!"

"还有谁?"小莹问。

"压寨夫人易植芙!"

"易植芙也搭过他车子?"小莹问。

"易植芙常常讲'梦话',"文梅说,"一次易植芙讲梦话时叫'三哥,三哥',一屋人都知道了。"

"她可能梦见她自己的'三哥'呢。"小莹说。

"易植芙是个独生女,她家根本没有什么'三哥'可叫……她日有所思、夜有所梦呢!"

"我想是人家冤枉她。"小莹说。

"当然也有可能。"文梅说。不过文梅又补充说:"他们临中女生,

第十五章　记得初相遇

喜欢林文孙也不算稀奇。他们林家在此地是首富、首户、官宦之家，谁不想做'林三少奶奶'——他们临中女生都'刁'得很。"

文梅又告诉小莹一个故事，说临中之内也有几个绰号叫"少爷"的。一个她也知道，只是个"煤油站老板的儿子"，有两个臭铜子，就自称少爷。他爸到他们林家做朝奉，人家还不要呢。

"姚大鱼到林家住过。"文梅又说，"大鱼一生有三大志愿，你知道是什么？"

"不知道。"小莹说。

"大鱼的三大志愿是：一、进中央政治大学；二、当本县县长；三、到林放鹤堂当'管家'。"

"大鱼家是做什么的？"小莹问。

"米行——米都是林家的。"

文梅又说："林文孙真好唉，他倒是个真少爷，但是一点少爷味道都没有。数理化又好，人又本分——将来保管庚款留学！"

"文孙是个很好的青年。"小莹说。

"他对你一见钟情，"文梅说，"就看你喜欢不喜欢他了——有了这样的'朋友'，你还要什么，要老菩萨再替你订造一个吗？"

"……"小莹未搭腔，只是紧紧地双手抱住文梅的膀子。

"你到底喜欢不喜欢他呢？"文梅又逼一句。

"……"小莹还是未搭腔，只是把文梅拉得更紧。

"你喜欢不喜欢他吗？傻丫头！"

"梅姐，"小莹哀求着说，"你说呢？"

"莹呀，"文梅说，"这是你自己的事！"

"……"小莹又无言。

"莹呀！终身大事，自己做主！"

"……"小莹还是说不出口。

"说，喜欢他？不喜欢他？"

"……"小莹抱着文梅，眼泪就要掉下来了，然后低声地说，"梅姐呀……不要太逼我……"说着就流泪了。

文梅被小莹一哭，心也软了。她拿了手帕，替小莹擦了擦眼泪，然后自己也擦了擦，才说："莹呀，梅姐替你做主……"

二人起立，又缓缓走向文庙去。半途二人又把彼此眼睛好好擦了一下。

有痴有愚

当梅、莹二人走近石坊时，叔伦和文孙还在继续谈着政治问题。这时文孙口中虽还在答话，但身子却暗暗地冷得发抖，叔伦没发觉，而小莹已远远地发现了——因为他二人"练车"时，小莹记得文孙把大衣从衣包架上取下，挂在柳树上。后来二人跑得满身大汗，饿了进城吃饭，便把大衣忘了，直到深夜步行，寒气逼人，才想了起来。文孙是初见张少校，又在等女朋友，虽然冻得簌簌暗抖，也只好撑着，未便说出。

当梅、莹二人走近时，文孙迎向前去，并用个拇指粗的小电筒，照一照她二人说："叶小姐，你明天还去替我姑妈送行吗？"

"我去，"小莹低声说，"要向指导员请个假。"

"维莹，"指导员自远处应声说，"你应该去替你'干爹'送行——我准假。"

这时文梅却走过去向指导员说话。

文孙见小莹脸上有泪痕，乃轻声问道："小莹，为什么哭？"

小莹未搭腔，只轻声地问："你冷不冷？"

第十五章　记得初相遇

"上车就不冷，"文孙极轻地说。又把声音放大点说："叶小姐，我们明早见。"

说着文孙又转身来和指导员握手，又真诚地说了两句很信服张老师的话，并向曹小姐说声"再见"，便跨上车子，取道"文昌巷"向姥姥住处方向去了。

此刻已时近午夜，文孙在西门大街绕了两圈，身体也暖和多了。但他猜不透小莹脸上的泪痕，愈想愈不放心，东转西转，又转入文昌巷，穿过广场和石牌坊，驶入南门后街；又从后街回到石牌坊广场，绕了两周，四面黑沉沉一无所见。不得已又转入文昌巷，转南门前街，刚出南门，南门卫兵便把城门关了——险些回不了学校。

当文孙跨车去后，指导员要两位女学兵早些安息，自己也就回卧室去了。

梅、莹二人轻手轻脚回宿舍之后，只闻微微的鼾声四起，同学都已入睡。小莹在自己床边坐了一忽儿，又悄悄独自开门走出宿舍，一人坐在石阶上支颐遐想。最初进入思虑的是："文孙把大衣丢了……这样长途返校，岂不要冻死？"想来想去，自恨不已。

"文孙待我多好，"小莹不断自责，"我怎能不想到他把大衣忘了呢？……后来分明知道他冷，为什么不替他借件大衣呢？……明早就还嘛……"

小莹愈想愈恨自己，无能、不体贴、不中用，自己又扭自己又掐自己。这时她忽然发现文梅站在身后。文梅弯着腰，微笑而轻声地说："喜不喜欢他，到现在还未想透啊？"

小莹站起来搀住文梅，二人走下台阶，轻轻地走到院中水池（老名叫"泮池"）边石栏上坐下。小莹斜靠在文梅的肩上——她现在多需要"梅姐"啊。梅姐也深知小莹的心事，只是不愿也不能直说罢了。

二人正相偎无言之时，忽见营门外灯光一闪，一部自行车急驰而过，二人站起了正向外看时，只见那车子又绕石坊一周向广场去了。

"那是文孙的车子呢！"小莹告诉文梅后，便不顾死活跑出门去；文梅跟在后面。小莹刚跑到石坊，一看果然是文孙的背影，车子也是她骑了几个钟头的"三枪牌"。小莹要追上去，那车子却已转入文昌巷，在黑暗中消失了。小莹还在怅惘时，文梅已赶上来扶着她。

"梅姐，"小莹说，"那骑车的是文孙呢！"

未等文梅搭腔，小莹便伏在文梅的肩上流泪了。

"不是他呢，"文梅说，"傻丫头，就这么痴！"

这时那个肩着根长枪的卫兵，也睡眼惺忪地走出营门。

"同志，"文梅问他，"刚才那骑车的是什么人？"

"是他们部队里出来巡夜的。"那卫兵似乎很肯定地回答了问题。

小莹无可奈何地扶着文梅，走回营房。

文孙在挤出南门之后，转入荷叶巷，直驰护城河的"柳堤"。他分明记得把大衣挂在哪颗树上，现在也分明知道是被人拿走了，但是他还在堤上来回逡巡了几趟——自觉损失不小。大衣之外最可惜的则是衣袋内一只"F调、和来、真善美口琴"。这德制口琴，战时是买不到了。但是想到新交的女朋友之美丽可爱，好事多磨，一切损失都是值得的，也就心安理得了。可是一看手表，已时过午夜，心急马行迟，他乃加快速度，自柳堤上急驰返校。谁知他今日累了一天，跑了数千米，夜也深了，人也倦了，车行正速，忽然一阵风来，帽子忽自头上飞起，文孙举手按帽，不觉车身一扭，不偏不倚，车子正撞上一棵大柳树，连人带车，一个筋斗翻入堤下，摔得满头火花四射。

文孙在堤底下，足足躺了十来分钟，才渐渐按腿扶腰地站起来，把车子拖到堤上，车轮已弯扁，推着也不能前进了。文孙又在树根上坐了十来分钟，摸摸额角已生个大肉瘤，腿胯骨也酸痛不已。夜半求助无门，而此处离学校尚有三里之遥——最后想想乐极生悲、罪有应得：人骑车

第十五章　记得初相遇

已骑了这么多年，偶尔车骑人，也何怨何尤呢？想想阿Q实在很有道理，乃站起身来，鼓起余勇，把"三枪牌"扛在肩上，乃一颠一跛地，终于被车子骑回了学校。所幸文孙平时手头大方，校中守夜的"老更"看到是"林文孙"，便不声不响地把校门开了。文孙并摸出一块银元，请老更叫他儿子"小更"，明早把车子扛到城内"顺风自行车行"去修理修理。老更也满口答应，文孙便把车子留在门房里，自己一颠一跛，溜回宿舍。

这时一室八人，有七个已鼾声大作。文孙轻手轻脚，爬入自己的上铺，在铺上一摸，不禁惊喜交集——原来那件失去的大衣竟平铺在床上。衣袋内的口琴、钥匙和一把银角子，也丝毫未动。欣喜之余，推开大衣，脱了衣裤，便钻入被窝，就睡下了，只是屁股和胯骨仍极酸痛，自己揉了又揉，便不知不觉地加入鼾声大队去了。

第十六章

"省长"和"省长小姐"

光着屁股,同人打架!

在床上文孙并没有做太多的美梦——一下午跑了几千米,摔了四跤,也累得够呛的——他睡意方浓,隐隐地却被宿舍前的起床号声惊醒了。

在三十年代,做个无忧无虑、不愁衣食、不怕功课的"中学生",那真是人间之极乐佛祖、世上之齐天大圣。齐天大圣天不怕地不怕,就只怕号兵的起床号,和"教官爷"来催人起床的马靴声。

文孙蒙眬地醒了,隐约地看到邻床被褥上,也有些举臂伸腰的现象——不管他!文孙把被头一提,蒙头又入梦乡,只是那混账号兵却在不断地吹,吹出个令人痛恨的调子。什么:

$\underline{5}$ 3—5 1—| 3 5—3 1—|
大 天—白 亮—| 吹 猪—起 床—|
3 1—3 5—| 3 5—5 1—|
我 来—看 猪—| 猪 在—床 上—|

第十六章 "省长"和"省长小姐"

这混账号兵,把"猪在床上",吹个不停,弄得"床上之猪"也无法再蒙头大睡。文孙乃推被坐起时,忽然觉得屁股被人在下铺踢了两下。文孙向下一看,原来下铺那个"床上之猪"的"高丽棒子"金实也醒了,并正在用脚踢他。

抗战期间,我大后方有位高丽爱国志士,名叫"金九",金实(十)变成了金九的老弟,因此也变成"临中"里面有名的"高丽棒子"了。

"啊,三少,""棒子"在下铺问上铺老林,说,"听说你在'泡妞'——泡的还是一枝有名的'野花'督军的女儿呢!"

"去你个'球'!'棒子',"文孙打着个陕西调,骂了"棒子"一下说,"就是胡说。"

"他妈的,我胡说,""棒子"反驳,"扁嘴看到你车载美女,得意忘形地踩到城里去。他发现你的大衣挂在树上,取下大衣追着去叫你——他妈的,那时你神情恍惚,有女同车,还会理他?他就把你的大衣带回来了。"

"扁嘴"姓蒋,也是个高铺客,睡在文孙斜对面,这时还"猪在床上",闭目养神。

"老蒋!"文孙叫他,并道谢他带回大衣。

"我拿了大衣,追了你好一段。叫你,你也不听见——只顾带着美女,拼命地跑!"说这几句话之后,老蒋也醒透了,预备下床。文孙则先他而下,而"棒子"还是"猪在床上"。

"老林,""棒子"又说,"家花没有野花香呢。"

"'棒子',你这小混蛋,"文孙说,"我哪来家花、野花?"

"他妈的,""棒子"冷笑笑说,"涂秋薇、叶植芙、金玉珊……这些家花都不香?专门去抢人家的野花。"

"你狗嘴吐不出象牙来!"文孙骂他。

"唉!三少,""棒子"又说,"你昨晚在床上叮叮咚咚,干嘛?……

老曹……""棒子"又问邻床老曹,"你也听见了嘛!"

"'棒子',他妈你真多事,"老曹也骂"棒子"一句,说,"人家放枪、放炮,干你啥事?"

"他摇着我也睡不着呀。""棒子"说着屁股直是摇,把铁床摇得吱吱作响。

"我昨晚撞了车,"文孙说,"把胯骨撞伤,十分酸痛,所以在床上,揉了半天。"

"你揉后面呢?还是揉前面?""棒子"咧嘴而笑。

"他妈的……'棒子',"文孙骂他说,"以小人之心,度君子之腹!"

"你,他妈的今早敢喝冷水吗?……"

"只有你才会画地图呢……"文孙报复地说着,同时一把揪住金实的棉被,把棉被丢到地下,弄得全屋大笑——原来"棒子"有个古怪的习惯,他每晚都是光着屁股睡觉的,如今棉被被抽掉,"棒子"弄得赤条条里外无牵挂。他乃赶紧下床捡被,谁知扁嘴小蒋,也正自上铺下来,正踩在"棒子"的棉被上;"棒子"死抽不动,弄得全屋狂笑不止,好不乐煞人也么哥!

"棒子"火了,乃光着屁股,去推"扁嘴";二人正纠缠中,忽听一句号令自门口发出:

"金实!为什么光着屁股,同人打架!?"

大家注目一看,原来是孙教官,"查斋"到此。

文孙一见势头不对,乃自床下抽出自己的脸盆,溜之大吉,忍住笑,一溜烟逃到盥漱室去了。至于"棒子"的光屁股问题是怎样解决的,他就不知其详了。

盥漱既毕,文孙走到"教官室",向一位和蔼可亲的杨教官,挂了个"病号",又请个"事假",便冒着早寒晨雾,替姥姥送行去了。

第十六章 "省长"和"省长小姐"

姥姥不敢"烧纸惹鬼"

当文孙走到张家花园门前时,只见大门洞开;那面写着大"福"字的短墙也打开了。原来那不是座墙,而是四扇"屏门"拼起,如今中间两扇打开了,以通轿马。

门后方院的柳树边拴了一匹紫红色、带鞍的骏马。中间走道上,则停了一座灰呢、带玻璃窗的可坐可卧的"睡轿"。轿内加挂丝棉花布衬里,那靠背可以调节的藤座上则套着绒椅套。周嫂正把一个大铜"脚炉"放在座前;又把一个热水瓶和几本书,放在轿内旁边的袋子里。十三太屁股上挂着他的旱烟杆,也正忙个不停。轿后厅堂走廊上则放着两担"藤编防雨朱漆盖篓"和一担箩筐,筐内则是一些衣被杂物。

文孙没有打扰两位忙人,便穿厅走入后进,而周嫂却叫声"三少爷这么早就来了",也跟入后进。

在后屋内,文孙见到姥姥正在"堂屋"吃早点,桌上有一小筒豆浆和烧饼、油条、炸甜饼等食物,而姥姥却只在吃一些"饼干",和一小杯周嫂冲的"奶粉"。另外周嫂又用个小碟子,放了一粒"维他命丸"。

姥姥见了文孙便微笑说:"来得这么早呀,吃早饭没有?"

"还未来得及吃,"文孙说,"姥姥早呀,今天就上路了吗?"说着文孙自己便倒出豆浆、吃起油条来了。

"我真不想进山,"姥姥说,"但有什么办法呢?——你爸不放心,空袭也太可怕。"

"暂时去躲躲嘛,"文孙说,"我爸妈他们什么时候去的,我都不知道。"

"你爸妈进山,是一夜之间决定——真是仓皇逃窜的。"姥姥觉得可怕也可笑。

"为什么呢?"文孙不解,因为他回家过年时,发现家中灯彩书画,早都挂好，而父母却逃走了。他也无心在家过春节，便赶回临中上课了。

"张家庄被炸嘛，"姥姥说，"据说敌机四架炸张家庄时，大家正在吃午饭，炸弹一下来，张家的'屏风'、'橘子'，飞在天上像风筝一样。张二姑也被炸死了，后来发现她有一只腿挂在梅花树上——真是不能讲。"

"……这我倒未听说呢！"文孙惊诧地说。

"你爸他们那时正在家中张灯结彩，做年糕、做粑粑、揉圆子……准备过年，"姥姥说，"一听到这消息，一刻也等不住，全家当夜在佃户家都不敢住，裹着棉被在松林坡守了一夜，第二天一早就跑到猫耳寨去了。真是仓皇逃窜——现在他不放心我，派徐班长来接我嘛。"

"徐班长现在在哪里？"家中的徐班长原来也是和文孙一起拆"盒子炮"的老"圩勇"。

"上长路，"姥姥说，"他们应该吃个'干早饭'。我叫仓房刘朝奉，早餐时为他们预备干饭、酒、肉——人家是劳动者嘛。食不饱，力不足，怎能挑担、抬轿呢？"

"鬼子并没有炸我们县城呢，为什么要炸一个小小的'张家庄'呢？"文孙有点不解。

"人家也是跟我们庄子一样，深沟高垒嘛，"姥姥说，"听说那时他们庄中驻一个'旅部'，旅部卫兵与鬼子一个巡逻队遭遇，把一个骑马的日军队长打死，所以鬼子派飞机来炸。"

"五姐和三表哥，那时幸好不在家里。"文孙不禁为五姐和五姐夫没有遇难而感到庆幸。

"他俩那时住在这里嘛，"姥姥用手指点点桌子说，"这个大'花园'就我们三个人住，很舒适。家中被炸之后，叔雅回去和几位叔伯料理了后事——看那场面太可怕了。一回到'花园'就要和你五姐逃武汉，转香港回上海——公共租界里，他们还有点生意嘛。"

第十六章 "省长"和"省长小姐"

"他们走了，姥姥就一人住了。"

"你五姐催我赶快进山，"姥姥说，"但是我这里最初还有点课——他们'政宣大队'，要我去教点音乐和宣传画，所以等到今天才走。"

"姥姥，"文孙说，"您为什么又不教了呢？听说学员们喜欢您不得了。队方也非常尊敬您。"

"我本来可以贴钱教书嘛。我也喜欢他们师生那批人，后来我就不想去了。"

"为什么呢？"文孙有点奇怪。

"他们组织极其严密，"姥姥把声音放低说，"听说'思想'也有问题。"

"抗战期间，各党派和衷合作，有什么关系呢？"文孙问。

"哦，我只是个艺术教员，对政治没兴趣，在杭州、上海，我亲眼看过同学、同事被抓被杀——我不想'烧纸惹鬼'！"姥姥低声而严肃地说。

文孙知道姥姥是位"树叶掉下来都怕打破头"的胆小的女教员，也就未多问了。

"叶省长"和"省长小姐"

姥姥在一边吃早餐一边与侄儿聊天，一边也正等徐班长和轿夫、挑夫。

"他们怎么还不来呢？"姥姥随便问周嫂一句。

"有酒、有肉在桌子上，"周嫂笑笑说，"哪个穷人肯下桌子呢？——连那老死鬼十三太都赶到仓房去吃早饭去了呢。"

"好歹要走两天路，没什么可急的，就让他们慢慢吃吧。"姥姥说着便领着侄儿走回厢房。

"四小姐太好了嘛，"周嫂又补一句说，"要是大老爷、大太太，他们才三口两口就吃完了呢。抬的是天大好人的四小姐，他们太阳不偏西，才不来呢。"

"下次就不做天大好人了。"姥姥也自我开句玩笑。

文孙在姥姥厢房内看到昨天的大铜水壶，忽然想起大衣口袋里还有一个盖子呢，乃取出来物归原处。

姥姥看见了也有点奇怪，乃说她昨天与周嫂一起跑警报，逃到"苗圃"去了。警报解除后，那苗圃内的青年技师谭志平，原上过林老师的课，又是文孙县中的同学，非留林老师晚餐不可，所以就回来迟了。

"听说志平要和一个村姑小燕订婚呢。"文孙说。

"订了呀，"姥姥说，"昨天便是小燕和他妈烧的饭——呀，小燕可爱得很呢；吃饭时小燕不愿上桌子，还是我勉强她的呢！"

"志平就是很难得唉，"姥姥又补充说，"听说他们'政治大队'里的张指导员，也发生过同样的事——他和在'中西'读书的未婚妻解约了，却和一个不识字的渔民女儿订婚，酿成很大的悲剧。"

"爱情是两个人的事，"文孙说，"只要两情相悦,管她识不识字呢！"

"你也这么romantic！真是时代变了。以前不识字的大家闺秀，被逼'退婚'的，该有多少，你知道！"姥姥感慨地说。

"现在我们倒不在乎！"文孙说。

"是呀，"姥姥说，"原是'刮了西风，又起东风'嘛——唉，文孙……"姥姥又问一句，"昨天你和小莹，把水壶送回来就分手了吗？"

"……"文孙支吾了一下，说，"原先她要赶回营房去嘛……"

文孙尚有些难言之隐未说出，姥姥便又接过去说："莹莹真是个好女孩，我看她长大的。出身虽然差一点，家很穷，她妈又不懂事，但她自己倒很好——你看你张、林两家姐妹，金枝玉叶的，哪个赶得上她？……他们'政治队'又克扣粮饷，平时饭都吃不饱——你以后请请

第十六章 "省长"和"省长小姐"

她，平时她营养太差了。"

听了姥姥这席话，文孙心中悬着的大石头才落下来。他正踌躇讲不出口——他昨晚陪小莹练车、吃饭那一大段罗曼蒂克的故事，而这时正可把话题扯开反问姥姥，说："叶小姐穷吗？十三太和很多人都说她是督军、省长的小姐呢！"

姥姥被文孙这一问，几乎笑不可仰。原来小莹的爸爸叶振东事实上只是一位略识之无的工人，却平白无故地作了半辈子"省长"甚至"督军"、"五省巡按使"。连他那读不起普通中学而进女子师范的女儿，也做了一辈子"省长小姐"。姥姥讲出原委来，文孙也为之笑不可仰。

叶振东原是本县梅溪镇一个贫农的儿子。幼年无地可耕，乃跟一个在"省长公署"当杂役的长辈进入省长公署做扫地、抹桌、倒夜壶的小工人。那时"公署"办公厅内一位做"司印"的小职员，年老多病。"司印"虽是"委任"级的小官，但是工作却不简单——他每天要在各式公文上盖上几十个大印。每件公文盖印都有一定的部位，不得有误。其外调色和加油的分量都要有经验——油多则油迹斑斑，色淡则有失"公文"的官气——考究多着呢。

这位老"司印"自光绪初年干起，两朝元老，每天还要盖上几十乃至几百个"大印"，体力上有点吃不消了，他乃训练这个倒夜壶、送茶送水的小工，替他帮忙。叶振东渐渐熟习了"司印"业务，有时老"司印"病了，他一"代理"便代了个把月。

叶振东是个老实人，勤勉自学，官长们都喜欢他。后来老"司印"死了，长官们乃保荐他做"代理司印"，不久也就接到"委任状"——这样叶振东便改穿长衫，不再替人倒夜壶了。那时正是"军阀年代"——姥姥记得似乎是"二姑公公做省长的前后"，省城发生兵变。全城文武官员逃之夭夭。在混乱中叶振东乃把"斤把重"的省长"官印"，藏在夹裤里，逃出省城，溜回梅溪故乡。

这时正好梅溪镇有一家闹鬼；据说"鬼怕印"，尤其是大官的印。这家乃买了几张"黄表纸"，请"叶司印"盖了几颗官印，贴在门头上。说也奇怪，自此以后，那"鬼"便不敢再上门骚扰了。

这个消息一出，真是轰动百里。振东三月乡居，竟把"大印"盖了一千多次，把梅溪附近的"鬼"都赶个精光。

后来叶司印又在故乡"成亲"了。他把"婚书"和礼单上，也都盖上皇皇大印。恶作剧的亲友乡绅送喜联、送情帐……也竟恭称"振东省长花烛大喜"了。

我国传统称"做大官"、"当高干"都叫"掌印把子"。一印在手，便"有权就有一切"了。叶振东先生掌了三个多月"省长公署"的"印把子"，被尊称曰"省长"，谁曰不宜？——自此以后，"叶司印"就变成"叶省长"了。

其后兵变平息，"省长公署"恢复办公；叶振东携新夫人、带大官印返署续职，曾被新省长以"护印有功"，传令着实嘉奖一番。

在那个"军阀年代"，"新省长"是换个不停的，而"叶省长"却稳坐钓鱼台，安如泰山。省府上下尽管有人不知"新省长"是谁，而"叶省长"，则无人不知也——由"省长"递升"督军"、"巡按使"，只是"护印有功"，缓缓升级罢了——水涨船高，爸爸做了"省长"，小莹就变成"省长"乃至"督军"的"小姐"了。

姥姥讲完这故事，文孙听了，不禁大笑，说："我原先以为'叶省长'是爸爸或爷爷的朋友，原来是这回事。""你什么时候听说我们省里，有位姓叶的省长？"姥姥也觉得侄儿的无知很好笑。

文孙还想知道点叶家的近况。姥姥说，在国民政府治下，叶振东夫妇省吃俭用，还积了些钱，都投资在一些乡亲开设的饭店、文具铺、杂货铺里面，利息不薄。一家三口，丰衣足食。"七七事变"前，他们一家还到京沪杭一带游览一番。不意抗战骤起，省城警报频频。叶振东

第十六章 "省长"和"省长小姐"

本想收回投资,携眷返乡避乱,孰知他所投资的商铺,全部倒闭、倒账——一生积蓄,全付东流。振东一急,一夕之间,便脑充血而死,遗下孀妇孤雏,真惨不忍言。言下,姥姥也为之十分难过。

送 别

姥姥和文孙正在谈"叶省长",却见"省长小姐"羞怯怯地从回廊边走来。小莹有点胆怯,她不知应不应该向林老师说出昨晚的事,所以显得躲躲闪闪的,步履维艰。

"莹莹,来,"林老师看到她,乃亲昵地叫着,"你今天能请得了假吗?"

"我昨晚就向指导员请假的。"

"今早为什么来这么迟?不和我吃早饭?"

"指导员临时找我有点事。"小莹撒了个谎。其实她早来了,只是不好意思进来——她怕文孙已告诉姥姥昨晚的事,使她见到林老师,觉得难为情。所以她走进"花园"闸门,感到进退维谷。幸好那死老头十三太,正要赶到"林家仓房"去喝酒,他看到叶小姐便请叶小姐通知一下周嫂:他走了,请周嫂注意一下闸门。小莹未通知周嫂,便在十三太的房中,偷偷地坐下来。她以为文孙还没有到,因为未看到文孙的脚踏车。

她在门口一直等到十三太和一些林家的轿夫、卫士都回来了,她才羞怯地走入后进,来替"干爹"送行。

她回答了"干爹"问题之后,看到文孙,乃勉强说了一声:"林先生,早。"自己脸早已红了半个。文孙站在姥姥背后,对小莹眨眨眼,也说声:"小莹,你早!——你请假来替老师送行啦。"

"莹莹啊,""干爹"握住她的手说,"我正在怪三侄,昨晚为什么不请你吃晚饭!——又不用他花钱……"

小莹脸红到脖子,但文孙却向她使眼色,暗摇头,要她别搭腔。

"……"小莹红着脸,也顾左右而言他,说,"干爹就动身了吗?"

这时周嫂也自回廊走来说:"徐班长他们都来了。"

"莹啊,再见了。"姥姥说。"那我们就动身吧!"她又向周嫂说一句。

"干爹再见了。"小莹拉着"干爹"的手,眼泪已经流下来。

姥姥牵着莹莹走去前厅,徐班长斜挂着一支大轮盘手提机关枪,已在走廊上等候。

徐班长看来四十来岁,十分健壮,脸上黑黑的有点麻皮,再加七分酒味,纵没有那支大轮盘,已够吓人的了。他看到姥姥便说:"四姐,我们动身吧!"

"听班长指挥嘛。"四姐微笑一下。

这时周嫂也介绍一个青年农民给姥姥,说那是她的侄儿,要他谢谢"四老爷"那两箩筐衣被杂物。那后生鞠了个躬。

"三少爷有没有什么要交代的?"徐班长转身问三少。文孙说:"没什么,只是路上小心点就是了。"

"这点不用少爷操心。"徐说。他接着又大声向众伙计说:"我们动身啦!"说着他便翻身上马,两腿一夹,那匹雄壮的紫红马便冲出门去。三位轿夫站好位置,前面两位提起轿杆,姥姥乃低头走入轿内坐下。周嫂跟进轿门边,用两根铜筷子把脚炉炭火拨了拨,盖好;又自炉边递上一个有绣花套的橡皮热水袋,和一件绒毡放在姥姥腿上,然后把轿门帘放下,再扣好纽扣。那两位轿夫又把轿杆提起,周嫂低着头,用袖子擦擦眼泪,才从轿杆之下走出来。只听那领头轿夫,大叫一声"高——升",三个轿夫一起用力,轿杆便在肩上了。轿子乃跟着徐班长,抬出大门。

文孙、小莹、周嫂、十三太都跟出门去。周嫂和小莹都一面擦泪、

第十六章 "省长"和"省长小姐"

一面招手。姥姥也在轿内招手。他们直等到轿子去远，窗上卷帘也放下了，两担盖篓、两个挂着盒子炮的卫兵，都去远了，大家才走回门内。文孙陪着小莹走回厢房坐下，莹莹还在流泪。

周嫂也跟进来站在一边，一面擦眼泪，一面问："少爷有没什么吩咐的？"文孙取出两块钱给周嫂送别。周嫂坚决不收，并说："四小姐给的一年都用不了——还有些丝棉袄、羊皮袍——哪敢再收少爷的！"

"周嫂，您收下罢。"小莹哀婉地从旁插句嘴。周嫂才收下了。

"谢谢小姐！"周嫂又问，"叶小姐有什么吩咐的吗？"

小莹未及作答，文孙倒说："周嫂，你回家休息休息吧。服侍姥姥这么多年，也够辛苦了。"

"服侍四姐十多年，未分开过。"周嫂哽咽着说。

"山里地方太小，"文孙说，"姥姥不能带你一道去，她回来时，你们还会在一起的。"

"少爷和叶小姐，没有事了吗？"周嫂放心不下，又问了一句。

"周嫂呀，"文孙说，"你们出城，到春江去绕一下，叫小聋送点点心来我们吃吃——就说叶小姐在这里——叫他不要送得太多。"

"那我现在就去。"周嫂说着就转身向外。小莹含着眼泪，搀住周嫂；周嫂侄子则挑起箩筐跟在后面。小莹和文孙把周嫂送出门外，真的洒泪而别。

那个 Dora 是谁？

周嫂去后，文孙乃牵着小莹的手，二人默默走回姥姥卧室。小莹抱起小兔子，坐下喂它吃红萝卜，一语不发，眼泪汪汪欲下，仍是伤感不已。

"姥姥还是要回来的，"文孙劝慰她说，"暂时别离，不必过分伤感。"

"干爹对我那么好,"小莹说着眼泪一溜而下,哀伤地说,"我今早不该骗她……"

"你骗她什么呢?"文孙说。

"我们不应该瞒着她,我们昨晚在春江吃晚饭的事。"

"我们并没有瞒着她嘛,"文孙说,"我们只是没有告诉她……"

"不告诉她,还不是瞒着她嘛?"小莹为文孙天真的回答,不觉又破涕为笑。

"小莹,"文孙又变换了一个题目,说,"姥姥虽然是位艺术家,你看她生活多有条理呢!她搬出去之后,剩下的房间一丝不乱。"小莹则说,"林老师"一向如此呢!

这时文孙举目四顾,只见床帐被褥,整洁如故。桌上还留下一张"清单",列出一些她留下的重要物品和锁匙;另外还有一张说明喂小兔子的规矩,和小兔子如果生病的医治方法。另外姥姥留下的百来本中西书籍,也分类放在玻璃书柜内,类别井然。文孙乃拉小莹一起去翻书——二人都对那文学小说部门,特别发生兴趣。小莹乃放下兔子和文孙一道去翻书。

文孙有一次在姥姥屋内等姥姥,曾随手翻看一本《黑太子南征》,正看得起劲时,姥姥就回来了。文孙颇以未能卒读为憾。这次又在姥姥的书柜中发现了,不知不觉地,文孙又随手取出,翻了起来。小莹也在乱翻,也看到几本她爱看的"良友丛书"。正看得出神,忽然发现"春江"的小聋站在窗外,手中提着个大草篮。

"小姐,"小聋首先看到的是小莹,乃问道,"饭开在堂屋里吧。"未等小莹答话,他已走到堂屋,抹过桌子,便把草菜篮打开了。

小莹告诉正低头在看《黑太子》的文孙说:"春江的小聋哥来了。"

文孙叫小莹暂时招呼他一下,小莹乃走入堂屋帮小聋哥把食物取出。她一看这三寸多厚的草篮,里面还有一层棉制夹里,夹里之内又是

第十六章 "省长"和"省长小姐"

个藤箱。箱盖一开,一股热气和菜香直冲天篷。小聋取出的菜肴计有:小笼包一笼、瓷盆干丝汤一盆、小壶细茶带热水壶,其他还有些春卷、烧卖、银丝甜卷、咸甜油酥饼等等。牙筷、瓷碗碟、毛巾,一应俱全;足够四五人之食而有余。小莹看看林老师吃剩的烧饼油条还在那儿——想想节俭的老师,和她这糊糊涂涂的侄儿相比,后者真是个不知人世艰难的"纨绔子"。

小聋把食物摆设停当,乃取出那本蓝色"流水账",翻开请小莹签个字。小莹顿时脸红起来,不知怎样处理。

"叶小姐,"小聋央求着说,"你写一下,跟三哥写一下,有什么分别呢?"

小莹还是不愿,想去找文孙,但他二人说话已被文孙听见,文孙乃大声叫着说:"小莹啊,你就'签'一下嘛。"

这时小聋又在央求,文孙偏又不来,小莹不得已乃坐下来郑重其事地,取出钢笔,并把那账簿认真地看了一下。不看则已,一看不免大吃一惊——这本账簿真是洋洋大观。

那本簿子里的第一笔账记得是"民国二十二年农历八月中秋'翅帽一桌'"。小莹不大认得中国草写字码所写的十八元,她猜想是"十五"元。最奇怪的是下面签字都是英文"OK"两个英文字母。

最贵的一席似乎是"排翅五席,送费加一",下注小字"宴梁冠英军长"。那草字号码的价钱,小莹一时便猜不出来了。这条下面没人签字,只盖了个"林放鹤堂账房"的木戳。

其他各条,最使小莹奇怪的是钢笔签的"Dora"一个英文字,共十余条。小莹看那字迹,似乎是女子写的,心里想着她是谁?其他形形色色的签字,只一个写着极大的"京"字。"文孙"也签了十多个。还有签着"三"字的也不少。小莹知道,"三"字也是文孙——这是昨晚她亲眼看着文孙用他那"大号金星"写的了。在这百十条账目中,只有三项小数目，下面签个"勉"字，小莹认出，那是林老师的名字和笔迹。

小聋要小莹在那最后一笔账下签个字。小莹端详了很久，看那字码似乎是"两元一角五分，送力加一"。

小莹觉得太贵了，踌躇了半晌；小聋在一旁等着。她慎重了半天，才拔出她那帕克，在账目下学着文孙笔迹，写了个"三"字，但是写不出那个男人笔迹的"龙飞凤舞"之劲。

小聋本不识字，但是认得"三"字。他乃央求小莹写出自己的名字。"小姐，"小聋说，"您也写个名字在账上，下次不用三哥陪你，你也可以到我们酒楼记账吃酒席嘛。"

小莹还是忸怩不安，在小聋哥力促之下，小莹才勉强在"三"之下加括号写个"莹代"二字。小莹初写时，本极踌躇，但是既写之后，却又有一种说不出的满足感。

小聋见字大为高兴，称谢不止。这时小莹忽然脸一红想起一桩事来，乃从衣袋内取出她那绣花小"荷包"，自荷包内又取出她仅有的两个"银毫"，递给小聋；小聋抵死不要，二人正在纠缠之时，幸好文孙刚自厢房走出，乃笑着向小聋说："小聋呀，我这'臭男人'给你你就收，'香姑娘'给你，你倒不收了吗？"

小聋也笑了，乃向小莹一再打躬道谢地收下，提着草篮，便出去了。小聋去后，这一对小情侣，便在阵阵的梅花幽香之下，亲昵地吃了他二人的"第一顿早餐"。

第一顿早餐

文孙拉开条凳，请小莹坐下，自己则紧靠着她，坐在桌角的另一边。文孙把菜盆拉近点，二人只占用了这张有大理石台面的八仙桌的一个角角。小笼带汤包和镇江干丝，都是这位姑娘最喜欢而不常吃的食品。加以饿了一个早晨，这时文孙服侍她喝口细茶、尝尝汤包，真鲜美无比。文孙自己则因为早晨猛吃了些油条、烧饼，这时反而不太饿，只是添汤、拣菜，替女友服务，使小莹不好意思多吃。

"林老师要我替她喂小兔子，"小莹微笑着说，"现在它还未吃饱，我倒大吃起来了。"

"我们把它抱来一起吃嘛。"文孙说着便起身去找小兔子。

"它对你不熟，看到你会躲起来的，还是我去吧。"小莹说着放下筷子，便走到厢房自竹篮之内又取了一根红萝卜，便把小兔抱来，坐下，把小动物放在自己腿上，喂它吃红萝卜，自己再取起筷子，继续吃干丝。

"小莹，"文孙问她，"昨晚睡得好吗？"

"失眠很久。"小莹低声地回答。

"为什么呢？"文孙又问。

"心绪很复杂。"

"有什么好复杂的呢？"

"我和文梅在桥上聊天，"小莹说，"忽然看到你骑着车子从营门外经过。"

"你们看到了我吗？"文孙有点奇怪，说，"我以为你们都熄灯睡觉了呢。"

"我最初看到你，就告诉文梅。梅姐说那是我的幻觉。"

"我是骑着车子在你们营门外，兜了好几圈。"文孙说。

"你不是去追大伙儿回'临中'去了吗？怎么又回来了呢？"

"我放心不下，所以托词找姑妈，又跑回来了，"文孙尴尬地笑着说，"想不到和你失之交臂。"

"有什么放心不下的呢？"小莹轻轻地问，但却不敢向文孙正视一眼——总是低着头。

"小莹，"文孙轻轻地扶着她的手腕，轻声地问道，"你昨晚为什么哭呢？"

"……"小莹未搭腔，只轻轻地把手让开了。

文孙又伸过头去，再轻声地问道："昨晚为什么哭呢？"

"……我不知道……"小莹叽咕半天，才挤出一句话来。

"是不是我说话不小心，得罪了你？"

"你破费那许多，我道谢都来不及呢！……"

"是不是曹文梅在乱说什么呢？"

"不是，"小莹轻声地说，"梅姐在劝我。一番好意呢！……"小莹说着不觉眼泪欲滴。

这一下文孙发慌了，忙放下筷子，绕过去，坐到小莹的同一条条凳上去，用右臂挽着小莹的肩头，又亲昵地问道："小莹啊，你心里面，是不是有什么矛盾呢？不容易解决呢？"

文孙这一问，却又把小莹问得紧张起来。她忙转身向文孙，眼泪汪汪地望着文孙，解释说："文孙……我心里没有矛盾……也没有难题……"

这一下文孙才真的放心了。他取出手帕来替小莹擦泪，而小莹却用自己的手帕擦了。

文孙又替小莹加了点干丝汤；又取了一根春卷，一折两段，自己吃了一半，另一半给小莹，她也吃了——文孙心才放了一大半。小莹又自桌子另一边把文孙的碗筷移过来。

"你也多吃一点嘛，"小莹说，"菜都快冷了。"

文孙看见小莹盘子内还有半个吃残的小笼包，乃拣起来自己吃了；却自蒸笼下层夹出个热包子给小莹。小莹说她已吃饱了，但是文孙分明知道她未吃饱。小莹又勉强吃了半个，另外半个又被文孙吃掉了。

第十六章 "省长"和"省长小姐"

文孙又勉强小莹吃了些春卷、烧卖、甜饼……小莹吃残的，都由文孙夹过来吃了——文孙原是个"篮球代表队"的"右锋"，食量大，一般大中学里的男孩子又都是些下贱货，专门喜欢吃女孩子吃残的东西——剩下来未碰过的美酒佳肴，后来全给老烟鬼十三太，风卷残云地偷吃了，此是后话。

二人吃了七八成饱，精神好多了，又有说有笑起来。

文孙好奇心又发生了，不觉又问起老问题来。

"小莹啊，"文孙笑着说，"曹文梅昨晚'劝'你些什么——把你逗哭了？"

"她自己也哭了呢。"小莹尴尬地笑着说。

"贾宝玉说，女人是水做的，眼里水多得很，动不动就要哭，"文孙开玩笑地说，"现在科学家也证明，女人身上构成的成分，百分之九十五，都是水……"

"那么男人的成分是什么呢？"

"科学家说，男女是一样的。"

"那么男人也应该会哭了。"小莹笑着说。

"那么下次你哭，"文孙也笑着说，"我就陪你来'号啕'大哭！"二人大笑，气氛轻松多了。文孙乃乘势又问道："曹文梅昨晚劝你些什么呢？劝得她自己也哭兮兮的。"

"梅姐说，你对我太好了。她劝我也要对你好。"

"那你接受不接受她的劝告呢？"文孙嬉皮笑脸地搂住她问。

"我告诉梅姐，"说着小莹的眼泪又要下来了，但是她却转身用手抓住文孙的上衣袋，哭笑参半，翘起嘴唇说，"我告诉梅姐，你对我好，我不要对你好。"

"不要对我好！好丫头，"文孙转过身来，一下把小莹抱住说，"那我就把你抱住不放。"

野青年这一野行为，他未抱住女友，却把女友怀中的小兔子吓坏了，它一跃而下，惊慌得遍屋乱跑。二人忙松手去追兔子，忽听远处城楼和鼓楼之上，"呜——呜——"之声大作——空袭警报！

二人乃匆忙抱起兔子，赶快跑警报去。

第十七章

"洞"房的里里外外

我们的小"洞"房好不好？

"文孙呀，"小莹抱住文孙的左膀忙问，"我们是不是出西门到'苗圃'去？"

"用不着，"文孙说，"我们用自己的'防空洞'。"

文孙把兔子交给小莹，乃走到姥姥房内，取了些锁匙，乃拉着小莹走向堂屋前走廊的另一端，那儿有一个闩起的门。——这个门小莹以前尚未注意过呢。文孙打开了门，小莹一看真顿觉心胸一畅。

原来这座房屋是建在一个坡坡之上，此门一打开，但见面前一脉青山绿水。山峦起伏、重紫叠翠，好一幅山水图画。站在门前，也可看到西门和北门的城楼，和连着这两个楼的三面城墙。北门之内还有些菜园和水田；城外的"北门义冢"的累累坟墓亦隐约可见。站在此门前一看，真有古诗人所讲的"引我抒怀山近远，催人行乐冢高低"的境界。

在这个有七八级的门下，却是个地占数亩之广，用砖墙围起的"张家花园"的主体所在。这个"花园"的靠围墙的一方，则是一个长方形的荷花池。环池杂种了些垂柳和海棠，虽在早春却都已有点绿意。池的正面则是一脊三间，半在地上、半在水中的"水榭"，秋冬则沿榭中四周走廊之内，装有门防风。夏季和暮春则可把这门拆除，使全屋成为空阔的水阁凉亭。

绕池四周都有砖铺小道和一些长形木椅，游人可散步或垂钓观鱼。水榭的正面则是一方石铺成的平苑；苑中有几个石鼓和一张石桌，桌面刻有围棋、象棋两用的刻线。绕苑则是一些矮树、花草、冬青等布置得曲折有致的小花园。

最使小莹惊异的，则是花园后正对荷花池水榭，竟有一座高约五六丈的土山，山上虬龙古松、古柏之间还有个六角凉亭，孤悬天上。山坡上也满种花木，有条石铺小径，曲折通往山顶。这园的三面各有三个上面有防雨屋顶的石库门。其一便是他二人刚出来的门通往内宅；另则荷池右后角，通往园外；另一门则通往前苑。

在这土山脚下一些木本玫瑰丛中，则是一扇坚厚的木门，由一把大洋锁锁着。牵着小莹走到这木门前，文孙取出锁匙，便把这单扇木门拉开了。这木门足有五六寸厚，笨重无比。木门之后，原来是个曲尺形"防空洞"，大小有点像半列火车车厢。

这个家庭防空洞，显然久未启用，一旦开放，里面凉气袭人，且有点霉味。小莹在文孙身后探头探脑，文孙则牵着她走入洞中，左转转入黑黝黝的主洞。洞中有张长桌；两边靠墙，则安装两排固定的长条木凳。

这洞顶上则挂着一个带有乳白玻璃罩、用圆灯芯的中型煤油挂灯——通称"保险灯"。文孙自桌上木盒内取出一盒火柴，把这挂灯点燃扭到最大限度，照得全洞一片通明。小莹四顾，真觉得这像一列她在南京乘过的"小火车"。只是这火车没窗子，而四周则是用整棵杉木排列拼起的木墙，只有靠最里面才是一排建在墙上有抽屉和长门的木柜。洞顶天篷也是用和墙一样的建造方式；地下则砖铺地面，看来很新。

小莹一看再看，觉得这小屋内部颇像她所读的《林肯传》上所画

第十七章 "洞"房的里里外外

的林肯出生时的小木屋。她把这印象说给文孙听。

"一点不错呀,"文孙说,"五哥去年回来,画图建造时,就是模仿那种美国早期农庄构筑的呢!——美国早期殖民者,叫它做 Log Cabin,Log 就是圆木,Cabin 就是小屋。Log Cabin 就是'圆木小屋'。"

文孙说着皱皱鼻子,觉得气味不好。他乃打开后柜,取出个有盖的铜香炉;又找到一筒檀香粉,筛入炉内成个篆书"寿"字。用火柴点燃,香烟缭绕,果然霉味顿减。

文孙又嫌此屋太阴冷,他又从屋角拖出个高架铜火盆和木炭,生了熊熊炭火,乃把大门关起,室内顿时温暖如春。

"文孙呀,"小莹忽有所悟地说,"这个房这么小,你烧这大盆炭火,是不是'炭气'太多了哎?"

"五哥是法国留学的建筑师,对排水通风,最为注意,"文孙说,"这洞的两角都有通风设备。"

说着文孙乃拉小莹到屋角一看,果见两角各有一根丈多长、中间打通的"毛竹",从里面可以隐隐看到外面的亮光。这两棵毛竹透气孔,两端都用铁丝纱包住,小莹不知何意。

"不把它们用铁丝纱封住,"文孙笑着说,"有些小动物、小蝙蝠要钻进来做窝呢!"

小莹大悟,乃拍拍她放在桌上的小兔子说:"小兔子,你太胖了,你钻不进来啊!"

"文孙呀,"小莹又问,"这防空洞如果被日本飞机炸中了,有没有危险?"

"据五哥的计算,"文孙说,"只有十万分之一的危险性!"

"五哥就是你五姐夫,是吧?"小莹说。

"五哥我以前叫他'三表哥',"文孙说,"他同五姐结婚了,我就叫他五哥。"

"五哥怎么计算的呢?"小莹又问。

"这个防空洞,只有一项可能最危险。"文孙说。

"什么可能呢?"

"一个五百磅炸弹,在洞前五公尺之内爆炸,那热空气可能把洞内人压死。"

"有没有这可能呢?"小莹又傻问一句。

"绝无此可能,"文孙说,"第一,日本人不会用这种大号炸弹炸这小地方;第二,他纵使用了,也不会刚好落在我们门前五公尺之内——所以我们这个洞房,绝对安全。"

"什么洞房呢……"小莹不免脸一红。

文孙说这话本属无心,想不到被有心人听出语病来,自己才发现用错了成语。乃解释说:"洞房不是又可做防空'洞',又可做住'房'吗?"

"……"小莹坐在桌子对面,红晕满脸。

"莹莹,我们这个小'洞'房好不好?"文孙厚着脸皮又开了句玩笑。

小莹把小兔子拉过来抱在怀内,玩弄它的耳朵,没有搭腔。

"洞房"的来历

二人在"洞房"内相对默坐,等着敌人来轰炸,但是炸弹始终未下来。洞外又听不出丝毫动静;洞内只听小兔子的嘴,嘶嘶咕咕,似乎在自言自语。

"文孙呀,"二人相对许久,小莹才又问一句,"你五哥去年回来,为什么挖这样个大防空洞呢?"

"这个洞,不是五哥挖的——它是太平天国长毛挖的。"

"……"小莹不得其解。

文孙乃解释说，这个土山原来也是人堆的，那大概是三国年代吧，曹操和孙权在这一带打仗，沿途双方都建了些报警用的"烽火墩"，在墩上烧狼粪、放浓烟，以报告敌情，所以古人说"狼烟遍地"，就表示天下大乱。

"但是他们在底下挖个洞，又干什么用呢？"

文孙说洞不是孙权或曹操挖的，那是太平天国时长毛"四眼狗"、英王陈玉成挖的。据说会打"回马枪"的四眼狗，占领了这个县城时，他有一队火机营驻在这"烽火墩"下。他们就在这墩下挖个洞做火药库。后来长毛退了，本地人就传说"英王陈玉成"在此地埋下宝物，所以大家就来挖宝，把这个洞愈挖愈深、愈大……

"啊，原来是这回事。"小莹听着很感兴趣，说，"五哥就把这洞改造成防空洞。"

"说来话长呢，"文孙又继续解释说，"五哥的曾祖便是打长毛的，曾被'四眼狗'一计'回马枪'几乎打死……"

"他们真是骑着马，两将对打吗？"小莹想到《三国演义》上的一些故事来。

"回马枪，不是真在马上打，"文孙说，"回马枪是说他打了败仗之后，忽然会回头反攻。"文孙并且补充说，做军官带兵打胜仗不难，难在打败仗之后，立刻能回头再来。

张家这位祖宗吃了"四眼狗"大亏之后，又被调乘船、"下江苏"，不意在镇江附近船又被长毛打沉了，全船士兵都淹死；只有张老祖宗抱了一根浮木，漂到金山脚下，偷偷地爬上岸。昼伏夜行，又跑回到清军营盘里去。后来洪杨覆灭，张老祖宗戴了红顶子。他想到"四眼狗"，所以把这个"烽火墩"买下了，变成他的私家花园。他又想到他在金山脚下没有被淹死，那一定是"法海和尚"显圣救了他，所以把墩下这个洞建成个"法海洞"，专门供养"法海"。后来他的欧美留学的子孙不信这一套，就把老"法海"冷落了。去年"八·一三"以后，张三少偕眷自上海避难还乡，他夫人被"大世界"的炸弹吓惨了，非要叫丈夫在家中造个坚实的防空洞不可。这时正好山上的松木因战灾滞销，堆集河下，贱如粪土。张建筑师乃利用贱价木材为夫人造了个大"防空洞"。

"你五哥五姐用过这个防空洞没有呢？"小莹又问一下。

"他们一次也未用过，"文孙说，"后来他们老家张家圩被炸平，五姐吓死了，二人又匆匆忙忙逃到武汉去，听说现在他们又从香港转回上海去了。"

"怎么林老师也不利用这么好的防空洞呢？"小莹有点奇怪。

"那就要问你们'女人'自己嘛！"文孙笑着说，"姥姥说，这个土堆子，怎能挡得住铁炸弹！她再也不敢进这个洞——战争是男人打的嘛！女人在战争中，就是可怜虫了——你看昨天跑警报，你颤抖得多可怜。"

"真是要谢谢你，文孙，"小莹说，"没有你，我在南门桥上，踩都给踩死了。"

"当我们摔在一起时，我看你抖得几乎失去知觉了，"文孙笑着说，"我倒一点也不慌张，我还在四处找那飞机呢。"

"你压在我身上，我心中安定多了，"小莹脸一红诚实地说着，"否则我怕吓昏过去了。"

"我伏在你身上，也是给你点实际上的保护。"文孙说。

"心理上保护很大，"小莹也微笑着说，"实际上碰到炸弹，两人只有一道死。"

"不一定呢，"文孙说，"我伏在你身上，如我二人'直接中弹'，则我二人便一道死——我二人死在一起，不是也很好吗？"文孙说着又笑起来。

"……"小莹红晕满脸，不知所答。

第十七章 "洞"房的里里外外

"我二人如果不'直接中弹'呢,"文孙又接着说,"我就可以保护你免为'跳弹'或炸弹'破片'所伤——我挡不了'直接中弹',我挡得了'间接中弹'……"

"那你为保护我,你就牺牲自己了。"小莹感激地说。

"在事理上说,本是应该的,保护妇孺嘛!"文孙说,"不过在'或然率'上说,我并不因为保护你,便增加了我自己伤亡的可能性嘛——保护你,和不保护你,对我自己伤亡的可能性是完全一样的,那我为什么不给你点保护呢?'护美'不也很美吗?"文孙说着嬉笑不止。

"我也不是什么'美'呢。"小莹觉得有点难为情,脸红红地微笑着。

"小莹呀,"文孙认真地说,"你是我所认识的女孩中,最美丽、最甜蜜的一位。"文孙说此话,倒确是诚心诚意的。

"文孙,你又在乱说了。"

"莹呀,诚心诚意的呢!——不是拍马屁。"文孙说得十分真诚。

"我想那位 Dora 才真是美人呢!"小莹微笑着说。

"你哪里知道什么 Dora?"

"在小聋那账簿上看到的,"小莹感叹地说,"那签字多秀丽啊。"

"啊,你说我七婶!"文孙大笑,说,"七婶是上海中西女塾毕业的,总喜欢叫自己的洋名字叫 Dora Young。"

"她怎么在那账簿上签了那么多名字?"

"她是教徒,"文孙说,"结婚一定要在教堂里,但我爸坚持,先得回家向祖先磕过头,才许他们上教堂结婚。七叔怕我爸爸,乃把未婚妻带回家中磕头之后,才去上海教堂结婚的。"

"她怎么在账簿上签了那么多名字?"

"她和七叔在此地住了一个多月嘛,"文孙说,"她喜欢吃春江的菜。"

"你们家里的人,怎么都喜欢住在这里呢?"小莹奇怪地问。又说:"我看干爹和你,就像住在自己家里一样。"

"本来是和自己家中一样嘛，"文孙说，"我姥姥是住在外婆家；我住在姐姐家。"

"你们林、张两家，真是亲上加亲。"小莹感叹地说。

"莹莹，"文孙说，"让我们出去看看，警报解除了没有……"

文孙伸出手挽住小莹，小莹抱着小兔子，二人又走出了"洞房"。

烽火温情

当他二人刚出洞口，一见阳光，两人不自觉地都以手遮眼，觉得日光太亮、刺眼欲昏。这时一阵风来，也觉寒入骨髓。原来"洞房"原是"洞房"，既暖又暗；出洞时，倍觉春寒。小莹有点打哆嗦，使文孙想起，他把大衣又忘在洞内了，乃转身入洞，取出大衣，给小莹披上。小莹也未多让，就披在军服之上。

"文孙呀，"小莹说，"我昨晚看你失去大衣，怕你着凉——半夜睡不着呢。你怎么又把大衣找回来了呢？"

莹莹为着怕文孙着凉，一夜未睡好。今晨独坐在十三太的门房，心中仍记挂着，忐忑不安。后来看到文孙又穿着原大衣而来，她心中好生奇怪，但是在林老师面前，又不敢一问原委。林老师去后，她和文孙私下对坐，心中跳得慌，也就忘记问了。现在不再紧张了，披了男友一度遗失的大衣，才又问出来。

"我俩先上山头上去看看警报解除了没有。"

说着文孙乃在大衣之外搂着小莹，循着弯曲石径，走向山顶去。走着文孙乃告诉她昨夜失衣翻车的趣事，并脱下帽子，要小莹摸摸他额角的肉瘤。小莹轻轻地摸了又摸，心头又自恨起来——"怎么这么笨？这么不体贴？"心中难过无比。原来二人吃早饭时，文孙曾把帽子脱下，

第十七章 "洞"房的里里外外

小莹竟未看出。文孙英雄没了"坐骑",小莹也未想到。现在想到了,殊觉内疚——心中无限歉疚,但是嘴内吞吐说不出来。

文孙搂紧了她;小莹也就顺势靠过去。二人缓缓地走上山岭,甚觉悠然自得。

山上这个六角亭很美,只是红漆多已脱落。亭中也有一个刻着"楚河汉界"的石桌,和四个石鼓。亭上则悬着一块黄杨木,刻着"一览亭"三字。三个凹体字上的朱漆,还很鲜明。

这个小亭,名曰"一览",倒是名副其实。二人站在亭边四望,全城尽在眼底。城东南区热闹街道,大致都可看出。高大一点的建筑,如四个城楼、鼓楼和春江大酒楼的"雅座间",均突出于千家万户的瓦屋之上。政宣大队部所在地的"文庙"尤其近在眼底;那座小莹时常演出的"明伦堂"上的戏台,更是"一览"无余。在"一览亭"中,拿着个望远镜,便可免费看戏。

远看城郊,则西北崇山峻岭、青绿相叠,东南良田阡陌、河渠交错……相对成趣。两小情侣,依偎亭中,坐栏远眺,真觉自处宇宙中央也。

二人正在欣赏这个万里无云、晴空一片的初春景色之时,忽听东门外"咚咚"数响,似是炮声,随即看到晴空之上,显出数朵白云。小莹正在惊讶之时,文孙乃叫她说:"莹呀!这是高射炮呢!"

文孙对空袭是有亲身经验的,因为有名的"击落敌机六架"的"八·一四"空战,文孙正在杭州,曾亲眼看见。

二人正疑虑间,忽见东南天空,有一单翼小飞机,自东南向西北,穿城飞来。

"敌机!敌机!"文孙惊异叫着,并把小莹推往一棵大松树干之后,自己则站在小莹身后抱住小莹,歪着头仰观敌机。

但那架单翼银色敌机似无"敌"意,只像一个风筝,在蔚蓝天空之下,缓缓飞来。飞近了,那双翼上的红太阳——日本国徽——清晰可见。这是小莹第一次看到敌机,她不敢仰视,乃翻过身来,攒入文孙怀中,紧抱着男友,在机声辄辄中直是打抖,嘴中并"唧唧"地叫个不停。

"侦察机,侦察机。"文孙倒十分镇静,他翻身靠在树干上搂紧了小莹,却仰视敌机,看它穿城转向西北飞去。北门城上我军机枪,像放爆竹一样响了几下。其他阳春烟景、大块文章——宇宙还是和以前无异。

"敌机飞走了。"文孙低头吻吻小莹的军帽边的秀发,安详地为小莹"解除警报"。但是小莹还是抖了半晌,才缓缓抬起头来。她一看她和文孙的脸距离如此之近,看看文孙的笑靥,不觉脸一红,马上又把头埋入文孙颊下,不敢仰视;嘴中又"唧唧"不停,像一只小蟋蟀。

"敌机飞走了。"文孙也搂紧了小莹,再为女友"解除警报"一次。

警报解除了,宇宙又从"战争"转入"和平",小莹这时才发现自己被搂在一位暖和的男友怀中——战争惊惧没有了,却发生了和平的恐慌。她心跳加速、面孔发烧,呼吸感觉急迫,气管似被塞起来,喘息不停,全身更颤抖不已。再加上耳鬓厮磨,文孙又轻轻地吻着她的耳朵,小莹觉得,又痒又甜,但是气管阻塞,喘不过气来。这时文孙的手又在她背上、腰间轻轻抚摸着,益发酥痒难忍、全身颤抖——二人显然都紧张过度,默默无言地愈搂愈紧,小莹的头发被揉入文孙的颈子上粘住了。这时虽然春寒料峭,但是二人显然都全身汗湿。

二人颤抖了大致有二十来分钟,小莹被文孙在耳朵上吻着奇痒难忍之时,才轻声地叫出:"……啊……啊……文……孙……"

文孙也轻轻地咬住小莹的薄到透明的耳朵,缓缓地说:"不许叫'文孙'……叫'文哥'……"

小莹果然名副其实,是个"小蝇蝇",这时只在文孙颈畔"嗡嗡"作响。

"莹莹……"文孙又在她耳边细声地说,"叫我'文哥'……叫!"

谈过恋爱的读者朋友们,都知道吧,在这场合下,"男"朋友总归是"总司令","女"朋友原只有"服从"的份儿。

第十七章 "洞"房的里里外外

"莹……""总司令"又轻声命令一下"……叫我'文哥'！……"

最初莹莹不听将令，还只是嗡嗡唧唧的……最后在"总司令"咬住耳朵，轻声地三令五申之下，小莹终于"服从"了。她把头挤紧文孙下颚，才从咽喉内，轻轻地挤出"文哥"二字来；挤出之后，又把头揉在文孙颚下"嗡嗡"了半天。

文孙搂住小莹，觉得她虽未施脂粉，却遍体圆润温香。他抱着小莹时松时紧，都各有情趣。他吻了小莹的头发、颈项、耳朵……真是愈吻愈甜，他想从腮边偷袭、向口鼻移动，而小莹则死不回头；文孙又不忍强行，又不知如何劝降，只在头发和耳朵颈项间打转，找不到窍门，渐渐地也就力衰气竭了。

二人默默地又抱了许久。这时虽艳阳在天，然山岭之风，究是冬末，吹入微汗之躯，也颇有寒意。渐渐地小莹已呼吸平和，文孙亦硬块消失，两人才松手、相视一笑。

"都是你不好……"小莹红着脸，一面整理云鬓，一面责怪文孙一句。

"姑娘，是我不好，是我不好……"文孙不打自招。他看到莹莹晚霞满脸、云鬓蓬松，愈看愈可爱，乃情不自禁地，又把小莹拉到怀中，自己则跨坐在亭子边的低槛上，自小莹手中取过木梳，替她梳头。小莹也没有拒绝，便倚在文孙怀中，由他梳去；有时也取回木梳，自己梳梳之外，也替文孙梳梳——实在是梳头是假，二人相偎相倚，不忍离开，才是真情——二人互梳一阵又相视而笑。真是：看郎随处好，好处随郎看。一览亭中，温情无限……

"老刮拉巴巴"

爱情本是永恒的。少年情人、中年夫妇、老年伴侣……生同罗帐、死同坟，原是没止没尽的。但是"情话"和"情欲"，则有其间歇性，冷热之间，必须协调，才臻化境。

"文孙呀，"小莹忽然想起"干爹"来，说，"幸好干爹走了唉，否则今日不又要吓死？"

"空袭并不就那么可怕，"文孙说，"你今天不是亲眼看到敌机了吗？"

"这是侦察机哩。"小莹说。

"轰炸机也没那么可怕。"文孙说。接着他又讲个冯玉祥的故事：

冯玉祥的士兵怕飞机投炸弹。冯问他士兵说："你们看过老刮筛巢吗？""老刮"便是北方土话里的乌鸦；"筛巢"便是乌鸦集体打圈圈在天空飞翔。士兵都大声回答说"看过"。冯又问："你们看到老刮拉巴巴吗？"

"拉巴巴"就是北方土话叫"拉屎"。乌鸦在天空集体飞翔，往往要"拉屎"的。冯问他们看到群飞的乌鸦拉屎没有？那些北方老乡也说看过了。

冯又问："老刮拉巴巴拉到你们头上没有？"众士兵又大声说："没有！"

冯乃大声说："那你们为什么怕飞机拉巴巴呢？"

果然冯部大兵，以后就不怕"飞机拉巴巴"了。

文孙未说完，莹莹已笑不可仰。文孙说完，莹莹乃大笑，并说她以后也不怕飞机"拉巴巴"了。

但是莹莹又问，敌人侦察机为什么这几天来"侦察"个不停呢？文孙说听说我方有两个军，最近正渡江北上，增援津浦铁路沿线，可能汉奸报告了敌人，所以敌机常来侦察。

"我并未觉得城内部队增多嘛。"莹莹说。

"他们可能是夜间行军，"文孙说，"白天都藏在乡村里。"

"我倒听说，东门外公路边文昌庙内住了很多前方退下的学生，我们大队长，要动员他们加入政宣呢！"莹莹说，"未听说有部队嘛。"

"我听说，东门外公路边停了二十多部运军火的卡车，不过他们伪

第十七章 "洞"房的里里外外

装得很好，敌机发现不了。"

文孙说着便捡起帽子，二人戴好，搂着小莹预备下山，忽听鼓楼之上锣声锵锵——警报解除了。

二人循石级下山，既经过不寻常的温存之后，小莹这时也主动地向文孙靠拢得更紧些。石级转弯时，文孙一拉，二人正好打个照面，男朋友的嘴唇乃顺便碰了女朋友的嘴唇。

"光天化日之下，"小莹笑着把文孙屁股一拍说，"胆敢调戏良家妇女。"

"顺便不为偷嘛。"文孙也笑了。

二人走下山来，找到了小兔子，抱起来，锁好了"洞房"。这时天气晴和，池边树梢多有绿意。池内游鱼有时也翻出一两个浪花。两人乃顺便走上水榭的走廊。文孙一看这门上的锁被扭坏，觉得有点不寻常，乃推门而入。一看这水榭内部除了两张笨重的红木镶边的"竹榻"和两张紫檀圆桌之外，室内空空如也。小型家具和冬季移入室内的珍贵的盆景，一概不见了。

文孙有点诧异。但是他说给小莹听，也是对牛弹琴，因为小莹是第一次来此，她以前还不知道此地有这样一座美好的花园呢！

小莹认为警报既然解除了，她要赶回队内出晚操、点名。文孙也认为要回校了。

"你的车子修好没有呢？"小莹关心一句。

"我顺便去看看，修好就骑回去。"

"修不好，那你就走回去了。"小莹说。

"修不好，"文孙说，"我就回来换一部。"

"你还有另外一部？"小莹惊诧不已。

"就在这儿嘛。"

文孙说着乃取出钥匙。原来那通向前苑门边左侧，靠墙还建有半间小木屋，似乎是间储藏室。文孙把门打开时，只见那洋锁后的铁钮也松动了,显然是被人扭坏的。幸好开门一看,有三部半新脚踏车,由一根钢链连锁在一起,每辆车车后的单锁也各自锁着。车上的油布也盖得好好的。

小莹一见这三部闪闪发光的新车,真不禁大惊失色——想不到她所心爱的东西,和心爱的人全在这儿。

文孙揭开那略有灰尘的油布,小莹惊慌地张大了嘴,两手把头抱起来——原来那儿还有部"女用车"。骑这车子,她不用举腿就可上车了,哪会摔跤呢?

"要不要试试看?"文孙问小莹,并说这些车是五姐他们去年从苏州农场带回来的。

"……"小莹未置可否。

但是文孙捏捏那车胎,已没有气了,小莹怕耽误队内"点名",也说下次再来吧。

"天长地久嘛,"小莹搓着手好高兴,说,"下次来骑女车。"

"下次咱俩一道到公路上去骑!"文孙说。

"那多美好!"小莹高兴得从旁把文孙抱住,文孙又顺势用嘴唇碰了碰她的嘴唇——小莹笑着逃了,但是没有提严重抗议。

这时二人都有点饿。文孙提议回堂屋去,吃点残羹剩肴再分别返校回营。

小莹抱着小兔子,文孙牵着小莹,乃自侧门走回内宅。二人刚到门边,便听到两个男人在大声争吵。

"你要不把偷去的盆子还给我,我把你脑袋瓜砸掉!"

二人一听,这声音显然是小聋。走过去一问,却是小聋和十三太在争吵——原来小聋警报后,来收盘碗时,发现少了一个细瓷盆和一双银镶天竹筷。小聋认为是十三太偷去,嚷着要他交出,而十三太死不承认,他说三哥儿和督军小姐吃早饭只用两双筷子,两双都在这儿,瓷盆

第十七章 "洞"房的里里外外

有几只他哪里知道？但是小聋心中有数，所以二人争吵得相当厉害。可是十三太一见文孙便不吵了，站在一边未说话。

"三哥，"小聋诉苦说，"这老家伙偷的不止一次了——账房不依我呢！"

"十三太，你把东西还他嘛，"文孙向十三太劝说，"不还他，小聋交不了账。"

十三太未搭腔，乃默默地走到屏门之后，从一个木柜的底层，取出个瓷盆和一双银筷。盆内还有些油条、烧饼和烧卖。

"还你！"十三太把盆子递给小聋。

小聋把食物倾倒在桌上，收了盆子，谢了三哥和叶小姐便离去了。十三太拣起油条烧饼烧卖……也谢谢三哥和省长小姐，伛偻着回门房抽旱烟去了。

"文孙呀，"小莹说，"我们未吃掉那些包子和甜饼……哪里去了呢？"

"都是被十三太偷吃了。"文孙说。

"他一人哪里吃掉那么多呢？"

"所以他还剩了些烧饼油条嘛。"文孙笑笑说，乃牵着小莹回到姥姥房中，用水瓶热水沏了两杯茶。二人又吃了些饼干，小兔子也吃了些萝卜……

"十三太，这个无产阶级，也很可怜。"小莹叹口气，同情地说。

"他卖老婆、抽大烟……才不可怜……"文孙笑着讲了些"十三太轶事"来。

"十三太"传奇

"十三太"也姓张，是文孙五姐夫张三少的远房叔祖，因为"辈分"高，所以小辈都叫他"十三太爷"，简称"十三太"。

十三太的祖父也是"打长毛"出身的,原是个不识字的贫农。在满身刀疤、百战余生,把长毛打亡了国之后,官拜"标统"(约合今日部队中的"团长");驻防南京城内,黄金万两,是个大大的"肥缺"。他那唯一的儿子,就是十三太的爸爸,二十来岁,原是个有名的"小标统"、"大太保",吃喝玩乐,南京城内,无人不知。

一次他在一家戏园内,捧一位名戏子唱戏时,看到观众之中有一位老妪,带一位十七八岁的美女也在看戏。小标统一见心动,乃想挑逗挑逗那位少女。少女羞怯回避,但那老妪却怒目相视。小标统一不做二不休,乃取了个元宝丢入那老妪怀内。老妪大怒,乃还投元宝砸他,并骂他"下流混账"。小标统的保镖见状大怒,骂"老鸨子"和"小婊子","不识抬举",胆敢冒犯"标统少爷"。

美女受辱啼泣,老妪乃携她怒骂而去,弄得当时台上台下,一园皆惊。

你道这美女是谁?她原是当时"两江总督大人"最小偏怜的千金。她因久慕名坤角之艺,乃偷偷地由乳母相陪,潜入戏院看戏——这是那时官宦之家的高干小姐,违背社会习俗的私行,谁知竟因此受辱。姑娘回房痛哭一夜之后,严述乳母,千万不必声张,以免惹起物议。谁知这乳母心怀不平,想到那小小标统的儿子,胆敢侮辱总督的千金,此愤非泄不可;加以这老太又生个"右派"大嘴巴,绘影绘声地把当晚受辱的情况和盘托出。这消息不胫而走,立刻变成南京城内茶寓酒肆的头条新闻。可怜这位知书识礼、貌美如花的总督千金刘小姐,心头受不了这压力,一夜之间便悬梁自杀了。

掌上明珠之死,哭坏了一品夫人的妈妈,气坏了威镇三江的爸爸。这消息一出,也吓坏了张老标统。在手足无措、魂魄失主的慌张气愤的情况之下,这位不谙法理的老粗,把儿子叫来,不由分说,便亲自动手,一刀把儿子的脑袋砍掉。然后披发徒跣,亲自提着逆子的头,去跪向总

第十七章 "洞"房的里里外外

督请罪。

可是老标统这一着做错了——你提来的是否真是你儿子的头呢？还是拿别人儿子的头来代替呢？

老标统无言自辩，回家之后，取出佩刀，就自己抹了脖子。

我们这位"十三太"便是这桩案子里的"小标统"之子、"老标统"之孙。长大之后，吃喝玩乐，颇有父风。老、小标统死后，留下的家资，仍是可观的。但是十三太年未而立，便已挥霍一空，后来并和一些玩友，偷偷去挖父祖之坟盗宝。

他年幼之时也曾娶个美女，生有一男。可是一次他在赌场豪赌，天明始归，娘子问他要不要吃点早餐再睡觉。

"娘子呀，"十三少（那时他还是个十三"少"）说，"做早饭来不及了，你梳梳头，叠叠衣服，人家轿子，就要来了……"

原来十三少一夜豪赌，连老婆也"输"掉；一大早"赢"家就派轿子来接所"赢"之物了。

十三少的娘子倒还好，没有哭闹，只是和平地问道："你把我'输'掉，儿子怎么办呢？"

十三太挥挥手说："你一道带去吧！"

自此之后"十三少"以自由之身，闲荡街头，一直等到做了"十三太"，才挤入"张氏宗祠"，打了个"地铺"。抢点"祭祖"余粮——吃点"祠堂饭"，十三太是振振有词的，因为祠堂筹建之初，他那当标统的祖父，曾捐过一大笔呢。

当文孙的五姐夫妇，受惊逃离"张家花园"时，他们需要一个看守房子的人，就找到这个老烟鬼"十三太"了。他看守这座老房子真是人杰地灵，凡是他看守不了的，他都一件件地转移到城中一家大当铺中去了。当物过期不赎，当铺就拍卖了。

一次文孙看到"临中"一位女同学使用一支带有镀金链条的"女

用帕克金笔",笔上刻有他五姐的名字。他问此女同学金笔何处来,原来她是从城里当铺拍卖摊上,用五毫小洋买来的——这金笔便是"十三太"以两角毫洋代价转移过去的。

这就是"张十三太爷"的传奇。

"他原来是个独子,怎么变成十三太爷呢?"小莹感到奇怪。

"那是他们张家那一支,曾祖以下的大排行。"文孙说。

"这老头,原来这么不老实!"莹莹感慨地说。

大鱼的爱情波折

文孙送女友回营之后,自己走到"顺风车行",取出修好的车子,一路平安地骑回学校。一进校门他就被姚大余抓着。

"怎么找你一天,都找不着?"大余问文孙。

"替我姑妈送行去了。"

"你这车修好了吗?"

"修好了,"文孙说,"你要用吗?"

"今天我们'歌咏团'开会,"大余说,"大家决定征调你的车子。"

"做何用场呢?"

"我们为着与'政宣'联合演出,"大余说,"今天组织个'联络小组',选你做组长,生姜做副组长。"

"联络小组不能没有部车子。"文孙说。

"正是这话,"大余说,"同人家联络,我们有部'三枪牌',也光鲜些。"

"他们要用车,我们也可让他们用!"文孙主动地说。

"正是这话,这显得我们'省临'好大方。"

大余并说,他已做好一块黄底红字的长木牌,写着"军委会政治部、

第十七章 "洞"房的里里外外

省立临时中学，交通车"，挂在车上，好不气派！

这时号兵正吹晚餐号。文孙原和大余同桌，二人吃过饭，回到宿舍，大余乃取出特制木牌，挂在车中腰杆上，凿枘相投，十分配合。挂好后，大余骑着车子，在操场上绕了两圈，英雄骏马，煞是气派非凡。

大余原是文孙的小学同学，小学毕业后，在"县中"又同学一年半。其后文孙便由七叔带到上海去，后又转学杭州进高中。抗战开始不久，沪杭沦陷。内地各中学均停办，组成"省立临时中学"，文孙乃返乡转入"临中高三"，乃和大余三度同学。

大余数理化和英文都很差，但是他是本地米行小开，精于计算、长于庶务，有组织才能。他又比大家长两岁，个子又高高大大的，人缘也很好，所以校中一切学生活动，总都少不了他。但他唯一的缺点，便是在女孩子们看来，"不够潇洒"。有娇气的女同学，都尊称他为"姚大哥"，是个尊而不亲的头衔。背后她们又都叫他"大鱼"。女同学之间开玩笑，也常时说对方"是大鱼的女朋友"，使对方过不了关。

其实大鱼对临中里的女同学们，也不太有兴趣。他还是喜欢"政宣"里肥肥胖胖而嘻嘻哈哈的曹文梅。大余和文梅原是邻居，自幼在一起长大。不幸文梅爸爸早死，叔叔对家传的染坊又经营不善，所以初中毕业后就进了有公费待遇的"女高师"和叶维莹同班。王生强（生姜）则是文梅"省女初"的同班，因为家境较好，就升入"省女高"——她们都是文孙的四姥姥林老师林世勉的学生。因为林老师的关系，大家都很熟。

抗战开始之后，公私中学都停办了。后来各"普通中学"合并成"省立临时中学"，每生各收学杂费十六元。各级公费"师范"都停办了，所以文梅和很多原先的"师范生"，就只能投考一些有公费待遇的"政治宣传大队"一类的机关了。

文梅在未进"政宣"之前，叔叔为减轻负担、免除牵挂，曾要替她

"找个婆家",嫁出去。文梅告诉维莹说,她叔叔坚信"嫁出去的姑娘,泼出门的水"。只要文梅有个"婆家",叔叔对她,就可以诸事不问了。

文梅不服气,想革叔叔的命,但又从何革起呢?不得已只好待在家里,等着坐"花轿"了。据她暗中自母亲口中探得的消息,叔叔心目中的侄女婿,便是"德丰米行"的小开姚大余。叔叔如真要坚持,文梅也就只好上轿了。碰巧这时"政治宣传大队"来招考"女兵"。文梅禀告叔叔想去当"女兵"。叔叔不但没有阻止她,还极力鼓励她去报考——据文梅告诉小莹,她叔叔的意向也是"唯物主义"的。送她去坐"花轿",叔叔多少也得办点妆奁嘛。她当女兵,也是把水泼出门去,又省了一笔妆奁,何乐不为呢?

文梅进了"政宣",姚、曹二府联姻的喜事,也就告吹,一心念着想和文梅携手入洞房的姚小开,希望也落了空。父母不能命、媒妁不能言,以后只有靠自己努力去追求了。

文梅进"政宣"的第一天,便碰到了老同学叶维莹,好不高兴也哉!二人同病相怜,又都情窦已开,很快地彼此就可以直讲心坎里的话,做彼此的爱情顾问了。

维莹个性沉静、脸蛋儿很美、身材很匀称,表情也很自然,所以演起"文明戏"来,可以做"当家青衣"。文梅胖嘟嘟、嗓门大,讲话做事,天不怕、地不怕,所以上得台去,只能演点"主妇"、"媒婆"、"张嫂"等配角。但她嗓音好,有时舞台上有歌唱节目,她总是前台的主唱或后台的佐唱。唱起《义勇军进行曲》来,那就更非她莫属了。

大余自小就挺欢喜文梅。大余才几岁时就偷送文梅糖果,要求"私订终身"。但是文梅倒不一定喜欢他。叔叔如坚持把她"泼"给大余,文梅也不会拒绝和大余同床共枕的。但是要谈起"自由恋爱"来,文梅就要拣精拣肥了。其实大余和文梅都已熟到讨论婚嫁的程度。但是文梅

第十七章 "洞"房的里里外外

私下告诉小莹，她对大鱼有严重的保留。"保留"的原因是和临中其他女生几乎是一致的，但文梅还多了几条，因为她知道大鱼比其他女孩子更清楚——文梅除嫌他"不够潇洒"、"不够帅"、"不像个学生"、"像个'事务主任'"等等之外，她对大鱼的三大志愿——进中央政治大学、当县长和当林放鹤堂管家——也不太欣赏。

前晚文梅曾偷偷地告诉莹莹这些有趣的故事，并说"林放鹤堂"便是林文孙的家。

"你如将来做了'林三少奶奶'，"文梅说，"大鱼要做了你的'管家'，我如嫁给大鱼，我就做你的'管家婆'！"

她二人那晚对哭甚久，最后又扭在一起笑成一团，就是大鱼的"三大志愿"引起的。

大鱼在文孙宿舍里谈了很久有关"歌咏团"的事，又问他和叶维莹交往的经过。文孙只说了一些替姥姥送行和同吃早餐的事，以下就从略了。

"你对那妞儿真有兴趣吗？"大鱼问。

"你觉得她不好吗？"文孙反问一句。

"好呀，"大鱼说，"小家碧玉，不像是个督军的女儿。"

"她父亲并不是什么真的督军呢。"

"再稍稍胖一点就好了。"大鱼是喜欢胖娃娃的。

二人谈了些时，便是上自习的时候了。文孙还有些"解析几何"习题未做，只得走入课室，坐在自己的座位上，拿出练习簿画个不停。可是一个题也未做出，枯坐了一晚，直至下自习才和"高丽棒子"一道走回宿舍去。

地震中的初吻

当号兵又把"床上之猪"从热被褥中唤醒时,文孙亦如往昔,赖着不起来。正想把眼睛再闭下去时,他忽然若有所悟地一下跳起来。原来他想起小莹今天要去喂兔子,他二人也可乘机重入"洞房",温存一番。但这时他又忽然想起自己是个"高三学生"、在学青年,非自由之身。小莹已蒙"指导员"特许,每天去喂兔子,她的营房与张家花园之间,只有十分钟的路程,可以速去速回。但是这位"床上之猪"、高三学生,有什么借口来为爱情缺课,想想不免躁急起来——实在找不出任何借口。

时间不允许他多想,只好进盥洗间、整理内务、升旗、上早操、跑步、早餐,然后上英文、解析几何、国文、物理、午餐,然后化学、军训、上体育……一直到晚餐上自习,再来个"猪在床上"——他妈的有什么好借口的缺课到张家花园和女友幽会呢?愈想愈泄气起来。

这时号声再响,三个教官和两位男女体育教员都在吹哨子,集合、升旗、上早操。文孙身不由己,只好跟着敬礼、唱《三民主义》……升旗之后,一部分女同学,文孙看到其中有易植芙、有涂秋薇……因"例假"退出跑步行列,返回宿舍。文孙实在无心去跑步,但自恨生非女身,请不了"例假",奈何?奈何呢?

文孙身在曹营心在汉,心中只想着"张家花园"。跑步完毕、早餐、喝稀饭,文孙心中还想着小莹的厚草筐和干丝小笼包,和美丽的女友。稀饭后上英文。施老师选的是英国诗人勃朗宁的情诗和白氏小传,讲勃朗宁如何热爱一位残废的青年女诗人,双双情奔的故事——施老师是个好教师,中英合璧,讲得情文并茂,全班动容……但是文孙未为所动,只是在笔记簿上画圈圈——他有兴趣的只是他自己的"恋爱故事",对别人的恋爱故事,听来味同嚼蜡,在班上只是不断地看手表、等时间。

第十七章　"洞"房的里里外外

当文孙看手表，还有十来分才能下课之时，忽然号兵吹起号来，文孙正奇怪时，却听出那号音不是"下课号"，而是"警报号"。施老师本来胆子最小，一听号声便说："下课！下课！警报！警报！"抱着书就跑了。全教室学生一哄而散。这时全校教职员和学生，人声杂沓乱成一团，夺路逃向田野。三位教官都在猛吹哨子，指挥疏散。

文孙自教室奔出，却没有听命随大众向田野疏散，只没命地逃回宿舍，把书本向床上一丢，乃在走廊上拖出脚踏车，冲出校门，绝尘而去，直奔城关。

在车上他又想起南门口那些开口不离"丢那玛"的两广士兵。知道南门是进不去了。情急智生，他想兜圈子，从西门进城。他知道守卫西门、北门是些本地"保安队"，大家不讲"丢那玛"或可通融也。

文孙掉转车头，改取小道直奔西门，西门果然开着，出城人也很少，他乃加足马力冲进西门。这时门侧沙袋背后，突然跑出两个没有戴钢盔的枪兵，喝令"不许进城"。文孙乃拍他车上那红木牌，说是"政治部交通车"。这两个士兵中有一个认识"军委会"三个字，乃挥挥手让文孙进去。那城门内也有两个士兵，还对文孙举手敬礼呢，因为文孙穿的黄呢制服、大边军帽，颇像"中央宪兵"的排长也。

从西门到张家花园比南门还要近些，文孙拍拍门，十三太还如往常一样，缓缓地开了门。文孙问叶小姐今天来过吗，老人说省长小姐一人在里面呢。文孙闻言乃加速步伐把车推入院中。十三太在后面跟着跑，文孙匆忙地给他两毛毫洋，乃三步两步走入后进；只见姥姥房门开着，不见小莹，也没有兔子。再回头一看却见通往后苑的门也开着。文孙乃跑步冲下石级，向防空洞方向飞奔而去。只见小莹抱着兔子沮丧地坐在洞外地上。她听到脚步声，抬头看到文孙飞奔而来，不禁大喜过望，乃放下小兔，站起来、张开两手迎了过来，一下两人便抱在一起。小莹喜极泪下，文孙也把她抱得两脚不着地，摇晃了半天——真是"新婚不如久别",二人喜悦之情,原子笔岂能形容!

　　二人抱了许久,文孙才把女友放下,自己取出钥匙,开了洞门,二人携手入洞,点了灯、生了火、关了门,文孙坐在靠墙板上,乃把莹莹拉过来,莹莹稍微忸怩一下,也就倒入男友怀中,任听其所为。

　　文孙搂紧小莹便吻了起来,这次对二人都是破题儿第一遭的经验,初一接触恍如触电,二人的心脏似乎都要跳出体外,全身抽搐不已。二人吻了三五分钟,小莹觉得要得心脏病了,才自文孙唇边抽开,抬起头来,嘴中"夭夭"地细声喘息,不能自持,乃把头伏在文孙颈边。两人交颈相抱数分钟,文孙把她头扶起,二人再度热吻,一吻便忘了时间。吻吻又交颈相抱,抱抱又继续热吻。小莹被吻后,只是偶尔举起头来,眼角蒙眬,口中"夭夭"作响,喘息不止。二人未交一言,个把钟头便过去了。小莹才在文孙的耳边,如泣如诉地说:"文哥……我要没有你……真不知怎样……活下去……"

　　"莹妹,"文孙说,"从今以后,没有你,我也活不下去……我们永不分离。"

　　"文哥……"小莹又在文孙耳边轻声泣诉着说,"……文哥……答应我……我们……永不……分离……"

　　"绝对,绝对,永不分离。"文孙自衣袋内取出条手帕,为小莹擦去眼泪和汗,搂着她再继续吻下去——二人简直无法分开了。

　　一次二人还在四唇交接之间,小莹忽然抬起头来,说:"文哥,你感觉不感觉,有点地震?"

　　"我没有感觉到呀。"说着他又抱紧小莹,继续其热吻,一忽儿文孙自己也感觉到了。

　　"地震哎,文孙。"小莹说。

　　这时文孙的脸朝着挂灯,只见灯光跳动,不免吃惊。

　　二人松了手,小莹被扶着坐在文孙的腿上,也感觉出地震。二人

第十七章 "洞"房的里里外外

旋见灯光大跳,忽然全屋震动,灯上火焰一伸,灯便熄灭了。全洞漆黑,伸手不见五指。小莹慌了,乃反身抱住文孙,惊恐地问文孙:"怎么回事?"

文孙搂住小莹,半晌才说:"我想是敌机在上空投弹轰炸……"文孙在杭州和南京都曾有过类似的经验。

"文孙,那我们怎么办呢?"

"现在不能出去,"文孙镇静地说,"只有等他们轰炸之后,才能出去救灾、灭火。"

"那我们这个洞有没有危险呢?"

"洞内危险不大,洞外就很难说了。"

"刚才我坐在洞外,不是很危险吗?"

"所以我赶来替你开锁嘛,"文孙说,"以后另配一把钥匙给你。"说着文孙摸到桌上火柴盒,又把挂灯点燃起来。

"刚才在洞外,我倒不觉得危险,想到昨天的侦察机嘛。"小莹说,"只是孤单得要死;真不想活下去——看到你来了,我心里好高兴啊。"

"我看到你在这儿,我也真是心花怒放。"文孙也自觉好高兴。

"我看到你来了,真像是仙子下凡呢。"

"我看你抱个兔子,也好像嫦娥抱着玉兔呢。"文孙打趣着说。

"文哥,"说着小莹乃自动躺入文孙怀中,说,"我讲的是真心话呢。我觉得你比仙子下凡还要好……"

"我讲的也是真心话嘛。"文孙说。

"女孩子比男孩子痴情呢,文哥,"小莹激动地说,"文哥,你答应我,以后你到天涯我跟你到天涯,你到海角我跟你到海角……永不分离……"

"绝对地永不分离,白头偕老。"文孙说得也极真诚。

"痴心女子负心汉呢。"小莹说着眼泪汪汪欲下。

"莹妹,你相信我会做个'负心汉'吗?"文孙也认真地说,"指天为誓……"

"男孩子没有女孩子那样痴心呢。"说着小莹的眼泪又下来了。

文孙颇受感动，但不知如何表明自己心迹才好，只是给小莹擦泪，并激动地说："只要我们活着一天就一天在一起，死掉也要葬在一起。"

"文哥，但望天如人愿。"

文孙把小莹抱过来，又热吻了半天。小莹忽然抬起头来，皱皱鼻子说："文哥，你闻到什么气味没有？"

文孙也坐起来，皱皱鼻子说："硝烟味！火药味！我们上面的房子可能被烧了，十三太可能也被炸死了——这老头太大胆。"

说着文孙扶起小莹，说："你在这儿待着，让我先出去看看。"

小莹不让文孙一个人出去，坚持二人一道去。文孙把洞门一开，只见一阵硝烟拂面而来，使二人连打喷嚏不止。掩着鼻子，二人乃走出洞外，一看究竟。

第十八章

空袭之后

一条"新街"的毁灭

　　文孙、小莹走出洞外,四顾除阵阵硝烟之外,别无异样,二人乃鼓起勇气跑上山顶一观究竟,这才看出城中被炸迹象。那浓黑硝烟主要来自东门之外。这天天气阴沉,气压甚低,东门之外数股浓烟正被东风吹入城内,使人窒息,浓烟之下,并看到些火光,似乎还在爆炸。

　　"我们的军火车被敌机炸中了。"文孙愤恨地说。

　　近看那浓烟之下,城内也有数处较小的火苗和黑烟,也有几处瓦房倒塌而没有起火,遥听街上人声乱哄哄,似乎在救火。

　　"文孙!文孙!你看!你看!……"小莹把手指向文庙,她的"政宣大队部"所在地。文孙掉头一看,那高大的"明伦堂"已塌掉一个角,营门前的"道贯古今"石牌坊,也不见了。

　　"哦,我们营房被炸了,不知炸死人没有?"小莹本已凄恨欲哭,这一下真的哭起来了。

　　"莹啊,不要哭,这是战争嘛。"这场面文孙在杭州和南京都曾见过,所以比较镇静。

"我们出去看看。"文孙拉着啼哭的女友，跑下山坡，走入前苑，看见大门开着。十三太正站在门前抽旱烟，看着一群群的广东徒手士兵，拿了些火钩、火叉、小水龙等物，嘻嘻哈哈有说有笑，他们是从西门外乡村来的，到南门大街去救火。

这群似乎毫不在意、欢乐如常的青年大兵哥的神态，倒使小莹破涕为笑，不再那么紧张了。她也想回营房去看看究竟。文孙乃牵着她穿过文昌巷，走入"道贯古今"广场。只见遍地大小碎石块，老牌坊倒塌了四分之三。二人正踏碎石而过时，忽听城头炮声、机枪声突发，震耳欲聋，接着便是一阵呼啸飞机声，只见两架双翼敌机，低飞穿城而过，声震屋瓦欲飞。文孙忙把小莹拖倒地下，而敌机已去，小莹被吓得面无人色，举步维艰，瘫软难行。文孙扶她在石块上坐了十来分钟，才震惊稍减。

"这两架敌机，为什么飞得这样低啊？！"小莹惊魂未定地向文孙发问。

"我想这是侦察机，来低飞侦察轰炸结果。"文孙半猜测地说。随后他便搀着小莹，走入文庙，营房已有数处倒塌，杂物遍地，文件书籍乱飞，张指导员正在指挥众学员收拾杂物文件。张指导员一见小莹便叫她加入收捡文件。

"我们有没有死伤？"小莹问指导员。

"队部没有，邹副大队长去东门外，生死不知！"张说。

指导员看到文孙乃说密斯特林，你们学校可能也是轰炸目标。

文孙见小莹已加入众人忙了起来，他乃退出文庙，赶回张家花园，骑了车子，再从西门赶回学校。

文孙的学校没有被炸，只是里面师生也在乱哄哄地跑。文孙一眼便看到生姜一面在擦眼泪，一面在跑。文孙乃把她抓住，问是什么事。

"小翠的妈妈和两个妹妹都被炸死了。"生姜说得眼泪直流。

"你说是朱华国的妹妹？"

第十八章　空袭之后

"是呀，"生姜说，"他妈死了，爸也活不成，怎么得了！"

朱华国小弟是"临中"初三的学生，妹妹翠国则读初一。平时一对小鸟，颇惹人喜爱。他们原是北边人，战火逼近了，他们父母乃带着两个幼妹和一位高龄祖母向南逃难。昨晚抵达东门车站，便在一个新开的草客栈住下。本县东门本甚荒僻，但靠近公路，难民过往人多，当地商民乃临时盖了些草舍，做过路难民生意，日久竟成为闹市，俗称"东门新街"。

今早华国的父亲把家属留在客栈，自己则带了几十块银元来探望华国兄妹。他怕万一将来"跑散了"，两个孩子好有点"现洋济急"。谁知一来就碰上警报，他乃带着两个孩子逃入麦田躲避。不久他们就看到三架敌机，低飞投弹，炸的正是东门"新街"，那一片草房顿时烈火冲天。

"那正是你妈住的地方呢！"朱君告诉孩子之后乃向东门飞跑而去，两个孩子则在后面哭泣追赶。

朱君跑到现场时，火势正烈，无法接近。所幸草房烧得快、灭得快。朱君等火势稍减，乃携华国循护城河渐渐摸向"新街"街后，只见他所住的草客栈只剩一堆余烟缭绕的灰烬，里面显然还有些烧焦在冒油的尸体。新街之上则尸体横陈、血肉模糊，街后则有些半焦尸体，有的未全死，口中还在吐气。护城河中，则浮尸蔽河，多半都似乎是衣服着火，跃河溺死的。

朱君则在尸群中翻捡，首先发现的是两个幼女的尸体，因尸身较小，容易辨认。接着便看到高龄老母和妻子的尸体，两个尸体都烧焦了，衣裤全焚，焦烂的尸体还在冒油，气味熏人。朱君本有心脏病，一见四尸杂陈，头一晕便倒了下去，不省人事。华国见状，乃伏在爸爸身上叫爸爸，哀哭起来，不知如何是好。后来被当地驻军救护队发现了他是临中学生，乃拨电话与临中联络。临中师生原本组有空袭救护队，王生强等一批女生曾参加救护训练。此次空袭"临中救护队"本已扎好担架，预备出发，突接此电话，大家益发紧张，王生强正挂好急救袋准备随大队出发，便被文孙抓住。文孙知情后，乃掉转车头，要生姜坐上衣包架，二人乃加速驰向东门而去。

当林、王二人抵达东门时，东门新街只剩一堆灰烬，连那百年老屋瓦房的"文昌庙"，也只剩几面断壁颓垣。但是驻军救护队却搭了个临时帐篷，篷内地上则躺了数十位轻重伤老幼男女，哀号嘶喊，惨不忍闻。王生强一眼便看到华国还伏在他爸爸身上叫"爸爸醒醒……"。生强上去验了脉息和呼吸，才知道朱君已死了。但是死马当活马医，她还是为他打了一剂"强心针"。王生强问华国，小翠在哪里，华国也不知道。

这时由两位教官率领"临中救护队"和"政宣救护队"、"红十字救护队"也纷纷到达。"政宣"的蒯大队长满头大汗，也在亲自指挥。文孙卷起袖子，想参加工作，但是面对这血肉模糊的场面也不知如何下手，大家窜来窜去，也都是乱忙一阵。只有王生强等几位受过"急救训练"的女同学，还可把少数轻伤的男女，稍事包扎。重伤的她们也无能为力，眼看着他们哀号流血而死，真是触目惊心。

大家忙到半夜，重伤的难民已大半死去。少数轻伤和气息奄奄的，则由红十字会搬上卡车运走。死尸数百具则由驻军挖个万人坑，加以掩埋。临中救护队的四具担架，竟未派上用场。最后大家决定，把华国父亲的全尸抬回学校，立碑葬于校后义冢，并开个追悼会纪念一番，因为他毕竟是临中的"家长"之一。他遗下的两个孤雏，则由两位校中老教员认为义子义女，暂时代为抚养，才算解决了敌寇滥炸无辜遗留下的问题了。

第十八章　空袭之后

严肃的"政治宣传大队"

这次空袭，据文孙后来查问，"东门新街"的商户和过往难民，死得最惨也最冤枉。原来这个闹市兴起不过数月，生意鼎盛。半年来警报放了数十次，也未见敌机轰炸，据一般市民心理，大家都认为假使敌机轰炸，主要目标也应该是城内南门大街一带的闹市，何至来炸东门郊外的一些草棚呢？日久习惯成自然，有警报也就不跑了，加以东门外原是一片水田，要躲也无从躲起。另外的一个原因便是跑起来，关门闭户，损失太大，而过往军民川流不息，生意都给胆大不跑的人做去了。这样大家都不跑，则过往客商也就不以"警报"为意了——谁知这片闹市，竟毁于一旦，好多商民、难民，都遭了灭门之祸。小翠和华国的一家只是其中不幸者之一而已。

日本鬼子呀！我们的血债，就这样轻轻松松地一笔勾销吗？

除掉"东门新街"的商民难民之外，损失最惨重的便是小莹她们的"政治宣传大队"了。当小莹归队，正奉命清理炸残的文件时，消息传来，早晨奉命到东门外公干的邹副大队长所率领的官长学员七八人，已全部遭难！

消息一到，张指导员眼泪一泻而下，乃招呼一位同志代理领导继续收捡文件，自己便骑了脚踏车赶往东关去了，余下的学员官长，个个抱头大哭。文梅、小莹等一些女同志，受不了这样惨痛的消息，乃抱着杂乱文件，回到宿舍，伏在床上，放声大哭起来。

他们的大队内，蒯大队长严厉正直、公私分明，为人所敬；邹副大队长和蔼风趣，视学员如亲子侄，为人所爱；张指导员较为年轻，满腹文章、人品风雅、工作认真、信仰坚定，为人所慕。在他们三人衷领导之下，"政宣"实是最和睦、最有秩序、学习不尽的亲爱的大家庭，如今突遭巨变，难怪全队恸哭，如丧考妣呢！

邹副大队长今晨早餐后，在大家嬉笑祝贺声中率队到东门去的——他们此去有何公干呢？

原来前天东门外到了一队从前线冒险而来的"江都学生抗日流亡宣传团"，有男女青年十余人，住在文昌庙内。队员中个个能说会讲、吃苦耐劳，歌舞书画，都有专才。他们原是"过境"到大武汉去的。事为蒯大队长所知，乃动员截留，希望他们参加"政宣"。经过一番劝留之后，他们也已开会通过，留下参加"政宣"，张指导员并且通知过姚大余，预备请"临中歌咏团"参加集体欢迎。只是这队仍有少数队员，想到武汉去而犹豫不定，邹副大队长今朝则衔命前去商讨该团参加"政宣"的细节，同时也借机说服少数犹豫团员，所以今早出发时，全队都报以热烈掌声，希望他们任务成功，能争取一队优秀的新伙伴。

代表队中代表之一原选的有曹文梅，因为文梅态度积极、乐观、笑容满面、能说会讲、人见人爱，可惜文梅因与临中"联合演出"事，忙不开交，无法分身。邹副大队长乃改派睡在文梅上铺的汪秀贞。秀贞天真活泼，亦属上选，谁知竟做了文梅的替死鬼。所以文梅特别伤心，抱着秀贞的枕头，哭得死去活来。

队内上下正哭声一片时，忽然院中号兵吹起"集合号"来，原来蒯大队长从东门回来了，要集合全队训话。

大家擦干眼泪、扎起皮带、戴起帽子，跑步到操场排队。男女学员排成三中队，第一、二中队各有三小队。第三中队为女政工，只分两小队。另有警卫班两班，持有武器。

队伍排列整齐之后，例由"小队长"分别发口令"立正"、"报数"，再由小队长汇报"中队长"，再由"值星中队长"总报"大队长"。经过伤亡之后，报告总数是：官长十七员、士兵二十二人。第一中队"学员"四十七人；第二中队，四十五人；第三中队，二十八人。全大队大队长以下官兵学员共一五九人。

第十八章　空袭之后

人数报到之后，站在一个矮木台上的蒯大队长乃开始训话。蒯大队长为黄埔四期生，三十七八年纪，黑而粗壮，是个标准军人。他以沉重的声音报告这次邹副大队长锦堂同志，率七位男女学员，在东门殉国的经过。本来是五死三伤，等到他自后方医院探视回来时，接到电话，原先断腿的汪秀贞同志，亦因伤重不治，造成六死二伤。

他这话一出，只听第三中队一片啜泣之声。随即有两位女学员昏倒地上。第二中队亦有一位男学员倒下（后来才听说这学员原是秀贞的男友）。

蒯大队长声音也哽咽了半分钟，但他军人本色，面色严厉，屹立未动。

接着他又说，自前线穿越敌人封锁线退下的"江都学生抗日流亡宣传团"，共有男女团员十五人，也牺牲了九位。这时第三中队已哭成一团，第一、二中队也继续有人昏倒。

"同志们！"大队长忽然眼如铜铃，大声吼道，"这个血仇，我们要不要——报!？"

"要报！"台阶下一百五十余人，齐声吼叫，声震屋瓦。

"同志们，"大队长咬着牙齿，沉重地说，"这项血仇，我们要报——要报！"

"我蒯福国，要为国家去——死！"大队长又大吼一声，然后咬着牙齿，又接着说，"——去死！我不死对不起国家！对不起祖先！对不起子孙——也对不起你们！"

停顿片刻，大队长又沉重地说："你们是我的同志，我的学生，我的儿女……为着国家民族，我要死在你们前面。我不死，我也对不起你们！"

这时操场中情绪已悲愤到了极点。第一中队中，一位泪流满面的大个子，忽然举起拳头，大吼一声，说："我们也死！"

"我们也死！""我们也死！"队伍发生骚动，大家喊成一片。

"值星官！"大队长权威地叫着。

值星官答："有！"

"领导大家呼口号！"大队长命令着。

值星官乃领导全体大呼：

"打倒日本帝国主义！"

"血仇血报！"

"中华民族万岁！"

"蒋委员长万岁！"

"抗日党派永远团结万岁！"

"……"

"值星官！"大队长又命令说，"领导全体同志，'静默三分钟'，为死难同志志哀！"

值星官主持"静默"仪式之后，大队长又沉重地说："同志们，我们中华民族有五千年历史、四万万同胞。敌人在首都屠杀了我们三十万军民，今天又炸死我们四百余人。我们前面倒下去，后面站起来——我们要和敌人拼到底！"大队长还是咬着牙齿说话。

"我们队伍今天牺牲了六位，"大队长哀恸地说，"但是我们立刻就有六位同志补充上来。我们追悼死去的同志；同时我们也欢迎新加入的同志，虽然他们还要养伤一段时间。"

说着大队长转身过去，只见四个穿着白外套绣着红十字的救护兵——两男两女，扶着一男一女，自破烂的营房里走了出来。那男青年头上全是绷带；女青年则用石膏套，套着右臂，左腋则支一根伤兵用的拐杖。

大队长介绍给大家说："这男同志是'江都学生抗日流亡宣传团'的副团长张志邦同志；女的是财务许筱青同志。"

第十八章　空袭之后

大家报以热烈掌声。

"他们的正团长刘学年同志已经殉国；另有四位重伤住院。他二位算是轻伤，坚持要来和诸位见面。"

大家又报以热烈掌声。

张同志头伤不能说话；许同志也还惊魂未定，用右手和大家招招手，沙哑地叫一声："打倒日本帝国主义！"大家也呼口号响应。

大队长乃命令救护兵扶他二位去休息，并命令值星官"收队"。中队长们乃分别招呼同志们把昏倒的学员抬回营房。值星官又叫口令，整肃队伍，操了五分钟"分列式"，向大队长敬礼后，才命令"解散"，休息。

光棍的茶会和公主的哲学

空袭后的那一晚是紧张的，全城商户都在作迁地为良的准备。"政宣大队"的官兵不但要为殉难同志办后事，当晚还得修补营房，因为直接中弹，屋瓦坠落，如不及时修补，则一场大雨就不堪设想，所以官兵百余人，雇了些瓦匠、泥水匠来帮忙，挑灯夜战。

"省立临中"虽无直接损失，但是那些志愿"救护队员"，目睹轰炸现场，血肉模糊，归来惊魂未定，整夜噩梦频频，好不容易才挨过紧张的一夜。可是第二天早操升旗朝会上，校长和主任教官分别训话，却认为是战局好转，敌人"困兽犹斗"，不足怕，劝同学们安心上课。

听了校长、教官的训话，早餐之后，校中便照常上课，昨日空袭已逐渐淡忘。可是当文孙等开始上第二堂"解析几何"课时，忽听学校上空机声辄辄，大家既未闻警报，以为那一定是我们自己的飞机，谁知大家伸头一看，原是一架漆着"红太阳"的敌机。这"红太阳"是个魔鬼、阎王，太可怕了。大家一声吆喝，全校像爆炸了一样，师生数百人夺门而出，跑入四周田野——连那平时威严无比的三位教官，这时也惊恐万状，跑得像兔子一样。

这架敌机飞得很低，大胆的同学，都看到那驾驶员戴着两个大防风眼镜的头。这敌机歪着翅膀，低飞盘旋数匝，始飞向城区，立时听到城上枪炮齐发响成一片，然后才听到警报汽笛呜呜地鸣。

这次敌机偷袭，为什么没有警报呢？大家迷惘不止。平时敌机都是循公路自北而南的，今天何以反向飞行，也令人不解，揣测纷纭。

当敌机去后，我们的林三少知道学校不会再上课了，乃跨上坐骑，急驰西门而去，可是西门却关着，无法进城，他又转向南门，又见汹涌出城的人潮，他知道南门也进不去了，乃掉转车头返校。一入校门，便见校长出名、教官联署的大字布告。大意是敌机出没无常，校中暂时停课，嘱各生携带"作业"暂时向农村疏散，自习，嗣后上课时间地点，听候校方处理，云云。

文孙心中不安，不知小莹逃向何处。幸好他昨天已交给小莹一把张家防空洞的钥匙。今日敌机既未轰炸，小莹谅无大碍，心中也就和平多了。

架好车子，文孙走回宿舍，只见"高丽棒子"、小曹、老蒋和隔室的卜斗焕（阿斗）、"卢俊义"等，正整好书包，讨论向何处疏散。文孙加入了，大家乃决议循古驿道，现名"大路"，向西方山区前进，觅地"自习"。

他们一行六七人，循着"沙河"沿岸，向西缓缓前进，风和日暖，好不自由自在。沿途又有些散兵游勇，加入行列，益发热闹非凡。

一走，不知不觉地就走了七八里之遥，此地已是山区，杨柳摇曳、涧水潺潺之间，竟有个三家村小茶馆。茶篷内摆了三两张桌子，酒家父子母女招待殷勤，颇有古风。清茶只要三个铜元一杯，可以无限制喝下去。另有花生、瓜子、寸金、白切等糖果可买。必要时，客官点菜、烧饭，店中备有土酒，还可吃点野味——这所在真是洞天福地，"自习"解析几何、"北新"英文的最好"自修室"了。大家乃围桌坐下，主人沏上茶来。

第十八章　空袭之后

大家且喝且谈，居然也有人解开书包，却不见有人做解析几何。

有人，包括林文孙，也想读一点培根的"自由教育"，但是大家太"自由"了一点，"教育"也就读不成了。

"老林最近泡了个女朋友，""棒子"忽然大声向大家演说，"他今天请吃茶吃糖。"

大家一致热烈鼓掌。

"他妈'棒子'，"老林说，"敲竹杠就讲明敲竹杠——不要搞什么借口。"

"敲竹杠就敲一下吧，"老曹说，"借口也不是什么借口。载美忘衣，要不是小蒋把你大衣捡回来，那损失可大了。"

"OK，"文孙说，"那么我就请小蒋，大家作陪客。"

大家一阵掌声，文孙就花了几毛毫洋请吃茶。"棒子"胃口大，又叫了一篓花生，要文孙也付了钱。有清茶有花生，大家先讲昨天的空袭，后讲女生宿舍——把解析几何送还埃及；培根也解聘，送回英国去了。

七八个 teenagers 在一起张家山前、李家山后，好不乐意也哉。

可是大家都觉得，有一项"美中不足"；不是的，是个"伟大的缺憾"——再有几个女孩子来加入，那就十全十美了——大家就是找不到，奈何？奈何？

当一群无"教育"而太"自由"的野少年，搞在一起开茶会，最需要女孩子，而偏没有女孩子之时，只要哪儿有点女人气息，他们在一千里之外，都可闻了出来。就在这当儿，有人忽然发现于两三百米之外的涧边石上，有一对情侣，规规矩矩地默默而坐，似乎是在做"解析几何"或"球面三角"的习题。

"高丽棒子"眼睛尖，凝神一看，嚷着说："那男的是刘四呢！"

大家都注目而视，有信有不信。但是看那女的有点像"代战公主"涂秋薇。女的如果是涂秋薇，男的那一定就是刘希曾了。因为希曾是秋薇"远房远房的表哥",有这点"表兄妹"的关系,所以刘四就名正言顺地,偷偷地找秋薇,并替秋薇代作"解析几何"的习题,使秋薇拿了好几个"九十分";二人的往返就更多起来了。

"老卢,""棒子"提议说,"咱俩一道去看看。"卢俊义欣然同意,二人便一道去了。

卢俊义,大家都知道他姓"卢",真正的名字叫啥,大家也搞不清楚,更不太关心。卢俊义认为他们"卢家祖先"最大的英雄便是"玉麒麟卢俊义",所以自称"玉麒麟",别人则只叫他"卢俊义"而忘其真名。

他们这个"临时中学",是真正名副其实的临时凑起来的中学,学生都是各校转学来的,背景学校足足有二三十个之多——远的有来自东北、平津、济南、徐州,近的有京沪杭和本地的高初中。各校来的仍穿着各校原有的制服,来自名校的如南开、上中、杭高、实中……都还骄傲地带着各该校的"领章",使人羡慕。平时上操、跑步、升旗、上纪念周,也真是五花十色——真正的一支大"杂牌部队"。

男女同学之间各有其绰号或别号,真正名字叫啥,反而不太重要;叫错了也用不着更改,高三级的大美人易植芙,至少有一半人搞错了,叫她叶植芙。至于她是大名鼎鼎的"压寨夫人",则无人不知也。

金、卢二人躲躲藏藏地溜到刘、涂二人身后的坡下,侧耳细听,以为他二人在讨论功课,原来不是!——他二人正在谈论林文孙和叶维莹这对新情侣。涂认为叶爱的是林家的家世、钱财;刘四则认为林文孙对叶维莹入了迷,他也认为叶维莹是"小家碧玉"……

金、卢二人躲在坡下,捏着嘴暗笑。"棒子"乃捡了个小树枝,偷偷地投了过去,秋薇倒惊了一下;有经验的刘四,则说是风吹着树上掉下的。秋薇也信以为真。"棒子"再捡了块小石子,瞄准了刘四的背脊就是一下,谁知竟丢到刘四的头上。这一下,刘四才知道是真正的"空袭",反身逃警报,一下就看到傻笑的"棒子"。刘四不由分说,就和"棒

第十八章　空袭之后

子"扭打起来，卢俊义则在一旁大笑。

秋薇也起身问老卢，怎么跑到这儿来了。原来刘、涂二人为逃避群众，自以为逃得够远了，谁知私话还是被人偷听了去。

"三少、阿斗、小蒋……他们都在茶馆那边喝茶呢……"卢俊义报告了代战公主。

这时刘四和"棒子"也战罢言和，二人各自拍去身上的泥土，加入谈话。

"谁请客？"刘四问卢。

"林文孙为女朋友请客。"卢说。

"我们也加入去——"刘四乃说服了"公主"，拿起了并未"自习"的"解析几何"，四人便走回茶馆了，使一茶馆的客人都站起来迎接"公主"。万绿丛中一点红，秋薇睹状，好不得意！

秋薇也是本地大姓涂家的一位千金。父亲是城内的一个官盐商人，很有几个钱。秋薇因幼年多病，兼以家中长辈反对女子入"洋学堂"，所以入学迟了几年。事实上她比这位远亲刘希曾还要长两岁半。但是秋薇把年龄少报了三岁就变成刘四的"表妹"了。

秋薇长大，亭亭玉立，又是校中女篮名将，高栏第一，就赢得了"代战公主"的雅号。可是秋薇不喜欢上面两个字，只希望同学叫她"公主"。今天茶馆之会，她是个何仙姑，所以一般铁拐李、韩湘子、蓝采和都知道她的喜恶，大家皆称"公主"而不名，使"公主"益发自觉是个公主，无人不爱、无人不捧：真是飘飘然。

这批男孩子只有个"阿斗"是结了婚的。其他林文孙和刘希曾算是各有个"对象"。别的如老曹、小蒋、卢俊义、"高丽棒子"等等都是"王老五"。王老五，正如"高丽棒子"常说的，"除了能练'童子功'之外，别无其他好处"。

王老五们个个都想谈恋爱，就是找不到对象。有机会跟别人的女朋友"聊聊"也是好的。今天"公主"居然能光临这个王老五集团，真是蓬荜生辉。连"阿斗"在内，大家都争着要请客。

最后大家决定在此地烧晚饭吃，由刘四、"棒子"、卢俊义、林文孙各出了钱买些酒菜，交茶馆女掌柜和女儿下厨。四个主人中，头三名是抢着付的。林文孙则是以"莫须有罪名"（文孙坚不吐实的话）被迫做东，请吃酒。

大家在茶馆之中，一谈数小时。培根、欧基米德……通统都被冷落了。只有涂公主才是宇宙的重心。

王老五们的苦恼，是没有女孩子愿意和他们"谈恋爱"，因此大家乃求计于公主。

"临中里这么多女同学，你们为什么找不到对象呢？"大家亦不知所答。公主说："那只能怪你们自己。"

怪在何处呢？公主说："是怪你们不懂女孩子'心理'！"

大家为逃警报，在茶馆里"自习"了数小时。"自习"的课程是"心理学"，主讲老师则是"涂公主"。她很会讲，讲了些"原理""原则"之外，又做了很多"个案"分析。林文孙的"成功"、姚大鱼的"折磨"都在分析之列。

她没有把阿斗列入讲题，只三言两语带过，因为那不值一提的"旧式婚姻"、"糊涂婚姻"，讲得连阿斗也心服口服。大家听讲了数小时，直到红日偏西，吃过晚饭，王老五们才簇拥着公主，满载而归！

阿斗的"洞房花烛夜"

"公主"等一女数男走回学校时，晚霞已散，月光在天，未进校门便听到"集合号"——校长训话。大家乃跑步前进，刚好赶上。

第十八章　空袭之后

原来今日本地地方官，召集当地党政军学商负责人开紧急会议，为应付敌人空袭，会中一致决议改变"作息时间"——四时起床，商店开门、学校上课、政府办公。中午十时至三时为"午休时间"，商店关门、学校疏散自习、政府停止办公，以防空袭。三时至六时，经商、上课、办公如常。六时半晚餐。八时熄灯就寝。刘专员已通知各单位，即日起实行。所以校长训话完毕，已快到就寝时间。

这时刘四、老曹等一伙，虽对"公主"之忠言仍余音绕梁，大家既然不能与"公主"一起就寝，只好各回男女宿舍，依依而别。

晚上八时在平时原来正是上自习时间，如今突然变成熄灯时间，大家虽奉命上床，却不能奉命打鼾。既然觉而不睡，大伙儿就难免躺在床上，东聊西聊起来——他们谈话的主题，先是空袭，后是抗日救国，不到三五分钟，就转入对家花、野花的品头论足了。

他们高三级这两间"通舱"上下十六个光杆，学术讨论的主题，是从"涂公主"的"心理学"开始的；但是"心理学"近乎"哲学"，太空洞了，学不能致用。渐渐地大家的谈锋，便转向卜斗焕的"实用主义"，因为他们十六个人之中，只有"阿斗"一人结过婚。别人都还不知道什么叫做"女人"呢，因此所谈的全是"精神文明"；只有阿斗才配谈"实用生理学"。阿斗谈他的实用生理学，已不知谈过多少次了，大家百听不厌。此次大家睡在床上，既然都毫无睡意，话题乃集中到老卜身上，要卜斗焕，再重复一遍他那百听不厌，他也百讲不厌的"听的小说"来。

卜斗焕原也是"北边人"，南下"转学"的。他父亲开"牛行"，生意不错，家道小康。他幼年时，父母便透过媒婆，为他订了一门亲事，门当户对，女方原也是城中小康的商户。

斗焕——他在临中的名字叫"阿斗"——在初中时，也常到"丈人家"去拜年，颇得丈母娘的喜爱，并也曾如当地民歌上所唱的：

> 火萤虫，亮亮红
> 哥哥骑马，我骑龙
> 一骑骑到丈人家
> 隔着窗子看见"她"
> 粉白脸，糯米牙
> 卖田卖地要娶"她"
> ……

"阿斗隔着窗子看见她"，心里也想"卖田卖地要娶她"，因此常常做"娶亲"的梦。可是一上高中，阿斗思想开通了，不喜欢"旧式婚姻"，想谈"自由恋爱"，又想写情书给"未婚妻"，但是未婚妻只上了"初小"就停学了，是个土包子。她是否够得上谈"自由恋爱"，阿斗不敢想。事实上阿斗也起过"情书草稿"，但就是不敢寄。

最后他决心要退婚，另起炉灶，想在省城女师另找"对象"。但是哪里找得到呢？——阿斗为婚姻而苦恼，心中怏怏然，大石头永远掉不下去，有时且"痛不欲生"呢。

就当他进入省高高三级时，抗战爆发了。战火迫近，人心惶惶，省高停办，阿斗亦休学在家。这时丈人家认为女大不嫁是件累赘，要把这桶水泼出门去。男方家长也认为是接亲过门、为阿斗"完婚"的时候了。阿斗心中不愿，但是形势比人强，阿斗也不敢公然反抗，也不打算逃婚。两家经过筹备，卜家便张灯结彩娶媳妇了。阿斗也穿起长袍马褂，做起新郎来。

大喜之日，贺客盈门。傍晚锣鼓喧天，红灯花轿，直入内宅。新郎蓝绸袍、黑马褂、珊瑚顶、瓜皮帽，在众弟兄簇拥之下，为花轿开锁。然后为新娘揭开披面红绸，拜堂成亲，吃交杯酒，由全屋宾客"送房"、"道好"。"三日无大小"，闹成一团。

第十八章　空袭之后

阿斗在百忙中，偷看了新娘几眼，只见她粉面朱唇、遍身罗绮、环佩丁当。真是仙女下凡！这时阿斗心想幸好未"退婚"，"退"了，岂不要痛心自裁！

这时洞房之内，水泄不通，新郎新娘被挤得直是打转。尤其是乡俗"道好"，一唱百和，真是震瓦欲坠。例如：

一人大叫："新娘头好！"

众人应道："好！"

那人再叫："乌云盖倒！"

众人大叫："好！"

"新娘脸好！"

"好！"

"秋月皎皎！"

"好！"

数十人齐声喊"好"，乖乖真声闻数十里。大家叫得此起彼落。阿斗记得，有位最顽皮的老表叔，也领班"道好"。

他喊："一进新房喜洋洋——呀！"

众人大叫："好！"

他又喊："新娘拉屎扁担长呀！"

众人又大叫："好！"

"好！"老表叔大声说，"那你们就吃掉吧！"

全屋狂笑之后，大家把这"老滑稽"、"老不正经"倒了满头酒，涂得满脸香粉，弄得新娘也笑不可忍。

阿斗还有些中学同学、洋学生，闹新房，很洋化——他们要新郎新娘，"当众 kiss"。阿斗不肯，大家闹不开交，最后还是新娘自娘家带来的"伴媪"，"打圆场"，要新夫妇隔着一条丝手帕，对吻一下，众人才罢休。

这新房一直闹到半夜，大半客人都回到厅堂赌牌九、押宝、打麻将去了，内宅新房才闲下来。那有经验的伴媪，在新房内赶走残余贺客，在床前放好毛巾、茶具等物，乃把"姑爷"请到床前，和新娘双双并坐在床沿之上，然后向阿斗耳边，轻声地说："姑爷轻一点呀！我们小姐昨天还不大舒服呢。"

阿斗还未听懂什么叫"轻一点"，那半职业性的伴媪，已把左腿稍一后伸，打了个"千"，便要退出了。阿斗忽想起马褂内的"红包"，乃匆忙地递给她，她接了红包，又说声"谢谢姑爷"，便反身带关了门，离开了。

洞房内只剩下阿斗和他的新娘。

"蛤蟆呱呱地叫"

阿斗的"洞房花烛夜"，是他享有版权的专著，在那千把高初中学生之间，谁也未尝有过这样丰富的经验，其他一二人，纵或有之，他们也没阿斗的好口才，能毫无保留、绘影绘声地把"一秒钟、一秒钟"的实际经过讲出来。可是每当他提到那"伴媪"领红包退出之后，阿斗总要停顿一下，问："有没有人请客？"有时听众中一些慷慨悲歌之士，真的就拿钱买花生、糖果来"请客"。没人请客，事实上阿斗还是会把"事实经过，一秒钟、一秒钟"地讲出来的。

不过今晚阿斗倒没有要挟要人"请客"，因为时已晚，他只奉劝诸位青年莘莘学子，国家栋梁之材，听了故事之后，不要自戕玉体，"在床上作怪"。室内笑成一团，而阿斗则慎重其事，只说不笑。

话说那伴媪退出之后，阿斗心中有点发慌，听到新娘也在出粗气，似乎也有点紧张。阿斗忽想到，他们高三级一次传阅的一首"洞房诗"，

第十八章　空袭之后

那诗说:"既然缘订前生矣，无所用其客气焉！"阿斗心一横，自忖:"奶奶的，一不做，二不休！有什么可客气的呢？"乃去拉了他新娘的手。幸好他新娘倒没有"临中女生"那种"小家子气"，缩手缩脚，像怕人偷她什么东西似的。

阿斗拉她手时，只听新娘子轻轻地说:"那门还未闩好呢。"

原来那伴媪出门之后，只反手带关了门，还得新夫妇自己从里面"闩"起房门呢。这是阿斗痴生十九年，第一次听到"老婆"说话，很生疏，也很新鲜。

阿斗立刻松开手，走向门前，乒乓一下便把门闩好了。然后走回床边，又拉住新娘的手，说:"你不讲，我几乎忘掉了——门不闩好，被他们再闯进来，多不好呀。"

阿斗原是个大嗓门，向来讲话是不会低声小语的。

这时新娘忽又低着头轻声向阿斗说:"窗外有人在偷听呢。"

这一下可提醒了阿斗。他刚才闩门时，似乎是听到门窗外的确有点轻微脚步声。阿斗平时是明人不做暗事的，遇事"痛痛快快"，绝不与人咬耳朵、讲小话的。可是这一次痛快不起来了，形势逼得他非"偷偷摸摸"不可。

阿斗知道，做君子是"动口不动手"的。但是他现在可非做"小人"不可了。

阿斗躺在宿舍床上，得意地告诉他那"通舱"之内十五位"王老五"说，他那时"一声不敢响"，"闷声大发财"，"只顾一个劲地'毛手毛脚'起来"。

"她只是有点'哼哼唧唧'的，但是没有一下就跑掉哎。"阿斗兴高采烈地说。

"奶奶的，"阿斗又感叹地说，"哪像我们临中，那些装模作样的货色，你对她们看一眼，似乎就像吃了她们一样，躲躲藏藏的——小家子气。"

这时邻床上发出唧唧的笑声，铁床也被弄得吱吱作响。

"阿斗，"一位王老五自下床发问，说，"毛手毛脚，先从哪里开始呢？"

"他妈的，你急什么！"阿斗老气横秋地说，"老夫自然会将全盘经过，一秒钟、一秒钟地告诉你！"

接着阿斗又警告"诸位毛头小子"，可不能在床上作怪啊——"放一次手枪折寿五年"。

"阿斗，少讲废话，"另一位毛头小子，提出抗议，说，"赶快一秒钟、一秒钟，讲下去。"

"傻小子，你急啥？"阿斗又一本正经地说，"我又不收你钱。"

大家这时也都催阿斗快讲下去。阿斗乃绘影绘声地"一秒钟、一秒钟"地讲下去。讲到紧张处所，全室都唧唧而笑——可是阿斗有镇静功夫，只讲不笑。

他讲的最高潮是，二人裸体相抱，因为二人胸部都有汗，两皮相吸，发生了物理学上的"真空状态"，因此二人身体稍一移动，二人胸部，就发出"呱呱"之声，像"蛤蟆在叫唤一样——呱呱——呱呱呱——呱呱呱……"

阿斗说得全室大笑。

"他妈，笑什么！"阿斗抗议说，"你们未听过蛤蟆叫呀？……呱呱——呱呱呱……就是那样……呱呱——呱呱……"

当老卜还在"……呱呱……呱呱……"引起全室大笑之时，忽然一句沉重声音插了进来，说："卜斗焕！明早升旗之后，到'教官室'讲话——现在不许讲话了！"

这声音是崔教官的声音，他似乎是站在室内。崔氏这一叫，把全室十几个头，都叫到被褥里去，在被褥内大笑不停，铁床也吱吱作响。

崔教官说完，便走出室外，反身叮咚一下，便把宿舍的房门关了。

第十八章　空袭之后

"他什么时候进来的？"阿斗无可奈何地说，"未听到他马靴的声音嘛。"

"他已在'棒子'床沿上坐了十几分钟了。"林文孙说。

"他妈的'棒子'！当汉奸，为啥老早不告诉我？"阿斗抗议说，"明天要被枪毙了，老子做鬼也放不过你。"

第十九章

痴男情女

"洞"中的故事

在那个三十年代啊，做个倒霉的中学生，一天最难熬的就是早晨——清晨六时好梦方酣，要被迫起床，真是人间惨事。如今作息时间提早两小时，四点钟就"吹猪起床"，更是惨不忍言，肝肠寸断。

当文孙正睡得香甜无比之时，那号兵却吹个不停——这时校内一片漆黑，只有盥漱室内，灯火通明，但是却人影稀疏。文孙既伸膀子也伸腰，可是就是起不来，他正在自我挣扎之时，却见平时最懒起床的卜斗焕，自床上毫无保留地爬起来了。

"老卜今天怎起个神早？"文孙问。

"他妈的棒子为什么不告诉我？"他还是提昨夜之惊险事件。

阿斗吃过早餐，便自动到"教官室"去报到，被三位教官爷"三堂会审"了一番。崔教官说出他昨夜"语无伦次"、"言不及义"、"言谈秽亵"等罪名，说得连那已有三个子女的崔某，听了都受不了。但是卜斗焕最大的罪名，还是"在熄灯之后，高谈阔论，影响同学休息"，本应"记大过"、"留校察看"，姑念初犯，只"警告"一次，如再犯定予重罚。

第十九章 痴男情女

老卜垂头丧气而出。自此以后,如有人再要他报告"新婚之夜",他就要骂人狗娘养的了。

按成绩老卜只能插班进高二的,但因战争关系,入学检查马虎,他就说原校证件在空袭中遗失,因此跳了一级。他既已是个有家有室之人,家中长辈也希望他早日毕业。可是他插入高三之后,英文和数学都难以跟班前进,加以又日夜想念老婆,心不在焉,所以成绩甚差,等到战局再次紧张,老卜终因"家室之累"而辍学还乡了。

且说这个新的作息时间表,对林三少的初恋爱情来说,真是最理想的了——他需要闲暇,却不怕空袭。他有个危险性只有十万分之一的防空洞,在洞内一同"防空"的只有美丽的女友一人,天下还有比这个更理想的"情人窟"吗?因此在九点钟的"国文"课下班之后,他头也不回地,一溜烟便跑到张家花园去了。一进门便看到小莹坐在柳树边凳子上看剧本,她身边的小竹篮中的萝卜青菜,已准备停当。

不由分说,文孙便紧紧地搂了她,吻一下,然后提了竹篮,抱了兔子,走入后苑,开了洞门,点了灯,烧起火盆,不一会儿洞里便温暖如春。文孙脱下大衣,便把小莹搂入怀中;那一种软玉温香,魂移魄荡之情,使林三少真不知今日何日。他二人这时已是饱有经验的老情人了,两情缱绻,得心应手,温存了足足有个把时辰,两人才放开手,开始闲聊。

文孙把老卜昨夜的惊险故事说给小莹听,说得莹莹笑不可仰。

"这种话怎么能说出口呢?"小莹笑着说,"你们男孩子,脸皮真厚!"

"男人脸皮是厚些,"文孙说,"你不讲人家也逼着你讲。"

"文孙,"小莹忽然若有所悟地说,"我俩的私事,可不许你向人说啊!"

"我是守口如瓶的。"文孙说。

"你不许说啊!"说着小莹乃扭一扭文孙的嘴唇。

"当然不会说,绝对不会说!"文孙提出绝对的安全保密的诺言。

"莹啊!"文孙忽然想起问道,"你们是不是九至三时午休?"

"这是他们党政军学商,联席会议通过的嘛。"小莹说,"你们也是九至三时自习?"

"自习?"文孙说,"说说罢了,谁真去做解析几何?"

"我们可比你们认真啊!"小莹说,"我们队里规定,九至三时自习。我们戏剧组读剧本之外,还得加看政治教育课本,还得做笔记、写报告。有机会还要向群众宣传,也要写报告。忙着呢!"

"蒯大队长叫你们做的?"文孙问。

"蒯大队长是军校毕业,不管这些文科。"

"谁管呢?"文孙又问一句。

"这些都是张指导员规定的——张是金陵大学毕业的嘛。"

"你们都听张叔伦的话吗?"

"同志们对他信服得不得了,"小莹诚恳地说,"张指导员说的最有道理,人也是最正直的正人君子、好人——我们都绝对信服他。"

"你们队里那些中队长是些什么人?"

"他们都是什么庐山特训班出来的,"小莹说,"教育水平没有张指导员那么高。"

"你说张叔伦可以指挥这些中队长吗?"

"张指导员不指挥呢,"小莹说,"他召集大家开会讲道理,他讲的最有道理,所以大家都信服他——蒯大队长也信任他。"

"你这样说,那么张叔伦便是你们全队的灵魂了!"

"也可以这么说,"小莹说,"这个队原本是他在上海组织起来的嘛。"

"你们的队原来不是'军事委员会政治部'创立的吗?"文孙奇怪地问。

"那是先有个队,后来才由'政治部'加委的。"小莹说。

"……"这对林文孙倒是个新闻,他半天想不出个道理来,最后才问,"张叔伦原先是干什么的,怎么组织了一个'宣传队'呢?"

"听他们上海退下来的老同志们说,张指导员的背景也很罗曼蒂克

第十九章　痴男情女

呢！——他曾闹过爱情革命,还坐过大牢……"小莹似乎有说不尽的故事。

"他要把乡下的老婆丢掉,到上海去讨个电影明星——革命一番。"文孙所见所闻太多了,张叔伦似乎又是一个崇洋厌土的典型。

"正正相反呢！"小莹说,"老同志们说,他丢掉一个上海洋学生,却爱上一个不识字的渔家女——闹得好大的风波,闹出人命来,上海、宁波等地的小报,都登作'头条新闻'呢。"

"真有此事？"文孙说,"你讲讲看嘛。"

"我也是听老同志们说的,"小莹说,"据说故事都是真的。"

"讲讲故事看嘛,"文孙说,"你当故事讲,我当故事听……"

渔民女儿的爱情

张叔伦是宁波人。国民革命军"北伐"之前他已由南京金陵大学农经系毕业,嗣后回到故乡一所中学当英文教员。他在幼年时已由"父母之命,媒妁之言"订了婚。未婚妻是当时浙东有名的富商巨绅杜某的女儿——这位巨商据说后来也是"蒋总司令"的朋友。

这小两口自幼订婚之后,及长乃分别在上海、杭州两地读书,中学时代曾有情书往还,叔伦也偶尔到上海去看过她。据说二人由于个性不同,生活方式各异,两人情感并不易深入。杜小姐取个洋名字叫夏娃,衣着考究,言谈流利,是座教会学校内"皇后型"的姑娘,能歌善舞,对华尔兹、爵士乐,甚为迷恋。而叔伦则是位经常穿蓝竹布衫的"绅士型"人物。他虽然也是家财万贯的阔少,但是每次去上海探美,总使未婚妻因他衣着不入时而感到尴尬。两人为此而时有龃龉。夏娃为此曾哭了好多次,而叔伦却屡戒不竣。

最使夏娃不能忍受的则是北伐前夕,她发现男友"思想左倾",竟在上海一带搞起"工人运动"来。夏娃的父亲也曾为此事而叹息摇头；夏娃自己也哭谏多次，终无效果。最后促使他二人感情破裂的，则是叔伦在教中学（而夏娃还在大三）时，竟然爱上了一位替他洗衣服的村姑阿桂。

阿桂不识字，是个贫苦渔民的女儿，叔伦迷恋了阿桂，有意要和夏娃解约。但是他们张、杜两家都是当地头面人物，一旦发生婚变，沪杭宁波各地小报，捕风捉影，加油加醋，由花边新闻，逐渐升级为"头条"。张、杜两家着了慌，双方家长乃协议合出一千元给阿桂的爹，劝他带女儿搬去外岛居住。阿桂的爹本就认为叔伦在玩弄他女儿，街坊邻里也多半如此说——当然也有少数同情他二人，认为既然两造都是单身，男情女爱，有何稀罕？——所以阿桂的爹也就接受了两个官人家的厚礼，答应率领女儿，避居外岛。孰知阿桂倔强，执意不从，并恳求爸爸把千元退还。不管她爹用硬用软，她都以死相胁；而她爹因老妻亡故，只此一女相依为命，心头肉，掌上珠，也不知如何是好。老爹在不得已时，竟数度向女儿下跪，求求她回心转意，也无济于事。

事态发展至此，杜家大户乃认为阿桂的爹，贪恋张家的财富，故意不从，乃利用红包把老人捉将官里去，并诬告他在"海上有抢劫前科"。在牢内脚镣手铐之下，老人每天还得靠这位独生女去送三餐牢饭。每当送饭时，老人都捧着饭碗下跪，求求他女儿不要迷恋张老师，好救爸爸一命，可是这个死鬼丫头，却和爸爸讲明，她不相信张老师会变心。

只要张老师不变心，她就为他"守"到底；张老师要变心，她就"死"——这丫头就这么倔强，不管官私各方对她如何地恐吓诈骗，对她都无计可施。这时大家唯一的希望，就是张叔伦斩断情丝，把这个小文盲忘记了事，而最绝的则是这位英文老师，他这时在校内可说已被这桩畸恋，弄得身败名裂。师生之间，乃至社会各界的流言飞语，加油加醋，简直变化莫测。

在无可抗拒压力之下，叔伦不得已只好辞去教职，闭门谢绝亲

第十九章 痴男情女

友——至于"放弃阿桂",在他心目中,简直没有考虑余地。父母、兄弟、姐妹、知交好友逼紧了,他有时也失去理智,愤怒地回答说:"你们要我放弃那样有灵性的女孩子,去服侍那个不中不西、没有灵魂的'衣架子'?"总之绝无通融的余地。

当这些带侮辱性的言词,传到她未婚妻耳朵里去的时候,她也气得要上吊寻死,觉得无面目见人。她家中不得已,最后只好把夏娃送往巴黎留学,以躲过这场孽债。在上海上船之前,她也恸不欲生,痛恨旧式婚姻,把她的终身幸福和名誉,断送于那个"没良心"、"没见识的小市民、流氓、地痞、赤匪"之手。

夏娃的两个哥哥,也被气得七窍生烟,为妹妹不平,并在当地"党部"托人打个"小报告",说"张叔伦'思想左倾,暗通赤匪'"。最后这四个字,在那年代是犯死罪的。

这一小报告虽是明显的"挟嫌诬告",但倒也不是百分之百的无中生有——像他们张、杜两家诬告阿桂的爹是"海盗"一样。

事实上"思想左倾"这一罪嫌,连叔伦自己也坦白承认。至于"暗通赤匪",虽嫌过分,也不是捕风捉影,因为叔伦中学大学之间的知交好友,很多都曾加入过"赤匪"的地下组织,有几个且被查明捕获,被官方枪决,叔伦也曾受牵累。纵是在他和阿桂恋爱期间,叔伦也曾"窝藏"过"赤匪";阿桂也曾替一些"赤匪"洗过衣裤——虽然这都不过是旧日同窗便道相访,老同学迎客留宾而已,但是严格说起来,"窝藏"也是事实。

当地官府据报,经查属实,张叔伦乃被监视起来,亲朋也断绝往还。所幸他最大的罪名只是"窝藏",找不到其他把柄,所以从宽发落,被送入衢州"感化院",接受"感化"。当时青年如一经"感化",则六亲不认,完全孤立,亲友也视为蛇蝎了。

阿桂久未见张老师出现,知道他是出事了。斯时社会上谣言蜂起,有的说张叔伦被枪毙了;有的则说"只是被关起来";也有人说他身败名裂，无面目见人，跟另外一个"土娼"私奔了；也有人说他以前的未婚妻，尽释前嫌，把他接到巴黎结婚去了——谣诼满天，莫衷一是！

阿桂是个不识字而六亲无靠的渔民之家的贫穷少女，但是现在她却是街头巷尾的新闻人物，所到之处生熟人家的冷言热语，使她完全失去了方向。

在牢里爹追问她张老师的近况，阿桂只能以听来的谣言相告。爹听说后，便隔着铁栏杆，流着泪骂那没良心、无廉耻的"读书人"，骗他女儿失身失节，自己一逃了之，恨得牙痒痒的。

阿桂只好隔着铁栏杆向爹跪下哭诉，说自己既未"失节"，更未"失身"。她说："张老师不是那样的人！"她把头撞着铁栏，为张老师剖白，但是爹只是疑信参半。

"桂儿，"爹流着泪说，"我只是个穷打鱼的，什么时候做过海盗？"

"爹！"阿桂眼泪直流，说，"都是女儿牵连你……"

"桂儿，你原是个好孩子，乖女儿！"爹穿过铁栏抓住女儿的手，直是抖。

"爹……爹……"阿桂用双手抱住爹粗糙的手臂，把一条条热泪，擦在爹的手臂上，呜咽地说，"爹……爹……我原是你的好孩子，乖女儿……爹……爹……女儿没有变……爹……相信我……相信我……"

"你没有变……没有变……好女儿……"老人气喘地说，"我进来时，他们把我的裤带拿去了……他们把我的裤带给拿去了……哼……你也没有……没有……什么爹了……"

"爹……爹……"阿桂号啕大哭起来，叫着，"爹……你为什么要自杀呢？……自杀呢？"

"我还能活着？！"爹牙齿咬得更紧，手一挥，指向两个正缓缓而来的穿着制服的狱警，说，"法官和他们，都说我父女二人，是'男盗女娼'！'男盗女娼'！"说着他猛掷铁栏号啕大哭起来，并大叫："我只是个穷人，我是什么'男盗女娼'？……哦……哦……"老人大哭大叫不止。

"爹……爹……"阿桂也放声大哭起来，说，"爹……老天是明白的……阎王爷……是明白的……"

这时两个狱警走向前来，一把把阿桂自地上抓起来，说："阿桂，你替我滚出去吧，别在这儿闹了。"

"你要卖人卖身尽管出去卖好了，在这儿闹什么？"另一个狱警也面目森严地帮着把阿桂揪起，推出牢门外去。只听那铁门内老人，仍在哭打铁栏，问这两个"王八蛋"，什么时候看到她女儿"卖人卖身"！

阿桂被哭着拖了出去，引起牢门外的群众围观。观众的批评也各执一词——有责骂的，也有同情的，但是大家对阿桂是个"土娼"的身份，似乎并无人怀疑。

阿桂走了。她在围观的人群耻笑中、责骂中和同情声中，走了走了。自此以后，街坊人士再也看不到这位"新闻人物"了。牢里的爹饿得半死，也未见她来送饭，狱卒们不得已只好给"老海盗"一点残羹剩肴，以维持他的不死的老命。

老人在铁栏内，一直盼着女儿的出现。最后阿桂果然又出现了，可是发现她的人却是两个在海滨钓鱼的孩子。他们发现阿桂横躺在退潮后的海滩上，浮肿得像一条鲸鱼，把两个善良的孩子吓得大哭大叫。

阿桂在人世间消逝了。

张老师冤情大白

阿桂之死引起社会上广泛的同情。大家异口同声说她是被张、杜两家大户逼死的。按照中国传统的"大清律例"，逼良致死，是要抄家的。《六法全书》改了些条文，但社会习俗，还是大清皇朝的旧例。

"县官"下乡验尸,法医提出的报告,各地小报也绘影绘声地传播。这个痴情被逼至死的可怜的渔民之女,不是个"土娼"——她还是个黄花处女之身!

这消息一出,巷头巷尾议论纷纷,尤其是老婆婆和少女们,一提到阿桂,都泣不成声。有的人且在清晨和午夜,看见阿桂在海边行走、在水上凌波飘浮、在云端向人含笑招手……阿桂成仙了!

好多诚心的妇女竟然买了些香烛金箔,到海滨去祭拜"阿桂姑"。少女们有疑难问题和心中事,要请"碟仙"问计,"阿桂姑"也时时降坛,并不厌其烦,有求必应。

更有一群青年尼姑,已在"化缘",要建个"桂姑庵"来供养她。街坊并有士绅建议向"林主席"呈报,申请"立祠旌表"、"建节孝坊"。女学生们和小报记者,则建议树立"纪念碑"、"孝女墓"。

张、杜二家在面目无光之后,也偷偷地拿出巨款,托第三者出面为"节女"厚葬,并托人送红包把"老海盗"也偷偷销案,由他外甥女携巨资,接舅舅去定海养息。好歹"老海盗"是个文盲,三个月的脚镣手铐生活,已把他折磨得半死,如今已神情恍惚,不知世情,外甥女乃谎报说阿桂与张老师私奔,已不知去向了——老人既然生活无虞,至于女儿和张氏私奔,也就安之若素了。

总之阿桂以"一死以明清白"的目的是完全达到了,在那个被时髦少年诅咒的万恶的"半封建"的社会里,含冤莫雪,至少还有"死的自由"。"人命关天",那些逼良致死的恶势力,至少上畏天命、下畏阎罗、中畏人言、四畏国法——比起后来的草菅人命、苛政似虎的党棍官僚来,似乎还稍胜一筹——这当然都是考史衡文的人,无关宏旨的闲话。

且说那位在衢州被"感化"的张老师,正被一批"特训班"出来的"教官"、"指导员"们所讲解的什么"三民主义连环性",弄得呕吐不已的时候,忽然传来了"阿桂自杀"的消息。张老师为此当然也变成小报"花边"

第十九章　痴男情女

里的人物。而法医最后的"报告",竟使"感化犯张叔伦"升格成为圣人。

叔伦得报在床上哭了几天几夜,哭得瘦骨嶙峋,使"感化院"的少将院长着了慌——第一,"张圣人"已经是各报"头条",声名赫赫,该院长与有荣焉。一旦病危不起,则院长爷,吃不了得兜着走。第二,在"党义"上颇有火候的"院长",也知道叔伦一病将死,刚好证明他是个极端的"唯心主义者",至少与"唯物主义"是对立的,殊无"感化"必要——因此他对叔伦病情,一面延名医抢救,一面则呈请上级,"无条件开释"。

叔伦原只是"痛不欲生"而已,生理上并无重病,经院方和教官,以及"难友"们诚恳的照顾与养息,他住院年许,未写过"悔过书",未打过"指模",未经过"担保人"签名盖章,便无条件地出院了。

张氏回乡抵杭州车站时,忽听到锣鼓喧天、军乐悠扬,一大群中青年男女,拥入车厢,把他簇拥而下;车外更银光闪闪,那是各报记者来采访消息。

张老师原是他教的中学里最受欢迎的老师,如今冤情大白,原校师生群起要张老师返校复职,但是叔伦既经此沧桑,已心灰意冷,不想再返回本校。他谢绝一切欢宴,便匆匆束装到上海另觅枝栖去了。

"政宣大队"是怎样成立的

叔伦到上海之后,租了个亭子间,经一些"左联"里的朋友介绍,也拜会过爱情顺利的鲁迅大师,备蒙青睐。叔伦本对文学艺术有兴趣,这时也想做个亭子间文人,从事著述。不幸他受社会科学影响太重,写起创作来,有点格格不入。因此寄出的稿子十篇难得卖掉三两篇。最后乃经友人介绍到一所私立戏剧学校,兼一点戏剧理论方面的课程,因为叔伦在中学时代，曾在中学剧团内当过"导演"，加以英文底子好，贩卖点舶来品，游刃有余也。

叔伦不善述文，却是课堂里的好老师，一上课堂，就变成男女学生崇拜的对象；很快就由兼任变成专任，桃李满门，声名赫赫。就在这个时候，"八·一三"沪战爆发了，全校师生热血沸腾，乃组织话剧队上前线劳军。他所导演和自兼主角的"街头戏"《放下你的鞭子》，竟轰动一时。这时在南京由陈诚、周恩来分任正副部长的"军事委员会政治部"正在筹备组织"政治宣传大队"，由"第三厅郭沫若厅长"直接指导，一时厅辖各机关之内，名士如潮。张叔伦这个小话剧队，既已有此基础，乃被政治部"收编"入"第二政治宣传大队"。叔伦脱下长衫，穿上军装，就变成个"少校指导员"，月薪七十元；各学员则分任少尉和上士，月薪由六七元至十余元不等。

叔伦认为自己月入太多，除留三五元零用之外，全部捐入队中公用，他并劝请所有学员，如法炮制，大家吃"大锅饭"，以便招收更多失学青年，参加抗战行列。这便是"政宣"原始的形态，后来人数增多，扩大编制，上级乃派军校毕业的蒯仲平（谱名全福，自名福国）上校专任大队长，另自庐山"特训班"调来一批中下级干部，分任中小队长，就变成现在的形式了。全队中以张叔伦指导员知识水平最高，博学多才、人缘又好，所以变成全队的灵魂了。这篇"政宣简史"，小莹说都是上海退下的"老同志"们告诉她的。

"痴情"竟是真的！

林文孙在"洞房"内听了女友讲的故事，他对那"政宣简史"，倒不太有兴趣，但是对"阿桂之死"，则觉得那故事太感动人了。

第十九章　痴男情女

文孙说他如是张叔伦,他也会和阿桂结婚,而丢掉那个"衣架子"。文孙并不自觉地放小声音,似乎偷偷地向小莹说,他那位上海"圣玛利亚"毕业的张家"七表姐"就是个"衣架子"。文孙最吃不消她的,就是半夜里她也要戴一副黑色或蓝色的太阳眼镜。

"最荒唐的,"文孙说,"我有一次请七姐捐钱援助马占山的义勇军,七姐居然不知道马占山是谁。"文孙为此曾和七姐争辩起来,认为一个中国知识分子,怎么不知道马占山——这位伟大的抗日民族英雄?

"阿那为啥一定要知道马占山是干什么事体的?"七姐有点生气了,反问了文孙一句,说,"侬去问问阿那玛利同学,哪个知道这个姓马的,姓牛的。"

七姐退回文孙给她的"捐款簿",说她学校内不会有人捐,她自己也一毛不拔。理由是家中给她的"杂费",根本连看电影钱都不够。

"侬晓不那,"七姐说,"看一场费雯丽,要七毛大洋。"

"你能不能省一场费雯丽,捐七毛钱给东北义勇军呢?"文孙恳求她。

"费雯丽、谭伦葆华、蓝娜·泰勒、妮特·海华丝……都缺勿得,"七姐用英语数了一串好莱坞男女明星的名字,说,"缺了他们,哩没面孔见人呢!朋友们,哪个不看?侬是杭州来的,不知道上海风俗人情……在上海连好莱坞都不熟悉——侬还要做人呢?——在上海那些乌龟小开、小瘪三、猪猡白相人都看呢。"

文孙还是劝七姐和她的一些同学,从"好莱坞的夹缝中"挤点钱出来救国。文孙知道七姐的同学、朋友是些什么人;也知道她所说的那些戴黑眼镜,穿白皮鞋、蹩脚西服,却满口洋泾浜的"乌龟小开"、"小瘪三"和"猪猡白相人",捐三五毛小洋还是可以的。

七姐并不讨厌这位表弟,相反的她内心中,还有许多不愿说的好感呢。最后她不忍完全推掉文孙的纠缠,还是向马占山捐了七角钱,并说"下场劳莱、哈台没啥可看的",她也不喜欢看秀兰·邓波儿,不看也罢,所以向"阿三"捐了七角钱。阿三又以大义相责,她也就慷慨升级,捐了一元法币。

小莹听这故事很敏感,因为文孙曾向她提过无数次"七姐她们";她也知道她所心爱的"三枪牌女用脚踏车"原也是属于"七姐她们"的。七姐是家乡出生、苏州长大、上海入学,能讲各地方言和满口英语,是一位十分时髦的富家小姐,大家闺秀。比起"七姐她们"来,小莹时时在心理上有自卑感,自觉是"小家碧玉"。前次在春江账单上看到秀丽签名 Dora 一字,小莹心中就怦怦作跳,后来知道 Dora 原是"七婶",她心中才和平下来。

"文孙,"小莹好奇地问道,"你如那时经父母之命和七姐指腹为婚,你长大了会不会和七表姐结婚呢?"

"我想长大了我会毁约逃婚的。"文孙说。

"我想你会先抗议,然后还是会穿长袍马褂,拜堂成亲的。"小莹笑着说。

"你这小蹄子,"文孙一把把她拖过来,抱在怀内说,"你认为我会同卜斗焕一样,然后去同张七姐变蛤蟆叫,呱呀呱呀的。"

小莹也笑不可仰地说:"不是要你去做蛤蟆,我只觉得你是个最纯良的人,心肠软,你不会反抗到底的——尤其是父母之命、媒妁之言。说穿了,父母之命、媒妁之言,没什么不好哎。"

"我一生所见,个性最纯良、心肠最软的,莫过于我四姑,"文孙说,"我四姑就逃婚,逃到底。"

"我们也微微听说过,林老师幼年逃婚,"小莹说,"但是林老师就不同我们说她家里的事。她家里只有一个人,她常挂在嘴边,那就是她三侄,三侄——你。"

"她常在你们面前提到我?"

"啊,还用说呢!"小莹说,"她最疼你,说你有新旧之长。"

第十九章 痴男情女

"她最早在什么时候提到我?"文孙问。

"打我读初一的时候——五六年前吧。"

"那么早?"

"她那时把你的童子军照片给我们看,"小莹说,"样子好乖啊。"

"想不到那个小童子军,变成今日的男朋友了。"文孙笑着。

"什么'男朋友'?"小莹自动躺入文孙的怀内,激动地说,"你将来就是我的'先生'、'丈夫'、'husband'。"

"Husband 是男朋友变出来的嘛。"文孙又开句玩笑。

"文哥,"小莹把头埋在文孙的胸膛内,诚恳地说,"我一生只要一个男人——男朋友就是丈夫;丈夫就是男朋友。文哥,我一生只会爱你一个人。你如变心,我就会和'阿桂'一样的。"

"也要去做'阿桂姑'。"文孙笑着接下去。

"文,不许开玩笑啊!"小莹抬起头,把脸凑上来,意思要文孙吻她——同时眼泪又要下来了。

"开开玩笑嘛。"说着文孙又搂着她亲吻了一阵。

"你们男孩子就着重漂亮、吃豆腐、kiss。"小莹说,"我们女孩子不这么想哎。"

"你们想些什么?"文孙说,"我以前未谈过恋爱,不知道女孩子的心理。"

"女孩子要终身有托,感情有着落。"小莹说。

"这不太封建了吗?"文孙说,"男女平等,自由恋爱嘛。"

"是有人喜欢自由独立的,"小莹说,"我们队里的周大姐,她离过婚,以后也不预备结婚。她说,她要绝对的男女平等、自由独立。"

"食色性也,孟子说的,"文孙说,"男女平等,不一定不结婚呀。不结婚阴阳不调,做老处女,将来会有怪脾气啊。"

"奇怪哎!"小莹不自觉地把声音低下去,叽咕地说,"周大姐常时找我们队里几位'小妹'陪她睡觉。一天深夜文梅假装打呼，却偷看到她二人拥抱着在 kiss，文梅的床紧挨着周大姐的床嘛。"

"女人 kiss 女人？"文孙觉得不大可信。

"文梅偷看了半个小时呢！"小莹说，"后来周大姐也要找我陪她睡觉，文梅私下劝我，千万别上当。"

"她尽找一些'小妹'吗？"文孙问。

"后来两位小妹为争着和周大姐同床，二人赌气不讲话呢！"小莹说，"奇怪不奇怪？"

"曹文梅是不是想和周大姐一样，独立自由呢？"文孙问。

"文梅不，"小莹说，"梅姐和我一样，希望终身有托，不要自由平等。"

"不要自由平等？"文孙说，"那么'总理遗嘱'也不念了？"

"文梅和我一样，"小莹说，"我只要爱我所爱之人。只要他不负心，我什么要求都没有，他要叫我做奴隶，我都做。"

"你这样爱他，他如不变心，他也不会要你订不平等条约的。"文孙说。

"文，正是这话嘛。"小莹肯定地说。

"莹呀，"文孙又开句玩笑说，"你这样爱我，你知道我是不会变心的——那以后就要叫你当奴隶啊。"

"文哥，"小莹翘着嘴说，"不许开玩笑！"

"你自己说的嘛！"文孙说。

"不许你开玩笑，我说的是真心话，不许你开玩笑……"小莹说着便在文孙胸上又捶又打起来。

"不开玩笑！不开玩笑！"文孙笑成一团。

"文哥，"小莹说着便钻入文孙怀中极为激动地说，"只要你不变心，不但我可做你的奴隶，你要我死，我可以马上为你死。"说着她真的流下诚挚的眼泪。

"莹妹，"文孙搂着她，替她擦去眼泪，又热情地吻了她，诚挚地

第十九章 痴男情女

说,"我们交往不过一两个礼拜呢。想不到你一见钟情,竟深沉到如此程度——莹妹,你知道,当然我爱你绝不在你爱我之下——祖宗八代、皇天后土——海枯石烂,我也不会变心的。只是我没有你那样'痴'、那样'迂'就是了。——你是个小痴子、小迂子……"说着文孙扭扭她的小鼻子,和嫩得像蜜桃般的腮。

"文哥,"小莹又激动地说,"我相信我爱你的程度,十倍于你爱我。"

"这,你又何以见得呢?"文孙也真诚地问。

"文哥呀,"小莹又眼泪莹莹地说,"你认识我虽然只有两个礼拜,但是你在我心中、梦中、想念中、心坎里、肝肠里,已有五六年了。你相信吗?"

"我完全相信你的话。"文孙也被感动得眼泪汪汪的。他搂着小莹,吻了又吻,方才说:"我只是不大理解。"

"文哥,"小莹说,"我现在一切都属于你了,一切都属于你了;我不怕你笑我痴情,不怕你笑话我……"说着她的眼泪又要滴下来了,乃把脸擦向文孙的呢制服,让制服把她的眼泪吸去。

文孙也着实为她真情感动得说不出话来。他从小说书里,从舞台之上,曾听到看到不少"痴情少女"的"故事"。他本以为那只是一些文人编出来的故事而已,有谁知道这竟是真实的事,而自己却变成一位少女"痴情"的对象——这是真的事实?假的戏剧?文孙搂着可爱的莹莹和她那颗火热的心,真不知如何报答才好。

一张照片的潜力

林文孙这位大地主的儿子,于一九三八年初春,在跑警报时偶然认识了当时担任"军委会政治宣传大队"里一位十八岁的青年话剧演员叶维莹，二人一见钟情，相识不过两三个礼拜，私下便讨论婚嫁了。尤其是维莹，她坦白承认她私恋、单恋这位男青年已有五六年之久了，一旦单恋变成双恋，她内心中久藏的爱火，便一发不可收拾——这股爱火足以把她的灵魂和躯壳，烧成齑粉——虽然她的男友知道她的存在，还不足一千个小时。

这场不平凡的恋爱，是如何发生的呢？为何又使她烧到如此狂热？那也就说来话长了。

原来林文孙的一位姑妈林世勉，幼年逃婚，进了"省立女子中学"。在她当学生时认识了一对在"省府"做事的同乡叶振东夫妇。他们变成了好朋友。后来叶氏夫妇生了个女儿，便是小莹，世勉非常喜欢这女孩，女孩的父母因而叫女孩认她做"干爹"。

这位"干爹"中学毕业后，进入杭州艺专；艺专毕业了又受聘回母校任艺术教员。这时莹莹也已亭亭玉立，进了"省女初"，便做了"干爹"的学生，"干爹"既然另眼相看，莹莹也进出"干爹"卧室，亲如家人了。

在莹莹刚入初一，情窦方开时，她对林老师案头经常放着的一张童子军照片，爱不忍释，觉得这小童子军"好乖"。这个小童子军，也就是林老师十来个侄男侄女中，她最宠爱的"三侄"林文孙。

林老师也很疼她那个小义女莹莹，她看莹莹这样喜欢这照片，就干脆把这照片送给她了，并有心无心地开玩笑说："等你们都长大了，我替你们介绍。"林老师以后并经常把她"三侄"写给"姥姥"幼稚可笑的信，和英、数作业，拿给小莹她们看。林老师这样做完全是出于无心，谁知这张小照片，竟在一个情窦初开的少女的灵魂之中，嵌上了一张永不消失的影像——这个小童子军，不是一般少女幻想中的"白马王子"；他是实有其人，并且一天天地在升学、在成长，一封封信在不断寄来——虽然只是寄给"姥姥"的，但是却是一封封的公开信。林老师总是让莹莹一封封跟着读下去。

第十九章 痴男情女

所以当莹莹也一天天地成长了，也发生了少女们所必有的"心事"时，莹莹总是看着这个"童子军"出神，并把小童子军和自己长两条小辫子的照片，贴在一起。有时被妈妈责骂了，或数理功课累得心烦，她便私下偷着看看这小童子军，心里就好过多了。

等到父亲死后，寡母要把她当"摇钱树"，想把她嫁给高官、富商做"二房"、"三房"时，莹莹总是私下看着她这个未见过的"童子军"流泪——这小童子军不是生人，他经常午夜前后来和她一起玩耍，可是一睁眼，他又消失了，使她拥被恸哭。

"文哥，"莹莹说得泪流满面地钻入文孙怀中，又哭又笑地说，"想不到幼年时的梦想，真成为事实，你不会笑我吧？"

"莹啊，"文孙也诚恳地说，"我真相信宿命论，姻缘前订——我以前根本不知道有你存在。我认识的女同学也不少，表姐表妹也有好两打，我从未想到和她们谈恋爱。但是我第一次见到你，感觉便不一样——一下就爱上你，你相信吗？"

"文哥，我们有缘，"莹莹说，"我完全相信你的话。"

"你真相信吗？"

"相信，完全相信，亲爱的文哥，"说着莹莹又顽皮地嬉笑起来，说，"我听到你躺在草窝里——胡言乱语……"莹莹说着破涕为笑，唧唧不止。

"你这小坏蛋，偷听人家私话，要捉将官里去！"说着文孙把莹莹抱起来，二人傻笑了一大阵。

"哎，莹啊，"文孙又若有所悟地说，"我那小童子军照片，实是我二人定情之物，应该放大保留。"

"照片我毁了哎。"莹莹的笑容渐失，似乎又伤感起来。

"为什么把它毁掉呢？"文孙不解。

"我把它烧掉了。"莹莹说。

"为什么烧掉呢?"文孙更是不懂。

"我把它烧成灰,加水,咽下肚子里去了。"莹莹说得似乎又悲从中来。

"为什么呢?"文孙大惑,不得其意。

"我拿着你的照片自杀过三次呢!"莹莹说着眼泪又下来了,她倒入文孙怀内,真的呜咽起来,而且哭得十分伤心,使文孙慌了手脚。

"自杀!你为什么要自杀呢?"文孙惊讶地托着她的腮,失色地问她。

"第三次,我认为我绝对不会再活了,"莹莹伤心地说,"所以我把你的照片烧掉、吞了……哦……哦……"莹莹放声地哭出来。

"……"文孙知道这背后一定有更伤心的故事,又不知道如何安慰她,只有抱着她,在泪水中,不断地吻着她。

莹莹哭哭又止,止后又哭,哭得极其伤心。文孙知道情况特殊,他搂住莹莹让她尽情哭了数十分钟;最后情绪总算安定了,文孙才又试探内情。

"太复杂了,太离奇了,"莹莹红肿的眼睛已欲哭无泪,叹息地说,"我把情况都告诉了邹副大队长和张指导员,他们要我写个详细报告,我一共写了十多万字,把一切经过都写在自传里。这是我队里的机密文件,但是文哥,我会给你看的——我把我自己交给你了,自传更应该交给你……"

第二十章

梦中有梦

孀妇孤雏

事情经过是曲折的。当叶振东老先生由于战争影响、亲朋倒账,一生积蓄全付东流而一急倒毙之后,剩下孤孀弱女,竟至一文不名。幸好振东生前人缘好,省府同事为他捐了些钱,一以购置棺木,草草安葬,再则凑点路费好让遗孀遗孤,返乡避乱。

振东夫妇虽然都是梅溪镇人,但他夫妇两家原都是小家小户的,加以离乡日久,故乡纵有少数远亲,也已久不往还,而莹莹虽"祖籍"梅溪,却生于外地,对所谓"故乡"却比外乡更要陌生。所幸亡父在归天之前,早在梅溪赁屋两间,月租一元五角。他原打算只送妻女返乡避乱,自己则留职省政府,随时汇款养家。谁知猝遭不幸,使妻女乱中失恃呢?

莹莹和母亲哭干眼泪之后,无枝可栖,只得搭汽车回县城,在舅舅家寄居数日之后,乃雇了个挑夫,挑了简单行囊,走回七十里外的梅溪故乡,找到父亲原先租好的两间破屋。母女迁入之后,只有席地而卧,既无家具,亦无餐具,不知如何是好。

这时幸好振东先生还有一位穷到替人家看守祠堂的远房族叔，这位七十多岁的老人原也是个老鳏夫，身边同住的只有一个十七八岁、眇了一目的孙子，这孙子又智商甚低，言行也都不太正常。这就是叶氏母女在梅溪唯一的亲人了——有一两个亲人，总比没有好嘛。

母女歇脚不久，这两位祖孙便相率来访。这位老叔公误以为振东尚有些遗产，他祖孙也可有个富有的亲戚。当他发现她母女二人只有金戒指两只和数十元法币之外，可说身无长物，叔公大为失望之后，也觉两口嗷嗷，如何得了。加以她母女所住两间小房，虽是振东死前付过一年房租，但是现在难民日增，房价飞涨，房东已通知加租，纵使能拖得过去，终非了局。

幸好老人热情，在祠堂内偷了些家具，搭了两张床——小莹睡内室，妈睡外间，聊避风雨。善心的邻居又借了些餐具，三餐炊煮，也就凑合撑持。

粗安之后，叶妈便想起二人衣食无着，她身边唯一有商品价值的东西，就是女儿的"年轻貌美"了。叶妈最如意的想法，便是把女儿嫁给一个富家子，然后她自己也就可以依亲为生，不愁衣食了。因而她乃暗托叔公，四处探听，能否觅一佳婿。谁知梅溪这所小山镇中所住的只是一些升斗小民。最高最富的"商会会长"，年入也不过二三千元。年轻二十来岁、未结婚、中产之家的男孩子已经很少，纵有三五人，他们也都早有"父母之命"的婚约。要不那就只有一两位中年丧偶的土商人。叶妈妈为着生存、为着燃眉之急，有时也就想将就一点了，但是那些黄牙、鸡皮、毫无教育的中年人，叶妈如想再醮也看不上眼，何况貌美如花、有"高师二"程度的青年女学生呢？叶妈也没了主意。

所幸这时镇上难民、驻军，以及省级、县级逃空袭避难各机关，也日有增加。人多了，也增加了对洗衣女工的需要。叶妈母女二人也就顺应时势，买了一套洗衣所用的搓板、水盆和水桶等物，终日为人洗衣。

第二十章 梦中有梦

一件布褂，洗价两分；每天母女二人拼命，也可赚七八毛钱。这还是镇上一批年轻军人、公务员、商人等，见她母女二人都很体面，想来借机搭讪，才生意兴隆的。其他洗衣妇人，才没有这种运气呢！——这些都是她母女二人在井边洗衣，在旁观者中冷言热语听来的。

不管人家怎么说，她母女二人——尤其是高师二年级学生叶维莹，觉得自食其力，也没什么可被看作"下贱"的——也心安理得——虽然手指浮肿脱皮，晚间腰酸和手腿抽筋，却也能贫贱自甘呢。

"性骚扰"

叶妈母女二人，当老头子还健在时，也是"省府官员"的太太和小姐，如今沦为洗衣粗工，自然苦不堪言。苦极了，二人便到老人的遗像之前哭泣一阵。这张遗像栩栩如生，那原是叶振东死后，同事友人集资公印，贴在个小型追悼会上用的。母女二人把这像带回来，贴在墙上，并摆设了一个小"香案"，心酸时，母女便对遗像哭祭一番。

这两间（事实上只有一间半）小屋，前一间叶妈住，兼作厨房、灵堂，和落雨天的洗衣场；后半间只容一榻，是维莹卧室。屋角则堆积接洗的脏衣服。衣服必堆于后间，因为镇上人多手杂，打门前过的人，顺手牵羊的很多。她们就有一次丢了件布褂，赔了一块钱，后来却又发现那丢掉的衣服，却又穿在丢衣人自己的身上。有此经验，她母女二人以后接衣送衣就特别小心了。

小偷和不诚实的客人之外，她们母女二人最感头痛的便是镇上一批有业和无业的小流氓了。他们有时成群结党在街上调戏四周乡间来城镇卖蔬菜鱼虾的农村少女。等到他们发现了维莹，他们骚扰的对象也就集中了。有时他们则聚集于叶家门前不去，并不断闲言浪语；有时则在小莹卧室窗前,吹口琴、唱"毛毛雨";有时且起哄,乘小莹行走时,挤上来摸一下。小莹不敢反抗,想报告警察,但又无警察可报——真是不胜其扰,但又逃避无门。

一次小莹正在井边低头洗衣服,只见一群小流氓坐在对面石阶上大声讲脏话。小莹只装作未听见,只是不断地搓衣服。忽然间一个小流氓溜到她身后,一把抱住小莹的腰,把小莹提起,两手并在小莹的胸部乱摸;另外两个流氓,则从正面走来,在小莹的下部乱抓,小莹又踢又叫,挣扎了许久,他三人才把她放下,狂笑而去。

这时小莹已发现下部被他们抓伤,血溅衣裤,疼痛难忍。

维莹和娘都气极了,二人换了衣裤、锁了门,乃跑到邻街一所门前墙上写着"明耻教战",门内挂着"党国旗"和"总理遗像"的镇公所去报案。这镇公所的"门房"乃安慰她母女一阵,叫她们回去。这时维莹却一眼看到那三个小流氓,正在镇公所另一间屋内,对她挤眉弄眼地做鬼脸嬉笑。

叶妈乃指着他们骂流氓,并要求见"镇长"。最后一位穿军服的什么"队长"出来了,问这两个女人在闹什么。叶妈乃指着那三个流氓,据实禀告,希望"队长"主持公道;谁知道这队长却怀疑她母女不是好人,"故意抛头露面,来骚扰官府"。母女二人都哭了,并诉说,国家总有"天理国法"嘛。

"天理国法!"那队长狠狠地说,"我看你二人都不像洗衣服的,也不像母女。据实招来!你二人是来干嘛的?——刺探军情?"

"我先生去世了,"叶妈愤恨地说,"我是带女儿还乡避乱的良民百姓!"

"你有这么体面的女儿,为什么不嫁男人?"队长说着显出猥亵的面孔,"留着开'半扇门'?"

"我是省女师的学生,"小莹也反驳说,"结婚不结婚,关你什么事?"小莹这时还不知道"开半扇门"是什么意思呢。

第二十章 梦中有梦

"不要男人,不结婚,"队长又显出流氓气来,大吼一声,"你长个×是干什么用的?留着去卖,女学生可以多卖点!?"

"你是个军人,你不能侮辱我们女性!"小莹哭着责骂他。

"我侮辱你,你怎么样?"那人吼得简直像头野兽,说,"哼!我就操你,看你又怎样?"

"……"叶妈母女气得说不出话来,二人相拥着,直是抖。

"把这两个烂×、泼妇撵出去!"队长向两个岗兵发出命令。

当这两个枪兵奉命前来时,她母女二人已相牵着自动退出了。维莹在路上一路哭得极其伤心,引起路人围观,不知何事。

"妈,这是个什么世界?"维莹哭诉着。

"你爸爸也是当官的,爸爸在,这杂种敢吗?"叶妈也哭了。二人哭到家中,又在爸的遗像前,哭个死去活来。叶妈总怪老头子不该弃她而去,如今让人如此欺侮着。

这时老叔公和孙子也闻讯赶来安慰,并说:"这只怪我们姓叶的单门独户嘛。"据叔公说,叶家如果也是个大户,有自己的祠堂,开祠堂门,动了族,"他们敢欺侮我们家的闺女吗?"老人家也气得扑哧扑哧的。

"叔公,"维莹哭着说,"难道我们老家就是化外之区,没有天理国法吗?"

"孩子,"叔公说,"要有天理国法,日本鬼子还会来吗?"

"人怎会坏到这地步呀!?"叶妈擦了眼泪。

"莹孙儿长得太体面了些,"叔公说,"也该找个人家。不然那批地痞流氓哪会放过她呢?"

这时叔公的孙子,那眇眼幺哥也插句嘴说:"他们在打赌呢!谁先把妹妹搞到手,大家凑二十五块奖金呢!"

"哼!"妹妹听着,咬紧牙齿,哼了一声,眼泪从眼角缓缓流下。

可怕的强奸犯

　　这世界是暗无天日了,但她母女为着活命,衣服还得洗下去。只是每次要到井边用清水净洗时,必得母女结伴,一前一后,或相对而洗,彼此关注,如临大敌。平时只有成年男人或老人在场,小莹才敢单独行走。

　　在她母女工作分量中,工夫较大、收入较丰的,则是替人洗棉被,洗棉被的程序,第一步是洗衣工到交洗人家去"拆线"——把被单从棉花胎上拆下来。待被单洗好晾干之后,再把被单送回原主住处,把被单再用粗线,钉回棉胎上去,叫做"钉被"。

　　在叶妈母女接洗被单的主顾之中,有位大致四十开外的"周先生"。他似乎是都市里疏散到山区机关的一位小主管,平时不多说话,人也挺和气,每次洗衣服,他也额外多给几个铜元,使维莹把他看成个可敬的父执辈的君子。

　　一次维莹循例到他卧室里去"钉被",把棉被胎放在两张拼起的八仙桌上工作,这位周先生则在一边椅子上坐着抽烟。当小莹的工作刚做了大约三分之一左右时,周先生便起立站到维莹身边,看她工作,并把身子紧挨着她。小莹乃转往台子的另一边,他竟然也跟着转了过来,用手搭在小莹的肩上,小莹又躲开了他,他却又紧紧跟了来。

　　最后他竟自袋内摸出一块银元给小莹,说补充她的洗衣费,小莹说要不了那许多,拒绝接受。

　　"我的棉被太脏了,"周说,"多给你几个工钱。"

　　"不算脏。"小莹说着,还是低头工作,并躲开他搭在她肩上的手。

　　"我的棉被太脏了,"周说,"我常常'画地图'。"

　　小莹不解"画地图"是什么意思,还只是说"不算脏,不算脏"。

　　"你知道我为什么'画地图'吗?"说着他便做了些猥亵的手势来,

第二十章 梦中有梦

说,"单身男人嘛,有时也太寂寞、无聊……"

维莹这时才知道他不怀好意,乃停下针线说:"我还有点别的事,剩下的由我妈来做吧。"说着乃反身想离开。谁知"周先生"已抢先一步,关了门,并上了闩,不让维莹离开。维莹正挣扎要开门出去时,那男人乃一下把她拦腰抱起,维莹还未及哭叫,已被他按在床上,他全身压在维莹身上,使她几乎喘不出气来。维莹正要打滚哭叫,那老几乃用力拉维莹的裤带,谁知这丝裤带打的是个死结,他乱拉一阵,总是拉不开,维莹为抓住自己的裤腰,不让他褪下,动作过分紧张,简直忘记了哭叫。

这男子既拉不开维莹的夹裤,乃解开自己的裤子,压在维莹身上,隔着裤子,强奸起来;一面又用那胡须稀疏的嘴,向维莹强吻——他那短胡须刺得维莹痛不可当,嘴中的烟味腥味,尤其臭不可忍。当维莹正在拼死挣扎,并狠咬那厮的嘴唇和舌头时,这强奸犯的压力,忽然松了下来,维莹乃用尽吃奶气力,把他推向一边,自己翻身,跃下床铺,只见自己衣裤已被揉得皱乱淋漓不堪。维莹顾不得许多,乃拔闩夺门而出,偶一回头,只见那厮弯着身躯,扶着床沿,像个死尸。

小莹跑到街上,一面拉齐上衣,掩盖着腥味难当的夹裤,并用手把蓬松的头发抓向下面,乃惊惶失措,飞奔逃回家中来。

一桩人肉交易

小莹忍着眼泪,飞奔跑回家中,本想一下扑入母亲怀中,号啕大哭,不意一进门却见母亲和一个满脸脂粉、油光头发、半口金牙半口黄牙的俗不可耐的中年妇人,在一起嗑瓜子、喝茶、吃糖果。衰迈的叔公也坐在一旁。

那陌生的女子,声音沙哑,不断地抽烟,手指和牙齿都黄得发黑。

他三人本有说有笑地谈着，见小莹狼狈归来，三人的谈话声就转小了。小莹见有生客，也未说话，忍着泪进入内室。叶妈也未对她特别关注。小莹乃关了门，伏在床上忍气吞声地痛哭。哭了许久，也未见妈进来，小莹觉得妈的态度异于平时。那个俗女人也不知是谁，也不知道他们在谈些什么。小莹本想开门出去招呼一下，接着又自觉不妥，乃停顿下来，听他们叽叽咕咕在谈些什么。

小莹的卧室，本来就只有半间，门虽关着，但门缝比手指还粗，小莹耳朵又尖，她乃躲在门后，倾听片刻。谁知不听犹可，一听之下，真肝肠寸断、五内俱摧，伤心欲绝。

原来那个金牙齿女人，是西街"堂子"（妓院）的一个鸨母。她来的目的是和叶妈讲"生意"，要劝女儿到她"堂子"里去"卖身"。

小莹自门缝内听妈妈向叔公说："叔公，这事我们姓叶的怎么能做呢？她爹虽死了，我们活不下去，我们究竟是清白人家嘛。"

叔公回答说："秦阿婆说的也不是全无道理，莹姑娘也和一般姑娘不同。莹姑娘是和堂子分账，并不是卖身。将来找到人，也用不着去'赎身'。"

"我们就因为你姑娘是'女学生'，可以招来大官大位的，和别的姑娘不同嘛。"这是那沙哑女人的声音。她说着喷了个烟圈，又喝了口茶。

"两千块龙洋，我们要活几辈子，才敢想啊？"叔公说。

"一个客不用接，"那女人又说，"我们就送你五百大洋，别家卖女儿的，想也不敢想哎。现在难民营内，五百块可以'全买'呢！"

"昨天秦阿婆在堂子里指给我看的秀凤，就是五百块买的嘛。"叔公也接一句。

"那位张司令说好，"那沙哑女人又说，"开苞见红出钱，见红了他只愿出二十五块——以后三元五元一夜，你看要多少年才能捞回五百块？"

"叔公，"叶妈说，"这事怎是我们家里人做的呢？"

第二十章　梦中有梦

"正是这话哎,"那女人又说,"不是你们家姑娘,我们怎愿一下出两千呢?"说着那女人又逼近叶妈轻声问一下说,"你的姑娘是'原身'吧?"

"莹姑娘未让人糟蹋过啊!"叔公十分自信地保证着。

"做假不得哎!"那婆娘说,"他们都是老行道——上次缉私队里的胡督察就私下问我有没有好的'原装货'。"

"我们莹姑娘,一直没有风吹雨打过呢!"叔公再作一次保证。

"这就好,"婆娘说,"莹姑娘到我堂中来,我不要他两三百'见红钱',不算本事。"

"叔公,"叶妈又说,"我家女儿,怎能当娼呢?"

"叶奶,"那婆娘又说,"谁敢要你女儿,'开半扇门',当土'娼',她是我们堂子里的穿红戴绿的姑娘。我们只是拆账吧。张司令、胡督察,他们要'玩',第一次'见红',我们要他两百元,四六拆账,你一下就拿一百二十大洋——雪花花银子,你搓衣服,搓到哪一天?两千元订洋还是你的,堂子账房不扣。"

"……"叶妈点点头,未开腔。

"你保险张司令和胡督察,能出两百块'见红钱'?"叔公不太相信。

"叔公呀,你老糊涂掉呀!"那沙哑女人又向叔公喷口烟,自己也喝两口茶,说,"现在大兵过境,团长、营长寻欢作乐的成对成双的。姑娘们忙不过来呀,哪专靠那两头货?——再说吧,那些贩大烟的、贩私货洋布的,三百两百哪在他们眼里。"

"叔公,"叶妈说,"这不是当娼是什么?"

"这是什么当娼呢?"那女人说,"你姑娘运气好,被一位团长营长包下了,马上就可做官太太,又不要赎身钱——明媒正娶,哪里是什么土娼呢!六个多月来,我们就出过一个营长娘子、两个连长娘子、一个局长二房,大太太又不在,现在都呼奴使婢的,姐妹们哪个不羡慕?"

"学堂出身的,说不定给个旅长、师长看中就好了。"叔公说。

"我家莹莹哪有这福气！"叶妈叹口气。

"师长、旅长？哼！"那婆娘说，"上次还有个司令，叫条子，要我们姑娘去陪酒呢！叶奶……"那婆娘又加重一句，并自怀中取出一卷钞票，说是五十元订洋，要叶妈收下。又取了一张钞票给叔公，说生意讲成了"再赏"。

叶妈半推半就地收了钱，但是却说："我还不知莹莹愿意不愿意，她愿意了，才好收钱。"

"妈妈愿意，女儿哪有不愿意之理？"那婆娘并说，她初买来的姑娘，都是"哭哭啼啼的"，"见红之后，个个都眉开眼笑，赶都赶不出去呢！"

"穿好的、吃好的，哪个姑娘不愿意呢？"叔公也补充一句。

"叶奶，"那婆娘站起身来说，"和你姑娘说好了，三两天内，我就带钱，派轿子来接！"

说着那婆娘把烟蒂丢在地上，用脚踩灭，便出门去了。

老叔公伛偻着跟在后面。

叶妈把那婆娘送出门口才转身回来。

少女的解脱

叶妈和那婆娘及叔公三人所说的话，小莹在门后都细听得一清二楚。她好几次想冲出去和妈妈哭闹，并辱骂叔公和那个女人，但欲行又止。细细想想，为着受不了饥寒，连妈妈都如此狠心，要卖女为娼，又怎怪得叔公和那坏女人呢？

亲生的娘尚且如此，这个万恶的人世，有什么可留恋的呢？她牙齿一咬，下了个解脱的决心！谁知人生最难的事，便是对自己去下个去留的决心，这决心一下定，则痛苦的心情反而和平起来。

第二十章　梦中有梦

小莹的眼泪已自动地干了，乃躺回床上去，两目无光地直视着那灰黑的帐顶。她幻想着另一个世界的情况——把她看成心头肉、掌上珠的爸爸，可能就在那儿，她想扑到爸爸怀内去痛哭一阵，让爸吻她、抚弄她、安慰她——她对想念的时间已感觉太迟了，她未想到"死"是个可怕的遭遇。

这时叶妈竟推门走进房来，看着躺在床上这棵可爱的"摇钱树"。小莹本想向妈说出周某那个禽兽企图对她强暴的经过，但是她想到妈刚才和那女人所说的话，又看着妈衣袋内鼓鼓的五十元钞票，和妈妈微笑的面孔，小莹乃翻身面向床里，未开腔了。

叶妈问小莹是否要吃晚饭，小莹则说头痛吃不下，要妈自己去吃、自己去睡——她翻身过来，看看她那并不难看的中年妇人的形象，原只觉得她是个亲爱的妈妈和可怜的寡妇，现在则觉得她是个有意卖女为娼的下贱女人。

小莹瞟了妈一眼，又把身体翻过去了。

叶妈出去之后，小莹听到她吃了点饭，便熄灯上床，不久便听到她的鼾声。夜深了，小莹翻身坐起，四周一片漆黑——她思潮起伏，前思后想。又把小菜油灯点燃，翻开那贴像簿，看了又看。第一张是她自己幼年的照片，紧挨着便是那张"好乖"的小童子军。那小童子军似乎在向她微笑招手。她也捧起他、吻吻他。

小莹也翻出后面的一些同学寄来的照片。有的已结婚了，夫妇都在教小学，生活不算富裕，但看她们笑容可掬的"合家欢"，和那些他们"爱情结晶"的胖宝宝，小莹真爱不忍释，羡慕不已……

"我自己呢？"小莹想着潸潸泪下，再想想，"连这点权利、幸福都没有吗？要被妈妈逼着去做妓女、当婊子，一任像姓周的那个杂种……像镇公所那个队长……和贩鸦片、贩私货的商人去蹂躏、去玩弄……去做那个下流女人的'姑娘'？……"

小莹想了又想，又翻看那个童子军照片，他不是实有其人吗？他一定在哪个中学或大学读书了。他如认识我，会不会援一臂之力，救我出火坑？——他可能也会爱我嘛，我也不那么难看、那么讨厌——我在班上，老师和同学都说我生个"美人胚子"嘛。

"林三哥，小八姐？我俩就不能活在一起，当个小学教员，生个胖宝宝吗？……"小莹愈想愈伤心，眼泪一丝丝滴下，滴到两张照片上，使两张照片，渐渐浮肿起来，她又匆忙取出手帕，把眼泪擦去……

她又想到前房的爸爸，他多宠爱我呢！他如不死，听到妈要卖我做娼，不是气昏了吗？

"爹呀……"小莹放下照片，翻身伏在床上，呜咽得好伤心。这时四周除了妈的鼾声之外是死一般的沉寂，小莹又坐起，蹑手蹑脚地走到前室，跪在爸爸遗像前，祝祷："爸爸你如地下有灵，要来接接女儿嘛……"

小莹默默地跪了半个小时，乃起身揭开妈的蚊帐，看妈和往常一样安详地睡在那里，微微地打着鼾——小莹眼泪一泻，想爬上床，叫声"妈"——但她没有做。

摸回房内，闩了门，小莹又在床沿坐了片刻，乃弯身把床下藤箱轻轻地拉出来。内有一套爸爸替她在南京特制的水红绣花旗袍加坎肩，还有一双大红绣花鞋——这行头小莹只穿过一两次。一次是朋友结婚，小莹当伴娘时穿的。那时贺喜的宾客都说"伴娘比新娘漂亮"。小莹私下对镜自照，也认为宾客们的私评不假，妈更为此到处炫耀呢！如今这对新婚夫妇已生了一对"金童玉女"了……"我"，小莹想来，两泪如泉，就"如此红颜薄命"吗？

小莹脱去衣服，把新装换上，又自久已不用的化妆盒子内，取了些胭脂口红，把自己着实打扮一番——像个伴娘。对着小镜子，自己也欣赏了半天自己的美丽。擦了些眼泪，再化妆一番。然后将贴像簿上自

第二十章 梦中有梦

己和小童军的照片撕下,用绢手帕包起,纳入怀内。

一切停妥,小莹乃取出自己的丝绳裤带,站在一条木凳之上,把丝绳双叠,拴在墙上挂帐子的木桩上,再将丝绳的另一端打个活结,圈在自己的脖子上。这时夜是沉寂的,只隐隐地有两处蟋蟀的叫声,小莹的眼泪一丝丝流下,流过丝绳,从绣花旗袍滑到大红绣花鞋,下流到凳子上去,成个小湖沼……

"爹……爹……你能来接我吗?……"小莹默默地喊着。她看到爹也泪流满面地张开两手向她走来。小莹咬紧牙齿,两脚把木凳踢倒,眼睛一黑,便什么都不知道了。

再入红尘

可怜的莹莹,是"红颜命薄";但是幸运的莹莹,也"命不该绝"。

莹莹的自杀,在传统社会里,叫做"悬梁自尽"。幸运的是她这半间小屋,无"梁"可"悬";她自杀的方式是"悬桩自尽";可是她却又错估了这个原只是挂帐子用的,钉在土墙上的木桩的载重量了。

当她踢去木凳,自身被悬挂在木桩之上时,她那八九十斤的重量,那木桩本已负荷不起,加以她窒息时全身抽搐,使她像荡秋千一样,荡了几下,木桩自土墙松动了,连桩带土,和同悬挂的"尸体",临空摔了下来;连那木板架条凳的小床,也被压倒,把莹莹的头发和头皮撞掉一大块,血流如注,手臂和两腿也都跌伤。但那紧紧扣在脖子上的丝带,却仍是牢牢扣住,虽松动一点,可透一线之气,但无济于事,再迟十分钟不解,不用人工呼吸,莹莹也就要香消玉殒了。

所幸小莹这一跤,摔得惊天动地,把妈惊醒了,她忙拍门喊问何事,不闻小莹搭腔;推门,门又闩了。叶妈急了,乃用尽平生之力去撼门,这门本不牢,给叶妈撼开了。叫小莹不应,只见室内一片凌乱。叶妈忙摸到火柴,点燃了油灯,一看不得了,女儿自杀昏厥于地下。叶妈慌了,乃连哭带叫,把小莹脖子上的丝带松掉,又找些冷茶向女儿嘴中乱灌,哪里灌得进去呢?但慌乱中觉得小莹还有点气息和脉搏,她乃跑到街上去拍邻居刘稳婆的门,刘婆未问究竟,就披衣赶了过来。

刘婆是个"接生的",颇有点土医药常识。她一见面不由分说,便伏在小莹尸上,用嘴对嘴的方式"渡气",另一面又用双手在小莹的胸上、腹上,做人工呼吸,出了一身大汗,仍是无济于事。

叶妈这时只会在一边哭叫,并自呼"苦命",在室内团团转,又跪在地下拍地嚎哭。

刘稳婆毕竟有见识,叫她不用哭,快烧点"红糖姜汤"。叶妈哪里有红糖和生姜呢!这时幸好刘婆的丈夫和另外几个邻人也赶来。大家分工合作,煮来"姜汤",刘婆并嘱丈夫准备"打醋炭"——把鲜醋倒入鲜红的炭火,让它发出刺激的响声和气味,以刺激昏迷的病人醒来。

刘公如法炮制,邻人亦全力帮忙,把醋炭烧得啪啪作响,室内的人个个喷嚏连天,全屋烟雾缭绕,刘婆一再"渡气"之后,终于起身面露笑容。她喝了两口姜汤,又把余汤"渡"入小莹的苍白的樱桃小口里去,只见她一口口地吞下去。

"母女有什么过不了关的?"刘婆抬头笑笑,"要姑娘吃这大苦头!?"

"爹……爹……"小莹忽然张开了眼,叫了两声。

"活过来了!活过来了!……"一屋的人都在叫,也有叹气的,也有擦泪的,也有高兴得笑的。

这时一身大汗的刘婆站了起来。叶妈马上伏上去,又哭又笑地叫"莹莹"。

"妈!"莹莹果然叫一声。叶妈泪如泉涌,抱着莹莹的腮。

第二十章　梦中有梦

"妈，爹呢？"莹莹又叫一声。

"莹莹，"妈已哭成个泪人儿，颤抖地说，"爹……爹……在外边……"

"妈，我做个小学教员养活您"

这出少女自杀的惨剧的起因，她母女二人始终未向外宣扬。刘稳婆也只认为是母女口角，女儿一时想不开才寻短见而已。她们住的那条街上，女人自杀——多半是婆媳不和、夫妻吵架引起的——原不算新闻。

他们梅溪镇本有一句形容当地妇女的土谚语，说女人的癖好就是："上吊、磕头、烧香、哭；丫头、女婿、外孙、鸡。""上吊"原是女人第一癖好，有什新闻价值可言呢？不久之后，街坊邻里就完全淡忘了。

只是莹莹姑娘却私恨妈妈——穷得受不了，连女儿都要卖入娼门。妈妈则一再否认，说是"绝无此心"，说着她乃跪于亡夫遗像之前，哀伤无比，只说那鸨母因莹莹甚"体面"，又是个"知书识字的女学生"，所以托叔公来试探，而叔公糊涂，居然带她来，"说了许多下流话"，妈是坚拒的。但是这梅溪镇上的官府和公安局和他们都是通的。不知有多少难民少女，都被送进火坑。妈虽心知鸨母来访，是对清白人家的一种侮辱，但不敢得罪她们，只是把那坏女人，敷衍走了就算了。莹莹因在门后，未听清楚，误以为妈妈狠心、下贱，要卖女为娼，而遽寻短见。

"莹莹啊，我这样做，我怎对得起你那死鬼爸爸！做妈的要卖女为娼，那我还是人嘛？"叶妈哭得极为哀伤，又哭诉道，"心肝啊，你在门后听错了呢，妈向你赔礼！……"说着叶妈就向莹莹跪下了，哭得极其伤心。

莹莹着了慌，也哭跪于妈妈怀中，也自承是听错了，并把她被那"麻皮周先生"强奸不遂的委屈说给妈听。她在那激愤心境之下，错怪了妈妈。莹莹也伏在妈怀中向妈道歉。

"娘啊，"莹莹哭着说，"您太辛苦了。十八岁的女儿不能养活您……我想我终有一天能做个小学教员来养活妈妈……"莹莹哽塞得泣不成声。叶妈把她搂在怀内，替她擦眼泪。母女毕竟是骨肉，二人相依为命，讲明了，误会也消失了。

文雅的"王叔叔"

这个世界对一对孀妇孤女是太黑暗了，但据她母女三个月洗衣的经验，黑暗之中，也往往有丝微的光明和温暖。——有些经常送衣来洗的老主顾，都是通情达理的。那位在邻近"直接税局"任职的"王科长"就是其中的一位。

王科长据说是什么"会计专科"毕业的，三十来岁，身材修长，胖瘦适中，皮肤白皙。那梳得十分入时、油光而不俗的"分装头"前，明亮的眼睛上，架了一副金丝眼镜，看来十分文雅，甚至潇洒。

他说起话来也很风趣而不俗，向不把这个母女档洗衣妇，看成无知的劳工。平时相谈，总是"伯母"长、"莹姑娘"短不离口的，使小莹想起她"女高师"教员中那位教史地的柯老师。她敬爱柯老师，简直把他看成个叔叔。

王科长平时总穿着灰呢夹袍，有时也穿穿黄呢中山服；送衣来时甚至穿着入时的西服。

莹莹最喜欢接洗"王叔叔"的内衣裤，因为那些半新而不脏的白竹布衣衫，洗来最不费力。王科长又很大方，每次都多给几文。有时他那内衣袋内，还忘记了装着有一元两元的钞票。莹莹发现了，总是待他来取衣时还给他。叶妈如发现了，只要莹莹不知，她也就取出放入自己

第二十章 梦中有梦

的衣袋中去了。

"王叔叔"忙里偷闲，送衣取衣时，往往也坐下喝杯茶、聊聊天，对她母女生活都很关心，因此她母女对他也很感激而敬重，彼此很是熟络。王的内衣上偶有脱线或掉扣子情况，她母女也分外加工，替他用针线缝好。王也深知感激，不时送些糖果、茶叶、肥皂等小礼相酬。

一次他送衣来时，小莹在他的内衣袋内，发现了一张五块钱法币，正好叶妈不在家，小莹乃把钱还他。但他却悄悄地告诉小莹，说是他故意放的，给"莹姑娘"买香粉之用。莹莹执意不收，他却非给不可，并温语告诉莹莹说，他知道她们母女很苦，平时只吃素菜，营养不良，加点荤也好。

小莹认为他说得很诚恳，在数度坚拒不收之后，推脱不了，最后只好答应暂时收下，以后洗衣按件扣除。

"这才像个好姑娘！"王科长用手扭了一下莹莹的桃腮，斜着眼看她一下便走了。莹莹觉得他这一举动有点轻薄，但也未介意。叶妈回来后，小莹把钱交给妈管，并要妈以后别忘扣除。母女内心都很感激王叔叔的好意，并庆幸没有好人的洪洞县内，居然也有些好人。

午夜中的一双黑手

那一晚母女二人都熄灯就寝了。莹莹工作一整天，十分辛苦，睡得很熟。在梦中她觉得睡在什么通风的地方，清风习习，下身觉得很凉，随即觉得自己没有穿裤子，感到很羞耻，忽然一惊醒来，才知道盖在身上的棉被不见了，并似乎有人已把她布裤脱掉了。莹莹这一惊，非同小可，乃翻身坐起，但夜黑如漆，一无所见。正惊惧时，忽然有双男人的手，按她两肩，把她推倒床上。莹莹大惧，直至叫不出声来。那男人忽然爬上床来，全身赤裸，压在莹莹身上。莹莹正要大叫："妈！妈！"那赤裸男人竟用手强力把莹莹嘴封住，让她透不过气来。莹莹正在挣扎时，那人却轻声地说："莹莹莫叫，别把妈吵醒了！"

莹莹一听正是王科长的声音，乃拼命挣扎，并大叫："妈！妈！"而王则孔武有力，死命地压着她，并堵住她的嘴。叶妈又因一天劳动，睡得死熟，毫无反应。王一面封住她的嘴，一面用双腿，硬撑开莹莹的两腿，便大动起来，莹莹则两手撑着床板，拼命抵抗；王则动作凶猛，不死不休。

二人正在彼此拼命之时，忽然天崩地塌，这个小木床，连带蚊帐，噼啪一声，倒了下去，把赤身裸体的强奸犯，不偏不倚地自莹莹的身上头上，像儿童滑下滑梯一样，摔了下去，一头撞在门板上，黑夜中发出震天巨响。

床怎么倒下去的呢？原来莹莹睡的不是木床，而只是四片木板，两端架在两条欠牢的长木板凳之上。这张简单的床铺，一个少女单睡其上，已嫌摇晃。二人相叠，这床已不胜负荷，加以王某又以百余公斤之粗壮男身，死力向前推送，未半分钟，床头条凳，不胜摇晃，乃倒了下去，二人头下脚上，乃一同滑下去。在上的王某体重身高，滑力最大，他的头一下便撞向门板，发出轰然巨响。莹莹的后脑壳被一下压到地上，撞成半昏厥状态。倒下的蚊帐，则把二人裹在一起。

这一个天崩地塌，终把叶妈惊醒。她翻身起床，摸到门边，忙推门询问何事。她推门时，却正值这个偷袭强奸犯挣脱了缠身的蚊帐，爬起来开门向前屋冲出夺门逃跑之时，二人碰个正着。王某只顾逃跑，乃用力一推，把叶妈推得四脚朝天，撞倒小饭桌，并把桌上原放的盘碗一打干净，叶妈也被摔得半死，那奸犯乃拨开前屋门闩，开门夺路，一溜而去。

叶妈在地上挣扎了半天，才摸黑站起，忙叫："莹莹！莹莹！……"这时莹莹也恢复了知觉，挣扎站起，摸向前屋，也喘着叫："妈！妈！"

第二十章 梦中有梦

这时叶妈也摸到了火柴,乃把老头子遗像之前的一根白蜡烛点燃,在明亮的烛光之下,才发现莹莹头发散乱,满脸汗泪,气喘不息,而上身对襟短褂已破,露出带伤胸乳;下身则赤裸,两腿之间,且有血迹。莹莹神魂无主,在摇曳烛光下,只像鬼,不像人。

叶妈慌了,乃把女儿拉到自己床上坐下,取一条干净的黑布裤给她穿上,又用毛巾替莹莹擦了汗和泪。

"莹儿,这是怎么回事呢?"叶妈定下神才想问个究竟。

这时莹莹也才完全苏醒过来,看着妈不禁"哇"的一声,哭倒于妈的怀中去。

"莹莹,什么事呢?"叶妈还是不解,只温语相慰。

"妈……妈……"莹莹在妈怀中大哭,并诅咒说,"这……这……是个什么世界呢!……"

"莹儿,怎么回事呢?"叶妈再问。

"……那……那……王科长……"莹莹颤抖地说,"……爬到……爬到我……我……床上来……"

"王科长,王科长?"叶妈不得其解,乃继续问下去,"他怎么进来的?……莹儿……"

"我……我……"莹莹哽咽得说不出话来。

"莹莹,"叶妈又问,"是你放他进来的?"

"哦……妈……妈……"莹莹直是颤抖着,说不出话来,激动难忍,不知妈在说些什么。

"莹啊,心肝,妈替你做主!"叶妈安慰莹莹说,"你为什么不告诉我呢?"叶妈在怀内抚摸女儿的头发,继续安慰她。

"妈呀!妈呀……"莹莹忽然抬起头来,向妈大叫两声,嗓中便塞住了,咳嗽不已。

叶妈拍着她,继续安慰着说:"妈不见怪……他来过几次了?……"

"妈！妈！……"莹莹又大叫两声,还是说不出话来。

这时忽然一阵凉风袭来,烛光摇了两下就熄灭了。原来那王某逃去时,把门打开了。如今风一吹,门一开,便把蜡烛吹灭了。叶妈刚要起身燃蜡,莹莹乃一下把妈推回床上,哭叫着:"这是什么世界?……什么妈妈?……"乃起身哭着冲出门去。

叶妈慌了,乃站起来,追了出去。这时残月偏西,凉风习习,天已微明。莹莹前逃,叶妈则后追。莹莹一下跑到街中广场大石井边,不由分说,一头便栽入井中去。幸好叶妈紧追在后。叶妈乃使尽平生之力,一把抱住莹莹两腿,死劲把她向回拖,二人且哭且叫,在井口挣扎。最后还是妈妈力大,终于把莹莹的半身从井口拖出,二人搂坐井栏边,哀哭不止。

"妈……妈……"莹莹哀求着说,"我哀求你,放我下去,做做好事……"

"莹儿,"叶妈也哀求着说,"为什么要投井呢?要投让妈妈先投!"

母女挣扎半天,莹莹挣不开妈的臂膀。最后叶妈不得已只好说:"你真要下去,那就让我先下去吧。"叶妈放开小莹,乃扑到井上去,小莹正要用力去拖妈时,叶妈只投了半个肩膀,就停止动作,小莹乃把她拉回井栏边石块上坐下,自己则伏在妈怀内,恸哭不已。

剥了皮的蛤蟆

当她母女互搂于井栏之旁,在生死边缘挣扎时,忽见一个板汉,挑了两个水桶走了过来。只见他把水桶担一放,拿起两端有两副大铁钩的扁担,对母女二人怒目而视。接着又有几个老几,挑着水桶走到井边。

"你这两个坏女人,在井边搞什么?——汉奸?下毒药?"一个挑水汉向她二人大声吼着。

第二十章 梦中有梦

"啊，大爷！大爷！……"叶妈发慌地回答着。

"什么大爷小爷？你替我滚开去！"另一个水夫，也咆哮一声，并用扁担前的铁钩向叶妈一摇，那铁钩碰到叶妈头上，碰得她眼前银花四射。

这一群七八个挑夫，原是挑卖水的，每天在黎明时光，茶馆开门之前，赶来抢水挑卖，因为这时井中水位最高，茶馆和一般住户需水量也最大。但是这批穷市民，平时也极端迷信，认为井有井神，女人是不洁之物，在井边哭闹，会冒犯井神，而井神则是他们养家活口的最高保护者。每年年终"封井三日"，他们都要来设祭叩头。平时保护公用水井的清洁，也是他们义不容辞的事——这也是古人神道设教，保护公共卫生的苦心吧。所以今朝天方微明，一下便碰到这两个肮脏女人，在井边哭闹，那还得了？所以一伙七八人，个个怒气冲冲。

"大爷们，大爷们……"叶妈着了慌，翻身叩头说，"救救我女儿……她要寻死……投井……"

"寻死投井？"另一个大汉，怒冲冲地向小莹说，"寻死为什么不去上吊？要投井？"

"你这脏女人死在井内，那我们的井水，还能用吗？"另一个说。

"官家要封井，那我们吃什么？"

"不管怎样，先得把这两个脏女人，揍一顿，祭祭井神！"

大家七嘴八舌，个个怒不可遏。这时天已大亮。大家乱骂着，但是看到这对母女惊慌畏缩的样儿，毕竟没人忍心动手。

大家正乱哄哄闹着，忽然听见背后有一人在叫："伙计们，饶她们一次吧。下次叫她们放爆仗，烧香谢神。"

众人转身一看，原来是叶妈那条街上的"王屠户"，他身后还站着两个青年伙计"幺三"和"阿七"。

他们三人早晨磨刀霍霍，正预备"开案子"杀猪时，忽见井边乱哄哄，所以拿着屠刀，赶到井边，一观究竟。

王屠户看来六十挂边。他那原是一条辫子的灰白头发，现在却打个结，结在顶上，像个道士；腮下则有撮列宁式的短须。他身高六尺上下，体重至少一百五十公斤以上，卷起袖子的两臂上的肌肉，此起彼伏，健壮无比。他身穿一件大襟破灰棉袄，大襟卷向里边，露出雄壮的胸膛。下身黑夹裤之外，则围着一条全是油迹血迹的拂地长围裙，手中则提着一把两刃单尖、三尺多长、白光闪闪的锋利屠刀，看来威风凛凛！

王屠户身后站着的两个青年伙计，大约二十上下，剃着光亮的和尚头，遍身油污血污，手里也拿着屠刀。这两个小屠户，虽也是以杀猪为业，但是毕竟年轻，眉目之间看来也很秀气。

众人一见王屠户，呵骂也就停止了。挑水队伍中这时竟然有两位后生，放下担子，走向前来，向王屠户磕了个头，说是"向师祖请早安"。原来王屠户白天杀猪，夜晚"教拳"，这两位青年水夫，原是王屠户的"徒孙"。

"不用了！不用了！"王屠户向这两个青年挥挥手。众人让开，他乃走到井边，问叶妈说："叶奶，你是不是又打骂女儿了，累得女儿要寻短见？"

"……不是哎……不是哎……王师傅……"叶妈慌张地回答。

"这次又是什么事呢？"王问。

"……那……那……税局王科长……糟蹋了……我……我的……"

叶妈的回答还未说完，这时坐在妈妈身边还在不断呜咽的女儿，忽然牙齿一咬，乘人不备，一翻身便钻下井中去。幸好王屠户眼快手快，用左手一下抓住了她的脚踝，把她自井中提了上来。

莹莹上衣本已撕破，下身穿着妈的黑裤也嫌太宽。这一下被王屠户自井中倒提上来，衣裤与长发，同时下披，全身几乎赤裸，看来细嫩得像一只玉雕大蛤蟆，把在场的一群挑水夫和小屠户，弄得目瞪口呆。

叶妈慌了，颤抖地站起来，要用双手来抱女儿。王屠户则叫她："坐下，躺下！"叶妈不知是什么意思，只是慌做一团，手忙脚乱。

第二十章 梦中有梦

王屠户不得已乃把这只玉蛤蟆,又轻轻地放回井中,避人注视。乃用嘴示意要叶妈仰卧在井边。叶妈还是不懂。阿七乃走向前去,把叶妈按倒地上。王屠户放下屠刀,用双手轻轻地把这"蛤蟆"又倒提上来,小心地把她放在仰卧的妈妈怀中。然后又解下自己的大幅围裙,罩在她母女身上。

"弟兄们回避一下吧!"王屠户告诉所有围观的男人,转过身去。自己也以背相向,要叶妈把女儿衣服整好,再用他的围裙把莹莹围住。叶妈遵命弄好,王才回过头来,并向围观的挑水夫说:"今天对不起诸位了,耽误了诸位的生意——她们母女也是苦难人家嘛,诸位原谅点。"

"王师傅,好说!好说!……"众人也鞠躬为礼。

"诸位弟兄们看在小弟分上,"王又说,"以后我带她母女来烧香、放爆仗、磕头谢神!"王说着,又见新到的两个青年水夫,前来磕头,"向师祖请早安"。

"不用了!不用了!"王答谢了他二人,乃转身向叶妈母女说:"你们也回家休息吧,真是多灾多难!"

可是经过这场灾难,她母女都已不能行走。王师傅叫两位徒弟把叶妈搀起来,扶着她走回去。王自己则左手持刀,右手把小莹提起,半提半拖半走地,送回她家里去。

"读书的、当官的,哪一个是人!"

王氏师徒和叶氏母女,不到三两分钟便走回叶家。叶妈把莹莹扶上床,盖起棉被,把围裙也还给王师傅,自己则坐在床边,看着面朝床里的半死的女儿。王氏师徒则在现场巡视一番,发现莹莹的卧室窗户是被撬开的,倒下的床铺之侧还有一条灰呢男裤和内裤。他们认识那是税局"王科长"的衣服，另一黑色紧身女裤似乎是莹姑娘的。他们又找出一双男用布鞋，似乎也是那个姓王的杂种遗留下来的。

王师傅判断这强奸偷袭犯是半夜撬窗而入，在床铺倒塌、强奸不遂后，在黑夜匆忙逃窜时，找不着鞋和裤子，可能披着上衣或长袍遁去的。

"这个狗肏的人，老子非整他不可！"王师傅说得咬牙切齿。

他们又检视前屋，见饭桌翻倒，盆碗全碎。王师傅翻好小饭桌，叫徒弟收拾了破碗烂盆，乃告诉阿七说："下午带把斧头和木板，把莹姑娘的窗子钉一钉，把床铺也修改一下。"因为阿七手巧，还做过木匠学徒，所以师父要他帮帮叶家忙。

王师傅又叫幺三到"各家化化缘"，找几件破盆旧碗，让她母女暂时使用。幺三也遵命了。王师傅乃拖张木凳，自己坐在床边，看小莹情况。叶妈乃哭诉说，这一带风气太坏了，她母女避难返乡后，简直未安静过一天。并把她母女在"镇公所"受辱，周麻子企图强奸的经过都说给王师傅听。王师傅叹气之余，乃回身向两个徒弟说："你们都听到了罢，当今这些读书人、当官的，哪一个是人？"

说着王屠户乃站起来向叶妈说："我们现在还得杀猪，开案子；等收了案子，我再来！"叶妈站起来，又跪下去向王师傅磕个头，泪流如丝地说："今天要是没有王师傅在场，我家莹莹，不就没有了吗？"

"莹姑娘，"王又向帐里叫一声，说，"别太伤感呀。多多保重，以后我保镖，遇事有叔叔我做主——保证那些狗崽子，再也不敢碰你。"

莹莹闻言，才翻转身，想坐起来，谢谢王伯伯。

"不用了！不用了！"王师傅打出他的老调门来，并叫叶妈扶女儿睡下。

王师傅带了两个徒弟，乃反手带掩了门，悄悄地离去了。

第二十一章

地下干爹

认了个"干爹"

王师傅在梅溪镇上只是个以杀猪为生的"屠户",和偶尔收点门徒的武术"教师"。可是他在西山东区的"江湖"里,却是个威镇数百里的"老头子"、"掌门人"。他的"辈分"是当地"一贯道"支派里,"后八字"("天锡纯嘏,延庆开祥")中的"嘏"字辈。"嘏"字辈"老头子",如今是凤毛麟角了。在目前"庆"字辈"当家"的江湖上,他不能多开香堂,广收门徒。在贴身门生中,他只收"幺三"和"阿七"两个——因为经过慎重选择,他觉得他二人不会"为非作歹"。

王氏在清末原是一位"走镖"的。他一家做"镖师"已有四五代以上的历史。武功学的是与少林平分江湖的"武当派"。搞武术的人——尤其是少年武术家,最欢喜找人打架,不见血、不杀人,不过瘾。王氏少年时因武术高强,而出手伤人,搞出人命,被官家缉捕十余年,弄得家破人亡。中年以后"收了性子",觉今是而昨非,自己绝不以武功骄人,收徒弟虽非"单传",亦绝不超过三五人——"幺三"和"阿七"都是他认定的可传之材,但绝不会以武功骄人的本分青年,安贫而乐道。王师傅晚间在"静土庵"教拳，主要也是以幺三和阿七为主，教些基本功，他只从旁指点指点，所以学生们都只能拜他为"师祖"。

做"屠户"这一行，是王师傅自己选择的，因为他幼年嗜杀，中年之后，既不敢乱杀人，也无人可杀时，每天宰猪一口，大斩八块，在他也是很过瘾的事。他常时说，如能把贪官污吏、土豪劣绅，也能这样"捅他一刀、大斩八块"，多过瘾。

在那个"是非善恶"的标准都由官家来做主的时代，王屠户在那社会底层一切自己作不了主的贫民百姓中，因而成了一盏暗处的明灯，为大众所崇拜，他的声望，在那个地下世界里是愈远愈响的。

这次他抢救莹莹一命之后，也自认做了一件"胜造七级浮屠"的好事，打抱不平，就要打到底。在他肉案子早市收了案子之后，他和两个徒弟，换了干净衣服，烧了两斤肘子肉，带了一壶烧酒，又回到叶家来。

这时莹莹已能坐起，叶妈正在喂她点稀饭。王氏师徒进门时，莹莹要下床相迎，王屠户阻止了她，自己取了汤匙，喂了莹莹几口。

"心肝，你早晨受了些惊，现在好些吗？"王师傅很慈祥地问莹莹。

他这一问，使莹莹想起爸爸生前常叫她的"心肝"二字，一时悲从中来，泪潸潸下，哀伤地说："王伯伯，我好多了。"

"宝贝，你放心。"王轻声而亲切地说，"叔叔在此，看哪个邪仔，再敢碰你！"

叶妈看到那热气腾腾的红烧肘子，因问王师傅，是否要烧点饭，王说不用啦，我们可以喝酒吃肉。

王叔叔又同莹莹谈了半天，一再说："莹莹太心疼人了，难怪那些杂种来欺侮你。以后由叔叔做主，看那些杂种还敢来！"

莹莹觉得王叔叔看起来似乎粗壮魁梧，但却和死去的爸爸一样慈祥。既有委屈，恨不得一下倒入叔叔怀内呜咽一番。她一面想着一面泪下不止，更使王叔叔心疼不已。

第二十一章　地下干爹

"莹莹呀,"王师傅又慈祥地说,"我一辈子未收过女徒弟、干女儿,今朝就破个例,把你收下吧。"

"伯伯要收我做干女儿!?"莹莹不禁破涕为笑。

"收你吧!"王说,"以后叫我'干爹'。"

"真的?"莹莹又泪下如雨。

"真的,叫我干爹!"王说。

"干爹!"莹莹哇的一声,痛哭起来,一下扑到干爹怀内,气喘喘地呜咽得甚为伤心。

"莹莹多可爱啊!"干爹抚摸着莹莹的头发,感叹甚久。许久王师傅又说:"那么就行个礼吧。"

这时叶妈感到饿得慌,已等不及了,赶快听干爹吩咐,燃起了香烛,又替莹莹梳梳头发,整整衣襟,然后扶女儿下床。王师傅端坐于叶振东遗像之前,莹莹跪在地下向干爹磕了三个头。那一旁站立、未发一言的幺三和阿七,这时也跪下"赔礼"。

莹莹磕头之后,又扑到干爹怀内呜咽一阵。王师傅乃起身,整整衣襟,拉开椅子,向叶振东遗像,恭恭敬敬地磕了四个头。莹莹和妈也跪下赔礼。振东如还活着,也应对磕四个头,那他二人就是"八拜之交"了。

两个徒弟也跟着磕了头,莹莹也跪着赔了礼。然后王再问明振东生辰,原来两人同庚,振东只大王几个月。王师傅乃拉下袖子,弯下腰来,向叶妈恭恭敬敬地作个揖,拜过"嫂嫂";两个徒弟跟着磕过头。莹莹都跪下赔礼。

王师傅又问明莹莹年龄才十八岁,乃说:"那你也拜拜两个师兄罢!"莹莹乃向两位师兄跪拜,两位师兄也跪拜答礼。拜后这场拜师、拜干亲的仪式,就算完成了。两位师兄帮妹妹拉开桌子。五人围桌坐下,不一会儿,两斤肘子、一壶烧酒就吃得精光。叶妈又炒了些剩饭,大伙和汤吃了,真是盘盘见底,一粒不剩,五人都吃得酒醉饭饱——尤其王师傅，一壶烧酒下肚，遍身发红发烧，已有七分醉意。

"心肝宝贝，"干爹酒气醺醺地问莹莹道，"今早王益发那厮，是怎样撬窗进你房子中来的？——我要杀他！"

"他撬窗子，我没有听见哎，干爹。"莹莹说着眼泪又下来了，说，"他爬上床来……"

"你知道王益发那厮，在梅溪不知奸污过多少妇女——从十几岁到五六十岁，连他的寡嫂、寡婶、亲姨妈、亲甥女都遭在他手里——我早要干掉他；混蛋的当官的不管嘛！……幺三、阿七，我们去宰掉他！"

说着，王师傅便站起来，阿七、幺三跟随在后，叶妈脸吓得发白。莹莹也不知如何才好。

"偷不如偷不到"

王师傅乘着酒兴，三脚两脚赶到铺里，在案板后墙上便抽出那把他早晨用的屠刀。阿七也抽出一把细长单刃、割肉用的锋利无比的尖刀。幺三则拿了根铁制的"猪铤杖"。这铁杖有拇指般粗，六尺多长。那是屠夫们杀猪抽血之后，从死猪腿上割洞、通杖、吹气，使猪体膨胀，便于刮毛用的。那也是根凶厉的杀人武器。

师徒三人阔步循山坡石级，不一会便走到"税局"门前，只见税局门前有个卫兵，他持枪前来问话。未等他开口，王师傅便大吼一声："啐！"可怜那小兵便连人带枪，翻倒地上，吓得面无人色。那税局门房见状也大恐。

"狗禽的王益发，在哪个房间？"王屠户怒发冲冠地问他。

"他上午未来上班。"一个门房回答着。另一个则说："在第三科，他刚才来……"

第二十一章　地下干爹

王氏师徒三人乃迈步从屋内巷道，通过第一、二科门前，走向第三科。第一、二科工作人员见状大惊，乃群出观看，并争问："什么事？什么事？……"

"杀那狗杂奸犯王益发，与你们无关！"王师傅吼着，已到第三科门前。在门口见王益发背窗而坐，头上戴顶毛线帽，帽内有绷带，正捧着小小茶壶在喝茶。他一见到这三人手持利刃，来势汹汹，王益发乃把茶壶丢在地上，翻身越窗而逃。

"狗杂的王益发——"王师傅骂着，乃跃登于王的办公桌上，穿窗而出，尾追不舍。幺三、阿七也越窗而出，追向前去。

这窗外是一块平地，过平地则有弯路下坡。这时税局内男女职员，和隔邻机关办公人员，也闻声蜂拥而出，挤看热闹。只看王科长穿件长衫跑得像只野鸡，王屠户师徒三人持刀尾追，像三只猛兽。

王益发刚穿过平地转弯下坡时，只闻"飕"的一声，一道白光，拦头而去。王益发大叫一声"哎呀"，便摔倒坡下。王师傅乃赶上去，一脚踩上他的脊背，踩得科长头翘、脚翘，舌头直是伸个不停。

看热闹的观众挤向前去一看，才知道刚才那道白光，是王师傅的刀光。盖王益发刚转身向坡下逃跑时，王师傅手一扬，那把利刃乃飕的一下飞了出去，擦过王益发的面脖，插入路边的一棵大榆树干上去。王益发一惊，乃摔倒地上。

王师傅自树上拔下宝刀，在王益发头发上擦了一擦，问这个奸犯："应从哪处割起？"

四面围观的群众，乃替"科长"代答说："把他脑袋割掉！"有的则说："把他××先割掉！"有的则说："大小头一道割掉！"引起观众大笑。

王师傅又踩着他再问一声。

"王师傅开恩，饶命啦……"科长在屠夫脚下哭了，哀求饶命。

"你这狗崽子，"王师傅说，"把读书人的脸都丢尽了！你祖宗的脸也丢尽了！"说着王师傅把那冰冷的屠刀在他颈子上、面孔上拭了几下，使这奸犯直打毂觫，并哀求"饶命"。

"你这个王八蛋，你奸污妇女，害了人家一辈子，求生不得、求死不能，你就对人家不饶命！"刀上的王屠户，再踩了几下，科长被踩得鼻血和脸上摔破的伤血与汗泪唾沫流成一大块。真是血染黄沙。

"王师傅，"几位观众大叫说，"把这个混账王八蛋宰掉算了嘛。"

原来王益发的淫行是梅溪镇尽人皆知的。今晨所做的丑事，也早为送水夫传播出去。他平素最喜欢"偷"女人，说什么："妻不如妾，妾不如婢，婢不如偷，偷不如偷不到。"据说他平时所"偷"，都很顺利。一次他年轻的姨母，到他家来"走亲戚"。王益发居然偷偷地溜入姨母卧室，把姨母"偷"了。

以同样方式，他居然"偷"了亲外甥女、亲堂妹、亲寡嫂。寡嫂恋奸，还生了个孩子——使母子都见不得人，寡嫂为之自杀。王益发"偷"的秘诀是什么"铁门槛，纸裤裆"。据他说任何女人，包括他姨妈，只要他能于午夜偷偷摸摸进房去，"偷不到"的机会是很少的。可是贼做久了，终会失风的。想不到今晨终搞出个"偷不如偷不到"，而在杀猪刀下求饶。

"你究竟强奸了多少妇女？"刀在他颈子上又抹了两下。

"那是谣言啊！师父饶命！"

"你那寡嫂为什么自杀？"师傅再问。

"她殉夫啊，师傅。"

"她那儿子谁生的？"

"遗腹子啊，师傅。"

"丈夫死了三年，还有遗腹子？你这个不老实的狗崽子——我宰掉你！"王师傅又把刀向他颈子上抹一抹。

"宰掉他……宰掉这王八蛋！"群众一旁大呼着。

"他这个命，值一头猪吗？"王师傅问群众。群众说："不值！不值！

第二十一章 地下干爹

但是宰掉他！"

"莫怪我无情，王益发！"王师傅说，"这是大家的意思！"刀又在他的颈子上抹一抹。

"从实招来，大家可能饶你命，再硬嘴，一刀两断！"

自此王师傅问一句，王益发答一句——把个偷姑盗嫂的恶行，全部和盘托出。观众发问，他也照答——反正没脸皮了。问到今早偷叶女之事，王益发说因为叶女挣扎太凶，床被冲倒，他"没有搞进去"。

这句话说出，围观中的一位老人，走向前去，向王师傅借刀，说："我年纪大了，不怕杀人偿命，师傅把刀借给我，我把他宰了！"

四围观众鼓掌，说："把刀借给他！把刀借给他！把这个混蛋宰了！"

"诸位，"王师傅说，"我这刀是杀猪的，用这把刀杀他！太抬举他了——官府会枪毙他的！"

"杀掉他！杀掉他！……"众人还在叫。

王师傅松了踩在他背上的右脚，再用右脚插入王益发的腹下，把他挑起一踢，这奸犯被踢得四五尺高，摔下石坡去，摔得半死。

"饶你一条猪狗不如的贱命！王八蛋！"王师傅咬着牙齿，狠狠地骂了一句！

王师傅那一脚虽已把王益发摔得半死，但是并未重伤他。把"王科长"终于砸成重伤的却是那些愤怒的围观群众。他们捡起地上的石块，尤其是鹅卵石，像炮弹一样地投了下去，有几块击中要害，把王某砸成重伤，才由他科里几位科员，抢救了抬下坡去，送入驻军后方医院包扎。以后王益发再也无面目回"税局"当"科长"了。也算是自作孽，不可活吧。

武当武术

　　王师傅师徒三人，重惩了色狼，顿时变成了围观群众的英雄。当他们走回税局边平地时，已经被围得水泄不通。大家责怪他们没来把强奸犯杀掉之外，也要求"王师傅"表演点拳术，因为镇上人知道王氏幼年是位"镖师"，武艺高强。王则谦虚地说："老了，耍不动了。"可是群众死围不舍，师徒三人走不脱，王师傅乃向幺三说："小三，你就献个丑吧。"

　　"打哪一套呢？"幺三问。

　　"你既然拿个'金箍棒'，就来个'偷桃'吧！"王师傅说。

　　幺三得令，乃抱个拳掌，向四围一揖，说："向诸位领教！"说着他便退出圈外。阿七并要众人退到平地四周。幺三取了架式，一声吆喝："哎！"乃冲入平场，挟着铁杖，一跃在空中连翻两个"无地筋斗"，然后以"前后叉"坐落于地上，手中铁杖，向空直立，姿势轻快优美。观众大鼓其掌，赞不绝口。

　　只见幺三缓缓地变动双腿，移"前后叉"为"左右叉"。忽然两腿一收，"哈！"的一声，全身已飞升至铁杖上端，挤眉弄眼、皱鼻翘嘴，绕杖两周，掌拳合抱向观众道谢。

　　四周观众掌声如雷。懂得武当拳术的观众不免惊叫："大圣偷桃——猴拳！猴拳！"

　　幺三向观众敬礼毕，乃滑下铁杖，面不改色，向师傅鞠一躬，三人就要离去了。但是群众死围住不放，并点名要"阿七表演"。王师傅纠缠不过众人，乃向阿七说："各位盛意，你也就'滚'一下吧！"

　　阿七掌拳合抱，向众致礼毕，也退出圈外。他反持利刃，一下子冲入圈内，连翻正反两计筋斗，便脊背着地像车轮一般，旋转起来。只见刀光回旋，疾如闪电，地下只见灰尘，不见人影——足使观众目瞪口

第二十一章　地下干爹

呆，简直忘了鼓掌拍手。有人则暗赞，说是："滚堂刀！滚堂刀！"

忽见闪电顿停，阿七自飞尘中，一跃而起，平空一个无地筋斗，双叉落地，收腿起立，抱拳弯腰向四围观众敬礼，并向师父鞠躬。也是举止文明，面不改色。

观众疯狂鼓掌。王师傅也点头微笑说："不错！不错！"又向观众微笑说："徒弟们献丑了！"他说着就要离去，但是哪能突破重围呢？

"王师傅自己表演一下！王师傅自己表演一下！……"围观群众死缠不舍。外围青年人，还一面跳跃，一面叫喊。

王师傅说："老了，耍不动了。"可是在群众围叫"不老！不老！"声中，王师傅走不脱，乃把手中屠刀，向泥地中一插，众人赶忙让出个圈子来。那把刀柄还在摇晃不定之时，只见王师傅，"哈哎！"一声，便跃立于刀柄之上，拳掌合抱，在空中绕了两周，向围观群众道谢。

王师傅本已身高六尺，体重一百五十公斤以上，如今跃登有三尺高的钢刀的刀柄之上回旋，如此轻松，真是鹤立鸡群，引得四围群众仰首向天，也是个奇景。王师傅致礼完了，乃轻轻跃下，落地无声。大家才疯狂鼓掌跳跃。

四围观众中有几位也颇有武术根基的老人，频频跷起大拇指说："轻功，了得！"

这样王氏师徒才为群众所释，返回他们的肉案子去。

知名度的困扰

王氏师徒这一次"惩狼"义行，不用说在梅溪的茶寓酒肆中，成了第一号头条新闻。不但历久不衰，而且愈传愈奇。街头一些"说书"、"卖唱"的人，有的竟编成传奇，大赚其钱。

最不好受的当然是那位王科长。他是专科毕业、风度翩翩的社交圈中人。在许多宴会场中，有时竟有爱慕他风度的妇女，在门缝中偷看他呢，而他偷香的本领，也是当世无双，从未失过手，谁知这次竟然阴沟里翻了船，弄得身败名裂，头负重伤，避往异乡去了。

"这位姓王的呀，"一位满脸烟色在茶馆之角的说书人，左手摇着牙板，右手持着鼓槌，大声地说，"他操女人，也有他的广田三原则——哪三个原则呢？那就是：'生我者不入；我生者不入；同生者不入。'其他一概得而入之……"听众一阵讪笑和讥鄙，王某也就不能再回来了。

比王某还要出名的，那就是这位受害人"莹姑娘"了。莹姑娘拒奸的情况，虽然没有第三个人看到。但是每个茶馆里，居然似乎都有一两位在床边目击之人，说来绘影绘声。其中有一个故事，竟说王科长第二天上班时，不能行走——因为他强奸未遂，自莹姑娘头上"滑"下去时，下体被受害人"狠命地咬了一口"，"咬得筋断皮脱"云云——故事奇特得不可想象。大多数人，也竟信以为真。

但是在这些传闻失实的故事之中，也有些真实的故事。那就是"莹姑娘"投井自杀时，被王屠户一把抓住脚踝，自井中倒提出来的实情。这是七八个挑水夫所亲眼看到的。他们一致承认，那个被倒提出井、又倒放入井、再倒提而出的半裸美人，像一只"剥了皮的蛤蟆"！

"她那双奶头、那屁股、那大腿、小腿、两只脚，多么风嫩啊！"一位三十来岁的担水老几，回忆起当时情形，说来真馋涎欲滴。他并抱怨他的老婆说："哪像我那个粗老婆，两条腿拉起来，像两根片柴……"

总之"莹姑娘"拒奸的勇敢，和褪掉衣裤的美丽，在梅溪是无人不知了。这位洗衣姑娘，岂止"貌如天仙"！她脱了衣服后的白嫩，才像一只"剥了皮的蛤蟆"呢！这个梅溪镇上，挑水夫之外，也有一些骚人墨客，他们乃把"剥了皮的蛤蟆"，改成了"玉蛤蟆"。

莹莹自从变成了"玉蛤蟆"之后，艳名大震。全镇之人，都要以

第二十一章　地下干爹

一见为荣。因此她那个洗衣场，竟变成了一个观光区。叶妈如有现代生意眼光，按人售票、入场参观，那她老人家也就可发个小财了。叶妈既没有此走资本领，那观光客，就变成了营业干扰。这一来，这位洗衣姑娘叶维莹，自此以后再不敢走向井边，只好由妈妈打水，在家中闭门浣衣了。她虽然躲着不出来，但登门"送衣"和"取衣"的客人之多，仍是户限为穿，应接不暇。

最使她们叶家母女承担不了的，则是主顾们多半都超价送洗，不收不去，而邻家洗衣妇有时生意则清淡到门可罗雀。这一来，一家饱暖千家怨，麻烦就多了。大家认为生意清淡，是她叶家母女在井边寻死，亵渎井神，影响了她们，大家鼓噪要把叶氏母女，赶出街坊。甚至有些泼辣妇女，竟当街叫骂，下流不堪，使叶妈和莹莹不知如何是好。

一场谢神驱邪的大庙会

这些街坊妇女偶尔的叫骂，和一些"观光客"在叶家门前有意和无意的逡巡，平时竟使莹莹不敢出家门一步。但是这些对叶妈来说，却不构成丝毫威胁。叶妈此时反因收入稍增，想做点"干活计"。她有时停止洗衣，则拖一张木椅，在门前坐着扎点"鞋底"，并和邻人谈谈家常，甚或抹点纸牌。若听到点不干不净的叫骂,她也就不干不净地骂回去——喜欢骂人的人，多半也都是下贱的人。你真和他也下贱一下，对方就不敢过分骂街了。叶妈之所以敢如此做,多少也和她新认的"干亲"有关。贵为"税局科长"的高官，都给干亲家揍得半死，以后还有哪些杂种敢找上门来！

不过王屠户却是个讲情讲理之人。他信的是尊奉"太上老君"的道教。"太上老君"曰："祸福无门，唯人自招，善恶之报，如影随形……"

这次她们母女受屈，投井寻死，由他把个几乎光身的女人，自井口内拖出拖进，也的确冒犯了井神。何况梅溪镇这口古井，井围丈二，泉清水洌，号称"百井之王"。饮水思源，梅溪几乎有一半居民，思源之水都来自此处。更有十多家挑水夫，数十家妇女，淘米洗衣，都仰仗于它，诸神拱卫，岂容亵渎！王师傅心有内疚，并曾向众挑水夫许下"谢神"愿言，久思还愿，并以此意向众徒子徒孙，及叶氏母女分别言明。

王师傅本是"三洞"中人，虽未在"龙虎山请牌"，加以嗜酒食肉，被视为"邪门、邪功"，但他法衣、法器俱全。"打道场""谢真神"，还是拿手好戏，虽然他数十年来，难得做它三五次。这次事体重大，王道士始决心破例一试。

在"大寒"之后，王氏选了个黄道吉日，找个扎灵专才，扎了个诸神拱卫的井神灵坛，购备香烛、金箔、纸马、爆竹，自己在案子上制好"猪头三牲"，招呼叶氏母女去孝服、着吉衣，准备"谢神"。

街坊闻讯，也都预备彩帐香筛，及放生施舍各项善事，以配合随喜。街坊故老，都知道王屠户是个有法术的道士，平时难得"打醮"，既"打醮"，也必有些功德和场面。

地下"教门"，则更是暗中轰动，远及百里之外。因为"王老头子"是西山东区几个硕果仅存的"龃"字辈，真是一呼百诺。在这一圈圈内的乞丐、花子、盲人、艺人……尤其兴高采烈，因为这是他们一生中，难得碰上的喝酒吃肉的机运。

这日时届中午，水井广场，人群早已挤得水泄不通。忽听一阵鼓乐之声。鼓乐之后，只见身着道服的八位后生，抬出了纸扎的"井神灵坛"，直趋广场，设坛于古井之后。接着便是十余个挑水夫，挑着糊有红纸"福""寿"等字的水桶，走向灵坛前分两侧站立。此后则鼓乐不断，都是各商户、各机关分送的彩带锦旗，飘扬四方。锦旗之下，则设满木桌，遍布施食酒肉和放生龟鳖之属。随后便是一阵爆竹，但见八个小道

第二十一章　地下干爹

士抬着挂有红布桌围的长桌，桌上陈列着香炉、蜡台和猪头三牲，置于灵坛与古井之间。八个小道士放好供桌之后，乃分班站立两旁。

当围观群众正屏息以待之时，忽然一声炮响，鼓乐大作，众人回头一看，只见一老道，身披七彩八卦道袍，粉底高靴，左手捏个"通天诀"，披发仗剑，缓缓而来，庄严之至，亦神秘至极。观众中有认识他的，则唧唧私语，说："王屠户！王屠户！"

老道身旁稍后相随的两位道童，幺三、阿七则分别捧着麈尾和法水瓷瓶。他们一行之中最引起观众议论纷纷的则是一群小道士所簇拥下的两位时装贵妇——叶妈和莹莹了。

"那就是玉蛤蟆！那就是玉蛤蟆！"观众中发生了骚动，站在后面的青年观众或挤或跳，秩序有点紊乱。这时老道士转过身来，用宝剑向骚动的群众指了指，说也奇怪，骚乱的场面顿时便安静下来。

老道走向坛前井畔，口念咒文，然后仗剑跪下。四围小道士、水夫，乃至围观群众亦不期而然地随同跪下。数百人之众，居然鸦雀无声，也可算是"庄严肃穆"。

众道士跪拜毕，老道"烧符"、"舞剑"、"念咒"、"喷法水"。然后由小道阿七，挥麈尾，挥去井上、坛上、众水夫头上、桶上之灰尘；老道紧随其后喷法水，挥剑驱邪。接着便由两小道引美女莹莹至井边跪下，长发披肩、乌云覆背。老道则站立美女之后约一丈五尺之遥，闭目仗剑，约五分钟；忽然口唇颤动，念出咒文"……唧唧……唧……唧……如律……"忽然大吼一声："——令！"摇剑直指美女脑后，只见美女鬓发，如狂风吹拂，四向飞舞，全身伏在井栏，颤抖不止。老道则咬牙切齿、眼如铜铃、两颊汗如雨下。四围道士，和旁观群众，亦觉遍身发麻、四肢震动。大家屏息以观、呆若木鸡，约有一分钟，诸邪显已驱尽，王道士始收剑摇铃，结束道场。

小道士扶着叶氏母女返家。老道在幺三、阿七夹护之下，也安步走回肉店中去。广场中剩下的只是鼓乐喧天,人声鼎沸,群丐争食,杂耍遍地……好一个梅溪镇难得的十年一遇的大庙会……

第二十二章

七哥之恋

缺少不了的七哥

谢神大会之后,小道士们卸了装,大家乃协力打扫道场。阿七奉师父之命,把猪头切成小块,施舍给街上乞丐和贫苦难民;把"三牲"中的鸡和鱼,则保留下来,送给叶妈,使叶妈喜出望外。阿七同时也自街头巷尾和驻军营房一带捡了些废木料,要替"妹妹"改造个木床,同时也加护通街的窗户。师父本来叫他用木条把窗子"钉"起来。阿七则不以为然,因为这两间一前一后的破房,只有这后房中有一个窗户,钉死了则变成一个黑洞,白昼都得点灯。加以万一街上出事,"封门一把火",则她母女也无处可逃。

阿七是个颇有巧思的小木匠。他乃别出心裁,把"妹妹睡房"的窗户设计了一个"双闩"——大闩之上再加个小闩。关窗时双闩齐下,则贼人在窗外,无论如何也撬不开。窗内人要开窗时,则先开小闩,再开大闩,这样窗户打开便既有阳光又有新鲜空气了。

至于床,那就全是材料问题了。有木材则阿七哥可替妹妹造个极精致的单人床。上面有床架可以挂蚊帐;床下设木柜,可以存贮杂物。

他们商量既定，阿七乃量出尺寸，每日工余便四处去收集破梁破柱、残板烂桌，拖到叶家门前，逐件施工。

阿七哥是那样一个诚实本分的青年，虽然一字不识，但做起木工来却十分细致，绝不马虎。他先修窗户，把大小闩造得灵巧之至。莹莹则做他的助手，听他指挥。二人合作无间，一面做工，一面闲话家常，互道身世。

"七哥呀，"莹莹一次问他，"你有这样好手艺，为什么不做木匠，偏要做屠户呢？"

"我妈改嫁前，本来叫我拜陈三木匠做师父、学手艺的。"阿七说，"后来陈三木匠死了，妈和师母都改嫁了，搬走了，我才到案子上来学屠户的。"

"陈三木匠，怎么样死掉的呢？"莹莹问。

"李会长家盖屋'上梁'时，我师父从梁上滑下摔死的。"阿七说。

"那李会长应该救济你的师父家属了。"

"李会长怎会救济我师母呢？"阿七说，"他说，'造房上梁，摔死木匠'，最不吉利，还要我师母放爆仗磕头呢。"

"你师母后来就改嫁了。你妈为什么也改嫁呢？你爸是否也出了意外？"莹莹问。

"我爸找不到工，当兵去了，"七哥说，"我妈没饭吃，就嫁一个贩牛的跟他走了。"

"你又怎样碰到我干爹的呢？"莹莹再问下去。

"我那时才九岁嘛，"七哥说，"白天讨饭，夜晚住在静土庵。师父在那儿教拳，就把我收下了。"

"七哥，你那时才九岁，你现在多大了？"

"妹妹，"七哥说，"我属马嘛。现在二十了，老了。"

七哥一面低头做工，一面说着，说得很平淡。莹莹一边问、一边想，

第二十二章 七哥之恋

却感到十分凄楚。这世界上为什么有这么多可怜的人？却又有这么多可恨的人！坏人！

当莹莹穿着"吉服"谢神的时候，她看那人山人海之中，还是那个捧着个拂尘尾的小道士阿七哥最漂亮、最英俊。她想起她怀中的那个"小童子军"，现在也该是阿七的年岁，不知长得是否有阿七哥这样潇洒？这样英俊？今次听阿七自报身世，无怨无尤。莹莹同情之心，不禁油然而生。真是同是天涯沦落人，相逢何必曾相识？

七哥为着替妹妹造一张好床，差不多每天下午都要来做工。来时有时还带点猪尾巴、猪肠子和叶家母女一道晚餐，叶妈也很喜欢他。他每次做工时，莹莹总是一面洗衣服，一面陪七哥聊天、叙家常。莹莹常想，七哥如果认得字，读过书，大家能谈点苏曼殊、徐志摩、陆小曼、阮玲玉……多好！但是天下这么大，除掉《爱眉小札》之外，可谈的事还是很多嘛。七哥的按时出现，渐渐地就变成妹妹每日不可或缺的企望；他偶尔事忙未来，莹莹便感到若有所失，生命缺少了意义。

"不怀好意的小屠户"

阿七因为是个父母均不知去向的孤儿，无家可归，所以王屠户叫他每晚就睡在案子里守店，王屠户本人则住在静土庵，打坐度夜。幺三则与父母同住。

七哥既然和妹妹每日相聚，耳鬓厮磨，妹妹也逐渐变成他生命里少不了的心肝。有了这样武艺高强、声闻百里的干爹作保镖，再加上个阿七哥，莹莹是颇有安全感了，当地的流氓地痞，有王科长前车之鉴，是谁也不敢对她再起邪念。

不幸的是，这是战时啊。梅溪镇这时已不是一个孤立的山村，已变成大游击区中的主要交通枢纽——驻军不断换防，难民趋如潮涌，贩毒走私、对敌通商，招财进宝，更是无数冒险家、奸商污吏的天堂。本地人虽知莹姑娘冒犯不得，但是新来乍到的——尤其是武装同志们，他们三年兵一当，母猪当美女，可管不得什么鸟王屠户了。所以叶家住处每晚仍不时有形迹可疑之人出现，使莹莹不敢安睡。

为着保证妹妹的绝对安全，阿七往往于夜半披衣而起，手持利刃，在莹莹窗外巡逻。偶遇一二歹徒，不待阿七发问，便悄然溜走——因为他们都知道"教拳王屠户"师徒的功夫。叶家这条街上，鼠窃狗盗，原不是大事。但是自从阿七自动夜巡之后，窃案便戛然而止，街坊相传，对阿七也颇有好感。

可是秋深冬近，夜晚寒风刺骨，重裘难支。阿七每于夜巡不胜寒时，则抽刀起舞，走它两路刀法，暖暖身体。那儿有个古井的广场，夜阑人静，尤其是在月光之下，正是个练武的好所在。阿七夜巡日久，竟也养成月下舞刀的习惯，往往一练个把钟头。

阿七夜巡原来没有告诉妹妹，只是莹莹某夕夜起，微闻窗外有飕飕之声，她不敢声响，乃偷偷自那有寒风刺骨的窗缝中偷看，才发现了这个秘密。七哥耍了一个小时的刀法；妹妹便偷偷地看了一个小时，对七哥的英武真爱慕不已。翌日再见七哥时，莹莹乃把夜中所见好奇地问他。

"七哥，昨夜里我看见你在广场练刀呢。"莹莹说。

"妹妹，也替你看看更嘛，"七哥毫无惊异之感地说着，"现在歹人还是不少哎。听说都是外来的。"

"七哥，"莹莹惊异地问道，"你每晚都在替我看更？啊，七哥！"莹莹说得甚为激动。

"也不是每天晚上，"七哥说，"睡死了，起不来，也就忘记了。"

"那你差不多，每晚都来。"莹莹挨上去眼对眼瞅着阿七。

"最近几天是常来，"七哥说，"天气冷了，有时被风吹醒，我就起来，

第二十二章　七哥之恋

练练刀，暖和暖和——也看你窗外，有没坏人。"

"哦，七哥……"莹莹感动得热泪盈眶。她想伸手去拉七哥的手，甚至想倒在七哥怀里去，但是理智抑住了她的感情。

莹莹尤其顾虑的是妈妈的多心。近月来由于莹莹和阿七接近多了，叶妈对阿七也就不像以前那样欢迎了。当阿七弄得叮叮咚咚为莹莹造床时，叶妈有时且不耐烦地暗皱眉头呢。有时小木匠要唤妹妹帮点忙，不待莹莹站起，叶妈便主动去了，她老人家去帮阿七的忙，也像是替别人做似的，挂着个长面孔，既不言，也不笑。莹莹有时在屋外向内看，便常时觉得过意不去，有时暗中却为妈向七哥道歉。幸好七哥是个直肠人，根本没觉察出叶妈有什么不对的地方。他只是觉得叶妈对他形影不离。有时叶妈在隔壁抹小牌，一眼看到阿七提着木料或工具来了，叶妈总是请人"代牌"，自己赶回来在一旁坐视，并鼓励小木匠，即早"收工"。

"阿七哥的手真巧呢！"一次莹莹向妈妈夸赞说，"他做的床柜，比买的还要好。"

叶妈闻言向莹莹把白眼一翻说："巧来巧去，还不是个杀猪的屠户！"

总之叶妈对阿七的义务劳役不但不感激，有时且有点不耐烦，甚或有点憎恶的表情。一次阿七带来半条猪尾巴，叶妈竟问他为什么不偷点肘子带来，使莹莹的脸红了半天。最令莹莹反感的是，叶妈暗地警告她，要她"防着阿七，那个不怀好意的小屠户"，使莹莹和妈争辩了好一阵子。

"……七哥，我就让你……"

叶妈对阿七的憎恶，却引起了女儿内心为七哥的不平；而七哥的善良、诚实和不够敏感的糊涂，就更引起甚为敏感聪明而观察入微的好姑娘的怜爱和敬重。

莹莹是一个两度自杀未遂的少女。虽然才十八岁，但是充足的人生经验，已使她思想早熟，看穿了人世。自杀被救并没有使她把未死看成幸运；相反的，想抛掉这个污浊的人世，却又无端被救回这浊世中来，对她有时还是痛苦的呢。

"人生在世究竟为着什么？"莹莹常时暗屋沉思。

在她的幼年，她爸妈，和"林干爹"，她觉得都是世界上最可爱的人，最爱她的人，也是她所最爱的人。除此之外，便是那位存在幻想中的小童子军了——在这些有无之间，幻想与真实都是美好的。生命是充实的，世界是美丽的。可是这个充实而美好的人世，在爸爸消失之后，使她的人生本已感到空虚和绝望。十七八岁了才领悟出：那"小童子军"原是幻觉的实在，或实在的幻觉。他是实有其人，但这个人究竟与莹莹五六年的幻想有什么关系呢？

莹莹的生存是为着寡母。妈妈太可怜了。没有个女儿她如何过活？但是她想不到妈妈也有残忍的一面。这残忍的妈妈还有什么值得可怜的呢？一念之间，她决定去掉妈妈，也就摆脱这个污浊的人世了。可是当刘婆婆把她拉回人世之后，她还是觉得妈是可爱的、可怜的——虽然这个世界、这种人生却别无留恋之处。可是当她再度抛掉妈妈，却又被王屠户抢救之后，她这次倒自庆再生，因为竟然又遇到一位和死去的爸爸一样慈祥的干爹，使她觉得在生命中可能发生的无可抗拒的恶事有个可以投诉的地方——她尤其感到幸福的则是有阿七哥的存在。两三天不见阿七哥，莹莹不自觉地便要到干爹的"案子"上去张望一下；看到七哥正在切肉，并与买肉人谈话，莹莹心中就舒服了。回来洗衣时，也高兴地哼哼小曲子——尤其是她喜爱的《渔光曲》。

有时莹莹默默地探视而被七哥发现时，七哥那份喜悦之情，也是莹莹所喜爱的人世上最美的东西——总之"妹妹"和"七哥"，灵魂上真是难舍难分的了。

第二十二章 七哥之恋

莹莹是熟读过一些爱情小说的，也善于幻想；她幻想中那位小童子军一天一天地长大，便是受爱情小说的影响。但是当这小童子军在梦中来找她一齐玩耍时，他却永远是个小童子军。阿七哥的年龄和那小童子军，该是不相上下。可是那小童子军有没有七哥——亲爱的七哥这样英俊，这样善良，这样温和、体贴、关心"妹妹"呢？——天下还有比七哥更好的青年吗？

莹莹没有谈过恋爱，她不知道她和七哥之间的感情，是否也是爱情呢？莹莹很是迷惘。她只知道，她每次见到七哥，都恨不得倒到七哥怀内，任他抚弄，甚至让七哥吻她。有几次七哥来做工，刚好妈妈不在，莹莹默默地站在七哥的面前，拉着七哥的袖子，低头说话；她泛红的脸上，一阵阵发热——她多希望七哥拥抱她、吻她啊！但是善良诚实的七哥，似乎完全没有这项举动的意思——虽然莹莹也觉得她能听出七哥心房跳动的声音。

有时七哥收工走了。莹莹和妈一起吃晚饭，那一点点油荤，莹莹全拣给妈吃了。叶妈年纪大了，自己也觉得要有好一点的营养；既然女儿孝顺，她也就受下了。莹莹省给妈吃，确实出于孝心，但是也是因为想念着七哥而食难下咽才拣给妈吃的。

晚饭后，母女分别睡觉了。莹莹常时听到妈的鼾声，而自己却时时辗转不能入睡。睡不着，就有幻想。过去的哀伤和欢乐都一幅幅地在蚊帐顶上出现。莹莹想到那麻皮周先生的黄牙齿，恶心犹存，简直要呕吐；又想到那晚在黑暗中，推她卧下，随即赤裸爬到自己半裸的身上来的王科长，他那热乎乎的什么东西在胯下乱碰……不免心跳脸热，余悸犹存……不敢想下去。

但是莹莹也想到那样诚实善良、温和体贴的七哥。如果他也赤裸地伏在自己半裸的胴体上，莹莹一面心跳得慌，一面幻想，想道："那我就闭起眼睛，全身松下来，让七哥蹂躏我……毫不……毫不抵抗……"莹莹想着，不觉鼻孔发痒，忽然打了一个喷嚏。她翻来覆去，最后还是默默坐起，拥被靠在七哥刚替她做好的床架子上。"……七哥啊……"莹莹又默默地唤着，想道，"你要也躺在这儿……我就……我就让你……"想着莹莹又不断打喷嚏，困极了，才默默地睡下……

缺少灵犀一点

莹莹对七哥的幻想，已发生了多少次，才在无意之中，发现心爱的七哥就在秋窗之外。有好几次莹莹都想打开窗户来招呼他，但是缺乏勇气。一次她鼓足勇气，在窗缝中看到七哥，她乃打开窗户。谁知道阿七把这个"双闩"做得太牢实了，等到莹莹用力把两闩打开时，七哥已从街头转弯去了。

这个"交臂之失"，使莹莹关窗回到床上，呜咽失声——她自扭、自捏、自搔，处罚自己，心头充满犯罪感。"我这样做是要和七哥'私通'吗？"莹莹反问自己。"私通之后，和七哥'先奸后嫁'吗？"莹莹自问自不能答。"妈会答应我这个'高师二女学生'，嫁给一个'文盲小屠户'吗？"莹莹想到妈妈对阿七那副长面孔，不免犹豫起来。"我和阿七'先奸后嫁'，在梅溪镇我这个'烈女'不要身败名裂吗？"莹莹想着又恐慌起来，从床上翻下床，坐在凳子上，又回到床上，终夜不能合眼。

翌日碰到七哥，想倾诉一番，又说不出口。直至茶不思饭不想，洗起衣服来也忘其所以，把洗过的衣服，搓来搓去；未洗的衣服，却用清水淋淋，便晾了出去，使衣主失望、抱怨，发还重行洗过。妈也发现莹莹"神不守舍"、"忘魂失脑"，总以为是她自杀不遂的后遗症，心中也暗暗担忧。

莹莹发现自己最不好受的时刻，便是在妈妈微鼾声中的午夜——

第二十二章　七哥之恋

这时她情思起伏，偶自窗缝外窥，竟见心爱的情郎，便在窗外。有时她发现七哥一人，身披薄棉，坐在街头石阶上打哆嗦，实在心有不忍。想再开窗找他，而欲开又止，前思后想，直至连夜不能成眠，人也迅速憔悴起来。

"我为什么这样爱恋七哥呢？"莹莹时时自责自问。但是想了半夜，又再度自责自问："我为什么不能爱恋七哥呢？"他只是个"小屠户"、"小文盲"、"穷人"、"没出息"、"没前途"!？

"爱情一定要有许多'条件'吗？"莹莹在想，而不能自答；"风流潇洒，才貌双全……家资万贯……？"条件，条件！条件哪有止境的呢！莹莹咬紧牙关，自己扭自己。为什么就不能爱一个善良忠厚、英俊可爱的小屠户？莹莹打定决心，还是要爱他，不顾一切。

想来想去，莹莹又怕风声传了出去，要"身败名裂"，如何是好？恐慌起来，心头又跳得凶。

为什么人家，甚至妈妈偏要干涉我的事呢？她想到《鲁滨逊漂流记》。她如同七哥一下漂到鲁滨逊的荒岛上去，岂不是人间天堂？但是又想想"荒岛"在什么地方呢？怎么能去呢？应该和七哥商量一下，但是阿七是个小文盲，他还不知道什么是鲁滨逊呢！

莹莹想着，又从窗缝内看见七哥还在那儿打哆嗦，愈看心愈不忍——下了决心，把七哥叫进来，二人抱在一起"暖和暖和"……莹莹想了又怕、怕了又想，拿不了主意。在窗缝张望，只见七哥又抽出刀来，跃上井栏，持刀耍了两圈。这井栏对莹莹太熟悉了。她曾头下脚上，见过自己变成披头散发、鬼一般的倒影形象。莹莹想通了——爱七哥，爱出问题来，怎么办？"大不了一死！"

"古今烈女，该有多少殉情？……大不了一死！"这个念头，从内心激出莹莹的勇气来。

"大不了一死！"莹莹口念箴言，乃把大小窗闩都拨开了，轻轻地把窗扉打开。她的手脚虽轻,却还是免不了"哑"然一声微响。那是半夜三更,万籁俱寂。这一微响竟然也惊动了在井边耍刀的阿七。阿七掉头一看,竟然是妹妹的窗户打开了,不免一惊——在微弱的星光之下,竟然看到"妹妹",抱着双手,伏在窗上看着他。

阿七惊诧之余,乃三脚两步,跑了过来。莹莹见他走近了,乃轻声叫声:"七哥……"声音虽轻微,然充满感情,甜蜜而紧张。

七哥是个胸无杂念的老实头,不知道什么叫"谈恋爱";至于"妹妹"为什么半夜叫他,他头脑里,还未转过来呢。谈情说爱,想终身大事,"妹妹"是比"哥哥"心细得多了——哪像那些糊糊涂涂、不解风情的小木头呢!?姑娘有意要他抱,他竟然不敢抱。姑娘想要他吻她,他也不敢伸过嘴来。不是"不解风情"呢!也不是"错把明月当烧饼"呢!乡下孩子,爱在心里,拿不出勇气、讲不出甜言蜜语,如何是好呢?

阿七看着妹妹甜蜜的样儿,心都几乎要跳出来了,但是嘴里不知应该说些什么,结结巴巴地讲不出来。

"七哥!"莹莹又甜蜜地叫一声,但是心也要跳出来了;心跳得紧,也说不出来了。这时七哥才结结巴巴地叫声:"……妹妹……妹妹……"随着又说一声:"夜里太冷了,别着了凉。"

阿七是个粗小子,不会娓娓而谈、喁喁细语,来嘘寒问暖;只是诚实地、大声地嚷着。

"讲话小声点,七哥,"莹莹细声地说,"我妈在睡觉……"

莹莹这句话使七哥大悟,他伸了伸舌头,声音才小下去。"妹妹,你不冷吗?我把棉袄脱下,给你披着。"

"七哥,我不冷,我自己有棉袄。"莹莹轻声地说。

"妹妹,"七哥又诚恳地说,"你这样开着窗子要受凉呢。"

"七哥……七哥……"莹莹情不自禁地以手摸着阿七光头上的破毡帽,含笑而吞吐地说,"看到你我就不冷……"说着莹莹又摸摸阿七的腮和耳朵。阿七也伸出手来握住妹妹的手——这是他二人在"授受不亲"的社会里,第一次隔窗握手呢。二人心都跳得紧,莹莹更有点喘不过气。

二人无言相对甚久,莹莹才又吞吞吐吐地说:"七哥,你的脸和手,都很冷呢。"

"妹妹,我不冷,我不冷……"说着他又把脸伸上来让莹莹摸,果然阿七的脸,不但不冷,而且发烧,手也已热乎乎的。

莹莹本意是七哥太冷了,好请他越窗而入,室内会暖和些,但是心里这样想,嘴里说不出。既然七哥腮和手,都在发烧,就益发讲不出口了。

二人互握着手,各听自己心房跳动,默默无言了许久,莹莹才低头轻声地说:"……七哥……七哥……"莹莹又哽住一会才说:"……七哥……我没有你……我……我真活不下去……"

阿七闻言,不禁紧握妹妹的手,郑重地说:"妹妹,不用怕了。我不替你看更,你也用不着怕,现在坏人再不敢来撬你窗子。"

莹莹知道阿七诚实,未听懂一位情感中人、"高师二女学生"的美意,而误解了。

"七哥,是真的吗?"莹莹将错就错,再补充一句。

"真的,妹妹,"阿七认真地说,"现在镇内驻进一个'旅部','旅部特务营'也有人巡夜呢!"

"真的吗?"莹莹无可奈何地加一句。

这时阿七有点紧张——他听到街头有些声响,他怕有人在偷师父猪栏内的两头母猪,乃叫妹妹关了窗子,免得受凉。他自己要去看看猪棚。莹莹只好遵命把窗子关了,阿七则拔刀赶往猪棚去探视。

莹莹坐在自己床沿上,又坐到凳子上,回头又躺到床上,盖了被,又掀开了棉被,默默地靠在床架上,想不出刚才和七哥半时之温存,是真的,还是在做梦……想不出结论来。

阿七回到猪栏，隔栏而视，两头胖猪也睡得一声不响——他也不知他自己是闻声而来，探望母猪的；他扶栏小立，只觉得刚才和一位下凡仙女，握谈了些时，把那个被握了的手掌，翻来覆去地看着，也看不出所以然来——忽然想起了妹妹，可能还在那儿，在叫七哥呢。七哥三脚两脚，又赶到妹妹窗前，只见双扉紧闭，阿七想和妹妹再谈谈，但又不敢敲窗子。伫立些时，乃在窗下，靠墙坐下，看着已现曙光的街头，想东想西。这时已闻有人声，阿七知道是挑水夫来挑早水，乃没精打采地站起，慢慢走回"案子"去。

阿七被捉将官里去

阿七主动的巡夜本是为保护"妹妹"的善行，果然"善有善报"，竟然半夜遇到仙女下凡，半刻之谈，使他有肝脑涂地、感恩图报之念。和"妹妹"谈谈，便是阿七的最后目标，他绝未想到"谈谈"之后，还会发生些什么其他事务——阿七也想过，男子大了，要"成家"、"要娶亲"、"要讨个老婆"。至于如何成家、娶亲、讨老婆这个远景，则太模糊了，他从未想过。他也听过"南北洋"开火以后，尤其是"红军下山打粮"时，有人谈过女人要"自游"来游个男人，但是如何"自游"法，他也丝毫无概念。如今夜晚隔窗和"妹妹"谈闲，每天他真是等不到天晚。他只觉得"妹妹"是个"天仙"，他只是去和"仙女"谈话，既不愿告诉幺三，更不敢告诉师父，对叶妈也不敢提起；并且觉得白天的"妹妹"和夜里窗上的"妹妹"完全不是一个人。

莹莹每于夜半打开窗户和七哥私语，心里只是如此想着但总没勇气请七哥爬窗而入，主要原因却是七哥完全没有这一念头，使莹莹怯于启齿。只有一次实在风太凉了，阿七不断打寒噤，莹莹才劝他爬到窗里

第二十二章 七哥之恋

来,而阿七充好汉硬说不冷,反劝妹妹去把棉被取来披在身上,二人披被隔窗谈闲,有时直谈到天明。

某次叶妈因多喝了茶夜起,微闻房内有私语之声,乃至门缝偷看,在残月光下,竟发现是莹莹和阿七在隔窗夜话,叶妈气极了,乃摸一把菜刀,想冲进去,当头给阿七一刀。但是阿七只在窗外,砍来不易。叶妈再听二人只是闲话家常,和镇上新发生的一些小事,没有奸私之情,她亦就不敢造次。不久莹莹也关了窗子,独自睡下。叶妈躺回床上,微闻莹莹鼾声,自己却整夜未眠——她翻来覆去地想,一定是阿七"癞蛤蟆想吃天鹅肉",半夜来敲开窗子的。所幸女儿"规矩",没让他爬窗上床。

叶妈孀居日久,想想阿七也倒英俊可爱。女儿是个"摇钱树",要待价而沽呢,怎能让她和个小屠户胡来?这个小王八蛋,为什么不撬门而入?阿七要到干妈枕边,干妈倒会一不声二不响的,搂住乖儿,让他亲昵呢。叶妈愈想阿七愈可爱,直至抱住个芦花塞的旧枕头作假想敌而彻夜未眠。

"莹莹乖乖,"叶妈在早晨浆衣时,故作无心地问问女儿道,"阿七最近愈来愈喜欢你呢!"

"妈呀,"莹莹说,"我也愈来愈喜欢阿七哥呢。"

"你真喜欢阿七?"叶妈想起昨晚之事,不免认真起来。

"阿七为人本分诚实,哪点不好呢?"莹莹回答一句。

"你会喜欢个小屠户!"叶妈不免真的惊异起来。

"小屠户一不偷,二不抢,有什么不好?"莹莹替阿七认真地说句公道话。

"我不是说阿七不是好人,"叶妈说,"我只觉得他不配喜欢你;你更不该喜欢他。"

"我为什么不该喜欢他?他又哪里不配喜欢我呢?妈呀!"

"他有什么可以喜欢的呢?"叶妈问。

"梅溪镇上,乃至这个世界上,哪个人能比得上七哥呢?——那个王科长能比得上七哥吗?"莹莹抢白妈一句。

"——至少他还能养活我们母女嘛,有几个钱嘛!乖乖。"叶妈说。

"两千块钱订洋,不是更多吗?"莹莹想起了妈要卖她为娼的往事,哇的一声,哭出来了。莹莹把浆衣一堆,翻身逃回内室,呜咽起来。叶妈着了慌,赶来坐在床沿上,宝贝长、乖乖短,安慰了半天,莹莹才擦了眼泪,起床和妈一起给衣服上浆。但心里一横:妈能卖女为娼,女儿就不能自由恋爱!?恋爱失败,"大不了一死"!"一个女人为什么不能去爱她心爱的男人呢?"莹莹心里想着。妈的压力太大,社会压力太大,那大不了一死,一了百了。

莹莹下了决定,那晚半夜自窗缝内看到七哥在逡巡,莹莹听到妈在打鼾,乃轻轻地又把窗子开了,披着棉被,拉着七哥的手,把白日和妈斗气的经过,告诉了七哥。阿七闻言不禁慌了手脚。

"七哥,"莹莹抚摸着阿七的破毡帽,轻轻地说,"你喜不喜欢妹妹我呢?"莹莹也说得心慌意乱。

"妹妹,我要为你死。"阿七颤抖地说着,"我为你死,妹妹……"阿七用两手上伸握了妹妹的颈子,竟泪下如雨哭出声来。莹莹的眼泪也滴到他的破毡帽上去……

二人正隔着窗儿难舍难分之际,忽见街上亮光一闪,似乎是手电之光。阿七忙松了手,说是"特务营巡夜的来了"。他要妹妹关了窗子,自己也自墙角弯身,悄悄离去。这时莹莹忽听街上有人在叫:"站住!站住!"接着便一阵人跑步的声音;随着便听见噼啪两声枪响,街上乱成一团。莹莹伏在窗缝偷看,只见阿七被四五个巡夜士兵,按在地下,拳脚交加,打在地下翻滚。

莹莹慌了,想开窗也不敢开窗;想尖叫,又叫不出声音——不知如何是好。

第二十二章 七哥之恋

"把这汉奸绑起来,绑起来!"莹莹看见是个班长式的兵在发命令。

"官长,开恩……开恩……"莹莹听见是阿七的求饶声说,"我不是汉奸……"

"揍他!"莹莹只见四五人齐动手,把阿七揍成一肉团。另一士兵并捡起阿七的屠刀,让众人观看说:"这小偷用这样厉害的刀。"

"带走!带走!"那班长又发了命令,四五个大兵,连推带搡,把个五花大绑的小屠户捉将官里去了——把他留在窗内的女友吓得气喘吁吁,面无人色,不知如何是好。

死囚牢去来

午夜的枪声太可怖了。叶妈被枪声惊醒之后,披衣下床抖成一团,点亮了油灯,见自己的女儿泪流满面也抖成一团。

"是什么事?是不是兵变?"叶妈曾吃过"兵变"的苦头,所以一听枪声便以为是兵变。

"不是兵变,"莹莹说,"是巡逻兵把七哥捉去了。"

"你怎么知道的!?"叶妈镇静地问。

"我听到枪声,从窗缝看到的。"

"阿七捉去也好!"叶妈打开热水瓶,冲了点热茶喝了,便回床睡觉去了,不久便发出鼾声。莹莹则绕屋彷徨,心乱如绞,不知如何是好。好不容易,天色微明,莹莹乃跑到"案子"上去,只见幺三一人在那儿。案子内杂物无恙,只是阿七不见了。猪棚内的肥猪也少了一只。幺三正感觉奇怪之时,莹莹到了,告诉了她原先告诉妈妈的有欠诚实的故事,幺三也不知道如何是好。二人正着急时,王师傅也来了。听到这故事,只有坐在案子上叹气——他怕阿七已被驻军枪毙了。因为这年头人命不值钱,驻军甚至"镇公所"都可以随便枪毙人。前两天便有位难民被当成"汉奸"给枪毙了,因为他的"板鼓草帽"里有一面镜子,捉他的军队硬说他那面镜子是用来向敌机打"信号"的,他则说那镜子是帽子上原来就有的。但是谁能相信呢?所以就枪毙了。

阿七喜欢半夜练功,人刀现获,被当成"汉奸"枪毙了,不是太可能了吗?

"秀才遇到兵,有理讲不清,"王师傅叹口气,说,"我们黎民百姓哪讲得清呢?"

"干爹,"莹莹叫着,眼泪直流地说,"你认为七哥被枪毙了吗?"说着莹莹就掩面痛哭起来。

"谁知道呢?"王屠户又叹口气,"阿七如果没有死,只好找李会长保保看。"

王师傅叫幺三把案子门关了,再挂上个老牌子说明:"生猪无市,本店今日停业。"关好了店,王师傅叫幺三守着,自己则到李会长家去打听消息,莹莹则哭着回家。叶妈还未起床;莹莹乃伏在自己床上,忍声恸哭不止。天大亮了,送衣取衣客人不绝于途,母女只好忙着接送。这时街上也人言啧啧,谣言满天飞,幸好都未牵涉叶氏母女;莹莹只有不时走入内室拭泪——除等候干爹消息之外,心乱如丝,又有什么办法呢?

幸好下午顾客较少,莹莹正在搓衣时,干爹进来了,说他已看到阿七,他被打得遍体鳞伤,但还未被枪毙,现在被铐在牢内,整日滴水未进。他正叫幺三送点"牢饭"去——李会长认识新来的驻军罗旅长,李会长答应"成全",以免阿七一死。

莹莹听了破涕为笑,并要求干爹由她炒点咸菜饭,和幺三哥一道去送牢饭。

"莹莹,那就麻烦你了!"干爹既有此言,叶妈就不敢反对。莹莹乃炒了一大碗咸菜饭,并把家中仅有的两个鸡蛋也加进去了。叶妈虽嫌

第二十二章　七哥之恋

多了点，但也未认真反对。时到傍晚，幺三哥来了，莹莹穿了一套补丁斑斑的洗衣粗服，头上包了一块大青布包头，一派村姑打扮，低着头随着幺三在街边穿入后街，走到菜园边的"特务营囚犯拘留所"。

这拘留所原是座破庙改建的，庙内有些木栏杆，栏杆内锁着几个犯人，庙外则有个枪兵站岗。送饭人先向岗兵说明，再由"门房"把送饭人带往囚犯木栏之外，把食物送入栏内。当幺三和莹莹见到门房时，门房说怕人多劫狱，每次送饭只许一人入内，妇女尤佳。这一来幺三便被阻于门外了。莹莹只好一人提着饭筐走入牢内。这时天色已黑，只有走廊上一盏小小的菜油灯，四周黑黝黝。门房向一个躺在栏内的囚犯指一指，一声未响地便走了。莹莹在栏外逼视甚久，看那躺在地上的人有点像阿七。莹莹乃轻轻唤一声："七哥。"谁知这一声虽轻，那人却像触电一般，一下子翻过身来。果然是阿七。他那破毡帽已不见了，露出血迹斑斑的光头。他一见莹莹，脸上喜悦之情，简直和在案子上切肉一样，甜蜜无比。但他受伤太重，已不能坐起，只能爬行，爬到木栏边，眉开眼笑地说："妹妹，你怎么到这儿来了？"

莹莹一见七哥如此情况，不禁伸手入栏握住他，恸哭失声，泪下如雨，而七哥握住妹妹的手，却喜悦无比。莹莹一边哭一边送进茶壶和炒饭，要七哥快吃，而阿七却一再问她如何能到此地来。

"七哥，"莹莹且哭且笑地说，"别问了，先吃点东西嘛。"

阿七先爬在地上把茶喝了，又双手捧碗，不用竹筷便吃起炒饭来，一下便吃了半盆。吃后说话声音也大了；自己攀着木栏，坐了起来，双手伸出木栏，抱住妹妹，眼泪也下来了。

莹莹还是要他把饭吃完，但是阿七却奇怪地一把一把地把炒饭抓进破棉袄口袋里去，说他不想几口吃完了。他要等妹妹去后，他一粒一粒地取出，吃到"死"为止。

"明天我再炒着送来嘛！"莹莹说着不禁笑起来。

"妹妹，明天见不到你了！"七哥平淡地说，"他们今晚就要枪毙我呢。"

莹莹闻言大惊，乃抓住七哥大哭，并说你究竟犯了什么死罪呢？

"他们说我是汉奸呢。"七哥也流着泪说。

"你什么时候当过汉奸呢？"莹莹哭着问。

"我招了口供，画了'十'字嘛。"

原来阿七不识字，招了口供，不会签字，只能画个"十"字。

"七哥，"莹莹哭着问他，"这不是黑天冤枉嘛，你为什么招口供是汉奸呢？"

"妹妹，你看嘛。"说着阿七伸出两只手来，原来十个手指，都被钉了些细长的牙签；他的脚和腿也都失去知觉了。

"这是什么世界，七哥，"莹莹痛哭失声，说，"这不是苦打成招嘛！"

"死掉比活着好受，所以我招了供。"阿七说。

"这是什么世界啊？！"莹莹哭跪于地。

"妹妹，我不怕死啊！"阿七说。

"但是你犯什么罪呢，冤枉嘛！"莹莹哭得几乎昏过去。

"妹妹，"七哥也流泪问道，"我死后你能到我坟上来，上坟烧纸吗？"

"七哥，"莹莹哭着说，"你死我也死。"

"妹妹，你千万不能死，"七哥反而又微笑起来，"你明年清明，来替我上坟呢，好妹妹……"说着七哥又流下泪来。

当他二人正难解难分之时，那门房又来了，嘀咕着说："一顿饭吃了这么久吗？姑娘出去吧！有人等着你呢。"

莹莹这时已入半昏迷状态，瘫痪了无法起身。

"姑娘，用不着这么难过，你也可救救他嘛。"这时又来了两个人，乃把莹莹搀出牢外。

第二十三章

也算"两头大"

"省长的老朋友"

莹莹被搀着哭出死囚牢之外,却见不到幺三哥,而等着她的却是一顶青布小轿,两个轿夫和两个挂着盒子炮的卫兵。那两个门房乃把哭得不成人形的莹莹搀入轿内,莹莹已瘫痪不能行走,也无法抗拒,就莫名其妙地被抬回家中。莹莹下了轿,乃哭入门内,满以为倒入妈妈怀中,谁知室内虽点着蜡烛,妈却不在室内。莹莹乃走入内室,哭倒于木床之上,正呜咽间,忽见妈回来了,似乎也是乘着轿子回来的。随妈而来的还有个"勤务兵"一样的徒手小兵,提着大的草篮放在桌上,便出去了。

叶妈回来后,容光焕发地走到莹莹床边,说:"莹莹,起来吃晚饭吧。阿七不枪毙了。罗旅长说,明天就放他出来。"

叶妈这句话,对莹莹真是天大好消息。她一跃而起,抱着妈既哭且笑,问妈怎么知道这个消息。叶妈说你吃了晚饭再说吧。说着叶妈便打开草篮,里面便是热气腾腾的四五样荤菜,另有点心、清茶和烧酒。叶妈说这些都是商会李会长送来给侄女莹姑娘吃的。她自己虽已在李家吃过酒席,但胃口仍佳,还可陪女儿再吃一顿。

这时莹莹已饿得饥肠辘辘,加以这个好消息使她无限兴奋,乃洗了脸、换了衣服,和妈妈认真地大吃一顿。饭后始听妈妈道出原委来。

据叶妈说,现任梅溪镇商会家资万贯的李会长,原与莹莹的爸爸叶振东有八拜之交。振东作"省长"时还乡完婚,一切婚礼酬宴都是李会长主持的。叶妈那时年轻做新娘,装新、不出面,所以对爸爸的把兄弟都不太熟悉。这次还乡,李会长他们都不知道"把嫂"和"侄女"回来了,所以未能早来探视,殊为失礼;最近才听人讲起,所以特地奉请,以慰"把兄"振东"老省长"在天之灵。叶妈今天便在李会长家吃了一顿酒席,陪客的都是一些团长、营长的"娘子",真个个都是"珠光宝气"的。李会长认为未请到"侄女",很觉过意不去,所以才叫了上等酒菜送到家里来。

"妈,"莹莹说,"我爸只做过一任'委任司印',未做过省长嘛。"

"宝贝,"叶妈说,"你太小,哪里知道呢?司印是掌印把子的,比副省长、副督军还重要呢!现在委员长的得意门生罗旅长就住在李会长的花园里。罗旅长就知道你爸爸以前是'掌印把子的',官比他大,他还托李会长向我'叶伯母'问安呢!"

妈妈一番志得意满的话,说得莹莹将信将疑。她只知道爸爸在"省府"做官,还不知道是这么大的官——可能是先做大官,改朝换代,到蒋委员长时代官又做小呢!无论怎样,罗旅长能把七哥放出来,那就恩高德厚了。当莹莹再问有关阿七之事时,叶妈说:"阿七是当过汉奸呢。他前不久还到陷区去过。不过罗旅长看李会长和我的面子,不咎既往,明后天就放他出来。"

莹莹听了不觉放下筷子一下倒到妈怀里,直叫好妈妈。叶妈又说:"李伯伯也想看看你呢。你爸和他是八拜之交嘛。"莹莹听了真是喜不自胜,愁云惨雾,从此一扫而空。

第二十三章 也算"两头大"

娘子们的宴会

李会长之约果如妈妈所言，三两天之内，李家红闪闪的金字请帖就送到了。"首席"居然是"叶维莹小姐"，次席才是"叶老太太"呢。莹莹知道规矩，在请帖名下写了个"敬陪末座"；叶妈不识字，莹莹也替她写了"敬陪"二字。

在那个年代请客，是先发"请帖"的，帖前写明"主客"，以次则写明"陪客"。莹莹看"陪客"名单中，"叶老太太"之外，还有"吕团长夫人"、"杨营长夫人"、"朱军需处长夫人"和"熊副官处长夫人"等多位。

请帖之外，到约定之日前夕，主人还要发"催客"一番，使客人不要忘了。到请客之日，主人有时还专门"发轿马"特派专人来接呢。他们叶家既然没有自备轿马，届时李会长自会派专轿来接的。

到赴宴之日，叶妈特嘱莹莹去孝服，着盛装，以免主人感到不吉利。叶妈本会打扮；莹莹也颇会化妆。当天一早母女便打扮停当，莹莹亦按当时下江京沪大都市的时装打扮一番，叶妈再把她的画眉、口丹修理修理，对镜自照，真是上海画报封面明星也没有这样漂亮。

"看我家莹莹比袁美云还漂亮吧。"叶妈和莹莹一道照镜子时，不觉赞叹一番。

"……"莹莹不断地自我欣赏一番，才说，"妈！你也是位非常美丽的妈妈呢！"

"虽然赶不上女儿，我也不错！"叶妈也自赞一下。

母女两人相互欣赏不久，两顶青布小轿和两个骑马的卫兵，已在门前来请。当她母女走上街边，已有成群的街坊在围观。轿夫掀起轿杆，母女先后上轿，轿夫一声吆喝，双马两轿，便浩浩荡荡地从正街直奔南头的闹区。全街的人都伫立争睹芳容，对莹莹之美无不赞叹备至。

母女二人在"老正祥布匹杂货庄"前下轿。这是个有三间门面、两边有玻璃柜的大杂货铺。李会长和穿着紫袄红裙的夫人已在门前迎接。叶妈叫莹莹向李伯伯、李伯母道个"万福",便由李夫人导入店后正厅,穿厅到内宅。酒席便摆在内宅正中的"堂屋"。右侧厢房,则有一群打扮入时的中青年妇女正在竹战。她们见主客到了,乃停牌出迎。李伯母替莹莹首先介绍吕团长太太,那位三十来岁、镶着金牙、指夹香烟的妇人。她以惊愕的眼光注视着莹莹,莹莹则觉得这吕太太好俗气。

杨营长太太相当漂亮,却沉默寡言,看来二十来岁。朱、熊两夫人则都四十挂边,看来都是并无教育的家庭妇女,虽然一个个都全身罗绮,但都不太雅致。

李夫人在堂屋略献茶点之后,则恭请客人入席。先请年长的叶、熊两夫人上座。莹姑娘首席,吕娘子二席……李夫人则下座相陪。

一席山珍海味,自不待言。酒过三巡,大家乃开始抽香烟讲牌经。叶妈香烟早已戒绝,但当吕夫人递上"茄立克"时,叶妈也就破戒了。李会长夫人则抽水烟,全席只莹莹一人不抽烟,因而香烟缭绕中,偶尔用手帕掩嘴咳嗽。

"莹姑娘以后也学学抽'红锡包'和'茄立克',"吕团长夫人说,"不吸香烟,打麻将提不起神呢!"

"吕伯母,"莹莹恭敬地说,"我学不会。"

"哎哟,还叫我吕伯母!"吕夫人说,"以后你是我的上级呢!——现在就学着抽一支,以后我们好打麻将。"说着吕夫人就递过烟来。莹莹不敢接受。

"莹莹啊,学着抽抽嘛。"叶妈也鼓励着女儿。莹莹接了烟,放在桌上。坐在身边的杨太太为莹莹打了火,莹莹还是不抽。

"莹侄女还是个女学生嘛,"李伯母喷口水烟,说,"将来学会打麻将,自然就会抽烟的,不然怎能熬夜呢?"

第二十三章 也算"两头大"

朱夫人、熊夫人也都如此说。熊夫人并说现在"茄立克"虽然缺货，他们"缉私处"对"旅部"是按时供给的。莹姑娘将来不会少烟抽；她的"老熊"是最会服侍"上司"的。

大家在桌上讲牌经，讲得出神入化。

"莹姑娘不打牌呀？"朱夫人问一声。

"我家莹莹以前也会呢，"叶妈代答说，"以前我们在省府和督军娘子、省长夫人抹牌，我想歇歇手，莹莹就替我'代牌'呢。"

莹莹在一旁听着妈妈在公然撒谎，自己也不好辩驳。

李伯母乃说："那么你母女今天也抹几圈。"

莹莹力辞说："忘了，忘了。"

"以后我替你长牌，"朱夫人说，"你也替我家老朱，多在上司面前讲点好话。"

"那还要说嘛。"叶妈接着说。

她们一问一说，对答均十分自然，而莹莹却自觉在五里雾中；心中又不时想着阿七的安全，有时恍恍惚惚地答非所问，使众婆子对莹莹有莫测高深之感。这时宴会已毕，众牌友回到厢房，继续竹战。李夫人则单邀叶家母女，去"花厅"吃茶、谈心。当朱、熊二夫人走向牌桌之前，朱氏暗问熊氏对旅长的新"娘子"印象如何，熊皱皱眉头说："深奥得很！"

皮条的技巧

李家这座花园是新建的。阿七的师父陈三木匠，便是在这花园前厅"上梁"时摔死的。

这座花园在布局上原是主房向左的延伸。李会长的家，首进是铺面，二进是三间正厅。正厅之后是个四合院,但这四合院只有正房三间、厢房三间,成个曲尺形。另两边则是走廊。在左边走廊的正中央,有个"月洞门"。门上挂有一块全新的红板金字"拙园"二字的牌子,过此月洞门,便是"花园"了。

这花园上下也各有相对的厅房三间。上三间是装有槅门、挂着宫灯的花厅;下三间则是装着玻璃门窗的"洋房"。门窗上都挂有浅蓝纱布窗帘,看来颇为雅致——似乎是作为"客室"用的。两厅相对之间,则是个种有"松竹梅岁寒三友"的小花园。还有些盆景、假山、金鱼缸,亦颇不俗。这时红梅着蕊,已可微闻香味了。

李会长夫人乃导引她们叶家母女二人,穿过月洞门右转走入"花厅"。厅上八仙桌已放好八角螺钿嵌花果盒,和细瓷茶具。这花厅有个后门,当她们三个坐定之后,后门内忽然走出两个穿军服的年轻的"勤务兵"来沏茶、冲水、拨火盒,使室内温暖如春。

当李太太正在劝请客人嗑瓜子、喝茶之时,忽见下厅的玻璃门开了。首先走出的是李会长,他穿件淡灰绸羊皮袍,外加黑缎背心,背心口袋上拖着金表链;头上戴着珊瑚顶、黑绒瓜皮帽。他左手提着个银水烟壶,右手拿着一根微有烟火的"纸媒子",踏着黑丝绒的厚棉鞋,悠闲地走出来。

最使莹莹感到不寻常的,是跟在李会长之后的那个人——他是位军人。下腿套的黑皮长筒马靴,光彩逼人;靴底的银色马刺,发出耀眼的亮光。他穿了一身全新、笔挺的绿色华达呢军服,鲜明的"武装带"挂着嵌有银字"校长蒋中正赠"的佩剑,领章上那左右两颗金星尤其耀眼发光——莹莹一见便知道他是位"陆军少将"。

这少将看来三十六七,虽然面颊微黑,两目却炯炯有光,威武非凡,颇有一股英雄气概,使莹莹有敬畏之感——他那全新带钢马刺的长靴走在铺砖走廊上所发出的铮铮之声,尤其扣人心弦。

第二十三章　也算"两头大"

当他二人跨门槛走入厅堂时，叶家母女和李氏夫人都起立相迎。走在前面的李会长把左手提的银烟壶向这少将一挥，乃介绍说："这是罗荣国罗旅长，也是我西山东区保安绥靖司令，天字第一号大将军，我们最高领袖蒋委员长的得意门生。"

未等罗司令搭腔，李又用纸媒向莹莹指一指说："这是我干女儿莹莹——她爸以前也是在省府做官的。"

罗司令忙脱下白手套，微微一鞠躬，伸手和莹莹握手，并称呼："莹姑娘好！"

李又把烟壶一摆说："那是莹姑娘的母亲，叶老太太！"

罗司令乃脱下军帽，立正，作四十五度鞠躬礼，并叫声："伯母好！"

"不敢！不敢！"叶妈也连忙两手抱拳于腰侧，连声答礼，叫，"司令好！司令好！"

莹莹在一旁观看，妈今天打扮这么年轻，看来年龄与罗旅长不相上下，而罗旅长却谦虚地叫她"伯母"。

这时勤务兵又捧上茶来，李会长乃安排罗将军坐于莹莹之侧，二人隔茶几，好品茗闲话。

罗旅长虽是位军人，举止也还文雅，笑谈有节，不像个"老粗"。他和叶妈寒暄了几句，恭维了一阵已故的"叶省长"。叶妈也居之不疑，谈了些亡夫和当年督军、省长往还打牌等笑谈的往事。

"有这样的出身，"罗将军乃转身称赞莹莹说，"难怪莹姑娘有这样大家闺秀的风度！"说着他注意着莹莹，并为莹莹拣了些糖果。莹莹忙欠身道谢。

"我家莹莹，别的不谈，倒是知书识礼的。"叶妈也为自己女儿捧了个场。

"那我这丘八，认识了莹姑娘，真是高攀了。"旅长谦恭地说。

"我家的莹莹才是高攀了呢。"叶妈也客气地说。

"你们都不必客气了,"李会长吹燃了纸媒,吸了口烟,一面喷烟一面说,"你两人才是英雄美人,天生一对、地长一双呢!"

　　"大嫂,你看,"正在嗑瓜子的李会长夫人也插句嘴,并要叶妈向罗司令和莹莹一道看,赞赏着说,"两人不是天生一双吗?我们的干女儿,就是个一品夫人的样子,穿戴起凤冠霞帔来,那才好看呢!——干妈也好沾沾福气。"

　　"真有那一天,"叶妈说,"孝敬干爹干妈,那还用说吗?"

　　"什么真有那一天?"李会长接过来说,"我们司令,今天已是个司令啦。你看他一颗星,蒋委员长、李司令长官也不过三颗星嘛。"说着他又转过头来问莹莹,说:"莹莹乖,你说是不是?"

　　大家都看着莹莹,只见莹莹低着头,脸上一阵红、一阵白,讲不出话来,虽然她心里已经明白了李会长认她做"干女儿"是怎么回事。

也是由衷之言

　　当这一位主母、两位"红叶"正在为"莹姑娘"吹嘘不停之时,一位中年女佣走进来向李夫人说:"杨营长娘子的老太太也来'看牌'。"

　　"那我们三缺一,她来得正好,"李会长乃向叶妈说,"叶老太,我也来陪你抹几圈。"

　　李会长这句邀请,对叶妈真如响斯应。叶妈站起来了,李家夫妇也站起来了。这使莹莹有点发慌。

　　"妈,"莹莹也站起来,拉着妈的袖子,轻声地说,"妈,你不要去打牌。"

　　叶妈原是牌场老手,自从老伴弃养之后,已大半年未碰麻将了,如今闻鼙鼓、思将帅,早已等不及了。乃按灭了手中的"茄立克",也

第二十三章 也算"两头大"

向莹莹轻声地说:"莹儿,你乖。妈只去抹两圈,你陪司令谈谈心……"说着她就被李会长娘子牵着走出去了。

"司令,"李会长向罗说,"你陪着莹姑娘嗑瓜子,晚上再陪你喝酒。"说着李会长反手关了门,三人便走向月洞门去了。

莹莹低着头,心里跳得慌,进退维谷,不知怎样应付这场面。

"莹姑娘,天气很冷呀。"罗司令说着便拉了两张矮木椅靠近火盆,请莹莹坐下,莹莹不敢就座,还是站着。罗又把茶壶茶杯取来放在火盆边上,又自果盒中取出两小盆果点和瓜子放在盆边,然后扶着莹莹要她坐下。

罗的举止那样文雅,倒像个情人,不像个丘八。这时罗又卸下了武装带,并把那闪闪发光的佩剑上"校长蒋中正赠"几个字,指给莹莹看说:"这是委员长亲自'授剑',授给我的。"

"……"莹莹看了看佩剑,只觉得脸上发烧,讲不出话来。

罗乃自刀鞘内抽出闪闪发光的匕首,把武装袋放在茶几之上,自己拿着剑坐在莹莹的身边,温顺地把剑上的铭文指给莹莹看。那是"成仁取义"四个字。罗把剑递给莹莹看,莹莹也接过来,真的看了一下,又脉脉地还给罗。

"你知道这'成仁取义'四个字的用意吗?"罗很轻松文雅地问莹莹。

"不知道。"莹莹这时心跳已缓,才低着头答一句。

"委员长说,我们中国人只有'断头将军',没有'降将军'。我们打仗和敌人拼命,如果重伤不死,敌人来了,我们就拔剑自杀,绝不被俘!"

"……真的!"莹莹低着头答一句。

"这次在上海战场,我身受重伤,敌人在冲锋,逼近了,我已把剑拔出了,后来敌人被打退,担架兵才把我抢下——我几乎做了剑下之鬼呢。"罗说。

"司令,您还在上海战场受过伤?"莹莹这时心里已渐恢复平和,因此好奇地问一声。

"我受重伤,身被八创呢!"罗说,"敌人的炮火太猛烈了——九死一生。"

罗少将说着,并替莹莹换杯热茶,又取些核桃仁云片糕给莹莹,劝莹莹吃下,莹莹也喝了吃了,并觉得这位将军十分温存,心里也不太紧张了。

"上海之战,实在太激烈了呀,"罗感叹地说,"我今天活着,岂止'九死一生',简直是'百死一生'。这颗金星是血换来的呢。"罗指一指他领上那颗足令莹莹崇拜的金星。

"罗少将,"莹莹说,"您是民族英雄呢。"

"姑娘,"罗又感叹地说,"我哪够资格!死掉的同志们、战友们,才配称作民族英雄呢。"

"你们旅里一定死伤很重。"莹莹说。

"旅长阵亡啦,"罗说,"三位团长也都阵亡啦。"

"少将,您不是旅长吗?"

"我那时是少校营长。"

"啊……"莹莹感觉有点惊异。

"我那一营打完啦,"罗说,"三个连长,九个排长,都死啦——全营连我自己只剩下几个人——百死一生、千死一生啦。"

"罗少将,您真是民族英雄,我们应当向您致敬。"莹莹这时想起她在女高师时,向沪战退下伤兵献旗致敬的往事。

"莹姑娘,我哪里敢当!——那些躺在血泊里的战友,才是民族英雄……"

罗少将觉得这位美女,对上海之战有兴趣,乃讲了些上海战场的故事——他在血战中身被八创,全旅的官长士兵,几乎死尽了。后来全军退下"整补",他这位"千死一生"、硕果仅存的"少校营长"乃被"连

第二十三章　也算"两头大"

升三级",补了旅长遗缺;带了数千新兵,退入这西山区来"整训"。这地区原是"红军老巢",江湖帮会股匪也不少,地方不靖,所以当地游击队、保安队,也都受他节制,所以他在"旅长"头衔之外,还兼个"绥靖司令"。

罗所说的战场上的故事,显然都是真实的。他的为人看来也极其诚恳善良——使莹莹心中有无限敬慕之感——一再说他是"民族英雄",有时且为罗的故事感动得擦眼泪。她认为罗是位诚实勇敢的军官,不是个油腔滑调之人。

罗也问了些莹莹的家庭背景,莹莹也据实以对,说她死去的爸爸只是省府中一个"委任"小职员,并不是什么"高官"。

"英雄不论出身低嘛。"罗也说出他自己原只是湖南乡间的一个"放牛的",十六岁才勉强从小学毕业。原和家中一位比他大三岁的童养媳结了婚。后来他进了"学兵营",被保送进"黄埔",想不到二十年后倒做了"少将司令"。

至于他乡下那房妻子,罗说:"她是位完全乡下下田的妇女,实在带不出来——有什么办法呢?只好让她在乡下委屈点了。"

莹莹知道"乡下妇女"也很多,也觉得她们随军作"司令夫人",有点不调和;因此内心对罗少将所说的实在话,也有同情之感,虽然嘴里只是对那位"乡下夫人",不断地表示同情。

"我们打仗的,今天不死明天死,"罗说,"打死了,我们军委会对'遗属'都很好,死也可瞑目;不死嘛,自己有一番事业,总也得有个像样的贤内助——我们总理、领袖,和战区李长官,家中不是都有乡下太太,但是帮助他们主持内外的蒋夫人、孙夫人、郭夫人不都是很好吗?我们南方人叫'平头',北方人叫'两头大',都是夫人和太太……"

罗氏娓娓说来,莹莹不知如何搭腔,脸上一阵红一阵白,但觉得罗说的确是由衷之言。偶向罗氏瞟一两眼,也觉他五官端正,态度随和,并不讨厌,而且可爱——自己也就心平气和多了。在罗君劝慰之下,她也认真吃了些糖果、嗑了些瓜子。罗君为她嗑出去壳的瓜子，递给她，她也就吃了。

罗娓娓而谈，莹莹谈得不多，但是二人倒处得很投契。

"也算是自由恋爱"

莹莹和罗少将在李会长的"拙园"之内，长谈了一个多小时，谈得很是投契——这还是她第一次和一个成熟的男人私下谈心呢。她觉得他二人可谈之处甚多，相形之下，阿七哥毕竟是个不识之无的乡下孩子，二人伏窗细语终宵，始终无法心心相印。对阿七来说那只是于半夜之间，"南天门"大开，忽然下来一个九天仙女。莹莹虽小七哥两岁，她则始终觉得七哥是个尚未成熟的小弟弟。带她玩耍玩耍则可，实在没什么可谈的；不像今次和罗少将之谈，可以丝丝入扣，感觉很轻松、很自然，自觉像个小妹妹——虽然她知道罗少将可以做她的爸爸。

二人渐次熟悉了，当他们再次谈到"上海战场"时，罗建议莹莹和他一同到"下厅"，看看照片、锦旗等纪念品，莹莹也欣然同意。罗乃牵了莹莹的手，一同走到他的宽敞而精致的卧室。珠纱圆顶蚊帐之前的衣架上，勤务兵已把罗旅长卸下的佩剑、武装带、左轮手枪等，挂在那儿。衣架顶上，则挂着一顶军帽，这时莹莹才发现，罗少将是个光头，那个当时男孩子所最要反抗的"蒋委员长头"。她愕然之余，看了罗的光头微笑一下，觉得光头也很英武。这时罗也看出了，乃摸摸自己的头自嘲一下说："当军人就是这个和尚头最难看！"说着他大声地笑了。

"不难看，不难看！"莹莹也笑出声来，说，"很英武！很英武！"

"刺手呢，"罗笑着说，"你摸摸看！"

莹莹不好意思伸手，罗乃把她右手捉上去，摸了摸自己的光头，

第二十三章　也算"两头大"

莹莹果然觉得好毛糙。

"我一再以为'和尚头'很光滑呢。"莹莹又笑出声来。

"和尚头光滑？"罗大声笑出来，说，"阿Q摸的小尼姑头，也不光滑呢！"

莹莹被他逗笑了，同时也觉得这个军人并不是个大"老粗"——他还读过《阿Q正传》呢。

罗这时又翻出几枚金光闪闪的勋章，和颁发勋章的奖词——是蒋委员长颁发的，夸其英勇的"战功"，真是货真价实的"民族英雄"。

莹莹又随手翻阅了罗的"抗敌纪念册"。那一厚本绸面金装的纪念册，是"上海各界联合劳军团"敬赠的。莹莹看首页那位少校青年军官已觉其英武，后又看到他在战场上的照片。最引莹莹注目而自觉渺小和土气的，则是那几张罗少校重伤后躺在医院病床，床前围绕着一大群美丽的电影明星和护士的照片。各位美女皆在笑，只有这位伤兵罗少校，面色惨然。

"这么多美女来慰劳你呀！"莹莹发出感叹。

"她们都抵不上你。"罗紧握着莹莹的手，诚恳地说。

"……"莹莹尴尬了一下，才红了脸说，"我哪里赶得上她们……"

"你看，我那时好惨，"罗说，"身被八创呢！"

"有八处受了伤呀？"莹莹天真地问。

"算是'特级重伤'，在战场上昏迷呢！"罗说，"我在最前线嘛。"

"那你昏迷了，怎样退下来的呢？"

"你认识那个杨营长太太吗？"罗问。

"认识。"莹莹点点头。

"她丈夫那时是我营里的一个排长，"罗说，"他也受了轻伤，把我背下来的。"

"那你们真是生死之交！"莹莹感叹一下。

"杨是行伍出身嘛，不识字，"罗说，"后来我逾格保他做'特务营营长'，人很粗，但对我很忠——你以后可以指挥他。"

罗这句话，如画龙点睛，使莹莹泛出满脸红潮，低头说不出话来，也不敢像以前那样向罗直视说笑——女学生的天真活泼一时顿失。罗也觉出这女孩子这一害羞场面；他拉紧莹莹的手，安慰她说："我是百战余生，身负重创。将来我们结婚了，你可看到我接骨开刀的伤痕。"

罗这句更明朗的话，益发使莹莹满脸绯红，咬着自己指甲，低头一语不发。

"承李会长夫妇好意，又承你母亲高看，"罗诚恳而低声地说，"把你许配给我，将来我的抗日报国，都是为你死，为你活……"

"……"莹莹心跳得慌，一言未发。但罗把她拉近靠在自己胸上，莹莹也未拒绝，只是气喘得厉害，几乎不能支持。

"我们虽有三媒六证，父母之言，"罗说，"也不能完全说是'旧式婚姻'……"

"……"莹莹靠在他身上，仍是一言不发。

"莹莹啊！"罗又笑着说，"我们也算是自由恋爱嘛。"

"……"莹莹直是喘气，还是一言不发。

罗为解除这尴尬场面，乃把手松开，低头温存地问莹莹说："你认识熊副官太太吗？"

"……"莹莹未回答，但点点头。

"熊副官年龄比我大，辈分上是我表侄，"罗说，"他夫妻俩都很能干，以后我叫他俩服侍你。"

"……"莹莹还是一言不发。

"初谈恋爱的少女，都是害臊的，以后我们熟了就好了。"莹莹还是未答。

"我们看看他们打牌去吧！"罗建议之后，未得莹莹回答，便牵着莹莹的手，开门走向月洞门，到厢房"看牌"去。

第二十三章 也算"两头大"

"罗司令的三姨太"

当他二人携手走入叶妈正在热战的那个牌场，只见烟雾弥漫。叶妈手持一支茄立克，正在聚精会神地自摸其"清一色"；面前桌面堆了大堆红、蓝、黄三色骨签筹码。她对面的朱太太则门前空空。朱太太一见旅长和莹姑娘来了，乃含笑向莹莹说："今天三归一，给叶老太一人独赢了。"

此时叶妈才发现女儿和少将站在身后，喷口烟向罗说："司令，今天托你的福，手气特别好！你看。"说着她把筹码一推！

"妈呀，"莹莹笑着向妈身上一爬，说，"人家让你的呢。"

"她们让我？"叶妈说，"赌场之上，六亲不认，你看——"说着她把手中的"二条"向莹莹一现，说，"她们就扣着不打——哼，我就要'自摸'！"

把"二条"放在桌上，叶妈眼观全场，用手指拼命摸着牌面。莹莹和罗少将也在背后，替她紧张。

全桌聚精会神，又摸了两圈。罗忽向莹莹说："你替妈摸一张！"

叶妈歪过身体，让女儿自身后去摸牌，莹莹摸着牌，忽然神色灿然，笑着向妈说："我真摸到了呢！"因为"二条"只是一杠杠，最好摸，一触便知，莹莹把牌一翻，果然是张"二条"，叶妈大叫一声："哎哟！"乃把牌一推，乐不可支，大笑说："你们扣吧！哈……哈……清一色、老少铺、对对和、二将……哈……哈……你们替我算吧——满贯加翻！"

"妈妈手气好！妈妈手气好！"罗司令也在后方打气加油。

"妈妈手气好？"上家熊夫人把牌一推说，"我有两张'二条'，还是教她自摸了。人家有喜气嘛！说什么？"

当大家哄哄然替叶妈算牌账时，莹莹伏在妈耳边，轻轻耳语说，家中可能有客人要取衣服，不要再打下去了。

"乖，"叶妈说，"妈今天手气好，不能停，你就先回去一下吧。"

罗司令闻言，忙说："莹姑娘吃过晚饭，再回去吧。"

"吃晚饭？"叶妈说，"输家怕不干，赢家怕吃饭——我今晚才不吃晚饭呢！——莹莹，乖，今天你先回去——"说着她收了三家双倍自摸筹码，又燃了一支烟、喝口茶，双手合起牌来了，哪还顾得了女儿!?

莹莹坚持要回家，罗司令强留不得，乃招呼叫熊副官，才知道熊一早便到叶家去了，尚未回来。另外两个低级副官处职员答话，说轿夫和卫士早在等着呢。罗司令乃亲送莹姑娘上轿。莹莹去向李伯伯、李伯母道辞时，他二人也停牌赶出来送行。

店前轿马齐备，看热闹的人也不少，无不称赞叶姑娘漂亮——当轿子穿过大街时，人声嘈杂，在众人问答声中，莹莹也听出，很多人都在说，轿里坐的是"罗司令新娶的三姨太"。

第二十四章

小鬼难缠

副官的功用

莹莹提早回家，本是怕有客人晚间要来收、送衣服的。谁知她一下轿，却看到门前堆了一些杂物，成堆成堆的。莹莹一看便知连自己的床也被拆了，木板、帐、被堆成一团，不免为之一惊。她刚要进门时，忽见一个挂少校领章，未戴帽、头脸成个三角形的军人，赶来扶她下轿。莹莹看这人面貌好熟——原来他也是曾来送洗过衣服的客人。这军官对莹莹很恭敬。

"莹姑娘今天辛苦了，我是熊正宜熊副官，旅长派我来服侍小姐的。"自我介绍之后，熊副官把莹姑娘搀入内室。

莹莹一进室内，不免愣住了——这哪里是自己的家呢？妈的板床不见了，换了个半新的黑漆架子床，和全新的洋布蚊帐。四壁土墙也重新粉刷了。爸的遗像也装好镜框，挂在原处。像下面则放着一张两头上卷的长方供桌，桌上香烛齐备。土灶头也不见了，而门外却恭敬地站着一位佣妇。

"进来嘛，小姐回来了。"佣妇进来了，熊又介绍她叫沈嫂，是他专门雇来侍候小姐的。

一切布置停当，熊副官说，晚饭由附近馆子送来。并告诉沈嫂好好服侍小姐，让小姐好好休息，天晚了，他自己明天再来。熊副官向莹姑娘敬个礼，莹莹也鞠躬谢了他。熊副官便领了几个勤务兵离去了。

"小姐要喝杯茶，洗把脸吗？"沈嫂恭顺地问一声。

"不用了，沈嫂，"莹莹说，"你请坐，我们好谈谈。"沈嫂不敢坐。莹莹勉强她，她才取了个竹凳坐在床边，莹莹则坐在床沿之上。二人问答了很久，莹莹才弄个半明半白。

原来沈嫂也是个难民，住在难民营内。熊副官要在难民妇女中选一个有"服侍小姐、太太经验的女佣"；选了几天才选上她，因为她曾在上海帮过工，服侍过小姐、太太，后又在镇江一个官府家中做过几年，经验丰富。现在熊安排她在隔壁住宿，白天便过来服侍叶老太太和叶小姐。

至于这两间屋怎能装修得这样快呢，据沈嫂说，他们一行十几个男女一早便来了。等到老太太和小姐上轿离开了，熊副官便叫他们立刻动手装修。忙了一天,熊副官坐着监工,大家片刻不敢停,像救火一样呢。

莹莹不免又关心起她母女所收洗的脏衣服来。

"熊副官全给送到隔壁去了。"沈嫂说明了处理方法，才使莹莹松了一口气。

"昨格手气好哎！"

莹莹上下左右看了半天，心中拿不定主意，沈嫂也在一旁呆站着。"沈嫂呀，你到前房休息休息去，"莹莹说，"我想睡睡。"

沈嫂闻言，立刻过来把一床全张有绣花被面的丝棉被铺好，帮姑

第二十四章 小鬼难缠

娘宽衣解带睡了下去。随后又自梳妆台上热水瓶里,倒了热水,为小姐扭把热毛巾,让姑娘拭了面。又冲好一杯细茶,让姑娘喝了,才拉下挂灯,扭小了亮光,然后悄悄离去。

莹莹躺在床上,回想一天奇异的遭遇,翻来覆去,五心烦躁,自觉命运全是别人安排的,毫无自主可言——想想五千年来的中国妇女,不都是如此吗?嫁鸡随鸡,嫁狗随狗,还有什么可以选择的呢?而自己的命运,想做个小学教员的老婆而不可得,到头来却做了个"罗司令的三姨太"!但是想想当今有名的夫人们,哪个不是如此呢?……

莹莹正在前思后想,忽听门呀然一响,原来是沈嫂悄悄走进来,说馆子送来了酒菜。莹莹本不想吃,但在沈嫂劝慰之下,由沈嫂扶坐床上,由她用木盘拣来些酒菜,坐在床上吃了,觉得有点头晕,便昏昏然躺下了。

莹莹在昏昏之间似乎那小童军来了,要拉她去做"小学教员";一会儿七哥也来道喜,贺妹妹做了"旅长娘子"。她又不忍七哥受委屈,偷偷拉着七哥的手,忽然被罗司令看到了,莹莹脸一红,身子也颤抖起来,原来发现自己睡在床上,只见床在打转。莹莹想坐起来,忽然头一晕,便又自我摔回枕上,床转得更厉害,头也发烧——莹莹发现自己感冒了。她在枕上闭起眼睛,似乎睡在渡船之上,时昏时醒——梦中总离不开三个人,有时打骂、吵架、撕她衣服,有时妈也在一旁嬉笑哭闹……总之做了一夜的噩梦。

最后听到街上人声、妈的鼾声,发现沈嫂悄悄站在帐外床前,才知道天亮了,然而头仍晕得厉害,身上也有冷汗。

莹莹知道自己是病了,幸好沈嫂是服侍太太小姐有经验的女佣,饮茶、喝水、洗脸、刷牙、喂稀饭,真是无微不至,莹莹虽庆幸有这样好的沈嫂侍候汤药,但是一夜噩梦,使她心病加深,靠在床上,如痴如梦,自己亦不知所以然。

天大亮了,叶妈叫沈嫂服侍,在沈嫂替老太梳头时,才有工夫告诉她"小姐在发烧"。

"发烧？"老太说，"想是高兴了、累了，又着了点凉。"梳头之后，叶妈取出些"藿香正气丸"，叫沈嫂服侍小姐吃。

"莹儿，乖，"妈走进内室，看了看脸上烧红的女儿说，"我昨格手气好哎！三归一，捋了她们一百多块。"

"妈，"莹莹声音极其微弱地说，"你哪里来本钱打这么大的牌呢？"

"啊，最初你李干妈要我代牌，说输了是她的，赢下是我的——我一代到底，通吃！"

这时沈嫂来报告，外边来了轿子。叶妈匆忙向莹莹说："今天本钱大，再捞她们一把。"莹莹尚未来得及答话，叶妈便出门上轿走了。

矛盾的金三角

叶妈走后不久，熊副官就来了。两位小木匠也预备来修窗户。熊了解了情况，便把木匠送回去了；也停止了"藿香正气丸"，他自己骑了马到军医处去找医生，并要给莹姑娘挂一架军用电话。

熊去后不久，就来了一位医官。医官诊断有"伤寒"可能。莹莹得病的消息就传开了。时未到中午，便听到室外一阵马蹄声，接着便看见罗司令穿着军便服走了进来。身后跟着熊副官，但熊没有跟进内室。沈嫂捧上细茶退出后，熊副官便带关了门。

罗司令十分温存，用自己额角贴在莹莹的额角上，知道莹莹的热度不低。他握住莹莹的手，要她安心养息，英雄形态、儿女柔肠，使莹莹为之感动泣下。罗司令更觉心疼不已，乃招呼熊副官通知"通讯连"，立刻为莹姑娘装个电话，好让莹姑娘随时给他打电话。

"莹莹啊，"罗司令亲切地叫着，并低声说，"熊副官正在替我们装

第二十四章　小鬼难缠

修房子，房子弄好了，我们结婚搬进去，一切就方便多了。"

"……"莹莹未搭腔，只听门外罗旅长的卫兵们，正在大声驱散看热闹的人群。

"莹莹啊,好好休息，"罗说着又用额角试试莹莹额上的温度,又说,"你的烧不轻呢。宝贝，你好好休息，我去了。"说着他便站起来转身出去了。

莹莹看他英武的背影，想想他关心的声调，远比妈还亲切；口不能言，莹莹心中真不忍看他离去，乃转身向床里，偷偷用毛巾擦去了眼泪。

罗旅长离去不久,李干爹和干娘也来了。干娘并带来煮好的"参汤"，亲自喂莹莹喝下；并报告一个好消息——叶妈今日又有全胜之局。

干爹、干娘去后，熊副官娘子也来了，并带来"小米稀饭"等食品，亲自服侍莹莹吃下，莹莹这时烧已减退，精神也好多了。熊太太坐在她床边，一面吸烟，一面陪上司的未来夫人聊天。

熊太太说，老熊是旅长的表侄，是表叔从家乡特地找来的"最最贴心的私人"。特务营杨营长只是因在战场上救过司令，司令才超升他。其实杨一字不识，大老粗尽做些"歪事"。熊夫人并举个例子，司令最近曾叫老杨兼做"缉私队长"，他在江上抓到一船鸦片烟。老杨未报告司令，便把鸦片堆在江边，没收了船做渡船——并把那鸦片贩子也枪毙了。

"你看这人粗不粗？"熊夫人说,"那堆鸦片被人偷了好一半,才给老熊知道了。老熊把货运回来，交李元忠去卖——卖出的钱可以发全营兵饷还不止。你看老杨糊不糊涂!?鸦片烟是'乌金'嘛！"

熊太太这番话，把个"高师二女学生"、"抗敌后援会宣传员"的叶维莹说得目瞪口呆，震惊不已。一支堂堂的抗日军队怎能私贩鸦片呢？惊悸之余，莹莹才问一句："李元忠是谁？"

"你的干爹李会长嘛！你怎么连名字都不知道？"熊太太有点诧异。

"这些钱后来哪里去了呢？"莹莹又问一句。

"老熊保存给表叔司令嘛！不然这铜床哪里来钱买？"

"这事罗旅长知不知道呢？"

"用不着详细报告他嘛，"熊太太说，"反正是替他做事、替他找钱就是了。不然做大官的用私人干嘛呢？"

"做这种事，怎能不报告旅长呢？"莹莹倒说着有点认真。

"司令本人倒不大在乎，反正向副官处要钱有钱、要做事就照做就是了。司令本来不管小事的。"熊太太说。

"但是贩鸦片、贩毒走私，不是什么小事呢！"莹莹正经地向熊太太说。

"老熊以后一分钱一分钱,都得向你报告嘛。"熊太太说得有点紧张。

"我不是这个意思，我只觉得抗日军人……"莹莹的话尚未说完，熊太太便紧张地接下去说："莹姑娘你是读书识字的女学生，我担保老熊以后把所有账目都按时向你报告。"

"我不是这个意思呢。"莹莹抱歉地自愧失言。

"我知道姑娘不是这个意思，"熊太太也抱歉地解释说，"但是做下属的总不能蒙蔽长官——账目总应报告清楚。"

莹莹毕竟是聪明人，她知道熊太太和她这位"女学生"不是一类的人，误会可能愈解释愈深，她乃想换个话题。

"熊夫人呀，"莹莹问她，"你们家里有几位公子呀？"

"莹姑娘，老熊本来是不该嘛，"熊太太更恐慌地说，"他不应该把我们的两个儿子都放在副官处当差。"

莹莹听了这话心中自觉弄巧成拙，但又自恨无急智解此僵局；愣了半晌才说："我还不知道你有两位公子呢。跟爸爸一起做事不是很好吗？"

"莹姑娘不能听朱太太的话哎，"熊太太又解释一句，"那船鸦片，老熊委实不知道是'军需处'的货。朱军需因为未向旅长报告，旅长不知情。杨营长又是个老粗，他也未报告旅长，就把朱军需的人给枪毙了。卖鸦片的钱，老熊又替司令花掉。后来弄清了，又没钱还朱军需，

第二十四章　小鬼难缠

弄得朱处长'哑子吃黄连，有苦说不出'。老熊一直心里好难过，将来人是不能再活了，但是鸦片钱总得还给老朱，来日方长嘛，还要请姑娘在旅长面前关说关说——表叔表婶和自家长辈原是一样。何况又是上司呢！……"

熊太太一番解释误会的误会，使莹莹听了不禁不寒而栗，想不到这位"千死一生"的民族英雄的周围，还有这样一个矛盾的金三角！

"大喜近了，怎么病了呢？"

当熊太太还在解释"老熊"的"难处"，莹姑娘也想解释一下她还没同朱太太说过话时，沈嫂忽然进来说："朱军需和太太来了。"熊太太忙伸头向莹莹低语说："别把我的话告诉他们！"莹莹也点点头。这时朱氏夫妇已进来了。莹莹想坐起来迎接，却被朱夫人伸手压住了，并向正拟离去的熊太太说："再坐一会儿嘛。"

"你们坐，"熊太太说，"我来了好久了。"讲着她就出门去了。朱太太则在她的原位坐下来，朱军需则站着。朱军需是个大胖子，看来五十挂边。沈嫂递上茶，又搬来竹凳，但朱胖子没有坐下。

"心肝，大喜近了，怎么病了呢？"朱太太亲切地摸摸莹莹的额角，又说："呀，还有点烧呢！小心点儿！"

"我们的军医，医道甚好，这点伤风，不算什么，养息养息就好了。"朱军需手提着盖碗茶，也安慰一句。

"谢谢朱伯伯、朱伯母！"莹莹沙哑地感谢一句。

"我老伴会帮你调养调养，我叫她天天来看你——好好养息，我先走一步了。"朱军需把茶盅还给沈嫂，便离去了。莹莹又要坐起，再度被朱太太压下去。

"刚来的熊婆娘和姑娘谈得很久啊!"朱太太笑着问,"谈些什么呀?他们一张床上,睡不倒两样人,两个都本事通天呢。"

"熊太太是很能干。"莹莹说。

"能干的人,不能嘴向外长着嘛,专门吃人家的。"朱太太说。

莹莹听朱太太话中有刺,不好插嘴,想调解一下,乃说:"熊太太看来倒很善良。"

"善良?!"朱太太喷口烟把头一摇,说着有浓厚川鄂口音的话道,"他夫妻连旅长都吃掉了,别以为你们是亲戚。"

"……"莹莹被弄得十分尴尬,不知怎样回答才好。

"莹姑娘,你知道我家老头子,和你们旅长也有十多年交情呀!"朱太太郑重地说。莹莹也只好恭听,未便回腔,也不知如何回答。

朱太太又说:"我们处长也是'军需学堂'毕业的。他搞后勤,不上前线,升官慢了点——但是没有后勤,前方也不能打仗呀!"

"当然嘛,"莹莹半天才答了一句说,"后勤跟打仗一样重要。"

"你知道你们的副官熊楚材,军帽都不会戴,原来是个开米行的嘛,怎能一跳就做少校呢?做少校还要欺侮上司,就不对了嘛。"朱太太说得有点生气。

"……"莹莹觉得头很晕,没有搭腔,只是勉强撑持着听朱太太训话。

"莹姑娘,我们处长和你们旅长原是老朋友、老同事,你以后不能专帮亲戚,不顾朋友呢!"朱太太性情直爽,大声说着,旁若无人。

"……怎么会呢!朱伯母!"莹莹红着脸,勉强说了一句。

"你好好调养一下吧,这是一支上等'高丽参'。"说着朱太太取出一个有玻璃面的长盒子,递到莹莹手上,莹莹不敢收。朱太太又自衣袋内取出一只玉手镯,给莹莹戴在手腕上,说:"这玉镯可以调和血气,再吃些人参,病就好了唉。我走了!"未等及莹莹道谢,朱太太便站起来,头也不回地走出门去了。

第二十四章　小鬼难缠

杨玉环的妹妹

莹姑娘生的虽然不过是点伤风，却是梅溪镇上的大新闻，尤其是权力中心"绥靖司令部"内的头件大事。前来探病问安的人川流不息。不到几天，弄得两间小屋之内堆的全是礼物。叶妈连日出征，手气又好，乐不可支。

三五天之后莹姑娘虽已完全康复，但是访客不断，使她只好继续装病，偶尔电话铃响，她也只好故作沙哑声，答复司令的询问。有时罗旅长来访，她也只有加重装病。叶妈知道莹莹已完全好了，但她勉强莹莹继续睡在床上，自己不断竹战之外，则找熊副官看正在修缮的"司令公馆"，等候女儿出嫁，自己也好跟着去。

莹莹在床上久睡无聊，她最喜欢的访客便是杨营长的夫人金环了。有时金环不来，莹莹则教沈嫂打电话去找她。

金环原另有姓名，但她不愿说出。"金环"之名是杨营长在妓院里替她取的，因为老杨知道古代有个美女叫"杨玉环"。

金环原也是个难民，与妈妈和一弟两妹住在"难民营"里，她们也是因为爸爸病死，一家无靠，她才被梅溪镇内有名的"黄牙老宝"，以八百元买去的。金环对莹莹亦从不讳言。

"你为什么甘心去做妓女呢？"莹莹在初见面时曾问过她。

金环说，她妈没有告诉她是卖女为娼，只说有个官家要雇个佣人。她下了轿之后，就被她后来才知道名字的"黄牙老宝"拉到一间浴室洗个澡，换了一身白纺绸衫裤，涂了香粉胭脂，打扮了一番，便被关在一间卧室里。室内有张床，她便躺在床上，不知身在何处，只听到前屋有些人在猜拳行令，正在吃酒席、打麻将。时近午夜，她已有点睡意时，忽然门开了，只见"黄牙老宝"扶了一个醉醺醺的男人进来。"老宝"替他脱得精光。金环正为此吓得发抖之时，"老宝"走到床边说："你好好服侍贵客啊！"乃动手把金环也脱得精光。金环不敢抵抗，直是发抖。"老宝"把那男人扶上床，放下帐子，关了门，就出去了。

金环光着身子，蜷伏在床角，只敢哭不敢叫，那醉汉一声不响，便把金环拖过来，自己爬到金环身上，行动起来。

"我痛得要死，被他压着，叫又叫不出来。"金环向莹姑娘回叙那可怖的一晚，仍然泪直是流。

"他在强奸你，是不是？"莹莹气愤着说。

"后来他不动了，我以为他死了，"金环说，"原来他已经睡着了。"

金环说她那晚怕得要死，她把那醉汉从身上推下，爬下床想逃出去，但发现门是锁着的。金环守到天大亮了，"老宝"才开了门进来，另给金环一套竹布褂裤穿了，把那套带血的绸衣取走。她把金环带入另一间房间，那儿有点茶水稀饭叫她吃。金环被"老宝"带出时，回看那醉汉还是赤身露体，呼呼大睡——后来才知道那混账是个"盐卡子"里的一个什么"队长"。

"这醉汉就是占有你'初夜权'的人，是不是？"莹莹低声问金环。

"那盐卡子是我一生最恨的人，"金环咬牙切齿地说，"比恨'黄牙老宝'还要恨得多。"

莹莹要金环说说那"黄牙老宝"的样儿。金环说了，居然就是莹莹自己在门缝里曾经看到的，和妈妈一道嗑瓜子的那个黄牙齿的妓院老鸨母。想想不觉一身冷汗，她自己也险些被妈用两千元高价——但是扣了老鸨所说的"杂费"，她比金环只多八百块——就卖给"黄牙老宝"了。

莹莹自幸之余，又问金环怎样嫁给杨营长的。

"老杨人很粗，常常打我，但他为人很厚道。"金环说。

"他常常打你！"莹莹问。

"罚跪了，常常打得我走路都困难。"

"有这种事？"莹莹诧异地再问下去。

第二十四章 小鬼难缠

金环说她深爱老杨,她可以为他殉节、为他死。杨是老粗,没坏心肠,打人只是他脾气不好。"他不像朱处长和熊副官,"金环低声说,"那么坏心眼。"

莹莹又问她怎样嫁给杨营长的,金环说她被那盐卡子强奸之后,因为她是新来的,也读过小学,"老宝"就宣传她是个"干净的女学生、原装货——要两百元'开苞费'"。

莹莹说:"你不是早已被强奸过了吗?"金环说"老宝"会"做假"。她用鸡胆装鸡血塞进去;并训练她在"接客"时,故作忸怩、故作痛苦。但她第二次"接客"时,那客人是个"老手",酒也喝得不够,最主要的还是金环不会装腔作假,被那客人发现了,把鸡胆取出,罚令金环吞下去,金环不肯,被那客人打得半死。莹莹说,那"老宝"不也有麻烦吗?

"'老宝'后台也硬呢!"金环脸色沉重地说,"那客人最后还是出了一半。"

"杨营长是什么时候认得你的呢?"莹莹再问。

"老杨是我第三个客人。"金环说,老杨原想讨个老婆,他要"老宝"在她选的难民中代找一个体面的姑娘。"老宝"就介绍了金环,索身价一千元,并叫金环照原样再做一次假。金环怕再挨一次毒打,有点踌躇。"老宝"说:"你如怕客人打,那我就先打了再说。"说着她咬着牙,提着毛竹片,就要开始打了。金环求饶答应了。"老宝"乃安慰她说,这客人是位老粗,喝了酒就一切都不知道了。

那晚金环战战兢兢地陪老杨上床。老杨酒喝得并不多,金环虽也装腔作势,还是被老杨发现了。当老杨还在半信半疑之时,金环向他哭跪于地,把故事和盘托出。

金环哭成个泪人儿,凄惨无比。老杨人虽粗,心肠软,听了金环的故事,也眼泪兮兮地大受感动。

他把她从地上抱起来,拥在怀内,说:"你本是良家妇女,被迫为娼,我就娶你吧。"

"那晚倒真是我们俩人的'洞房花烛夜'呢。"金环说着又破涕为笑。

电话不是好东西

在莹莹生病时的众多访客中,莹莹最喜欢的是金环。因为二人年龄相仿,而金环又是个老实人,讲的句句都是真话。金环是北方人,身材较高,婚后又学会抽烟打牌,所以看来比莹莹年长。其实后来一细算,莹莹还比她大几个月呢。二人厮混熟了,就以姐妹相称——金环叫莹莹为"莹姐",莹莹则昵称她为"小环"。小环因为是"营长娘子",已经呼奴使婢惯了,平时进进出出,甚至招摇过市,市民也视为当然;而莹莹这个"未过门"的"三姨太",又是市上众目睽睽的新闻人物,不愿在街上抛头露面,所以只好终日躺在床上装病,看点已看过三五遍的小说。小说看腻了,就想找小环谈心。有时小环不来了,二人就通电话,一谈便是一两个小时。

她二人所通的三十年代军用电话,是"手摇式"的。电话号码是以铃声的长、短和多寡为定。例如要打到旅长室,则"摇"出个"一长一短"的铃声;副官处则是一长二短;军需处,一长三短;特务营,一短一长;缉私处,两短一长;莹姑娘专线,三短一长;旅部"通电",三长。

至于向各团和独立营、连通话,则先摇四长,叫接线生接"支线"。

莹莹和金环都未用过私用电话,对电话通讯性质也一无所知。金环和杨营长的床头有一架电话,她只知道要找莹姐聊天,摇它个"三短一长",那边便是莹莹接话了。

熊副官最初告诉莹莹的"电话使用法",只是摇它个"一长一短"——

第二十四章　小鬼难缠

莹莹却一次未摇过；倒是后来金环告诉她摇"一短一长"，便可和小环谈心了。

莹莹和金环都觉得"电话"这玩意儿很新奇，也很方便。她二人都躺在床上，只要把电话摇个"一短一长"或"三短一长"，二人就可聊他个个把钟头——至于她二人谈心，别的分机上的人也都可听得到，那就不在这两个傻丫头的知识范围之内了。

女人毕竟是女人——女人们，尤其是少女，通起电话来是没头没尾、没个止境的——儿女私情谈多了，也谈些军国大事、社会新闻、桃色事件，和旅部之内的秘闻、传闻和私事。总之，话是说不完的。

有经验的读者都知道，你如有母亲、太太、姐妹、女儿，乃至女同事、女同学、女朋友……以及各式各样的"女人"，她们拿起了电话听筒来，还有放下之时吗？尤其是金环夫人整日在街上跑出跑进，每天和"营长"一睡八小时，牌桌上又往往三五小时不等……因此她把街坊传闻、床头私语、牌局饭局的闲话……一股脑儿都在电话里和"莹姐"说了——不然哪有那么多长的时间好消磨呢！莹姐毕竟是她最谈得来的人，也是一切私话都可谈的人，不过谈到些不可告人的秘闻时，她也会警告莹姐："千万不可向别人说！"莹莹也聪明，知道有些话不可向人说，也用人格"保证不露丝毫风声"。

她二人又都是正直、爱国的，对走私、通敌、贩毒、杀害无辜、迫害良民，也嫉恶如仇——有时二人谈得感情化了，甚至咬牙切齿，隔机啜泣。

金环是最爱"老杨"的，对老杨的粗里粗气和正直无私，最为称赏。她和老杨一样，最"看不惯"朱处长和熊副官，"不顾死活地搞钱"。

"老杨告诉我，说是冯玉祥说的，"一次小环说得气愤时，在电话里告诉莹姐道，"当了三年军需或三年副官的人，拉出去枪毙，是一个不会冤枉的！"

"冯玉祥是个老司令、副委员长，"莹莹感叹地回答说，"讲的话是真有道理呢！"

打电话原是金环和莹莹最大的嗜好，她二人占线过久，却往往影响公务。但她二人一个是脾气暴躁的杨营长的"娘子"，另一个则是罗司令未来的"三姨太"。她二人占了线，任谁也不敢吭一声。可是大家为着用电话，各分机往往有人拿着耳机在等线，同时也偷听着她二人有趣的对话。愈听愈觉得有趣，因此旅部内一切真真假假的秘密，都给偷听客加油加醋地暗中传播起来了。

朱处长和熊副官得报，均暗派专人作二十四小时的窃听。一次罗司令为着要用电话，也屏息听了二十分钟，金环向莹姐讲有关朱、熊二人为争权争钱和对敌伪通商的真假情况。

总之这两个自以为是私语的小长舌妇人，在电话里所泄露的机密，已暗中引起了"绥靖司令部"内一个无声的地震——尤其是身当其冲的朱处长及熊副官，竟为之寝食难安，不知何以自处，何以应付这一无止境的可能变幻——二人都变成热锅上的蚂蚁，急于要找个出路来才好。而朱处长在暗中叫苦之时，也想找熊副官算账——因为这"皮条"是熊楚材一手拉起，而自讨苦吃的。

丈母娘的气焰

这两个无知小儿女的私话，暗中传出去已经够惊人的了。她二人还各有个善于言词的妈妈，整日到旅部、营部来吃酒摸牌。

金环的妈总以为自己的女婿是"救过司令一命的恩人"，他的地位是在"副官"和"军需"之上的，所以打起牌来，也不把朱、熊两夫人看在眼内。赢了钱，她是要现钞的；输了钱，则挂在"营部"的账上。

第二十四章　小鬼难缠

有时赢家不服，她就叫她们多卖两斤"鸦片烟"。

莹莹的妈就更不得了了。她是司令的丈母娘，赢钱拿现款不在话下，输钱则招呼熊副官"划账"。比较可怜的则是李会长的老婆了。当旅部初搬入她家时，她对"朱处长夫人"和"熊副官娘子"，真服侍得像亲娘一般。但是自认得"把嫂"和"干女儿莹莹"之后，她的服务对象就只有"把嫂"一人了。每次牌后"开饭"，总只请"叶老太太"上座，而叶妈也向不推辞——事实上朱夫人远比她年长，熊夫人也不比她小，但是叶妈吃饭是论地位入座的，席次与年龄无关。

叶妈也是这群娘子中最为见多识广的人，虽然她们都一字不识，但是叶妈却说她以前是"省长夫人"，呼奴使婢惯了。麻将搭子也都是些督军、省长的"一品夫人"，什么厅处长的娘子，只能在一旁侍候呢。她亡夫手下的人，真是文武齐备。所以她"女婿"将来升官至省长、督军、总司令、司令长官，真不愁没有"班底"。罗司令现在手下这些人，"哪能管得大事呢"？叶妈并且许下宏愿，她自己的哥哥，莹莹的舅舅，就是个"会打左手算盘"的"理财好手"，所以等莹莹出嫁了，她倒要舅舅来，把女婿这条"银龙"清查清查——哪能老是这样一团糊涂账！……

李会长的夫人、叶妈的把嫂是位好人，听到叶老太太这席话，忙把自己丈夫、李元忠李会长介绍上去，还希望干女儿在司令面前保荐提拔呢！

"这些话还用说的吗？"叶妈得意地说，"哪个大人物的财政不是自己的至亲好友管的？看看委员长、李长官，谁不如此！……"

叶妈这些牌桌上的牛皮，往往把朱、熊二夫人，说得眼睛直是发愣。朱夫人很直爽，听不入耳了，就说："老朱也是'军需学堂'毕业的，也是蒋委员长的得意门生。他当少校时，司令还是个上尉呢！"

叶妈也承认"老朋友"不可废，并安慰熊夫人说："我们的'亲'虽然远一点，但是亲戚毕竟是亲戚，总要照顾的嘛。"至于朱处长呢，叶老太太则说:"五个指头有长短,哪能个个相同呢?但总是长在一个手掌上,一个指头打不响——朱处长总归是水涨船高,永远是司令少不了的底下人嘛。"

朱夫人心直口快,她对老朱永远作司令的"底下人"反感倒不大,只是对李元忠老婆的改变态度,专门巴结这"洗衣婆子",则愈看愈不顺眼;对叶妈的气焰则尤其深恶痛绝。一天牌场失意后,她回家把老朱奚落得半夜睡不了觉,气得直吹胡子。

熊夫人对叶老太也感吃不消,但她没有拿老熊做"出气包",她只是警告熊楚材,恐怕司令将来结婚之后,有了新亲戚、新班底——老熊可能要被迫回家"开米行"。老熊的娘子虽不识字,头脑倒挺灵活的,她不断地分析客观形势的发展,使老熊想起莹姑娘嫌他两个儿子都在旅部当差的擅权揽位情况,不觉心有余悸。

"老朱也是委员长的学生,"熊太太警告老熊说,"他们叶家、李家本地人,想挤掉他还不太容易呢!你熊楚材是哪个特训班毕业的呢?……"熊太太一席话,说得老熊直是点头。"现在还不迟,你得想想办法。"熊太太又加一句。

老熊点头之余,叫娘子预备一碟他所喜爱的本地土产"咸肫肝",自己一人喝了一晚"闷酒"。当老婆又来喋喋时,熊红着半醉的脸,轻声地说:"此事我得和老朱商量商量……"

你只抓住老总的尾巴

熊副官果然暗约军需处朱处长一人到他家吃酒,并说有"要事请教"。这个请帖倒使朱胖子惊奇半天——他二人为着"烟款"已几月没往还了。

第二十四章 小鬼难缠

酒尚未举杯，胖子就迫不及待地问那三角头熊副官找他究有何事。

"你损失的烟款，总得还你嘛！"熊副官这句话，使胖子立刻笑逐颜开——因为他曾暗中和老熊吵过好几次，希望能"多少搞点本钱回来"，都被熊推托了。

熊总是说那些钱"替老总花了"，要追钱还得向"老总请示"。老朱知道老总也知道是怎么回事，但他就是不能向老总请示，因此这笔巨款就永远给老熊霸占了。老熊说，钱都用到"三姨太"身上去了；老朱知道三姨太用不了那么多。但是，如何同老熊算账呢？只好哑子吃黄连。如今忽听老熊要还烟款，岂不喜出望外？乃大杯斟酒，为二人再度合作的新远景干杯。

不过老熊认为这笔款子太大，已为老总用得差不多了，向老朱还现款很难。他邀老朱前来是讨论个"新方案"。老熊觉得这江口区生意愈来愈大，专靠"缉私处"那几杆烂枪已不够用了。杨营长又是个老粗，动不动就枪毙这个、枪毙那个，也不是个办法。司令老总自己也不能出面，还得要朱、熊二人想出办法来。

"你有个什么新方案呢？"胖子问他。

熊说他不只有个"新方案"，方案之后还有个"三原则"。

朱某愿闻其详。

熊说，对沦陷区的贸易愈来愈大是个必然趋势，否则我们不但无盐可食、无布成衣，我们的土产如猪鬃、树油（俗名楂油）、杂粮等等也都要滞销。现在敌方、伪方已利用中立国瑞士籍人马克作名义居间向我方贸易；我们也应组织一个"贸易公司"以为因应。此是第一原则。朱某闻言不禁茅塞顿开，极为称赏。熊又说，既有公司就不能没有股东和资本。如今他既然无现款偿还老朱"烟款"，就把"烟款"化为"公司股本"，以后生利"本息加倍归还"。

老朱闻言不禁举杯说："楚材，我一直跟老总说，你是个人才！"

熊说他还有"第二个原则",那便是进出口货物,通统由本公司"统购统销",其他贸易一切视为"对敌通商"。一经查获,"货即归公,人即正法"。不特此也,他还要建议老总自"特务营"中抽出一连人,改组为"缉私别动队"专查"私货"。

"那么老杨干不干呢?"朱问。

熊说他要同这老粗讲明,"公司"给他多少"干股"——"总比他吃空额还要多几倍!"熊又补充说:"杨志勇自从娶个婊子做老婆,脾气好多了。"

"老杨答应不答应呢?"朱又问。

"我们这点要诚实,"熊答非所问地说,"公司红利要一半归老总,另一半咱们股东按股均分。"他又取出算盘"毛算"一下。他朱、熊二人各算百分之十七点五股,两人占全股额百分之三十五;另百分之十五,由老杨和参谋处等处均分,成分由朱、熊二人酌量之。

"那他们那些团长,和独立营连呢?"朱又问。

"他们各有防区,油水比我们还厚呢!"熊说,"……不过见财有份,年关节礼,总得送一点——我们有条银龙,送不完呢!"熊笑着举起酒杯,与老朱一饮而尽。

饮毕熊说,他还有个"原则",那就是公司职员大量用本地人,以示非客籍操纵,并且要"统销"也非本地人不可。

"这也是道理,"朱评论说,"强龙不压地头蛇嘛。李会长他们也得要借用。"

"这倒不,"熊说,"我这强龙倒偏要压压地头蛇呢!——本地人要用,但不许当权,李元忠我预备给他个'襄理',叫他跑腿……"

"哎!副座,"朱说,"等老总讨了三姨太,恐怕不那么简单呢!——听说三姨太的爸爸曾当过一任省长,他们将来要有个'本地帮'呢!"

"我查过,"熊说,"三姨太的爸爸做过官,但没那么大——不过防

第二十四章 小鬼难缠

人之心不可无，老总床上睡个女学生，也是个麻烦。"

"你看，副座，"朱某指一指墙上那张"总理遗像"和那一副"革命尚未成功，同志仍须努力"的对联，说，"我们在北伐后期，同志们把这副对联换成'同志仍须努力，宋家尚有一龄'！据说总司令夫人还有个妹妹叫宋妙龄呢！"

"你是老前辈，参加过北伐，"熊大笑说，"这对联妙透，我还未听说过呢！"

"哼，"老朱笑着说，"你要把老总床上放上个宋妙龄，你就完蛋了。"说着老朱又低声问老熊道："黄牙老鸹把老总选个苏州'叫床的'，听说老总很过瘾呢！……"

"老总说，他又不能跟我们一样去吃花酒，"熊也微笑说，"所以他要我把他搞个'小公馆'，找一个叫床的幺二'垫垫饥'——他说他还有一番事业，要找个像我们委员长、副委员长、司令长官夫人一样的女学生做'贤内助'，帮助事业，所以我才动念头把他找个女学生，谁知就找到这个叶家母女，也是我对老总一番忠心、孝心……"

"这一来，你将来麻烦可大了呢！……"

"我也体会出来了，但为时未晚。"熊说。

"我怕你替老总搞个本地亲戚，要把你外地亲戚挤掉呢！"

"我已完全了解了我的错误，要想法挽救。"

"你自己知道错误就好了，我的老三角！"

"我完全知道，所以要找你出马，先来组织个贸易公司再说。"熊说。

"你在拉皮条时我就想，熊副座在自找苦吃了——你和老总是亲戚，但你只抓住老总的尾巴；人家变成老总的亲戚，却抓住老总的鸡巴……"朱胖子说着，仰首大笑，声震屋瓦——二人酒酣耳热，尽欢而散。

第二十五章

好事多磨

麻风的威胁

　　就在熊、朱二人复交欢宴之后数日，熊副官忽接罗司令密召至司令卧室。罗亲手关好了门，乃向熊出示一"绝密"情报。那是中央"调查局"一位"管区长"专差送来的，大意是：据可靠情报，敌谍川岛芳子正训练大批患有严重"麻风病"美女，化装难民，潜入我后方，专以毒害我高级军政领袖，并刺探情报为务，用特专差通知贵部长官加意防范，云云。

　　罗司令是南方人，知道"麻风"毒于蛇蝎，而麻风患者，往往都是绝代佳人。罗司令已有个"垫饥幺二"，又正预备与一难民姑娘叶小姐结婚，故阅电极为恐惧，乃召心腹密议。

　　"麻风是南方的病，"熊阅电之后回报说，"长江以北可能没有吧？"

　　"这种传染病发源于南方，可能传染于北方。"罗肯定地说着，并把这"代电"在火盆中烧掉。

　　"我想我们此地没有什么女难民嘛。"熊说。

　　"我们旅部里就有哎，"司令说，"杨营长太太，我那幺二和莹姑娘不都是难民营出来的？"

第二十五章　好事多磨

"至少莹姑娘不是，大家闺秀出身嘛！"熊恭顺地替莹姑娘开脱。

"她不是什么大家闺秀呢！"

"叶老太太总说她以前是省长夫人。"熊说。

"以平民冒充上等阶级，以混入上流社会，就有可疑之处，你查查看！"

"我担保不会的。"熊说。

"你凭什么担保，你也能担保杨志勇老婆？"罗司令问。

"杨太太是难民卖入堂子的，"熊说，"那我就不敢担保了。"

"她经常与莹姑娘通电话是不是？"罗司令问。

"女人们欢喜谈谈家常嘛，"熊再为杨太太开脱，"不过多用军用电话，是不太好。"

"把莹姑娘的专线拆掉。"罗司令说。

"莹姑娘恐怕不太愿意吧？"熊说。

"说是我的命令——防谍！"

熊在辞出之前，并再奉密令："严密防谍，相机行事，不动声色！"

奉令之后，熊就通知通讯连把莹姑娘的专线拆了。他并向莹姑娘也密报司令命令和防谍措施，使莹姑娘也忧心忡忡。

服侍莹姑娘的女佣既是难民出身，熊也请求莹姑娘把沈嫂辞退了。但为着莹姑娘要人服侍，熊副官乃把隔壁周婆婆雇为替工。周婆原是与叶家母女一道洗衣服的，曾和叶妈以脏言秽语吵过架。后见叶家"发了"，呼奴使婢，已久蕴嫉妒之心，现在竟受雇服侍莹姑娘，岂能心甘？但为贪优厚工资，还是接受雇用，但不愿做工。饭馆送来饭菜，她却与莹姑娘同桌而食之，而周婆原是干活的人，有好饭好菜，她也就能吃能拉。她看中了莹莹床边的金漆马桶，她就不再回家用她那原始的粪桶了，因此莹莹的马桶常时超载，周婆又不按时清理，以致满室臭味熏人。莹莹不得以只好化装包头、穿破衣，自己提马桶出街清理，而街上又有特务营派来站岗保卫的士兵，他们一见莹姑娘出街，又要立正敬礼，真使莹莹尴尬不堪。幸好这时阿七哥已伤愈被释，返回案子工作。他虽不敢入叶家之门，但是时在门外逡巡，偶见妹妹提马桶出街，他便接过去代为清洗，自此涮马桶就变成他的工作。周婆则住在外室，扎其鞋底、补其衣服，啥也不做了。叶妈此时差不多天天出征，代替她在家的却是一个面目可憎而驱之不去的周婆婆。

最使莹莹恶心的，则是周婆的食相。周婆从不刷牙，食量又大，吃起酒饭来口涎鼻涕，滴滴答答。她与莹莹同时举箸，真使莹莹无法下咽。他们的菜饭本是附近饭馆包送的二人之食，十分精致，但在电话被拆除之后，食品亦大不如前，有时甚至粗劣不堪。叶妈如偶尔在家，则绝不够吃；不在家则也是周婆一人啖之。莹莹常时终日枵腹，困居斗室，形同囚犯。有时她也向妈探听点外界消息。叶妈除牌经之外亦茫然无所知，只说由于查谍防谍，罗司令的新房已停止装修。加以罗还有个"小公馆"，有个"叫床幺二"，他也不急于要修缮另一新房来金屋藏娇了。这消息真使莹莹五内如摧，身心交瘁——一个美人胚子，也已逐渐消失。

她们母女谈话之间，最使莹莹伤心的，便是妈妈每提到莹莹的婚姻且语带醋意——她常向莹莹说，罗司令年龄也与她不相上下，既然母女不能同嫁一夫，她比莹莹倒更像"司令夫人"呢！她说得竟使莹莹为她害臊。

在这凄凉岁月之中，还是熊副官的态度，最使莹莹感激。周婆畏熊如虎，熊每来一次，足使周婆态度要好几天。熊来时总带些糖果及用品，语多安慰，使莹莹感激不尽，虽然莹莹始终不知他们的葫芦里在卖些什么药，但将人比人，还是熊副官通情达理多了。

婊子的醋劲

莹莹命运的逆转并不止于麻风的威胁呢。一次她为躲避周婆，乃

第二十五章　好事多磨

独自一人待在自己卧室。正在百无聊赖之时，忽听前室一片女人嘈杂之声。她刚开门探望，便碰着一位衣着入时、口衔烟卷、大约二十七八岁的女人，身后带着三四个老妈子，汹汹走向前来，一见莹莹面，不由分说，一挥手便狠命地打了莹莹两记耳光，打得莹莹满眼金星乱飞；随着她们又把莹莹推倒地上，拳打脚踢起来，踢得莹莹在地下哭叫乱滚。那女人一面踢打，一面口出秽言，骂："姓叶的，你这臭婊子、狐狸精、私娼、卖×的……"一边骂，一边在莹莹的房中找到一根鸡毛帚，便打起来了。莹莹抱着头摊在地下任她倒拿着鸡毛帚狠命地毒打，痛不可忍。旁观的女人，包括周婆，也不劝不拉；那女人打够了，又用左手中的烟火来烧莹莹的脸，莹莹两手抱着头，但手臂上、颈子上、已被烧伤数处。香烟灭了，那女人又把热水壶中的热水，泼向莹莹的头上，莹莹只是抱着头在地下乱滚。那女人泼完了水，一看床头有只马桶，乃叫跟来的婆子说："把马桶倒到她头上去！"

两个婆子相顾愕然，那女人把鸡毛帚柄一挥，把挂灯打个粉碎，弄得玻璃遍地、煤油四溢。"你们把马桶倒下去！"那女人疯狂地大吼起来。那两个婆子不得已乃把马桶抬出，刚抬到莹莹的身边，那女人便上去一脚把马桶踢翻，顿时粪便横流，弄得莹莹满头满身，臭不可当。这女人乃掉转头来，骂声不绝地扬长而去；只剩周婆，但她也躲出门外，与门外的卫兵问话，问那女人是谁。

"她是司令的二姨太，堂子里出来的，"卫兵说，"凶得很，谁敢阻挡她！"

周婆见莹莹摊坐室内已不成个人形，正不知如何是好时，幸好阿七赶来。他不由分说，便把叶妈的蚊帐取下，然后走入后房，在衣柜内取出些毛巾等物，把妹妹身上、地上粪便擦净，乃用叶妈蚊帐把妹妹裹起，拉到室外，倒睡叶妈床上；自己反身出去，又找了么三，二人各挑一担水，带了扫把和猪鬃刷，把莹莹的卧室清刷一遍，然后把莹莹的蚊帐也取下，把一切不洁之物包了起来，提往镇下河边洗涤。

他二人又烧了热水，把莹莹床后澡盆拖出来，放好温水，才请周婆和赶来帮忙的刘稳婆二人把莹莹扶入室内洗涤。

这时叶家门前看热闹的人已挤得水泄不通——来看这场"二姨太打三姨太"的醋海波涛。那个卫兵怕人多出事，乃回去报告了排长，惊动了特务营，营长和营长娘子也知道了。金环乃带了几个婆子、卫兵、衣物、香肥皂……赶到现场。

这时熊副官也率熊太太赶来，并带来轿子一顶，熊副官招呼卫兵驱散看热闹的人群。杨营长夫人乃走入莹姐的卧室，把遍体鳞伤而神情失常的莹姐，抬入营部洗澡疗伤；熊夫人也送来"参汤"压惊，熊副官则守在营部照料，半夜始去，颇使莹莹感激不已。

金环"翻身了"

金环在营部把莹姐招待得无微不至，成群的婆子、丫头、勤务兵一呼百诺，忙得团团转。洗澡、敷药、扑香粉之后，金环把莹姐安排在自己华丽而宽大的双人铜床之上养伤；傍晚则叫来精致酒菜摆在床前，为莹姐压惊。金环颇能喝两杯。莹莹在小环抚慰之下，伤痛顿减，也喝了点酒；脸上虽被热水烫得浮肿，手臂腿背还伤痕斑斑，心里倒平和多了，但也开始感觉不安——营长娘子这样招待她，她却没机会谢谢杨营长——莹莹向小环表示要谢谢营长。

"他在外面，"小环说，"我叫他不要进来，你受伤嘛。今晚我陪你睡，叫老杨在外面睡行军床！"

"这怎么使得！……"莹莹知道杨营长是有名的坏脾气，常常打老婆的，愈想愈不安起来。

第二十五章　好事多磨

"没关系，没关系，"金环自信地说，"他现在常常睡帆布床——以后再给他买个铜床，让他一个人睡。"

金环这句话把莹莹说得大惊失色，而金环也看出莹莹的惊奇，乃补一句说："我现在常时叫他出去睡——他听话得很。"

"……"莹莹真是惊讶不已。

"你猜老杨现在脾气为什么这样好？"金环说得唧唧而笑并伏到莹莹怀内来，却碰到莹莹的伤处，使莹莹一"嘘"；她连道对不起，又坐起爬到莹莹耳边，唧唧地说："我有孕了，老杨想要个儿子，所以他现在对我百依百顺……"说着金环又唧唧地笑个不停，又说："老杨现在把我捧着像一块'嫩豆腐'，他才不敢打我呢！——有时我还'揍'他两下……"

据金环说，老杨原是在山东乡下"推独轮车的"。一次他贪心超载了，一不小心，把装两石面粉的布口袋翻倒水沟里去。他自知无力赔偿，乃心一横，把那珍贵的独轮车也索性丢到水沟里去——老杨一溜烟跑到"招兵站"，就报名当兵了。

"他现在什么都不想，"金环又唧唧地笑个不停，说，"就想养个儿子——四十挂边了嘛，老来得子——所以现在我叫他怎么着，他就怎么着，他是我最听话的'勤务兵'。"金环燃一支香烟，笑得十分得意，说她"翻身"了。

莹莹忙向她恭贺，祝福他们生个"贵子"。

"叫床幺二"是怎么回事

天晚了。金环要解衣和莹姐同榻而眠，但莹莹是讲情理之人，不谢谢杨营长及恭喜他要有弄璋之喜，便不愿睡下。

"小朱啊！"金环大嚷一声。一个小勤务兵在门外大声答："有！"

"你去叫营长进来,说叶小姐要谢谢他、贺贺他。"

那小勤务去了不久,果然门一响,杨营长含笑推门而入。

杨志勇黑大粗壮,是个标准军人。这是莹莹第一次和他打照面,真是"闻名久,识面初";一见之下,莹莹真羡慕小环。她觉得杨志勇是个标准的"抗日英雄",看来也不像她想象中的"粗"。

莹莹忙要下床施礼,并道贺他要生儿子了,却被小环按住。

"老杨呀,"金环说,"莹姐要谢谢你的招待呢。"

"一家人,谢什么?"杨爽朗地回答着。他又注视一下莹莹的脸伤和颈伤说,"你受伤不轻呢!那婊子敢这样毒打你!"

"她用热水壶开水浇莹姐呢!"小环说。

"他妈的,都是'三角头'在捣鬼!"杨说,"好吧,你俩好好睡吧——小心点儿!"

杨说着反身带关了门便出去了。金环闩好了门,乃和莹莹宽衣解带,并头而眠。她二人自莹莹的电话专线被拆之后,已好久没有谈心,今晚可谈它个通宵了。

据金环说那婊子"叫床幺二",原是被熊副官安排在个后街小屋内。司令每次都改穿便装,偷偷地去"垫垫饥",人不知,鬼不觉。不知怎么弄的,最近她竟然搬进前街一座大屋,街坊和士兵都公然称她"二姨太";而她自己公开说她是"旅长娘子",胆子愈来愈大,醋火中烧,居然率领了一队老妈子去打起"三姨太"来了。

"环妹,"莹莹说,"我真羡慕你和杨营长,夫唱妇随——我至死也不会做'三姨太'的。"说着莹莹眼泪就流下来了。

"司令原是要娶你做'夫人'嘛,他搞搞'叫床幺二'原只是'垫垫饥',和你结婚之后,就和老杨一样停止寻花问柳,改邪归正——当军人都非搞女人不可,不然怎能打仗呢?但是官做大了,就要讨个像样的夫人。李长官、张军长不都是如此嘛……"

第二十五章　好事多磨

　　金环娓娓而谈，莹莹则未发一言。

　　"司令现在是不是变了心？"金环又半问自己半问莹莹地说着，"不然那婊子'叫床幺二'，怎么敢如此公开亮相行凶呢？老杨说是熊副官在捣鬼……"

　　"环妹，"莹莹半天才说一句，"那妓女为什么取这个'叫床幺二'的古怪名字呢？"

　　"我在牌桌上听她们说，什么'幺二''长三'，都是上海一带妓女的等级，不是她的名字。"金环说。

　　"那'叫床'又是什么意思呢？"

　　金环说她听老杨说过，"叫床"是一种叫男人听了受不了的"床上功夫"。有些女人在床上，男人一碰到她那些部位，她就"亲哥哥"、"心肝肉"……淫声浪语，叫个不停。有些下贱男人，就吃不了那叫声，女人一叫，男人就投降了，女人要什么有什么。

　　莹莹还未听说过有这些男女间事，因问金环那叫床功夫是不是上海妓院训练出来的呢？金环说不是,有些女人，男人一碰她她就会"叫"，那似乎是天生的。

　　"天下就有这些古怪事啊，"莹莹叹息地说，"我想是她们妓院用功夫训练的。"

　　"训练不出来呢，莹姐，"金环凄凉地说，"以前'黄牙老宝'用毛竹片打我，要我'叫'，我也叫不出来呢。"

　　"老杨知道，"金环又补充一句，说"叫床幺二"在司令"包"掉之前，老杨也跟她来过。但老杨说他才不管她什么"亲哥哥"、"亲宝贝"呢。老杨是个粗人，上得身来，山摇地动，这铜床怕被他拆掉。

　　莹莹被金环平淡之言，说得心直是跳，嘴里难免也感觉气喘，但她抑制住感觉，只称赞杨营长是个"君子"，结婚之后就不在外面"胡来了"。

"男人也很可怜呢，"金环轻声向莹莹解释，她说老杨初娶她时，真是旦旦而伐之，有时通宵不寐。他可以"不拿出来"而连续到底，使她第二天走路都发生困难。"这种粗男人，他还管你什么叫不叫呢？"但曾几何时，老杨就攻势锐减，自惭无能，而对生孩子、传宗接代有兴趣了。现在我不揍他就算优待他了。

"我们司令最近可能被那个贱女人，叫床叫昏了，所以么二才敢来打你。"金环说，"等她叫厌了，我想我们司令会丢掉她，来找你做正经夫人的。"

"环妹，"莹莹感叹地说，"我对罗司令的印象很好哎。他对我说的一些话，也十分诚恳，谁知男人也会讲两样话！……"说着莹莹的眼泪就下来了。金环起床替她拿了一块手帕，替莹莹擦去眼泪。

莹莹乃把他二人初见面时的话叙述了一遍。听了莹莹的话，金环也说："那不像骗人的话。"

"谁知道他还有个叫床么二，还让她来毒打我呢！——罗司令在欺骗我！"莹莹又哭了。

"男人地位高了，总要搞三妻四妾的，"金环说，"我希望我家老杨永远不要升官……莹姐你想开点……"

这时金环已颇有睡意。莹莹知道她有孕，应多睡眠，乃不愿再讲话，金环便蒙眬地睡着了。莹莹看看金环披在桃花枕上的秀发，和天真而可爱的嘴脸，安详的睡态，想想她幸福的婚姻生活，不久又会有个可爱的小宝宝，真羡慕至极。

"我为什么就这样薄命呢？薄命到被一个上海妓女毒打得如此程度，那个骗我的男人，竟一声不响……"莹莹想想泪流不止，然既不敢出声，又不敢翻身，怕妨害金环睡眠。一夜之间只望着帐顶出神，思前想后，等着天亮。

莹莹自伤之余，想想亦人各有命，何能相比！再想想自己已曾两

第二十五章　好事多磨

度自杀未遂，"大不了一死嘛"！她终于想通了才迷糊睡去，忽见那叫床幺二站在面前，不觉一惊醒来，才知道天已大亮了。

三度捐躯

早饭之后莹莹要回家了，金环本拟乘轿相送，却被老杨阻止住。

营部乃备了轿子和卫兵送莹姑娘单独回家。莹莹下轿进门时，看妈正坐在床前纳闷，见女儿回来也无表情。

要在平时，莹莹受了委屈，回来时总会倒入妈怀中哭诉的。可是自从妈认识李会长和罗司令之后，她们母女关系便完全两样了。妈的兴趣是牌场和吃喝；她对镜自窥，也颇不见老，为什么不能再嫁个像罗司令这样的人？——至少也可找个熊副官、朱处长甚或李会长嘛！——叶妈比他们的几位娘子漂亮大方多了。所以每次有牌局，打扮入时的叶妈最恨人叫她叶老太太，她的正确称谓应是"叶女士"。

这次莹莹被打，"叶女士"正在牌桌上，人家报告了她，她也无意辍牌回家。其后一直摸了个通宵，把老本输光了，悻悻而返，才发现家中凌乱情况；正坐着纳闷，女儿回来了。

莹莹默默地坐在妈身边很久，才轻轻地说："妈，昨天罗司令包的妓女来毒打了我一顿。"

"那有什么奇怪的，"妈说，"妻妾打架，哪个官家没有？以前马省长妻妾吵架，把马省长头上都打出个大疱来。"

莹莹听妈语无伦次，乃默默地回到自己房中。这房虽经阿七和幺三清刷过，然粪便气、煤油气，仍然四处洋溢，令人窒息。莹莹坐下不久，阿七哥便抱着一大包他昨日拿去，洗清了又用柴火烘干的帐被衣物来。

阿七打开衣包，取出叶妈的蚊帐想把它挂好，谁知却碰在叶妈气头上。

"阿七啊，"叶妈气愤地说，"她们昨天打架是在莹莹房里，你把我的蚊帐取下干嘛？"

叶妈昨夜输了钱，又熬了夜，熊副官不在场，副官处底下的人，又奉命不再为老太太"划账"，所以叶妈不但把老本现洋输光，还欠了百余元赌账，并写了"红条"、"画了十字"。回来时正闷得要寻死，却给阿七碰上了。阿七弄得一鼻子灰，不知何事。

叶妈和阿七的对话，莹莹在后房，听得明白。思前想后，生趣毫无。仰看天棚竟觉悬梁无处。打开衣橱，却看副官处所送来给叶妈喝的"双沟大曲"和两瓶"汾酒"，还在那儿。莹莹关了衣橱，回坐床边，却见阿七站在身旁，等候为妹妹挂蚊帐或其他吩咐。

"七哥呀，谢谢你，"莹莹流泪感激地说，"冬天没蚊虫，帐子不必挂了。我倒另有桩事，求求你帮忙。"

阿七问何事。莹莹乃取出一元法币，请七哥去替她买数十包"红色火柴"。

"妹妹要买这些干嘛呢？"

"七哥呀，"莹莹说，"红火柴烧了可以去臭味，劳你驾，替我买愈多愈好。"

七哥平时就怕妹妹不吩咐。如今有事可效劳，七哥拿了钱，跨开大步，便上街去了。阿七去了个把钟头，便回来了，果然买了十多盒红火柴——据说是战时缺货，他把镇上杂货铺都跑遍了，一共才买到十多盒。他把剩下的钱和火柴都交给了妹妹。阿七刚要离去时，莹莹把他抓住说："七哥，谢谢你。我希望来生做你的亲妹妹。"说着莹莹眼泪一泻如注，这倒把七哥愣住了，他站了许久，才默默离去。这时刚好菜馆送饭来。隔壁周婆婆也闻声而至。周婆打开菜盒，叶妈则呼莹莹吃晚饭。

第二十五章　好事多磨

莹莹出去时只听妈在抱怨，说她要告诉熊副官，这菜馆的饭菜，愈来愈差，不能下咽；以后要熊副官"换一家送饭的"。

尽管饭菜甚差，两位老太还是把它吃光了。莹莹坐在下方，只约略拣了两筷相陪。

饭毕周婆去了，莹莹则默默无言地在妈身边坐了很久，而叶妈则因为输了钱，打了"红条"，心里懊恼不乐，与女儿也没多话好说。叶妈要上床睡觉，莹莹就独自回房了。

在房中莹莹思前想后，默坐到午夜，才在小日记簿上写了短短的一句话给妈妈告别。然后便取出红火柴，用剪刀把火柴头剪下，放了满满一茶杯，然后从衣橱内取出大曲和汾酒，都打开了瓶盖，再从衣柜抽屉内取出自己的贴像簿，把爸爸的遗像和友好的照片，看了又看。其后再把那"小童军"和自己的有两条小辫子的照片取下，看了又看，才用火柴把两张照片放在一起烧掉，把余灰用酒注入另一茶盅，仰首把酒和灰一起吞入腹中。

莹莹这次是决心死定了。她有个同班同学，由于恋爱不遂，家庭逼婚，就这样死去的。她这次下定决心，是必死无疑了。既然这一世界已无丝毫可留恋之处，"死"实在是个快乐的"解脱"。

到极乐世界去吧，那儿可能还有点乐趣和生意。莹莹没有流泪，便把红火柴头，一把把地抓起，然后用整茶盅的酒，一盅盅地吞下去。酒性太烈了，有时莹莹吞了一半，又打喷嚏喷出来，把妆台上的镜子喷得红点斑斑。

三盅酒下肚，莹莹已天昏地暗，眼不能见、耳不能听了。但她神情镇定，还是摸着把火柴头全部吞下，四瓶烈酒，也全部灌入腹中，她已醉得不能行动了，但还是摸着倒向床上；但上身在床，下身上不去，便溜入床下。莹莹紧闭双眼，但闻心跳如雷，她在床下等死神的降临。

第二十六章

"病妇"的噩梦

还要磨折数十年

莹莹的第三度自杀,她自信是绝无生还之理了。前两度自裁,是出于一时冲动,准备不周。这次则是她蓄意自杀。她在金环床上已细想了一夜,思想搞通了——人生就是这么个样子。人活百年也是死,何必不早事解脱,而要受苦一百年才死呢?

她已做好一切解脱的思想准备,回家看见妈的样子,和听她语无伦次的语言,促使她做了最后的决定。她想爹如还活着,她决不愿死;因为爹爱她,她是爹的掌上珠、心头肉。有个爱她的人在世上,她就不忍心死,让他难过。她也爱爹,每天背书包回家,看到爹,她心中便有无限喜悦,为了这一份喜悦的爱心,她也舍不得死——可是今日这世界上,已再无可留恋之处,早去早安息。这样一想,莹莹也就四大皆空,追求永息去了。永息了,她觉得也没什么可以悲伤的,所以连一滴泪也不必流了。她也想到林姑娘"毕竟洁来还洁去"的诗,但她自觉比林小姐还要超脱——林是死不瞑目的,她则是瞑目而死;林是把这原是地狱的人世未看穿,叶姑娘是看穿而去者。

第二十六章 "病妇"的噩梦

但是不幸的是,莹莹把"解脱"的情报和技术弄错了。没有掌握正确的技术,最后又使她在这苦难的人世,多受了数十年精神与体质上的折磨——使她和林姑娘一样,终难瞑目。

莹莹认为烈酒和毒药曾毒死过她的好友。她如今用加倍烈酒、十倍毒药,焉有不死之理呢?这是她情报弄错了。她的好友朱纤之死,只是喝了一壶"烧酒",和吞下两盒红火柴头。莹莹却不知道朱纤不是毒死的。她是酒醉了,步履不稳,倒入她家中厨房里半截埋在地下的水缸中淹死的。

再者,莹莹自己灌酒也灌得太多了。她不知道酒喝多了要呕吐。尤其是她倒在床前踏脚长凳上,头下腹上,酒从她腹中倒流而出,使她不断地呕吐和呻吟。如此纵是没人抢救,她把烈酒和"毒药"吐完了,还是要活下来的。

更巧的是叶妈平时是不失眠的,倒床便睡。可是这次她输得精光,又打了赌账"红条",她愈想愈懊恼,在床上辗转反侧,不能合眼。这一下在万籁俱寂之际,听到莹莹的呻吟声,她就起床拍门了。拍门不应,叶妈慌了,乃把隔壁周婆婆和刘稳婆都找来。三个婆娘合力也推不开这扇新门。她们把阿七找来,同时又惊动了在街头巡逻的特务营卫兵。

阿七用屠刀把门撬开了,一看莹莹躺尸床下,地下和梳妆台上,则红斑点点,全屋呕吐狼藉,酒酸熏人欲呕。他们知道莹姑娘又自杀了。妆台上还留有一张"遗书"呢。大家看不懂,幸好后来来了一位特务营的班长,他认得些字。经他认出,死者遗书上只写了一句话:"妈:不孝的女儿和你永别了。莹莹绝笔。"但是叶妈和刘婆都伏在地下,觉得莹莹并未死,只是喝酒醉了。众人乃合力把莹莹抬到床上,用毛巾为她清洗。

可是那位识字的班长则认为莹姑娘分明是服毒自杀——他报告了"值星官",值星官再电话上报,消息就传开了。

杨营长夜半得报，营长娘子也惊醒了，闻讯便啼哭起来。杨叫婆子们守住她，不许她动，自己则急电后方医院王院长，说是"罗司令的未婚夫人生急病"，请王院长抢救。

王院长是位刚从美国留学归来的西医，出任后方医院少将院长，也是罗司令的好友。闻报不由分说，便带了两位值班男女护士，携了急救器材，自己骑着马，赶到现场，挂上听诊器，亲为诊断。王大夫诊断后，又看了"遗书"，认为确是"服毒自杀"，不过中毒不深，无生命危险，但是灌肠洗胃的程序，仍是要做的。说着王大夫乃驱开众人，叫女护士挂起蒸馏水瓶，由他亲自动手，忙了个把钟头才开门叫叶妈进去为病人与现场清洗一番。王大夫等众人把病人服侍好，盖被睡下，才留下两瓶药丸，等病人清醒时服用，便率领了他的医疗队离去。

这时天已微明，病人亦已有清醒迹象了。

马桶问题

莹莹再度睁开眼时，发现妈没精打采地坐在床边抽烟。

"妈，"莹莹孱弱地问一声，"我是活着，还是死了？"

"莹莹啊，你不乖，酒喝多了。后方医院王院长，半夜来替你洗过胃呢。"

"妈，"莹莹流着泪哀诉说，"你们为什么又把我救回来受苦呢？"说着莹莹翻头向床里，泪湿枕衾。

"莹儿，你就不想想妈妈吗？……"

叶妈话未说完，只听窗外一阵马蹄声，原来是熊副官推门而入。小勤务也送上一篮美国奶粉、菊花牌罐头奶汁等礼品。叶妈忙起身让座。熊也就坐在床边，拉着莹莹的手说："莹姑娘近来受了委屈，一时想不开，

第二十六章 "病妇"的噩梦

过几天就好了。"说着他又在莹莹腮边颈边摸摸,检视一遍,又说:"二姨太这么狠心。前天我本带轿子来,接你去医务处疗伤,想不到老杨老婆一定要把你接到她那儿去,怎么回来又寻短见呢?"

"熊伯伯,"莹莹微弱地说,"我自觉生不如死。"

"姑娘又何必呢?……"熊说着回头又问叶妈事情发生的情形,和王大夫诊疗的经过。熊问得很详细,并取出拍纸簿用铅笔记下。可是叶妈对莹莹的病情倒无多话可说,在熊副官问过之后,她却主动告状,说送来的饭菜粗劣难以下咽,又抱怨周嫂用马桶不清理,饭量又大,菜饭都给她吃了……熊副官虽耐性听着,而莹莹在床上却不耐烦,用微弱声音,叫妈"不要讲了"。

"我不讲出来,司令和熊副官怎么知道呢?……"叶妈正要再讲下去,忽见周婆婆来了。

熊见周婆进来,自己却走到前屋,周、叶两婆婆也跟着出来。

"周婆娘,"熊厉声地责问女佣,"你为什么用莹姑娘的马桶?"

"……啊……啊……"周婆慌了,颤抖得答不出话来。

"跪下!"熊吼了一声,周婆慌忙跪下,直是打抖。

"你怎么也上桌吃饭?"熊又吼一句,地下的周婆,低头一声不敢响。

"你以后不许上桌子!"熊又厉声说,"等太太、小姐吃了才许吃——听到了没有?"

"老爷,听到了。"周低声地回答。

"她以后不敢了,"熊对叶妈点点头说,"再不听话,以后叫马弁用皮鞭抽她!"

叶妈也狠狠地瞅着跪在地下的周婆。熊副官出门腾身上马,便带着两个勤务兵离去了。

从麻风病到羊痫风

　　熊副官弄清楚详细情况，他要先入为主向司令报告情况，以免王大夫先他而打电话。

　　当熊到达旅部时，见司令上坐正和两个参谋吃早饭。罗司令见他来了，匆匆早餐后乃叫熊随他入卧室，单独询问。

　　"听说玉梅到叶家去吵闹，闹得莹姑娘要自杀，有没这回事？"司令轻声地问熊。

　　"沾到女人总归有点麻烦。"熊说，"不过玉梅说她为着预防麻风，保护司令健康才去叶家问询，想不到两人吵起来。"

　　"莹姑娘为什么自杀？"

　　"她在认识司令之前，就自杀过两次呢！"熊轻声地说，"可能神经有问题。"说着熊指指自己的脑壳。

　　"她人生得倒挺秀气，但会不会有麻风嫌疑？"司令再轻声地问。

　　"麻风或许不会，我曾打听过，据说她家三代都有'羊痫风'。"熊说。

　　"羊痫风我们家乡也有，"罗说，"一发起来便口吐白沫不省人事，可怕得很。"

　　"据他们街坊说，莹姑娘三次自杀未遂，都不是真自杀，"熊说，"只是羊痫风发了，她妈谎说是自杀。"

　　"这事混账的李元忠，当初介绍时，为什么不向我说？"司令有点生气。

　　"他想攀亚叔这门亲，他怎愿说出呢？"

　　"她昨夜自杀的情况如何？"

　　"她口吐血珠，不知是什么东西，"熊说，"是王院长亲自去替她洗胃灌肠的。"

　　"我们打个电话去问问王大夫。"罗说着就预备打电话。

　　"王大夫昨夜忙了一夜，今晨可能还未起床呢。"

第二十六章 "病妇"的噩梦

"那你替我去做两件事,"司令说,"第一,带点礼物去谢谢王院长,并详细问问莹姑娘病况,我再给他打电话;第二,也带点补品去看看莹姑娘——她不发病时也很可爱呢。"罗又说:"自从玉梅去叶家闹了,弄得满城风雨,我如也到叶家去,那就要弄出许多莫名其妙的谣言来,给上面听到也不好。"

"亚叔放心,"熊说,"我总尽心把各方弄得妥妥帖帖的,不用司令操心。"

"我知道你很能干,一个抵十个,"罗说,"你到叶家去也替我关照一声。叶姑娘毕竟是个女学生,她如果没有痼疾,倒可做个贤内助,只是她妈妈有点令人吃不消罢了——玉梅只能逢场作戏,哪能讨来家?"

"那我就先到王院长那儿去一下。"熊转身告辞。

"你现在就去吧!"罗司令也挥挥手。

大夫之言

熊副官拣了一筐果点、奶粉、咖啡和洋酒、洋烟、手电筒以及十多盒"永备牌"电池,由一个小勤务挑着,自己骑着马,赶到"后方医院",直入院长室。只见王院长盥洗方毕,正坐在一张有白布的小方桌之前喝咖啡。熊对他敬礼,王只点点头,也未站起来,只招手叫他坐下,叫勤务再泡一杯美国咖啡给熊副官。熊坐下了,王院长笑着说:"你们老总怎么搞女人又搞出毛病了?"

"他们带兵官嘛,院长,"熊笑着说,"不搞女人怎能打仗?"

"你们不带兵的,还不是照搞!搞出病来,又要来找我们打针。"

"离乡背井,逢场作戏嘛,院座。"熊也笑得贼兮兮的。"院座!"熊又加重语气说,"我们司令本来要向您打电话道谢的。但我怕您昨夜辛苦了，今早未起床，所以司令叫我代表送点不成敬意的薄礼，以后他再打电话道谢。"熊说着指指那两筐并不"薄"的"薄礼"。

"你们既然送了，我们就收下吧。"王院长含笑说，"替我谢谢总座，并叫他为国珍重，保养身体。"

"院座，"熊说，"我们司令感激你御驾亲征，去替三姨太洗胃。老总怕三姨太有麻风，您看会不会？"

"你老总怕她有麻风？"王哈哈大笑，说，"怪不得还未碰过她呢！——原来如此，你们的三姨太长得好哎！……哈！哈哈！……原来如此！"王院长又大笑一阵。

"我们司令得到秘密情报，说川岛芳子专门训练一些麻风病美女到后方来，毒害我们高级将领，你看会不会，院座？"熊问。

"这些搞情报的人，没常识，"王说，"那种亚热带的病怎能搞到此地来？——你们三姨太是本地人。"

"她如果到广东去过，传染了回来，有没有这可能？——我们老总生在南方，他有点怕。"

"你们的三姨太还是个处女！"王说，"麻风是一种性传染，一个处女如何传染？"

"还有，院座，"熊又问一句，"我们司令也得人报告说三姨太家，三代都有'羊痫风'，会不会？——院座，您是美国留学的医学权威！"

这时有勤务兵来替他二人换了两杯热咖啡，又送上一碟饼干。熊副官看看那饼干并非上品，乃叫那勤务自他带来的礼品中，开一盒上海新到的"法国甜饼"；王院长一见，大为欣赏。

"哎，楚材，"王院长赞赏说，"罗荣国知人善任，找到你这样能干的人。"

"承院长夸奖，承院长栽培！"熊不敢当地半起身，向院长道谢。

"我不是当面夸奖你，"王说，"我同你们司令以前就说过——像你

第二十六章 "病妇"的噩梦

这样能干的人，上司可以信得过，遇事可以放心。哪像我的那几位老爷副官，三推两不转的！"

"院长和司令，都是我的上司，分什么彼此？"熊恭敬地说，"院座以后有什么事，随时吩咐我做——做不好叫司令撤我职。"

"我倒要我的副官向你学习。"王说得也很诚恳。

二人谈了些题外之言，又回到主题。熊说司令怕三姨太有"羊痫风"。她不久之前已发过两次，她妈总瞒着说是她难安于贫困，企图自杀——三姨太长得很体面，她妈想把她找个大牌女婿做摇钱树，这一下就找到我们司令，我们司令想"收"她，但怕她有羊痫风。

"羊痫风确是遗传的，"王说，"是一种精神病，纵是在今日美国，也还无药可医呢。"

"院座，那多可惜！"熊叹息地说，"三姨太是个女学生，人长得又好，我们司令很喜欢她呢！——您能否替她医医呢？"

"美国第一流大医院，对这种病都束手无策，"王笑着说，"我这几张帆布床有什么办法呢？"

"您能不能检查一下，三姨太的病源有多深呢？——病源不深，我想没太大关系的。"熊说得似乎很诚恳。

"羊痫风是一种神经病，神经病最难查，我哪有这设备！"

"这样那我们老总不要难过死了嘛，我们老总真喜欢三姨太呢，就是怕她有病，不敢沾她……"熊叹息了半天，又说："三姨太人也很好呢，真是红颜薄命……"熊惋惜不止。

"楚材呀，你对你老总，真是忠心耿耿，"王说，"不过你们老总已包了个'叫床幺二'，为什么还要去找个精神病人呢？……"

二人正谈着，忽然有两个军医走过来，有事要向院长"请示"。王院长乃向熊副官说："楚材，你回去吧！替我谢谢罗司令。我有空再和他通电话！"

熊副官闻言起立，又鞠躬又敬礼，恭敬地退出院长室。勤务拉了马来，熊上了马，便回到镇里去了。

小公馆内，六亲不认

熊副官回到镇上，但没直接回"旅部"。他在一个巷口停下了，把马缰交给勤务，自己则对靠巷口的一个倒贴着"福"字的门敲了两下。一位穿着条新围裙的中年佣妇开了门。熊未和她说话便进去了。进这门便是条甬道。右边有一间房，是那女佣的卧室。室后是间披厦，有灶头、厨具和水缸；再后便是个有小花台和矮树的扁方院落。再向后则是由旧老虎窗改建为玻璃窗的两间小套房。通甬道的后端则是一个外挂棉门帘的玻璃门。门和窗内都挂着夹层蓝绒窗帘，使这两间小套房，看来甚为雅致。

那女佣替熊打开棉门帘，熊自己扭开玻璃门就进去了。这两间套房都有红漆地板。后一间是卧室，有张双人铜床；前间是起居室和客室。两室之间，则是用六扇通天屏门隔开，门上糊的是宣纸国画，六扇屏门都可开阖，布置也很不俗。

在起居室内其他红木家具之外，则是个大铜火盆，盆内火势熊熊。火盆之旁则是一张铺着灰呢鸭绒椅垫的藤睡椅。当熊副官扭门而入之时，一位似乎二十七八岁云鬓半整、穿着件蓝丝绒睡袍的青年女子，坐在睡椅上正在听留声机。她一见熊进来，乃关了留声机，含笑相迎。

"副座，"这女子头一歪，露出颇有媚态的笑容和眉眼，问道，"这大早就光临，干嘛？"

那女佣捧上热茶，打开果盒，又把熊副官的呢大衣挂在衣架上就出去了。

第二十六章 "病妇"的噩梦

　　熊副官喝口热茶，放下茶盅，便在一张铺有鸭绒垫子的圆藤椅上坐下。那青年女子，左手持着支有长象牙烟嘴的茄立克，喷了口烟，右手则把丝绒睡袍一撒，便坐到老熊腿上来了。

　　"你这么早就来干嘛？"她又问一声，并把一口浓烟，喷到老熊嘴里去；随后又把象牙烟嘴，放到熊的口中，让熊也抽了两口。

　　"……来干嘛？"她再微笑发问，媚态逼人。

　　"我来看我们司令是不是被'叫床幺二'叫垮了，"熊也笑得贼兮兮地说，"要不要我来助阵？"

　　"别胡说了，"那幺二目露淫光地吻了老熊一下，说，"你那三分钟功夫，助什么阵？老板比你强多了呢！告诉我你来干嘛？"

　　这时老熊的右手已不期而然地钻进她丝绒睡袍中去了。幺二哆嗦了一下说："你的手好冷！"

　　"我是骑马来的，你知道外面多少度？"熊说。

　　"放到底下去，我替你暖暖！"

　　老熊的手遵命放到"底下去"了。幺二把两腿一绞，果然把熊的右手重重压住，温暖无比。

　　"干嘛？告诉我！"幺二又喷了他一口烟，并把舌头伸到老熊嘴里去，舔舔老熊的黄牙，又伸进去绞了一下，抽出，再问："干嘛？"

　　"来助阵嘛！"熊也嬉皮笑脸地说。

　　"要助阵马上就可助。"说着那妮子把香烟放入烟盘，抱着老熊的头，四面吻了一周说："你要上要下、要前要后、要站要卧、要蹲要坐——小尼姑骑驴、老汉推车……悉听尊便。"

　　说着幺二把腿放开，老熊把手抽出之后，那妮子反把手插入老熊怀内，助起阵来。

　　"我现在不能和你再搞了，"熊还是嬉皮笑脸地说，"你现在是我亚叔的尿壶，我再来搞，就'乱伦'了。"

"三角头,你装什么蒜?"幺二说,"卵子一硬,六亲不问,你今天搞亚叔的姨太就乱伦,昨天操就不乱伦?——告诉我你来干嘛?"

"我今天有事要吩咐你!"

"什么事!"那妮子倒严肃起来。

"你去打老三,可千万别表示你的吵闹是出于醋劲!"

"那我怎么讲?"

"你要说,老三有麻风、有羊痫风,你不许老三和司令睡觉是'防谍',防司令染上麻风,那才正当——千万别表示只为醋坛子打架;尤其不能把我扯上——听到没有?"

"这种事,还要你吩咐我!我早同司令讲过了。"

"你什么时候同司令讲过?"熊问。

"司令不点头,我听你的话,就糊糊涂涂去揍老三一顿——打出事来,你头一缩,我哪儿去?"

"司令怎么点头的?"熊倒有点惊奇。

"我'捏'了他两次,他后来就点头不再去找老三,只要我玉梅。我胆子壮了,就去把那骚婊子毒打一顿,听说打得她要上吊。专靠你,我才不敢呢!"玉梅说着十分得意。

"我为什么就'捏'不好呢?"熊问。

"告诉你,老熊,"玉梅认真地说,"你肾亏、阴虚——要多吃人参补药。"

原来"叫床幺二"在上海日本妓女处学会一套"绝技"。当她和嫖客作床上游戏时,那男人要丢盔卸甲、失去控制之时,她就用双手把那男人双肩上的两根"锁颈骨"一"捏",他马上又可继续"控制"了。如此一捏、二捏、三捏下去,铁打的金刚,也要变成一堆烂泥,欲死欲仙,非人非鬼,"完全听话"。

"我只尼姑骑驴,捏了他两下,"玉梅笑着把右手向那铜床一指,

第二十六章 "病妇"的噩梦

做出临床实习时的神态说,"我说,我不许你去看那有麻风病的婊子;为着你,也为着我自己。老总说他只要我,再也不要老三——他气喘吁吁要死了,我才把他放掉……第二天一早,我就依你的话,把那婊子毒打了一顿。"

"你这做法就对了。"熊夸奖她说。

"不对?——你以为我们做姨太太的人,只会摇屁股啊!"玉梅得意得笑不可仰。

"会摇屁股到底是基本功。"熊说。

"哎,副座,"玉梅又说,"不管基本不基本,你吩咐我,我也吩咐你一下!"

"什么?"

"把缉私队新到的那副翠镯给我。"

"你不是已有两副金的了吗?"

"带翠的可以调和血气,"幺二说,"你如不给我,那我就向老总要了!"

"只要你听我的话,屁股又摇得好,"熊站起来,托托玉梅的腮说,"要金的有金的,要玉的有玉的!"说着他披起大衣、喝口热茶;玉梅把棉门帘打开,熊副官就出去了。

罗司令斩断情丝

熊副官回到旅部时,看到司令正全副戎装在李家厅堂内接见来访的乡绅和各单位来请示的官佐。罗司令见他回来了,便暂停接见,乃领着熊回到卧室,询问王大夫看病的结果。他首先关心的还是"麻风"。

熊报告说,王大夫认为在一般条件下,麻风只是亚热带的性病,北方很少的。不过在一定条件之下,女性是可能传染的,女传男、男再传女,是极有可能的。"玉梅怕的也是这一点,所以才去和三姨吵闹。"

司令再问"羊痫风"的情形。罗说,王院长认为可能性极大。同时"羊痫风"是一种遗传的精神病,是得自祖宗、传之子孙的——美国最大的医院、最权威的医师对这病也束手无策。

罗司令沉思一阵之后,终于叹息地说:"人难十全,真是红颜薄命。"司令沉思片刻,又说:"楚材,我虽然不喜欢她妈妈,我对莹莹倒十分欢喜呢!——只是不能不替将来子孙想想。我已四十出头,总要有个传宗接代的安排嘛。"

"真可惜,"楚材也叹口气说,"莹姑娘就没这福气。我今早还是请问王院长能不能替三姨治一治。"

"这种病是治不了的。"司令叹口气。

"王院长也是这么说。"熊也为司令分哀,叹了又叹。

"楚材,你知道,我们带兵打仗的,今天不死明天死;平时找找女人,逢场作戏,像玉梅那样的女人也是少不了的。"

"亚叔,"熊说,"玉梅虽然争风吃醋,她口口声声却说是保护司令,不把那麻风病女人赶走,誓不罢休呢。"

"你应该告诉玉梅,我和莹莹姑娘并未同过床。"

"我向她不知讲了多少遍,说司令珍重贵体,根本未同三姨同过床,但是玉梅不相信——老实说……"熊把声音降到极低点,说,"玉梅自觉没三姨漂亮,她要不把三姨赶掉,她就闹到死——女人们为着争风吃醋,往往会闹出人命的。"

"你管管玉梅,叫她别闹嘛。"司令希望副官帮帮忙。

"玉梅醋劲大呢,"熊说,"开口旅长娘子、闭口旅长娘子,我哪劝得住!"

"楚材,再替我做两件事。"司令说。

"听亚叔吩咐嘛。"

"第一,把莹姑娘搬个新地方不让玉梅知道,"罗又叹口气说,"莹莹很可爱,也很可怜。"

"这事我一定照办!"熊拿出他对上司吩咐例有的回答与自信。

"第二,告诉玉梅,我和莹姑娘没关系,也不打算有关系——叫她不要闹,闹了,我叫杨营长来管她。"

"亚叔,"熊诚惶诚恐地说,"二姨会不会说我打她官腔呢?"

"但你也可告诉她,最近我部队可能要换防,换防时我可带她一道去,莹姑娘是病人,我不打算带了。"

"这话,二姨能听到一定高兴,"熊说,"不过亚叔,军队可以换防,地盘可不能换呢。"

"我们把'地盘'打包带走?"司令笑了笑。

"地盘不带走,但我们可以'遥控'嘛。"熊把他和朱处长合拟而已由司令批准的"贸易公司组织法"再重叙一遍。那就是组织地方性的企业组织,垄断对敌伪通商。另外把一部分特务营军队抽出改编为"别动队",使其永远地方化,不随军调动,作为保护"贸易公司"的武力。至于怎样使这个名义是官办、实际是私营垄断企业合法化,他们有办法打通"省府"和"战区"之内的一切"关节"的。

"你和朱处长都很能干,"司令说,"一切你二人斟酌着办吧。"

他二人刚要离去时,"后方医院"王院长打来电话,罗司令因为有乡绅在等着乃和王大夫略谈几句,谢谢他替莹莹看病,病情一切熊楚材都详细报告过了。罗和王少将匆匆谈了几句,便忙着会客去了。

"见色有份"

熊副官是这个旅部里最忙的人。他离开旅部,便直奔军需处。朱处长正在开午饭,二人就一道吃了。

熊告朱关于"贸易公司"组织进行的经过,说他和副长官司令部"经理处"已通好关节。省方人事问题不大,但是人情也得顾到,云云。

至于莹姑娘三姨太问题,老总已认为她是"病妇"决定不要了,并嘱咐迁地为良,免得叫床么二来争风吃醋。

"三角头,你胆子好大!"老朱说,"那叶女有什么病?"

"老总已确定她有'羊痫风',不能传宗接代。"

"她什么时候生过羊痫风?"朱说,"老总对她很迷恋呢!一旦查出真相,我看你头上三个角就剩下两个了。"

老朱这几句话,把老熊的脸讲白了。他问老朱怎么办。老朱稍一思索乃想出上中下三策来。

上策是,老总不是要她搬家吗,就乘搬家之便,派人把她母女打死,就说是土匪闻财行窃。一切根本解决,不拖泥带水。

中策是在"贸易公司"选个未婚小职员,强迫他二人结婚,迁往外埠。

下策照老总话做,迁地为良,躲开么二。

他二人一餐午饭下来,熊认为上策"太毒","无此必要","也太可惜"。下策使老总和她"藕断丝连","极为不妥"。因此熊决定采取中策,加以修订——事实上,这早已是他的"腹案"。

他认为"中策"是"肉圆子打狗",何必"好了哪个杂种小子呢"?"这么好的一块料子"!熊本人在"老总"换防之后,他将要求司令把他自"副官处长"一职,调任"贸易公司总经理"。如此则他自己也可秘密地组织一个与"么二"住处类似的"小公馆",把莹姑娘接进去"金屋藏娇"。

朱胖子(正如杨营长夫人所说的)为人很"奸"。他早看出熊的企图,便对熊说:"你未翘尾巴,我就知道你要拉屎!就照你的话办吧。不过我警告你,你可占色;钱可得大家分账!"

"搞个俱乐部,大家玩玩,"熊笑着说,"你见财有份,见色也有份——

第二十六章 "病妇"的噩梦

你同意,那我们就这样做了。"

"一言为定!"朱胖子举起大碗白干和三角头一饮而尽。

归还赌债的方法

熊副官辛苦了一上午,饭后回到副官处,想午睡片刻。勤务兵泡好龙井茶,熊叫他把张会计找来。熊躺在床上吩咐张会计拿几十块钱去把叶老太所欠"赌债红条"全部赎回来;另外要他把叶老太以前"划"的账也总结一下。张会计领命去了。熊副官乃招呼卫兵,不许人惊动,他乃脱鞋宽衣,睡了个沉熟的午觉。

熊一觉醒来,日已西斜,勤务送上一杯参汤;他自己也洗了脸,乃问张会计还赌账情况。张说有两家他给了半价;有的当事人不收钱便把红条递还;还有一家不但不收钱,她丈夫退了红条,另外还包了些礼物来孝敬熊处长;所以他带去的五十元还未用完。

"叶老太一共'划'了多少账?"熊问。

"那倒不少。"张说着取出个条子交给上司。条理分明,日期准确,共计两百三十一块四角五分,多半是朱夫人、熊夫人和李太太的,都是会计室付的现款。

熊取了全部红条和白条,自己用算盘一敲,共计四百四十一块八毛五。他收好账目,乃取了两条"小刀牌"香烟,和一些糖果,招呼备马。熊上了马乃由两个卫兵相随,一马便赶到叶家。只见莹姑娘因身体不适卧床未起,叶妈则笑脸相迎,并收下礼物。周嫂捧上清茶,熊副官就招呼她回家去了。勤务、卫兵、马夫等人照例是不叫不入门的。熊副官伸手把内室门带紧,外室门也上了闩,乃坐下含笑和叶妈抽烟喝茶。叶妈已体会到,事不寻常,有点紧张,忙问处长来有何事。

"没什么要紧的事，老太，"熊还是含笑地说，"只是那些'红条户'到副官处来讨账，我想替你付掉，怕给二姨太知道不依，又怕司令责骂，人家红条户又追得凶，所以来问你看怎么办？就照你吩咐办吧。"

"……"叶妈红了脸，嘴里唏嘘，不知作何回答；愣了半天，才吞吞吐吐地说："熊处长，看在莹莹分上，替我做个主，做个主……"

"我做不了主呢！"熊目不转睛地看着叶妈说，"你看这些红条户，有些是客军的军眷夫人、娘子，还有个局长太太……"说着他把叶妈画有十字的红条都递过去，又说："现在不还，以后要加七分利息呢！"

叶妈一听慌得发抖，拉着熊的手，眼泪就下来了，颤抖说着："处长，能不能看在莹莹面上，向司令说说人情？……"说着叶妈就呜咽起来。

"老太，"熊正经地说，"你知道二姨太现在当权呢——不提莹姑娘也罢，提到恐怕二姨太又要来打人呢！女人争风吃醋，什么事都做得出，再搞出个人命来，就不好了。"

"做大官大位的，"叶妈惶恐地说，"三妻四妾多的是——处长，我求求你……"说着叶妈就跪下了，扶着熊的膝盖，哭得很伤心。

熊没有叫她起来，只是说："三妻四妾，是北洋军阀搞的，我们革命军军官，现在只许有一个军眷！"

"司令以前不是要娶我家莹莹吗？处长，你能不能劝劝司令呢？……"叶妈哀求不已。

"这事你千万不要再提了，"熊郑重地说，"现在委员长已派来了一位张中将，带来了一个'军风纪视察团'，马上就要到了。张中将陆大毕业，资格老、纪律严，厉害得不得了，关人关了一大阵——军法审判呢。我们司令现在都有点发慌！"

"张中将来查些什么呢？"叶妈惶恐地问。

"查军中吃喝嫖赌、贪赃枉法、轧姘头、讨姨太太。"熊严肃地说。

"那我家莹莹，三姨太也不能当吗？"

第二十六章 "病妇"的噩梦

"二姨太也不能当了,何况三姨太!"熊说。

"那二姨太哪里去呢?"叶妈慌张地问。

"她只有升级做太太,"熊说,"一夫一妻做军眷,军风纪团长便无话可说了。"

"啊……哦……哦……"叶妈摊坐地下,哭了起来,哀伤地说,"婊子倒做了太太——我家莹莹是女学生,姨太太都当不了……天啦……"叶妈不敢大声哭,却哭得很伤心。

"老太,我此来是讨账的,不是听你哭的。你母女都在军风纪视察团逮捕名单之内!"熊说得很严肃。

"处长,你不能可怜可怜我们吗?"叶妈呜咽哀伤无比,跪哭于熊处长膝下。

"我就是要可怜你们母女才来的嘛,"熊说,"我想替你们开脱开脱。"

叶妈一听话有转机,乃擦擦眼泪又向熊磕个头,"请处长施恩"。

熊乃叫她坐起,喝口茶,乃为她母女代想个办法。熊认为"莹姑娘"经"二姨太"一闹,已使司令下不了台。"军风纪视察团"来了,查出了这事,司令就会丢官。所以司令有意要"莹姑娘"暂时避一避——"莹姑娘不是有个舅舅在县城里吗?就暂时到他那儿去住住。"

熊又说,司令不是送过莹姑娘一些铜床、留声机、六灯收音机和一些家具嘛?熊副官可向司令关说,都不必送还。莹姑娘离开了,叶妈就可以把那些财产,折价抵还赌账和向副官处"归垫"。

再者,熊副官所经营的贸易公司,在县城有个办公处,有职员,也会有职工宿舍。将来莹姑娘可以到贸易公司担任会计,住入职工俱乐部,岂不两全其美?这就是他来替叶妈解除困难的方法,使叶妈听了破涕为笑。熊又递给她一支茄立克;叶妈吸了烟,一场灾难总算是得"贵人"解救了,终于破涕为笑,心里平安得多了。

第二十七章

夜 奔

出虎穴，入狼群

和叶妈商议既定，熊副官乃开门叫勤务到菜馆要几样好酒菜，一面又拍门把莹莹叫醒。其实莹莹早就醒来，睡在床上细听他二人的谈话。这新做的门，隔音虽好，她还是听得出五六分来，尤其妈有意叫她到县城舅舅家暂住，倒正是她所梦想的。

她原有意嫁给罗司令做"平头夫人"或做个"两头大"；谁知半路又杀出个"叫床幺二"的妓女来——她思前想后，怎能在一个"幺二"妓女之下，做个"三姨太"呢！她自恨命薄，又恨罗某薄幸，又恨妈妈下贱。千思万想，生不如死，就作第三度的自杀了。谁知又命不该死！如今活着既无意义，出街又无面目见人；洗衣为生究非了局——幸好听到熊伯伯一番好意的建议，能换个环境，将来到"贸易公司"做个会计，也不失为自食其力。想想颇为心安理得，甚至高兴，所以当妈拍门要她晚餐时，她也就欣然而出向熊伯伯道谢了。

在晚餐桌上熊副官和叶妈对酌，莹莹也喝了半杯酒，喝得脸红红的。熊伯伯和妈妈，只向莹莹稍事提到"暂去县城"，莹莹便欣然同意

第二十七章 夜奔

了。熊伯伯本来要雇轿子送莹莹进城,但怕引起街坊注意,把那姨子"幺二"惹来大闹,使司令难堪,军风纪视察团也要来抓她母女当间谍办了。所以熊副官建议莹姑娘"女扮男装",半夜出发,由阿七担行李护送,抄小路去县城暂住。梅溪距县城循古驿道大路约七十华里,翻山越岭走小路,则不足五十,所以熊副官希望她"半夜开溜",到县城隐姓埋名,然后熊某自会在新成立的"贸易公司"中安插她工作,照顾她食宿。罗司令不久也要开拔上前线去了。

计划既定,莹莹乃暗中去向干爹王屠户辞行,并请七哥护送。王屠户本以为莹莹要出嫁为"司令夫人"了。如成事实,则婚前王某自会自动向莹莹"作揖"解除"干亲"关系——这是"江湖"上的规矩,不使"朝中人"为难。如今莹莹婚事已终止,则干爹干女关系依旧存在。莹莹向干爹叩别时,哭跪于地,但是干爹认为她已身无"功名",干爹仍会随时保护的。

莹莹稍事包扎之后,自己化装为一个小"朝奉",由七哥挑着行李,行李卷中插了一把锋利的自卫屠刀,二人一前一后,乃于月黑风高的夜晚,溜出梅溪虎穴,抄小径走向县城而去。这边熊副官也向罗司令报告,说莹姑娘"羊痫风"又发了,她妈妈把她送到亲戚家去——她自知福薄做不了司令夫人,又怕二姨鞭打,所以暗自逃走了。罗司令闻言,歇歇之余,也就未追问了。

莹莹与七哥本来摸黑而行,山路崎岖,颇感艰难;所幸不久残月东升,路途模糊可见,而阿七又是老马识途,十里下来,风也小了些、路也认清了、人也暖和了,二人且谈且走,倒不觉辛苦。

这条路是山区小径,人烟稀少,是绿林豪杰的天堂。有时有一些头扎包头、手执各式手枪的壮汉从路边草棚出来张望询问,阿七只和他们说了几句莹莹听不懂的古怪的话,他们便恭恭敬敬让二人过去了。有时这批草莽英雄还请二人喝点烧酒暖和暖和。

二人一路走来，虽毫无意外，但是七哥总是特别小心。他不是走在妹妹之前，就走在妹妹之后，看路上危险性的大小而定。七哥把妹妹的安全看得太严重，不敢丝毫粗心大意。在这二人摸黑前进之时，莹莹倒想与七哥重续旧好，甚至希望在他们休息之时，七哥能拥抱她、吻她，甚至……莹莹对七哥真是既爱又敬。她简直想向七哥提议："二人私奔！"但是千想万想，二人一文不名，纵是七哥答应，他二人又"奔"向何处去？——天下之大，竟找不出一个角落，能让这对小情人有个去处。

　　莹莹终于打消这个念头的主要原因，还是落花有意、流水无情。天真而诚实的七哥，根本就未想到这一点。有时莹莹故作疲倦，坐在石上休息，希望七哥一起来坐，而七哥却自行李中抽出利刃，在四周巡逻。他说他不怕强盗，但这荒山野兽甚多，为着妹妹安全，他不敢有丝毫疏忽。

　　莹莹感激七哥的保护，暗中擦泪之外，也觉得如此良宵、如此爱侣，也辜负了天作之合而暗中欷歔不已。七哥偶与妹妹并行，二人讲几句话，而七哥也目光四射心不在焉。他只注意四周可能存在的野兽和强人，往往对妹妹的话，答非所问，使莹莹无法把自己的心挖出送给他。

　　一次莹莹看到七哥的过分小心，便笑着问他何必如此。七哥说，师父当年做保镖时曾有个口诀，要他也念念不忘。这口诀是："行走坐卧，不离这个——不离那个，'防人打我'！"七哥说，习武的人，尤其是保镖，一眨眼也不能疏忽，有武功的人，别人是绝对无法偷袭和暗算的。

　　"七哥呀，"莹莹笑着说，"你那晚不是被他们特务营巡夜的'偷袭'了吗？"

　　"他们不是偷袭，是明捉呢。"七哥说。他说那晚他可以把那个班长和六七个士兵一齐杀掉。但是杀出人命如何收场？"不但师父不依，妹妹，我不是把你也牵连了吗？"七哥说他宁愿被捉、被枪毙，不愿向官家朝廷反抗，牵连别人。"他们是官，我们又不想造反。"

第二十七章　夜奔

他二人走着，渐渐残月西沉，天已有点亮了，山势也渐平坦，村落也多起来了。二人走到一渡口，只见渡船在对岸，岸边草棚内的船夫尚未起床呢。莹莹要等一下，而七哥则把手指插入嘴中一吹；这一声呼哨，真声震山林。不久果见那船夫揉着眼走出草棚。七哥隔河和他也讲两句莹莹听不懂的话，那人便把渡船撑过来了。三人渡了河，那船夫劝他二人天亮了再走，理由是近些日此地不太平——狼下畈。七哥则认为天已快亮了，没什么危险。他二人还是谢了船夫，继续向县城走去。

这时路已很平坦了，二人走了不过两三里路，便穿过一个遍植苍松的大户人家的祖茔。忽然间听见附近一个村落内大敲其锣鼓，并听见有人伏在屋上吆喝。另一村庄则大放其爆仗来。

"不得了，"七哥惊慌地说，"狼来了——狼下畈！"

莹莹还不懂这句话的意思，只见七哥手一指，果见那村庄屋后有一群狼，约十余头，一面作怪叫，一面冲向这祖茔方向来。七哥面色大变，乃一边自行李卷中抽出屠刀，一面喊叫妹妹："上树！上树！"可是莹莹腿已发软，屡爬不上。七哥慌了手脚，乃把屠刀放下，双手把莹莹举起送向松干上去。莹莹此时手已软了，攀援不住。阿七慌了，乃把莹莹用力一塞，塞入两个粗松枝中去。莹莹还未坐稳，狼群已冲了过来。带头的一只大狼，上来向阿七便是一口咬去。阿七身躯一扭，躲开狼口，顺势一脚，把那狼踢向空中翻了个筋斗，余狼一怔，阿七乃拾起屠刀。当第二只狼刚咬上阿七的半截棉袍时，阿七顺势一刀，便把那只狼连嘴带牙割了下去。这狼刚倒下，余狼十来只，乃群起围攻，凶猛不堪。阿七乃舞刀旋回。前狼带伤退下，后狼又来猛扑。阿七乃挥刀倒于地下，像车轮一般旋转起来，如疾风暴雨，一时狼嗥人喊，刀光如电，好一场人狼大战。

这时莹莹被塞在树上，人虽吓软了，却被松干夹住，不致掉下。她目睹脚下这场人狼之争，自己已吓得半死了。忽然见围攻狼群之后一只肥狼仰首大叫,其他群狼乃停止围攻,掉头随这大狼,冲出这祖茔松林,呼啸而去;地下却剩下几只断腿伤狼,犹在呼号挣扎。

狼退之后,阿七才持刀坐起,气喘不止。

"七哥!七哥!"莹莹在树上哭泣着叫问,"受伤没有?受伤没有?"

阿七仍然气喘不停,坐在地上,只是摇摇头,没有开腔。

野而未合

阿七在地上坐了十来分钟,忘魂失脑,一言未发,莹莹想跳下树枝,来探视他,但自己却被松枝夹得太紧,加以惊吓过度,四肢无力,屡挣不脱。阿七看情况乃向她摇摇头,要她别动。又坐了数分钟,阿七才缓缓站起。他看那四头垂死的野兽,还在哀嚎挣扎,乃走了过去,每头补上一刀,作怜悯之杀,免其痛苦。阿七是个职业屠户,一刀便中要害,那四头野兽也就不再蠕动了——看来也怪可怜见的,虽然二十分钟之前,它们还是最可怖的食人野兽。

杀狼之后,阿七看路边麦田内有个肥料堆,他乃把这四只死狼,提着尾巴,拖到肥料堆边去;这才回来,从两根树干间,把莹莹"拔"了下来。莹莹下得地来已不能直立,瘫坐地上像那受伤的狼一样,只能蠕蠕而动。阿七乃陪她坐下,并为她麻木的腰杆四肢略事按摩,使莹莹渐次恢复正常。

"七哥,"莹莹神志初定才关心地问一句,"你被咬伤没有?"

"伤倒没有伤,"阿七说,"现在想想,命是捡来的。"

"七哥,你把它们杀得落荒而逃嘛。"莹莹在恐怖之后,居然又顽皮地笑起来。

"你知道狼群多可怕啊,"七哥余悸犹存地说,"它们往往能轮班缠

第二十七章　夜奔

住你，缠个整天整夜，等你精疲力竭，便把你吃掉。"

"这么厉害呀！"莹莹惊讶不已。

"前些年打红军，有几个溃兵在山里被狼围了两天两夜，无人来救，结果都被吃掉——他们还有枪呢！"

"这山里有这么多狼？"莹莹问。

"往往几百只，一来把一个小镇都围住，把牲口吃光。"阿七说。

"你打过狼没有呢，七哥？"莹莹问。

"一两只，哪有今天这么多！我以为我完了呢！"阿七说着仍有余恐。

"它们为什么不在山上，忽然跑到县城附近来了呢？"莹莹觉得有些奇怪。

阿七说"狼下畈"是常事。山上缺粮了，下山找东西吃——跟以前红军下山打粮一样。今年狼下畈特别多，因为山里驻的部队太多了。

他二人说了一阵狼的掌故之后，莹莹已勉强可以起身行走，然仍是举步维艰。事实上二人已走了一夜也劳累不堪了。县城如今只有数里之遥，走去可能城门还未开；开了，舅舅、舅妈可能还未起床呢。二人乃商议就在这祖茔坟山旷地觅地休息一下，等天明再进城。

这区大户人家的祖坟，占地十余亩，有石砌大坟十多个。二人乃捡一处较隐蔽、草丰地平，而又不当风的所在。莹莹甚至建议干脆把铺盖打开，大家睡一觉再走；但她又怕在睡梦中，被狼吃掉。阿七则知道狼群不走回头路，他二人大可放心。再者这个所在，原来就是夜行客，住不起逆旅时的寄宿之所，二人打个地铺过夜，路上行人，亦不以为意，所以他二人就把铺盖卷打开了。

阿七是睡惯油迹、血迹斑斑的猪肉案板起家的，看到妹妹的鸳鸯戏水的绣花被褥，乃服侍妹妹睡下，自己则坐在坟上看守，而莹莹则拖他同床共枕。七哥打死不肯，后来经不起妹妹的苦拖哀求，才尴尬地和衣睡下。本来二人并枕而眠，然莹莹终于忍不住了，乃翻身拉开他的左臂，睡到七哥的怀里去，七哥也就拥抱了她。

这是莹莹平生第一次和一个青年男子，相拥而眠。虽然这是在寒风习习的松影之下、孤坟之间，但她对这样的"野合"，还是激动不已。她多希望心爱的七哥拥她、吻她，并为她宽衣解带啊！而七哥竟练不出"他心通"，没有妄动——莹莹失望之余，想不到实在太倦了，也太困了。一个则空抱玉郎，另一个则徒拥美眷——好一个羡煞千千万万痴男情女的美景良宵，却被他俩天雷打的，完全辜负了——二人相拥相抱，竟至沉沉睡去……

赵三宝的牛皮

莹莹在昏昏沉沉之中，觉得是七哥练完了刀法，自窗外爬进她的卧室中来，二人相拥相抱。七哥正在吻她、抚摩她时，忽然听到妈的房内人声嘈杂，莹莹一听是那个"叫床幺二"沙哑的声音，乃一惊坐起，原来是场梦——但这梦倒有一半是真的：她睡在七哥怀里。

莹莹的一惊把七哥也带醒了。原来日高数尺，天已大亮。石墓那边的大路上人声嘈杂，在讨论什么似的。二人乃卷好铺盖，阿七挑了，也走向路侧人群去看个究竟。原来是一个三十岁左右、看来十分健壮的男人，用一扇板门、两条板架成个肉案子，上面一条死狼，正在零卖狼肉。案下还有三条死狼待剐。

这汉子在操刀卖肉。买狼肉的虽不多，但好奇的男女老幼路人，倒围了好两圈，问三问四的，问个不停。

"这些死狼都是你杀的呀？"莹莹听一个人在问。

"不是我杀的，还是它自己死的吗？"他卷起袖子自豪地说着。一面又向行人叫喊，说狼肉是最补的，冬天吃了赤脯躺在雪窠里都不冷；

第二十七章 夜奔

又说狼肉可以"壮阳、滋阴——男女都补啊"。他叫个不停，原来这条路是通县城的大路，早上多的是赶早市的行人——熙熙攘攘。大家都听说"狼下贱"，所以对这些死狼，和打狼的英雄都发生了兴趣。

"你叫什么名字？"一个似乎是个学生的青年问那汉子，并投以敬慕眼光。

"赵三宝——赵钱孙李的赵，此地人都知道我是打狼的赵三宝！"赵三宝又卷一卷袖子，拿着把笨重而生锈的菜刀，还在继续叫卖。

"这四头狼都是你拿这刀杀的呀？"另一个青年也在问。

"这刀哪行？我用'库刀'杀的！"说着他手一指，那倒插在他身后地下的库刀。这足足有七八尺长的库刀杆子大约有他膀子粗细，漆着红白相间的颜色。硕大的刀头单尖两刃，约有两尺多长，看来也倒锋利。围观的人想看看那杀狼的库刀，赵三宝拔出那刀，舞了两下，确实英武无比。

"来了多少只狼呀？"有个人问。

"别问了，二十来只。"三宝说。

"你怎么打得过二十多只狼呢？"又有人问。

三宝未立刻搭腔，乃走了几步刀法才说："会看的看门道，不会看的看热闹……"他说出他杀退二十余头狼群的"刀法"、"步法"来。这时有人要买狼肉。三宝乃大叫一声："妈！你切给他。"

大家一看，原来案子边还有位头发灰白的老太太，也在帮着割狼肉。

"你是赵三宝的妈呀，大娘？"一位青年女子问她。

"是呀，"老太说，"他杀狼我帮他卖肉。"

"你家儿子，了不得哎！"一位中年人对她跷跷拇指。

"我家三宝，就是糊涂胆大嘛。"老太说。

"他什么时候杀的——狼什么时候来的？"另有人问。

"今早天没亮呢，我不许他出去，他偏要出去——糊涂胆大嘛。"

老太的故事虽然也很有趣，但是观众还是围着打狼英雄问东问西。

　　"狼呀！"三宝讲出他的经验之谈，"是铜头、铁尾、豆腐腰、麻腿……"三宝说，打狼之道，不能打头，也不能打屁股，"要先打腿，后打腰……"说着他用库刀挑出一只死狼给观众展示，说那狼一扑上来，他回身来个关云长"拖刀计"，刀一晃如一阵旋风，"便把它'两腿砍成四条'"！

　　三宝说得天花乱坠，四周观众有的目瞪口呆，有的啧啧称奇，有的互跷拇指，更有小青年们要拜他为师，老人家赞他为民除害呢！……赵三宝也得意非凡——好一个打狼的英雄。

　　这时莹莹和阿七也挤在人丛中看热闹，听赵三宝吹得离谱时，我们这位高师二学生叶维莹，着实有点生气，认为赵三宝在死不要脸地胡吹骗人。

　　"七哥，"莹莹轻声向阿七耳边说，"你去告诉他，狼是你杀的！"

　　阿七摇摇头，没有答话。

　　莹莹实在忍不住，便硬要推七哥向前去告诉他早晨打狼的事实——莹莹是诚实人，实在受不了赵三宝的说谎骗人。正当莹莹还在推他男友时，却听见有人在恭维赵三宝是打虎武松。

　　"我怎敢比打虎武松？"三宝谦虚地说，"武松是赤手空拳，我是用库刀杀，杀……杀……杀……的。"说着三宝又要了两圈库刀。

　　莹莹一听他那"杀……杀……杀……"的沙哑之声，便想起早晨听到那个爬在屋上打锣吆喝的声音，原是同一个人的声音，心中尤为七哥不平，硬要推七哥出去。七哥不愿，但被莹莹推个不停，才低声地向莹莹说："武松打虎了不起，杀几只狼，也算不了什么……"

　　谁知阿七这句谦虚的话，却被赵三宝听见了，他认为是听众中有人竟敢公开瞧他不起，乃走向前来向阿七质问道："他妈的，杀几只狼，算不了什么——他妈的，你杀杀看。我杀狼为民除害，你他妈的还说俏

第二十七章　夜奔

皮话！"他嚷着把库刀横过来敲了阿七几下，并怒目而视，其状眈眈。

这时莹莹红着脸要和他争辩，而七哥却挑起担子，拉住莹莹便离开了——二人走了好远，听到赵三宝还在嚷个不停。

忍和爱

"七哥，这个赵三宝为什么这样死不要脸？我要是你，我倒要和他讲个明白。"莹莹说着气犹未消。

"要忍住一口气！"七哥解释说他们练功夫的，遇事第一想到的便是这句话——这是他当初"拜师"时，师父唯一的嘱咐。

"我要是你我才忍不住呢！"莹莹说。

"忍不住，就必然和赵三宝打起来，"阿七说，"打起来，我出手把他打死，怎么得了？"

"你讲出来，恐怕他首先要不饶你！"莹莹说。

"你看他那副样子嘛，"阿七笑了笑，说，"我要一提不就要打起来了吗？"

"这倒也是真的。"莹莹说。

阿七说，练功夫的人就要忍住一口气。他并说出师父当年的小故事：王道士大约在阿七现在的年纪时，跟着父亲在汉中一带走镖。一次外路来的一股回匪劫镖，他父子把股匪杀退，并打死两个匪首，事为当地"马快"（即今之宪兵、警察）得知，他们不但企图冒杀匪之功，还要枷锁他父子，冠以"通匪"罪名。王师父的父亲王老镖头，俯首就锁；儿子不服，就打起来了，三人未到一个回合，两个马快就身首异处了。

老镖头一看儿子杀了人，尤其是杀了官家的人，便叫儿子赶快逃走——因为杀人是要偿命的。小王在父亲跪求之下，乃丢下武器，一溜烟逃了。以后官方画影图形缉捕凶犯，小王四处躲藏至十余年之久，最后才溜入武当山做打杂的火头道士，直到民国之后，才敢下山。至于他双亲如何逝世，新婚妻子什么个下落，他也全不知情了。老来落得个屠夫的下场，都是未"忍住一口气"之结果也。所以王师父今日授徒，第一条戒律便是"忍住一口气"。

阿七说，他今早如不"忍住一口气"，把赵三宝一拳打死，如何收场？

莹莹听七哥之言，自觉大有道理。她记得幼年常听父亲告诫妈妈说："慧女不如痴男！"现在听听这位不识字的七哥之言，自觉她自己这位"高师二"的女学生的智慧，真远不如那位痴男呢。

二人且走且谈，已在赶早市商人农民摩肩接踵之中，走进了西门。莹莹认识路，乃自西门大街转芝子巷街后，走到门对一条污水小溪的舅舅之家。

朱朝奉之家原来也只有两间屋——前屋有个土灶和饭桌，后屋则是他夫妻的卧室。莹莹拍开了门，只见舅妈披头散发，穿件旧灰棉袄；舅舅则还在床上呢。

"莹莹真来了啊。"舅妈似乎并不惊奇地说，"前天还有'省营贸易公司'的人来问过我们呢——说你将来要到他们公司去做事。"

这话倒使莹莹有点吃惊，但也未便多问，乃把阿七介绍一下说："舅妈，这是阿七哥，他送我来的。"

舅妈还未搭腔，只听舅舅在床上大声说："莹莹，把脚夫打发回去，你自己坐下休息休息啊。"

阿七一听老人之言，便取下扁担，绕好麻绳，要向莹莹告辞了。未等莹莹回话，阿七已退出门外，莹莹只好跟着出来。

"妹妹，"七哥低声地说，"那我就回去了。"

莹莹想留七哥早餐，或至少喝盅热茶，休息休息，但是看那两间茅棚的情况，和舅舅、舅妈对这"脚夫"的态度，又不敢自己做主留他——

第二十七章 夜奔

心中忐忑不安，脸上也露出无可如何之情。

"妹妹，你留下吧，我就走了。"阿七且转身且说着，又有不忍即离的面态。

"七哥！"莹莹拉着阿七的袖子，泪就下来了。

"……"阿七停下了，面无表情，未发一言，只是看着莹莹。

"七哥……"莹莹欲言又止——因为她也不知道下面该说些什么，只是不断地擦眼泪。

"……"七哥默默无言，只是拿着扁担、绳子，和用围裙裹起的屠刀，扎在扁担上，缓缓走着，莹莹跟在身旁，不断流泪。

阿七走了数丈路，又停下了，站在一棵枯树之下，忽然轻声向莹莹说："妹妹，我要你向我讲句话……"阿七从嗓门内唧唧地轻声挤出一句。

"七哥，"莹莹且惊且喜地问道，"你要我讲什么呢？"

"妹妹，"七哥诚恳地说，"你说你要我死！"

莹莹闻言大惊，眼泪不禁一泻而下，她冲上去抱住七哥，把脸埋在七哥胸前，便呜咽起来。阿七虽也抱住她，但没有表情，也没有说话。莹莹呜咽了半天，才抬起头来，向阿七哭诉着说："七哥，为什么呢？……我……我们都还年轻……来日方……方……长嘛……"

这条临溪的"后街"，住户虽然不多，然而偶有行人，看看这小两口儿，不知因何事，一大清早，便在此伤心。

他二人又默立多时，莹莹才擦着泪看阿七背影，缓缓离去……

少东的生意和婚姻

莹莹住在舅舅家，地方虽小，倒是舅妈诚心欢迎的。舅妈知道这个女学生外甥女，可能会进"省营贸易公司"。这家新公司是当时茶寓酒肆内盛传的财神公司。再者舅妈这时也在接洗衣服，可是她不直接和雇主打交道，只是由一大"洗衣作"每日按"捆"送来，以后她可叫他们"多送一捆"了。

最使舅妈高兴的还有一件大事。原来朱朝奉所服务的济生堂大药铺的"少东"，去夏"断弦"，夫人遗下两女一子，无人照顾。舅舅、舅妈都有意介绍莹莹去"填房"，做"少东娘子"；而所谓"少东"者，并非"老东"之子的意思，其实老东已物故，少东便是这家大商号的业主，年方三十一，少东云者，言其年少而已。舅妈心中既有此三大计划，所以莹莹来住，倒是天大喜事呢。不过舅舅之家毕竟太小，舅妈则把莹莹的床铺设于土灶之后之茅草堆上，白日卷起、夜晚铺出，也很方便而暖和。

莹莹既是洗衣老手，洗得又快又好，使舅妈称赞不已。三天之后，舅妈便告诉莹莹，舅舅要在家请少东一人吃饭；既然上司光临，舅妈也希望莹莹"好生打扮打扮"，以便作陪。她又向外甥女解释，少东是家财万贯，生意茂盛，日进斗金，云云。

这一天中午，少东果然应约而来，并带来一些火腿、香烟和一大包银耳。这少东果然年纪不大，皮肤白皙，眼架金丝眼镜，头戴珊瑚顶，黑缎瓜皮帽、黑缎背心，挂金丝表链，灰呢羊皮袍和擦得很亮的尖头黑皮鞋，外加黑呢"鞋罩"，黑缎丝棉裤加狐皮套裤——一派县级富商打扮。

不过这少东也有几项特点：他说起话来，慢条斯理，可是声音却没有阴阳顿挫和轻重缓急——像那条静静的顿河，无止境地、无波无涛地默默地流着。他另一个特点便是，他的眼镜跟眼睛，套配得天衣无缝——他那黑眼珠，永远地嵌在金丝眼镜的正中央，眼球几乎向不转动——永远向前直视着：不上不下、不左不右。若说心不正则眸子眇焉，少东的心倒永远是正直的，向来目不斜视。他吃起饭来也只见嘴动、筷子动，眼和身体都不动。

第二十七章 夜奔

舅舅、舅妈因为请的是他们严肃的上司吃饭，捧汤、拣菜都显得紧张，话也很少说，偶尔说几句，也脱不了买卖药物的生意经，莹莹在一旁忙着倒汤、斟酒。少东既未让过，也未说过一声谢谢，使莹莹觉得很别扭。但她在少东和舅舅言谈之中，却发现少东的身份倒真是个老板——他三句不离生意，关注到"洋参"已被"缉私队"截去了，转卖给他，价钱"吊"得太高。舅舅为之叹息，但少东却认为"有方法应付"，因为洋参一涨，他可把现存既不值钱而分量甚多、买主最多的"草药"——什么陈皮、甘草、柴胡……"统统借口提价，足够补注"。他因而招呼朱朝奉，从明天起，把所有药草都"加价三成"，朱朝奉连声说"是"。

"我们不怕洋参提价，"少东说，"此地有几个人吃洋参？要吃的人，也不怕贵。洋参卖贵了，带高其他草药价钱，对我们只有好没有坏——草药毕竟买的人多嘛，我们多中取。"

莹莹在一旁默默地听着，觉得这位古怪的少东，倒是一位精明的商人。她想到爸以前常说的话："财不长痴人。"这少东看似痴，才真不痴呢。

"缉私队如真把洋参、燕窝吊得太高，"少东又慢吞吞地说，"我们也可抵制他一下——不买，就说价太高了，就煞价了。"

"洋参买的人比先前还多呢，"朱朝奉说，"冬天到了，难民也多——不能缺货呢！"

"真缺了，"少东说，"我可以请'放鹤堂'张管家，借几斤来应应急——缉私队还得拖拖他们一下……"

他们四人这顿饭吃了两个钟头，只听他们两位男宾主说话，而说得最多的还是少东——他在指示他的朝奉如何做生意，生意经之外，其他事务，一句未提。

酒醉饭饱之后，少东乃自衣袋内，取出一包"红锡包"香烟来抽，并问朱朝奉要不要，而朱朝奉还是吸他的"水烟"。

"这些'金钱牌',也被他们缉私队把价吊得太高了,"少东心里似乎有些不平,但他却没有以声调表达,还只是平平地说,"以后统归'贸易公司'卖——官家真会搞钱!"

"贸易公司已经成立了吗?"朱朝奉消息不灵,不免一问。

"商会张会长说,他的'盐庄',也很难做了。"少东说。

"贸易公司也搞'私盐'吗?"朱问。

"他们搞,还有什么公私?利大着呢!……"据少东说,贸易公司以土产"桕油",向敌伪换盐,一担换四担;他们拿了盐,再向油农换油,也是一担换四担,"一来一往,你看……"

饭吃完了,少东起身告辞,才向莹莹的舅舅、舅妈说他预备请"张会长做媒人"。说着他就在朱朝奉夫妇打躬作揖之下,回药铺去了。

那间菩萨店

当朱朝奉夫妇每日都在盼望开盐庄的商会张会长来访时,县城内难民又大批涌进,时近年关岁尾,百业生意兴隆,少东和盐庄老板都忙不开交,诸事只有等开年再说。

这时莹莹除陪舅妈洗衣之外,就替舅妈跑菜市,买豆腐青菜。舅舅、舅妈是"逢五吃肉",每五天吃一次肉的。一次舅舅上工,顺便买了六两猪肉,舅妈叫莹莹买青菜时顺便去取,这才给莹莹一个机会,细看了一下"济生堂"大药铺(后在沦陷期间改名"百合药铺"以减小目标)。这药铺在本县南门大街上,的确气派非凡。三间门面,中挂"济生堂"硕大金字匾额,右边金字抱柱是"经销巴蜀银耳",左边是"专售琼崖燕窝"。

这三间门面,右边是卖药柜台,有三个穿着蓝布连胸围裙的年轻

第二十七章　夜奔

朝奉，手执药称或天秤，正在自靠墙的数十个小抽屉内，取药出售，似乎忙不开交。靠左一间，则放着一张紫檀八仙桌，靠墙一排太师椅，只见一位戴着深度老花眼镜、胡须飘飘的老中医，正闭着眼为病人按脉，太师椅上还坐了几位候诊病人。

莹莹走上中间过道，在顾客背后，看到舅舅正坐在右间后进一个小方桌上，打算盘、结药账。舅舅背后则是一间黝黑的小房间，里面似乎有张供桌，桌后供着一位"药王菩萨"，脸看来白白的。莹莹再揉揉眼睛一看，那"菩萨"原来是个人——就是那要她去"填房"的"少东"。莹莹正在惊讶不置之时，舅舅看到她了，那"白脸菩萨"也看到她了。二人都站了起来；少东也走出小房来。

舅舅把猪肉交给莹莹，放在竹篮之内；少东则招招手叫莹莹走到后进去，莹莹不敢违抗"菩萨"命令，就跟他走入后进。这后进有三间厅堂，穿过厅堂便是一个四合院，有个老妈子在走廊上洗衣服，院中有两个流鼻涕的小女孩在踢毽子。

那洗衣婆婆看到少东，便停止洗衣，用围裙擦擦手就站起来了。少东向她说："告诉姨婆，留莹姑娘在家中吃饭。"原来这药铺规矩，中餐是老板伙计一道吃，晚餐各自回家吃。女眷则在内宅自吃其午餐，所以少东今天想留莹姑娘和"姨婆"一道午餐。莹莹则连连道谢，说舅妈在等她烧午饭，她非回家不可。少东闻言，亦未强留，乃带莹莹走入一厢房，在厢房中取出两包用红纸包好的糖果——一包红签上写的是"状元红"，另一包是"桃酥"——放到莹莹的篮子里去。既然少东脸上并无表情，嘴内也未说话，莹莹也不敢拒绝，嘴里也说不出道谢，就收下了。少东走回前店，又回到小菩萨房里去了，莹莹看舅舅正在忙，也未招呼舅舅，就出来了。

莹莹走到店前阳光之下，回头看那黝黑的小屋，见少东还一动不动地坐在那儿，莹莹又仔细地看了他两眼——仍然以为他是一座菩萨。

第二十八章

今生与昨死

另一个世界

莹莹提着竹篮循街边走回家，路过鼓楼之侧，看到一群青年正在围看一张广告。她也站着看一下，原来是"省立临时中学"的招生广告。高初中都有；自初一到高三，都可插班。校址是在距南门外三里的"龙潭寺"。莹莹看着心里痒痒的，想到能进此中学多好，但是一看到"学杂费拾陆圆"一条，心中就冷了。她身边只有妈给的五元。以前那罗司令还给些首饰零钱，都由妈保管，却给妈通统输光了——莹莹想想，对妈也有点怨恨。舅舅对她不错，但是舅舅哪来这十六块钱呢！

莹莹看了一会儿，乃绕过鼓楼；想不到鼓楼那边也有一群人在看另一张布告，原来是："国民政府军事委员会、政治部直辖政治宣传总队、第二大队，招考男女学员广告"。莹莹只瞥了一眼，也就预备走了——反正缴不起学费。可是她忽然听到两位青年在讨论说"待遇不坏哎"，这才又引起莹莹的好奇心，再挤入人丛一看，不禁大喜过望。原来这些学员，不但不要学费，"录取者以上士起叙"，"每月薪饷七元"。

莹莹抱着篮子，再挤进去细看一下"报考资格"，规定是不论男女、

第二十八章　今生与昨死

初中毕业、十六岁以上三十岁以下"均可报名应考",考试地点是"文庙"。莹莹看了这一资格,心头一爽——这一喜真非同小可。

放下竹篮,解下围裙把篮内礼物遮住,乃三脚两脚,穿过文昌巷,走到文庙。果然庙前挂着白底蓝字宣传大队的大牌子,有个枪兵在一旁站岗。莹莹在一旁探头探脑不敢进去,但听到有两个青年问那岗兵,才知"报名处"在庙内,莹莹也就跟着那些青年进去了。

这"报名处"设在右庑,有两间房,男女分别报名。莹莹见男报名处有一群人在等;女报名处,则空无一人。她乃走向女报名处,只见里面有张桌子和两把椅子,有两个女兵在聊天。莹莹看那女兵一长一幼,二人身着草绿棉军服、腰束皮带、脚穿力士鞋,军帽轻覆在那长发之上,真潇洒至极!——莹莹一看之下,真打心眼里羡慕起来。

那年长女兵(约二十七八岁)一看到莹莹,便首先问道:"你来报名的吗?"

莹莹说:"是。"她又问莹莹:"认得字吗?"莹莹说:"认得。""会写吗?"她又问。莹莹说:"会。""那你就自己填个表吧!"这年长女兵说着,那年幼的女兵便取过一张油印的表格来交给莹莹。

莹莹一看这表格除姓名、年龄、地址、学历之外,还有"写作经验"、"绘画经验"、"舞台经验"等数项。那小女兵又取出墨水瓶和钢笔给莹莹,莹莹都照实填了,并于舞台经验项下,填上"参加《雷雨》演出"等数项。

当那年长的女兵看过莹莹的表格之后,她对这村姑打量半天,面露惊讶之色,只叽咕一句说:"你是高师二?"未等莹莹回话,她拿着表格便匆匆地走了。

当莹莹正和那年幼的小女兵"王秀英"谈话时,那年长女兵回来了,同来的却是一位身着"武装带"、领口挂少校领章的军官。这军官大约三十五六年纪,长得很清秀,态度也很和蔼——和莹莹所认识的罗少将、朱中校、熊少校的味儿,完全不同,而莹莹则觉得这位少校容易亲近得多了。

"我是张指导员。"这军官伸出手来，和莹莹亲切握着手，要她们三人一同到他的简陋的办公室去——这办公室只一张木桌、几张椅子，和一张帆布床。

张要大家坐下之后，把莹莹的表看了又看，又对莹莹上下看了一遍，忽然说："你在《雷雨》里演四凤，是不是？"

莹莹脸微红一下，轻声作了肯定的答复。

"那你什么时候可以搬过来？今天？明天？"张含笑而肯定地问。

"张指导员，我还没有参加考试呢。"莹莹有点难为情地答着。

"不用了，不用了！"张随即用红铅笔在莹莹表格上批着"免试录取"四字，使莹莹大为吃惊，也喜出望外。

张又指着那年长女兵介绍说，她是张秀兰同志，你们女生队将来的"中队长"；那年幼的叫王秀英同志，将来也和莹莹一道在"话剧组"。

张指导员找来勤务兵，泡了一壶茶，又取出些花生米，四人且吃且谈。张问了莹莹的详细身世之后，说你以后可写篇"自传"。张又向秀兰说，看样子维莹同志的舅舅不会阻止她来当兵——不过我们搞政治工作的，总要向她的家长"动员"一下。莹莹是第一次听人叫她"同志"，她感到亲切和骄傲，内心欣悦无比。

莹莹在文庙内和他们谈了两个钟头，真是心心相印，情投意合——这才是她应该住的世界。真想不到，这个伟大古老的中国之中，竟然有这么多小世界，她自己在另一个世界寻死三次，最后竟于无意中，摸到这一个世界来……

张指导员他们又带她参观了营房和看了一些陈列的书报之后，莹莹就回家了。张指导员并和她约定今晚来拜访她家长，莹莹明天就可"入队"了。

莹莹的心情是兴奋、喜悦、恐惧、新奇……交织着回到舅舅家里去。

第二十八章　今生与昨死

跟党到死的第一步

　　莹莹辞别了张指导员，三步两步赶回舅舅家，她怕舅妈在等着她烧饭呢。谁知她一进门，却见一个穿皮袍的中年人，和舅妈正在喝茶、吃糕饼聊天，这些糕饼显然是那穿皮袍的人带来的。那人自我介绍是"省营贸易公司"的庶务科长，姓廖名邦平。他已来过一次。这次来也已等了两个钟头——"总算把'莹姑娘'等到了"。

　　廖自称他是熊兼总经理的"贴心人"。他奉总经理之命，在县城已为"莹姑娘"租好了宿舍，莹姑娘以后就在他的庶务科当"挂名会计"，不必上班。吃的、穿的、用的，由庶务科全部供应。有任何需要，只要莹姑娘吩咐我姓廖的，便没有做不到的。

　　廖这番话使莹莹听了不知如何应付，心情反应也很复杂。她曾自金环口中听到有关"叫床幺二"那个"小公馆"的事。金环说那小公馆便是熊副官一手布置的——金环也曾说过有关熊正宜、熊楚材的吃喝嫖赌、走私资敌和贩卖鸦片、组织公司的许多故事——熊对她母女虽然恩高德厚，但是现在又要她在县城单住宿舍（是否也是个"小公馆"呢？），是什么意思呢？莹莹不愿搬去住，但是要不是在"政宣大队"被录取了，她也不敢贸然拒绝。如今既然有两处可去——不必去听"少东"那个药王菩萨的使唤了，她就向舅妈说出"军事委员会政治部"里的"机会"，希望晚间舅舅回来时，再听舅舅的话。

　　廖科长劝了半天之后，约好明后天再来，便走了。晚间舅舅回来了，他们夫妻舅甥，正在为这三个选择伤其脑筋时，忽然有人敲门。莹莹开门一看，原来是张指导员，带几位女兵，后面还站着一位上校级军官，张介绍那位是邹副大队长。

　　朱朝奉夫妇一辈子还未见过这样大的官；而这群"军事委员会"里的大官，居然亲临拜访，更是前所未有之事；街后、街前的邻里，不免轰动。朱朝奉打躬作揖，不知如何接待，慌忙万状，街坊却羡慕不已。尤其是那位上校和少校军官更是"朱老先生"长、"朱师母"短地叫着，更使朱氏夫妇坐立难安。这些军官并为维莹同志被"免试录取"而参加"抗战行列"向舅舅、舅妈道贺。舅舅、舅妈更打躬不已。

"维莹同志，"那上校军官亲切地问道，"你的行李呢？"

"没什么行李嘛，"莹莹说，"只一个藤箱、一个铺盖卷、一个瓷面盆。"

"那我们就替你提着吧，今晚就报到入队，我们还有个晚会欢迎你呢！"张少校说着就提起铺盖卷，上校提了藤箱，女兵们拿着面盆杂物，大家浩浩荡荡，辞别了"舅舅、舅妈"，就回到大队部去了。

这个不平凡的行列，街坊传言：军事委员会派了一个团长（上校）、一个营长（少校）来搬行李的——朱朝奉夫妇也颇感光辉。

莹莹姑娘终于摆脱了旧世界，走出"跟党跟到死"的第一步。

新兵的喜悦

邹副大队长一行男女六人，提着叶同志的简单行囊，嘻嘻哈哈走向文庙大队部去。莹莹本来有点羞怯和紧张，但是她看到另外三位一长两幼的小女兵，对两位大官那样无拘无束的样子，自己也就放松多了——她想不但她所知道的军人生活不是如此，就是她"女师"之内的师生关系也没这样轻松活泼，心中真感到无比幸运和快乐。

在他们的谈笑中，莹莹才知道张指导员本想在家庭访问之后翌晨再接叶同志入队，事为邹副大队长所知，他认为既有如此优秀的新血液加入，就应立刻动员争取，哪能等到明朝！再者他们由前线退下的四十多位"老同志"，原定于今晚举行个"迎新餐会"，邹副大队长也不愿莹莹晚到，脱了这个参加大会的机会，使莹莹尤觉感奋。

第二十八章 今生与昨死

大家说着笑着，不觉已到庙门。卫兵立正敬礼，才使莹莹认识到这里的确是座军营。大家踏入营内，只见正面"明伦堂"上挂着一盏"汽油灯"，照耀如同白昼。男女学员喜形于色，进进出出，一个晚会，正要开始。众人见他们一行到达，一齐鼓掌欢迎，真使莹莹心花怒放。她唯一感到尴尬的，则是大家都是"军人"，只有她一人还是个村姑打扮的"老百姓"。

邹副大队长把莹莹的行李暂放走廊上，乃率领莹莹在掌声中走入会场，邹并向大家介绍说："这是今天才报到的叶维莹同志。"

邹的话未落音，忽见人丛中蹿出一位白白胖胖的女兵，她飞奔向前，一下把莹莹抱住，连声叫着说："小莹——小莹——原来是你！"她说着眼泪都下来了。

莹莹一看她，不禁也叫起来，说："梅姐——梅姐，你怎么也在这儿!?"

二人抱成一团，各自洒泪——原来这胖娃叫曹文梅，是莹莹的"高师二"同班同学，她二人事实上是自初一起就是同班好友，平时形影不离。最后学校因战争停办才分手，想不到在军营内意外相逢！

她二人正有无限离情要说之时，忽然"值星官"喊"立正"——原来蒯大队长到了。莹莹见蒯着深筒马靴、佩剑，挂上校领章，粗壮而面皮黝黑，全身威气逼人，是个标准军人。他一到场，全场便鸦雀无声。

值星官又大声报告："请大队长训话！"

蒯大队长向四周看了一下，然后才稍露笑容地说道："今晚是'讲话'，不是'训话'。"

大家也随声笑了笑。蒯说了大约十分钟的话——果然是"讲话"，不是"训话"，使大家轻松多了。接着邹副大队长、张指导员，和女学员队（第三中队）队长张秀兰也讲了话，尤其是邹副大队长，态度轻松，出语幽默，博得满堂彩声，把这个大会又拉回到"迎新会"的热闹气氛中去。

当晚餐会的酒菜是破例的丰盛,整盆整盆的鱼肉之外,还有一整坛"花雕",香气扑鼻。全队百余人,人人酒醉饭饱。莹莹在梅姐卫护之下,也认真地饱餐一顿——这一顿晚餐也结束了她多灾多难也多彩多姿的生命中一段"梦中有梦"的旅程。

军中生活

莹莹自从脱下"老百姓"的衣裳,换上军服,这军服使她一穿四十年没有脱下——从死到生,又从生到死;从死而复生——从红颜到白发,从一个中学生的情人,变成革命先烈的慈母。

这个"政治宣传大队"里的气氛永远是轻松活泼的,但是却训练紧张、纪律严肃。它的一天是从早晨六点开始。盥洗如厕、整理内务半小时;六时半升旗、朝会,接着便是早操、军训、武术;七时半早餐;八时至十时,政治经济、党义学科(星期一则是"总理纪念周会"),统谓之精神训练;十至十二时分科专业训练,如音乐、戏剧和各种宣传艺术;十二时午餐、午休;两点到四点三十分分科专业训练,如戏剧彩排、音乐、练唱、操琴、杂技练习等等;四时半军训,大队长每日总结训话;六时晚餐、休息自由活动;八时自习;十时就寝;十时一刻熄灯。

莹莹初入队中来,虽然觉得生活节奏紧张,但是每天每时、每分每秒都使她觉得生命充满活力和意义。学习的心得也是日新又新,永远在无休无止的前进之中,前途一片光明——在这光明的远景之中,她决心奉献一切,包括她自己的生命。在这光明的远景之中,她也发掘了自己的智慧,由智慧而觅得真理,在真理中找到归宿。

从朝会、早操、自卫武术开始,莹莹就察觉生命的意义;这意义的高潮,则是八至十时的政治"大课"。大课本由张指导员和邹副大队

第二十八章 今生与昨死

长轮流主讲。他二人都学识渊博，口若悬河，剖析事物世态，无不尽情入理，使人刻骨铭心。这大课每日一题由"党义"说起，把民族、民权、民生，剖析得思路分明、光明灿烂。莹莹记得在女师时，她所最敬佩的国文老师（一位老"贡生"），曾暗把"党义"骂成"狗皮膏药"，她自己也完全同意老师的说法，向不把"党义"一课，看在眼上、放在心里。可是如今听到邹、张两位新老师的"大课"之后，才觉得以前那位"贡生"老师是"冬烘"。

莹莹尤其心折的，则是邹、张两位对"抗日战争"意义的剖析。他们认为"抗战"是全民族乃至全世界所有的被压迫民族，求生存和解放的"反对帝国主义的斗争"，是个"民族革命"。但是这个"民族革命"之后，如不紧接着来个"社会革命"，则此一民族革命便失去意义。

"你看，"张指导员常时激动地说，"我们社会是多么不平……"他举出成千成万的乞丐和饿死的饥民，妓院中数不清的被贫穷父母卖出去的十三四岁可怜的"雏妓"，那千万百万的胼手胝足、汗滴禾下土而整年不得一饱的贫农、雇农，那些"遍身绮罗者，不是养蚕人"的剥削阶级的地主富商，那些贪赃枉法、欺压善良的贪官污吏，那些投机倒把、荒淫无度的洋奴大班……张指导员学识渊博，接触广泛。他又善于言辞，他讲出社会不平的活生生的事例，来指出这些种社会不平如不能解决，则民族革命便失去意义。

"你想，"张有时眼泪汪汪地指出，"对一个在老鸨子皮鞭之下偷生的小妓女，在那些人类的渣滓、最下流的嫖客蹂躏之下的十三四岁的小女孩，她们如得不到解放，则民族革命对她们有什么意义？大家想想看……"

张指导员在礼堂上讲这类事例，讲到激动处，往往声音哽咽，自己泪下而使全场听众集体啜泣。莹莹因自身便是件事例，加以个性情感化，往往坐在同学之中，更是泣不成声，不能仰视。她每擦一次眼泪，她的信念就更坚强一次,认为她发现了真理——有了坚不可拔的使命感,她生命的意义,便是加入这革命洪流,来彻底改造这个万恶的社会。她的生命再无其他意义;她的归宿再无其他选择。

做明星的报酬

莹莹对她所受分配的"专业"——戏剧表演,更是兴趣浓厚。她在"女高师"虽也曾为抗日募捐上台演过戏,尤其是扮演《雷雨》中的四凤,曾使她锋头一时,但那个校中"义演",都只是些野台戏,既无专家导演,亦无服装设计,灯光布景,更是简陋不堪。最令台下观众嬉笑的,则是女师学生"反串"男角,说起男话来嗲声嗲气的——那次她们捐了不少钱,但是街坊邻里、学生家长和公教人员来看的不是"戏",而是看"女学生表演"。这些并不善于"表演"的女学生,自己心里也觉得好笑。

可是这次在"政宣大队",就大大地不同了。政宣的客观条件,可能还比不上"省立女子高等师范学校",但是主观条件两方就不能相提并论了——政宣是个职业化的戏剧学校。邹副大队长便是"艺专"出身的,抗战前已是职业导演,并主办个戏剧班。抗战开始他率领全班投入抗战行列。虽然大部分职业演员都去了武汉,他和少数同事,包括"前台监督"张秀兰,则愿意留在前线,变成"政宣"的原始创办人之一。所以莹莹她们学戏,是从"戏剧理论"开始,中西古今,上海、巴黎、百老汇、好莱坞的各种形态创造,皆在悉心研究之列。莹莹上课不足两周,便想到以前在女师的"表演"是多么"胡闹"。

邹、张两教师不但是既编且导,他二人且是老牌演员,必要时自己登台。在众学员下午排戏、练习之时,两位导师一开始便率领他们走向群众,试演些简单的街头戏。谁知莹莹第一次上街,在《放下你的

第二十八章　今生与昨死

鞭子》一剧中演"香姑娘",竟一炮而红,变成了县城之内无人不知、无人不晓的大明星。她的"成名",当然也是张指导员的苦肉计所推动的。

那次他们决定试排《放下你的鞭子》时,张指导员选择的时间地点是下午二时,在南门外桥上,因为这个时辰南门外这个通衢之上,行人不多不少,最适合表演"街头戏"。而这个戏上的父女配,便是张氏自己和小莹。谁知他二人配搭得天衣无缝,竟被观众误为真事。那两个莽汉(老虎灶上的王秃子、春江酒楼茶房的邢小龙)看得心中不平,乃一拥而上,把那当配角的张少校揍得两腿和屁股酸痛不已,个把礼拜,始恢复原状。

这两个野青年发现打错了人,虽然抱歉不已,而他二人对"香姑娘"之怜惜,可一往情深。自王秃子发现"香姑娘"也是他买水顾客之一时,他一天十几小时,都要在灶旁井罐之内,留些"全开水",以备不时之需,怕"香姑娘"来了,一时没水供应。所以有时有些幸运客买水时和"香姑娘"同时出现,他们也就幸运地和"香姑娘"一样享受"全开水"——因为王秃子不愿把"香姑娘"的特权公开化。

一次林文孙的姑妈林世勉,应老同学邹毓璜之约到政宣去讲"乐理"时,莹莹在课室之外抱着"干爹"哭了好一阵子;由于这一偶然之晤面,林老师才知道这县城之内,大名鼎鼎的"香姑娘",原来却是自己的学生"莹莹"。自此以后林老师便有"全开水"可以喝了。

"莹莹自述"

政宣队晚间八时至十时的"自习",虽由各个学员自习其专业,但有一点则是大家所共有,那便是每个学员都得写一篇详尽的"自传"。邹、张二人要他们"毫无隐瞒,据实写来",自身之外,对周遭事物和社会现象，亦可尽情写出，然后指导员们可以择要选出，让大家讨论。

莹莹对写作原有兴趣。在校读书时，每天都写日记，有时且写点新诗在"百花之壁"的墙报上发表，但自觉以前只是围绕在父母膝下，写出来的都幼稚不堪。一直到她返乡六月，三度企图自杀之后，才对什么叫社会、什么叫人生，有点粗浅认识。在她对张、邹两位老师分别口述之后，二人都鼓励她写下来，不厌其长。因而莹莹在每晚自习时间，便和诸同学一起写自传。这自传则由邹、张二人分别逐章批看，作个别讨论。有重要的个人情节，则由二人选出，于大课中提出报告，由众人一致详细讨论。

这个"政宣大队"招考简章虽规定"初中毕业"以上程度，事实上它吸收的各阶层分子都有，成分至为复杂。下至不识字的村姑，甚至有逃出火坑的雏妓，和不识字的民间艺人，上至各名牌大学的学生，无不应有尽有，大家不论长幼贵贱，都一视同仁，亲如家人。他们原在军委会的编制，只有官长十五人，军士一百人，杂费称之。但是自从我军弃守京沪，沦陷区扩大，失业而热心报国的青年增多，大队乃尽量容纳，甚至主动吸收，则经费便入不敷出了。嗣经张指导员首先动议，官长学员每月除留一二元不等作为零用或济家之外，其外薪饷一律归公——大家一日三餐"吃大锅饭"。这一提议，经一致通过后，学员人数大增。用费很快便超过编制预算三分之二以上。人多了、分子复杂了，大队就显得更多彩多姿，写起"自传"来，那就更是琳琅满目、美不胜收了。

莹莹写了两章"自传"之后，她的文艺才华，便被邹、张二导师发现了。张指导员并用私费购赠与她一整"刀"毛边纸，和一大瓶"蓝黑墨水"，嘱咐她尽悉据实、毫无保留地写下去，由他逐章批阅。张并亲自用他那秀丽的行书，为她写了一张"莹莹自述，张叔伦署耑"的封面。

张指导员这一鼓励，对莹莹心中的启发，真非同小可——每日自习，她便用蝇头小楷详细写来，有时甚至整个礼拜天，她都不休息，伏案工

第二十八章　今生与昨死

作，逐章交卷。张指导员得卷乃用他的红墨水笔，逐章批阅，并下理论性的评语——句句都打入莹莹的心田深处。等到莹莹在林老师房中认识了老师的"三侄"之时，她的"莹莹自述"已积稿至十万余字了。

为着对知心人的爱情，她把这份原是"军事委员会政治部"的人事秘档，都全部奉献给她的男友去铭刻五衷了。没有这份"秘档"，没有她男友的计算机记忆力，再没有他转述给一位有经验的"口述历史学家"来录音整理编校，也就没有上篇数万言的"梦中有梦"了。

女友口中的抗战意义

这部长至十万字的"莹莹自述"手稿，林文孙在张家花园的防空洞内几乎细读了一星期，多半时间，是拥着作者莹姑娘在怀中，二人一道读的，不明白的地方，则由莹莹再补充说明。

"文哥，"莹莹总是说，"你对我这样的坦白自述，不觉得奇怪吧？——张指导员他们，看一章钉一章，务必要我尽量坦白、尽量详细，我自觉也没什么不该讲的，事实就是事实嘛。所以就啰啰唆唆写了那么长。"

"莹啊，"文孙叹息着说，"和你比起来，我的生命实在太平淡了。想不到你小小的年纪却经历了如此惊涛骇浪……"文孙说着不断地叹息。

"张指导员对我的启发真大啊，"莹莹说，"我原先以为人生就是如此痛苦，社会原来就是个地狱。我只是把这些痛苦、这些地狱里的实情忠实地报告出来就是了。一个人活在世上，原就是来受苦的，受不了就自我解脱——大不了一死嘛。"

"张指导员对你有些什么启发呢？"文孙好奇地发问。

"张指导员说，人生本不痛苦，社会也不是地狱；只是痛苦和地狱都是人类自己制造出来的。"莹莹说。

文孙听到这话也似乎豁然有悟地说："把那些制造别人痛苦、送人进地狱的坏人一起杀掉，人世间就幸福多了。"

"张指导员不是这样说的呢。"莹莹说。

"张叔伦怎么说的？"文孙问。

"张指导员说，杀坏人不是根本的办法，"莹莹说，"他说根本问题出在社会制度上。我们这个社会是个'半封建社会'，在封建或半封建的社会里，才有这人吃人的现象——不是好人和坏人的问题。除暴安良的办法是太肤浅了。根本解决的办法是把这个罪恶的半封建社会，改造成'社会主义社会'或'民主主义社会'，这些社会不平、人类痛苦就自动消灭了。"

莹莹这一番转述的社会主义大道理对文孙来说，倒是闻所未闻的。他在"党义"课上，听老师把"民生主义"背烂了。他总认为那是"狗皮膏药"、"党八股"，课堂里同学不是做代数习题，就是看小说杂志。想不到在防空洞里谈恋爱，一个小女朋友却能讲出一大套党义老师也讲不出的大道理来。

文孙想了半天又说："现在日本侵略这么严重，我们要抗日救国，还有什么工夫去改造社会呢？——社会未改造好，已经亡国灭种了。"

"张指导员也是这样说的嘛！"莹莹说，"他说我们要实行革命的三民主义，先搞民族主义革命。抗战胜利后中国一定要变成个社会主义国家。否则抗战就变成为一个阶级——一个剥削阶级去打的。为剥削阶级去打仗，那么抗战就失去意义了。"

莹莹这番话真说得她男朋友目瞪口呆，弄得二人忘记了谈恋爱、拥抱接吻，而谈起国家大事、抗战的意义和"阶级问题"来了。

第二十八章 今生与昨死

叶传张批

没有谈情说爱对象的青年们，日夜梦寐以求的便是谈情说爱、拥抱接吻，你死我做和尚。可是等到你二人偷偷在一个防空洞里，你不死我也不做和尚，拥抱接吻了个把月，谈论国事时事家事、政治信仰、哲学意义，就要向谈情说爱反攻了。

莹莹对张叔伦的洗脑工作是百分之百地驯服了。她自觉发现了真理，由愚昧转入智慧。她生命也有了意义，对一切社会不平的发生原因和解决办法，都有了答案——她要为这点发现去普度众生、去治病救人、去奉献出自己的一切。她想不到她"普度众生"的第一个对象竟是她自己最爱的而要和他去"生同罗帐、死同坟"的男友；不幸她这个男友却偏偏是"张指导员"所一再叙说的无法"立地成佛"的顽石——他出身于一个富贵荣华的官僚地主家庭。他无法接受被压迫阶级或无产阶级传教的"阶级意识"；而阶级意识却是接受传教的第一个条件。

莹莹的传教工作做得极其虔诚，而文孙接受传教也极其驯服。但是偶尔使文孙稍感不平的则是莹莹认为他没有"阶级意识"，他自己则认为他对"无产阶级"的同情，远甚于比他更穷的同学，而莹莹则说文孙的同情心是出于资产阶级对穷人的"怜恤"。"怜恤"据张指导员说，只是"小资产阶级心态"，是一种"爱"的表现。"阶级意识"则是出于社会阶级之间的"对抗"；敌我对抗，则是"恨"的表现。

"爱"是软弱的、易变的；而"恨"则是坚强的、彻底的。后者才是打倒剥削阶级、推动社会主义革命的原始力量。而林文孙这位面慈心软的林三哥儿，是个在爱河里长大的软绵绵的羔羊，也是不可能有仇恨交织的"阶级意识"——阶级意识不是书本上学习出来的，它是在人吃人的不平等的社会生活中体验出来的。

莹莹对她自己新发现的"真理"信服之虔诚，足使文孙感动。他自觉痴生十九年，对这项真理至今才略知一二，真是愚不可及，加以他对莹莹的爱情和敬意，也使他自觉出身有"原罪"而愿意追随女友，献身于先民族后民生的"社会革命"——虽然他女友在这方面则认为他那与生俱来的阶级病，是无药可治的。

为着莹莹、为着真理，林三哥儿把"莹莹自述"读了又读。他先读的是作者的本文，后又细读张、邹二人用红笔写的"眉批"。文孙觉得批得好、批得有深度，也一读再读、细细咀嚼，而大有领悟。

例如张批"罗司令"那一段，他说罗原是："血性男儿，舍身报国的民族英雄，令人敬佩礼拜，只是回到这半封建的罪恶社会中来，立刻就被这社会环境腐化了，成为贪官污吏，是谁之过欤？"文孙为这段批语击节而叹息。

至于那位熊副官呢，张批说："干材也。可做社会主义建设的大功臣。不幸处于旧社会，干材歪用，就是蛆虫了。"

张也对王屠户师徒有公正的评论，认为他们原属被压迫被剥削的阶级，不得已而结帮自保；但是在一个健康国度内，怎能容许地下有阎罗王国呢？"民族革命阶段善驭之，足制敌人死命。"

文孙觉得最有趣的是张对"叫床幺二"的批语，张说她是"天生的婊子。各人体质不同，性态要求各异。天生如此，怪政治社会制度，怪不得她们。怪唐明皇，不能怪杨贵妃。杨玉环可能就是个叫床幺大"。

提到那几位强奸犯，张说："要在一个社会主义法治国家中，他们不早在牢里了吗？哪能对你有不良企图？"……

林三哥儿把这些批语看了又看，觉得张叔伦确是个有深度的政法理论家，难怪莹莹对他那样相信！

第二十九章

落叶归林

携美踏青

　　由于炽热的爱情，由于悟道的敬佩，林文孙这位"高三学生"，竟忘记了本身的学业，而一心一意地做起女朋友的政治工作的助手来。因为自从那午休制度实施以后，临时中学已成半休学状态，学生乘机嬉游，老师亦不认真教学，大家各得其乐。

　　可是"政宣大队"就不一样，午休时间得实际运用——自习作业或从事群众宣传，都得写详细书面报告，并在"小组会议"提出口头报告，林文孙既贪恋在防空洞中和女友温存，他就得抽出时间帮助女友做"群众工作"，赶写报告。同时二人在黑洞中拥抱久了，也想换换环境，在光天化日之下携手同游，欣赏点鸟语花香和与群众在一起的乐趣，因为时光流逝，如白驹过隙，一转眼已是仲春季节，江南草长、群莺乱飞的时候了。

　　文孙是本地长大，县中毕业，对本地情况熟悉，而莹莹则出生外埠，回乡人地生疏，要做"群众工作"，就只有仰赖男友之辅助了。为着于青春季节携美郊游，同时又为完成女友的政治功课，文孙乃建议二人骑着张家的男女脚踏车到离城九里的"九里沟"去郊游并从事群众宣传工作。

这九里沟在城南傍山地带，循着平坦公路，骑车南下，优哉游哉，只二十分钟路程。九里沟本是一条山涧，沟内怪石嵯峨，水清见底；沟边山侧，则杂树丛生，山花鸟语，引人入胜。这条小山涧冬日水量虽不多，一入仲春，连宵春雨，就立刻变成一条奔腾的大河。山中产品如木材、毛竹、树油、茶叶和手工艺产品如竹椅、凉榻、藤椅、竹席、草席、藤篮、竹筐等等均可乘木排东下。下游商人也租船西上，九里沟虽茅庐数十间，也俨然成市，热闹非凡。年前省府修建公路，并在九里沟上架设长逾半里的红木公路大桥，乃使九里沟如虎添翼，生意兴隆。再加上最近县城东门外的东门新街惨被敌机炸毁，难民和生意同时南移，使九里沟渐成闹市，是群众宣传的好所在。所以文孙才有此一石双鸟的建议。

在一个艳阳天、春光好的早晨，日高未足三丈，他二人整好单车，一男一女，车轻人俏，乃驶出东门，穿过新街废墟，循公路南下。二人按辔徐行，艳阳当空，田野初绿，日暖风和。林三公子偕美踏青，悠游之乐，真不知人间何世！

四十年后，这公路虽已改为柏油，木桥亦改为钢骨水泥，林文孙博士却两鬓披霜，坐在"上海牌"后座，自桥上急驶而过，风物不殊，而人事全非，他和李兰场长重提旧事，真不知涕泪之何从也——这是题外之言。

话说文孙、莹莹这对小情人，自东门南下，不足二十分钟，已见大河滔滔，桥头两岸的茅棚小市，人马杂沓，热闹无比。他二人骑过长桥到达彼岸，乃下车推车，沿河边街道缓缓北行，乃在一草棚茶馆边停下了。

这茶馆生意不差，但茶客多聚坐于临河一边，正听一个卖唱的老人在那边自拉自唱，只听他唱道：

第二十九章　落叶归林

死是汉家鬼，
生是汉家的人啊！
骂一声，毛延寿，
你这个卖国的狗奸臣！

他唱得正起劲时，一眼看到文孙和小莹，便停止了歌唱，拿了顶破毡帽走了过来，笑眯眯地说："三哥儿，今天怎么到这儿来赏光？"

"王老班呀，"三哥儿说，"两年未见你了，你长胖了哎。"说着三哥儿便把两毛毫洋放到他毡帽里去。王老班又打躬又作揖。接着他又转向莹莹说："叶同志，你今天也有空陪三少爷来吃茶呀。"

"王师傅，"莹莹笑着说，"我们也来做点群众宣传工作嘛。"

"我们三少爷人好呀，"王又转身指着文孙向莹莹说，"一点少爷架子都没有——我看他长大的呢。"

"你们也认得？"文孙惊奇地问他二人。

"王师傅现在在我们队里受训，并参加操琴教练。"莹莹告诉文孙他们认识的经过。

"三哥儿，我哪能教操琴！我工尺都写不来，"王老还是笑眯眯地说，"他们官长抬举我，我哪里敢当！"

这时文孙要茶房泡了三杯茶，又叫了些春卷、烧卖、炸糕三人吃着谈着。王老班并向叶同志谈了些他的"班子"在林家庄唱堂会的往事。

原来文孙的祖父曾雇养一个小"戏班"，一共有二十多个戏子。除在庄子及亲友家唱堂会之外，也常到县城演唱。这个班子每次出行时，唱旦的都坐轿，唱生的都骑马。每次出行"青衣小轿"十多顶，骏马十余匹，好不气派。那时王老班还年轻，在班子里做个"领班老生"，有时"文场"缺人，他也可操操琴。后来林家这个班子散了。王老班失业，逐渐变成了在茶馆卖唱的乞丐艺人，景况堪怜。但他毕竟是科班出身，唱来别有韵味，所以始终拥有若干听众，勉维衣食。逢年过节，他也还到老主人家打打秋风，拜年拜节，所以和三哥儿很熟，如今见到三哥儿把政宣队里的当家青衣带到这儿来吃茶，老人家自知其意义所在，所以对叶同志亦倍感亲切。

据莹莹说，张指导员最重视民间艺人，因为只有他们才能真"深入民间"。据说王师傅的阶级是"准尉"，可以挂皮带，比莹莹还高一级呢。张指导员除发他每月一元薪饷之外，老艺人还可随时回队吃"大锅饭"；平时演唱所得仍归他自己，只是生活和演唱内容，都要遵守队内的严格规定罢了。莹莹说王老班原有点烟瘾，张指导员勒令他戒掉，所以人也长胖了。他唱辞中的"生是汉家人"，原是"生是汉家臣"。把"臣"字改成"人"字，也是张指导员的指示。

莹莹的一席话，才使文孙想起姥姥对"政宣"的批评："他们组织太严密。"确是不假。

他二人付了账，文孙又另给王老班一元法币，帮他衣食，老人打躬作揖而去。文孙又帮莹莹向众市民发了些宣传品，又贴了些抗日标语，就算达成一天的任务了。

生是林家人

莹莹一天的功课既已圆满达成，剩下的工作便是写书面报告了。这点莹莹可以在晚间写得得心应手。她觉得文孙比她写得更好，而文孙现时已不再做"解析几何"，终日专门为女友捉刀写"政治报告"，写得又快又好。

既有此不愁功课的心理准备，二人在九里沟剩下时间就游山玩水、

第二十九章　落叶归林

谈情说爱了。文孙花了几个铜元叫茶馆小二代管了单车，二人便沿沟北上；人渐少，地愈幽。这儿山鸟争鸣、野花初放、春风徐拂、流水淙淙……这环境对一双初恋、热恋中的小情人说来，真是洞天福地。文孙把呢大衣铺在溪边树下一片大石之上，拥着美女坐下，真是悠然自得。二人现在的拥吻，已不像两个礼拜前的刀割不断、水渗不透了。莹莹在文哥怀内把朱唇送上来，文孙吻了她，也浅尝即止，二人还是欣赏阳光风景，和新鲜空气要紧。

文孙本是"临中歌咏团"的团员，颇有歌兴。平时把"上起刺刀来……"唱腻了，今听王老班的歌声，觉其别有韵味，乃学着哼起"死是汉家的鬼，生是汉家的人……"来。

文孙歌声未歇，莹莹忽自怀中翻过头来，向文孙说："文哥，我可要做死是林家的鬼，生是林家的人啊！"

莹莹忽发此语，不是向情人撒娇，而是触景生情的结果。莹莹是敏感的，也是十分迷信的。她安详地躺在男友怀中，本感到无限幸福，默默注视着激流冲石；偶见微风过处，流水落花，风景迷人。谁知她有时也看到一两片隔秋枯叶，随风入水，瞬即不知去向。她忽然想到"叶"原是她自己的姓，落叶随风离林而去，"林"又是男友的贵姓。她无意中想到一片枯"叶"，经风吹落水，瞬间便离"林"而去，多么可怕。一想心跳不止，不觉转身抱了男友，乃说出这句无比依恋和激动的情话来。

文孙本是个浑浑噩噩的无肠公子。他不知敏感女友触景生情的心意，乃搂起女友，吻了一番说："莹莹，咱俩私订终身，好不好？"

"文哥，"莹莹认真地说，"不管私订、公订、不订，我都舍不得离开你；离开你……"她本要说，离开你就要像那片落叶离林，逐波而逝，不知所终；但是她迷信，不敢说这句话，才改口说："……我要永远跟着你姓林。"

"亲爱的莹妹，"文孙吻了吻她，半开玩笑地说，"不管私订、公订、不订，我也舍不得离开你，我也要跟你姓叶。"

"我要姓林……嗯嗯……嗯……"莹莹又捶他又打他，哭诉着说，"我不要你姓叶！"

"你是搞社会革命的呢！我替你害羞，"文孙笑着直是把食指在腮边划个不停，说，"我在提倡女权，提倡母系社会，你这个女的社会革命家倒反对呢。"

"我要忠心于社会革命，但我不要你姓叶，我要姓林。"说着莹莹把头插到文孙胸中去，把文孙抱得死紧。

"你想你矛盾不矛盾呢？"

"文哥，"莹莹半哭半笑地说，"我……我……我矛盾！"

"莹啊，"文孙把她头扶起来，向莹莹认真地说，"我要向爸妈写封信——你也向你妈写封信。我们公开订婚。"

"公订、私订、不订，都可以，"莹莹激动地说，"只要你不离开我——我离开不了你。"说着莹莹泪又要下来了，把头又钻进男友的怀中去。

文孙抱住她的头，一面玩弄她的秀发，一面说："那么今晚咱们俩都写信，我叫刘朝奉派专人送去。"

"……"莹莹沉默着未开腔，但她知道刘朝奉是他们林家在西门内"仓房"的管家。

"哎！莹啊，我要去看看医生。"文孙忽然若有所悟地说，说得挺认真。

"文哥，不会的呢！不会的呢！"莹莹只是把头在文孙怀内钻动，把文孙抱得更紧。

"我可能有病，发育不全……"文孙认真地说着，一面向空中怅望，一面自觉病入膏肓。

"文哥，不会的呢！不会的呢！"莹莹又反复说他没有病。原来他二人在防空洞中，拥吻到火热之时，文孙曾一度想偷尝禁果。莹莹自觉

第二十九章　落叶归林

早已以身相许，反正是属于他了，半推半就也没有认真拒绝。谁知林三少自己不争气，他才初事探索，尚未吃到禁果，便火山爆发，在女友面前，丢了个大人。脸红㪫㪟，懊恼之余，自觉发育不全——此生恐怕"不能人道"矣，鸣呼哀哉。幸好女友大方，一再宽慰，才使林文孙觉得活着还有些意思，而没有跳河"解脱"烦恼。如今和女友认真讨论起"订婚"，想起丢人事件，不禁又心慌起来。但是在女友有完全信心的安慰之下，才又有了人道之念，想重整旗鼓。

二人在溪边又散步很久，认真地讨论些订婚问题，决定立刻开始行动——当晚就各写家书，促成好事！

终身大事已定，二人心中都快慰无比，乃跨上单车，俪影双双地驶回城内去。

代　东

当文、莹二人的单车驶入东门之时，文孙建议去找小聋吃晚饭。这时二人都已饥肠辘辘，加以本日是星期六，政宣规定不必按时回营报到，小莹既已随男友去"春江"吃了不少次，并单独请曹文梅去签字吃过，文孙既建议，她也就不再忸怩，只是劝文孙不必浪费就是了。

二人抵达春江，小聋泊好了车，乃领客人直趋"雅座"间——这时离晚餐时间尚早，各层食客尚不算多。他们三人直入雅座时，只见一顾客半蹲地上，正在替一坐着的女客照相。

这女客本正襟危坐，取好姿势在等候拍照，忽见三人走入，她惊得头一抬、嘴一张，正好这时镁光灯一亮，把她照了个"怪相"。文孙和莹莹也为之一惊，然后定睛一看，才发现那女客是"代战公主"涂秋薇，照相的则是她的"表哥"刘希曾。四人相见虽感惊讶，尤觉高兴，握手拥抱不止。

刘、涂二人本已叫了三菜一汤。今既可四人同吃，文孙乃招呼小聋，暂停出菜。四人重行叫过。

小莹乃问秋薇她和刘四叫的什么菜，小聋代为报出，只是一些普通的炒菜。

"秋薇姐，"小莹向"公主"说，"叫你表哥今晚不要花钱。让林文孙请客好了。"

"公主"还在客气，文孙乃接过去说："公主，你不是嚷着叫我请客，今晚我有这机会了。"

秋薇还未来得及答话时，刘四便接着说："今晚让林文孙请——他既该请客，又只要签个字。一举两便。"

"你就专敲人家竹杠！""公主"也答应了邀请，只觉有点不好意思而埋怨"表哥"。

希曾贼兮兮地笑着说："敲那个该敲的嘛！"

当"公主"还要讲话时，小莹拉着她坐下；尘埃落定，倒霉的林文孙就注定做东了。

"小聋哥呀，"小莹把小聋叫到身边吩咐着说，"今晚林文孙请客，你就替他配几样时新好吃的菜吧——我看我们不必分别点了。"

莹姑娘这一吩咐大出小聋的意外，因为她一向是最节省的，而小聋哥"配菜"却是最不节省的。他今既得莹姑娘如此吩咐，真如得将令，一口承包下去了。

刘四听了这话，深为得意，并夸奖了"香姑娘"两句。他知道她和林三的关系显然不平凡了。"公主"态度则显得有点忸怩不安。文孙也觉出这不是莹莹平时所表现的个性，心想可能是他二人已决定订婚的关系，颇为莹莹的"代东"感到高兴和骄傲。

刘四也想出庆祝他二人"进一步发展"的方式来——他提议替莹

第二十九章　落叶归林

莹和文孙照个"合影"。在那个三十年代啊，要和他的女友来个合照，可不是一件小事。想不到刘四一提议，小莹便欣然同意；不但同意，她还主张四人"合影留念"。刘希曾不得已乃临时训练茶房小聋做摄影师，拍四人合照。照后小莹又提议要她自己、林文孙和小聋哥，也来个"三人合照"。公主暗中摇头，刘四和林三不敢抗命，小聋则喜出望外。大家都照好了，小聋乃捧出时菜，简直是小小的一桌"酒席"，小莹竟以女主人自居，为秋薇拣菜添汤，既亲昵又客气，使"公主"既感激又羡慕。

刘四和林三原是两度同窗的好友，林三请刘四，刘四视为当然。四人无拘无束，开怀畅饮。

饭后小聋哥把账簿捧给莹姑娘。小莹仗着三分酒兴，拔出她的帕克，便写了个"莹"字，文孙则取出一元法币，给小聋作小费。小聋道谢一声，就收下了。刘四自小聋手中要去账簿与"公主"同看：全餐费共九元二毫五。秋薇不识得老字码，以为"九"是"肆"字，已觉得贵得出奇；当希曾告诉她是"九"字时，秋薇不觉把舌头一伸，再不说话了。

这桌小酒席、四人餐，贵是贵了点，但是值得的——这两对小情人，吃得酒醉饭饱，尽欢而散——人生难得几回醉呢？

女人呀，你的名字就叫矛盾！

四人分手之后，小莹和文孙取出单车，缓缓地推着走回"花园"去。"文哥，"小莹微笑着向男友说，"我今天代东，把你花了这么多钱，你不在乎吧？"

"莹妹，这才好嘛，"文孙说，"这才表现我二人真的合二为一了。"

"你知道我平时是最小气的，"小莹说，"尤其是敌人正在进攻临沂，要打台儿庄和徐州，我觉得花了这么多钱，这么浪费是罪恶；但是我要出口气，冒充林家少奶奶，把你的钱大花一下。"

"我倒不觉得什么罪恶和浪费，反正我们也不是天天这样吃。公主要敲我一下，就让她敲一下吧！"

"文哥，我觉得太浪费呢！"

"又'矛盾'了！又矛盾了！"文孙笑着说，"莎士比亚说，脆弱呀，你的名字就叫女人。我林士比亚也要说，女人呀，你的名字就叫矛盾！"

"这一次我倒不矛盾呢！……"说着二人已回到张家花园。文孙让十三太又敲了两毫小洋之后，二人锁好了单车，又回到"洞房"。

"告诉我，今天有什么矛盾，什么不矛盾？"文孙笑问坐在腿上的女友。

"我就要花点你林家的钱，给涂秋薇看看。"小莹得意地说着。

为什么呢？文孙有点不解。

小莹说"公主"最近和曹文梅她们在一起开会，会后几位女同学在一起嗑瓜子聊天。大家无可避免地谈起叶维莹和林文孙的罗曼史来。"公主"谈起来把鼻子一皱说，叶维莹是"小家碧玉"，"小家子气太重"；又说将来若是恋爱成功，做了林家庄的三少奶奶，也是白做了。她说，"呼奴使婢是那么容易的？呼得要人服服帖帖嘛。叶维莹知道怎样使唤人？知道怎样花钱？……"又说什么"发财三代，才会穿衣吃饭"，一个小村姑，一跳上去，做上少奶奶，不称呢！

据涂秋薇说，他们这西山东区，只有四大世家四大姓：张、林、刘、涂。只有这四大姓、四大户之间往还结亲、姻联秦晋。"公主"说，他们四大姓之中有句成语，叫"宁娶大家奴，莫娶小家婆"。这四大家之间哪能插入一个"小气巴巴的姓叶的"？

秋薇甚至气愤不平地说："你们都看过《红楼梦》，你看叶维莹抵得上大观园里哪个'奴'？"……

小莹向男友转述这些话，真可气得胡子一飘一飘的，使文孙笑不可仰。

"这些都是曹文梅那个长舌妇人告诉你的。"文孙神机妙算，一算就算出那个可爱的胖娃娃来。

"是呀，"小莹说，"文梅说那天她们在一起有七八个女同学之多，只有涂秋薇一个人，是她所说的四大家族出身的，其他的人——七八个人就没有一个人能比得上大家奴了。所以每个人听了以后都气呼呼的……"

文孙听后，笑得前仰后合地说："女人真好玩！"

"公主说我不会做少奶奶，"小莹说，"我今天就做给她看看——她一辈子也未请过这么大客！说我不会花钱，我花给她看看……"小莹说着自己也笑起来，又向文孙抱歉说："花了你不心痛吧？"

"今天你出气，我们大家都吃得很好，难得一次嘛，"文孙说，"你花得愈多愈好，花得大家都高兴。"

"小聋哥很高兴。"小莹笑着说。

"仓房的刘朝奉，庄内张管家，都高兴。"

"为什么呢？"小莹问。

"钱反正不是他们的，"文孙说，"一项花多了，别项水涨船高，他们才有账可管，有油可揩嘛。"

"怪不得文梅说姚大余想到你们家当'管家'，"小莹说，"不过花多了，你爸爸会不高兴呢！"

"账全由张老朝奉管，我爸向来不看账的。"文孙说。

"文哥，"小莹笑着倒入情人怀内说，"你就跟你爸爸一样！——我买根油条都记账。"

"那你将来替我管账。"

"管账我要贪污啊！"

"贪好了嘛。"文孙说。

二人似乎已经结婚了，谈家事谈得好高兴！最后两人决定各写一封信给双方家长。在双方家长答复之前,明天礼拜天,二人就先来个拜天地"私订终身"。说得两人都跳起来。

二人谈得投机了,又拥抱接吻。狂热之后,文孙又想试试能否"人道"。

"私订终身之后,那你就可'为所欲为'了。"

小莹唧唧地笑着再倒入情人怀中去。

有老婆的好处

"礼拜天"是这个初作"情人"的高三学生林文孙最忙碌的一天,真是公私交困:他要为女友捉刀,赶写冗长的政治报告;这时津浦北段的敌军正攻陷济南之后,迫近台儿庄,徐州也危在旦夕,我军正艰苦作战。政宣和临中,都在征集慰劳品,转送前线。物质慰劳之外,政宣队并发动万人签名、打手印、写血书,为前线将士打气助阵。大家都忙得不亦乐乎。

公事之外,文孙要写信禀告父母,这封信好难下笔;又要另写一封向姥姥解释。第二封信比第一封更难写。他还要替小莹写封信稿给小莹的"干爹"、文孙的姑妈去报告,她爱上了"干爹"的三侄。这封信莹莹说她"非写不可",但不知怎么写,非男友起稿不可。

文孙在礼貌上也应该去看看莹莹的舅舅和舅妈——甚或请他们吃顿饭。文孙说他更应写封信,并派专人送点礼物给"将来的丈母娘"——虽然莹莹认为不必,但文孙推测莹莹的心理,认为她也想要他写一封,以便妈妈转示梅溪镇商会李会长,因为她曾听姚大余说李会长是林家刘朝奉的把兄弟,在林家只能吃"中客饭"。她要告诉那位自称是她"干爹"的李会长,这位"干女儿"就要做林家的"少奶奶"了,这儿是"林家姑爷"的来信。

第二十九章　落叶归林

　　文字差事之外，文孙还要预备和小莹"拜天地"、"拜祖宗"；名分已定然后才能"为所欲为"。真是每个和尚都有本难念的经；想娶房媳妇、讨个老婆，亦殊属不易。

　　文孙一早起来，便心不在焉地马虎盥漱一番，暗中只在打腹稿写信，和用什么礼节拜祖宗、拜天地。当号兵还在吹早餐号时，文孙一溜烟就跑回"洞房"，早餐也就忘了吃了。莹姑娘知道男友工作繁重、心事重重，因此赶到"洞房"之后除任他拥吻一番之外，也不想打扰他。

　　当文孙搜索枯肠在写其"父母亲大人敬禀者"之时，小莹默默地开张条子，写了几项文孙最喜欢吃的点心（写明数量）和干丝火锅，叫十三太送给小聋于城上放"午炮"时送来。十三太得令而去，小莹则默默地回到"洞房"，悄悄地坐在另一边，想写点"政治报告"，但总是写不出来。她偷看文孙，真是愈看愈爱。自己再摸摸自己白嫩的手臂，又看自己手臂上几个文孙最喜欢抚弄的小窝窝，自觉也是个"美人胚子"——两端打量，真是情人眼里出西施：看郎随处好，好处随郎看。内心感到万般满足。

　　文孙绞尽脑汁，每写完一封信，总叫小莹坐在怀中一同读过。小莹看到信就很高兴，也无心细读，更不要文孙解释，只是文孙代拟小莹给姥姥的信，小莹参加了点意见……

　　二人还在端详商议之时，忽听城上炮响，文孙看看手表，才想到午饭问题，顿觉饥饿难忍。谁知未来的"瓦茶壶"（wife）已早作安排，二人携手出"洞房"，走向堂屋，见小聋和十三太正在安排碗筷。文孙忙了一上午，枵腹从私，一下看到热气腾腾的干丝火锅，不由分说便狼吞虎咽起来——他生平第一次感到"有老婆的好处"。

不写情书的恋爱

莹莹服侍着文孙饱吃一顿之后,文孙告以午后的节目是把一切信稿由二人分别抄好,然后叫十三太把西门仓房刘朝奉找来,要他派专差送信。书信既出,先斩后奏,二人就可私订终身了。

饭后回到"洞房",预备好文房四宝,二人便聚精会神地把家书抄好。文章都是文孙做的,情文并茂、掷地有声。而二人最自我欣赏的,则是莹莹给"干爹"的"白话信"。文孙笔端带有感情,红袖添香,灵感所钟,句句话都是莹莹要说的,由男友代为说出,更是曲折有致。

他二人自一见钟情始,恋爱谈了两个多月,两情相悦,缠绵至极,但有桩憾事——两人却未通过情书。如今莹莹见文孙此稿,竟觉文孙是个能感人肺腑的情书高手,而文孙却欣赏莹莹的一手秀丽的小字,看来心旷神怡。

"莹啊,"文孙吻了她一下说,"咱俩恋爱谈得真是十全九美——有一美不足。"

"我俩未通过情书。"莹莹笑着说。

"你想,我要在学校每天都收到这样一封秀丽的情书,那多美啊!?"

"我要每天都收到你这样一封缠绵悱恻的信,在被褥里偷看着,才感动呢!"莹莹亦有同感。

"那么我俩就别离一阵子,"文孙笑着说,"通通情书好不好?"

"文哥,我宁愿不通情书,"莹莹伏到男友怀中说,"我不能离开你!"

"你知道,他们结过婚的人说,'小别胜新婚'呢!"

"文哥,我迷信,"莹莹认真地说,"我只要新婚,不要小别——以后不许你说什么小别。"

"莹啊,"文孙也笑着说,"算命的说,'夫妻本是同林鸟,大限来时各自飞'。生不别,死也得别嘛——人生自古谁无死?再好的恩爱夫妻,一死也得分手嘛。"

第二十九章 落叶归林

"文哥,我怕。我迷信,以后不许讲这些话。不许你讲这些话。"莹莹的确很迷信、很脆弱、很矛盾,就不能听这种话;听了就认真,就眼泪兮兮地要哭。文孙发了慌,连忙发誓以后禁口,绝不讲不吉利的话。

当莹莹的情绪还未恢复常态时,忽听十三太在敲门,原来刘朝奉来了。他们三人乃一同走到前厅。

文孙把信交给刘,要他专差送去。刘则说"专差"用不着了。原来每月初一、十五(农历),他都派人上山送食品杂物。今为十四,明朝即有人"上山"。梅溪据刘说原是顺路,送差只要稍转个小弯就行了。

"三少要送什么礼,我按照规矩照送就是了。"刘朝奉经验老到,说话十分肯定。

"你替叶小姐也带点礼品,送叶老太和李会长。"文孙说。

"这是理所当然之事,这种事还用三哥儿吩咐吗?"

"我怕你派一个人不够呢。"文孙说。

"我自会加派,三哥儿放心。"刘说。

刘朝奉说话的神情、做事之周到,莹姑娘和他虽初次见面,可是一听之下便似曾相识——莹莹后来一想,原来把刘朝奉换穿一套军服,加副少校领章,他不就是熊楚材副官了吗!?——干材也,一个替官僚服务,一个替地主服务!莹莹想想,不觉失笑起来。

"省长小姐还有什么吩咐的吗?"刘朝奉转身恭敬地问了将来的新三奶一句。

"谢谢你!刘先生,"莹莹微笑着回答说,"我个人没什么事麻烦你。"

真个后花园私订终身

文、莹二人返回"洞房"之后真如释重负。这是任何人人生旅程中一个主要阶段之结束，和次一阶段的起点。二人又拥吻了一阵，乃决定举行个私订终身的仪式。文孙已预备了香烛和红纸。他在红纸上预备写出"林叶两氏历代远祖之神位"，但是莹莹只希望有林氏一家。她既是林家的媳妇，就应以林家为主。她记得妈常说："一房媳妇，万代祖宗。"她现在既是林家的媳妇，将来也是林家的祖宗才是。她叶家应该当成亲戚看待，她将来再带文孙去上爸的坟。

"莹妹，你这样死守宗法传统，就是封建了、不革命了哎，"文孙笑着说，"我比你更要革命呢！"

"文哥，我爱你，"莹莹激动地把头埋入文孙怀内说，"在情感上，我一切都为了你，以你为主，我爱封建……"

文孙无法抗拒柔令，就照她的话写了，贴在上面柜门上，下面点了红烛、插了炷香。莹莹又自袋内取出她爸爸一张四时遗照，贴在侧面墙上，一切就绪。文孙觉得很好玩，很罗曼蒂克；而莹莹则如临大敌，如虔诚的教徒入教堂祷告一般，十分严肃，使文孙不敢嬉笑。

最后莹莹要文孙用磬锤把一个搬来的铜磬敲了三响，通知祖宗注意；然后夫妻双双跪下，磕了三个头。当文孙准备起立时，莹莹仍长跪地上，闭目合十在祈祷，文孙只好再跪下相陪。莹莹足足祷告了有五分钟之久，才含泪站起。文孙见她很严肃，自己亦不敢轻心。

"莹妹，你祷告些什么呢？"文孙也很诚恳地相问。

莹莹转过身来，扑入文孙怀内，哽咽地说："文哥，你现在是我的丈夫了——我们今生永不分离……"

"怎么会分离呢？莹妹！"文孙轻声地说。

"文哥，过来见见我爸爸，他以前是最宠我的。"莹莹牵着"丈夫"跪于爸爸遗像之前，便呜咽起来，泪如泉涌。文孙在一旁搂住她，默默无言。莹莹哭祭了二十来分钟，才默默站起，文孙替她擦去眼泪，搂入怀中，才算完成了这对才子佳人后花园"私订终身"的伟大典礼。

第二十九章 落叶归林

莹莹太激动了，文孙提议，二人出洞去，欣赏点阳光空气。二人乃携手而出，先在池边，后上山顶。此时阳光和暖，桃花吐蕊、杨柳抽丝，好一派仲春天气。

二人走了个把钟头，莹莹激动已过，欢笑如初，乃又双双携手重返"洞房"。为防十三太敲门，文孙把洞门闩得紧紧的。然二人初自阳光之下，钻入"洞房"，洞中虽有明亮挂灯、闪烁残烛，二人仍觉其黑如漆，在黑暗中他夫妇抱成一团，热火瞬即烧到顶点。

"夫人，娘子，"文孙贼兮兮地在莹莹耳边轻声地问道，"我现在可以'为所欲为'了吧？"

莹莹忸怩地嫣然一笑说："按法律还是不可以。"她虽如此说，但没有以行动表示回避，文孙也就心惊胆怯地"为所欲为"了。奇怪的是订婚前后情况是大有不同。他二人在洞内早已铺有卧榻，二人自凳上移往榻上，一切得心应腿，双双缱绻了个把钟头，终于证明了林文孙并未患"绝症"，只是新婚夫人受了点折磨，用莹莹自己的话说，她经历了一阵"最快乐的痛苦"。

自此以后，莹莹觉得她不但不能离开文孙，或什么"小别"，她连一寸也离开不了他。她也体会出《圣经》是正确的，女人本是男人脯子里的一根肋骨。

这时毕竟仲春天气，二人宽衣解带，终觉春寒料峭，文孙决定再生起火盆取暖。然就在文孙生火的十来分钟时间，莹莹也不能忍受别离之苦，她还是自榻上下来，紧紧抱住文孙，使这位新婚丈夫不得已只好左手抱住娇妻，右手单独生火，弄得事倍功半。

二人在炭火熊熊的暖气中，又拥卧至初更时分。二人究竟又干了些什么，让新婚夫妇们去描述吧，作者所写，究系根据"二手资料"，就不必细表了。总之二人虽饥饿难忍，也决定牺牲晚餐，直至深夜，等到时限已届，娘子势非回营不可，先生也得在城门关闭之前返校，两人才拖拖拉拉地走向文庙，在石牌坊阴影之下，还是拥抱难分；直至最后一分钟，文孙才飞奔出城，自城门缝中挤了出去。

莹莹和男友就在营房之外、石牌之下，拥抱接吻，被人撞见，岂不身败名裂哉！但是引一句田军书记四十年后对李兰场长所说的自我批评，那就是那时年轻、火热、糊涂，"顾不得许多了"。

事 后

文孙累得气喘吁吁地跑回学校，老更开门时，文孙问他有没啥吃的。老更说有点"锅巴"。因为他守夜要有点熬夜粮食。文孙吃了一些老更的锅巴，便悄悄溜回自己的上铺床上。这时通舱之内，鼾声雷震——尤其是阿斗打起呼来，双层床都被摇得吱吱作响。文孙这个高中生向来是落枕便睡，今晚几乎是唯一的一次，"众睡独醒"。他躺在床上反刍一整天的罗曼史，又看看阿斗硕大的蓬头，想到阿斗所说"蛤蟆……呱呱呱……"不禁自己笑起来。文孙也回想起"一秒钟、一秒钟的经过"情形，未想到几秒钟，他也就呼呼入睡了。

小莹可就不同了。她回到营房居然发现文梅还坐在床上，被褥只盖住腿，没有睡下。文梅见她回来了，乃招手叫她过去，在床沿坐下，叽咕地问小莹："你跟林文孙在搞些什么？这么晚才回来——做坏事了？"

小莹被说得满脸绯红，幸好文梅看不出。

"你俩在干什么？"文梅又补一句。

"我要文孙替我修改'政治报告'。"小莹撒句谎。然说谎之后立刻又懊悔，因为事实上她的政治报告一句未写，这谎一戳就破。

"写那么好干嘛？有行动表现就够了。"文梅批评一句，使小莹发热的脸，热度稍减。文梅又补充说："不要想报告了，去睡吧！"

第二十九章 落叶归林

莹莹默默回到床上，心中动摇不定，自觉生理已有重大变化，自己抚摸自己，自觉是另外一种女人了。在这个宿舍内，她原想只有结过婚的周大姐才是另一种动物，也只有她知道人生的另一面，其他都是些小处女，对人生抱着无限玄妙和探索的心态。谁知半日之内，她已变成和周大姐一样的"婆娘"了！莹莹细细咀嚼文孙的粗暴和温存，想到那一刹那时天上人间的满足感，恨不得从床上爬下，赶到临中去。

莹莹一面在想，一面又感到饥饿难忍。想到国文老师所说的"食色性也"，也觉得食色原是一样重要的，对人的煎熬，也是一样——莹莹思前想后，又在自己身上抚摸个不停，想到男友多么可爱、多么玄妙、多么新奇……玄妙想不完，竟至终夜不能合眼。只在天亮时才蒙眬睡一会儿，号兵就吹起床号了。

两个高潮，一项忧虑

在事后的一周里，据林文孙博士的回忆，也是他生命史上和抗战回忆上最兴奋的一周，因为这一周正值敌我"台儿庄会战"的最高潮，也是他和小莹的"防空洞爱情"的最高潮。

他二人终日神魂颠倒，只在防空洞中追求高潮；高潮既退，两人又在一个张家留下的"三灯收音机"前听取台儿庄之战的另一个高潮；一公一私，此起彼伏。当他二人听到日寇最精锐的矶谷师团被我军完全消灭时，二人高兴得跳起来。穿好衣裤，冲出洞房，首先把这好消息告诉十三太。谁知十三太反应冷淡，只趁机向文孙多要两个"泡子"，泼了二人一头冷水。所幸街上已爆竹连天，人声鼎沸——这时虽是敌机偷袭最可能的时刻，但在胜利高潮之下的群众，正和高潮之中的两位情人一样："顾不得许多了！"

莹莹认为队中一定有事；文孙也被女友赶回学校。他二人各回本单位时，正值各该单位准备列队出街游行。二人分头加入，又回到街上。这时爆仗店无偿抛出全部爆仗和烟火；饮食铺也堆出所有食品免费；甚至陶器铺也摆出贱价陶器，任行人取出砸破，以代爆竹，来发泄群众兴奋之情……使一个原为敌机偷袭而瘫痪了的县城，顿时演出了一幅"清明上河图"来。

全城军民人等兴奋了一天一夜，情绪才逐渐安定下来。当战区退出的难民群，都在打点预备"青春结伴好还乡"之时，"政宣队"则决定抓住时机，加紧抗敌宣传和社会调查。小莹在文孙协助之下，也匆忙地赶出一份"九里沟抗日宣传调查报告"。谁知她这份急就章，却在"小组讨论"中被评为"敷衍塞责，粗制滥造"，几乎使莹莹下不了台，这也是她第一次受批评，回到宿舍哭了半夜。

另一件使莹莹乐极生悲、忧心忡忡的，则是她任男友"为所欲为"的后果——她对怀孕的可能性，发生恐惧。

"文哥，"莹莹于另一高潮之后，忧虑地说，"万一我腹中长出个宝宝来，如何是好？"

"那真求之不得,你如生出一条小狗来,那多好玩！"文孙高兴地说。

"不行呢,文哥，"莹莹沉重地说,"我俩并未结婚呢！——婚前生子，不要被人家笑死了！"

"我俩不是订婚了吗？"文孙肯定地说。

"订婚究竟不是结婚嘛，"莹莹说，"何况我俩只是私订终身，并无公开仪式呢！"

"此地人都知道，我们张家、林家，订婚就等于结婚——甚至比结婚更重要。"文孙说。

"谁知道我们订婚了呢？"莹莹的心毕竟比男孩子更细。她这话提醒了文孙。他正在抓头考虑还得搞个"公开订婚仪式"之时，十三太又

第二十九章　落叶归林

来敲门，原来仓房刘朝奉又来了，并送来文孙爸爸的回信——文孙读信之后，不禁雀跃三尺，抱住"夫人"亲个不停，他以后就更可"为所欲为"了。

七叔创下的好榜样

文孙爸爸的"手谕"虽短，却句句扼要，他写道：

文儿见字：

　　得来禀，汝母与余慰甚。闻四姑言，叶女虽出寒门，然端庄贤淑，不让朱陈，是我家妇也。望汝即仿七叔前例，先订婚约。余已嘱刘祖安妥为筹备，汝自主之。订婚后，汝应携叶女返庄祭祖。如今抗战既已胜利，余当于端午前后回圩，插菖蒲，为汝主婚也。

　　　　　　　　　　　　　父字于台儿庄破敌之翌日

文孙阅后把信递给小莹，小莹看得似懂非懂。文孙说全信主旨在"仿七叔前例"五字。因七婶是个教徒要在教堂结婚，但文孙的爸要他二人只能在上海"订婚"，然后双双回家祭祖成婚，再回上海教堂结婚。所以七婶"返庄祭祖"时，已有孕数月；再回上海披纱入教堂时，礼服做得特别宽大，因为那时她已大腹便便矣。

"七婶就是 Dora 是吧？"小莹问文孙。

"我爸叫你跟 Dora 学，等到大腹便便再结婚。"说着二人相拥，笑成一团。

"那多不好意思！"小莹尴尬地说。

但文孙觉得没什么尴尬的。照文孙算法，爸要他二人于端午成婚，端午距今不过二月。女人要怀胎十月。莹莹今日纵使已有身孕,婚后八个月始能生产。

"你在我们结婚之后八个月,纵使真的生产了,也没什么不好意思,"文孙自信地说,"我们就说你血气不足,早产——胎儿不足月。"

说着两个人对这项阴谋诡计,言之成理,自觉得意非凡。一想到两个月之后,二人拜堂成亲,红绡帐里,恩恩爱爱,一不怕城上关门,二不怕政宣点名,既没有王八蛋号兵嘲笑"猪在床上",更不必在防空洞里偷鸡摸狗,想想好不乐煞人也。如此则"作奸犯科","为所欲为",就益发肆无忌惮了。

第三十章

燕燕于飞

育苗新侣

　　文孙在思想问题上、政治问题上，被女友说得将信将疑。疑虑之中颇有启发；启发之间也有疑虑。但是为着帮助女友扳回她在革命阵营中的声誉，他还要替她想主题、想方法，再来写一篇"社会问题调查报告"——这次他所选的，也是有一石双鸟之功的"县立苗圃"。

　　这苗圃在一座小山之阳、小湖之滨，占地二十余亩，风景十分清幽。它离城区大约五六公里，有条土公路可达。这条原始公路，在下雨天，真是泥深及膝；但是天晴二三日，则又一平如砥，正是练单车的好驰道。两部三枪牌，一男一女，风驰电掣，不过数十分钟，便可到达。

　　这苗圃的主要建筑原是一座道教的"师姑庵"，以前的主人是个"带发修行"的老"师姑"。据说她原是个官太太，也是林家的远亲。她已经是祖母了，只因丈夫带着小老婆在外省做官，不常回家，她空床难独守，乃和一个家中佣人"大师傅"私通。事为做官的丈夫知道了，乃回家把她"休掉"，迫入道观"水月庵"做道姑。她儿女不忍，乃花巨款把这水月庵翻修一新。后来"北伐军"来了，再加上随之而来的"三省剿匪"战争，军队赶走了出家人，在墙上画了些青天白日，挂上"总理遗像"和"党国旗"，就占为官用了。这还是文孙童年所亲眼看到的。军队去后，当地政府接收，又"圈"了些农地，就变成后来的苗圃了。

苗圃原属于县"建设科"，由建设科长自兼主任。由于经费不足，全圃只雇一位"干事"和三个工友，忙时则加雇点农民零工。文孙的中学同学和好友谭志平便是这里的干事兼技师。

志平比文孙高两班，中学时代就性喜花木。高师毕业后，他没有去教小学，就被建设科长罗致，做起苗圃干事兼技师了。他拿月薪二十元，独住苗圃，带了三个工友，日夜劳作，把苗圃弄得井井有条。耕地扩充之后，育有各类树苗花苗数万株，春夏花木扶疏、清风徐来，俨然是个县立小公园。春秋佳日，本城专员县长、绅商名流，有时要排几桌有韵致的筵席，也往往借用苗圃来张灯结彩。有时显宦富商的夫人们，要几盆鲜花，志平派工友送去，每受重赏——所以三位工友做工，士气甚高，听谭技师指挥，说一不二。

如今则是植树时节，志平为保持树苗供应，更是日夜辛劳，所以当文孙夫妇驭车造访时，志平正率领三位工友，用自制"水枪"，为树苗泼水，忙得汗水淋漓。但是当志平看到两部闪光单车疾驰而来时，他便放下水枪，迎了过去，一看是文孙和小莹，他不禁大喜过望，忙招呼二人架好车子，到室内喝茶，文孙乃向志平介绍了小莹。

"小莹妹，久仰了！"志平说，"你还要介绍吗？"

莹莹也自觉是谭干事的小妹妹，回志平哥以嫣然一笑，志平觉得她柔媚无比。

他们在客室还未坐定，便见客室后门有位十八九岁的少女，含笑走了进来。她围了件蓝布围裙，村姑打扮，颇有少女风韵。她一见文孙，便问候道："林先生好久不见了。谭技师说你有喜讯呢！"

文孙忙给她介绍小莹。她又拉住小莹说："莹姐姐，我看过你的戏

第三十章　燕燕于飞

呢！"说着她又甜蜜地一笑。

"你是小燕姐吧，我也久仰了。文孙常提到你呢。"二人乃抱成一团，笑得好开心。这一对解语花、两只蓝绿蝴蝶、两头天真纯洁的小羔羊，任何铁石心肠的人见了，不论他是男是女、是老或少，也要被解除武装，疼爱无比。难怪谭志平、林文孙二人站在一旁傻笑，各自欣赏自己的意中人。

小燕归来

二十左右的年轻人，情窦初开，各自都有一套恋爱经和恋爱故事。谭志平自不能例外。他的恋爱故事，亦可单印成书。

当一年多以前来此接任"干事"时，他还不过十九岁。雇有三名农民作工友，这三位都有家有室、早出晚归。志平一人独居，最先用个汽油炉，自炊自煮。后经工友介绍认识邻村一位老农民韦大爷夫妇。韦大妈患气喘病，神智不太清楚。他们有个儿子，已成了家，在城内小学当工友。小韦老婆则在城内打零工，接洗衣服，补贴家用。有时衣服接多了，则由小韦送回家给妈和妹妹。小韦这个妹妹，韦大爷的独生女，便是小燕。小燕原没有名字，因为她有一次抚养了一只落巢的雏燕，钟爱备至，所以父母和哥哥也就叫她小燕了。韦老爹一家生活甚是清苦，但是相处得十分和睦。小燕最小，因此也是一家疼爱的中心。

志平当初搬来时，不久便经人介绍在韦家"包饭"，一日三餐——早餐稀饭咸菜，中午和晚饭都是白饭一菜一汤，晚餐另加稀饭——每月八元。韦家的饭，多半都是小燕做的，韦大妈只偶尔帮点忙。饭做好放在草筐内，再由韦大爷送往苗圃。有时韦大爷不在家或忙不过来，则由韦大妈或小燕代送代收，日久见面多了，大家也算很熟络了——小燕那时才十七岁，娇小可爱。有时小韦夫妇回家，也就偶尔送送饭，与谭技师也就认识了。他们和圃内其他三位工友一样，对谭都很敬重。

谭君平时很忙，又别无消遣，一天最大的享受就是吃饭了。他发现韦家的饭十分可口，菜式隔日一变，虽无大鱼大肉，烹调却十分细致。而他所喜吃的菜，则出现次数较多。最后每日送来的简直全是按他口味烹调的。他所不大喜欢的菜也就逐渐绝迹。志平原是个极其随和的人，向不"挑嘴"，而每日竟全是最合口味的菜，真是巧合。他本是位寒士，读师范出身，在自己家中也未过过好日子。不意这次在一个贫农家中，包了个最便宜的饭，竟是平生所吃的最好的饮食。

志平的衣服本来也是自己洗。事忙没空，也就包给了韦家，每月八毛。这一包下，志平也发现自己生活换了个人、换了个家。他那顶旧夏布蚊帐，本黑得怕人，既有臭虫屎，又有蚊子洞。自从包给韦家之后，则完全变了样子，挂在床上经常雪白笔挺。志平的衣帽长衫、布鞋洋袜和唯一的一双皮鞋，平时都脏乱得自己忍受不了；自包给韦家之后，一切就变成井井有条，整齐清洁、一丝不乱。他的面盆牙刷、毛巾肥皂，乃至所有的书籍文具，无不各得其所。床上被褥枕头，不用说纤尘不染；连窗上的玻璃亦晶莹剔透，真是窗明几净，看来心旷神怡。志平以前最恨自己的"寝宫"——他自封的名词——但是自从花了八毛钱包给韦家之后，他每进寝宫便不想出来。

男人多半是粗心的，但有时也粗中有细。他发现这变化太不寻常了。他当然也知道是那个快手快脚的小燕做的。不得已只好在逢年过节，买点礼物送给韦家，但是每次拜托小燕带给她爹妈，小燕总是不肯。志平只好自己送去，而韦家二老也是死不肯收——中国朴实的老农夫就是如此嘛。

有时志平托小燕带去每月饭钱衣钱，他也深通农村习俗，男女授受不亲，总是把钱放在桌上，让小燕拿去，不交到小燕手上。小燕说谢

第三十章 燕燕于飞

谢时，脸通常是红到脖子，不敢看志平一眼。她那些清洁卫生工作，也只是乘志平不在屋内才做的。志平一回来，她立刻就收工离去。

"小燕，"志平有时堵住她说，"你做得太多了、太累了。我不好意思。"

"谭先生，"小燕总是低头轻轻地说，"你出了钱嘛。"

志平每想多谢两句，总因小燕羞涩回避而没有机会。

男女之间的关系，贵在灵犀一点，语言本来是不必要的。志平一向对韦家这群忠厚朴实的农民，就敬爱不已；可是渐渐他觉得在情感上离不开彼此了——尤其是小燕，如果没有了小燕，他就活不下去了，虽然他和小燕还没有说过两句以上的话。

志平看小燕愈看愈觉她可爱，简直从心眼里爱出去。小燕穿的虽只是一件破棉袄，却没掩盖住她那美好的身躯和纯洁的灵魂。志平觉得他自己既是单身，他应向小燕试探试探他对小燕的爱慕。失眠了好几夜，志平终于决定了第一次试探的方式。他自觉小燕也有些喜欢他，否则他也打不起这股勇气来。

一次晚饭之后，志平故意躲在门外，当小燕提着草篮出门时，志平正好走进来，把门堵住了，小燕只好停下来。

"小燕，"志平说得很轻，也很紧张，"我能和你讲两句话吗？"

"……"小燕未出声，但是全脸绯红，她低头不语，手中的草篮，直是打抖。

二人僵持了片刻，对立无言。

"小燕，"志平自我解围，说，"我们下次再谈吧。"说着他让开了路。他以为小燕会迅速离去。奇怪的是，小燕走得很慢，欲行又止。走了几步，她又回转身来。

"谭先生，"小燕轻声地说，"你有什么吩咐吗？"

小燕这句话使志平迅速走过去，亲昵地轻叫一声"小燕"，又说："我想讲句真心话，你不见怪吧？"

"谭先生，你讲嘛。"小燕低头叽咕一句。

"小燕呀，"志平用手指碰了她臂膀一下，轻声地说，"我实在太喜欢你了。喜欢得没有你我就活不下去了。"

"……"小燕未搭腔，只见两泪盈盈欲滴，但是她忍住了。

"小燕，你回去吧，"志平又补充一句说，"我们下次再谈吧。"

小燕提着篮子走了几步，志平见她把草篮从右手换到左手，用右手的袖子，擦了好几次眼睛，然后才慢慢前进。志平脉脉地遥随于后，看她快到家门时，又放下篮子，坐在个树根上擦眼泪，然后才缓缓地回家去了。

"哥"的起源

第二天小燕还是照常地忙，当她再来收晚餐碗筷时，志平又偷偷地问她："小燕，昨晚我向你讲的话，你生气了吗？"小燕说她没生气。志平又问她告诉爹妈没有，小燕也说没有。

"小燕呀，"志平又挨近她低声地说，"我喜欢你，没有你我就活不下去。"

"谭先生我服侍你嘛。"小燕低着头低微地说。

"小燕呀，"志平也轻微地说，"我要找媒人跟你爹谈——我想娶你。"

"……"小燕低头不语。志平又重复一遍。

"谭先生，我不配呢！你是读书人。"小燕终于说出一句来。

"小燕呀，"志平诚恳地说，"你这样美丽、这么纯洁，我才不配呢！"说着志平轻轻地拉了小燕的手，小燕也未退缩。

"谭先生，"小燕还是低着头说，"我们乡下人，不配呢。"

"什么你不配，我不配，"这时志平已不太紧张，微笑着对小燕说，"只

第三十章　燕燕于飞

要我喜欢你，你也喜欢我，就成了。"

"……"小燕沉默无言，但是她心跳之声，似乎志平都听得见。

"小燕，"志平又说，"我喜欢得你要命，没有你我就活不下去。小燕你喜不喜欢我？"志平再把她手握紧些，只觉小燕的手颤动不已。志平又追问一句："燕燕，你喜不喜欢我？"

"喜……欢……"小燕挤了半天才挤出个答案来。

"那我就请个媒人，向你爹去提亲。"

"谭技师，"小燕沉默半晌，忽然向志平提议，那可能也是她久积心头的话，今日才浮向表面来，她轻声地说，"我可跟你逃婚。"

小燕为什么要想起"逃婚"呢？因为在小燕那个三十年代的农村，民智初开，青年们对婚姻不满意，大家就"逃婚"。逃有双逃、单逃之别。双逃原是中华民族的老文化，以前叫做"私奔"，而单逃则是摩登时代的产品。林文孙博士的姥姥林世勉，当年就是"单逃"的。所以"逃婚"是那时的风气，不分男女。因此小燕提议和谭技师去"逃婚"。

"小燕，你既然愿意嫁我了，为什么又要逃婚呢？"志平含笑问她。

"我有个婆家嘛。"小燕说。

"你原来订过婚！"志平恍然大悟。

"三岁时，爹替我订的。"小燕补充一句。

"男家在什么地方？"志平问。

"樟树湾。"

"你见过他没有呢？"志平追问一句。

"见过一次，"小燕说，"前年他跟他爸来拜年，妈叫我躲在灶后偷看的。"

"你喜欢不喜欢他？"志平再问。

"他比我小两岁，推个粪箕头，"小燕认真地说，"我一点都不喜欢——后来偷哭了好多次，妈都知道。"小燕接着又补充一句说："我就要逃婚。"

"小燕,"志平靠在餐桌上乃把她搂在怀里,小燕也没有反抗,"我托媒人,叫你爸爸替你退亲,你嫁给我,好不好?"

小燕这时紧张得气喘吁吁,无法回答。

"燕燕……"志平低声亲热地叫着,同时轻轻地把她的头在他胸前扶起,先吻她耳朵,再吻她的腮。小燕还是直喘气,志平乃热吻她的唇,只觉得小燕全身颤动,气喘不过来。二人吻了足足有二十分钟才把四唇分开,小燕又伏在志平肩上十来分钟,还是气喘不已。

"小燕,"志平轻声地问她,"愿意嫁我吗?"

"谭技师,"小燕说,"我不配嘛。"

"说,要不要嫁我?"志平搂着温馨柔和的小燕,再不必要地追问一声,又吻了她一阵。

"你找个媒人跟爹说,那头要退亲呢。"

志平这才拉了一张藤椅坐下,让小燕坐在怀中,说他立刻要采取行动,明天就找媒人跟韦大爷说把小燕退婚解约,然后二人可以计划结婚。

"谭先生,"小燕考虑着说,"你请媒人去和爹说退亲,可不能提今晚的事呢。"

"燕燕,"志平搂紧她说,"今晚事,怎能提?——以后不许叫我谭先生,叫我志平,或者就叫我'哥哥'。"

"……"小燕沉默无语,因为她一直只知道"谭先生"、"谭技师",还不知道有个什么"谭志平"呢。

志平又热吻了小燕一阵,并追逼要她叫"志平"或"哥哥",不许再叫"谭先生"。

在志平摇着她的纤腰,强迫之下,小燕终于在志平耳边轻叫了声"哥——"。

既叫这声之后,她以后便叫了一辈子——当着自己孩子的面,也叫他"哥"。后来志平教她识字、读书、写信。她写给志平的信也是"哥："，志平因而戏呼自己为"哥咚咚"，"咚咚"两点之意也。

等到她写给志平最后的一封信，自柴达木盆地被退回来时，信内所用的还是这个"哥："字——此是后话。

韦大爷和《六法全书》

第二天早晨志平和工友老张一起做工时，乃提到一人独居太孤单。老张便劝他早日成家；志平说苦无对象。谁知老张竟一口说出小燕来。志平说他也非常喜欢小燕，只是听说小燕已有婆家。老张听后哈哈大笑说："这年头还谈什么婆家。只要未过门、未上床，黄花闺女要自由哪个，就自由哪个。"志平笑着说："小燕会自由我吗？"

"现在自由时代，小姑娘们精明得很呢！"老张说，"你看她服侍你服侍得多周到。早有心呢！你看她服侍她老子有那样周到？"

"我倒未觉得呢！"志平说。

"她癞蛤蟆想吃天鹅肉，"老张说，"谭技师你这天鹅如不嫌他们乡下人，我去跟她爹说一声就是了。"

志平问："她定了亲的那一头怎么办？"

"管他的，"老张说，"官宦之家要逃婚都逃婚，还问乡巴佬？"

"老张，"志平拜托说，"烦你向韦老伯说一声。退婚有什么金钱上的困难，我会想办法的。"

"谭技师，你真有此意，"老张说，"他们韦家的祖坟不知怎么葬的呢！"

"老张，我是真心实意，我真喜欢小燕。"说着谭技师便把老张请到自己房内，取出一瓶"双沟大曲"，先谢媒人，以表真情。老张平时就喜欢喝两杯,这个喜酒是捡来的,真是兴高采烈。志平又取出五元法币,请老张代购些礼物到韦府去讲亲。老张拿了酒和钱,欢天喜地而去。

当晚志平便把此事,告知小燕,小燕一下便扑到志平的怀中来,连哭带笑地说:"哥,你真好,你真好!"哥也把她抱起来像荡秋千一样,荡了十来转。二人恨不得立刻拜堂成亲,同入洞房。

这是个私订终身、退婚、解约、重订、结婚的大时代啊!逃出了多少受难者,又逃出了少许幸运儿。志平和小燕算是幸运儿了。

一夕无话。第二天早晨十点多钟,志平刚在办公室内翻阅卷宗,应付各机关公文时,忽见工友老张,带了韦老夫妇——韦老穿的是长袍马褂——走了进来。志平慌忙站起,向韦老夫妇鞠躬,并请到客室坐下。老张忙着倒茶。大家方才坐好,韦老就一本正经地发表演说了。他说:

"昨晚张师傅来庄下说,谭技师要他做媒向小女求亲,我小女不知哪生修到这福分,能奉谭技师箕帚!也是我们韦氏祖宗积德,上苍保佑,得高攀这门亲事。我老伴昨晚一夜未眠,向小女道喜,高兴了一夜。今早特请张师傅作陪来看望贤婿。只怕我们庄稼人家将来走亲戚,上不得台盘,还要请贤婿和亲家包涵。在当今民国时代,早年定亲,已经落伍,《六法全书》也有明文规定,退婚不算非法。我二老虽愚,也可请贤婿放心。史家那一头退婚的事,我们自会托人去说明。总会合情合理地解决,应请贤婿放心。等到那边事情办妥,我二老马上便预备小女出嫁。以后祝你们白头偕老、多子多孙!——谭技师,我的话讲完了。"

谭技师还不知如何回答时,韦老又叫老伴向"贤婿"说几句吉利话。韦妈说:

"昨晚上我陪小燕一床睡觉。我打她、疼她,说小燕儿,你几世修到的,今生能做谭技师娘子。小燕儿讲,她不是喜欢谭技师官大位大;她是喜欢谭技师人品好。谭技师人品好这一带谁个不知、哪个不晓?小燕儿终身有托,我二老老年有靠,真是打心眼里儿笑巴出来。我也讲完了。"

第三十章　燕燕于飞

志平为这二老庄重的演说，弄愣住了。最后想想，也只好照样演说一番。志平说：

"小燕妹妹贤淑美丽、纯洁端庄，多因韦府祖宗有德、二老教女有方。一代媳妇，万代祖宗。得此贤妻，也是我寒族有幸，志平有福。承岳丈岳母不弃，让寒门高攀。先父早殁，舍下只有兄嫂奉养寡母在堂。将来志平与小燕妹妹结婚时，将由家母与兄嫂主婚。还希望岳父岳母，不以寒素见弃。——我的禀告也讲完了。"

随后张师傅也讲了些吉利话，这个相亲大典就算完成了。韦氏二老乃约定当晚就请"贤婿"和张师傅、师母，光临小酌。韦老说现在是"民国时代"，大清旧习就不拘束了。志平还在客气谦逊，张师傅则说："谭技师，你的娘子做的一手好菜，今晚我和我烧锅的，就沾你个光罢。"

志平就答应下来了。三老去后，志平想想"岳父岳母"，如此老实有趣，自己坐在藤椅上，笑破了肚皮。

瓦盆喜筵

这席晚宴是在韦家举行的。客人只有老张夫妇和志平三人。主人只有韦老夫妇、小燕和小燕的一个也是以洗衣为生的寡姨妈。这天韦家杀了鸡，称了肉，也打了鱼，蔬菜也都是新鲜的自家种的。由小燕母女、姨妈和嫂嫂四人下厨，做了一席足足有十大瓦盆的丰盛筵席。张老夫妇也带来了谭技师所送的"双沟大曲"，和自制的"咸蛋"。志平也特地进城买了些"状元红"等果点，晚间穿了长袍马褂，随张老夫妇，初访岳家。在这群农民之间，这位年方弱冠的谭技师可算是鹤立鸡群、风度翩翩了。难怪在灶后拉着姨妈一起"偷看"的小燕，羞于面而喜于心，紧拉着姨妈的膀子不放。

迎着女婿进门之后，韦老在"香火柜"上点燃了大红蜡烛、整捆炷香。他说现在是"民国时代"了，不拘旧礼。女儿结亲，虽未拜堂，仍可以"兄妹之礼"相见。按韦氏的指示，由未婚的新郎新娘双双向香火柜上的"韦氏历代祖宗神位"的木牌子三鞠躬，再向堂上二老三鞠躬，姨妈三鞠躬，兄嫂一鞠躬，谢媒——由志平坚持——也是三鞠躬。礼成之后，大家开怀畅饮，就是一家人了。

这个婚宴筵开一席。由老张夫妇上座，右边志平首席由小燕陪坐；左边则岳父岳母坐二席，姨妈挤坐其间；小韦夫妇坐下横末席。小燕今天穿了她的红布新棉袄，挂一束姨妈送的"绒花"，涂了些脂粉。脸上虽时有掩不住的笑容，但一开口说话，脸也就红起来。张老、韦老都是海量，举杯不停，小燕则斟酒奉茶，也忙个不停。

酒过三巡，只听老张半醉，口中也说个不停，但是说来说去无非小燕多"疼坏人"、"手脚多勤快"、"谭先生是读书人，到乡角角来招亲"多么不寻常。老张有时也因酒失言，叫燕燕"技师娘子"，使燕燕红了脸微笑，不知如何回腔。小韦夫妇话原来不多，今晚就说得更少。小燕的爹娘只顾看女婿，愈看愈有趣，也无话可说。姨妈终席只说了三句话和一个行动，但却反复不停。那三句话是："大姐真有福！""哪来这福气？""燕燕多匀、多勤快，谭技师真会选。"她的行动，则是把燕燕叫过去，让姨妈"香香"。小燕不管怎么忙，姨妈每次叫，她都停下工作，走过去让姨妈"香香"。

主客双方吃一席这样的好酒菜，大家都吃得酒醉饭饱，饱至打噎。宾主虽没有多说话，更未猜拳行令，但满室喜气洋洋，则是众人一致的体会。

一席酒吃到午夜，兴尽而散之时，张老借着酒兴，坚拉"技师娘子"送"技师"回"苗圃"。小燕活泼大方，忸怩一下，再经姨妈鼓励、父母兄嫂首肯，她也就答应了。二人在摸黑前进，未走几步，就抱在一起了。

第三十章　燕燕于飞

解铃系铃

　　小燕和志平订婚第二天，韦老便专访张老，请张老亲去"樟树湾"史家交涉"退亲"。最初史家有点犹豫，但是老张能说会讲。他告诉史家说："现在大户人家张林刘涂的小姐们都会'逃婚'。韦家的小燕真跟谭技师逃掉，你们岂不人财两空!?"

　　老张虽不识字，但颇懂得《六法全书》，知道逃婚不犯王法。所以他向史家父母一再说，韦家小燕"自由"了，逃婚了，你史家拿她怎么办!?现在女家招个读书人、做官的女婿，还能出几文钱，你们何乐不为呢?

　　史家夫妇最后答应了，但听说韦家新女婿是个做官的，老史便狮子大开口，要五百块龙洋"退婚钱"。

　　老张是见过世面的城脚底下的人，一听老史要求，不免火了起来，他指着老史的鼻子说："你史家祖宗八代，哪一代赚过五百块龙洋？——你自己说！"

　　"总是一房媳妇嘛！"史婆在一旁哭诉一下。

　　"又不是童养媳！你们对韦家丫头花过多少钱？"老张反驳过去。

　　"我们送过媳妇一双绣花鞋面布！"史婆骄傲地说。

　　"一双鞋面布值五毛钱!?"老张说。"五毛本钱就一本万利，要五百块利钱？"老张说得老史夫妇哑口无言。

　　其实老史是个老实人，并无心要向"做官的人"来敲诈。他原要说的只是"五十块钱"，不知何来的"财星高照"——他脱口而出，错说成十倍之多。老张认为他"要得离谱"，但他一想谭技师也确是个"做官的"。韦老捡了这门亲事也太便宜了。好事多磨，老张乃答应替史家帮忙，把"五百块"减半为"二百五"。史家夫妇一听真喜出望外，因为在那时的中国农村，二百五十饼"袁大头"能讨五房媳妇呢！——真是飞来之财。二人欣喜不已，对老张也感德不已。

老张本来是带着二十块龙洋去的，这时乃自板袋中取出来交给史老点收。另外二百三十元半月一月之内一定送来。史家二老欣喜不已。乡下人是老实的，史老并未向老张要任何保证，便自香火柜中，取出红纸婚书交给老张，又留老张在家中吃两碗咸菜干饭和老山茶，二老则以苞谷糊相陪。饭后老张就告辞了。

当晚老张便回报了韦老和谭技师，大家又在韦家吃酒吃到深夜。酒酣耳热，韦老乃起身向祖宗牌位磕过头，便把小燕的原婚约在蜡烛上焚化了。

"燕儿，"韦老说，"你以后就是谭技师的夫人了。以后你要好好服侍你丈夫，相夫教子。"

"……"小燕低头没有回答，只是眼泪直流。志平取出手帕为她擦泪。这时老张已有七分醉意，眯着双眼告辞了。韦家一家和新女婿都出门相送。韦老打躬作揖；韦婆感激得恨不得跪下来，虽然她暗中抱怨说老张答应的二百五十元太多了。

志平再回屋内就正式以女婿自居了，称韦老夫妇为"爹"、"妈"。小燕也情不自禁地和未婚夫挤坐一起。韦老夫妇都告诉小燕说她这门亲事是"前世修来的"，以后要好好服侍"你先生"。

"爹，"燕燕微笑着向爹撒娇说，"我现在每天不都在服侍他吗？"爹未说什么；妈却在一旁得意地傻笑。

夜深了，二老洗涤盘碗，要小燕送志平回苗圃，谁知他二人来回彼此互送了两三趟才依依分为两处。

自此之后，小燕见了谭技师也不低头了，忙得更起劲，脸上却永远挂着微笑。其后不但苗圃内的卧室客厅均纤尘不染，连谭技师废纸如山的书桌也一清如水。一日三餐仍是燕燕送来，有时小燕也陪着吃；有时来一两位访客同吃加菜，志平也不用向"包饭的"打"饭圈圈"了。事不忙、天气好，志平则往岳家陪二老一起吃，但是韦老坚持分食，因

第三十章　燕燕于飞

他不忍心看一个读书人的女婿，和他同桌吃"粗饭"。

志平没有告诉老张，也没有告诉岳父母，只是私下告诉小燕，对史家那一头应多送五十元，共三百元，另外还有谢媒礼，都由他筹借，将来债还清了，他俩再蓄钱结婚。志平原已有存款数十元，他可向"建设科"预支数月薪金,再向好友拉借一点就够了。他一次悄悄找到林文孙，文孙答应全部负责，要带他去找"仓房刘朝奉"，志平坚持不可，只把文孙手边的五十元借去了，也使韦家二老和小燕对林三少感激不已。

一切手续弄清，小燕便是志平的正式未婚妻了。有时二人情浓似蜜，乘二老外出探亲之时，偷尝点"禁果"，也是人之常情，不足为怪了。二人相依愈久，志平除叫她小燕、燕燕、燕妹之外，又叫出十几个古怪的名字来，什么小情人、小心肝、小娘子、小奴隶、妻子、老婆、瓦茶壶，甚至妈咪、烧锅的、洗衣婆、谭志平家的，不一而足。而小燕叫他却始终只有两个名字："哥"是她日常用的——上床夫妻，下床君子，都是一样的。另一个名字则是他们吵架时用的。哪个烟囱不冒烟，哪家夫妻不吵嘴？他二人结婚二十年，也吵过三两回。燕燕发脾气了、真火了，就喊他一声"谭技师"。但是有两次则是她跪在自己孩子的面前叫的，因为她这个"无产阶级小文盲"，背叛了自己的阶级，向敌人投降，嫁了一个"翘尾巴的东西"的下场。

所以当文、莹二人骑着脚踏车来访时，双方的爱情现况几乎完全一样——一对是如胶似漆，另一对是似漆如胶。两对鸳鸯、四只蝴蝶，真是天生两对、地设两双呢！

无心插柳

燕燕和老谭招待文、莹二人喝茶洗脸之后，志平乃领客人去参观他办公房的后进——他们将来的新房。那儿有三间正房、一间厢房、一间厨房。文孙对这后进并不陌生。因为原先住这儿的老"师姑",本是林家的远亲。文孙幼年曾随一些表姑、表婶到此地玩过——拜观音,还吃过"素席"。

后来此庵被客军占住,变成"师部"——据说胡宗南还在这儿住过——观音被搬走了,旧木窗也改成玻璃窗,文孙那时在县中念书,和驻军赛篮球,也来参观过。

此屋改成"苗圃"之后,后屋漏雨,县府又不愿发款维修,便呈倒塌现象了。志平接任技师之后,率领三个工人,把前一进改修粉刷,聊可办公住宿,后进则无力顾及了。现在既然要结婚,志平又想把后进修好,以作新房。他正动此脑筋,经济还无着落时,文、莹二人就来了。莹莹很羡慕这后进,她说爸妈在省城的房子还抵不上此处。她私下告诉文孙,她很羡慕小燕将来的"新房"。

文孙在那厨房内看到一个旧洗脸架,似曾相识。原来那还是老师姑的遗物。文孙又揭开那土灶上两个雕花的井罐盖,沉甸甸的,很不寻常,更如晤故人——那也是"水月庵"的旧物。

他们参观了那破烂得水迹斑斑的正房之后,志平说他自己曾爬上屋顶"拈瓦"防漏。现在水是不漏,但室内还得粉刷修补。文孙乃自告奋勇帮忙。他要招呼"仓房刘朝奉",送两袋"石灰"和一小桶"水泥",为小燕修新房。燕燕听了高兴得跳起来。

参观了房子,志平又率领他们看树苗、花秧。志平和文孙在前面且走且谈。他并指出两棵名贵的樱花苗给文、莹二人看,说那是文孙庄子里"怪三爹"送的。

这事连文孙都有些奇怪。他只知道志平去秋到"庄子"去过,想不到这个惜花如命、吝啬无比的怪三爹,对志平倒如此慷慨呢!

"他送我樱花!?"志平笑着说,"他还送我一些绿牡丹、墨牡丹苗呢!"

第三十章　燕燕于飞

文孙尤其惊异了。但是志平说怪三爹不是吝啬，他只是怕"俗人"糟蹋名花，所以才脾气大，但他知道志平和他有同好，又懂花木，真把志平看成"传人"呢。

"你什么时候到我家去的？"文孙问。

"重阳前一天，"志平说，"老伯叫张管家替我开'上客饭'，老怪陪我吃，大喝其汾酒，高兴死了。牡丹苗都是他主动送我的——他在你家喝不到汾酒呢！"

"喝是喝得到，"文孙笑着说，"只是他脾气大，张朝奉和厨房讨厌他、欺侮他……"

在他二人之后相随的两只小蝴蝶，则另谈一套。

"你二人订婚之后，谭先生送你戒指没有？"莹莹问小燕。因为文孙已设法使人转上海，请七婶也为莹莹代觅一钻戒作订婚礼，把莹莹吓坏了。

小燕回答说，他们债还未还清呢，哪谈得上戒指！

"那你们拿什么做订婚纪念呢？"莹莹问。

小燕说他二人在"植树节"各种一棵柳树作纪念。

"这倒是好主意，"莹莹恍有所悟地说，"我要叫文孙不要买戒指——也种两棵树。"

小燕知道莹莹的意思很诚恳，乃向志平大叫一声"哥"。志平闻声回头，问："娘子有何吩咐？"

"莹姐姐也要和林三哥种两棵树作订婚纪念呢！"小燕嚷着。

"真的吗？"志平问文孙。

文孙弄清了"娘子"的意思，乃欣然同意。志平乃带二人去湖边，看他和小燕的树。这两棵小柳树相去丈许，已长得生意盎然。树下各插一个小木签，写着二人的名字。

"这真是好主意，"文孙向莹莹说，"咱们也种两棵。"

"烧锅的，"志平笑着向小燕说，"他们种树我包办，不用你管了……"

志平叫小燕回家杀只鸡，留文、莹二人吃午饭。"烧锅的"笑着跳着去杀鸡了。志平乃替二人选了两颗有拇指粗细的小柳树苗，并为他们在湖边选个好部位，借以农具，就让二人自种去了。

莹莹和文孙在谭家的树前揣摩了好久。莹莹觉得这两棵树距离太远，"太孤单了，应该挨紧点"。

主意既定，二人乃先挖个坑，种下小莹的树，又在小莹树之左约三尺的地方，再种下文孙的树。功尚未毕，老谭回来了，看了大笑说，哪能种这么近呢？莹莹向他解释。

"莹莹啊，"志平说，"柳树长得最快，十年后，可能就有腰粗，这么近哪行呢？——挤死了。"

"挤得紧，更亲昵点嘛。"文孙说着，搂了未婚妻大笑。

"十年……十年……"莹莹若有所感地叽咕着。

"三四十年后，更挤得不得活呢！"志平说"不行——不行，重行来过。"

"三四十年？三四十年！"莹莹叽咕着说，"谭先生您想得真远。"

"三四十年，在植物学上，弹指光阴呢，"志平说时，手指向一棵合抱大柳树说，"这棵树的树龄亦不过二三十年呢！"

文孙是糊糊涂涂的，而莹莹则是多愁善感的。志平"三四十年"之言，触动这位多愁姑娘的感叹，使她默默无言，幸好文孙是个无肠公子，他乃在志平指导之下，把他自己的小树改种了——莹莹还是觉得他二人离得太远了，"太孤单了"！这时忽有两只白鸭自远处游了过来，歪着头向二人看了许久，才缓缓地游去。那两只鸭，虽未植树纪念，似乎也已私订终身了。

种完了树，志平忙别的去了，莹莹攀紧了文孙的臂膀，二人缓缓地绕湖而行。莹莹似有预感，一再叽咕，说他二人不能离得太远，更不能分离。嗡嗡之声，像只小蝇蝇。

第三十章 燕燕于飞

四人午饭之后,莹莹仍郁郁不乐,一直等到志平送了她两只小白鸭带回张家荷池去饲养——这两只小鸭太乖了、太可爱了,莹莹抱在怀内,才又嬉笑起来。

第三十一章

订婚比结婚重要

"水月春秋"和春秋水月

　　文、莹二人自苗圃归来之后，莹莹那点与生俱来的母性使她对这对小白鸭，简直钟爱备至。谁知这两个小东西极有灵性，以爱还爱，它俩一歪一跛地跟着莹莹呱呱地叫，使莹莹一时也不忍离开它们。

　　莹莹还有只宝贝——那只林老师的小兔子。文孙给它做了个铁丝笼和草窠，放在防空洞内已过了一冬，肥成一个毛团团，莹莹也把它的笼子搬出防空洞，放在荷池之边，让它也在池边欣赏阳光空气，看两个爱侣小白鸭在池内嬉游。文孙又叫十三太买了个篾制鸡罩，晚间就把这三个宝贝罩在一起，吃晚餐过夜。

　　莹莹本是革命家，终日嚷群众宣传、干革命，但自从这三个宝贝由她抚育，她也把革命忘了一大半——心心念念的是这三个宝贝。革命只好交给男朋友去代劳了。

　　文孙为着上次的"九里沟报告"遭了批评，这次既不接吻也不拥抱，一人躲在洞内，孤灯荧荧，在绞其脑汁。他这篇新的"社会报告"文题叫"水月春秋"，副题叫"从一个尼姑的悲剧到一个建国干部的成长"。

第三十一章　订婚比结婚重要

在这篇文章里，文孙从那因犯淫而被丈夫"休"掉、逐往尼庵的老道姑叙起。文孙深为老道姑不平，对那封建吃人、男尊女卑的传统社会作出沉痛的抗议。

文孙也对那场三十年代初期中国人杀中国人的残酷内战，作了惨烈的呼吁——中国老百姓自己之间的争执，为什么一定要用枪杆来解决？用鲜血来洗刷？有个强大的中央政府，社会之间的不平，为什么不用法律，用政策，来加以改革？而千万吨鲜血，亿万吨枪炮子弹，究竟增加了社会的不平，还是减少了社会的不平呢？

就以他们西山东区的张林刘涂四大官僚地主来说吧，他们在这工商业日进千里之时，几千担稻米，也换不了一部城市中产阶级私用的"别克牌"汽车。这些地主，如不移居都市，化农业为工商，也会自动消灭。再者政府有枪杆数百万支，一纸命令，也可使地主阶级消灭于旦夕。政府为何不做，而任听农民自己揭竿而起？如此纵把西山东区的四大家族成员全部杀光，财产分掉，也解决不了中国"贫弱"的问题。孙中山先生不是说过，中国的问题是"大贫和小贫"，杀完小贫也救不了大贫。

以作者的观察，中国抗战和以后的问题，应是"废除不平等条约"、"振兴实业"、"建立有效率的廉洁政府"、"培养有知识有节操的青年干部"，"使中国追上欧美国家"、"富国强兵"。在这一报告的结尾，作者便举出"苗圃，弄得从无到有的故事"。

"老实说，"这报告结论上说，"中国当代青年，谭志平并不是个特出的例子。像这样实干苦干的青年技师，全中国何止千百万人！只要政府政策正确，高级领袖公忠体国，领导有方，不愁中国不能变成十个八个甚至几十个的日本呢！"

文孙把这草稿给莹莹看，莹莹看得直是鼓掌。二人再稍事修改之，由莹莹埋头抄起，真是情文并茂，写作均佳。当晚莹莹便把这篇《水月春秋》交上去了。小组会议在朗诵并热烈讨论之后，竟被评为"甲级一等"报告。莹莹也一洗前文满面羞辱,一夜高兴非凡;睡在床上,还在默诵报告里的警语佳句,高兴得一夜未大合眼,内心中不用说更佩服男友的才华,而愈想愈爱。为急于向文孙报告"甲级一等"之评,真是等不到天明。

而在文孙那边,他交卷之后也如释重负,乃专心致志想到自己遵父命,搞个公开订婚仪式。姚大余一向是文孙的智囊,也是最欢喜跑腿的"司务长",文孙乃把这心愿私下告诉大余,谁知大余诡计多端,他正在和张指导员计划搞"庆祝台儿庄胜利联合大游行",节目中有"提灯会"、"双鱼演出"(《打渔杀家》、《渔光曲》)等等。事后由参加演出的"临中歌咏团"和"政宣戏剧组"来个联合"庆功晚会",就在"张家花园举行",由"林放鹤堂"捐款做东,"庆功会"中便宣布林文孙、叶维莹公开订婚,岂不是天衣无缝?既可达订婚目的,又可免大张旗鼓,而请的客人,又都是男女双方最好的朋友。友朋亲戚中沧海遗珠,人家也不会见怪,岂不十全十美?

"大鱼"的办事才能,文孙是五体投地的,他有信心面面顾到,绝无差池,而大鱼又是刘朝奉刘祖安的熟友,二人同心协力,自然万事如意。文孙和大鱼商量了一晚,一切由大鱼负责,刘祖安只是遵命办事。文孙也觉十分妥当;明早一下课,便去告诉未婚妻,四月订婚,六月结婚——终身大事,一切圆满安排。心安理得,也就在宿舍床上呼呼大睡了。

"大仙"和"当票"

第二天文孙在"解析几何"堂上,专等下课号,只嫌手表秒针转得太慢。终于号声响了,文孙丢下书包,跨上坐骑,一溜烟便跑到花园

第三十一章　订婚比结婚重要

里去。不去也罢，一去不免大吃一惊——只见莹莹独自一个坐在荷池边，正在掩面恸哭，她一见文孙来了，便扑入文孙怀内，号啕大哭起来。原来她那三只宝贝，只剩下一只小鸭躺在地上，做垂死挣扎啾啾而鸣；另一只不见了，地上还有点鸭毛。兔子也不见了，地上剩有一摊血，和一点带血的兔毛——显然它们已在半夜为野兽偷吃了。

文孙见状，不禁咬牙切齿，他乃扶开未婚妻，翻身走入"洞房"去，小莹哭随于后；只见文孙用钥匙打开一橱柜，在柜内取出一支青光闪闪的三号"驳壳枪"。他拉开枪栓，把一整条德制"四〇三"号枪弹，压入枪膛，其声辄辄。莹莹虽也曾看过军人挂着"盒子炮"，但是看人拉栓上弹，还是第一次——她多怕枪啊！看这情况，她也惊停哭泣，全身不断发抖，恐惧无比。文孙未和她说话，提着实弹手枪便怒气冲冲地走出洞门，小莹跟在后面跑，直是抖个不停，一跑一跛。

文孙提着手枪乃沿着山下和墙边草丛，来找那野兽，终于他在墙边的一丛矮树野草之边，发现死兔尸体。这可怜小兔五脏摊满地上，四条腿只剩两条，头也只剩半个，死状至惨，但血迹无多，血似乎被那野兽吸吮了。文孙提着枪仍在树丛后找那野兽，而莹莹则吓得僵住了、麻木了，连哭也哭不出声来。

文孙对那矮树丛中看了半天，那里似乎有个黑洞，文孙乃举起手枪向那黑洞连开四枪，只见洞内突然蹿出几只老鼠，迅速逃窜无踪。文孙提着枪回身看莹莹，只见莹莹面色苍白，全身抖个不停。

右手持枪，左手搀住莹莹，文孙说："这野兽不在这洞内，我们再去找去。"

这是莹莹第一次看到人开枪，她吓得步履维艰，难于举步。幸好男友温存，扶着她缓缓转过土山，山后便是一块洗衣场、一口井，和三间空无一物的厨房。那土灶上原有三口锅，现在也只剩一口小锅。二人正在东张西望时，忽见十三太面色紧张，喘着气跑了过来，原来他听到后院枪声，不知出了什么事，才匆忙跑来。当莹莹告诉他兔子被野兽吃了，十三太惊慌地说："那是大仙吃掉的！"

"告诉我，"文孙气愤地说，"大仙在什么地方！"

"三哥儿，"十三太惊恐地说，"大仙是仙呢，出没无常……我有时在厨房看到他老人家。"

"在厨房！"文孙吼了一声，乃在那空无一物的碗橱、货柜中去找。忽然间只听噼啪一声巨响，一只有狗大的白狐自货柜内冲出，夺门逃出厨房，文孙尾随其后，连开两枪没有击中；那狐狸乃爬上树干，跳上墙头，文孙又连开四枪，均未击中，被它越墙逃走。这时文孙枪中十弹俱发，枪膛张开。文孙又压入十发，持枪开后门追了出去，但那狐狸已杳无踪影了。

文孙关门回来，只见十三太也在发抖，莹莹更面无人色。

"三哥儿，"十三太颤抖着说，"大仙打不得的呢！这大仙有五十年道行呢！"

"我久未开枪，未打准，让它逃了！"文孙悔恨地说。

"打不得呢！三哥儿，"十三太说，"我还向他烧香呢！"说着十三太指指那灶上唯一的一个土香炉。

"他有五十年道行，我有一百年道行！"文孙说着便把那瓦香炉摔在地下，砸得粉碎。

"督军小姐，"十三太转向莹姑娘请求说，"三哥儿不信，姑娘要劝劝三哥儿呢！"

"十三太，"文孙疾言厉色地问他，"厨房里那些细瓷盘碗，和金台面、银台面哪里去了？"

"我把它们都送到'当铺'去了。"十三太毫无惊奇地说。

"你把东西都当了！"

"五姐他们回来时会赎的！"十三太说。

第三十一章　订婚比结婚重要

"你就这样'监守自盗'！"

"……"十三太没有回腔。

"十三太呀，"莹莹也插句嘴，问道，"林老师那'汽油炉'，是不是你也偷去当了？"

"我送到当铺去的。"十三太龙钟地说。

"你当了多少钱？"文孙又问一句。

"七毫五小洋。"

"林老师十五块钱买的呢！"莹莹向文孙说。

"你看这老烟鬼，是不是东西!？"文孙感叹地说，又问："你的当票呢？"

"都放在夹柜里。"

"全部拿给我！"

十三太闻令，乃佝偻向前，走回门房，打开夹柜，几乎一柜子都是"当票"。文孙稍一翻阅，见一张"紫檀镶螺钿圆凳"，只当了一块钱。文孙对这一箱当票无法处理，只好告诉十三太，要他全部交给"刘朝奉"。十三太遵命了，但还是向三哥儿再讨了两个"泡子"，才完结这场搜查。

泪自长江头，流到长江尾

文孙提着实弹手枪，挽着颤抖不停、泪痕满面的未婚妻，缓缓走回后苑。莹莹走到池边，蹲下看那小鸭已经声息全无，完全死了。莹莹捧在怀内，哭成个泪人儿，希望它再活过来，哪有可能呢？

文孙扶着哭泣的莹莹，她捧着个死了的小白鸭，二人走回洞中。莹莹摸着小鸭，伏在桌上，恸哭不已。文孙则痛恨自己枪法不灵，让那凶手老狐狸逃掉。

"文哥，那真是一只大仙呢！"莹莹一面哭，一面说，因为莹莹的父母以前住在省城也曾向"大仙坊"求"丹方"——因此她对"大仙"也心存畏惧，并听人说过"大仙"的威灵。

"你也相信《聊斋志异》！"文孙笑着说，"如果今天我一枪打中，它就只是个狐狸了。"

"它做大仙为什么不吃素，要吃我的小兔子和小鸭子呢？"莹莹一面说一面哭。

文孙没有回腔，只辄辄辄辄地把驳壳枪中的十颗子弹退出枪膛，然后用一根小铁杆，顶一块小油布，清洗枪管中油烟。文孙告诉莹莹说，他今天连发十枪，枪管中有烟屑，非清除干净不可，否则便会生锈。说着他把空枪拿给莹莹看。莹莹自枪口看枪管中膛线，青光闪闪，寒气逼人——这是莹莹这个女"兵"第一次也是最后一次真正地用手接触过这样锋利的武器；也是她第一次看到什么叫"盒子炮"——在她的课堂上"武器学"中叫做"制式手枪"。

文孙把手枪带皮套放回柜中去，乃取了一把铁锹和莹莹走到山后，找到一块好所在，把小兔遗尸和死小鸭，葬在一起；并捡些砖块，为它们筑了个小墓。莹莹又情不自禁地哭跪于墓前，伤心了许久，才擦着泪和男友走回"洞房"。文孙又自水瓶内取出些热水，让莹莹洗了脸，莹莹躺在文孙怀中，心气才稍觉平和。

他二人今天本来是要来细商"订婚"喜事的，谁知喜事未谈，却演出个涕泪横流的大悲剧，又办了个小"葬礼"——使本已迷信的莹姑娘，益发有悲剧结局的预感。

莹莹本已自文梅口中知道文孙和大余商订的计划，喜不自胜。谁知凭空出此悲剧，使她心中郁郁。所幸文孙倒不迷信，他唯一的悔恨是"枪法欠准"，让那个狐狸逃掉。他劝慰莹莹，以后再替她买两只白鸭、一对白兔，以为补偿——婚后他们将永远养一对鸭子，以为纪念，因为

第三十一章 订婚比结婚重要

鸭子便是鸳鸯，是最看中爱情的。他二人婚后，一定也和鸳鸯一样，永不分离。莹莹虽也擦泪微笑，同意文孙的主张，但是男友哪知姑娘心中的疙瘩——她始终认为二人正预备讨论订婚之时，竟遭此意外，是大大的凶兆，而心中永感郁结——又有谁知道姑娘的郁结，真的一结四十年呢！田军书记的眼泪，竟是莹莹姑娘眼泪的延续，从长江之头，流到长江之尾呢！

胜利大游行

天生万物本是相生相克的。狐狸咬死了兔子、吃了鸭子，不是宇宙中一件大事——虽然它惹起了一个软心肠的少女哭了半天。

这宇宙中的大事，"台儿庄"之捷，才算是抗战期中一件了不起的兴奋剂呢。在众人的兴高采烈之中，临时中学的师生、政宣大队的官兵学员、驻军的宣传部队、合城上下的商民住户……都认为抗战已胜利在望，大家来个一整天的"台儿庄胜利游行祝捷大会"，使全城轰动、热闹非凡。

庆祝大会是在文庙明伦堂前广场举行的。揭幕的是临中歌咏团的抗战歌曲大合唱，从《义勇军进行曲》到"流亡三部曲"，到《大刀向鬼子头上砍去》，还加个《大路歌》。歌声起处，万人和之，真是声闻数十里。

合唱之后，则由驻军宣传队演了一幕滑稽粤剧，叫做《广东先生遇到山东响马》。粤剧之后，则是政宣"平剧组"的《打渔杀家》；压轴的则是政宣"话剧组"改编演出的歌剧《渔光曲》——这两出剧，都是张指导员精心改编，并亲自导演的。压轴戏是当家青衣叶维莹出台，女高音曹文梅幕后佐唱，二人配合得天衣无缝，使雄壮的抗战歌曲，一变而为"爹爹剩下的破渔网……",使听众更生哀婉之感,气氛为之一变……

对抗战破敌是咬牙切齿;对济弱救贫,又心怀凄楚……有血有泪,两得其长,令人感奋。会后天黑,戏剧收场,提灯会开始。领队的有驻军"八仙过海"的高跷;接着便是舞狮、游龙、彩灯;压尾的则是临中歌咏队的"跛鸭队",二十多只各色大鸭,呱呱而过,最后则是一只"丑小鸭"和一只"跛公鸭",一只娇小,一只胖大,一歪一跛,行动滑稽,使全街观众尤其是孩子们,嬉笑欢乐,学着一歪一跛,尾随其后……锣鼓声喧、爆仗满街、欢声彻夜……人人弄得精疲力竭,但没一人不嬉笑而归——真不愧为一场庆祝胜利的大游行……

庆功双宴

一个狂欢之夜后的早晨,垃圾满街、路人绝迹是可以想象的;但是姚大余天未黎明已经和刘祖安朝奉,率了十多精壮男女赶往"张家花园"——他二人正在协力筹备一个四五十人的"庆功双宴"。

大鱼告诉文孙,今日是他的大喜之日,应该诸事不问,好好休息一天,晚间加入"跛鸭队",参加宴会好了。大鱼也叫文梅告诉莹莹,睡个好好的早觉,休息一天,留下精神参加晚间的"庆功双宴"。二人都遵命了,睡到日上三竿,然后各自在校中、队中闲荡一整天。直至金乌西坠、月上东山,二人才随着各自的队伍,携着游行和表演的道具,嘻嘻哈哈走到张家花园。一到园门慢说莹姑娘,连林三少也愣住了。只见那黑漆大门洗刷一新。门前一对大红灯笼,上面贴着硕大金字,一面是"庆祝抗战胜利",另一个是"恭贺林叶连枝"。门上也有新贴门联:"胜利从天降,爱情动地来。"

第三十一章　订婚比结婚重要

一进大门，更是张灯结彩，鲜花满园，莹莹一看便知这些鲜花都是从苗圃借来的。果不其然，志平和小燕都还在奔波布置。老张等三个工友正忙得满头是汗。

众人一进后苑，那更不得了，那水榭被布置得富丽堂皇——原来刘朝奉化了两百七十余元把原有紫檀大理石桌椅、纱灯、盆景等，全部自当铺赎回，并洗刷一新，重新布置起来。园中两盏大型"汽油灯"，把全园照得如同白昼。那荷池之中也漂了些红烛莲花灯，山径和"一览亭"上，也宫灯处处，人行其间，几疑是仙境。临中同学、政宣队员，多数未进过"张家花园"，从未想到这个没有"公园"的县城，却有座这样美的"私家花园"。文梅等又率领一些女同志参观了文莹的"洞房"，真羡慕无比。在洞内衣橱里，她们还找出莹莹的"日记"、"诗钞"和裙衫。

"刘四啊，"涂公主私下告诉表哥说，"你看林文孙和叶维莹，就躲在这里，偷鸡摸狗！"

刘四笑着说："谁有这个洞，谁都会偷鸡摸狗。"刘四声音说得很大，听到的人，都不免大笑。大家正在山上山下、池边柳下，乱嘈嘈嚷着游着，忽然一阵锣声，要大家入席。

原来这水榭之中，筵开五席，中间主席全是"金台面"，用的是张家自苏州带回的镀金盆碗，在灯光之下，辉煌无比。其他四席，也是象箸银杯，十分豪华。主席之后挂着"囍"字红幔，把金台面更衬得红光闪闪。

今次宴会姚大余是司仪。他个子大、声音响，呼着姓名头衔为"主席"安座。他叫出首席首座是订婚新人，由文梅、大余分别为新夫妇制服簪上金花入座，全体鼓掌。

其余首席主宾是新人舅父母朱朝奉夫妇、临中教务主任黄觉西先生、政宣张指导员叔伦、女方"表哥"阿七哥、歌咏队导师褚裕光。另外则是张秀兰和曹文梅。其他四席，则由众人"自由入座"。

在这五席之间斟茶倒酒的，则是"春江大酒楼"的账房所率领的小聋等一群职业茶房。听命打杂、在新夫妇背后侍立的则是刘朝奉夫妇和几位女佣——包括临时赶来的周嫂。她站在"三奶"背后简直寸步不离。在众席中穿来穿去斟茶的十三太，今天也穿上半新绸坎肩和灰绸夹袍、黑缎瓜皮小帽，容光焕发，俨然两个人了。另一个使莹莹惊奇的则是阿七哥。阿七哥居然也穿了蓝缎夹袍、黑马褂、黑呢帽、新布鞋，行动虽然不大自然，也分明是另外一个人了——他是文孙叫刘朝奉特地请来吃喜酒的；行头也是刘朝奉为他特制的。

酒过三巡，司仪姚大余起立声明今日"庆功双宴"的旨趣。一是庆祝胜利游行及临中政宣联合演出的成功，由本地乡绅"林放鹤堂"邀宴庆功。第二个目的是庆祝临中歌咏团团员林文孙同学，和政宣话剧组演员叶维莹同志的"爱情结合"、"公开订婚典礼"。姚语方毕，群众便鼓噪起来，要新订婚夫妇表演 kiss。

大家这一鼓噪却被大余洪亮的声音压了下去。他说 kiss 可以慢慢来，先得有师长训话、指导员训话。不教导、不指导，他二人哪里会 kiss 呢？群众大笑之后，司仪乃请男方家长代表黄觉西老师训话。黄老师是个教古文的，引了一些《诗经》、《礼记》，大家鼓了个掌就算了。

司仪次请政宣张指导员训话。张说他当了一辈子"指导员"，还没有"指导过 kiss 呢！颇为失职……"引起全场大笑。

接着张便郑重其事地指出，今日林、叶二人的结合，不是传统的什么"门当户对"的结合。他二人的结合却正是门不当、户不对。女方是无产阶级出身、意志坚定、牺牲性强烈，为民族革命、社会革命献身到底的第一等革命女战士。她对革命的意义认识彻底，她虽是个文弱的美女，但是在革命斗争中，是半步不会退让的战斗员。——总之她是我们革命阵营中，最坚强、最彻底的标准革命同志。

至于男方呢，张说他是资产阶级、大地主阶级中最有良心，<u>丝毫</u>

第三十一章　订婚比结婚重要

没有为物质享受所腐化的标准的品学兼优的青年知识分子，是我们革命阵营中最理想、最忠实的同盟军。他在文科学堂德智体兼优，家庭环境又富裕，学的又是最实用的理工科，将来留欧留美归来，必然是全国第一等科学家——因为他的主观条件和客观条件都联合导引他向这一方向发展，是我们民族革命抗日战争之后，最优秀的建国人才。所以今日林、叶联姻正象征着我们全国各阶层联合抗日的现阶段的大团结，和抗战胜利后各阶级各抗日党派继续联合建国的远景。

"林、叶两位新人，和在座各位长辈、各老师、各同学、各同志、各服务男女工友同志们，"张指导员擎起金杯，大声说着，"让我们一致为两位新人祝福，并为各阶级各抗日党派永远联合抗日建国而干杯！"五席客人同时起立，姚大余在张指导员事先"指导"之下，也早为服务工友预备了酒杯，大家一致起立举杯为新人祝福，饮毕放杯鼓掌欢呼。欢呼的内容，还是要新人当众kiss，并说是张指导员已经"指导"过了。

众人起哄不已，最后还是周嫂有经验，她服侍过林家庄"大七少"订婚，曾有先例——她取出一条真丝绣龙凤红手帕，要两位新人隔着手帕接吻一下，才算勉强对付了群众的抗议。当众人闹毕坐下之时，却发现少了一个提壶斟茶之人——原来十三太在众人闹酒敬酒之时，私下猛喝大曲、花雕，喝得烂醉如泥，几乎未栽入荷池淹死。小声等乃把他拖入山侧草丛，让他睡去，大家继续嬉笑闹酒猜拳。司仪姚大余大声请家长训话，但是朱光直一句话也说不出，鞠个躬了事。司仪又请"新人讲话"，新人也讲不出话来，大家协议，请新人即席向群众及老师、指导员三鞠躬。

这席酒，是春江最高级的酒席，而食客之中，除朱光直夫妇之外，没有一个超过四十岁的。五席中四十人以上都只是不满二十的小胡闹。排翅、燕窝、银耳、银针、雀舌、汾酒、贡酒、花雕……真都被狼吞虎咽地糟蹋了。但是大家都吃个晕晕倒倒，大腹便便，来等候着大余安排的"余兴"节目。

百鸟朝凰和走锅绝技

大鱼的办事能力是全国一等的。他早就想到宴会之后的"余兴",第一项应以"解酒"为宜。因为大家都喝得晕晕倒倒,酒醉未醒,还欣赏什么"余兴"呢?所以当菜肴将尽、众人还不忍放杯停箸之时,大鱼招呼春江侍者上银针、雀舌等浓茶解酒,把盘碗杯盆全部撤去,另补些带酸性金橘等甜食,中和酒性。

众人茶方沾唇,大鱼乃报出,政宣戏剧组名丑郭连环,表演"短笛"和"口技"——"百鸟朝凰"。

郭的个子小小的,站起来鼻子一皱,便令人发笑。他鞠个躬乃自袋内取出五寸长的竹笛,吹出个"百龄展翅"。原来是一鸟独唱,接着便是二鸟对唱,接着便三鸟五鸟、八鸟十鸟……乃至百鸟争喧。起先只有"百龄鸟",接着"黄鹂"、"黄莺"甚至"八哥"、"鹿雀"、"乌鸦"、"野鸭",乃至"雄鸡"、"母鸡"……统统加入,相扑相打,热闹非凡。最初人们只以为是一只笛子,发出如许声音。但忽然间却听到老"凤凰"在抱怨,说:"丫头们,太吵了,小声点,别吵了新人……"大家定神一看,才知道郭连环的笛子不见了,他是用嘴发出各种鸟声,大家为之目瞪口呆。

老凤凰抱怨之后,众"丫头"不敢大声吵闹了,乃窃窃私语,众鸟投林,其声啾啾……众人倾耳细听,只听一只鹦鹉也在低声抱怨,它说:"什——么——别吵了新人……"它呱呱呱呱了一次,又说:"他们一对新夫妇……两个旧家伙!"众人闻言,不觉哄堂大笑,酒也醒了。郭连环收起短笛,向那对新人"打个千",说声对不起——又引起哄堂大笑,好不乐煞人也么哥!

接着司仪报告,下一节目是"走锅",由阿七表哥表演。

只见两个工人抬来一只大铁锅,平放于榭前平地中。

第三十一章 订婚比结婚重要

阿七取下呢帽，扎了一条腰带，把前袍襟半塞腰带中，走到锅边，拳掌合抱向四围观众行过礼，然后在锅边蹲下"马桩"，闭目屏息。当众人正屏息而观之时，阿七忽"哈呀"一声，纵身跳上铁锅之边，铁锅摇晃，阿七则配合这摇晃频率在锅边走动起来。最初锅摇得很厉害，但是随着阿七飘飘然随锅沿打圈圈，锅的摇晃亦渐次减小，最后几乎完全不动。阿七又"走"了两圈，乃纵身而下，面不改色，锅亦不动。

阿七行了个礼，众人拼命鼓掌，无不咋舌称奇。

这时司仪因大家酒已全醒，乃报告下一节目为团体歌舞剧：《丑小鸭订婚》，要全场观众集体参加，昨日化装游行的行头，今晚废物利用。

这个歌剧是临中歌咏团和政宣戏剧组的集体创作。但是音乐制谱则是临中音乐老师褚裕光的个人杰作——这个简谱是集体搞不来的。这场歌剧是如何登场的，作者也只能听到"二手资料"，还是根据林博士四十年后的回忆，把原剧本简略地写出吧。

《丑小鸭订婚》（土风舞歌剧）

编剧者："临中歌咏团"、"政宣戏剧组"集体创作
音乐制谱：褚裕光
主任导演：张叔伦
演出者："临中歌咏团"、"政宣戏剧组"全体成员
演员表（以出场先后为序）：
　　鸭指导员：姚大余饰
　　女鸭队员：临中、政宣女同志九人
　　男鸭队员：临中、政宣男同志九人
　　女丑小鸭：金实饰

男胖跛鸭：卜斗焕饰

音乐伴奏：政宣声乐器乐组

布景：小山之侧、鸭池之滨

时间：月上东山、鸭群饱餐之后

灯光：汽油灯降低亮度

幕启时：鸭指导员，头戴军帽，颈挂一尺长、八寸宽、红底双杠、一星少校领章，翅膀夹指挥刀，蹒跚而出。

鸭指导员（下简写"指"）：今天晚餐吃得这么饱、酒喝得这么多，田螺吃了一肚子，如何消化？（拍肚皮、舞指挥刀）哼，要跳个土风舞……不，跳个踢跶舞（跳了两下，看看自己硕大的鸭掌，摇摇头）。不行！不行！（用翅膀抓头）嗐，人类可以跳踢跶舞；我们鸭类，也可跳个拍拍舞（用脚拍拍跳两下）。蛮好哎！蛮好哎！呱呱呱呱……好主意！好主意！……（大叫）丫头们，呱呱……月光这么好，上来跳个拍拍舞啊……呱呱呱……

女鸭队（头扎红缎结，上）：呱……呱……呱……呱……

指：呱呱……呱呱呱……来来来……呱呱呱……排个"一字长蛇阵"……呱呱……（用翅膀抓头）……有女鸭，没男鸭……呱呱也不行啊……呱呱……哎（大叫）Boys, boys……上来……上来……

男鸭队（颈系硕大黑绒蝴蝶结，上）：呱呱……呱……呱……呱呱呱……

指：呱呱……接着女同志……呱呱……一字长蛇阵……呱呱……

（男女鸭队翅连翅、膀连膀，排成一字长蛇阵）

指：呱呱……呱呱……你们今天吃得这么饱……呱呱……喝了这么多酒……不运动运动，肚里田螺要出毛病……呱呱……

女鸭队长（曹文梅饰）：呱呱……呱呱……指导员要我们怎样运动？（众女鸭交头接耳……呱……呱……呱……）

第三十一章　订婚比结婚重要

指：呱……呱……丫头……你问我？我是军委会特派少校指导员（挥动指挥刀）……呱呱……

男鸭队长（刘希曾饰）：报告指导员……呱呱……你是不是要指导我们kiss？

指：呱呱……胡说……kiss是人类的丑事……我们鸭类嘴这样长，如何kiss？

众鸭：（交头接耳）……呱呱呱……抗议……抗议……

指：不指导你们kiss，指导你们跳舞！（大叫）乐队奏乐……呱呱……

（乐队中手风琴开始演奏，洋鼓、洋号、二胡、四胡、风琴，也开始试音。）

指：Boys，girls，听音乐，听我口令！（众鸭歪头，细听音乐……）

指：（下口令）上前三步，呱呱呱！（众鸭听命出操）向后三步，拍拍拍！（众鸭听命向后顿足）向左三步，拍拍拍！向右三步，呱呱呱！（众鸭听命脚踏口叫）

（指导员令众鸭重复十余次。）

指（唱）：人类跳舞，踢踢跶；我们跳舞，劈拍拍。向前抗战，劈劈劈；回头建国，拍拍拍。又抗战、又建国，生命到此才快乐。又抗战、又建国，民族到此才复活……（全体同舞、同唱）

（音乐变调）

指（唱，众和）：我们都是好兄弟，我们向左打圈圈。（用刀指女队唱）我们都是好姐妹，我们向右打圈圈。手牵手，心连心，我们是抗日义勇军。你拉我，我拉你，一个小圈，四条腿（舞队变形，由两大圈转为二人挂手打小圈圈）。你看我，我看你，一个小圈四只眼……

男队队员甲（大叫）：报告指导员，我这小圈只有两条腿、两只眼！

女队队员乙（搭腔）：我的小圈也只一个人。

（舞蹈停止，乐队终止。）

指：怎么会呢？怎么会有个孤鸭？

众鸭：你两个挂起来不是正好吗？

指：那怎可能！人类跳舞可以男女合跳；我们鸭类文明，男女授受不亲。

鸭甲：报告指导员，那胖老公和丑小女，躲着在谈恋爱，不参加我们舞会。

指：（把刀一挥，胡子一吹，大怒）那怎可以破坏军风纪！他们躲在什么地方？

众合：他们躲在防空洞里。

指：那怎可以？男女队长，去把他二鸭抓出来。

（两位鸭队长带了几个男女鸭兵，走入防空洞，先把歪嘴丑小鸭拖出来，又把胖老公拖出来。胖老公哭泣不肯。）

指：你两个为什么不守军风纪，竟然躲在防空洞谈恋爱，胆子好大？

跛胖鸭：报告指导员，我们订过婚了嘛。

指：你们什么时候订过婚？

众鸭：你刚才不是吃了他们的订婚酒了嘛！

指：啊！对了。我忘了。委员长要撤我职，呱呱……呱呱……来参加跳舞。

众鸭：呱呱呱呱……（大笑）

指：奏乐！

（乐队奏乐）

指：我们来合唱，大家都是好兄妹，我们一齐打圈圈。手牵手，心连心，我们都是男女抗日义勇军。你穿我，我穿你，男女两圈变一圈。（男女相互穿梭而过，使一男一女手牵手围成一个大圆圈，把丑、跛二鸭围在中央）

第三十一章 订婚比结婚重要

指：我们跳了这么久，唱了这么久，你俩倒做了逃兵了。现在由你两个唱，我们围着你们跳……乐队奏乐！

（乐队奏乐）

跛老公（唱）：我不嫌你丑！

众鸭（跳打圈）：呱……呱……呱……

丑小鸭（唱）：我不嫌你跛！

众鸭：呱呱……呱呱……呱呱……（打圈圈）

跛、丑鸭合唱：我不嫌你丑；你不嫌我跛。我俩心中一团火……呱呱呱……呱呱呱……我两个相爱了！订婚了！

（众鸭合唱，重复以上唱词）

跛鸭（唱）：我在你左边，呱呱呱……（二鸭挂膀）

丑鸭（唱）：你在我右边，呱呱呱……

跛、丑鸭合唱：我俩永远不分离；我俩永远在一边……呱呱呱……呱呱呱……

（众鸭双双挂膀合唱，重复此唱词）

跛鸭（唱）：我咬你上边，呱呱呱……

丑鸭（唱）：我含你下边，呱呱呱……

跛、丑鸭（两喙相咬，合唱）：我俩就接吻了……呱呱呱……

（众鸭接吻合唱，重复原唱词）

跛鸭（唱）：你爱我。（两手相拉）

丑鸭（唱）：我爱你。

跛、丑鸭（合唱）：两个鸭子四条腿，呱呱呱……

跛鸭（唱）：两腿在上边。（两鸭一前一后）

丑鸭（唱）：两腿在下边。

跛鸭（唱）：那我俩就可"交尾"了。

丑鸭（生气，说白，乐声下降）：这样不要脸。刚订婚，就要交尾？

众鸭（合唱）：你爱我，我爱你，两个鸭子四条腿。两腿在上边，两腿在下边——那我俩就要交尾了——呱呱呱……呱呱呱……（众鸭大笑）

丑鸭（生气，低下头来冲过去，在跛鸭有绷带的伤腿上，拼命钳了一下，把胖老公冲得白肚朝天，丑鸭也冲到老公肚子上去）

（跛鸭伤痛不已，呱呱不停，频频叫痛。）

（丑鸭心有不忍，用歪嘴替他补绷带，又用翅膀按摩其伤处，悔恨不已……）

跛鸭（在丑鸭扶持下慢慢翻过身来）：少奶，咱们林家订婚比结婚更重要呢！订了婚就可交尾哎！（跛鸭轻轻地想伏到丑鸭身上去）

（丑鸭忙躲开。）

（跛鸭追上去，追了一段。）

（丑鸭力竭，蹲在地下。）

（跛鸭伏到丑鸭背上去，直是摇尾巴。）

（丑鸭用力一撑。）

（跛鸭白肚朝天，又摔地上呼痛不已。）

（丑鸭低头作伸入水中状，又从水中上来，洗个干净，摇头摆尾不止，并呱呱作叫。）

（跛鸭站在水上，两膀猛扑，颇表雄风。）

（这时忽有一个硕大鸭蛋，自后滚了出来，蛋壳一破，有两只小鸭，呱呱地跑了出来。）

指（用指挥刀一指）：一个蛋怎么生出两个鸭子来？

两小鸭：报告指导员，我们是双黄蛋嘛！

两小鸭的话，使全场五十余人都笑得前仰后合。

这时鸭指导员把鸭衣一脱，露出个大余的头来，大叫一声："谢谢各位来宾和演员，今晚庆功双宴，正式结束！"

第三十一章　订婚比结婚重要

订婚之余

　　这出《丑小鸭订婚》的土风舞歌剧，演出相当成功，但这也是临中、政宣联合演出时，文、莹二人都没有参加演出的唯一一次。二人都只坐在头排中央做观众。莹莹有时笑不可仰，有时又满脸绯红，更有时心酸不已——想到三次自裁的往事，不禁悲从中来。有时又想起这样美好的现在，是否真如张指导员所说的，美满到底呢？莹莹没有这个信心。那个管弦乐队美妙的乐曲，对这位多愁善感的新人，真是声声扣住心弦，一击一跳。

　　在这场合下，她尤其为七哥不平。七哥是她早已心许，舍身相献，决心追随情奔的人。只是七哥太忠厚了，太善良了。她和他拥卧一宵，七哥连吻也未吻她一下，而却愿意要"妹妹叫他去死"——天下哪有这样善良的人？虽然他一字不识。

　　莹莹想到王干爹的话："你看那些当官的、读书的哪一个是人？"在莹莹未进政宣之前，她的确认为中国官场上、社会上，"当官的"、"读书的"都是最丑陋的中国人。像王干爹、像七哥，以及她后来才认识的小燕和她父母——韦大爷、韦大娘，是多么"美丽的中国人"啊！知识，知识，只是教坏人变成更坏的凶器。所以她决心要做个小屠户的媳妇。谁知这小屠户七哥太善良，竟使他二人错过这段姻缘！

　　这次由于林文孙的胸怀宽宏，不但不对七哥有丝毫嫉妒之心，而且同情深厚，竟把七哥以表兄身份请来吃喜酒。文、莹二人真把他看成亲表兄一般坐在首桌，当了贵宾。文、莹对他嘘寒问暖，敬酒拣菜，无微不至。餐后文孙并把他从"西门仓房"改送至本城最豪华的"悦来大旅社"住宿。这个大旅社，照七哥这样的人，平时找个打杂工都不容易，今日居然成为套房贵宾，使七哥弄得不知所措。莹莹为他一切安排好，并说好明早来陪他早餐。三人谈到深夜。七哥无多话可谈，只是一再告诉文、莹二人，他死掉做鬼，也会来做他二人的保镖。翌晨，文、莹一早便来了。大家在春江早餐之后，文孙要为七哥租头驴送他回梅溪，七哥坚持步行挑担，那是他日常的生活习惯。文、莹二人又自礼物中拣了些贵重的给七哥带回给叶妈、老叔公、干爹、幺三和李会长。文孙并要七哥面告丈母娘，等他们结婚时，便接丈母娘到林家庄同住。

七哥收好行囊自己挑了，文、莹二人送他出西门，直到赵三宝吹牛的地方，始依依而别。七哥离去时曾诚恳地向文、莹二人说："文弟和妹妹，将来如果有需要人死的工作，就来找我担当。"七哥说得很诚恳，却把莹莹说得泪流满面，伏在七哥怀内许久，才由七哥劝她返回文孙胁下，又恸哭些时，才和七哥依依而别——莹莹对七哥曾有献身之愿，而七哥从头至尾未尝对妹妹有"腻思"，这是文孙深有体会的，所以对他二人除敬重之外，也毫无嫉忌之心。

文、莹回到城内，首先去探视舅舅，却见朱光直夫妇忙了手脚，正不知如何是好。因为文、莹二人订婚虽未声张，但是消息还是外露了。城乡亲友所送的礼物，堆积如山。除西门仓房、张家花园之外，他们送去的便是朱家了。朱家这两间草棚如何堆得了？例如上次来的廖邦平科长，这次便代表"省营贸易公司"兼总经理熊正宜送来"金华腿五只"、"红锡包二十条"。单这一项，便使朱朝奉夫妇傻了眼。"少东"送的银耳、燕窝等就不用说了。幸好朱朝奉这次认识了刘祖安朝奉，不用文孙吩咐，刘朝奉便把朱光直搬了个家，使二老几乎疑是梦境。

这个"订婚大典"，虽在大鱼安排之下，以"庆功宴"为掩护没有铺张，然善后之事仍多。一切都由大鱼和刘朝奉承担了。文、莹为感谢好友帮忙，特在春江设宴，再请大鱼、文梅、志平和小燕，加上刘四和"公主"，酬劳一番。无人不恭维大鱼这次所主持的盛会之成功，大鱼也深感满意，认为是平生办事杰作之一。

订婚之后，剩下的便是遵父命"返庄祭祖"了。文孙特地请大鱼、文梅同行,使"公主"和小燕两对都十分羡慕——他们预备就在五月初结伴同行,使文梅兴奋得要死。

第三十二章

消失前的"家"

一座神秘的古庄园

在那个三十年代，执政党原规定每年三月二十九日黄花岗七十二烈士起义之日为"青年节"，放假一日。但那时却有许多自命前进的文化组织，阳奉阴违——这个"政宣大队"，虽直属于"军事委员会政治部"，却也是阳奉阴违的机关之一——他们仍私下把"五月四日"（"五四运动"纪念日），当成青年节，私自放假一日。林三少既然奉父命要携新订婚夫人回家祭祖，他得找个假日同行，再请假二日，加个周末，那时间便充裕了。

这座林家庄在县城西北约五十里地处，步行大半日可达，骑脚踏车更快。只是这段城乡之间，没有公路，只有一条傍山而行的古驿道。天气晴和，道路平坦，大半路程都可通自行车，小段地区，只可推车通过。文孙便选了个"五四"前后的日期，夫妻二人向校中、队中请假二日，并约大余、文梅同行"返庄祭祖"。

文梅、小莹今均精于骑术，而张家正留下有四辆"三枪牌"，三男一女，都是大半新的单车，骑来轻快无比。文孙和大余花了半天时间检

第三十二章　消失前的"家"

查了单车机件，打气加油，并带好零件箱。一切齐备，四人各携简单衣物和学科作业，当红日尚在地平线下，晨光曦微、东风和煦之时，四人乃跨上单车，并骑出了北门，通过义冢循驿道北行。最初道路平坦，轻车熟道，大家还有说有笑。不出十里，山边就道路崎岖；有时路狭、有时上坡，那就车骑人了。所幸此是古驿道，沿途时有茶寓酒肆，可以休息。有的酒肆主人，居然认识三少，招待十分殷勤。

这次单车行长途，对两位女士都还是第一次。二十里之后，二人已气喘不已，四人只好逢店便歇，一坐便是三五十分钟。此路又多是高山之侧的丘陵地区，大小山峦、高矮杂树，堵住视线，平坦之途甚少。纵是步行推车，也辛苦不堪，两位姑娘时时香汗淋漓。所幸风和日暖，大家有说有笑，士气甚高。但是走走停停，加以"打尖"吃饭，又耗时甚多，迨红日已偏西，文梅和莹莹私语，还不知莹莹的婆家有多远。加以这是仲春季节，春水方生，有时还需过渡。

最糟的一次是一溪当前，水位已高。河上木桥虽离水面尚有二三尺，而桥头洼地已一片汪洋，约有五十码地区，水深及膝。河之彼岸则是一列长堤，高约丈许，如一座土墙，堵住视线。堤上则两行杨柳，东西都不见尽头。

四人面对这桥头一洼春水，除赤足徒涉，别无他途可循。文孙、大余乃决定脱下鞋袜，卷起裤筒，抱美而过。文孙和莹莹并无问题，文孙赤足坐地，让莹莹跨坐肩上，二人便嬉笑而过之。大余想如法炮制就困难了。第一文梅太胖，大余如一滑脚，则不堪设想。第二文梅也死不肯骑在大余身上，二人相持不下。最后还是文孙提议，由文梅骑于自行车上，让大余、文孙一前一后，用力提着单车，几乎把文梅抬了过去，主意甚佳，皆大欢喜。

当两位男士还在洗脚穿鞋之时，莹莹一人乃走上堤顶，举目四望不禁大惊失色。她乃大叫："梅姐梅姐，快上来看！快上来看！"文梅为莹莹的惊奇叫声吸引了，也就三步两步赶上堤顶。文梅一看，二人不期而然，瞠目咋舌，抱成一团，惊异不已。

原来这两端不见尽头的长堤之下，是一脉如镜的万顷水田。他们已挣扎着走了五十里山谷丘陵，忽见此万顷平畴，水光如镜，在夕阳反照之下闪烁发光，已觉眼界一开，心胸顿爽。而长堤对方约四五里之遥，却又是一列平行长堤，把这两堤之间的万顷水田，围成个左有高山、右不见边的长形大湖的形状。唐诗上所谓"漠漠水田飞白鹭"，正是这一写照。

水田之中，点点茅屋，炊烟缭绕，田内但见少数农夫农妇，戴着竹笠，工作其间，三数牧童，骑着耕牛缓缓而行，安详无比。这幅农村耕作图，和那人声嘈杂的"县城"，简直是两个世界。文梅和莹莹都是在中小城镇成长的，从未到过农村，对此景物真倍觉新奇。

使她二人更觉眼界一新的，则是对面长堤之外有个湖泊，湖边有些建筑新颖的竹篱茅舍，也与一般农舍不同。但是使莹莹惊叫的，却不是这些农村景物——她叫的是那对面长堤的尽头，山坡之上、黑松林之下，巍峨的一片瓦房——这瓦房像是一座大庙，也像是一座小城。

这片瓦房的中心是一座方形高耸的楼房，对外窗户，玻璃窗外，有红色"百叶窗"。这楼房甚大，围成个四方城。楼房之下，则是纵横一片的整齐瓦房，高脊飞檐，像一座大庙。"庙"外则有砖瓦围墙，围墙内外，则植满了苍松古柏、栗榆等古树。墙的四角各有四个碉楼。北碉楼三层，最高，呈长方形；东碉楼四方形，两层，建筑很美；西碉楼也是两层，长方形，只是屋顶上盖的是木板或红铁皮，而非砖瓦；南碉楼只一层三间，中间有个大门，似乎是入口处。碉楼左侧是个石造瞭望台。文梅和莹莹从堤上看去，这分明是座比"县城"还整齐巍峨的一座小城，使她二人目慑口呆，用手握住嘴，说不出话来。

第三十二章　消失前的"家"

"小莹,你看!"文梅忽大叫一声,指着那小城东墙之外说,"那是一座花园呢!"

莹莹定睛一看,果然桃红柳绿、繁花怒放,红成一遍。园中心高坡还有个长方亭阁,十分美丽,在夕阳反照之下,倒影反映在护庄河里,尤觉秀美非凡。

这小城护城河外,还有一片丛密的矮竹园,葱翠无比。竹园中一条大路一端直通庄门,另一端则正自她二人脚下开始。

莹、梅二人为这景色慑住了,不知这是什么地方,二人正在胡猜一阵。这时大余刚穿好鞋袜,推了一部单车,走上堤顶。

"大鱼,你来看,这是什么地方?"文梅惊奇地问。

"你问小莹!"大余漫不经心地回答着,并转身问小莹,说:"小莹你也不知道吗?"

小莹神色恍然地摇摇头。

"大水冲倒龙王庙,自家不认得自家门!"大余责怪她一句话,"这是你三少奶的家!你倒不认识了。"

小莹惊了一跳说:"你说这是文孙的家?!"

"什么文孙的家?"大余说,"你三少奶奶的家!"

"小莹呀!"文梅一下抢过来把莹莹抱住说,"这就是你三少奶奶的家呀!"

文梅惊奇不已;莹莹也不相信自己的眼睛。二人抱紧了再细看,越看越玄妙——简直是广寒宫、紫禁城,把两个村姑真是慑住了。

其实这座有名的"林家庄"呀,也早已年久失修,破烂不堪了。不过任何破烂的古建筑,在夕阳的反照之下,都显出十分之神秘性,令人气慑神移,何况是这两位未见过世面的小村姑呢?

"你做阎王我做鬼"

当两位男士把四部单车擦干、推上堤顶时,大家乃坐下休息——面对万顷水田,真别有一番景致。文孙生长此地,看得无啥出奇,而大余则为两位姑娘做向导,指指点点,兴致极大。

"三奶,"大余指着一座树合水绕的小村庄向莹莹说,"你认识你的私产?"

"我有什么私产?"莹莹好奇地反问。

"这是文孙的长房长孙田呢!——年收两百担谷子,水旱无忧!"大余说。

莹莹定睛一看,真是一见钟情,立刻便爱上了那座美丽幽静的小村庄。她乃转问文孙:"那真是你的长房长孙田吗?"

"爷爷划给我的嘛。"文孙说。

"多幽静美丽啊!"莹莹感叹一句。

"幽静美丽?"大余抢过去说,"那是个金矿呢。有这一个庄子,小莹呀,你一辈子也不愁衣食!"

大余坐在草地上,并讲了个笑话,使两个姑娘笑成一团。

这故事是:一次一个行善终身的"好人"死了,灵魂去见阎王。阎王因他终身行善,来生应有个善报,问他要生在什么样的一个富贵家庭才能满足。这小鬼乃向阎王爷提出个条件是:

　　(来生)妻要贤,妾要美!
　　万顷良田一锹水。
　　父做宰相,子状元。

阎王爷一听这条件,不禁立刻自宝座走下,把自己的"王冠"拿

第三十二章 消失前的"家"

起套在小鬼头上,羡慕地说:"那么,你做阎王,我做鬼!"

在两位姑娘狂笑声中,大余解释说,"万顷良田一锹水",指的就是这个地方。庄稼人种田,最苦的便是"车水"。此地灌溉不用车水,只用铁锹在田埂上挖个缺口,水便自动流入,年年丰收,岂不是个金矿?

大余说着也使文梅羡叹不已,抱住小莹直叫"你做阎王我做鬼"。

进得庄来

四人休息好了,乃推车下堤。堤下便是平坦大道。四人跨上单车,在晚霞反照中,疾驰前进,不一刻便驶入竹丛。方见庄门之时,忽有土狗十余条,汪汪而来,文孙乃超车前进,众犬一见文孙,立刻停止狂吠,跑速亦锐减。其中一头肥胖大黄狗且摇头摆尾,表示欢迎,向文孙车子猛跳不停,亲昵无比。其他狗群也就纷纷散去。

这时庄门边瞭望台上,亦有圩丁发现,乃打开大门,取下门闸,并把门前那张大小两门相套的铁丝门也全部打开。有四五位穿军装的圩勇迎了出来。带头的是位佩着"准尉"领章、挂着武装带和带红缨盒子炮的"郑队附"。

郑一见文孙便大叫:"恭喜三哥带新娘回来了!"说着他就向文梅一看,并敬个军礼。文梅着慌了,大叫说:"我不是!"并指着小莹说:"她才是新娘子!"

"啊,这是新三奶!"郑队附转身又向小莹敬礼,并自小莹手中接过单车。

在这群欢迎大员中,最惹莹莹注意而觉好笑的,则是个十二三岁的小"号兵"。他挂着个大符号上书"保安第九中队号兵何南仁"。他的人太小了;但是眼睛和制服却太大了。他穿的是一套成年人的军服。上衣太大，被反钉起来，下面两个口袋不见了；上面两个口袋，挂在身上像两个小灯笼。他裤子也太长太大，卷到里面钉起，像两个布袋。他的帽子也太大了，从后面折起来缝小；但前面"鸭舌"无法缩小，覆在头上，像个瓦片——看来十分滑稽可笑。但这小号兵很活泼，一上来便把"三哥"的车子接过去了。人小车大，推起来也很滑稽。

另外两个小兵，则接过大余和文梅的车子，一同推近庄门。

"三哥呀，"只听小号兵大声地说，"你在哪里娶了这漂亮的三奶——在上海娶的吗？"

"小和尚，别瞎说！"郑队附教训他。

"真的呢，"小和尚说，"三奶比大七太好！我不喜欢大七太，她打我刮子……"

小和尚幼稚无知，说得大家都笑了。莹莹倒觉得这小号兵，很天真好玩。

他们一行刚跨进大门，文梅和莹莹均停步一怔。原来这大门内两侧各有重炮一尊，炮身比大余腰还粗。炮口朝天，各塞个硕大的木塞。文梅和莹莹除在电影之外，还未看过这样大的真炮呢！——两人互搂，相顾失色。

穿过大门，里面便是一个长方院落，足足有百米长，三四十米宽。正面是一列瓦房，一排绿釉滴水瓦，十分整齐美观。而这长列砖墙之上，却没有一个窗子。只右边有个沉重的黑色大门，门上贴着红门联，什么"聚宝藏珍地，堆金积玉门"。大余到过林家数次，知道那门后是高低谷仓。

这院落南边和东边，是石座土砌瓦顶的庄园围墙。东南两边各有个水闸门。这围墙上有"枪眼""炮孔"，看来墙有五六尺厚。院西边是一系列瓦房，砖墙上也无窗户，但有一过道，通向另一边。在这长院偏左方，则是一座八字正门，门前用大石块砌成一尺高的平台，台中雕有

第三十二章 消失前的"家"

八卦和十二生肖图案。

立于这图案中央，大余笑着向莹莹说，你结婚时，这儿便是停"花轿"的地方。要新郎亲开大门迎亲，"七道中门开到底"，你花轿便从这儿，穿过七道"中门"，抬到"堂屋"下轿，拜天地、拜祖宗。大余这番行道话，把莹、梅二人都说得惊奇无比。

众人走入"八字"正门，只见这"八字墙"是水磨花岗石造的，光滑无比，两个青石"门枕"，亦雕刻精细。门前则挂着两个长筒形红绸硕大灯笼，金字一面贴着"林"字，另一面则是"放鹤堂"三字，气势逼人。

大门之内原是四间宽敞的"饭堂"——右三间各有硕大饭桌一张。每桌的四条长板凳都连在一起，成个"口"字形套在桌上。一边墙壁上挂着三个煤油灯，另一边则是半截墙、半截木栅。木栅之外有卷起的芦席；栅内则挂了几个"筷篮"，栅外则有两个架起的洗碗大木盆。

大门左方那一间，也是饭堂。中间只放有一张黑漆八仙桌，四条黑漆板凳。靠墙还有太师椅、茶几和洗脸架。门虽是板门，窗子却是玻璃的。

大余对此地很熟悉，他说右边那三间是"下客饭堂"，左边那一间叫"中客饭堂"。

穿过大门和另一长院，便到"轿厅"——这是一般乘轿的主人或客人上下轿的地方。这轿厅也有四间。中间上下轿地方是过道。中有四扇"洒金灰漆屏门"，这屏门平时不开。行人从两边绕过。屏门上挂一巨幅（丈许）的苏绣钟馗大像，狰狞中也带有祥和气氛。像下香案上有大型点铜锡的蜡烛台和香炉。

这轿厅极右一间梁上悬挂着一个八夫共抬的灰呢大轿。红木轿杆上，都包有银饰雕花。轿上覆了一块大油布。另有几顶青布小轿，被拆散，并放大轿之下。

这轿厅中，最令莹、梅二人不解的是沿墙有一整排红木架，架上插着数十根红漆杆的关刀、钺斧、虎叉、长矛、朝天盾、金瓜、方天画戟等武器。虽都是铁制或合金品，但不像真武器，又不像京戏舞台上的假武器，因为件头太大，耍来不易。二人正在啧啧称奇之时，导游姚大余已看出她二人的无知。据姚说这些都不是真武器，是他们官宦人家摆场面用的，品名叫做"威武架"。不用时插在那儿，表示"威武"、吓唬人。用时——如林三奶的"花轿"来了，则由几十个穿"号衣"的圩勇扛起来游行"迎亲"。队伍一拖数里长，好不威风！大余说来真像见过似的。

这轿厅两侧有石雕"花窗"，可看见豪华的"正厅"或"大厅"，那就逐渐属于"内宅"之一部了。郑队附等乃把单车在轿厅架好，请三奶等入内宅休息，他们就回门房值班守卫去了。

众圩勇离去之后，小和尚却单独留下随行，文孙叫他把四部车上衣包都一齐取下，背着带往内宅——后来梅、莹二人才发现，在林家所有的男佣人中，只小和尚一人有此特权，能在"内宅"穿堂入库，甚至到少奶奶房中出出进进，旁若无人——同时他自己的卧榻便安放在内宅最后一进，和一些女佣同住。

他们一行数人，穿过轿厅，走入正厅。这正厅的建筑和陈设，真使小莹愣住了。她记得幼年时曾随"省长"爸爸，在真省长的衙门里进进出出。在她幼小的心目中，那该是最豪华的地方了——"皇宫恐怕也不过如此"，她心中常这样想。可是今天看到林家这座"大厅"，才使她想起，省城中省府的大厅多么破烂简陋啊。

林放鹤堂的正厅共五间。右端是间"账房"，门用老式铜锁锁住。左端一间则是"客房"，门未锁，只是关着。

这正厅的两根横梁是一对巨象的艺术雕刻，前面两根合抱的包鬃黑漆大柱光可鉴人。下面的青石细雕柱础，精致绝伦，并立于光滑的罗地方砖之上，真如花篮一般。厅顶的白色"望砖"配着成排整齐的红椽，

第三十二章　消失前的"家"

看来赏心悦目。这正厅之上，挂着六只硕大的金字匾额。正中是"自强不息"四个大字。下有草书较小的金字。梅、莹研究了半天，才由大余念出："廉儿性多急，余忧焉。书此以训之，亦以自勖云。光绪戊寅，遯翁自识。"

大余说这是文孙的曾祖亲笔所书，教训儿子的。文孙则说他曾祖是只读过三个月书的老粗。这字是花钱找人写的。这匾之上是一个密麻小字的金匾，那是同治、光绪皇帝和西太后的诏书。

这正厅的字画和紫檀镶大理石家具，加上湘绣的桌围椅褡，皆精美绝伦。厅上所挂的六只八角细纱，画全套《封神演义》的巨大宫灯，和可以升降自如、黄铜镀金的大型保险煤油灯，都是这两位村姑娘心目中想也未尝想过的。文梅搂着小莹看一项赞叹一项。"莹啊，"文梅沉重地说，"这真是你的家呢！"小莹心中是惊奇、是满足、是骄傲、是怀疑，真是一时交织，无法分得开。

小和尚本以为三哥要走入"内宅"，他已领先绕过屏风向后走，文孙则叫他回来，说先到书房去。众人乃又踏出大厅门，沿走廊向左边"花厅"方向走去。穿过一长院便到花厅。

这花厅的地位和正厅成个"丁"字形直角，共有六间，分"外花厅"和"内花厅"。内花厅似乎专为女眷用的，走廊和厅内虽都有门可通，但是门虽设而常关。内外两厅的院落也有一"花墙"隔开。外厅院落有芭蕉和天竹花台。隔着带有两面走廊的花墙，可见内院里的一座大"假山"和盆景。

这六间花厅的建筑，和正厅基本上是相同的，只是正厅后墙是一排云母屏门；花厅则中间有突出屏门，屏前有香案供一金漆雕龙的巨大的"大成至圣先师孔子"牌位，两边有两面巨大紫檀镶边的"穿衣镜"。当众人方踏入门时，忽听"呜呜汪汪"的数声狗叫。梅、莹在镜中发现一条肥大黄狗，正对它自己的尊容狂吠。原来这"大黄"是庄里的众犬之王，它对庄中二十多条狗，个个熟悉，只不认识镜中的自己。所以它每入花厅，对镜自窥，都要"呜呜汪汪"一番。这次它看小主人回来了，便一直摇尾巴、扭屁股，跟在后面。它不大叫一番，众人还未注意有它在侧呢。

这前花厅左间有个八仙桌，上加圆台面，四周有十张鼓形圆凳。大余说那儿是开"上客饭"的地方。右一间靠墙，则有一张硕大无比的紫檀"炕床"。炕几两侧各铺一张虎皮和豹皮。炕前有两个踏脚凳，两凳之间则有个高大的紫红痰盂，也相当精致。这左右两间后墙都是粉墙，墙上各有一个瓶形和编钟形窗户。窗外挂有"百叶"。

这花厅和正厅另一不同之处，第一是槅门中镶有彩色方玻璃，厅中所挂的则是淡黄色、牛角胶的"冬瓜灯"，比大厅里的纱灯更为别致。

文孙自然要到"书房"去。小和尚乃领着众人，绕过穿衣镜，走到屏门之后，把通向书房的后门打开了。小和尚刚一开门，便一阵清风吹入，凉风中带入一阵醉人的幽香。原来那门外是座繁花似锦的厅后内花园。这种清冷幽香，又把莹、梅二人吹得抱在一起，随小和尚，走入内花园——惊讶莫名！

老怪的花瓶和小和尚的马桶

这花园是个长方形，建于内外花厅之后，一直延长到后围墙和北更楼。园边、厅后则是一条有朱漆栏杆的靠墙长廊。这长廊自两厅之后，也几乎延及后围墙，长度百码有余。这个长方花园，也有一条砖石建的"花墙"，把它隔成内外二苑。后苑在内花厅之后，似乎亦为内眷所专用。花墙中间有个石框八角门，门上方刻有金字阴文"有园"二字。正对这八角门，则是一宽大的玫瑰花架，宽广丈许；架内有肥大白玫瑰数百朵，

第三十二章 消失前的"家"

正在盛开之中。园内阵阵幽香，显然就是从这架上飘出的。这八角门和花墙尽头的走廊，交接处都装有半截栅门。栅门上虽无文字，但却使人有"来宾止步"的感觉。但从这栅门及花窗内看，内花园亦大致可见轮廓：那里面有一个小型荷花池，池边还有六角凉亭，亭后衬着高大雄伟的"北更楼"为背景，自成一格。离亭不远，则有间水闸门通往围墙之外。墙外苍松，池边翠竹，相映成趣。

这外花园虽较简单，亦甚别致，它左边是一排三间的中式建筑、西式改装的玻璃"书房"，上挂一个金匾写"爱梅书屋"四字。这虽是三间平房，其内部却隔成个"工"字形。两端是整间，中间则是个蜂腰过道。三间虽都建有西式石膏天棚，与厅堂的"望砖"迥然有别，而两端——右是"书房"，左是"客厅"——则都有高出地面尺许的红漆地板，左右两间都有红木雕花作图案型的栅栏，中间留一月洞门，通向过道，而中间过道，则仍是传统的水磨落地砖。

这中间既然玻璃门后缩数尺，则门前平地加走廊，则相连成一阳台，台上放了些藤椅、藤桌，供人憩息。从这有顶阳台再向前，下两级石阶，则是一石铺露天阳台。四围放了些大小不等——从"百斤"到"千斤"——传统练武用的"石志子"，作为栏杆。人们可坐可卧，可品茗、可着棋。这露天阳台上方则是一个与屋檐相齐的紫藤架，这时藤条方抽，花蕊欲发——据大余听庄中老朝奉说，这儿原是葡萄架，而有些方士乱说葡萄会生吃人的"葡虎"，所以才被砍掉，改为紫藤的。

这阳台的右下方，则是两缸金鱼。原盖着的斗笠刚被取下，各种金鱼已在嬉游迎春。而最令莹、梅两女伴惊诧的则是阳台的左侧了——那儿有一排高与墙齐的体育场中看台式的木架。木架上放了几十盆别致的"盆景"。把她二人吓了一跳的是，忽然发现这架上有个人。这些少年男女已喧嚣了半天，这个穿着件连皮带毛的坎肩和一顶皮毡帽的人竟头也不回一下。文梅最初以为那是个"假人"，后来看到他正在修剪花木，才知道他是个活人。

"他是干嘛的干嘛的?"文梅抱住莹莹摇着她问。

"我也不知道哎。"莹莹说。说着她又看看文孙,文孙笑而不言。

"别惹他,"大余轻声地说,"这老头脾气大得很。我上次摘了一枝玫瑰,被他把祖宗八代都骂翻了。"

莹莹轻声问文孙说:"他是不是你常说的'怪三爹'?"文孙点点头。

他们还在窃窃私语时,只见这老头自花架上下来了。大家都为之有点紧张。这老头忽然发现了一大群人和文孙,乃面露惊讶之色,忙叫:"三哥回来了。"

他这一开口,小和尚乃高兴起来,跑上去向老人耳边大叫:"三爹,三哥带着新三奶回来了。"

老人目光向四周张望一下,便发现了胖子曹文梅,乃拱手说:"三少奶奶洪福!"

文梅闻声大感尴尬,连忙向后躲。大余乃走向前去,指着小莹大声向三爹说:"那个才是新娘子呢!"老人明白了,乃向莹莹把右腿向后稍伸一伸,欠身说:"真对不起,我应向三少奶请安。"

莹莹还在讲"不敢当"时,老人一言未发,乃招手叫小和尚。小和尚不敢抗命,乃把背包等交给大余,自己便随"怪三爹"走向后花苑去了。众人只听见后苑有两小哈巴狗在叫,不见二人踪迹也就算了。莹、梅走下台阶,先看看种类繁多的金鱼,又转身去看那数十种"盆景",盆景都被怪三爹修剪得像金镶玉琢。她们想想谭志平的"苗圃",相形之下,志平的工作实在太原始了。两者之间有霄壤之别。

大家正在一盆盆地看,赞赏不绝口时,怪三爹手中拿把剪子,小和尚则抱着一个大花瓶,走了回来。瓶里面插满了十来种鲜花,芳香扑鼻,艳丽无比。老怪叫小和尚抱着送给"三奶"。莹、梅二人一辈子也未见过这样多、这样艳的鲜花呢!二人真是吓呆了。莹莹忙大声谢谢"三

第三十二章　消失前的"家"

爹"。老怪拱拱手笑笑，便挑起工作担，径自到后苑去了。

众人乃转身回书房。这书房中间过道，有个小型黄木制的炕床，炕床两边各有一个人高紫红大瓶。炕床之后有块金字小匾，镶着"其命维新"四字；下面写着"南海康有为书"，上款是"俊卿仁弟嘱"。文孙叫小和尚把那大瓶鲜花，就放在小匾下面的炕几上，大余则把行囊放在炕床上。

文梅领头，不期而然地走入右边书房。这间书房和左边客室一样，前面是整片墙半截玻璃窗。两扇窗门间的窗缝都是弧形的，以防冬季冷风直入。后墙则有个方形玻璃窗。屋内则有个单扇"洋门"，通往后苑走廊。

这书房中间则放着一张黄杨木长书桌，上铺绿色"桌毡"。毡上放了些文具，这些文具也使莹、梅两姑娘惊叹不已。她二人从未看过那笔筒内所插的比拳头还要大的毛笔。一个石砚台也大得出奇，她二人估计，可能有十五斤重以上。

这桌后靠墙则是一排大小不等的樟木书柜。上面刻着字，什么《殿版二十一史》、《皇清通考》、《资治通鉴》、《宋版九经解》等等。靠玻璃窗一面还有一张新式玻璃书柜，有一些洋书，她二人因为都是"师范生"，英文一字不识，也就不知是什么书了。

众人自书房走回过道炕床之前，进入客室。这客室对两个姑娘也是个大大的惊奇，因这客室最大的家具，则是一张黑漆假皮的高背西式沙发。椅背几乎比她二人还高，这沙发座位，也比她二人在校中所睡的床还要大。沙发前面一张紫檀雕花矮长桌，也十分精致。长桌一端是一张红木"摇椅"，另一端则是一张铺有紫红绒垫的圆藤椅。这客房的右后角也有一"洋门"，通往后间。最使梅、莹二人感到极大兴趣的则是沙发之后、洋门之侧的墙上挂着一幅中西合璧的"粉画"，画的是万朵"红梅"，这画是长方形，四边用磨光细竹片钉在白粉墙上。她二人一看便知是文孙姥姥——林老师的杰作。后来她二人也完全证实了这想象，原来画的下方有两个英文字母"S M"，那是林老师的西文签字。

这时大家都很累了。当梅、莹二人还在外面寻宝时，大余已坐在摇椅上摇了起来，文孙也坐在藤椅上脱鞋。文梅乃拉着小莹倒卧于沙发之上，感到舒服无比。最使她二人发笑的，却是看到那跟着她们一道入书房的肥胖黄狗；它也低头挤入矮桌之下，睡了起来，卷成一大黄毛球。

四人一狗，正想好好休息一下时，却见一个很清秀的青年小兵和小和尚各捧一个红木盘从花厅后门出来，盘内捧了茶壶、茶杯和一个八角"果盒"，走进客房来。

"雪中送炭！雪中送炭！"大余高兴得笑起来，便开始斟茶，并向那年长的小兵说："小鞑子，见过你三少奶奶吗？"

小鞑子有点害臊，小和尚便抢着代答道："他刚才在大门前就见过了嘛——他还给你推车呢！"大余健忘，引起众人皆笑。同时大余揭开果盒，四人便吃喝起来——这茶点对这群疲倦旅客，确是如大余所说的："雪中送炭！"

"水塔内有水吗？"文孙忽举头问小和尚。

"有水啊！"小和尚说，"我同小鞑子天天加水呢。"

"谁在用洋马桶？"文孙问。

"郑队附天天都用。"

"你用不用？"姚先生也插问一句。

"我和小鞑子都不用。"小和尚说。

"郑队附不许你们用？"文孙好奇地也补问一句。

"郑队附不管，"小和尚认真地说，"我坐着'痾'不下来！"

文孙和大余都被小和尚的神情引得笑起来，而梅、莹二人则不得其解。

文孙乃问小莹说："你二人要不要用一下'盥漱室'？"文梅还是

第三十二章 消失前的"家"

不懂。小莹曾到过京沪一带大都市,乃唧唧地在文梅耳边解释此话的意义。文梅点点头;莹莹也要去。

"小和尚,"文孙吩咐小和尚说,"你先去把洋马桶抹一抹、刷一刷——她们两位女士要用一下。"

小和尚闻言大惊失色说:"她们不能用呢!"

"为什么不能用?"文孙问小和尚。

"她们是女人嘛!"小和尚抗议说。

"她们是女人,你还不是女人生的?——去!去把洋马桶抹干净!"文孙下了命令。

"女人用了,男人要倒霉呢!"小和尚还有抗命之意。

"倒霉让我们这两个男的来倒——你这男人不会倒霉的——去!"文孙下了军令。

小和尚抓抓头,军令难违,只好去刷马桶去了。

"奶奶奶"的权威

当众人还在吃点心、喝茶之时,只见玻璃窗外走过一位胖胖的老太太,她发光鉴人,衣着整齐——上身穿一件青缎棉袄,下穿黑棉布夹裤加黑缎扎腿带,黑鞋黑洋袜,手中持一小藤篮,内有各色羊毛线和一个"勾针"。她头顶上架了一副老花眼镜,皮肤白皙,容光焕发,步履端庄地走向书房来。文梅首先发现她,乃拉拉小莹,未待老太太入门,二人便站了起来;接着大余也站了起来,文孙又喝了两口茶也随三人站起。

这老太一进门看到文孙便责怪说:"小三,带了新娘子回来,为什么不到里面去,只躲在书房里?"又问道:"哪位是少奶奶?"她看了文梅一眼,文梅马上把莹莹推出去。莹莹羞得红着脸,不知说什么才好。

文孙笑着介绍说："莹啊，这是郑奶奶奶！"莹莹这才知道她是林老师的"奶妈"，所以文孙叫她"奶奶奶"，乃连忙向"奶奶奶"鞠个躬。

"呀，乖，这么心疼人，三哥真会选，"郑奶说，"过来让奶奶看看……"未待莹莹搭腔，她就把莹莹拉过去，自己向那圆藤椅坐下，把莹莹搂在怀内，把文孙赶到沙发上去坐。

郑奶奶奶旁若无人地把藤篮丢在桌上，自己一味细看莹莹，像一位艺术家在检验一件艺术品。她看了莹莹的眼耳鼻唇，甚至牙齿，把莹莹搂着在腮上亲了又亲，连说"心疼坏人"。她又检查莹莹的两手、指甲和臂膀——像个大夫在看病人，所不同者，是她看了又吻吻"香香"，亲昵如慈母对待婴儿一般。另三人见状，也只好坐下，继续喝茶吃果点。

"心肝，你今年十九岁，是吧？"郑奶亲了半天，才把莹莹安放在自己腿上坐着，像个七八岁的幼女。

"十九岁，是的，奶奶。"莹莹羞涩地说。

"正是做新娘的时候呢，心肝。"

"……"莹莹不知所对，只是羞得红着脸。但是心中却感到无限温暖和安慰，因为妈对她也极少这样宝贝过。要不是用力忍住，这位多愁善感的姑娘，又要流泪了。

"心肝，这样体面，就是不打扮，一点胭脂花粉都没有——还穿什么军衣。"郑奶检查检查莹莹的旧军服，又说："奶奶奶服侍你，打扮你，怎能老是这个样子！"

"……"莹莹颇为郑奶奶奶诚挚慈祥的言辞所感动，很想再伏到郑奶怀中去，但她不好意思。

郑奶乃扶莹莹站起说："心肝，你先喝点茶；我叫厨房送面来，先垫垫饥——我替你铺床去……"说着郑奶就要动身了。

"奶奶奶，"文孙忙止住她说，"不必铺床了。我们就在客房睡——我和姚先生睡一间；她俩人睡一间。"

第三十二章　消失前的"家"

"小三，你就胡扯了！"奶奶训斥了文孙一下，"怎能把你少奶放在客房睡？——听我的！"郑奶很武断，似乎也很有权威。她又转身向姚大余说："姚先生，今晚你睡'上客房'！"

"当然！当然！"大余唯唯。

"这位胖姑娘是不是你的夫人？"郑奶又指着文梅问大余。

"她是曹小姐曹文梅，是莹姑娘和我的同学。"大余心中得意有郑奶这一问。

"曹小姐，过来我看看！"文梅岂敢违命，乃走了过去让郑奶端详一番。

"曹姑娘，你也长得很体面——就是不打扮，还穿什么军衣——女扮男装，奶奶打扮你。"说着，郑奶又转向大余说："姚先生，你好好服侍梅姑娘——好媳妇呢！"

姚先生心中得意，正在考虑如何回答，郑奶拿起藤篮，再亲亲莹莹就走了，使莹莹有黯然伤别之感——心中感到阵阵酸辛。

洋私塾和土炮台

郑奶奶奶去后，文梅奇怪地说，这位郑老太好面熟呢。文孙说，她曾在你们女初师住了三个月嘛，你们当然见过。

"难怪呢！"文梅向小莹说，小莹也点点头。

原来这老太一生的"生命"所托便是文孙的"四姥姥"——梅、莹二人的"林老师"。有一段时间郑老太想"四姐"想得发狂了，林老师乃把她接到女师去。她住在一个小旅舍，天天到女师来服侍林老师，而她服侍的方式却二十年未变——连林老师上课她也抱着"参汤"，坐在课室之外等着她。天气偶有小变，她便匆匆忙忙拿件皮袍冲入课室，强迫"四姐"穿上，弄得全堂学生愕然。这些学生（包括梅、莹）曾听林老师叫她"妈"，都以为这老太是林老师有精神病的母亲。最后弄得林世勉老师吃不消了，才又把她送回庄子来，所以梅、莹二人都见过她，那已经是四五年前的事了。

大家谈着，只见小和尚回来了。他不但刷了洋马桶，还清洗了瓷澡池，并把"水塔"加了水。弄累了，气喘吁吁的，自己便在果盒之内取了些"桃酥"吃了。

文孙站起来领两位女士，开了书房后面的"洋门"，便走入另一院落了。这一处所又使莹、梅一惊。原来这洋门之外、炕床墙后却是个佛龛，龛上站个三四尺高的白瓷观音，观音前的香炉之内还香烟缭绕呢。观音面对的是一面砖铺的长方院落，院中种有芭蕉和玫瑰。院的对过两间有玻璃窗的房子，是两间"教室"，因为两间门边都挂着蓝底白字搪瓷制的第一、第二"教室"的牌子。这长院的右端墙上有个深门洞，足有五六尺深。洞内也有个"洋门"。洞外也挂着瓷制"盥漱室"三字。在院的右角落也有洋门，外面挂的牌子是"佛楼"和"书库"——这些洋瓷牌，大余说都是在上海"订制"的。

大余领众人走入"盥漱室"，扭开洋门，梅、莹二人又一怔，原来这是一间长方形、地上和四壁都铺瓷砖的洗澡房，狭长的窗子则开在靠庄外墙的顶端。玻璃之外，另有木板窗门，可以启闭。这浴室左端则是一座在墙外烧火的瓷砖日式澡池，可供二至四人同浴。另一端则有一西式固定面盆，和一个西式拉链抽水马桶。文梅未到过大都市，不知这是什么东西。莹莹在京沪杭游览过，知道它的用法。大余虽也是个土包子，但却在这庄里住过，也用过洋马桶。

"这就是'抽水马桶'呀？"文梅惊讶地轻问小莹。

"用过后就抽水嘛。"大余代答了，并顺手把铁链一拉，只听马桶轰然一声，清水排山倒海而下，把文梅吓了一跳。文梅又轻声问莹莹，这

第三十二章 消失前的"家"

样解手,不是要冲了一屁股的水吗?莹莹也轻轻地说,用后站起来再冲嘛。

一直到此为止,莹莹只觉她做了少奶奶的这个新"家"是荣华富贵的大地主,却想不到这种大地主的家庭,竟然如此西化。她私下问文孙说:"你家竟然连自来水都有啊?"

"什么'你家你家'的!"文孙反怪她说,"以后说'我们家'!"这话被文梅听出了,文梅抱着莹莹说:"你以后应该说'我家我家'才对。"

文孙向她二人解释说,他家并无"自来水",只是五叔设计了一个人工水塔。抽水马桶等卫生设备是二叔上海厂里派工人来装的。五叔是学机械工程的,如果不抗战,他倒预备在家中修个"小型马达"发电,那就方便了。

文梅、大余听了这话,真震撼不已。莹莹虽口口声声要"革地主的命",但对这样一个不平凡的"家",也可看出她脸上和内心的骄傲和矛盾——她紧拉着文孙的臂膀,一寸不肯离开。

在两位女士盥洗之后,四人带着小和尚和他的"大黄"——那个所谓"跟腿狗"——又参观了"教室"。第一教室有一架风琴,莹莹会弹风琴,一时手痒,便弹出个时新的调子,文梅嗓子也发痒,也跟着唱出一段什么"春深如海,春山如黛,春水绿如苔……"来,使大余、文孙和小和尚大鼓其掌,引得"大黄"也汪汪而叫。

这两间教室原是文孙的"小学";穿过"小学"便是一条两边均是走廊的"花墙"。墙之外便是个小厨房、小餐厅、一个小院、一口井,另有两间上客房和贮藏室。在另一过道房,有一个黑漆大门。小和尚把门打开,门外是个大方院。对角是上面盖有黑铁皮的"西更楼"和一个"水闸门"。左边则是一排男佣人和圩勇住的平房。

这方院内有个小秋千,还有用草绳编成栏杆的水泥底、儿童滑冰场,和一些跷跷板等玩具。莹莹在小学教过"唱游",还未见过这样的游戏场,惊叹不已。

小和尚又推开"西更楼",这西更楼的内部气势连大余都吓了一跳——原来这是个不折不扣的土炮台。土台分上下两层,上层有两架小炮,下层一架重炮,地下有石轨,可按轨推炮,在不同炮孔发射。

据说当他们林家"红顶子"还活着的时候,一次有一群暴动农民,在"天地会"、"红灯照"等邪道领导之下,群集林家庄外,声称要破庄"吃大户"。庄勇报告了正在抽鸦片的"红顶子"老太爷。"红顶子"坐也未坐起,只把烟枪摇一摇说"放他一炮"。这些奉命"放炮"的"篷头"炮手等都是久历战场的老兵,精于炮术。他们正装药填弹,瞄准了一群"吃大户的"要放炮之时,林文孙的祖父那时才十六岁,自书房内赶来,把炮后"铁板"降低了两级,使炮口升高。一声炮响,那炮弹正从那些"红灯照"的头上飞过,把山坡的黑松林打出一条大裂口,坠下的树枝打伤了好多人。"红灯照"惊恐地逃掉了,箩筐丢满了一山头。可是这一炮也把西更楼的楼顶震塌了,把两名炮手打成重伤,自此之后这楼顶便改成铁皮顶了。

文孙转述他听来的传奇,那精于林家掌故的姚大余原也略知一二,但他看炮台内部真相倒还是第一次。现在这炮台是不开炮了,变成了"怪三爹"的寝室、实验室和贮藏室。那顶破蚊帐之外,全是瓦罐、花盆和肥料。这一现象足使林文孙这位理科高三学生都自愧无此专业精神。

第三十三章

难民的天堂和地狱

小和尚入家始末

众人离开西更楼乃走出西"水闸门"。小和尚把门一开,文梅便大叫一声:"啊呀!"这门外是一条清水碧波的护庄壕沟,宽约十余丈。两岸杂花丛树,铺成两条织锦。此处正如文梅所唱的:"春深如海,春山如黛,春水绿如苔……园内园外,万紫千红一时开……"

家花原没野花香,这壕堤两岸万朵野花的香味,真是熏人欲醉。外面壕堤之下,便是一条引水小沟。山泉便从此经一小水闸,注入护庄壕。沟外百亩水旱田之后便是一抹黑松林。这片黑松林被巨炮打出的一条裂缝已不可见,但松树依然、松涛如旧。松林坡后,则是重叠的青绿远山,一望无际。

近处墙边,则是那间原建在围墙之外的"洋澡堂"。墙下有个灶孔可以烧火,把室内锅炉中的水烧热以供沐浴。小和尚问三哥"要不要烧水",文孙叫他烧。片刻之内,灶内便火光熊熊了。小和尚怕水不够,乃循木梯跑上一个架于水上的高木架,架上有个大木桶。桶边则有个辘轳,挂了两个打水桶——一上一下。小和尚揭开大木桶的盖,便用小木桶打起河水把大木桶装满。和尚虽小，气力挺大，不一会便把大桶装满了。

这时小鞑子忽自水闸门出来，说杨师傅煮了"鸡汤面"，已送到书房。大家乃一起赶回书房去——每人都有点饿了。

这面条并几碟小菜放在炕几上。大余叫众人脱去力士鞋，盘腿坐于炕上吃面，颇有日本风味。这面条虽十分鲜美，却只有四小碗——只是在晚餐前"垫垫饥"而已。

四人边吃边谈，莹莹很喜欢小和尚，觉得他很天真活泼，因问文孙小和尚的父母在何处，文孙笑着说："他连个名字都没有，哪有父母？"

"他不是叫'何南仁'吗？"文梅补一句。

"何南仁是我最近替他取的，"文孙说，因为省保安总队要把所有"民团"编成抗日游击队，我们这里也想把小和尚编进去当"号兵"，但他没有个名字，"我猜想他是'河南人'，所以就把他取个名字叫'何南仁'。"

"为什么他是什么地方的人都不知道呢？"莹莹觉得奇怪。

"他来时不过两三岁嘛，"文孙说，"他怎晓得他是哪里人！"

"……"梅、莹两人都觉不可解。

据文孙说，大约是十年前，小和尚才两三岁时，由他妈带着来林家庄讨饭。他妈叫他"小和尚"；至于他母子姓什么，什么地方人，谁也未问过。

后来他妈不来了，这个才两三岁的"小和尚"，却单独一个人，拿着个破碗来讨饭吃。一次文孙的妈妈，刚自庄外进来，看到小和尚觉得奇怪，乃问小和尚说："小和尚呀，你妈呢？"

"我妈在睡觉，我饿了。"小和尚天真无知地说。

文孙的母亲感觉情况不妙，乃招呼一个圩勇，抱着小和尚去找他的妈。原来他母子住在一个破棺之侧的一个草棚之内，这女乞丐已死了好几天了，尸身已经发出臭味。

第三十三章　难民的天堂和地狱

文孙的妈，这时刚自"少奶奶"升成"大太太"，是庄内最有权威之人。她一时慈悲心大发，乃命令张管家替这可怜的丐妇买了一副黑漆棺材，并叫"屎嘴张三"替她选块墓地。屎嘴乃在荒地中认真找了一块地，把小和尚的妈葬了。屎嘴并说葬在这块地的死人的子孙，将来可出个"把总"、"千总"呢。所以小和尚后来有人笑着叫他"小把总"。

"你们后来就把小和尚领养了。"文梅想当然耳地说一句。

文孙说那时情况，多不胜数。小鞑子也是孤儿留下的。不过小和尚太小，要有人照护。那时刚好四姑入学去了。郑奶奶想四姑想得要寻死，正好来了个小孤儿；大家就把他交给郑奶。小和尚很会拍马屁，郑奶很喜欢他；他一直跟郑奶睡，最近才"分床"。

文梅听了这话，叹息不已；而莹莹则放下筷子，用手帕擦眼泪——她的面条再也吃不下去了。

这时小和尚刚烧了洗澡水，走回书房，看到面条，馋涎欲滴。

"小和尚，你想吃面吗？"三奶问他。

"想！"小和尚直截了当地说。

莹莹便把自己的碗递给小和尚，他三口两口就吃完了。

据文孙说小和尚自小便不知道有第二个家。林家庄便是他的家，他是无处不能推门而入的。那次文孙的七婶Dora奉命回家祭祖。某晚，郑奶叫小和尚去请她吃饭，而她正在房中换裤子，小和尚无知便推门而入，Dora慌了，也气极了，乃提着半穿的裤子，站起来狠命打了小和尚一耳光，打得小和尚摔倒，头撞在门上，生一个大肉瘤。自此之后，大七太便是小和尚在庄中的母夜叉，他再不敢接近她，一看到她就远远开溜。而Dora也认为他们林家像美国的"西部片"——野蛮、没文化。

但是小和尚在庄中也有和他距离最近的朋友，那便是"三哥儿"。小和尚来时大致在两三岁之间，三哥儿那时也才九岁。三哥儿很喜欢小和尚，自那以后"小和尚"就变成三哥儿的"小尾巴"了。

三哥儿是全庄内最不讲求"上下规矩"的,他把小和尚看成小弟弟;他吃什么,小和尚也跟着吃什么——结果呢,小和尚被三哥儿宠坏了,乐极生悲,乃招了大七太"打耳光"。

三哥儿本来也想替小和尚"开蒙"读书,却没有实现,因为附近难民孤儿太多了,书房无法容纳。小和尚虽读书未成,但是当了三哥儿十年的小尾巴,却学了一身绝技:他会看钟表时刻,会用"日晷"对时,会开各厅堂"雄鸡牌大挂钟"的"发条",会开关六灯收音机(除Xgoa电台之外,还能找到专唱平剧的"大有亨电台")。小和尚还会为访客装"闹钟"、调"问表",替帕克笔装墨水,点汽油灯、燃汽油炉,"涨"网球拍,"接"果树(这是老怪教他的,连老师三哥儿都不会)……但是小和尚最大本事则是个"军火专家"——中国那时是世界军火博物馆,林家则是大博物馆中之小博物馆,其中世界各式轻武器,相当齐全。

小和尚会替西更楼的"僧帽牌"重炮称药量、打药包;他知道各式"土雷子"的药量和使用法。他会用红火柴头重装"洋炮"(有人用作鸟枪)的铜火帽。他知道十来种各式"毛瑟"和"来复枪"的使用法,和各式枪弹的分类——小和尚最令那些保安队长称羡的,则是他会装卸"盒子炮"。盒子炮拆开容易,重行装起就需要专家了。小和尚便是全庄卫士(后改编为"保安第九中队")里三两个专家之一——这些"本事",小和尚都点头承认不假。

"小和尚呀,"姚先生问他说,"你有这么大本事了,为什么还挤在内宅跟奶奶睡呢?"

"郑队附要我搬到前面住,奶奶不许我搬。"小和尚诚实地说。

"奶奶为什么不让你搬呢?"文梅又问一句。

"奶奶说他们入屁股。"小和尚这话方落音,大余忍不住扑哧一笑,他忙用手堵嘴,结果喷了自己一身的热茶。梅、莹二人,也堵嘴暗笑不止，而小和尚却一本正经地不知他们为什么要笑，因为他自己还不懂这三个字的意思呢。

少奶奶的"毛毛"

吃完面之后，小和尚估计浴池里的水是够热了，叫三哥和姚先生去洗澡。文孙请两位女士先洗。在小和尚二度抗议无效之后，和文孙的坚决邀请之下，两位女士各取背包去了。

"那澡池内的水可洗四个人，"文孙告诉大余说，"等她们洗过咱俩洗。"

大余虽认为男女不能同时合浴为憾，但能先后分浴也够罗曼蒂克了，大为高兴。果然为时不久，两女士便头发湿湿地出来了。

"池子那么深，"文梅笑着说，"小莹一滑下去，几乎淹死了。"

"这池子洗得是很舒服。"莹莹告诉文孙说。她一辈子还未洗过这样的澡呢。

说话之间，文孙和大余也提了衣包到浴室去了。小和尚三度抗议无效，文孙还叫他来同洗，小和尚不干。

当三人走入浴室时，大余不免大为失望，因为两个女浴客已把脏水放了。幸好后锅内水正滚沸。小和尚是专家，他乃另放一池水，并代为调好温度，大余和文孙也就畅快地洗了。

二人洗毕，夜色已深，回到书房看到郑奶正在和两位少女聊天。她见二人出来，乃叫文孙在书房陪姚先生，她先领二女士到内宅去。等会儿再进去晚餐。

说着，郑奶乃叫小和尚提着"马灯"在前引路，她自己则跟在后面牵着莹莹。四人穿过花厅，沿着正厅走廊，走到另一端。那边有条黑巷子通往内宅。四人缓缓而行，只听郑奶解释——那儿是栈房，那儿是"后厅的后面"。

莹莹听不出所以然来，只觉那巷子好长、好黑。左边靠墙全是些坛坛罐罐；后边则不时有些仅可看到一线天的狭长小院。黑巷的尽头始有一盏罩在墙上的煤油路灯。

四人走了许久，总算把巷子走完。到尽头右转，忽然灯火通明，真是柳暗花明又一村，使莹、梅二人感觉又到另一世界。这里又是个长方院落，郑奶所谓"后厅"。其建筑形式与花厅相仿。在后厅对面地势略低也是三间房，正中一间有六扇槅子，中间打开的两扇槅门前则吊着一长幅蓝布夹棉巨大门帘，室内则挂着一个新式煤油吊灯。中间一间放有饭桌、茶几和太师椅；上面挂着一幅喜鹊梅花"中堂"，似乎也是林老师的作品。这屋两边则各有一卧室。这院落有三面走廊。下面则是一面砖墙，有门通向另一边的大厨房。上面则是一间大房，但是关着门，郑奶说那是"小堂屋"。

这三面走廊上，后厅走廊两端和对面走廊两端，各挂两只红布张起的六角灯笼，都燃了蜡烛，加上室内灯光自玻璃窗中照出，使全院通明。真是别有洞天。

郑奶拉着莹莹跨入中间堂屋，只见左右两门皆挂着红门帘。左边一幅是红缎苏绣的鸳鸯戏水夹层门帘；右边则是一单幅帘，并无绣花。郑奶打开左边这门帘，请莹莹先进去。

莹莹一进门，又觉一阵新奇。这屋也是白色西式天棚，红漆地板。迎面靠墙是个"梳妆台"，中有一面大镜。对面墙边则并放两架"站柜"，上面有四面镜子，下层则是嵌螺钿雕花。

这五面大镜子，使梳妆台上那个有一乳白罩的煤油台灯显得特别明亮。这是一间少女闺房，上面有一张黑色带有踏板阁门的雕花双人木床。雪白的洋布蚊帐，和全新红绸面丝棉被，显然都是刚放上去的。

第三十三章　难民的天堂和地狱

最使莹莹一惊的，则是一位穿着蓝衣裤、蓝围裙，着黑皮鞋的簪花少女，这时正在铺床。她听到有人进房，乃转过身来。她大约十四五岁，虽不美，但也还清秀。羞涩的态度，和晒够日光的脸，一看便是个村姑。

"毛毛呀，"郑奶大声向她说，"这就是你的少奶奶！"

毛毛向莹莹弯一弯腰，显得很紧张，轻声地叫声"少奶"。

"这是梅小姐，"郑奶又把跟进的文梅介绍一下，说，"她是你少奶的朋友——你带她到她房里去。"

毛毛走下踏板乃领着梅小姐走到对面房中去。这右间比左间稍大，原是个画室，中间有张台球桌一般大的画桌。画具都还在上面。靠墙有张新式铜床，帐子是新挂的。被褥枕头还乱堆在床上。

这间屋两端都有玻璃窗，但是靠里边的窗子，则被一个方形老式大衣架上面挂张毛毡所遮住。

把梅小姐带到这儿，毛毛未多说话，便又回到另一间继续工作去了。文梅绕室四顾，只见有张藤椅，乃闷闷地坐了下来，颇觉孤单；心头东想西想，甚是复杂。所幸不久毛毛又来了，说："少奶请梅小姐过去吃茶。"

文梅跟着毛毛又回到小莹的房中来，一看小莹正坐在一个茶几边和郑奶喝茶，室内又多出三个女人来，两老一少，恭敬地站在衣柜前。小莹起身让梅姐坐，梅姐不敢。毛毛搬来另一张椅子，文梅还是不肯——因为还有三位站着的客人，而三人都衣着整齐穿着裙子呢。

郑奶见梅姑娘让坐乃说："曹小姐你坐吧，她们都不是外人……"随着她又指着她们三人说两位年纪长的是"大厨房杨师奶和看仓涂师奶"，那年轻的是"许朝奉娘子"。

"这位是曹小姐，"郑奶又反介绍说，"是少奶的朋友。"三位妇人都弯了腰。

这时只听小和尚和一些人在走廊上说话，原来大厨房正在为少奶"开晚饭"呢。

奶奶奶的"小毛"

这几位站着坐着的女宾主正在嗑瓜子等着开晚饭时，文孙和大余也打着手电进来了。这些婆娘都是看三哥儿长大的，如今都向三哥儿"道喜"，还威胁不多给赏钱、喜果，她们要闹新房"听新"呢！——气氛轻松多了，不像跟三奶那样局促。

饭开出了，是个起码的小酒席，叫做"四海六盅"（加八碟下酒小菜）。郑奶不客气地坐入上席；莹、梅居右，文、余居左。其他三位女宾都站在一旁侍候，文孙坚持要她们入座，刚好一席八人。这些年长婆娘都替三哥儿换过尿布、洗过澡，所以她们拘谨了几分钟，也就狼吞虎咽起来，把四个"海"、六个"盅"都吃得精光。夜深了，三人向新人道喜而去。大余也被郑奶赶回"上客房"。文孙则回到他自己在"堂楼"上的卧室去。小和尚早已支持不住，自己睡觉去了。烛残人静，郑奶把梅小姐用手指上下量了几下，也打发她回房了。

但是莹莹却一时不能睡，虽然她也困了。郑奶煮有人参汤，要她睡前服用。在她那片刻不离的小藤篮中，她也取出软尺为莹莹全身好好量了一下，并说明不许她"女扮男装"。

一切妥当，郑奶亲自服侍三奶睡下。毛毛不知何处去了，只有郑奶一人坐在莹莹的床边，拍莹莹安睡——像个慈母服侍婴儿一般。

"奶奶奶呀，"莹莹不好意思地说，"你今天够忙了，也困了吧？"

"我——我，不忙也不困，夜晚还要替你改衣服呢！——我在上海时，徐小姐都说我精神好。"

"四姥姥带你到上海去的吗？"莹莹问。

"我替大七奶梳头烫发，大七奶说我烫得好，带我到上海去的。"

"徐小姐是谁呢？"莹莹又问。

"漂亮得很呢！演电影的——明星呢！还有什么袁小姐。她们都是

第三十三章　难民的天堂和地狱

大七的朋友，都喜欢要我烫发、裁衣料。她们还叫我到香港去——我不要去！"

"为什么呢？"莹莹觉得古怪。

"上海屋子太小，没地方跑。我们乡下人欢喜跑呢——我们这庄子多宽敞！"郑奶又说，话听不懂又说不来，"什么'开水'叫'开死'"，总归是住不惯。

莹莹又说在上海，电影明星有钱，她收入可以增加些。

"心肝，"郑奶说，"我要那么多钱做什么？没儿没女的。"

"奶奶奶，你没儿女吗？"

"你问我'小毛'吗？"郑奶声调突然有点古怪，又说，"小毛死掉哎，死前张手要妈'抱——抱'……"郑奶学着幼儿口吻说"抱，抱，抱，抱，抱……"连讲了七八次，使莹莹觉得有点奇怪。

"奶，你抱她没有呢？"

"我站在窗外嘛！他们不让我进去嘛！"

"为什么呢？"莹莹又凄凉地问一声。

"他们说有卫生虫嘛……会传病嘛……"说着老太眼泪就下来了。莹莹也陪着掉泪。

"……抱、抱……抱……抱……"老太忽然精神失常，把"抱"字叫个不停。莹莹希望换个题目问问她，打断她的回忆，但为时已晚。她又"抱、抱、抱、抱……"叫个不停，忽然两手拍在棉被上大哭大叫："……我的小毛呀……我的小毛呀……"忽又抬头学孩子腔，叫"抱、抱……"，又大哭拍床叫"小毛"。

"奶奶奶——奶奶奶……"莹莹一面陪着哭一面撼着她，说，"奶奶不要哭……"

老太忽然真停了哭叫，自言自语说："不能哭，不能哭——哭就有神经病，神经病——不许到猫儿尖去——不能哭，不能哭……"

莹莹虽然也在哭，但她知道二人哭法不同。莹莹是伤心、同情。老太是因心灵受伤，而有精神病。

郑奶不哭了。莹莹又用别的话把注意力引向别处去，说："奶奶奶，你不必到猫儿尖去。我同文孙也不去嘛——以后我们孝敬你，把你当亲奶奶。"

"四姐也说我是她亲娘呢！"老太又笑了，并说，"你们林家三代都待我不薄呢。你家什么事都不瞒着我——奶奶奶跟奶奶一样的。"

郑奶露出天真的笑容，态度完全恢复正常，莹莹才放了心。

这时莹莹已甚困，但郑奶因平时没人讲话，她讲话也没人听，这时忽然有个听话的"三奶"，老人不免心花怒放，讲个不停——莹莹被她把瞌睡讲跑了，但也知道了郑奶奶的可怜身世。

林老师的"妈"

郑奶原是河南彰德府乡下人，大清朝廷两宫晏驾时，天降大灾旱，她小两口那时刚成家，都不到二十岁，生了个小女"小毛"。在这年青黄不接之时，他们一餐也不继了，乃随众"逃荒"，逃到府城里去。城内饥民太多，还是没得吃。郑奶提议东去徐州上济南府讨饭。但她丈夫郑二牛子则主张南下，并说："宁愿向南走一千，不愿向北走一天！"——南方富庶有饭吃。这样他们便结伴南下到本县县城。恰好县官正在放赈，并建了一个粥棚。但是粥少僧多——那时又不会"排队"，粥一出锅，饥民便一拥而上，时常挤死人、踩死人。

一次在同一情形之下，众人拥挤过分，乃把竹棚挤倒了，打翻粥锅，引起火来，一时人跑火烧，相互践踏弄得死伤枕藉。这一下官府火了，不但停止"施粥"，并下令抓人，说是什么"天地会"、"红灯照"等"帮匪"，

第三十三章 难民的天堂和地狱

要借机造反。一群年轻孔武有力、善于抢粥的"帮匪嫌犯"就被抓了起来——郑二牛子也是其中之一，在一阵苦打成招之后，郑二牛子就在妻儿哭喊冤枉声中，被砍头示众了。

示众期满，由慈善机关收入白木棺材，便送到北门义冢胡乱地埋了。二牛子的妻子因夫妻情深，乃背着小毛到冢边寻找死尸，她和几位尸亲抵达孤坟边缘时，只见十余条红着眼睛的野狗，正扒开坟墓在争嚼死尸。郑奶便亲眼看到，二牛子的头和他那"松花大辫子"被两只狗拖着跑，郑奶抱着小毛嚎哭追赶，哪里追得到呢？

郑奶已决心到护城河投水一死，但当她把小毛自怀中抱出时，小毛这时刚会笑，奶刚吃饱，她不知父母噩运临头，却四肢舞动，张着口向妈傻笑。郑奶一看小毛，也不忍与之俱死，或把她丢下，自己去死。

郑奶正在四顾无门之时，忽然一个衣着破烂的癞头光蛋，名叫李二腌蜡走来找她。腌蜡不怪她命苦，只怪她男人不该加入"红灯照"。

"大爷，"郑奶哭诉着说，"我男人哪是什么'红灯照'、'绿灯照'呢？——黑天冤枉嘛。"

"冤枉的人多呢！冤枉已冤枉过了，你母女还得活下。"腌蜡说他自己是本地地痞，但可帮穷人忙。

他的办法第一是进"窑子"，但郑奶是大脚，窑子可能不要。第二是给富贵人家当女工、做"郑嫂"，当郑嫂还可吃得好、穿得好——因为她有两个"血奶"（奶水充足），可以到大户人家当奶妈。郑奶乃求求他在后两条路想想办法。真是天无绝人之路，腌蜡刚回到镇上，便听到有人在打锣"叫街"，说林家庄要雇个奶妈，必须"头胎"、"年轻"、"有血奶"。这三条郑奶都全部合格，腌蜡究是地头蛇，他便硬把郑奶塞进去了，后来被带到林家西门仓房，那女管家便选中了郑奶妈。郑奶自此也就有个难忘的"亲戚"李二腌蜡。

郑奶妈被用小轿送到林家庄外的"菜园棚"，在那里女管家要她洗澡换衣。小毛也被洗涤一番便被女管家抱走了。

郑奶妈洗得干干净净，换得一身新，乃被带入庄内见"太太"。郑奶妈初入庄内，见那豪华场面，心头也很欢喜。当太太叫她试试看"喂喂四姐"，郑奶妈自另一奶妈手中接过四姐，一看便打心眼里欢喜出来。四姐白胖的小脸、红红的嘴唇再加上一身毛烘烘白色绒衣，太可爱了。郑奶妈解开上衣，四姐一下扑进去就吃了起来，真是天生母女一对。

"太太"见此情况，心满意足之后，乃向前一奶妈说："你可以去了，四姐长大了，也还会认你的呢。"

那青年奶妈乃含泪而去。

自此之后，"四姐"和"郑奶妈"（四姐叫她"妈"）便分不开了。等到四姐当了省女初的教员，"妈"还要到教室去替她送参汤呢！

至于"小毛"当然就惨了。她终日被放在另一女佣房内的小床之上，饿了便由不是妈的女人来喂她一些豆汁、米汤。亲娘难得个把月见一两次。尤其当小毛病了，妈更不许进屋去，只隔窗子，听她看她张着两手要"妈抱"——妈属于别人了，永远也不会"抱"她了。

第三十四章

三姐妹

又有新发现

当郑奶向莹莹叙说她入庄经过时,她只是在说一些过去的故事罢了,但是这位好心肠的三奶却被她说得抽咽不已,有时甚至泣不成声。郑奶也不知三奶为什么一时这么伤心起来。她翻身淘了热毛巾为莹莹擦泪,强迫莹莹喝了些她在煤油灯上烧的"参汤";又陪着说了些庄内的故事。

骑了一天脚踏车,莹莹现在逐渐觉得两腿酸痛,眼也睁不开了,竟至昏昏沉沉睡去。在睡梦中她似乎听见有人在敲玻璃窗。莹莹又糊糊涂涂醒来。床内黑黑的,一无所有。她又要睡着了,却又被敲窗声惊醒,并听有人在叫"小莹——小莹",那分明是文梅的声音。莹莹乃自床上坐起,下床。只见床的阁门上的绣花床帘也放下了,所以床内显得特别黑。莹莹打开床帘,扭亮煤油灯一看,果然是文梅在窗外敲玻璃。莹莹乃拔开门闩,把文梅放进来。

"小莹啊,"文梅低声而急躁地说,"我房里没有马桶,我要用你的马桶。"

在一般旧式卧房里，女用马桶照例都放在床头之外的空隙处所，前面挂条布幔遮起，俗称"马桶巷"。文梅既然要用马桶，二人不期而然，走向"桶巷子"，谁知二人掀起布幔，却不见马桶。桶巷内只有大红漆雕花的一张木柜和一张小桌子。桌上有个洋烛银蜡台，几本书，和一折细手纸。

二人正不知如何是好时，只见桶巷之后也挂着一蓝布门帘。莹莹随手把这门帘一揭，原来这儿有一张两扇门，门闩在里面，但没有闩；门那边还似乎有点亮光。两人好奇，乃轻轻地把门拉开一看，原来那边还有半间房，靠墙有一个圆形红漆澡盆，另有一个三只腿的红木盆和木板凳、小藤椅等物；但是没有马桶。可是靠里墙角却有一张小床，蚊帐半掩。二人正感奇怪时，只见毛毛揉着眼皮从床上下来了。这倒是二人所未想到的，颇感惊喜。毛毛扭亮了小煤油灯，问三奶要不要喝点参汤。

"毛毛你睡在这儿吗？"文梅好奇地问。

"我还未睡，怕少奶呼唤呢。"毛毛说。

"毛毛啊，"莹莹轻声地说，"梅姑娘房内没有马桶，要用用我的呢，我这……"

"我今天刚为梅姑娘马桶，换了'青灰'的嘛！"毛毛说。

"我这里也没有马桶呀？"莹莹说。

毛毛觉得好奇怪，谁搬走了马桶呢？乃转身带头走入"桶巷"。"啊，还在这儿。"她指一指那红木柜，并把盖子掀起。盖里有棉布垫，柜中也有个环形棉垫，环中有个马桶盖，毛毛也把盖子揭了说："少奶要用吗？"原来这马桶像个沙发椅。桶内有半桶草灰。毛毛又把小台子上的蜡烛燃起来，坐马桶上可以悠然读书。这个惊奇发现，使梅、莹二人相搂着自我窃笑不止。

此时文梅已很急了，莹莹要她先用。文梅坐下了，觉得太舒服，索性取了本《良友》便读了起来，好不安闲！

第三十四章　三姐妹

三姐妹

　　当文梅还在欣赏其《良友》时，毛毛已替她冲好了细茶，并服侍少奶喝参汤，又打开一个八角红果盒。莹莹也净了手之后，三人乃一同喝茶吃糖果——毛毛是少奶强迫才敢坐下的。

　　文梅对毛毛的身世——尤其是黑皮鞋——发生兴趣。毛毛说她姓李，母亲早死，她现替她的佃农父亲养鸭，有时进庄"打零工"。她这双黑皮鞋便是上次服侍"大七太"，大七太送给她的。她平时赤脚不穿鞋，今天她正赤着脚在"赶鸭"时，郑奶奶派人来找她，要她换套新衣服，并穿上大七太的皮鞋来服侍"三少奶奶"，所以她就来了。她服侍过大七太三个月，经验丰富。只是大七太要求高、脾气大，她常时挨骂，所以这次来是战战兢兢的。

　　"毛毛你多大年纪了？"文梅问她。

　　"十五。"毛毛说。

　　"你还没个名字吗？"三奶问她。

　　"大七少把我起个名字叫'春兰'。"

　　"春兰这个名字很好呢！"莹莹说。

　　"不叫毛毛了，"文梅说，"以后我们就叫你春兰好了。"

　　"以后我叫你'兰妹'，"莹莹认真地说，"我们可以结拜做姐妹嘛。"

　　"……"春兰脸红到脖子，不能作答。

　　但是结拜姐妹倒是莹莹的真话，她们在政宣受训时，与乡村农民"结拜兄弟姐妹"也是联络贫雇农感情的方法之一，所以莹莹脱口而出；但她忽略了今天她的特殊身份——她现在是"少奶奶"，春兰是她的"丫鬟"呢。所以春兰紧张起来。

　　"我是真心话呢。"莹莹说，"你以后就叫我姐姐，我叫你兰妹——好不好？"

"……"春兰仍红着脸，一句说不出。

"少奶要同你结拜姐妹不好吗？"文梅插句嘴，"你不答应吗？"

"……"春兰又吞吐了半天，才从咽喉挤出一句话，"不知道三哥喜不喜欢我？"

"三哥怎么会不喜欢你呢？"三奶说，"我担保三哥会喜欢你。"

"……那……那，"春兰又吞吐半天，泪珠盈盈地说，"……那……少奶，我就服侍你和三哥一辈子……"

"我们拜干姐妹，怎能要你服侍我们呢？"少奶说，"你和三哥和我，都是一律平等嘛！"

"只要三哥喜欢我……"春兰说着眼泪就流下了，哀伤地说，"……只要三哥喜欢我……少奶你以后不论怎样打我骂我……"春兰哽咽半晌，又说："……你打我骂我……罚跪……我都心甘情愿的……"

"……"莹莹被春兰的话愣住了，她心想春兰可能误解了她的意思。

这时文梅也体会出毛毛的误会了，乃开导她说："少奶要和你结拜姐妹是好意呀。"文梅说："我同你少奶奶也是结拜姐妹呢。"

"……"毛毛望了文梅一眼，低头不语，似乎有点失望神情。

"我们三个人都可以结拜姐妹嘛！"莹莹想再解释一句，谁知愈解释愈糊涂，毛毛望着少奶说："梅小姐不是姚先生的吗？"

"我和姚先生只是同学，"文梅尴尬地解释说，"我和姚先生没别的关系。"

"……"春兰听了，更觉奇怪——她心中喜欢少奶，因为少奶个性平和些，不会打人骂人；但是她怕个性坚强、魄力露在脸上的"梅姑娘"。文梅的介入，反使毛毛发生恐惧，因为在毛毛的经验里，"少奶"和"丫鬟"结拜姐妹，不是为着搞"革命"，而是另有一种封建意识的——她喜欢莹莹的柔弱，而对文梅的刚强发生恐惧。

莹、梅二人也逐渐体会出毛毛的误会，知道愈解释愈糊涂。

第三十四章 三姐妹

"梅姐呀，"莹莹感叹地说，"农村宣传真不容易啊。"

"农村封建意识太浓厚！"文梅也感叹一句。

这时已夜深了，春寒料峭。春兰问少奶要不要"起火盆"。莹莹说不要了，但她提议三人都坐到她床上去，用棉被盖着腿，再继续谈。谁知这时三人都太困了，棉被盖在腿上，不一会工夫，三人便横七竖八地在一张床上睡着了。

没有舞台的表演者

莹莹睡得很沉，但是睡够了，也就醒来了。

她分明记得昨夜是三人同睡的，怎么醒来却一个人端端正正地躺在丝棉被之下呢？奇怪是有点奇怪，想就没有多想了。她在放下的床帘缝间看出天已大亮，乃起床一看，原来案头钟已经指着十点半了。

莹莹起床的声音，立刻引着春兰自后门提着热水壶进来。莹莹看到春兰不免一笑说："兰妹呀，昨晚我们不是睡在一起吗？你和梅姐什么时候溜走的呢？"

春兰说，当她睡得正甜时，忽被郑奶推醒，梅姑娘也被摇醒，被赶回二人自己床中去。

"我怎么一点都不知道呢？"莹莹说。

"郑奶和我把你抬到床中去，盖好被褥，你眼也未睁一下——太困了嘛。"

二人刚说着，郑奶也进来了。春兰拔开门闩，帘子一飘，忽走进一位花枝招展的少女来，把莹莹吓了一跳。定睛一看，原来是文梅。文梅自己大笑，莹莹也笑起来。

十八无丑女，文梅本来生得也挺好看。可是她的个性使她不上舞台则罢,上得舞台去,不是阿妈就是媒婆或老旦。打扮成个花枝招展的少女,在莹莹看见的还是第一次。

这次她穿的是一套甚为合身的天蓝色点金的绸袄和夹裤,大红绣花鞋。脸上均匀的脂粉、唇丹、耳坠,不用说了;手指上还有蔻丹,腕有翠镯,最奇怪的,头发也被烫出个上海型来。

"梅姐,今天怎么打扮得这样漂亮呢?"莹莹笑着问她。

"郑奶奶嘛,"文梅说,"她说要我陪陪少奶奶,不许再女扮男装。"

二人说着只见郑奶、小和尚、春兰都在出出进进地忙。

春兰打来热水,莹莹盥漱完毕,郑奶便上来把她包了个大毛巾,要她对镜坐下。郑奶替她梳头,梳了很久。再要毛毛递上热毛巾裹起秀发。郑奶乃在一个炭炉上,调烧她的全套"烫剪"和各型用具。一切齐备,郑奶乃取掉包头毛巾来为莹莹烫发。

莹莹是在舞台做惯了"少奶奶"和"小姐"的,对这套并不陌生,甚至如鱼得水。但她觉得郑奶比她政宣化妆组中所有的"发型技师"都更内行、更灵巧、更有美感;器械也更为精良——怪不得徐来、袁美云都爱上她呢。

发烫好之后,莹莹对镜自窥,觉得她以前的舞台造型都太粗糙了,只有这次最称心。莹莹和妈妈原都有善于打扮的天赋,再加舞台训练就更得心应手。但她平时在舞台所用的香粉,多半是廉价的日货或国货,涂在脸上像一层粉笔灰;那廉价香水的气味也不高明。谁知这次郑奶所用,竟是清一色的巴黎产品,细腻幽香,使这位无产阶级革命家也赞不绝口、爱不释手。

莹莹对涂脂抹粉,既有兴趣,也有经验,再加上郑奶职业化了的指点,使莹莹看了镜子里的自己,比书报封面上的袁美云还要"美"呢!自己歪来歪去,照了好一阵子。郑奶又取出个手持圆镜,让三奶奶看看身后的发型,莹莹也称心满意。可惜今日不是出台,否则观众手掌不要

第三十四章 三姐妹

拍破了嘛!

头型齐备,郑奶取去包身围巾,又打开一花布包袱,取出一套桃红绣花的苏绣夹袄裤来,带莹莹到床前,放下床帘,替她换上,真和定做的一般合身。那双绣花鞋绣工之细,也使文梅弯身抚摸甚久,相比起来,文梅那双绣鞋,只是乡下新娘穿的了。

衣着齐全,奶奶奶又拿出一个大型珐琅首饰箱,拣出些珠宝首饰,一件件地比着配。最后才决定用哪一种,无不用得恰到好处。配全了,莹莹临镜而照,自觉真是珠光宝气了——她在舞台上用惯了东洋货,假首饰、假珠宝,这一次却是真的了,使莹莹举步维艰,生怕把珠宝弄损。

"奶奶奶,你哪里拿来这许多真珠宝呢?"莹莹用了不免问一声。

"都是太太、姑妈、姨妈、姐姐们送四姐的嘛,"郑奶说,"四姐就是作贱,把好东西都留在家里,在学堂用的都是些不值钱的货。"

"我莫把姥姥的东西用坏呢!"莹莹有点不安。

"你不用管,小三是姥姥的宝贝,你也会是四姥姥的宝贝。四姐知道你二人定亲了,她会把这些她不用的东西,全部送你呢。"

"……"莹莹沉默片刻,才说,"我哪里承担得了呢?"

文梅一直在一旁旁听,这时才插句嘴说:"林老师如果把这些都给你,我们拿去演戏!"

"梅姐,这是真珠宝石呢!"

姥姥如果真的给了三侄媳,这位无产阶级出身的新媳妇,真不知如何处理呢。

那个不卖火腿的老管家

莹莹被郑奶打扮好,大厨房已送来早餐。铜火锅之外,其他用具多的是"点铜汤烫碗"。所有热的菜如干丝、小笼包等等，一直都热气腾腾的。

文梅由于睡房较亮，起得较早，一直在等着小莹吃早饭，所以这时已觉饥饿。要是平时她早就起来吃了。但是今天穿得这样珠光宝气，一早就看见杨师奶、涂师奶在走廊上默默地打转，怕惊动三奶睡眠，文梅看这气氛，也不敢和莹莹搂抱嬉笑了——一切听莹莹的指挥。

吃早餐，还是郑奶奶自居上座，梅、莹两边分坐。莹莹问小和尚，三哥起床没有。小和尚说三哥一早就起来了，和姚先生各人"别着一把盒子炮"到柳和镇茶馆喝茶去了。

"小三就是这么作贱，"郑奶说，"家中什么山珍海味没有，偏要喝土茶馆。"

三奶乃请杨、涂两师奶一同入席早餐，二人死命不从，只站在一旁侍候。

莹莹已在自己"家"中住了一宵，也自觉熟了些，乃坚请两位师奶也吃点东西。在莹莹一再邀请之下，两位师奶才各拿一个干烧卖，站着吃了。

莹莹虽吃着，但有点闷闷不乐，因为文孙还未回来，他身上"别着盒子炮"，尤使她心中忐忑不安。

她正在沉思默想，忽见小和尚打起布帘，走进一位道貌岸然的老人来。他身材高大，胡须飘飘，穿件深蓝绸夹袍、黑皮坎背，挂着金表链，左手捧着个硕大雕花、银质水烟壶，右手拿着根燃着的纸媒子。他身后跟着一位三十五六，梳着分装头、身穿灰呢夹袍，看来态度非常恭顺的中年人。

莹、梅二人一见，不免都站起欢迎。

"这位想必是新三奶了。"老人把手中银烟壶向莹莹挥一挥——这是莹莹回庄以后，第一次未被人认错。

"……"莹、梅都红着脸不知所答。只听那坐着未动的郑奶奶代答说："是呀！你看小三会选吧！"

第三十四章 三姐妹

"三奶,"老人家倚老卖老地说,"我是张管家,'管'你们的'家',已经管到第四代了。"

"张老伯伯,我早就知道您了,"莹莹恭顺地说,"您老也辛苦了。"

"承少奶奶好说,"老人说,"辛苦倒是应该的,只是自老老太爷起,四代了,我也老了。不时伤风咳嗽,昨晚未来向您问好——听说吃得不太好,都给郑奶和杨、涂两婆娘吃了。她们没上没下的。"说着老管家吹了媒子、喷一口烟,和祥地笑笑。

"我昨晚不熟,也未能向老伯请安。"莹莹仍然恭顺地回答着,又说:"吃得太好了。"

"三少奶,你坐嘛,菜冷了,站着干嘛?"郑奶插嘴说。老张也一再请少奶坐下,莹莹便坐了;文梅还站着,莹莹也请她坐下。

"毛少奶奶,"老管家又说,"我老了做不动了——这是许朝奉。"他用烟壶指一指那后生,又说:"有事吩咐他做,跟吩咐我一样。"

"我也没什么要做的,谢谢老伯。"莹莹说。

"至少可吃好一点嘛。"老人说。

"昨晚的菜是三哥招呼的,"许朝奉恭顺地说,"我本想办好一点的。"

"你以后别听三哥话,听三奶话!"老人呵呵大笑,并说:"三奶今天好好休息吧。"他又转身向文梅说:"姚先生很精明呢。"

文梅未及回答,老人就要告辞了。转身之前,他用纸媒子,指指郑奶说:"郑奶,你以后又有尿布可洗了!"老人笑了笑就转身走了。

"老屁精,"郑奶向老管家背影大喊一声,说,"临走也不向少奶奶卖条火腿!"

老管家未搭腔,便带着许朝奉走了。后来莹莹偷偷地问文孙,"卖条火腿"是什么意思。文孙说是仆人向主人"打千",把腿向后一伸的姿势。莹莹又听郑奶说,张管家老婆死了。他有三个儿子,大儿子在芜湖开个"大米行";两个小儿子都是"美国麻子理工毕业的",和"大七"同学。

第三十五章

土洋之别·人畜之间

游园惊梦

当她们这场早餐快结束时,文孙和大余忽然回来了,二人各穿一件皮夹克,各自背后抽出一支亮光闪烁的驳壳枪,放在香案上,乃坐下和姑娘们同吃早餐。

"你二人一早便到哪儿去了?"莹莹不禁问一声。

文孙说他二人一早便到柳和集上喝早茶去了。喝完了二人又循堰塘跑步,并想打两只野鸭带回来。大余接着说,二人"手线"都不好,一只未打到。现在时近中午,二人又饿了,再来吃点晚早餐。

春兰替他们盛好面条,二人又大吃饱饺和干丝。大余有一扫而光之势,文孙面条则剩下大半碗。众人便起身到莹莹的房中去商讨当日节目。餐室中只剩下春兰和小和尚收拾残局。小和尚把剩余点心也一扫而空。春兰则把三哥的剩面吃掉。其他人的剩面则并入一大盆中。她忽然向空"哇啦、哇啦"叫两声,只见三条肥狗飞奔而来;春兰便把这盆剩面倒入天井中,一忽儿便被三条狗舔得干净。

这时在莹莹室中,文孙已订了日程表。晚间五点祭祖。祭祖之前

第三十五章　土洋之别·人畜之间

大家到花园玩半天，包括打网球、台球、划船和骑马。午餐叫大厨房送到花园去吃。

大家商议既定，文孙乃叫小和尚取了球网和四只球拍，一同到花园去。这花园在庄子的东面围墙之外，他们要从莹莹的卧室，绕过过道，通过一大片石铺的洗衣场。场中有一口井，有几个洗衣妇女正在洗衣，包括他们四人的衣服，男女下衣分开来洗。

莹莹一见斯景不禁阵阵心酸欲泣，时不过半年前，她不是也在井边洗衣吗？只是这儿比那儿安静多了。那几位洗衣婆子看见"少奶"来了，都站起来打招呼致敬——其中有个十几岁的羞涩少女，似乎也在帮妈洗衣，尤使莹莹感伤无限。

穿过这洗衣场便是"东更楼"。这东面围墙共有水闸门三间，他们从最左的一间走出庄外，门外便是花园了。

当文孙提议到花园去，莹、梅二人都以为是昨天看过的花园，谁知又是另一个大园，真出她二人想象之外。

他们一出门，便是一面长方荷花池。池的对面也和张家花园一样，有一个水榭。这荷池左侧有条丈把宽的水沟，通向北面护庄壕，游人入园须通过一小木桥，木桥那边有个由冬青树编成的圆门，上有小木牌刻着"半读"二字。但这"半"字之旁却被人用铅笔写了个"不"字，变成"不读"了。

原来这园有南北二门，南曰"半耕"，北曰"半读"。一次四姥姥回家吃大七子喜酒，乃把这园戏改为"不耕不读"园。

大家入得园去，只见繁花似锦，阵阵幽香，冬青种得曲曲折折，一不小心便迷了方向。小莹曾游过首都南京的"中央公园"。那一团糟的情形，比这个私家花园，差得远了，岂能不令莹莹感慨！这花园虽是平地，但中央却有个高坡。

众人由小和尚带路，走到坡上。那儿有一茅草顶、黄木柱建的非亭非厅的建筑，朝南挂一黄杨木刻着阴文朱字横匾："芦坡草堂"。这草堂四周都是走廊，所谓"回廊"，大概就是这样的吧。回廊栏杆都建有斜背座，游人坐于座上可以倚栏看花。

回廊之内则是由整排"栏子"围成一长方形厅堂。其中则由活动隔板，隔成小厅。这些门和隔板都是活动装置，颇似舞台布景，可以变换。如在春秋佳日将这些槅门、隔板全部拆除，贮藏于离地面三尺的地板之下，这"草堂"则变成个大草亭；半装半拆，则变成草堂带阳台。全装则隔成或大或小的厅堂，供游人下棋、打牌、吟诗、作画和打球等等的不同活动。

当这批小青年由小和尚率领来访时，这草堂则隔成四间长方厅堂，面向四方。大家绕廊一周，凭栏俯瞰，对全园始看出个大致轮廓。这个园的古怪之处，是从四面走廊向四个不同方向看去，游客们便有四种以上诸多不同的感觉。人绕廊转，则四方景色亦随之而变，但是不着痕迹，不分界限，不伤全园一致的调和气氛。例如凭栏向西方看去，但见水榭之后是一片檐飞四角的整片楼房，和满池荷叶，与池边樱花海棠互衬，形成个自然的舞台布景。以水榭为戏台而唱其"堂戏"，则榭前建有宽阔石级的斜坡便形成一个颇似古希腊剧场的看台。看台之后的草堂西厅则是一间戏院的包厢。贵客可在厢内饮酒听戏。不演戏时，这些由红砖砌成不同图案的台阶，则陈列着大小不同的盆景——有百年的古柏，也有初放的兰花……使这个盆景花园，别有情趣。西厅的家具、挂灯等陈设，也与庄内相埒。

游人绕廊自西向南，则见在数列冬青围绕的海棠、桂花之外的斜坡和平地上，有成行的芍药、牡丹，杂以秋菊新苗和含苞玫瑰，姹紫嫣红，绘成一片彩色图案。南厅走廊柱上、檐下，也爬满了含苞欲放的玫瑰。这坡南平地之后则是一丛翠竹，竹林中有过道，西连花园的"半耕"门，东去"演武厅"和厅后的马房，下临护庄壕。

第三十五章 土洋之别·人畜之间

草堂之东也有数棵桂树，绕以形似长廊的葡萄架。靠南遮住武厅和马房的，则是整畦桃李、石榴、柿子、枇杷等果树，还有一块两头有竹排的网球场。这竹排不幸被春风吹倒，不能玩球，颇为扫兴。东厅之东除一片鸡冠、龙爪之外则是数亩菜园。整畦金针叶、葱韭、辣椒、番茄、茄子……与园内杂花连成一片。菜园边亦有丈宽小溪，右连护庄南壕，北有石制涵洞穿过长堤通入堰塘。立于廊上，放眼东望，则万顷水田，无边无际。茅屋远近、炊烟缭绕，和西边的整齐楼房，恰成对比。

这东厅左侧也有一片翠竹。翠竹林中，则有三间整洁优雅的小茅舍——一卧室、一客厅和一间小厨房——有回廊与草堂相连。据文孙说，这是他五姐夫张叔雅自建为养病之所；现在则是"张管家"的春夏两季的卧房。小和尚对这儿最为熟悉，因为他每天起床后的第一项任务便是替张老管家"倒夜壶"，倒晚了就要被"打耳光"。

此时老管家适因事他去，众青年乃顺步走过回廊，进入茅舍。这茅屋果真雅静异常，中间客室墙上还挂着一幅张叔雅亲笔写的仿赵松雪体的行书吊屏，写的是一首七绝诗，小莹和文梅读了半天，始读了出来。那诗写的是：

　　丝管应传厅外厅，牡丹芍药见精神。
　　清华水木交相映，菜圃花畦两不分。

条幅上题款写着："甲子仲春重建芦坡草堂工竣，遵岳父大人嘱，书此以为纪念。门下婿叔雅张珩拜撰。"

两位姑娘不懂此诗的意义，最后还是文孙替她们解释了，二人才体会出其中三昧来。赞赏之余，小莹不禁悄悄地向文梅说："他们这些大地主，在此地真是土皇帝啊！"

"什么他们大地主？"文梅不禁惊诧地说，"你现在做了少奶奶，你也是大地主婆啊！"

文梅的大嗓门说得大家都笑了。

"小地主婆！小地主婆！"文孙也笑着搂住他的"少奶"，忙着替她降级。

莹莹把头靠在文孙胁下，半晌无言。此时此刻、此情此景，正如她自作的"新诗"上所说的："……酸甜苦辣，永远分不清……"

寿字园的进化史

据文孙说这个园大致建于六十年前，那时他曾祖"红顶子"刚辞官返里，筑园自娱。他年纪大了，什么都不怕就怕"死"。所以家中一切建筑和陈设，无一而非"寿"字当头。靠他吃饭的一批"清客"，为投其所好，连这个花园的设计，也建成个篆字形的"寿"字。他老人家那时的鸦片房，便在堂楼的东厢房（正是文孙现住的卧室）——所以他鸦片抽足了，自窗中低首东望，一看是个大寿字，便自觉"长生不老"了。

"红顶子"最后还是寿终正寝了。他留下的那批东西洋留学的子孙，都觉得这寿字园太俗气；大家东改西改，改得更不成个体系。直至文孙的五姐夫，得了肺病来此养病，他才认真想把它改建一番。五姐丈张叔雅是法国留学，专攻庭园设计的，在巴黎还得过金牌奖，可是回国却无用武之地。因此病中无事，他乃受丈人委托，以最节省的费用，按照原图形，把一个最土最俗的寿字园，改成个近乎巴黎标准、兼得中西之长，合苏州、巴黎为一体的私家花园——这也是他的平生得意之作。

叔雅的建筑原则第一是"花钱少"；第二是园与环境配合得浑为一体；第三兼中西之长——西方建筑庭是庭、园是园，室内室外，似乎是截然不同的两个世界。东方之长,则是室内室外连为一体;但是往往也弄得冬冷夏热,不实用、不舒服。叔雅要在中、西之间,采精取华、去弊除垢。

张建筑师既要少花钱、多变换,他就得因旧改新,随景设计。例如这原有的全园中心四角高翘,像座小庙的"寿字堂",本就俗不可耐。既已至倒塌边缘,叔雅并把它干脆拆掉,用原有"方柱"等贵重材料,改建成个费钱有限的"草堂"。这寿字堂原名"芦坡草堂",是它的创建人"红顶子"自己取的。后来一些并不太清的"清客"嫌它不够"典雅",乃捏造个"乱仙勾乙真人",把它改名为"知微草堂"。直至叔雅改建,才恢复旧名。根据草堂的形式,叔雅乃和花匠"桂三爹"精心合作,把花木重行布置。由于四方花木布置不同,这个草堂从四个不同方向看去,简直就是四座完全不同的建筑物——其实它只是一座木架茅庐而已。

荷池上那个水榭,虽然也俗不可耐——这是当地大地主家庭,每家皆具的公式建筑——但它结构牢实,拆掉太可惜。叔雅乃因景设计,在坡上建个盆景花园兼露天剧场,使它摇身一变,变成个兼有东西风味的水阁兼戏台。

他们这些官僚大地主,那时都养有家庭小戏班,在家中唱戏。林家的戏,总是在"轿厅"里唱,在正厅里看。人多地狭,难免别别扭扭的。如今这个法国留学的女婿把戏台从庄内搬到庄外,一时轰动,家家俱觉新奇。"政宣队"的琴师王老班,就在这台上唱过一出《问樵闹府》——可惜张建筑师所精心设计的"希腊剧场",自始至终也只唱过这一场戏。叔雅那一首"丝管应传厅外厅"的诗,就是看过这场戏之后写的。

在叔雅改建之前,那时正在"清华学堂"读书的"大七子",也早已感到"寿字园"太俗。他贵校那个"水木清华"的"清华园"就雅致多了。大七说动爸爸,乃在护庄东壕之侧建了一个不伦不类的六角草亭,并挂个"水木清华"的牌子。他又搬来些假山和"岁寒三友",在"寿字堂"背后另搞出一个"屁股小园"（庄内的通用名词）。后来"大七少"留美归国，又带回一些"美国草籽"，乃在他那屁股小园里开辟一块"洋草皮"，并用他的美国制手推剪草机，把草剪得平平的，用竹制水枪泼水浇草。小和尚逐渐长大了，每天在"倒夜壶"之后的第二件事便是向洋草皮打水枪，他也乐此不疲。后来年逾半百还怀念不已。

所以当叔雅绘图设计改建时，他既不愿伤舅爷的自尊心，同时觉得这"屁股小园"亦自有其情调，乃因景设计，与全园连成一体，未加更动，只在草堂北厅之内增置一个可烧煤球、木炭、木柴的三用铁火炉，走廊上用两个长方柱形刻花玻璃吊灯，栏门亦全用玻璃。入冬瑞雪之时，炉火熊熊，隔窗看梅赏雪，自另有一番风味。这便是他的"清华水木交相映"的意义所在了。

叔雅以建筑师观点读《红楼梦》，他一直觉得"大观园"的"稻香村"太"假"了，是个画蛇添足、"犯不着"的建筑设计。在"中京"广厦连云的繁华都市里硬来个"假农村"，实在太"人工化"了。

同时叔雅也觉得一般人把"菜蔬"和"花卉"，也分得太清楚了。花园内只可有"花"，不许有"菜"。这对"菜"也太不公平了。其实辣椒、茄子、番茄、金针、黄花乃至春日一望无边的油菜花，又何尝不美？把"菜圃"和"花园"，分成两类也太可惜。所以他替丈人家改建寿字园，乃把林家的菜园也箍了进去，把花园的面积扩大了几乎一半以上。因此这花园的东部也就是"菜圃花畦两不分"了。站在菜圃西看草堂，只是一座竹篱茅舍；从草堂东望菜圃，兼及万顷水田，白鹭群飞，朝霞普照，都是花园之一部。草堂是农村的起点，也是农村的终点，这就比曹建筑师的假农庄"自然"得多了。

在这个"不耕不读"的花园之内，这位留法建筑师真正把巴黎搬入丈人家的，只有"芦坡草堂"朝南一面小斜坡和一片大平地。他用成行的牡丹、芍药、玫瑰和大块的菊花，十余株辛夷、枇杷和桂花树围成

第三十五章　土洋之别·人畜之间

那一片大织锦。时入仲春这姹紫嫣红的大织锦上的颜色，此去彼来，变换无穷。入秋丹桂随风，香飘十里。纵是雪前霜后寒梅待发之时，架上月季，仍是梳妆淡淡，徐娘未老，精气犹新，与堂后"三友"，你侬我侬，遥相呼应。此织锦是全园的"正面"，也是全园花卉的重心。自李唐来，世人深爱牡丹。时至二十世纪初叶，牡丹仍是中华所特有，为仕女所钟爱。此叔雅所谓"牡丹芍药见精神"也。

文孙替众人解释了这首诗之后，大家如同上了一堂小小的建筑课，四位游客乃又跟着这诗句绕廊一周。其后又自不同方向观察草堂的四面形式，果然不假。不经这诗点明，大家虽身在此园中，尚不知此园真面目呢！不过莹莹还是比较喜欢那有田园风味的东部，尤其是立于东廊，她便可看到她那"私产"——那座可爱的小农庄。她真想和文孙都做个农村小学教师，终老此庄。

莹莹既爱东厅，文孙便叫小和尚去告诉"大厨房"把午餐开到东厅来吃。两位姑娘听了都十分高兴。

只想当个小学教师

当小和尚被差遣离去之后，原多疑虑的莹姑娘就更加疑虑起来；她想到林家餐具之精美，以这样精美餐具，送到这竹篱茅舍来，是否会使文孙感到"不调和"呢？她又想起涂公主讥笑她不配做"少奶奶"的旧话；又想起她入庄以后，佣人们几次都把文梅当成"新三奶"而忽略了她——这可能是她的仪表风度不如文梅。她又想起第一次看到"爱梅书屋"匾额，曾使她心跳不已。想到文梅、文孙都是"文"字辈，心也不释。她想到选择这午餐地点，如果是文梅提议，可能想得更周到点，千想万想，郁结重重。她口虽不言，但文孙却体会出她有"心事"难宣，而特意靠紧她。口亦未言，但他也知道，莹莹知道他的意思。

"做林家少奶奶，也没什么不好。"莹莹的革命意识和现实爱情，每有矛盾，想加以调和。她想"只是有幸运能做'少奶奶'的贫苦姐妹太少了"。昨晚春兰的误解，真是发人深思！莹莹又在默想，如果每个姐妹，至少大多数姐妹都能做"少奶奶"——至少个个丰衣足食，做个不受人凌辱的家庭主妇，则自己做"少奶奶"又有何不好呢？

莹莹在重重矛盾之下，只想和文孙永远做个小学教师，住在那个文孙的小农庄，过此一生，也就心安理得了。她终于忍不住了，乃紧拉住文孙的臂膀，轻轻向文孙说："文哥，我对你这大庄子大花园都不太安心，我只想和你当个小学教员，住在那小庄子，住一辈子……"说着她用指头暗指一指那座他二人的"私产"，那个可爱的小庄园。

"莹啊，"文孙也轻轻地说，"有了你，这正是我的心愿呢。我们在六月结婚之后，就到那里去度蜜月——在那儿长住下去。"

"我知道你不会的呢，文哥！"莹莹又轻声说，"你将来还要进交大、清华，留学，要做大官大位呢！我只要你，我只想跟你一起做个小学教员……"

文孙方拟作个正面回答，他的话便被打断了——大厨房送来菜担。众人便预备午餐了。十八九岁的青年是永远生存在饥饿状态之中的。一阵菜香，大家早已馋涎欲滴。当厨工和小和尚把菜饭摆到桌子上面时，莹莹不免口慢目呆，说不出话来。原来菜肴虽十分精美，但是餐具却是木桶、瓦盆、竹筷等农村通用餐具，要不是衣着整齐，这四位青年倒真像庄稼汉和村姑呢！

"大厨房里的人怎么也想到这点呢？"莹莹心中暗想，但也未便问情人，只又想到涂公主的另一句话，"发财三代才会穿衣吃饭"。莹莹心中闷了些时，也就不去想了，只低头默默地把饭吃了。文孙体会出她有心事，也未便多问。

第三十五章　土洋之别·人畜之间

老实的"老打圈"

　　由于莹莹的心事重重，强颜欢笑，大家也就默默地吃了饭。饭后文孙提议，如此春秋佳日，应该去划船钓鱼。他们花园内原有一条小木船，平时放于那草亭边堤下一个木架上，上面有块芦席篷保护着。大家乃穿过"屁股小园"走入堤下。这时春水方生，船架几乎就在水面之上。文孙、大余加个小和尚，乃打开木架枢纽，把小船滑入水中。

　　这小方头木船可供二人并坐，也可供四人对坐。后座是两张靠背可以升降的藤椅，放下可供二人并卧作"日光浴"，升起并坐则可合力荡桨划船；椅后有一卷竹席，放开撑起，便是个半截船篷，甚为灵巧。

　　这小船本用在一定水位的护庄壕沟内划行的。在春天外堰水位高涨时，它也可自壕内通过一水坝缺口，驶入外边蓄水的大堰塘。这缺口上有一块可以抽去的木板，抽去可以通小船；平时则是一条小桥以便牲口和路人行走。

　　当众人把船弄下打扫干净，小和尚也自庄内取来钓竿之时，莹莹忽感头晕欲吐，不能登舟，未免扫兴。文、莹二人乃请文梅、大余先行划出，待莹莹稍好，再来加入。大余有意而文梅不干。大余乃低声对文梅说，他并非勉强文梅一同去钓鱼，只是文孙和小莹"新婚燕尔"，他二人不能死缠住新婚夫妇而已。当文梅还在踌躇之时，大余说："他俩说不定有许多私话要说，我俩不能老做电灯泡，不通气呢！"

　　大余这话才把文梅提醒了，她乃同意与大余划船出堰。

　　莹莹看他二人船已远离，自己才挂在文孙膀上，慢慢走回园去。

　　莹莹正有许多话要说时，小和尚跟在后面忽然提议说："他俩去划船，三哥，你俩去骑马嘛。"

　　这一下倒提醒文孙。他乃问小和尚，马房内还有几匹马。

　　"只剩个'老打圈'。"小和尚大声地回答着。

"他们把马都带到山里去了吗？"

"杜班长只带去两匹，"小和尚说，"剩下的给'保安队'拉去了——老打圈，他们不要。"

"什么是'老打圈'？"莹莹笑着问文孙。

文孙说"老打圈"是一匹雌马，原从一个马戏班买来的。它只能走，不能跑。一跑它就打圈圈，所以家里人都叫它"老打圈"。

"因为它在马戏班打圈圈，打惯了。"莹莹忽然想通了，大笑起来，不觉精神也好多了。

"老打圈虽然不会跑路，"文孙也若有所悟地说，"但是很稳，也非常通人性——你讲话它懂。走——"文孙挽着莹莹说，"我们去骑骑看。"

莹莹被男友的话说出兴趣来，头既不晕，呕吐感也没有了。二人带着小和尚穿过花园，赶往南部演武厅，径去马房。走入演武厅，莹莹又为之一愣——这个演武厅很宽大，沿门外墙脚放着十多个大小不同的"石志子"；厅上挂个"我武维扬"金字已发黑的大匾，匾下香案上有个泥塑"关帝像"；屋内沿墙四周木架上挂了、插了些长矛、花枪、关刀、三节棍等真武器。最令莹莹惊奇的是屋角靠着两把硕大的全铁关刀——一头是刀，另一头杆端则围绕着铁环。全铁的刀杆有丈把长。每一把至少有两百多斤重。

"这么大的刀！"莹莹还在惊奇，已被文孙牵入后进一排有栏杆围住的"马房"。那可容十余匹马的马房之内，现在只剩下一匹"老打圈"。老打圈是条肥胖白色老马，正在一个刻花的高石槽中吃草。它一见小和尚来了，便显出高兴的样子，又摇头又举足。

"出来！出来！"小和尚打开栅门叫着，老打圈便走出来了。

"用鞍子，还是用毡子？"小和尚问三哥。三哥说用毡子。小和尚乃把老打圈系上勒头和缰绳，又在马背上铺条花毡，用皮带自肚下扎好，

第三十五章　土洋之别·人畜之间

便把老打圈从个侧门牵出到厅前广场。"三哥要骑吗？"小和尚精神抖擞地问。

"三奶也要骑！"三哥笑着说。

"蹲下！蹲下！"小和尚对老打圈发出了命令，老打圈果然就四腿跪下了。它那背上看来又平又阔。

文孙要小莹骑上去，小莹死也不敢。文孙说："你骑在前面，我骑在后面保护你！"小莹还是不敢。

"三奶，"小和尚说，"老打圈稳得很呢。"

小莹有点心动，文孙乃把她抱上去，自己也跨入后座，抱住小莹的腰。

"起来！起来！"小和尚又向老打圈发出命令，老打圈便慢慢地站起来了。小莹顿觉身与桃树同高，有点紧张；幸好有情人自身后抱着，始稍有安全感。

小和尚把马缰递给三哥，三哥用两脚敲敲马腹，老打圈就缓缓地前进了。

羁縻文士、武人的工具

常言道："马背不如牛背稳。"可是林家这匹老打圈之马背，其稳则远甚于牛背。二人骑在马背上，比马车里还要稳。文、莹二人骑着老马缓缓穿过竹林，慢慢从桃林杏林之中向园东走去。走马看花，自与步行看花又有不同。左看亭台楼阁，繁花似锦；右看万顷水田，银光接天。

老打圈渐次走到堰塘边的高堤之下，只见堤下有一条大约十来丈长、煤屑铺的马路。文孙说这是有一次长江大水，倒灌入堰塘，大桅船可直通园边，所以二叔运来一船煤屑，想把老马道铺一层煤屑。谁知一船煤屑只能铺十来丈路面。小莹问这马道原有多长。文孙说与长堤平行大致有数百米吧。那是他曾祖练马"射球子"用的。

"射球子"是考武时代一种技术。在马道两旁，每隔数丈便竖一木桩，桩顶放一人头大的木球。射球者骑马飞奔，反身以箭射球。据说"红顶子"当年射球，十有九中。所以搞个"红顶子"也不太容易。

文孙这故事又使小莹想起那两把大刀来。她问那两把大刀如何杀人。文孙说那两把刀不是杀人用的，而是练气力用的，比现代的"举重"要复杂些。他曾祖壮年时期，考武、举大刀，竟能演出"风摆荷叶"的绝技。"风摆荷叶"便是双手甚或单手把大刀举起在空中盘旋，就像微风吹荷叶一般——这故事使小莹听来，几乎是神话，但是文孙说那都是事实。他小时候就曾看过祖父他们一批"将门之后"，用木杆挑石圈作初步练刀的玩意呢。在那练"刀弓石"时代，据说"红顶子"能把数百斤的"石志子"提起放在腿上，还在上面写出"天下太平"四个字。据文孙听长辈们说，专制时代文考"八股"，武考"刀弓石"，都只是统治者羁縻文士、武人的工具，赚得英雄尽白头，使他们对功名富贵存一线希望，不会去领导农民造反罢了，不是"刀弓石"真有什么用处。

二人在马背上聊天，真悠闲之至。不知不觉老打圈已走上堤埂。立马堤上，只见春泛期间，这堰塘简直是个大湖，湖畔芦苇有人把高，一望无际，小莹才知道"芦坡草堂"得名的由来。从芦边看去，他们发现大余和文梅的小船已划得很远。船已不动；二人在芦边闲聊——也许是喁喁情话吧。

"莹妹，"文孙搂住未婚妻，笑着说，"你将来要活一百岁。"

"为什么呢？"小莹问。

"你今天不参加他们划船，可能促成一对姻缘呢！——你看他俩好亲呢！"

第三十五章　土洋之别·人畜之间

可是小莹却说"大鱼绝无希望"。文梅说她绝不会嫁给大余，因为大余最大的愿望便是做个小官。他最羡慕那些当副官的"能搞钱"。莹莹说："梅姐绝不愿嫁个'副官'！"小莹也恨死副官，所以完全支持文梅的决定。

文孙为好友叫冤，而小莹则说文梅的意志十分坚决，她也劝不了。

动物比人类善良

文、莹二人正欣赏着阳光空气，在马背闲聊，忽听近处有一群小狗在狂叫。小莹低头一看，原来马后有一群小狗约四五只，有黑的，也有黄的，十分可爱。它们叫了又跑，跑了又叫；在一个石造碉堡离地约三四尺的下层中，则睡着一条母狗。这群小狗，进进出出，便是一边在吃奶，一边又向老马狂叫。

小莹看到这些小狗太可爱了，自己也兴奋得要死——连说："可爱极了！可爱极了！"

文孙问她要不要下去和小狗玩玩。小莹便急着要下马。文孙乃拍拍马屁股，说："老打圈蹲下！蹲下！"老打圈便遵命蹲下了。小莹迫不及待地翻身下马，自己也蹲下，便抱起一条小狗。谁知那母狗见状，忽翻身而起，裂嘴相向，把小莹吓得花容失色，赶紧把小狗放下。文孙见状乃赶快下马，向那母狗教训说："不许咬人！"

那母狗见到文孙，态度顿改，并不断摇尾巴，表示亲善。文孙乃抱起一条小黄狗交给小莹，小莹抱了它，只见它又摇尾又伸舌，在小莹颈子上乱舔一阵，使小莹痒得笑不可忍。那母狗见状又回到原处卧下。小莹乃蹲下与四五条小狗，玩了好一阵子。

谁知他们玩得太高兴了，竟使"老打圈"发生醋意，它也走过来用鼻子挤女主人,并向小莹不断举前腿。小莹知其意,乃放下小狗,站起来拍拍老马,说:"老打圈,我们也喜欢你!"

"老打圈很通人性,"文孙告诉小莹说,"它还会表演呢。"

"表演些什么?"小莹问。

"它大概在马戏团学的。"文孙说着,便向老打圈提议说:"老打圈,表演个'阳桩'!"

果然老打圈便坐下来,把前面两条腿悬空举起舞动,并叫了两声,使小莹笑个不停。

"老打圈,再竖个'阴桩'!"文孙又命令一下。

老打圈果然缓缓地站起来,又缓缓地把前两腿跪下,屁股翘得高高的,看来十分滑稽可笑。只见它使劲地想把屁股和后腿,一齐举向天空——可是年老了,又肥胖臃肿,但是老骥伏枥,仍然不服老,依旧举个不停。小莹看得狂笑不已,心有不忍,乃连忙拍着它,说:"老打圈,够了,够了!——站起来!站起来!"

老打圈乃缓缓地站起,并不断向小莹举前腿,并用鼻子挤小莹下额,表示爱情。小莹也拍它,吻它以爱回敬。

"文哥,"小莹感慨地向文孙说,"动物也这样通人性,有许多人还不通人性呢,动物比人类善良!"

"老打圈通人性得很,看样子,它爱你呢!"文孙笑着说,"它会表演很多项目,还会'打滚'呢!"

老打圈听了,以为又是命令,它又缓缓地卧下,就打了个滚。小莹知道它误会了,连叫它"不必了,不必了"……但已来不及,它还是打了个滚才缓缓地起来,并抖去身上的泥沙。幸好地上草多于泥,灰尘不大。文、莹二人忙把马毡上的尘土拍去。

小莹在它背上,直是拍着,夸奖它表演得好,老打圈看来也很高兴。

"老打圈,你累了,自己去找点东西吃吃吧!"文孙说着乃把马缰

第三十五章　土洋之别·人畜之间　　　　　　　　　　　　　　777

结了个圈子，挂在马背上，拍了它两下，老打圈便自己去找食物了。据文孙说，老打圈很"乖"，纵在花园和菜园内自由放着，它也自知选择，不乱咬花木蔬菜。

从"炮台肚"到"瞎子房"

老打圈离开了，莹莹抱住文孙的膀子，二人不经意地便从一块水泥造的斜板，走到这石碉的上面，凭石碉围墙遥看田野景色。莹莹觉得这石造碉堡，比西更楼的土炮台要"新式"得多。文孙说这座庄园的防御重心在西北向山的一面，所以西、北更楼，十分强固。东南一片水田，攻庄敌人不会自水田内"仰攻"的。

"但是你们为什么在东面造这么个新式碉堡呢？"莹莹不免要问。

文孙说这新碉堡是近年防红军下山打粮用的。红军比较"新式"，他们攻庄是会从四面八方寻隙进攻。

"你看，"文孙指一指东南田野，说，"这平面上没有'死角'，在这碉堡上放两挺轻机枪，敌人有一千人也上不来。"

"他们可以躲在那些农庄里嘛。"莹莹说。

文孙说农庄里他们也不能躲，因为林家有两尊德制小型平射炮。把这炮拉上碉堡，说着他回身指一指那水泥斜板。莹莹也回头一看，只见四五条小狗，也正努力向上爬，但这倾斜水泥太陡、太滑，小狗爬了一半便滚回地上，摔得汪汪而叫。莹莹乃走下去，把它们都抱上来。小狗在碉上彼此追逐，打成一团，莹莹才又回到文孙身边，听他讲解。

"平射炮与西更楼老炮不同，"文孙说，"老炮弹头不'开花'，平射炮弹头爆炸。任何农庄，只要一炮击中，立刻会起火的。一旦火起，庄内敌人外逃，则轻机枪就发挥火力了。"

文孙受过中学军事"集训"至"营教练"，所以谈起战场来，颇为内行。

"你们为什么要打红军呢？"莹莹奇怪地问文孙，并说，"人家也是革命的嘛。"

文孙说自六七十年前"打长毛"开始，他们林家祖宗就参加"打侉捻"、"打白狼"、"打天地会"、"打红灯照"、"打股匪"，直到"打红军"，"打"成了习惯，成了生活的一部分。六七十年来，很少有几年未"打"过。他们家内这些庄丁、圩勇，大多数都是林家的佃户，地方一乱，"白狼"来了，这些佃户都扶老携幼，牵着猪牛，挑着鸡鸭，赶到庄内来，帮着"守庄子"。"打红军"对他们来说，只是这些"打"的延续，谁知道什么"国共合作抗战"？早知如此，我们应该开仓献粮，还"打"什么"粮"呢！

"革命宣传真重要呀，文哥。"莹莹感叹地说。

"你们'政宣队'现在不就在搞宣传嘛？"

"所以我不想进'临中'，要留在'政宣'搞宣传呀！文哥，你觉得我的决定对不对？"莹莹半撒娇地说。

"我未加入政宣，我还不是在和你们一样宣传吗？"文孙说。

"不加入政宣，不懂真理呢！"莹莹说着又问道，"你们不打红军，这碉堡就不用了？"

"这碉堡，我们叫它'洋炮台'，"文孙说，"这个'炮台肚子'，"文孙用脚点点那母狗睡的地方，说，"可避风雨。以前有些讨饭的瞎子，在我们家讨饭，就常在这里过夜。"

"在这个狗洞里过夜!？"莹莹惊诧地问。

"在这里过夜，总比在外面风吹雨打好多了嘛！"

"穷人真是可怜，文哥。"莹莹说着便走下炮台，一群小狗也随之滚下，又回母狗肚里争奶吃去了。莹莹指指"炮台肚"又说："这里怎能睡人？——文哥，中国怎能不革命？"莹莹又问文孙说："现在狗睡了，叫花就无处睡了。"

文孙说，此处叫花子早就不睡了。因为一次大雪把炮台埋了起来，后来雪融化了，才发现有个老瞎子叫花，死在里面。那时文孙的母亲是林家庄的"大太太"。她亲自看了老叫花的死尸，乃叫张管家在菜园边上，盖了三间茅屋作"瞎子房"，专为瞎叫花过夜之所；并指定小鞑子，替没有"引搭子"的老叫花送饭。文孙说着指一指那茅屋；莹莹顺眼看去，果然看到还有两个老瞎子在屋外晒太阳。

四十年后林文孙博士回忆起这个地方来，说他想不到他自己的母亲后来曾在这"炮台肚"内睡了三个月，其后才由一位她未尝见过面的"孝顺的媳妇"，把她秘密迁到"瞎子房"去，救了她一命。

土皇帝和洋经理

文、莹二人牵着手在长堤上且谈且笑，并自柳枝之间看到大余和文梅的船已划到对岸去。文孙想加入他们，骑马去，划船回。

"老打圈，"文孙叫一声，并招招手。老打圈便慢步跑来，自动蹲下。二人又跨上座骑，缓缓地自堤上转上护庄壕埂，走过小木桥，不久便到大堰彼岸，沿岸东行数十码，柳暗花明，又是一番景象。老马随即穿过一围竹篱，进入另一小花园。

莹莹这次随未婚夫回庄祭祖，无事无物不令新人惊奇。此一处所，虽已不再使她惊诧，却令她喜爱。这儿也是个小花园菜圃，有茅屋一排建成个"方括弧"（〔）形面对堰塘。"括弧"前的葡萄架围成个圆形。花园中十字人行道的正中央则建有一个数尺高的石刻水盆，有些小鸟在盆边喝水、盆中洗澡，唧唧而鸣，其乐融融。花园靠湖边水上，则有一长跳板，可以洗衣，也可以停船。大余的船显然在此停过。可是当文、莹赶来时，他二人已划走了。

文孙说老打圈最喜欢这地方，因为这个葡萄架下的人行道是个圆圈圈，正是"老打圈"打圈圈最好的地方。老打圈久未跑步，一到此地就跃跃欲试。二人下马后，文孙把它缰绳结好，乃在它屁股上一拍，说："你打圈去吧！"老打圈得令乃在葡萄架下跑了起来——步伐均匀、姿态潇洒。它跑得得意之至，一跑再跑，不稍休息。莹莹愈是鼓掌叫好，它愈不肯休息。古语说，杀我马者道旁儿。马也欢喜称赞和拍马屁的。老打圈经三奶这位道旁女鼓掌称赞之后，益发跑得起劲，叫停也不停。但它实在太胖、太老了，跑了十来圈，马身跑出汗来，才得意洋洋地停了下来——完成了它的"汗马功劳"。

"老打圈多大年纪了？"莹莹问文孙。文孙说："大致和你我差不多——已经十八九岁，这年龄对匹马来说也就是高龄了。"莹莹听说过马的年纪可以从"马齿"上数得出来。文孙叫老打圈把嘴张开，它听命把嘴张得大大的；二人数了半天，还是不知它高寿多少，也就算了。

老打圈休息了。文、莹二人年轻，乃以老马为师，也在葡萄架下跑了两圈，并在这茅舍之内略事逗留。室内陈设简单，门额上挂一黄杨木阴文漆书"外草堂"三字的横牌。文孙说这外草堂比内草堂建筑还早，是他祖父建的，原名"芦坡小筑"，后来花园重建了，始改今名。

莹莹抱着文孙在室内盘桓，忽见明亮的玻璃窗的玻璃上有几个铅笔粗细的小圆孔，甚为惊讶，问是何故。文孙说那是一次有强盗闯入，发现室内有人，乃向窗上开了几枪便逃走了。

"你们这儿还有强盗？"莹莹惊诧地问。

"多的是呢！"文孙说，"我们家就被'股匪'闯进来过。"

"抢了东西没有呢？"

"打死人呢——巷战！"文孙说。

莹莹觉得可怕，乃把文孙臂膀抱得更紧。二人走出茅舍。莹莹嗅出阵阵幽香，问是何处来的，文孙指指那四围竹篱上的金银花，香是从

第三十五章　土洋之别・人畜之间

篱笆上发出的。二人又走到跳板的码头上小坐片刻。莹莹环顾四周，隔湖看"芦坡草堂"和庄中楼阁，气派又自不同。

"你们真是土皇帝啊，文哥。"莹莹感叹地说。

"你们的张指导员，上次就告诉我，"文孙说，"金大的一位美国教农业经济的教授就说过：传统的农业中国，大地主都是土皇帝，中国皇帝便是个特号的大地主。现代工商业的美国，大企业的老板、总经理，都是一些小总统。美国的总统，就是个最大的总经理……"

二人正闲聊着，忽见小和尚跑得气喘吁吁而来，说是郑奶奶请三哥和少奶快回去，要祭祖了。三哥看看手表说："不过三点多钟嘛，急什么呢？"

"奶奶说要替少奶上妆，叫你赶紧回去。"

"你先回去，"文孙吩咐了小和尚说，"我们马上就来。"文孙也招呼了老打圈。老打圈来了自动蹲下。二人骑了，一直骑到"半读"门，文孙结了马缰，叫老打圈自己回去。老打圈和新三奶都觉依依不舍，一人一马，真是洒泪而别。

第三十六章

没有观众的表演

真戏真演

　　文、莹二人舍马步行,刚过木桥便闻庄内人声嘈杂。水闸门外也挂了红灯笼。当二人走入水闸门,只见洗衣场中挤满了农村妇女,多半衣着整齐,也兼有褴褛不堪的。众人一见文、莹进来,谈笑声立刻小起来。有些与文孙熟悉的则高声说"恭喜三毛哥儿"。文孙连声道谢。其余众人则让开条路,并唧唧私语,无不称赞"新娘好看"。文孙也偶尔为莹莹介绍一两位婆婆。莹莹有舞台经验,是善于面对群众的,但在此场合,她却感到羞人答答,挂在文孙膀子上,低着头一言不发。

　　二人刚进过道,想转向"四姑的房"去时,春兰已匆忙赶来迎接,要少奶到大堂屋去,并请三哥回自己房中去换衣服。二人分手后,春兰乃扶着少奶走上廊边楼梯,到楼上正房去。莹莹上楼一看这座四合院式的两层"堂楼",四面走廊都挂着八角宫灯,配以红漆栏杆,气派非凡。这正房之中是两层"堂屋",上下相通。上层四周有小回廊。正面是镂金祖先堂,分三间。中间供的是林氏历代祖宗的硕大牌位;右间是金漆箱装的"林氏宗谱";左间只有香炉蜡台,里面似乎是空着的(后来莹

第三十六章　没有观众的表演

莹才知道是被携走的"传家之宝")。堂中空隙则悬有一个硕大的煤油保险灯。正中正梁上则挂个金盒子。堂中上下各悬四只宫灯。下层上方则挂着两幅男女朝服祖宗大像——莹莹知道那是文孙曾祖父母的画像。像前有供桌，靠墙有红木镶大理石太师椅和茶几。上层祖先堂和下层供桌上的红蜡烛，及保险挂灯和宫灯，都已燃得灯火通明。这堂屋大得吓坏人，若不是灯火通明，一定阴沉得可怕。

莹莹刚走上楼梯，便有两位五十左右穿着红布袄和红布长裙的婆婆迎了上来，二人同时"打千"，口称"向少奶请安"。莹莹一看，原是杨、涂二师奶。

莹莹的"舞台经验"，这儿算是碰到用场了，否则对这真戏真做的场面，真不知如何应付呢！莹莹自思假戏真做，当了无数次"假少奶奶"，今日当起"真少奶奶"，也就用"假"式应付了——在二位婆婆"打千"时，莹莹从容地在右腰边握掌，欠身答个"万福"，并说两位师奶辛苦了。

二人尚不知如何回答时，忽见郑奶奶自左侧正房打开绣花门帘迎了出来，说："心肝进来吧，我要替你梳头打扮呢。"莹莹见郑奶只穿一件蓝绸夹袄、百褶黑缎裙子，十分素雅，不像杨、涂二师奶穿得遍身红红的，像锅里煮熟了的虾子。

莹莹谢谢三位奶奶时，顺眼一瞥看到室内有茶壶、果盒，乃招呼春兰替三位婆婆"敬茶、请坐"。杨师奶接了茶乃向涂师奶说："省长小姐就是不同罢！哪像那些寒门商户出来的！"——莹莹后来才知道她们暗指的是七婶。她想她和七婶Dora之别，是一个会演戏，一个不会演戏罢了。

杨、涂二位师奶坐定之后，郑奶奶在春兰帮助之下，就替新娘"上妆"了。莹莹和妈妈，原都有化妆天才，善于打扮，再加上舞台的训练，对"少奶奶"的装饰，原是心领神会的。"三分人材，七分打扮"，何况莹莹又天生丽质呢！谁知她遇见了郑奶奶，才知道自己是小巫见大巫了。

郑奶原是乡下村姑，做了奶妈之后才学着替"少奶奶"梳头。谁知她有此项天才，愈梳愈好。后来又学会烫头、裁衣，用洋机、洋剪……本事愈来愈大。大七太本是娇娇滴滴的上海富商之女，最考究衣着打扮，上海的职业化妆师她没几个用得称心满意的，想不到回婆家祭祖，却碰到郑奶。郑奶无教不会，竟成为大七太最满意的发师。大七太回沪时，竟商得嫂嫂同意把郑奶带往上海。在上海不久她又变成徐来、袁美云、王莹等电影明星争取的对象。但她对大都市生活不习惯，文孙的妈又数度派人去接，郑奶便回来了。她在林家庄地位甚高，平时除指导人裁剪点衣料之外，也无所事事。席丰履厚，真是养尊处优。郑奶的缺点是她有时精神失常，往往哭闹终宵。这次林家主人，逃难入山，一是因为地方太小了，二也是因为她有点神经病，三是她自己贪恋庄中安乐也不愿去，所以就留在家中了。如今新少奶回庄祭祖，郑奶大喜，她又爱上了莹莹，乃使出浑身解数，不眠不睡地为新人裁衣改衣、梳妆打扮。

莹莹这次经郑奶重行烫发、梳妆之后，对镜自窥确实觉得一辈子也没有这样美丽过，自己也爱上了自己。发型、唇膏、香粉、蔻丹等一切完善之后，郑奶要莹莹进入内室。那是文孙父母的卧室。睡床、衣柜、百子桶……都十分考究。但郑奶却说这儿原有一张"柏梓桐椿"（百子同春）的"梅花床"。梅花床者，为一主床，四角有四张供四个丫鬟睡的小床，像朵梅花，故有此俗名。此床因不祥被拆搬了。现在的床就小多了。

这床侧有个红漆方形旧式衣架，架上披了些衣服。郑奶取了一套粉红绒内衫裤，叫莹莹到大床阁中，自己换上。莹莹穿上觉得十分合身，舒适无比。穿好之后，郑奶替她加上一套大红绣花夹衣裤、真丝袜、金丝绣花鞋。穿好之后郑奶要她在两扇可移动的"穿衣镜"中自看一番，竟使莹莹觉得中国再没有这样漂亮的新娘子了。惊奇之下，不免问郑奶，哪来这样全新而合身的新衣服呢？

第三十六章　没有观众的表演

"心肝，全新的衣服庄子里多的是，"郑奶说，"合身不合身，是我替你改的嘛。"

这真使莹莹感动欲泣。莹莹穿得一切停妥、天衣无缝之后，郑奶又自衣架上取下一袭红光闪烁的全系金线织成、豪华无比的拜堂衫裙，替莹莹穿上——先扎百褶长裙，后披凤凰彩裱。这真使莹莹惊怍莫名。再在镜中细看自己，连自己的眼睛也不能相信了。这时郑奶又在一长台上打开一个大型珐琅首饰箱，取出整串的首饰，从耳环、项链始，一件件戴上，最后才套上镶金翡翠手镯和钻戒。

这些首饰，据说都是姥姥的，莹莹不但连假的都未看过，甚至听说也没听说过——这简直是一场梦。一切打扮妥当，郑奶携莹莹入前室，要两位师奶拱卫着。在一旁侍立的春兰，竟然也是遍身罗绮。拜天地时间快到了，郑奶乃退入内室——因为她老人家是个寡妇，又无儿女，不便走入堂屋参加大典也。

就职典礼

杨、涂两师奶接收了盛装的新娘，把她扶坐于一高背加垫的木椅上，春兰立于右侧，两师奶站在背后，一声不响。莹莹虽有充分舞台经验，此时仍然紧张万分，心中怦怦作跳。因为演真戏与演假戏究有不同。演假戏的演员，有时被剧中情节所感动，往往且演不下去，何况真戏呢！

等了不久，果然听见堂屋大挂钟，敲了五响；接着便听到大门外爆仗声。两师奶刚把新人扶起，便见一衣着整齐的年轻女佣，打开门帘说："张管家受老爷、太太的盼咐，请少奶奶下楼行礼。"

她打起门帘，春兰带路出门，莹莹则感到双腿发软，用力扶着涂师奶；杨师奶赶上来扶着莹莹的另一只膀子，三人挣扎着一步一步地走下楼来。只见张老管家穿着蓝绸袍、黑缎马褂,头戴珊瑚顶瓜皮帽,站在楼梯口,欠身向少奶"请安"。莹莹听了心一酸,几乎眼泪就要下来了。春兰忙走向前去,用丝手帕在莹莹眼角按一下,才过了关。

两师奶把新人扶入香烟缭绕的堂屋地上铺的"红毡条"上站着,这时莹莹才发现文孙已穿着长袍马褂、戴着瓜皮帽站在左边——莹莹几乎想伸手去拉他的臂膀。从眼角里她也看到花枝招展的文梅在春兰的右边,靠墙而立。姚大余则不知去向;站在文孙左后方的,则是林家的几个听差和朝奉。

莹莹站立了半晌,神智稍清,才看出前面供桌上,供着硕大的生猪头。猪鼻孔内插了两个红枣,口中衔个金元宝。猪头的左方是一只缠了红缎子的雄鸡;右边则是一条涂金大鲤鱼,放在个花篮里。

堂屋中这时鸦雀无声,只听大挂钟滴答滴答地响着。另外便是大门外的爆仗声。爆仗结尾的几声巨响之后,接着是十二响冲天炮,轰得连门帘都直抖。炮声之后,站在堂屋右上方的张老管家乃拿着磬锤,在香案上的大铜磬上连敲三响,并高叫"拜天"。文孙乃掀起绸袍跪下;春兰也为莹莹拉好裙子,扶新人下跪。文孙磕了三个头。新娘则一直伏在地上,也点了三次头。拜天之后,又重复拜地一次。然后新人回房休息。佣人撤去"三牲",换上祭祖酒席。还是由张老管家赞礼,先拜"远祖",后拜"大像"、"祖考"——按生三死四的规矩,每唱一名文孙都磕四个头。

新人回房之后,撤去祭祖酒席;新夫妇再度入堂,拜双亲、拜长辈,然后才夫妇互拜。但是这是战时,双亲、长辈都避难去了,无长辈可拜。再者,这本是个不伦不类、不中不西、不新不旧的"订婚"仪式。订婚之后——正如郑奶和张管家所想象的——这批洋少爷洋少奶还要到"上海教堂"去披纱结婚的。所以这个"订婚礼"如何搞法,就谁也不知道了。今日这套仪式,是张朝奉和郑奶奶联合发明的。

原先大七少"祭祖"时,张朝奉曾叫了一班"吹鼓手",临时被大

第三十六章　没有观众的表演

七太取消。吹鼓手的喇叭一声未吹，白拿了钱。这次老张学了乖，就不用乐队了。因此遥拜双亲、互拜夫妇之后，仪式也就结束了，但是文孙向莹莹提议，再加一条"拜人"。莹莹默默地同意了。文孙乃大声说："张老管家，在寒舍替我们已操心了三四代了。礼应受我们小夫妇一拜。"说着他夫妇刚跪下，便被老张赶来拉住了。

文孙又提郑奶奶奶，郑奶不在场，大家正要找郑奶时，张老也为她代辞了，并连说："家里人嘛，都不必了！"但是文孙做出姿态，还是一一把名字叫出来，计有：杨师傅、师奶、涂师傅、师奶、张三爹、桂三爹……其下就被老张截断了。

这时老怪和屎嘴都已站在堂屋下廊，等着向少爷道喜。张管家也代少爷挡驾了，并说："你们都在庄里搞了几十年了。老太爷的喜酒都喝过，喝毛哥儿的喜酒，就不必磕头了——吃喜酒去吧。"便把他们轰出去了。

其他佣人还要上来道喜，张也大声说："不必了！不必了！喜钱由许朝奉发……"

众人离去，老张拍拍文孙，又向新娘笑笑说："少奶，累了吧？"小和尚把水烟壶递给老管家，老张吸口烟便离去了。这场祭祖大典至此乃告结束，莹莹也正式就职做"少奶奶"了。

杯里乾坤

按照他们林家的传统，新婚夫妇，在拜天地、拜祖宗之后，二人还得在大堂屋吃一席"传杯酒"。这次文孙商请张管家和郑奶，把这项仪式免了。晚餐还是他们数人一起在姥姥的餐堂吃。不过张、郑二人都信佛，认为"拜佛"之礼不可免。文孙有点勉强而莹莹倒同意了。文孙同时又提出，传统的"看新娘"，和新娘的"装新"也一概豁免。相反的，由新娘来敬酒,"自己送给客人'看看'"好了。

条件谈好,开始行动。新夫妇还是由两位师奶和春兰服侍,文孙并另邀姚先生、曹小姐做"傧相"一起出动。

"拜神"先从"后堂屋"供养的"文殊菩萨"开始。后堂屋在大堂屋之后,右边两间套房便是郑奶和小和尚的卧室。新夫妇去向"文殊"磕了头,莹莹并参观了郑奶的卧室,那儿简直是个小缝纫工厂。郑奶信佛很虔诚,那个小泥菩萨被她服侍得纤尘不染,香火不绝。

从后堂屋,他们又到内花厅拜"螺祖";再到书房之后拜"观音";上小佛楼拜玉"如来",文孙笑嘻嘻地磕了头,而莹莹却伏地甚久,极为虔诚。他们又到花厅拜了"孔圣人",到轿厅拜"钟馗"、拜"门神",转大厨房拜"灶神"。

莹莹既做了少奶奶,理应主"中馈"。中馈便是管厨房——如此便是杨师傅的顶头上司了。所以莹莹到厨房时,杨师傅虽正在办酒席,忙得一身汗,还是来"打千"、"奉茶"。

原来这厨房甬道上有个小平台。台上有一副宝座椅和茶几。那是主妇监厨时坐的;但是文孙的妈一辈子只坐过两次——一次是当新娘;另一次是陪新娘,以长嫂身份坐了一下。这次是轮到这个"三少奶奶"了。莹莹坐在椅上喝了一口茶,谢了杨师傅,便从后门进入仓房。涂师奶陪着看了高低二仓,并说涂师傅三代看仓"未少过一粒米"。涂师傅也向少奶报告仓内还有稻米六百余担。新夫妇向"财神"(即仓神)行过礼,又从东水闸门,入"半耕门",转入花园演武厅向"关帝"磕了头。莹莹并以盛装再度访问了老朋友老打圈,才回到姥姥餐堂,用点茶点,也够累了。

春兰替三奶宽了礼服,莹莹在床上小睡片刻,文孙和大余就来了,说今日厨房未开上客饭,只要到中下食堂去敬点酒,一天大礼就完成了。春兰乃又服侍少奶穿好礼服,郑奶又替新娘和傧相化妆一番,一行数人便穿过轿厅,站在门前石级上,春兰捧了个红盘子——盘子上有一把金

第三十六章　没有观众的表演

酒壶和两个酒杯——站在新郎之侧；杨、涂二师奶，则立于新娘之后，男女傧相站于两边。

这时下客饭堂已挤得水泄不通，站着坐着的足足有五六十人，各持碗筷和酒杯，正在狼吞虎咽，厨房夫役四五人，用大木盘捧出大鱼大肉，无限制供应。右边中客饭堂亦有十来个人，包括老怪、屎嘴和许朝奉，正在喝酒吃冷盘，猜拳行令。众人一见新娘来敬酒，声音立刻小下来。许朝奉自席上走入院中，手持酒杯大声向众人说："现在新郎新娘向大家敬酒！"众人也七嘴八舌回答说："向三哥和三奶道喜！"双方举杯一饮而尽。饮毕，下客堂木栅内，忽有一壮汉大叫说："三哥，来打个'通关'！"引起全场大笑。

"老票！我不会推车啊！"三哥大声回答，也引起全场大笑。

文孙转身向莹莹说："这位是李老票，李连发，是我的老朋友。"

"我们也要向新娘敬酒！"另一老农夫也大叫。一叫众和，震瓦欲裂。大家一面叫着，一面又自己大喝特喝，有的则坚持要新娘喝。文孙乃劝莹莹也干了杯。但是木栅内后排人又大叫，说他们看不见新娘。文孙乃牵着莹莹走下石级，穿过院子，先到中食堂门前向两位"三爹"又分别敬了酒，乃转身走到下食堂。食堂内太挤，文、莹二人乃拿了酒杯在木栅之外，缓缓走过向栅内人答谢。这样便惹起栅内骚动，众人挤看新娘，打翻盆碗酒壶，乱成一团。并有一位中年长衫客，拼命挤到栅边大叫："三少爷，小人也要敬少奶一杯！"文孙叫莹莹举杯答谢。这家伙已有七八分醉，只顾看新娘，自己手颤不停，把满杯烧酒都倒入自己领子里去了，但他抢了些酒，还要来"敬三少"。文孙笑着说："张老三，下次到你店内抽烟再和你喝吧。"

张三还尾追不舍，但他已被别人挤倒了。莹莹轻声问文孙，怎么又来个"张三"。文孙说他是柳和集鸦片馆的"烟掸帚"。

"鸦片馆？……"莹莹惊诧了一下。但人声太杂，隔栅人潮汹涌，二人也来不及多说了，乃由杨师奶领着走入"大厨房"。

　　大厨房内厨师厨夫正忙成一团。栈房、货仓、走廊之上都排满了大小不同的桌椅板凳，有几十个妇女小孩正在大吃大喝，看到新娘来了，大家一涌而起，把新娘团团围住，看头看脚，热闹非凡。最后还是杨师奶有权威，她怕那些满染油脂的手把新娘的衣裳摸脏了，乃举手隔开众人，把新娘抢救出来，送回小餐堂，才结束这场敬酒的波澜。

托上尉的农民组织

　　由于当了半天主角，演了几个小时真戏，莹莹想躺在床上，把紧张的神经放松一下，谁知文梅却走过来，坐在床边向她耳边悄悄地说："小莹，你看到托教官没有？"

　　"哪个托教官？"

　　"我们队里的托教官嘛！"文梅说。

　　"那位教武术的托教官？"

　　"托其木上尉嘛，"文梅说，"他未向你打招呼？"

　　"我未看见，"莹莹诧异地说，"他在哪里？"

　　"他在下客堂喝喜酒！"

　　"你看错人了，"莹莹说，"我怎么没看见？"

　　"今天蒯大队长来了，你也不会看见，"文梅说，"托其木和我招呼，并叫我'曹同志'，怎么会错呢？"

　　二人正在惊诧之时，文孙和大余走入房内，两位姑娘乃把这惊人消息告诉了文孙。文孙知道托其木上尉，但未打过交道，只听说他武术很好，如今他竟在下客堂喝酒，真是怪事；自己也殊觉失礼，乃把小和尚找来问问。

第三十六章　没有观众的表演

据小和尚说这"托教师"在此地"教拳"已教了好几个月了,"十天半月来一次"。他的徒弟们已组织一个什么"堂",托教师便是"堂主"。

"什么地方教?"文孙问。

"演武厅嘛。"小和尚觉得三哥问得好奇怪。因为演武厅一向是庄中主人和庄丁圩勇练武的地方。以前庄中有个李好学教师,大七少和文孙都跟他学过"十二路弹腿"和武器。

"托教师住在什么地方?"文孙又问。

"安家,"小和尚说,"安五爹家。"

"他为什么不在庄里住了?"

"张老管家未请他嘛。"小和尚为托教师有点不平,又说:"托教师武艺高强呢。"

"他今晚还教嘛?"文孙又问一句。

"怎么不教?"小和尚更觉得奇怪。

文孙认为应去拜看他一下,并道歉失礼。莹莹和文梅更急于要去——因为她二人还是"上士学兵",而托其木则是"上尉教官",是队中的官长呢;平时大家都很熟络。

这时大厨房开来酒席,四人和郑奶匆匆吃了些饭,便要到演武厅去。郑奶只知道庄中新来个"教师",他们四人要去"看打拳"。当他们四人一行要动身时,郑奶取出件丝绒里子的大红绣花"披风",硬要莹莹披上,因为晚间花园太凉。文孙和大余也去换了便装,便一齐走向演武厅去了。

白手夺刀

当他们四人走到演武厅前广场时,看到托教师中等身材,大约三十五六年纪,穿着白衬衫、黑布裤、布鞋,腰中却扎一条足有三寸宽的皮带。皮带的铜头上雕着"福禄寿"三个大字。他手腕上扎了黑丝带，正在教一批青年农民摔"石锁"。这石锁大约有五十来斤。托教师抓住锁把一扭，锁在空中打个三百六十度的转，又被他抓住。

众人一见他们四人来了，便停止练习。托教师放下石锁来和文孙握手，连说："向三少爷道喜！"文孙也抱歉"失迎、失敬"。托教师又走过来向"三少奶道喜"。

"托教官，叫我维莹嘛。"说着莹莹伸出手与托教师握手，使围观徒弟们惊异不置。

这时文梅、大余也走上去握手。大余与托教师本来就很熟，现在更是老友重逢。文梅笑着说："托教官，今天要不是我看到你，他们还不知道您在这儿呢！"

"我未敢惊动少爷、少奶嘛。"托说。

"托教官，您是我上级领导同志，怎么和我们这样客气？"莹莹插句嘴。她这句话说得围观青年更是大惊失色。

"少奶，现在是在你林府上嘛。"托说着又转向文孙说："今天喜酒吃得好饱，所以跟徒弟们到此地来练练，消化消化。"

"今天事先不知您在此，否则应为您开'上客饭'呢！"文孙说。

"跟徒弟们一道吃，很好嘛。"托教师客气一下。

"我也学过拳，"文孙说，"上学了，就半途而废，以后也拜你为师。"

"岂敢！岂敢！三少爷好说！好说！"托谦逊地说，"我以后陪三少玩玩嘛。"

"三哥刀法也很好呢！"一位青年从旁插嘴。

"三少爷的哪路刀法？"托问。

"三哥会'单刀破花枪'呢！"另一青年接下去。

"三少走两路让我们学习学习嘛。"托教师建议，众青年乃鼓动文孙，并把小鞑子推出来和三少一齐表演——小鞑子是三少的老搭档。

第三十六章　没有观众的表演

在众人起哄之下，小和尚也抱来了一些木头刀枪，文孙久未耍棍棒，也有点手痒，乃脱下皮夹克来向托教师"讨教"。

小鞑子和文孙对立，一刀一枪。二人抱拳行礼，煞有介事。礼毕小鞑子乃一枪刺了过来，文孙躲过，以单刀反击。小鞑子枪法不弱，文孙也刀法纯熟，二人走了几路，相当精彩。一次小鞑子一枪正从文孙胁下穿过，被文孙一刀劈得枪头着地。小鞑子正要抽枪时，文孙一跃而上，一脚踩住枪头。小鞑子用力一抽，全身失去平衡，摔倒地上。文孙再一跃向前，一刀指住小鞑子咽喉，全胜而归。

观众皆大鼓掌，小莹看得也大为得意。做了林文孙几个月的女朋友，不知道他还有这一手呢。

托教师也向文孙跷大拇指，说三少爷刀法非凡，大为敬佩。文孙亦颇为得意。

这时那些青年又鼓噪说托教师会"白手夺刀"，要三哥儿也和他"夺夺看"嘛。文孙颇有意试试看他如何夺法。这时天已甚晚，上弦月的月光很弱，马灯也不够亮，文孙叫小和尚点了一盏汽油灯，照得全场通明。托教师也同意"陪少爷玩玩"。但是小和尚他们都说"托教师不用戏台上的假刀"啊。青年们乃拿出一把雪亮的单刀来交给三哥。文孙试试，觉得这真刀太危险。莹莹也力阻，不许用真刀。但是观众都说没关系。托教师也说："玩玩嘛，哪会伤人呢？"文孙才敢试试。

二人站好姿式，行礼毕。文孙乃轻轻地一刀劈过，托一闪，刀刚从他胸口滑下，文孙只觉手腕一麻，刀已不见了。托教师笑着把刀奉还文孙。文孙心中有点不服气，乃握紧钢刀，挥起左手反刃直刺过去。孰知钢刀还是自托某腹前滑过，只见他自己的右腕已被对方的左手握住，刀又不见了，二人却平行踩着弓箭步。文孙右腿与对方左腿相靠，刀却在托氏右手中，反手拿着，刀尖向上；二人姿式优美，颇像在演戏。观众连莹莹在内，都鼓掌叫好。

文孙二度失刀，心中更不服气，因为他怕钢刀伤人，不敢真砍也。第三度文孙就认真地一刀劈过，对方一跃，刀光距托某胸膛不及半寸。文孙跃向前去，反手又是一刀，飕的一声，也刚自对方腹部划过，相差毫厘——这时莹莹怕了，想叫他们停住，但惊慌中又叫不出来。其他观众也目瞪口呆——文孙杀得性起，追上去左一刀、右一刀，都只差毫厘，最后文孙不顾一切，大叫一声，并狠命自对方胁下抽刀向上劈了过去，对方哈的一声倒于地下，文孙扑了个空，又觉手腕一麻，钢刀自手上飞了出去，在天空翻转过来。这时托某却一跃而起，轻轻地接了过去。

　　文孙失刀后，看看手腕，知道刀是被对方踢出去的。二人息战之后，众人皆舒一口气。托教师把钢刀又奉还给三少。但是文孙还是不服气，说他怕伤人，不敢"真砍"。

　　莹莹这次吓坏了，乃跑上前去拉住文孙叫他不用再试，并叫小和尚把刀拿走。但文孙气喘吁吁，硬是不服气。托教师也走上来告诉莹莹说："三少奶，我们耍着玩的。放心，不会伤人的。"莹莹惊恐地退下。

　　二人又取好姿势，这次文孙是决心认真砍杀了。他握紧钢刀冲向前去，不顾一切地杀向对方，但每次都只差分毫。二人一个没命进攻，非人头落地不止；另一个则扭转翻腾，使对方刀刀扑空。两人在空地旋回，只见刀光四射，不见血肉横飞。观众个个屏息以待，莹莹简直不敢直视，掩面哭泣起来。文梅抱着她也张目结舌，不知如何是好。最后忽听托、林二人同时大叫"哎呀！"，一声"玱琅"，托某向后倒下，文孙翻转身来，一记"虎尾脚"把托教师蹬出一丈开外，倒在地下；文孙亦失去平衡，摔倒在地，钢刀像滑冰一般从地面溜到对方去。

　　这一下把所有观众都吓坏了。莹莹含着眼泪跑到文孙身边去，见他躺在地下喘气。莹、梅二人乃蹲下抚摸，问他受伤没有。"我……我没有受伤……你们去看看托教师，他可能受了重伤！"

　　"这怎么可以？"莹莹哭出声来，反身去看托教官，只见老托坐在

第三十六章　没有观众的表演

地上微笑,并说:"少爷未跌伤吧?"这才使莹莹破涕为笑,众人乃扶文孙站起来。文孙颠跛地站着,原来右脚上的"力士鞋"不见了。众人正在替文孙找鞋,只见老托站起来,手中拿了一只力士鞋,说:"三少爷的鞋,在我这里。"他同时也捡起那把钢刀,交给小和尚。大家在场边木凳上坐下。小鞑子和春兰送来细茶和糕饼,双方喝茶吃点心,才结束这场险恶的决斗。

这次文孙服输了。他指指老托,又跷跷自己的大拇指向莹莹说,托教官一个小指头就可把我打死。刀有什么用?

隐隐炮声

在这次决斗的检讨中,文孙始终不知那狠狠的一刀,砍得手颤心惊,却砍在何处。经托教师解释才知他每一刀都在对方控制之下。当那最后一刀正要起势之时,刀背已被对方捏住。老托把刀尖带向那个"福禄寿"铜牌。玱琅一声,刀劈在铜牌上一震动,持刀人功夫不足就松手了。老托乃"四两拨千斤",利用持刀者的冲力,把钢刀摔向地面,刀就像滑冰一般从地上溜走了。托教师很欣赏文孙那一记翻身"虎尾脚",认为那是顺理成章的一脚,只是踢者"桩功"不足,踢出既无力又虚空,所以他顺手接住,连力士鞋也给拿去了。

说着托教师并解下他那带有"福禄寿"铜钩的皮带让大家看。众人果见这铜字上沟痕累累,那一条"V"字形的新沟,在汽油灯下,闪烁发光,显然就是刚才文孙最后猛劈一刀的刀痕。那一刀如果真砍在老托的肚皮上,那就五脏开花了。

老托说得文孙五体投地,认为有机会一定拜老托为师认真学点功夫。托教师当然连说不敢。他们又谈了些时,文孙才知道老托原为国民党军第二十九军的武术教练，曾在喜峰口作过战。"七七事变"后，从北方退下，才加入"政宣大队"的。

文孙乃敦请托教师搬进庄来和姚大余同睡"上客房"，明日由大厨房开"上客饭"。托教官稍为推辞一下也就接受了。

这时已夜深晚凉，宾主乃互道再见，握手而别了。

莹莹惊魂甫定，乃死抱住文孙臂膀，寸步不离，并责怪文孙不应冒这危险和托教官"比武"。"下次我绝不许你做这样的事，吓死人了。"文孙也觉得不应该，以后要听孔老夫子的话，"戒之在斗"。

二人且谈且走，步度缓慢。文梅、大余私话无多，已走入水闸门了。文、莹还在缓缓而行，却见春兰抱了两件全新厚棉灰布军用大衣迎面而来，说是郑奶叫她送来，怕少奶受凉。此时夜深了，花园之内，也确实很凉。二人接过大衣披了，颇感温暖舒适，莹莹想到奶奶奶的照拂，真无微不至，心头回爱亦浓。

这时花园之内，钩月在天，夜凉如水，蛙声远近，好一个清幽环境。莹莹觉得她这天与文孙在一起温存的时间太少，此时此刻，正是二人谈情说爱之时，何不乘机躲避一下尘嚣？——她主张他二人也去划一段船。她这罗曼蒂克的提议，文孙焉有不追随之理。二人乃走到湖边，解缆上船。船上露水甚重，幸好有厚棉军大衣两件，二人相偎一铺一盖，的是安详。他们划了不远，乃放乎中流，任其漂荡。此刻万籁俱寂，二人拥于船上，何等陶醉！可是隐隐中却听出远处有隆隆之声，最初莹莹还以为是雷声；再细听，文孙知道是"炮声"，这炮声而且相当密集。当文孙告诉莹莹时，莹莹问这炮声有多远，文孙亦不知，但他想象可能是二三百里外，我军在向长江中敌舰开炮。莹莹未听过炮声，终究有点害怕。文孙正搂着夫人，善加安慰时，忽然间天崩地塌，大雨倾盆。二人吓得丧魂失魄，原来是一条大鲤鱼，不知为什么一下跳上船来，噼噼啪啪乱跳一阵，又跳到湖中去了——两人被弄得一头是水，哭笑不得。

第三十六章　没有观众的表演

文孙乃划船靠岸,只见岸上有手电灯光,原来是郑队附在岸上巡逻保护,看到二人被鱼所扰,也觉好笑。

文孙问郑队附听到炮声没有,郑说:"台儿庄会战嘛,我们已听了几个月了。"

郑队附这样漫不经心的回答,使莹莹心中稍宽,也就把炮声忘了。

第三十七章

性之美

送 房

　　郑队附打着手电把二人送进庄中。文、莹刚到姥姥小餐堂,本想众人已睡,两人还可像在防空洞内一样来偷鸡摸狗一番。谁知后厅内外,却挤满了农村妇女,大约有十多人,大家笑语喧哗,正在等他二人。一见二人进来,个个高兴——原来她们是来为新夫妇"送房"的。

　　文、莹二人这次祭祖,原意是"订婚",谁知一家上下的看法则是"结婚",一切照"花烛大喜"办理。结婚之后,他们再去上海披纱入教堂,那就不干他们的事了——一切有大七少先例,照办如仪。而七叔回庄祭祖时,文孙因在大考期间,没有返乡,不知仔细也。

　　众人簇拥着新人,穿过道、扶楼梯、上堂楼,直奔"三哥新房"。出发前莹莹瞥一下昨晚的睡房果屑遍地,一切凌乱不堪,也确实不能再睡了。按当地乡俗,新娘刚离去的房子,子午十二刻不许打扫,她也只好到"新房"去了。

　　二人一入新房,连文孙也为之一愣——那真是所谓"鸳枕鸯衾色色鲜,双燃莲烛照神仙。可知的是前缘矣,无所用其客气焉!……"

第三十七章　性之美

这两间他昨夜还睡过的高中学生的卧室，书籍凌乱，鞋袜乱丢，盒子炮、网球拍，随意乱挂，现在一切都不见了。屋内绫罗绸缎，银烛摇曳，红绡帐里，绣枕成双——完全是个豪华的新房。

连文孙亦不解的是前间房里放了一张帆布小床，床上堆满红纸金笺包成元宝形的各式糕饼数十包。内室则有红色三脚木盆，和金漆马桶柜，都是新娘的专用品……文孙想起"阿斗"所说的故事，不意自己失笑。杨、涂两师奶把送房众婆娘堵在走廊上；郑奶又替新娘化妆一番，乃单独开了后房门，从走廊另一端离去了。前房只剩两位师奶、两位姑娘（春兰和文梅）。这时涂师奶乃自后房搀着新人走到前门，由两位姑娘把喜点递给新娘，由杨师奶唱名，新娘亲手赠送。终把室内数十包糖果发完，众人才欢天喜地离去了。

涂师奶轻声向新娘说，这次她们不敢来"闹新"、"听新"了——上次被大七太用"蛮腔"骂了一顿，学乖了。

众人离去之后，杨、涂二师奶各向新人打千请晚安道喜，也离去了。文梅顽皮，也向莹莹学着打个千，二人抱着笑成一团，招招手也走了。剩下只有毛毛春兰一人了。

毛毛把三脚盆内打了温水，脸盆内也放了热水，前来请"少奶用水"。说后她低着头反手带关了门，退入前屋。新娘当然知道"用水"的意思，就遵命用了。一切妥当，新夫妇就预备上床了，莹莹乃打开门瞧瞧，却见春兰刚在帆布床上铺好被褥。春兰见少奶出来了，乃又走入内室，把剩水倒入一铅桶，提到廊外；自己又向新夫妇问声："三哥和少奶还有什么事吗？"莹莹说谢谢她，没什么事了。春兰也请个安，反手带门退回前屋——她是在前屋守夜听候使唤的。莹莹心中不安,亦感尴尬不便。文孙乃叫春兰也下楼，回到她自己房中去睡，不要她侍候了。毛毛怕郑奶责怪，三哥只说声"有我"，毛毛就依依不舍地走下楼去了。毛毛去后，莹莹一下便扑向文哥怀中去，文孙想起阿斗的故事，不禁又大笑不止。

"二十更更"

文孙的新婚之夜，和老同学阿斗的新婚之夜，虽同在二十世纪三十年代的中国农村举行，他两家却有截然不同之处。阿斗装的旧瓶旧酒，一切是按照大清帝国传统，老规矩行事。送房的亲友和职业化的伴媪离去之后，阿斗最初只敢对他新娘"毛手毛脚"一番，然后才渐入佳境。

林三少的新婚之夜，则是旧瓶装新酒，一切没个规矩可循。半个钟头之前，他二人还不知道今晚可"携手入洞房"呢。他最初只想乘着黑夜在小船之上"毛手毛脚"一番便算了。想不到雅兴被炮声打乱，又被大鲤鱼捣了蛋。

扫兴归来，本想乘众人熟睡时，来偷鸡摸狗一下，谁知竟被公然拥入洞房——真正变成莹莹所一直梦想的"鲁滨逊"——真是喜出望外。

二人自离开张家花园"洞房"之后，已逾四十八个小时，这次重入洞房，真是新婚不如久别。未及宽衣解带，二人已拥吻难分。再者在一个黑洞木架之上卿卿我我，那木板摇摇晃晃、吱吱呀呀，究非红绡帐里、银烛光前，绣枕鸳衾可比。一个未施脂粉的上士女兵和一个遍身汗臭高中学生的偷鸡摸狗，与一个遍体香粉、熏人欲醉的赤裸美人和一个玉郎似的公子哥儿相拥相抱，其情况自然亦有不同。

绣枕金猊，被翻红浪。此时无声胜有声，二人相拥，一言未发。温馨之情，人皆有之，不必细叙。只是食色虽是人之常情，然人之与性，却各有不同。反应有别，欣赏亦异。《麻衣相》书上说："眼如秋水，男女多淫。"但是此人此世，眼不如秋水，又怎能成为"美人"？生为美人，又怎能不淫？孔老夫子说，"以礼节之"。淫于众人，如焦大爷所说，"爬灰的爬灰，养小叔子的养小叔子……"则为乱伦滥交。然淫于一人，难舍难分，岂不正是夫妻恩爱，有何足异？

莹莹本美人胚子，当金环告以叫床幺二的趣事，这位黄花少女，

第三十七章 性之美

以叫床为不可解。谁知今日，她自己洞房花烛，竟然也有言难忍。她拥住情人呻吟之外，哥哥、心肝、宝贝诸种情话艳语，亦欲停不止，如醉如痴如狂如呓，其声亦竟达于窗外。

文孙怕窗外有人"听新"，欲以舌尖堵其呻吟；并暗告莹莹，恐窗外有人偷听。而莹莹则半醉半醒，两手揉碎床单，切破郎君腰背，呻吟着说："文……文哥呀……我顾不得……许多……了……"文孙亦搂紧娇妻，把个美人的颈项腮唇，咬得不成人形。二人滚动不停；要不是铜床太大，铁腿太牢，他二人恐怕早已滚入地下，或干脆把床拆掉了。双体摇曳经时，气喘力竭，才停了下来，相拥而卧，余韵未已。

文孙乃告诉夫人说，一次他以小地主身份，带了许朝奉、李老票去实习"收租"。老票告诉他一歌诀，叫"二十更更，三十夜夜，四十单双，五十星期，六十月月，七十季季，八摸九看十叹气"。

莹莹不懂其意，文孙解释之后，二人乃相拥笑成一团。

"文哥，"莹莹笑着说，"我要守到你'叹气'为止。"

二人披衣下床，喝了些参汤、细茶，吃了些果点，并洗涤一番，文孙在灯下，看莹莹愈看愈可爱，不觉拥之入帐，二人又"更更"起来，经验愈积，花色更多——真美不胜收。

古人形容赏心乐事，莫过于"洞房花烛夜，金榜挂名时"。至于"金榜挂名"乐在何处，林三哥儿尚有待体验。但是"洞房花烛"之乐，他今宵是体会得淋漓致尽了。

春宵苦短

二人都是"更更之年"，情多夜短，除间歇蒙眬之外，等于通宵未眠。两情游兴方酣，已闻鸡声远近；接着便听到园内、屋角、墙头，甚至窗台之上，百鸟争喧。尤其是百灵对唱、黄鹂相呼，郭连环的口技，终是不能相比。二人拥听鸟声，再相摩相嘘，更增陶醉。不久红日当窗，直射入红绡帐里。暮春朝阳温暖无比，这阳光愈射愈热，热得使二人推掉棉被，裸拥于床，欣赏其难得的日光浴。

原来林家这座庄园，并非坐正北、朝正南。古代中国，只有宫廷、官署、庙宇可有此方向。南面而坐，只有活的皇帝和死的菩萨，才可如此，否则便为"大逆"。所以林家这座方形庄园，非向正北正南，而是偏向东北西南。文孙的新房，位于东楼之上，暮春季节，阳光自窗前直射，为时甚久。文孙之于莹莹，虽偷鸡摸狗经月，但是在阳光照射之下，遍观裸体美人，今朝还是第一次。

隔着一层薄薄的粉红帐幕，阳光射入，更显其柔和温暖。日光和煦、春意融融，文孙坐起细看惺忪美人，愈看愈难自持——温柔乡是英雄冢——任何柳下惠亦不能无动于衷，何况是个发育期中热情如火的青年！这时莹莹运动终宵，在朝阳之下已有睡意，眼角流酥，声音柔媚，尤使文哥爱上心头。他不觉俯身下去，从发鬓到眼耳口鼻，到腰臂乳臀……到足趾脚心——在朝阳之下、锦被边缘，吻半睡美人——新郎吻了她每一方寸，也检查了每一方寸。任郎随意吻！只是在最酥痒处，莹莹才柔声一笑，作出反应来。

这是文孙认识莹莹后，第一次为她作周身检查，他自觉不可想象——莹莹自踵至顶，白如羊脂不谈了，周身竟无一痣一点一疤。只是后颈发际有一颗小红痣，这似乎是造物者为她这翠刻玉雕的胴体上，镶上一粒小红豆。文孙把她翻过身来，仔细端详，愈看愈美。这块玉雕美人，如少掉这颗小红豆，岂不美中不足？上帝的美感，究竟远胜凡人啊！文孙为之嗟叹不已。

文孙遍吻之余，又想起杭州一家鞋店的广告来。那广告上说，如有任何男女，双足上无一疤一痣，该店便奉送免费上等皮鞋一双。广告

第三十七章 性之美

经年,竟未送出一双皮鞋,想不到今日自己夫人竟有此领鞋资格。

他把莹莹抱在怀内,告此故事,莹莹惺忪地说:"那我去领去……"她仍有睡意,乃问文孙什么时候了。文孙略掀蚊帐,看钟不过八点十来分,为时尚早,这时阳光已退,床内微凉。二人又把丝棉被盖好。文孙摸她吻她,不觉兴致又起。郎既试探,妾亦有心。二人不免又燕好一番。虽强弩之末,仍余味泱然。事毕乃相拥而卧,梦乡更甜,还管他今日何日,今世何世?

梦醒之后,投桃报李。文孙尚有余梦,而莹莹已全醒。她细看枕边人,亦愈觉其可爱,爱到绝顶时,莹莹也吻郎不止,终于吻得郎君再度瘫痪。半醒之中,文孙也问莹莹,什么时候了。莹莹欠身掀帐门一看钟说,八点十五分了。"什么?"文孙一惊而起,说,还是八点钟?乃跳下床去,一看桌上手表,已下午三点十五分了。停了的钟,要了个大乌龙。

"败家媳妇"

二人穿好内衫,文孙打开房门,只见春兰坐在走廊边,守住一炭炉,烧了整铜壶滚水待用。春兰未多说话,便把面盆木盆都装了水。另用小壶井水装了漱口杯,取走床上毛巾杂物,铺了床便径自下楼去了。

文、莹盥漱方毕,郑奶便来了,小和尚随着提拿发具,郑奶乃替莹莹梳头。莹莹自觉一夜未眠,镜中应疲惫不堪。谁知大谬不然,经郑奶打扮之后,对镜自窥更如牡丹带露,较昨日更为艳丽,乃把文孙唤入内房,在镜中共同欣赏一番。

"莹啊,"文孙说,"你比昨天更漂亮呢!"

莹莹未作答,郑奶却接过去说:"哪个三朝新娘不比出门姑娘漂亮?——女人是花,男人是雨露呢!"

郑奶说得一本正经。莹莹想到一夜未眠和晏起之事，脸反倒红了起来。

这时春兰又捧来热茶和点心。文孙问梅姑娘在哪里，毛毛说在"四老爷房里"，文孙乃叫春兰把茶点等物再捧下楼，大家走向姥姥房里去。

莹莹看到文梅，自觉有点脸红，倒也把实情告诉文梅说为"闹钟所误"。并问大余在何处，文梅说文孙未起床，大余不敢进来，在外花厅和老怪和屎嘴三爹、托教官一起吃"上客饭"聊天。

这时厨房又送来些鸡汤面和馄饨，文孙叫小和尚去请姚先生来一同喝下午茶。不久大余便来了。莹莹见了大余，有点面腼，乃找点话谈谈，说他们昨天祭祖时，怎么未见到大余。大余说他站在文孙之后，穿了长袍、背心和一些"听差"站在一起，莹莹就未说了。

文梅也问起大余和老怪、屎嘴在一起，学到些什么。大余说，屎嘴真是名副其实的屎嘴。他屎嘴乱说，谁听他的呢？

"屎嘴三爹说些什么呢？"莹莹敏感地问了一句说。

"没有说什么！"大余说。

大余的吞吐其辞，益发使莹莹感到不安，连问屎嘴三爹说些什么。大余说，屎嘴认为拜堂时间是三少爷自己订的"酉时上三刻"，要是他，他就订"酉时下三刻"。下三刻天已黑，灯光更亮，将来可以多生几位好姑娘。莹莹听了将信将疑，也就未问了。

其实这完全是大余编造来哄三奶的，他知道莹莹迷信，他既然脱口说了错话，所以就编个故事来弥补一下。大余今天已和屎嘴吃了两顿上客饭，因为文孙未起床，不便擅入内宅找文梅，乃和屎嘴聊了几个钟头。屎嘴说老爷有口头吩咐要他替文、莹二人排个八字。他排了，但发现两命，八字全冲，既然冲克过当，姻缘不会超过三个月；有子亦不能留。新妇是个"败家媳妇"。所以拜堂时刻，老爷原请他来"排"，他觉排亦无益，三少亦不信这套，就由三少自己订为"酉上三刻"了，"酉下三刻"

可能稍扳点运气，上三刻就只有更坏了。

大余对这套，半信半不信。因为屎嘴讲得太"绝"，所以才脱口而出。如今他看小莹如此认真，所以才编个故事来骗她。但小莹也不是笨人，知道大余话后还有话，所以总是怀疑不绝。

职权初试

在大家吃面之前，张管家曾派人三番两次地找三少到账房去，有事要相商。文孙扒了几口面就去了，所以未参加他们谈话；小莹多希望文孙能为她释疑解惑啊。所幸文孙不久就回来了。原来老管家奉命问三哥此次祭祖返校要带多少现款和金银，因据报时局不稳，县城都在"疏散"，刘朝奉家的和女儿小毛姐都被送回乡间来了。万一有战乱，老爷怕大家跑散，要文孙多带点硬币在身边。老管家已为他预备了一两千硬币和二十两黄金。文孙认为太多，带到学校没处放，所以只拿了两百元硬币，和两只金镯，一大一小。

他预备叫莹莹和文梅各在膀上套一只金镯，并各带二十元硬币，他和大余则各带八十元现款。

张老管家要文孙签了收条，便把钱和金镯，交给他了。文孙沉甸甸地拿回来，觉得是好大累赘。取回之后，文孙就照原计划实行了。他要莹莹拉起袖子，便把一只小镯套到莹莹臂上，果然天衣无缝、不大不小。他又要文梅如法炮制，这只老镯，嫌大了一点，但也马虎可藏。

"富贵不离其身！"大余笑着说，"以后你们跑到天涯海角，都不要卷袖子！"

文孙又把二百元硬币，按原计划分了。只是硬币太重，文孙乃请郑奶为四人各缝一个钱袋围在腰上，以便随时取用。

莹莹对文孙这位无肠公子，如此轻财重义，不以为然。她怕金银藏在别人身边，一旦有急恐怕取不回来——但自己是新媳妇，未好多做主张，只想等个机会向文孙解说。

四人吃完了面点，分了金银，乃商议明日回城销假上班和返校。文孙和大余都认为那四部单车要重新修整一下，始能再上长途。二人乃带了小和尚、叫了小鞑子，一同把单车推到书房前平台上去修理。

文孙、大余去后，莹莹颇感不适。她对文孙在情感上已到寸步难分的程度，离开了他便神魂无主，恨不得相依相偎，终此一生。

再者自文孙去后，莹莹竟渐感不适，作呕作坠，然又呕不出、坠不下，竟至面色苍白，为郑奶发现。但是莹莹个性倔强，坚不承认有病。可是终因四肢无力，在文梅、郑奶劝慰之下，她同意在姥姥房内设一藤躺椅，躺下休息。春兰并为她装满了一个带有绣花绸套的橡皮热水带，抱在怀中取暖，以防止呕吐。

文梅今早无事曾与郑奶、春兰闲谈县城中生活，并谈莹莹为失兔失鸭痛不欲生之事。这时郑奶为使莹莹高兴，乃暗派佣人叫春兰父亲送来两只雏鸭以娱新人。当莹莹看到两只小鸭时，果然钟爱备至，病情顿减。这两只小白鸭，刚会下水，春兰乃取一木盆装水，放于躺椅之旁，让两只小鸭在其中嬉游。春兰、文梅和庄内一些年轻女佣也都被叫来，陪少奶说笑，诸多奉承，竟使一位平凡的莹莹，自觉真是做了少奶奶了，真想把涂公主也请来谈谈。她知道涂公主爸爸，也只是个开香烟店的，姓属四大家族，她并不知道四大家族的生活方式呢。

当诸位少女正在戏鸭、逗少奶欢笑时，忽然春兰来报，说郑队附正领着守庄保安队官兵来向少奶"谢赏"和"辞行"。据说庄中保安队已奉专署保安总队密令，于三天之内向"二郎庙"集中，听候调遣。

春兰正说着，已听到巷中整齐的脚步声，和郑队附所喊的"一二一……一二一……"口令声，众姑娘自窗中外看，只见小和尚背

第三十七章 性之美

了只大铜号,走在前面。郑队附叫着口令,后面有十来个士兵,操着整齐步伐,自巷道转过道,走入对面走廊上,整齐地排列着。郑队附叫了"立正"、"向左转",来向少奶"谢赏"。那过道上也挤满了一些看热闹的妇孺。

在此情况下,莹莹无可选择地只好自躺椅站起,郑奶又为她整了整头发和脂粉。春兰在小餐堂前打开门帘,让少奶走了出来。莹莹原是演员,颇有"台风",如今抱着个绣花热水袋自帘后走出,真明艳照人,使过道中观众面面相觑;阶上士兵,亦互视以目,面露惊讶之色。这时春兰放下帘子,侍立一旁,真和京戏舞台一模一样,文梅等则躲在窗后偷看,对小莹风度亦称羡不已。

少奶方站定,郑队附乃叫口令,"立正"、"掌号"。小和尚乃举起大铜号,呜呜地吹了两下,吹不出调门来,引起过道中观众大笑。有些少女则一面笑一面说:"小和尚,打烂了,打烂了……"

"打烂了"是乡中灯节中的术语。凡是唱歌的,唱了一半,唱不出来了,就叫"打烂了"。小和尚以前在灯节中,初学唱"挑花灯",就"打烂了"多少次。

这次小和尚学吹号,又开始"打烂了"。郑队附示意叫他再吹,小和尚又呜呜两声,还是"打烂了"。

郑队附没办法,只好开始第二个节目:"敬礼"、"演说"。

当郑队附叫全军"敬礼",莹莹抱着个绣花热水袋欠身答礼时,真是仪态万千。这儿如果是个大舞台,保证欢声雷动。郑队附叫"礼毕"之后,他自己就演说了。

郑队附仰望天空,大声朗诵,说:

"这次少奶回庄祭祖,我们弟兄们努力保护,抗日救国,层层节制,本是犯着围的事。蒙少奶重赏,犒赏三军,本队附……"

这时各士兵、众观众,都在静听演说,忽然有个小女孩在大叫说:

"妈，新娘在哪里？"郑队附演说突被打断，不觉怒目而视，急说："把她抱出去！"只见一个少妇，抱着个小女孩，并堵了她的嘴，自人丛中挤了出去。小女孩去后，郑队附乃继续演说：

"……本队附和弟兄们，对少奶赏格，都感觉零涕。追随打倒列强、打倒鬼子。弟兄们奉命三日内到二郎庙集中，集中回来，再保护少奶，请少奶训话——完了。"

文梅在窗后听郑队附演说，早已自己堵着嘴笑破肚皮，而莹莹则仪态端庄地站着静听不动。当郑队附请她"训话"时，莹莹只略说此次随文孙回庄，劳动了众同志弟兄、队附、师傅、师奶，甚感不安。郑队附和众兄弟虽暂去二郎庙集中，但是抗日救国是不分地区。希望众弟兄不要以我们安全为念，大家一致专心杀敌救国才好。谢谢诸同志的盛情。

莹莹说着眼一瞥，似乎许朝奉也挤在过道观众之中，莹莹乃问："许朝奉，在这儿吗？"

许朝奉忙自人丛中挤出，问："少奶有什么盼咐？"

"许管家呀，"少奶盼咐说，"郑队附的弟兄们就要开拔了，你今晚开一坛'陈年花雕'，慰劳慰劳他们。"

许朝奉连声说"是"。众士兵也目目相觑，喜形于色。

"许朝奉。"少奶又叫一声。许又连声说"是"。

少奶说："你也可多开一两坛给厨房师傅们、庄中伙计们一起喝。"

许朝奉又连说"是"。

少奶乃转身向郑队附说："你的弟兄们也辛苦了，回去休息吧。"

郑队附也连声说"是"。接着他便叫："立正……敬礼……掌号！"小和尚还是"打烂了"。

少奶微笑欠身答个礼，就结束了这场表演。

第三十七章　性之美

杨小芬的妈妈

军队自厅中开走了，文梅和众姑娘，打开帘子，一冲而出。文梅把莹莹抱住，连说："台风极好！台风极好！"莹莹也笑着说："想不到到文孙家来，还要继续演戏。"

"少奶手头太大了，"文梅又笑着说，"人家拍你这点小马屁，你就赏了三坛'陈年花雕'，你知道陈年花雕在'贸易公司'一坛值多少钱？——五十块呢！怪不得屎嘴三爹说你是'败家媳妇'呢！"

"你看那巷子里多少坛？"莹莹说，"我送掉三坛不算多吧！"

"共一百五十块钱！"文梅笑着说，"关我一百五十个月的饷。"

莹莹一算也确是太多，但戏已演出，又无法收回，只好将错就错地说："我倒想涂公主也来看看，看我会不会花钱！"莹莹念念不忘文梅转告她涂公主所说的话。

"涂秋薇总有一天会听说的。"文梅说。

"梅姐，"莹莹又问，"屎嘴三爹什么时候说我是'败家媳妇'？"

文梅一听自知失言，当大余偷偷把这话告诉文梅时，叫文梅千万不能讲。谁知文梅大嘴巴，心直口快，一下就说出了。所幸她头脑快，很会转变，乃说："小莹呀，你少奶奶才当了一天，一下就'赏'掉我们一百五十个月的饷，还不是'败家媳妇'呀！——屎嘴就看中你这'省长小姐'会花钱。"

文梅说着，莹莹心中也确实后悔："演假戏演惯了，怎么演真戏也这么干呢？……"想着心疚之至。

"哎哟，"文梅说，"做就做了嘛！我想文孙听到一定很高兴。"

"他是会很高兴的啊，"莹莹说，"但是我就要改正他三哥儿的作风——你知道我买根油条都上账……"

二人正说着，莹莹的腿忽然被一个小女孩抱住，大叫"新娘子"。

但她很快就被她妈拉开了。莹莹一看那少妇是杨师奶的媳妇,那可爱的小女孩,显然就是她的女儿,杨师奶的孙女。莹莹忙蹲下,把小女孩拉过来,问她道:"你叫什么名字?"

"毛毛!"小女孩清脆地说,说着又跳。

"毛毛要不要做我干女儿?"新娘问。

"要!"毛毛答得更干脆,答了又跳又答。

"那你就叫我干妈!"

"干妈!"毛毛叫着一下就扑过来,让干妈抱着。干妈抱起毛毛,毛毛得意之至。

"老脸皮厚的。"毛毛的妈羞着她,要把毛毛接回来,毛毛不肯。干妈乃把她抱回房内,坐下放在腿上,拿糕饼给她吃。

这时梅姑娘在一旁,也问毛毛说:"毛毛我也做你干妈好不好?"

"不要!"毛毛说得好干脆,一下把干妈抱住说,"我只要她!"

"你看这个小灵精,好会拍马屁!"郑奶在一旁笑着说,"那么少奶奶你就认着吧。"

这事弄假成真,反倒使莹莹为难起来。毛毛的妈几次要抱走她,毛毛都抱住干妈的脖子,死不肯走。莹莹想取一块钱给她做认亲礼,心中又怕数目太大,惹文梅批评,做"败家媳妇"。莹莹心中正在忐忑不定之时,文孙忽然回来了,对莹莹真喜从天降。

文孙问明了原委,乃向毛毛说:"你认她做干妈,那你就得叫我干爹了!"

"干爹!"小鬼灵精,张开膀子大叫一声。

干爹乃把干女儿抱过去了。

"老脸皮厚——不要脸……"毛毛的妈,一直在骂她。

干爹把毛毛抱到梳妆台边,开了抽屉,取了五块龙洋交给毛毛说:"算是干妈干爹认亲礼吧。"

第三十七章 性之美

毛毛未接住,哗啦一下,五块袁大头被摔在地上乱滚。毛毛慌了,挣扎着脱离了干爹怀抱,到处去追钱。众人已把钱捡起,要交给毛毛的妈。毛毛的妈死不肯收。

在这段时间,消息早传到大厨房,杨师傅、杨师奶都赶来了。杨师奶也认为不能收,但是杨师傅倒大方,说:"三哥儿出世的'红蛋'还是我煮的呢!收下罢,叫毛毛向干爹、干妈磕头。"

这时毛毛正在喂小鸭,早把干爹干妈忘记了。但她怕爷爷,爷爷叫她向干爹、干妈磕头,她都磕了。磕过后马上就躲到妈背后去,死不出来。

杨师傅又叫媳妇向干嫂请安,媳妇还不知如何是好呢,莹莹抢上拉住她说:"我们今后是姐妹了。"

杨嫂脸红到脖子——两家从此就是干亲家了。

第三十八章

不堪回首

命运上的矛盾

莹莹做了新娘,虽然睡到三点多钟才起床,但是还是很累很困。昨天太紧张了,人人都知道、都很体恤,夜间她也几乎彻夜未眠,那就只有她自己才知道。

今天她一天胃口不好,虽然大厨房把山珍海味、饱饺点心不断送来,那都给一些佣妇吃了,虽然文梅和大余也吃了不少。文孙建议她到花园去,再骑骑老打圈,莹莹也说没精神。她多喜欢老打圈啊。她说六月之后,他们如搬回来住,她将天天骑老打圈,并不惜搬去与老打圈同住。"你不吃醋吧?"莹莹撒娇地说。

"老打圈也是位老太太,我吃什么醋呢?"文孙说着笑起来。

"老打圈老了怎么办呢?"莹莹问。

"他们会偷偷把它杀掉当牛肉卖。"文孙说。

"人类怎么这样残酷呢,文哥?"莹莹几乎哭出来。

"将来你回来做少奶奶,他们就不敢了。"

"文哥,"莹莹恳求地说,"将来我俩来为它盖个养老院,好不好?"

第三十八章　不堪回首

　　莹莹一面与文孙聊天，一面又和干女儿及春兰喂小鸭，和文梅谈笑。她自觉自己逐渐变成宇宙的重心，是一大堆男男女女——包括文梅和大余——奉承的对象。她自己虽丝毫未变，但是她发觉进入一个社会，在这社会里由几乎被卖为娼的基层，爬到了上层中来。莹莹迷惘了——想到明天会回到政宣去，又是多么悬殊的矛盾。思前想后，她只想永远和文孙在一起，当个恩恩爱爱的小学教师——那又怎么可能呢？想到昨夜的炮声——今日虽在白天亦已可隐隐听到，并听说庄中和四围农村都新到些难民。小乱入城，大乱入乡，据说是"县城"里"疏散"出来的。问起托教官，听说午后他自己挑着简单行囊走了。莹莹心中何择何从，尤觉不安——她曾三度自杀未遂，久历沧桑，心灵多脆弱啊。

　　晚餐开出了，还是圆桌酒席。但杨师傅特地为少奶预备了小米稀饭，莹莹只吃了些小米稀饭，油脂未沾唇，就放下筷子了。

小霍的爷爷和爸爸

　　夜阑人静，二人虽然还是更更有爱，但已远不如昨夜之狂热。加以睡在床上，亦遥听炮声隆隆，剧烈时，窗上玻璃竟为之震动作响，难免使新人心悸。文孙调好闹钟，并在床头放个"问表"——这问表是在人睡梦中，无须睁眼，只用手一按，它就可报出几时几刻，不碍睡眠。文孙又把一支心爱的三号驳壳放于枕下，使莹莹惴惴不安。文孙告她这是战时，既然当了兵，就不该怕枪。机械是不骗人的，他这手枪，子弹既未上膛，保险机亦扣好，绝无危险——他将来一定要训练夫人使用防身。莹莹也就被说服了。

　　在隐隐炮声里，二人还是颠鸾倒凤，恩爱无比，时醒时睡，直至晨鸡报晓；不久便被闹钟闹醒了。当他二人盥洗完毕，郑奶还含泪为莹莹梳头，并自姥姥首饰箱中取出一镶钻瑞士手表，迫莹莹戴上，莹莹坚持不要。

"四姥姥又不结婚，"郑奶说，"无儿无女的，将来这些东西都还不是你二人的吗？先用一两样，有何不可？"

文孙也认为郑奶的话是实情，也迫莹莹接受。郑奶擦擦眼泪就给莹莹戴上了。四人军服也经郑奶洗过、烫过，甚至改过，穿上焕然一新。早餐既毕，莹莹才知道文孙曾招呼扎好两顶青布小轿，让莹、梅二人乘坐。文梅知是陪莹莹的，不敢推辞，莹莹则坚持不要——这是文孙体验出夫人个性执拗的第一次。当郑奶她们还在劝说时，文孙是位马虎的人，就主张算了，还是四人一同骑车返城。

万事齐备，春兰又用竹筐装好两只小鸭，挂在文孙车把之前，由小和尚等把车子推出门外时，小和尚、郑奶、春兰都哭成个泪人儿，连来送行的干女儿毛毛也哭着死抱着干妈不放，莹莹亦洒泪相陪。最后还是杨师奶含泪把毛毛抱走，四人才能动身，大家洒泪而别。

轻车熟道，一忽儿便已到了堤上。四人回头一看，送行者还站在竹园之外挥手。莹莹站在堤上回看这座她住过三天三夜的"家"，不觉一阵心酸，拉住文孙痛哭了一阵。

这时春水大涨，水面离堤顶不过三五尺，一片汪洋。桥已被抽去，代替桥的是一椭圆形的硕大渡盆，盆边写着"林放鹤堂义渡"六个大字。这盆两端有藤圈，套在一条横跨大河的长竹缆之上，由一个持篙的大个子中年人来回撑着"摆渡"。一盆可容十余人，那一边待渡的人群很长，据说都是城里疏散出来的，这一边则较少。

摆渡的大个子，满身是汗，与争渡的人也吵个不停——他要一个铜元一个人。有人认为既是"义渡"就不应收钱；有的则争先恐后，不守秩序闹成一团。

这大个子一看到文孙，便拿篙子拦住众人，要文孙等四人专渡过河。

第三十八章　不堪回首

有人不服，但有人看他们穿的是军衣，也就自动让路。但文孙力主先来后到地轮班过渡。

"三哥这是你家的渡船嘛，"大个子嚷着说，"你花烛大喜，我婆娘去了，我要撑船，未能去磕头。"

文孙乃替莹莹介绍说这是"霍大爷"。

"少奶，我叫霍大个子、霍大盆。"这时船已装满，大盆撑了过去。

这盆来回撑一趟要十来分钟，待渡期间，莹、梅二人看到两只小鸭在笼中狂跳，二人以为它们要喝水。莹莹乃打开笼子，各人抱了一只出来，让它们到河边喝水。谁知莹莹刚弯下身躯，那小鸭便一跳，莹莹未捉稳，它便跳入河中，顺流而去。文孙在一旁看了，爱莫能助，觉得又可笑又可怜，而莹莹则哭了起来。大余说，不如让它俩一道去吧！"一个太孤单了！"文孙也认为有理，乃把另一只小鸭放入激流中去，两鸭呱呱，已相去数十丈了。

莹莹为大余一句话所触动，掩面泣不成声。文孙安慰她说，回城再向谭志平要一对，乃牵着莹莹渡河过去。谁知经此伤感，在渡上又被人乱挤一通，莹莹上岸便头晕欲吐，旧疾复发，不能行走，把三人都弄慌了。

文孙不得已乃高声问霍大盆："你家有人吗？"霍说都在家。文孙乃主张先到霍家休息一会儿。四人狼狈地循着田埂，把车子推了数十丈便到了霍家。霍家只有两间草棚，一间睡他夫妇，另一间睡盆。两个孩子则睡在盆内。如今盆在水中，孩子们就没得睡了。

众人走近草棚时，霍妈便迎了出来，向三少奶磕了个头道喜，莹莹忙跪下答礼，并扶霍妈起来。霍妈衣衫褴褛，头发蓬松，简直不像个人。两个孩子一男一女也瘦削褴褛不堪。见客人来了，二人则躲于一株枯树之后，那大眼小男孩，一面笑一面叫"女兵，女兵"。

文孙问奶妈，能不能让少奶在床上歇一会，又问她有没有粪桶。

霍妈说，盆被大盆拖走了。没好床可睡，她和大盆有个"地铺"，没有粪桶，棚后只有一个粪坑。莹莹这时已不能站立，文孙乃弯着腰，把她扶入棚内地铺躺下，文孙则坐地陪她。足足有半个钟头，莹莹才恢复健康，要大家再继续前进。文孙想回庄要顶轿子，莹莹执意不肯，并说一切都恢复正常了。文孙乃送给奶妈两块钱，霍妈又要磕头，终被莹莹拉住了。

四人离开霍家，乃继续推车，回向上县城大路上去。

永 别

文孙一行这次回家再返学，为时不过三日，然世态变迁，路途险阻，竟如隔世。三天之前这条古驿道，尚平坦畅通。孰知三天之后山上竟春泉四溢，到处不是徒涉，就得摆渡。他们来时，山花满径、野鸟争喧，行人稀少。他们回城之时则熙熙攘攘，路上男呼女叫，四处拥塞，骑车前行，简直是逆水行舟；他们宁愿舍车步行。每问来人，都说是城中官府强迫疏散。文孙一面推车，一面要招呼莹莹，真辛苦无比。尤其是腰际八十硬币缠着，不良于行。文孙乃解去钱袋，放入衣包，两手推两车而行，以减轻莹莹负担。莹莹时时作呕，三步一停、五步一歇，惨痛无比。

"莹啦，"有时文梅偷偷问她，"你是不是有孕了？"

"胡说，"莹莹嘴很硬，说，"结婚才两天，哪就有孕呢？"

文梅羞了她一下说："恐怕有个把月了吧！我表姐怀孕，就是这样。"

莹莹作贼心虚，乃把文梅的话偷告文孙。文孙惊喜之余，乃怪她今早不该不坐轿。然事已至此,夫复何言？文孙不得已乃陪她尽量休息。直至红日衔山，他们一行才挨到县城北门，谁知北门已关闭。据出城难民说，只有南门尚可出入。他们乃绕道东门车站。一到东门，他们才知

第三十八章　不堪回首

事态严重，因为公路上，溃兵难民，相逐如潮，儿啼女叫，纷涌南逃，拥挤不堪。

北上军火卡车，亦无法前进，被迫停于路边。他们一行四人，好不容易，才挤到南门附近。只见路边有二十多个自前线退下的溃兵，衣冠不整、武器不全，还有两部单车架在路边。文孙想过去问问他们前线的情况，但是还未举步，忽见他们蜂拥而来。不由分说，一下便把他们四人推倒于地，抢了单车，又蜂拥而去。文孙和大余立刻爬起，追了上去，那有何用？他们人多势大，又有武器。文孙追了一段，只见后排溃兵回头笑着对他说："骑到武汉就还给你！"乃扬长而去。

四人这时正怒不可遏，忽听有人在叫："敌机！敌机！"四人掉头一看，果见三架低飞敌机，排成一线，自北而南，俯冲而下。首先见那三部军火车中弹爆炸。

文孙等四人乃夹于人群中，一头栽下公路边，只听三架敌机，机枪齐发，公路上烟雾弥漫，像煮沸了的开水一般。文孙眼一瞥，看那二十来个抢他车的溃兵，至少有一半中弹倒地，六部单车也被打翻在地上或滚入河里。

这三架敌机共有重机枪十五挺，发射起来，简直等于三四个重机枪连，临空而下。它们飞过不久又掉转头来，枪声辄辄，凌空而过向北飞去。文孙等四人，幸好都躺在路侧，莹、梅头上皮破血流，然无人中弹。

敌机去后，他们爬起一看，这公路简直是一条血路，死伤至少在千人以上。莹莹满头是血，还在连哭带叫："救护伤兵啦！救护伤兵啦！"人丛中忽然有人在叫："又来了！又来了！"文孙和大余乃挟着两个女兵，冲向南门大街，而街上人潮则正冲往公路。四人拼命挣扎，终于挤到南门口桥上，而桥上则有一班蛮横的广东兵，正用枪托打人，并大叫"丢那玛……丢那玛"……不许进城。

莹、梅穿的是军服，有徽章符号，要求进城，那班长把盒子炮一摔说：

"丢那玛，进去！进去！"梅、莹刚绕过木马，文孙也跟着进去，却被那广东兵一枪托打在腰上，其痛难忍，但还向那兵大叫："那是我老婆！"那班长根本不管，并用生硬国语说："返学去！返学去！"

文孙看是进不了城，乃向莹莹大叫："莹妹——回——来——回——来——"莹莹闻声回了一下头，但未见到文孙，便从半开的城门进城去了。那些广东兵又在叫："丢那玛，滚！丢那玛，滚！"

文孙和大余没办法，只好听命"滚"回荷叶巷，回到"返学"路上去。

文孙走了一半，便坐在柳树根上痛哭起来。大余说，哭了何用，回学校再说吧！

最后的一瞥

文孙伤心了半天，乃和大余缓缓走回学校，他心中念着小莹，但想到南门外那一条血路，和千百个死伤军民妇孺，真恨不得驾着飞机飞上天空，和那两个倭奴野兽迎头撞去。

忘魂失脑地走回校园，只见人头四攒，乱成一团。校园内挂个"校长室"、"教官处"联合大布告，说敌军猖狂反噬，城东二十里埠已发现敌人便衣队。我军虽节节抵抗，县城已危在旦夕。本校决定暂迁往"后天门"待命。明晨拂晓出发。师生行李除自携者外，师长限带三十市斤，学生十五市斤，由校方雇挑夫运送。军情紧急，事非得已，"仰各遵照"云云。

这时晚餐时间已过，大余因兼学生"中队长"，事忙，早已不见了。文孙跟跄地走回宿舍，只见室内一片凌乱，他自己的被褥已被金实代为捆好，送往礼堂"过秤"。其他杂物则乱堆床上。文孙推开杂物书籍，没精打采地靠在床架上胡思乱想。摸摸口袋除了十元纸币之外，其他财物，都在公路上被抢，丢掉——文孙心中也不在乎，只是一面惊魂未定，

第三十八章 不堪回首

一面仍思念着莹莹。

各宿舍同学这时都忙着自己打包，面色紧张，各不相顾；只金实问了声叶维莹哪儿去了。文孙说回政宣队去了。金实也未再问。不久又见王生强匆匆跑来，她知道文孙有部单车，问文孙能否替她带个包袱。文孙说车子丢了——并说敌机在公路上扫射，死伤至少有千把人，问王生强我们有无抢救计划。"生姜"说女生宿舍同学都在哭，你听机关枪声这么近，怎么能抢救呢？

王生强又问叶维莹在何处，文孙说归队去了。生姜轻轻地说，听说"政宣"要开到敌后去。文孙惊了一下说，他们不上山？生姜说，她只是听传说，现在谣言满天飞。二人谈了些时，生姜才知道文孙尚未吃晚饭，乃转身跑到厨房，拣了些冷饭、锅巴、咸菜来交给文孙，使文孙感激不尽。然这时已到熄灯之时，女生不能在男生宿舍久留，生姜乃惚惚而去。

文孙吃了些冷饭、咸菜，十分香甜。食后仍靠在床上胡思乱想了一夜。夜深人静，遥听机枪声甚为清晰，文孙想到生姜之言，尤无法入睡。好不容易，挨到东方发白，校中人群已在骚动，文孙正蒙眬间，被吵醒，乃一跃而起，便发疯地跑出校门，赶往县城。

只见路上已难民如潮，文孙好不容易跑到荷叶巷口，只见群众涌出，如潮水一般。文孙乃紧靠墙边不顾一切挤向前去。刚挤了一半，只见南门大街上也人潮汹涌。他看到蒯大队长骑了一匹枣红大马，正自巷口冲将过去。蒯后跟着的是杂杂沓沓的"政宣"女学员队。不久，果然见到两个男队员，架着个大声哭闹的莹莹，正自大街夺路向前。莹莹失掉帽子，脸上扎着绷带，挣扎着要向巷里来，但她被架着向前跑去，在巷口他二人竟打了个照面。文孙只听莹莹在大叫："文——哥——！"文孙也大叫回答，但却被人群挤得出不了巷口。他用尽平生吃奶之力，终于挤出巷子，在南门大街上追了上去，还见到莹莹的秀发飘飘，但人太多太挤，追赶不上。这时公路上机枪已响如爆竹，天上亦机声隆隆。敌机驾驶员的防风眼镜均清晰可见。文孙看到"政宣"队伍已穿过公路，乃不顾一切，大叫："莹妹！莹妹！……"要冲过公路去。忽然间两声巨响，一阵烟尘，把文孙头下脚上，轰入护城河中去。霎时万籁俱寂，文孙回头一看却见生姜躺在身后，向他微笑……

文孙满身是汗，四顾茫茫，原来自己却和衣而卧，睡在招待所床上，还气喘如牛，惊魂未定。文孙喘息些时，才知道梦中巨响，原是服务生小霍在敲门。

小霍在门外叫着："林教授，六点钟了，火车是七点半！"

文孙缓缓地自床上坐起，才知道刚才的惊魂，原是南柯一梦！想想不觉泪下如丝。

第三十九章

梦醒的时候

带着眼泪的稀饭

林博士在床边抱着头,坐了些时才站起来对着镜子抓抓头,看镜内苍老的容颜,简直不像个人。这时小霍打水进来,并问:"林教授睡得好吗?"教授谢谢他的服务。

盥漱既毕,文孙自衣架上取下昨天在丝织厂烫好的西服,重行换上,自己又对镜整理了半晌,忽然门一开,李兰场长进来了,大声说:"昨天累了,睡得还好吧?——有人要见你呢。"接着便是一位高大魁梧的军人,走进屋来。林博士为之一怔。

这军人约六英尺高,一百六七十磅体重,五官端正,气魄雄伟。他那套整齐的绿上蓝下的军服,和笔挺的军大衣,一看便知是一位空军高级军官。他向林博士敬了个军礼,又趋前握手说:"三哥不认识我了吧?我是何任——何南仁,小和尚嘛!"

林博士对他看了半晌,不觉一下上去把他抱住,泪潸潸下——一句话也说不出来。

"不要那么激动,三哥。"李场长取出手帕为林教授擦眼泪。

"我和三哥已四十年未见了嘛！"何任说着眼眶也湿湿的。

"没那么久，"他夫人在一旁插嘴，说，"只有三十八年半！"

"真想不到还能看到你，"文孙声音还有点哽咽，说，"我们是亲兄弟嘛。"

"何任昨天整天有会，"李兰说，"我叫他不用赶了，下次再见——他偏要专机赶回呢。"

"我赶到了！"何任笑笑说，"田书记在餐厅等我们——我们吃早饭去吧！"

林博士回国虽然才一个多月，但他已经由很多高级干部接待过，他知道"高级干部"的神情，和服务同志对他们的态度。他这次一看到何任，和服务同志们兢兢业业的味儿，就知道他官做得不小——难怪他老婆说他"除了林秃子便谁也不怕"。

何任挽着林教授，从一条架空过道走入餐厅，果然田书记和几位女服务生正站在那儿说话。林教授一见到田书记，便抢上去亲切地和她握手——彼此互问："昨晚睡得好吗？"

何任乃招呼他随身的警卫员说，叫他们把我们早饭开在小餐堂，多留点茶水、点心——你布个岗，以后叫他们就不必再来添茶添水了。警卫员唯唯而去。何任乃一手牵着林教授，一手挽着田书记，走入"小餐堂"——这儿是个贵宾室，高高在上，三面林木葱茏，甚是幽静。四人在一张铺有雪白布的四人用餐的长桌坐下，何氏夫妇坐一边，林教授和田书记坐一边。服务员送上茶水、点心、豆浆、牛奶……便带关了门出去了。厅内只剩下宾主四人。

李场长为各人拣好点心，装了稀饭，四人就吃了起来。

"三哥，想不到四十年后，我们四人又搞到一起来了！"何任说毕大笑。

"何任兄，真是感慨系之啊！"林博士不免感叹一句。

第三十九章　梦醒的时候

"什么'何任兄'？"李场长笑着说，"三哥，叫他'小和尚'！"

"三哥，"何任说，"我革命革了一辈子，也真是九死一生，但是回头想想，还是跟你在一起那十年最快活，打水枪比打真枪好玩——我们那时多天真、多纯洁！"

"我听李场长说，我们分手之后，你们在庄里也几乎遭了日军的毒手！"文孙说。

"都是吃了她的亏，"何任怪他的老婆说，"我们庄里有三百多间房，哪儿不好躲？偏躲到炕床肚里，日本人屁股底下，毛毛那时幸好吓昏了过去，否则她一哭，我们就都被鬼子宰了！"

文孙听到何任说"我们庄里"，又叫"毛毛"，他感到三十八年半的时间距离没有了，大家又回到童年。那时所谓"庄子"就是他们四个人的。现在这个东西早已从地球上消失，但是这些当年的孩子们，却对它余情未了。

"你还怪我把你带到炕床底下呢？"李场长反驳说，"我不把你带到花厅去，你才不能为抗战时期日军暴行作见证呢！"

"三哥，"何任也感叹地说，"那时我要不亲眼看到，真不相信日本人对我们那样残暴呢！"

"所以你也是九死一生啦！"林教授感叹地说。

"我讲的九死一生，还不包括日军屠杀呢！"何说。

"更有惊险镜头？"文孙问。

"五〇年冬我在鸭绿江上跳伞，把腿摔断，在冰上睡了一天一夜，他们把我抬回来，都以为我死了呢。"何任说时，李场长向他直是瞪眼，并不自觉地举目四顾。

"和三哥说说，没关系。"何任十分自信地说。

"四十年来大家都是九死一生！"林博士感叹之余，也想到他自己血染伊洛瓦底江的往事来。自己未说，也不敢问何任别后的遭遇。文孙只问一声那托其木教官哪里去了。何任说四八年在沂蒙区作战，他抢登一国民党坦克，年纪大了，未站稳，摔下来，被坦克碾成一块肉片。林教授闻言感叹不已。

"都是时代和命运，"何说，"所以我总是劝田军同志想开点。"

何任说着，林教授转头看看身边的田书记，看她面容那么苍老疲倦，桌上的油条只咬了一口，一碗稀饭，一口未动，两目眼泪汪汪。

"三奶，我不是告诉你，你和三哥总有一天会再见的嘛，"坐在田书记对面的何首长安慰她，又说，"今天不是又在一起了吗？"

"田军啊，吃点热稀饭，暖和暖和，"李场长又接着劝，并说，"时间不多了，等一会又要分手了。"

何氏夫妇不劝则已，李兰一说，田军忍着的眼泪，忽然一泻而下，把一碗半冷的稀饭，滴出许多洞洞来。

林教授见状，乃把那碗带泪的稀饭，倒入自己碗中去，要李场长再为田书记装碗热稀饭。林氏自己则用餐巾擦擦眼，乃把那碗带泪的稀饭吃下肚里去——觉得它好咸。

李兰也擦着眼泪，哽咽地说："莹姐，吃点热稀饭，定定心，等会还得替三哥送行呢。"

"兰妹，我反正跟党跟到死。"田书记在这次早餐会上第一次开口，眼泪随之而下，但她立刻忍住，又哽咽地说："我……我……难过的是国玉……"

"为国捐躯的烈士嘛，"何任又劝她一句，"国玉没有白死，不必再想嘛。"

何任不说也罢，说了田书记再也忍不住她的眼泪了，一时泪下如雨，把稀饭上盖满一层薄薄的咸水。林教授马上用左手抚她的背，用右手握住她的冰冷的右手，但也不知说什么才好，自己的眼泪也下来了。李场长也陪着哭，何任则不断叹气，场面十分凄凉。

第三十九章　梦醒的时候

　　这时忽然餐厅门一响，四人吓了一跳，原来邢总经理推门而入。林教授忙站起来。邢按下他说："三哥请坐。"

　　邢见这凄凉场面，乃拉把椅子在田书记身边坐下，抚着她说："田书记不必伤心，三哥毕竟回来了嘛……"

　　邢又转身向大家说："时间不早了，三哥还要赶火车。"

　　四人乃各用餐巾擦擦嘴和眼，站了起来。

风雨潇潇

　　四人站起之后，邢经理走去开门，何氏夫妇正转身跟上去。田书记和林教授刚要转过桌角时，田低着头，忽然轻轻叫声："文哥。"林博士一怔。她又低声说："我对不起你，以前我没……"文孙还未听清楚，忽然一阵送行客已涌入食堂。大家争着与林博士握手，热闹非凡。文月牵着小牛也满面泪痕地跑了过来，大家簇拥着贵宾，走向宾馆大门，沿途林博士握手鞠躬不绝。

　　当众人走出大门时，天正微雪，寒风习习。门外有一部"面包车"、两部小轿车。邢经理和李场长，招呼众人坐入面包车，让贵宾坐黑色有窗帘轿车。这闪闪发光的黑色轿车是四十年代的美国别克，然保养得很好，是宾馆接送贵宾专用的。后一部是灰色的上海牌，似乎是部军车。当邢经理等打发面包车带行李先行，再请林博士上轿车时，忽见小霍扶着一位白发苍苍的瞎眼老太太，跪在地上，一步步挨过来。李场长认识那是小霍的祖母霍奶奶。

　　霍奶两脚已瘫痪，不能行走，但在两个膝盖上各绑一片长木块，平时她可在地上爬行，今日则由孙子扶着，跪着挨过来。霍老太两眼已盲，但挥着手仰天在叫："三哥——三哥——"

林博士知道她是摆渡霍大盆的遗孀，是自己的干奶妈，乃赶向前去，蹲下迎接她。霍奶眼虽瞎了，但还是两泪双流，摸着林博士叫"我的三哥儿"。林博士也泪流不止，连叫"妈妈，我以后养活您"……并把头伸过去靠着霍奶的面颊，让她用手摸着。

"霍婆婆，"那站在一旁的李场长看看手表说，"三哥要上火车了。他以后还会回来的。"

霍奶放开手，林博士流着泪，刚站起来，却见一个四十多岁的扫地工人，扶着个大竹扫把，想过来，又不敢过来。这工人衣衫褴褛，也瞎了一只眼，看样子很可怜。林博士正踟蹰时，李场长乃向这工人叫声："小发，你也想会会林教授吗？"

那工人紧张而又迟疑地走过来，林博士伸手和他握手，他看了李场长一会儿才把手颤抖地伸出来。李兰介绍说："他是李连发的儿子。"

"啊！"林教授一惊，忙问，"你母亲呢？"

"三年自然灾害时死了。"

"你爸是抗日烈士，我们以前是好朋友呢。"

"……"小发不知如何作答。

李场长催着上车。林教授向小发说，我们以后一定还会再见面。

这时车后门已打开，林博士按美国规矩要田书记先上车。李场长则转向车前座。何任关了车门，乃拨拨手叫驾驶员出来，自己坐上驾驶座，亲自开车；并挥手叫警卫车先行，他自己紧随于后。这时街上两边挤满好奇群众，街中行人、单车、骡马杂沓。幸好有军车不断按喇叭开道，才得畅通无阻。

文孙转身看着田书记，希望能听听她未尽之言，田却一声不响。文孙试着握她的手，她也让开了。

"我一直劝田书记想开点。"何任一边老练地开着车，一面说着。田也没有回答，文孙又转身看她，只见她用力忍住眼泪、咬着嘴唇，低

第三十九章　梦醒的时候

头不语。

李场长性情豁达，怕车中冷场，乃返身向林教授说，你看那霍婆婆、李小发多可怜。都亏田书记念旧，他们才能搬到城里来，有碗安稳饭吃。

"小霍告诉我他祖父霍大盆，也是被日本人杀掉的。"林说。

李兰说："他正在撑盆，忽然来了一条日军橡皮船；日军叫他过去，他不敢不去。他一靠上日本皮筏，日军一句话未说便一刺刀把他戳个通心过。大盆倒在盆里，日兵割断竹缆，渡盆便不知漂到哪儿去了。"

林博士惊问是谁看到的。李说是大盆的儿子大眼在岸上看到的，自此以后霍婆婆就害"软脚病"和"夜瞎病"——但还活到现在。

"我们跟日本人真是血海深仇……"林博士感叹地说。

"你知道李小发的妈很漂亮，"李场长又找出另一话题，说，"她后来被一个国民党区长收去做姨太太，就把小发带去了。小发妈有遗传病，所以小发生下来就瞎了一只眼。解放后小发的继父被镇压了。他妈也被认为阶级成分不好。他妈死后，小发很惨，去年田书记才帮他申请'烈属'，搬到城里来……"

李场长是在找话说，但她的故事实在太多，"话"不用"找"，便源源而出。

"田书记人好,念旧……"林教授赞叹一句,也乘机握了田书记的手。这次田未退让，并且有点颤抖地紧握着他。可是只见车前一个铁栅栏打开了，前导军车在一旁停下，何任则直开入栅门，停在站内，只听火车汽管内不断"扑哧——扑哧"地，叹着长气。

何任一直把车子开到"软卧"车厢门口。四人下车后，一位驾驶员上来把轿车开出月台去。月台上的喇叭正在播音促乘客上车。林教授的行李早已被送到车厢去了。

送行人围拢过来与林教授握手道别。这时风雪已渐大，一阵阵吹到众人脸上——林博士的妹妹和外甥小牛已哭成两个泪人儿，小牛哭叫拉着舅舅不让去，文月哭的呜咽之声更使人感动，有几位女同志也陪着擦泪。杨小芬尤泪流不止，因她昨晚才听李场长说林教授是她妈的"干爹"。

　　林博士含着眼泪与众人匆忙握手之后，又过来和何任拥抱，最后又和李场长、田书记握手。正有千言万语要说之时，火车已呜呜地叫了两声；车汽管叹气声加大，查票女同志又连催上车，林博士匆忙地谢谢田书记的"招待"之后，一脚刚踏上车，便被列车长用力拉上去。林博士俯视车前的田书记，满脸是雨、是雪、是泪，也分不清了。

　　车身缓缓地移动，在众人挥手之间，他只注视到田书记灰白的头发在眼前乱飘，看见她转身还在向车窗上看，但是很快就彼此消失了。

　　车外风声正急，车窗上雨水乱流，火车已驰入田野了！